한국 현대시의 정체성 탐구

박 경 수

국학자료원

◇ 책 머리에

이 책은 사실 이곳 저곳에 산발적으로 발표한 글들을 모아 엮은 것이다. 일정한 주제를 가지고 지속적으로 천착한 글이 되지 못해, 책을 발간하기에 앞서 부끄러운 생각이 든다. 그렇지만 이 책을 통해 현대시에 관한 필자 자신의 관심이 현대시의 어떤 대상과 영역에 미치고 있었는지 새삼 돌이켜 보면서, 학문의 방향을 다시 가다듬는 계기로 삼고자 하는 데 우선 의의를 두고자 한다. 구슬이 서 말이라도 꿰어야 보배가 된다고 했듯이, 비록 보배로운 글은 될 수 없을지언정 여러 글을 꿰어볼 수 있는 한 가닥 실이라도 찾아보고 싶었던 것이 솔직한 심정이다.

각편의 글에 모두 통용되기 어려운 제목이지만, 책의 이름을 『한국 현대시의 정체성 탐구』라고 붙여 보았다. 여기에는 앞으로 필자가 현대시를 연구하면서 궁극적으로 천착해야 할 과제가 바로 책이름에 있다는 생각이 미리 들었기 때문이기도 하다. 석사과정 이후 민요와 민요시를 공부하면서, 그리고 몇 년 전부터 한국 근대 농민시와 일제 강점기 재일 한국인의 시문학을 공부하면서도 이 생각은 늘 나의 뇌리에 남아 있었다. 어쩌면 한국문학을 공부하는 길에 들어선 모두에게 부과된 과제가 결국 한국문학의 정체성(identity)를 올바로 파악하면서 이를 체계화하는 일이 아니겠는가라는 생각을 하게 된다.

이 책은 크게 두 부분으로 나누어져 있다. 제1부는 책이름에 조금이라도 다가갈 수 있는 글을 모은 것이고, 제2부는 주로 현대시 작품들을 대상으로 한 비평적 글들을 추려본 것이다. 아무래도 책의 무게 중심이 제1부에 있다고 하겠지만, 제2부의 글도 현대시의 현장에 대한 감각을 잃지 않으려는 필자 자신의 노력의 일단을 드러내 보여준다는 의미에서 쉽게 버리거나 가볍게 할 것은 아니라는 생각을 했다. 전문 문학비평가로서의 명함을 가진 것은 아니지만, 필자의 비평적 안목이 독자들의 시 이해에 길잡이 구실을 하는데 조금이라도 도움이 되었으면 하는 바램도 있다.

끝으로 이 책의 출판을 기꺼이 맡아 준 국학자료원 정찬용 사장님께 진심으로 고맙다는 말을 올리고 싶다. 원고를 제출하고서도 6개월 가까이 뜸을 들이면서 애를 먹인 점에 대해서 미안하다는 말을 함께 전하면서 말이다. 그리고 오래된 원고를 다시 활자화하는데 많은 도움을 준 윤치경, 박장익, 이경미, 우다영, 백정임, 박미숙 등 제자들에게도 정말 고맙다는 말을 전한다. 아무래도 가장 고마우면서도 미안한 사람들은 나의 안사람과 아이들이다. 그렇게 대단한 일도 아닐 터인데, 늘 글을 쓴다는 핑계로 집을 멀리 한 데 대한 책임을 이런 보잘것없는 말이라도 하지 않으면 면할 길이 없기 때문이다. 앞으로도 이런 핑계는 계속되겠지만 말이다.

2000년 4월 26일

우암동 연구실에서 필자

차 례

I
한국시의 정체성과 역사적 맥락

조선 후기 천기론(天機論)의 시학과 낭만주의 시론

I. 서 론

　이 글은 동양과 서양에서 독자적으로 전개되어 온 시론을 상호 비교하여 서로의 공통적인 성격과 변별성을 파악하면서, 궁극적으로 동서양 시론의 연관성을 토대로 한 현대시학을 정립하기 위한 일환으로 진행되는 것이다. 이를 위해 필자는 구체적으로 조선 후기의 천기론(天機論)과 서구 낭만주의 시론이 서로 다른 문화적 배경에서 형성되었음에도 불구하고 공통적인 요소가 많다고 판단하여, 이들 시론의 비교 고찰을 통해 상호 연관성을 파악함으로써 동서양 시학의 통합적인 관점을 정립하는 데 일조를 하고자 한다.

　주지하다시피, 조선 전기의 문학관은 그 이념적 바탕이라 할 수 있는 주자학적 세계관에 따라 문학을 도의 구현 수단으로 보는 효용론적 입장이 지배적이었다. 물론 여기에는 내부적으로 '문이관도'(文以貫道)와 '문이재도'(文以載道)로 구별되는 사장파(詞章派)와 도학파(道學派) 사이의 대립이 있었다. 그러나 사장파와 도학파의 대립에도 불구하고 16세기 이후 이황(李滉), 이이(李珥) 등의 도학파가 득세함으로써 문학은 도를 근본으로 삼아야 한다는 재도론(載道論)의 입장이 지배적인 문학관이 되었다. 그런데 조선 중기에서 후기로 나아가면서 주리론(主理論)적 입장의 성리학은 새롭게 제기된 주기론(主氣論)적 입장과 부딪쳐 심각한 내부 논쟁을 거치게 되고, 이와 함께 기존의 성리학 자체에 대한 비판적 성찰을 통해 실학(實學)이 등장하여 새로운 사상적 조류를 형성하게 되었다. 여기에 장유(張維), 김창협(金昌協), 홍대용(洪大容), 홍량호(洪良浩), 이옥(李鈺) 등 일부 사대부 시인들과 홍세태(洪世泰), 정래교(鄭來僑), 장지완(張之琬) 등 여러 위항시인(委巷詩人)들은 기존 도학파의 재도론에 이의를 제기하는 것은 물론이고 사장파의 기교주의에 대해서도 비판적 입장을 취했다. 이들은 기본적으로 시적 감정의 자연스러운 표현을 중시하고 탈규범과 반기교의 입장에서 시인의 개성을 강조하는 시관을 피력하면서 시를 쓰고자 했다. 이른바 천기(天機)는 바로 이러한 당시의 시관을 보여주는 시학의 핵심 용어라고 하겠는데, 천기론에 의해 시의 도덕적 효용성과 형식적 규범을 중시하는 중세의 시관을 극복하면서 시에 대한 인식의 근대적 전환을 꾀하고자 했다고 파악된다.

한편, 서구문학의 경우, 문학관의 근대적 전환은 18세기 말 이후 대두한 낭만주의문학에 와서 서서히 본격화되었다고 하는 것이 일반적인 견해이다. 낭만주의 문학이 발흥되면서 합리적 이성과 경험을 중시하며 세계의 실체를 합목적적인 가치관과 보편적 규칙에 의해 파악하려 했던 고전주의와 계몽주의의 문학관은 감성과 상상력을 중시하는 낭만주의 문학인들에 의해 비판받기 시작했다. 이들은 자연의 모든 사물을 인간과 같이 혼과 정신을 내재한 생명체로 이해하면서, 그것의 본질은 어떠한 이성적 판단으로도 규범화될 수 없으며, 어떠한 기계적 법칙성이나 과학적 논리로도 해명될 수 없다는 입장이었다. 이로써 자연과학의 절대화를 통한 문명의 우월성에 대한 인식은 서서히 파기되기 시작했고, 창조적 상상력의 힘과 직관에 의해 자연과 인간의 동일성과 연속성을 이루려는 욕망을 문학을 통해 실현하려고 했다. 이런 관점에서 전시대의 고전주의와 계몽주의의 문학은 형식과 윤리적 규범에 얽매인 도식주의를 보여줌으로써 '혼이 없는 메카니즘(mechanism)의 문학'을 양산하는 결과에 이르렀다고 비판했던 것은 당연했다. 이성보다 감성, 보편성보다 개성, 형식보다

정신을 중시하면서 반이성주의와 반문명주의에 의거해서 세계의 본질을 이해하고 세계와의 화합을 꿈꾸고자 했던 것이 낭만주의 문학의 기본적인 추구 방향이었으며 시학의 정립 방향이었던 셈이다.

이상에서 논의의 전제로 소략하게 살핀, 조선 후기의 천기론과 서구 낭만주의 시론은 그 형성과 전개과정의 역사적 배경은 서로 다르지만, 여러모로 공통적인 성격을 많이 지니고 있다고 생각된다. 이 글은 이 점을 밝히기 위해 먼저 조선 후기의 천기론이 갖는 시학적 특성을 세계관과 자연인식, 인간관과 시인의식, 시의 본질과 양식론이란 세 가지 측면에서 고찰한 다음, 이에 상응하는 서구 낭만주의 시론의 특징을 조선 후기의 천기론과 비교하여 그 공통적인 성격과 변별성을 검토하고자 한다.

그런데 조선 후기의 천기론과 서구 낭만주의 시론은 각자 독자적인 문학의 논의 영역에서 개별적으로 검토되어 오기만 했고, 두 시론의 관련성을 구체적으로 파악하기 위한 비교론적 시각의 논의는 아직까지 이루어지지 못했다. 이런 측면에서 이 글의 시도는 한국 고전시론을 현대적 시학의 맥락에서 재검토함으로써 그 특질을 한층 유용하게 해석하는 데 기여할 수 있을 뿐만 아니라, 서구 낭만주의 시론과의 비교시학적인 논의를 통해 서로 상응하거나 변별되는 자질을 발견함으로써 동서양 시학의 통합적 관점을 정립하는 한편 각자의 시론이 갖는 독자성을 구명하는 데에도 많은 도움을 줄 수 있으리라고 생각한다. 아울러 이 글의 논의는 김억, 김소월, 정지용, 조지훈 등 한국의 근·현대시인들이 펼친 시론이 전통시학과 어떠한 맥락을 가지며 근대적 시학으로 정립되었는지[1] 그 특성을 한층 분명히 밝히는 데에도 유용한 단서를 제공할 수 있으리라 기대한다.

---

1) 이와 관련된 시도적 논의가 있어서 주목된다. 구모룡, <生命現象의 詩學>, ≪語文敎育論集≫ 제8집(부산대 사범대 국어교육과, 1984. 12), 375~400쪽. 구모룡은 이 글에서 시적 현상의 전반을 유기체로서의 속성인 생명 현상으로 유추하고 있는 특징을 낭만적 시관의 중요한 하위 범주로서 파악하고, 김억, 김소월, 박용철, 정지용, 조지훈의 경우를 들어서 개괄적으로 검토했다.

Ⅱ. 조선 후기 천기론의 시학적 특성

2-1 세계관과 자연인식

조선 후기의 천기론과 서구 낭만주의 시론이 세계, 특히 자연에 대한 각별한 인식을 기초로 출발되었다는 점을 전제로 두 시론의 비교시학적인 논의를 시작하고자 한다. 이는 조선 후기의 천기론에서 천기(天機)란 용어가 천(天) 즉 자연의 인식과 연관되어 있으며, 서구 낭만주의의 시론 또한 이미 많은 논자들이 지적한 바처럼 유기론적 자연인식을 특징으로 한다는 점에 따라 이루어지는 것이다.

먼저 조선 후기 천기론의 경우를 검토해 보자. 그동안 조선 후기의 천기론에 관해서는 상당한 논의가 축적되어 왔다고 하겠는데,[2] 본고의 논

---

2) 조선조 문학의 전개과정에서 시의 천기론을 논의한 대표적인 글은 다음과 같다.
　① 趙東一, 『韓國文學思想史試論』(知識産業社, 1978).
　② 崔雄 外, 『韓國古典詩學史』(弘盛社, 1979).
　③ 金興圭, 『朝鮮 後期의 詩經論과 詩意識』(高麗大 民族文化硏究所, 1982).
　④ 張源哲, <朝鮮 後期 文學思想의 展開와 天機論>(한국학대학원 석사논문, 1982. 11).
　⑤ 李庚秀, <委巷詩人의 天機論>, 宋載邵 外, 『李朝後期 漢文學의 再照明』(創作과 批評社, 1983. 8).
　⑥ 金惠淑, <한국 한시론에 있어서의 天機에 대한 고찰(1)~(2)>, 『韓國漢詩硏究』 2~3(韓國漢詩學會, 1994~1995).
　⑦ 안대회, 『18세기 한국한시사 연구』(소명출판, 1999. 8).
　이상에서 ①은 주요 문학인의 문학사상을 사상사와 연관시켜 검토하는 과정에서 관련 시인들의 천기론을 개별적으로 검토하고 있으며, ②는 고전시학을 전체적으로 다루면서 부분적으로 시의 천기론을 언급하고 있다. ③은 조선 후기의 시경론을 검토하는 과정에서 시경론과 관련된 시의 천기론을 비교적 세밀히 논의하고 있다. ④는 천기론을 사상사의 맥락 속에서 집중 논의하고 있는 글로써, 천기론 논의의 시금석이 되는 본격 논의라 할 만하다. ⑤의 글은 위항시인의 천기론을 시집의 편찬의식과 관련하여 집중 검토하고 있다. ⑥은 기존의 천기론을 검토하면서, 천기론을 재도론과의 대립적 관점으로만 보거나, 성정론과 분리시켜 보았던 관점을 비판하고, 천기의 개념 파악에 몰두한 글이다. 그러나 이들 글은 사상사의 전개과정을 고려하지 못하고, 천기란 용어가 쓰인 시 논의의 전

의 또한 기존의 논의에 크게 도움을 받는 가운데 진행된다는 점을 미리 밝혀둔다. 그러나 본고는 천기론의 여러 대상 자료들을 논지에 따라 재해석하면서 비교시학적인 검토의 장을 마련하는 데에서 논의의 독자성을 갖는다고 말할 수 있다.

천기란 용어는 『장자』(莊子)에서 처음 사용된 것으로 알려져 있다. 잘 알다시피, 『장자』는 만물일원론에 입각하여 무위자연(無爲自然)의 자연철학을 설파한 책이다. 따라서 이 책에 천기란 용어가 거론되고 있다는 사실 자체만으로도 이 용어가 자연철학의 어떠한 문제의식과 연결되어 있음을 짐작할 수 있다. 먼저 『장자』의 「대종사편」(大宗師篇)에서 "욕망이 깊은 자는 천기가 얕다"(其耆欲深者 天機淺也)라고 했다. 여기서 천기는 기욕(耆欲=嗜欲) 즉 세속의 물욕이나 입신양명과 같은 욕망과는 대립되는 뜻으로 사용되고 있다. 그리고 「천운편」(天運篇)에서 "천기란 겉으로 드러나지 아니하나 오관이 모두 갖추어져 있다"(天機不張 而五官皆備)라고 해서, 천기 자체가 스스로 운동해서 밖으로 드러나는 것은 아니나, 자연의 기관으로 이미 그 성질이 갖추어져 있다고 했다. 또한 「추수편」(秋水篇)에서는 "지금 나는 천기를 따라 움직이지만, 그것이 왜 그렇게 움직이는지 그 까닭을 알지 못한다. …대저 천기가 움직이는 바를 어찌 바꿀 수 있겠는가"(今予動吾天機 而不知所以然 …夫天機之所動 何可易耶)라고 했다.3) 이는 천기의 작용이 대자연의 신비하고 현묘한 현상으로서 명확하게 그 근원을 해명하기 어려울 뿐만 아니라 그 작용 또한 인위적으로 결코 바꿀 수 없다는 뜻으로 새겨진다. 이상에서 천기는 첫째, 어떠한 세속적인 욕망이나 인위적인 작용과도 상반된다는 점, 둘째 자연의 만물에 이미 갖추어져 있는 본래의 품성이나 성질, 또는 그 작용을 일컫는다는 점, 셋째 천기의 성질과 작용은 자연의 신비하고 현묘함을 이룬다는 점

체적 문맥을 읽어내지 못하고 있는 한계가 있다. ⑦의 글은 시의 천기론을 부분적으로 다루고 있지만, 시의 천기론이 새로운 시의식을 보여주는 중요한 준거가 된다는 점을 18세기 한시의 전체적 전개과정 속에서 폭넓고도 명료하게 고찰하고 있다.

3) 이상 안동림 역주, 『莊子』(현암사, 1993. 1), 177~178쪽, 376~378쪽, 432~434쪽.

으로 요약할 수 있다.

이 세 가지 사항을 기초로 천기의 뜻을 좀더 명확히 파악해 보자. 천기란 용어에서 우선 '천'(天)은 『장자』에서 포괄적으로 내재하는 대자연, 즉 자연계를 뜻하거나, 자연히 그러함(自然而然) 즉 천연(天然)을 의미한다. 여기서 자연계와 천연의 의미는 서로 다르지만 또한 서로 통한다. 천은 곧 자연(天卽自然)인데, 그것은 무위(無爲)와 무정(無情)의 비의지적이고 무목적적이란 점에서 그렇다.4) 그리고 천기에서 '기'(機)는 본바탕이나 작용을 지칭하는 것이니, 천기는 대자연이 지닌 본래의 성질이나 작용, 또는 천연의 속성을 의미하는 것으로 파악되는 것이다. 그런데 장자는 천과 인(人)을 대립시켜 비의지적인 속성과 인위적인 속성을 구별하기도 하지만, 궁극적으로는 천인합일(天人合一)의 경지를 추구하고 있는 것이다.

이와 같이 『장자』에서 사용된 천기의 뜻은 사전에서도 대동소이한 뜻을 나타내는 것으로 중요 항목에 올려져 있다.5) 그렇지만 천기의 용어는 장자적 개념에 반드시 한정된다고 말할 수 없다. 조선 후기 천기의 논의가 천기에 관한 장자적 개념에 기초하면서도, 개인의 세계관과 관심의 차이에 따라 다양한 문맥에서 천기를 논의하고 있기 때문이다. 다만 그럼에도 불구하고 천기의 논의가 천기란 용어가 함의하듯 천(天) 즉 자연을 포함한 세계인식의 문제와 기본적으로 연결되어 있다는 점은 주목할 필요가 있다.

우리 문학의 경우, 천기란 용어는 성현(成俔: 1439~1504)의 『용재총화』(慵齋叢話)와 16세기 초 기일원론(氣一元論)의 주장을 펴면서도 노장

---

4) 劉笑敢, 최진석 옮김, 『莊子哲學』(소나무, 1990. 9), 82~89쪽.

5) 『中文大辭典(二)』(中華學術院印行, 1971. 8), 1579쪽에 천기를 여러 가지 뜻으로 풀이하고 있는데, 그 중요한 개념은 "① 天之機密也 猶言天意, ② 自然之機關 天然之機關也 猶言天性"이라고 하여 어원과 함께 정리되어 있다. 즉 천기란 천지 자연의 기밀스러움을 말하는 것으로 천의(天意)와 같은 뜻이거나, 자연이 본래 갖추고 있는 자연스러운 작용이나 성질로서의 천성(天性)과 같은 뜻이라고 되어 있다. 張三植, 『漢和大辭典』(三省出版社, 1990. 6), 501쪽에도 『中文大辭典』에서 말한 뜻을 그대로 풀이하고 있다.

사상에 심취했던 서경덕(徐敬德: 1489~1546)의 글과 시에서 단편적으로 거론되기 시작했다.6) 이 중 특히 서경덕은 시 「천기」(天機)에서 "음양과 오행은 누가 움직이게 했을까?/이들이 상응하며 주고 받고 작용하는 곳에/환히 천기가 보인다"(二五誰發揮 惟應酬酌處 洞然見天機)7)라고 했는데, 여기서 천기는 자연의 오묘한 현상을 일컫는 것으로 나타난다. 이는 서경덕의 세계인식의 일단이 노장의 자연철학에 의거하고 있음을 보여주는 것이다.

그런데 서경덕의 시 「천기」는 천기론적 자연인식의 일단을 보여줄 뿐이다. 천기론이 세계관의 변화와 어떠한 관련을 맺는지, 그리고 시의 논의와 어떻게 연결될 수 있는지 등에 관한 구체적 인식을 서경덕은 미처 마련하지 못했다. 이런 점에서 장유(張維: 1587~1638)의 「와명부」(蛙鳴賦)는 주목할 만한 글이다.

> 심하도다. 그대의 미혹됨이여. 인간 이치의 변화와 만물의 성질의 마땅함에 통달하지 못한 사람이로다. 넓고 큰 우주는 크게 감싸 만물이 함께 생겨나니 형체와 기운을 부여받아 천기가 스스로 울려나네. 제각기 그 성질을 따라서 그 정을 나타내도다. …(중략)… 저 개구리는 음양이 그 기운을 부여하고 조물주가 그 바탕을 만들어 내어 진흙에서 태어나서 더러운 웅덩이에 살면서 우물 난간 위에도 뛰어다니고 깨진 벽돌 틈에 들어가 쉬기도 하네. …(중략)… 대개 사물과 내가 일치하면 각자는 그 처소를 편히 여기고 그 적합한 것을 즐기게 된다. 예전에 달자(達者)는 물고기의 즐거움을 알았고 또 장주(莊周)·주희(朱喜)는 당나귀 울음에 기뻐하고 매미소리를 듣고 귀가 트였다 하네. …(중략)… 지금 그대는 자기 몸만 근본하여 사물과 구별하고 근본에 머물러 세속을 싫어하니 저 천뢰(天籟)가 고르게 깃들어서 통하고 막힌 것이 한 근원임을 모르는도다. (甚矣 子之惑也 盖未通乎人理之變 與夫物性之適者也 芒蕩大包 萬類並生 稟形受氣 天機自鳴 各率其性而宣其情 …(中略)… 若蛙者 陰陽賦其氣 造化成其質 生於泥淖 處於汗澤 跳梁乎井榦之上 入休乎缺甃之隙 …(中略)… 盖物我之一致 各自安其所而樂其適 在昔達者 知

---

6) 정연봉, <朝鮮 後期 自然觀과 張維의 詩論>, 『고전비평연구 1』(국어국문학회 편, 태학사, 1997. 5), 255~258쪽.

7) 金學主 譯, 『花潭集』(大洋書籍, 1978. 10), 47~48쪽.

> 魚之樂 亦有先正若張朱氏 喜驢鳴而愜心 聞蟬聲而醒耳 …(中略)… 今子本身
> 而異物 滯根而厭塵 不知夫天籟之均寓 通塞之同源)[8]

장유는 장자의 자연철학에 많은 영향을 받은 가운데, 장자의 천기론을 시의 천기론으로 전환시켜 독자적인 시론을 전개한 시인으로 알려져 있다.[9] 위의 글 역시 장자의 자연철학에 근간을 두고 있는 글이다. 장유는 『장자』의 「제물론」(齊物論)에서 말한 천뢰(天籟)와 연결지어, 천기론의 관점에서 만물제동(萬物齊同)의 사상과 함께 궁극적으로 물아일치(物我一致)의 즐거움을 아는 달자(達者)의 경지를 설파하고 있다. 먼저 자연의 만물은 우주로부터 그 형체와 기운을 부여받으니 천기가 스스로 울려난다(天機自鳴)고 했는데, 여기서 천기는 자연의 만물이 본래부터 지닌 제각기의 성질이라는 일반적 의미에서 벗어나지 않는다. 그런데 중요한 점은 이러한 천기의 인식으로부터 장유는 자연의 만물이 제각기의 존재 의의를 지닌 개별자이면서 동시에 서로 대등한 관계를 이루고 있다는 점을 말하는 근거로 삼고 있다는 사실이다. 이는 인간의 도의 함양을 중시하면서 인간 중심적인 관점에서 자연을 생각하는 도학주의자의 입장과는 크게 다른 것이다. 이 점은 대표적인 도학주의자인 이황(李滉: 1501~1570)의 입장과 비교해 보면 한층 분명해진다.

> 옛날에 산림(山林)을 즐겼던 자들을 보건대 두 종류가 있다. 현허(玄虛)를 그리며 고상함을 섬기면서 즐기는 사람도 있고, 도의를 기뻐하며 심성을 기르면서 즐기는 사람도 있었다. 전자의 설을 따르면, 몸을 깨끗이 하느라고 윤리를 어지럽히는 데 흐를까 두렵고, 그것이 심하면 새와 짐승과 같은 무리를 지어도 잘못인 줄 모르게 된다. 후자의 설을 따르면, 즐기는 것은 성현이 남긴 찌꺼기의 글 뿐이고, 전할 수 없는 미묘함에 이르러서는 구하고자 하면 할수록 더욱 더 얻을 수 없으니 즐거움이 어디에 있겠는가? 그러나 차라리 후자를 위해 스스로 힘쓸지언정 전자를 위해서 스스로를 속이지 않겠다. (觀古之有樂於山林者 亦二有焉 有慕玄虛事高尙而樂者 有悅道義頤心性而

---

8) 張維, <蛙鳴賦>, 『谿谷集』 권1, 『韓國文集叢刊』 92, 22~23쪽.
9) 정연봉, 앞의 글, 264~265쪽.

樂者 由前之說 則恐惑流於潔身亂倫 而其甚則與鳥獸同群 不以爲非矣 由後之
說 則所嗜者糟粕耳 至其不可傳之妙 則愈求而愈不得 於樂何有 雖然 寧爲此而
自勉 不爲彼而自誣矣)[10]

　위에서 보듯이, 이황은 자연을 즐기는 두 부류로 "현허를 그리며 고상
함을 섬기면서 즐기는 사람"과 "도의를 기뻐하며 심성을 기르면서 즐기
는 사람"으로 구분하면서, 전자보다는 후자 쪽을 취하겠다고 했다. 전자
가 노장적 입장에서, 후자가 유가적 입장에서 자연을 즐기는 태도를 나
타낸다고 하겠는데, 이황은 후자 쪽을 긍정하면서 자연에서 도의와 심성
을 함양하는 데에서 즐거움을 찾을 수 있다고 보았다. 그러나 그는 무위
자연의 노장적 태도가 인간의 윤리를 어지럽히는 결과에 이르고, "새와
짐승과 같은 무리를 지어도 잘못인 줄 모르게 된다"고 비판했듯이, 만물
제동의 입장 또한 인본주의의 관점에서 받아들일 수 없는 것이었다. 이
는 앞서 살핀 장유의 생각과 크게 다른 것이다. 자연의 만물이 제각기의
천기를 받아 균등하게 존재하는 이치를 깨닫지 못하고 인간 중심적인 생
각에서 자연의 사물을 한갓 미물로만 생각하는 것은 인간의 미혹됨에 지
나지 않는다는 것이 장유의 생각이었다. 이런 점에서 장유의 천기론적
자연인식은 노장적 자연관을 재인식함으로써 인간 본위의 유가적 자연관
을 비판적으로 성찰하고자 한 셈이다.
　한편, 장유가 천기자명(天機自鳴)하다고 했는데, 이는 곧 하늘의 소리
인 천뢰(天籟)에 다름 아닌 것으로 연결지어 생각할 수 있다. 천기가 자
연 만물에 내재하는 고유한 성질이라면, 천뢰는 이런 천기가 밖으로 외
현화되어 드러나는 것으로 파악된다. 『장자』에서 물욕에 가림이 많은 세
속의 인간은 이 천뢰의 즐거움을 누릴 수 없다고 했는데, 장유는 이런
주장을 그대로 따르면서 세속의 인간이 미혹됨에서 벗어나 물아일치의
즐거움을 누릴 수 있는 달자(達者)의 경지를 이상적으로 생각했다.
　장유의 천기론적 시의식은 이상과 같은 천기론적 자연인식이 바탕으로

---

10) 李滉, <陶山雜詠記>, 『退溪集』 권3 (『影印本 增補退溪全書』 1, 성균관대 대동문
　　화연구원, 1971), 102쪽.

작용하고 있음을 알 수 있다.

> 시는 곧 천기이다. 성(聲)에서 울리고 색(色)의 윤택함에서 빛나니, 청탁
> (淸濁)이나 아속(雅俗)은 자연에서 나오는 것이다. 성이나 색은 만들어낼 수
> 있으나, 천기의 묘는 만들어낼 수 없으므로 성색만 같게 할 수 있을 뿐이다.
> …(중략)… 진실성은 어찌 천기를 일컫는 것이 아니겠는가? (詩天機也 鳴於
> 聲 華於色澤 淸濁雅俗出乎自然 聲與色 可爲也 天機之妙 不可爲也 …(中
> 略)… 眞者何非天機之謂乎)11)

장유는 시는 곧 천기라고 하면서, 천기의 묘는 자연으로부터 비롯되는
것으로 인위적으로 결코 만들 수 없다고 했다. 먼저 "시는 곧 천기"라고
한 주장은 시를 인위적인 창작물로서 파악하는 것이 아니라, "자연에서
나오는 것"으로 시의 창작 근원을 자연에 둠으로써 시 창작의 자연발생
설을 내세우는 결과가 된다. 대자연의 사물이 형체와 기운을 부여받아
천기자명 하듯이, 시 또한 이러한 자연의 존재물과 한 가지로 우주로부
터 천기를 부여받은 시인의 천성이 자연스럽게 발로된 것이라고 인식한
다. 그런데 장유는 시의 자연발생설을 주장하면서도 시 창작의 주체로서
시인을 완전 배제하지는 않고 있다. "진실성이 어찌 천기를 일컫는 것이
아니겠는가?"라고 한 대목을 유념해서 보자. 천기가 자연에 대한 본체론
적 인식에 따라 자연에 고유하게 내재된 성질 즉 천성을 일컫는다면, 시
적 진실성으로서의 천기는 시인에게 고유한 내면적 진실성을 말하는 것
으로 이해될 수 있다. 그런데 시인의 내면적 진실성은 근원적으로 자연
의 천기와 동일시됨으로써 다분히 신비주의적 인식의 테두리에 머무를
수 있다. 이 점은 장유가 시는 곧 천기라고 한 다음, 궁극적으로는 시가
'천기의 묘'를 이루는 경지에 있음을 말한 데에서 뚜렷이 드러난다. 장유
의 천기론적 시의식이 천기에 입각한 시적 진실성을 언급하였음에도 불
구하고, 그것이 시인의 개성을 주창하는 쪽으로 진전되지 못하고 있는
까닭도 여기에서 찾아진다. 이는 그가 한편으로 심학(心學)으로 불리는

---

11) 張維, <石洲集序>, 『谿谷集』 권6, 『韓國文集叢刊』 92, 113쪽.

양명학(陽明學)에 심취하면서 보인 강한 주관주의적 태도와도 무관하지 않을 것이다.[12)

장유의 다음 세대 인물이면서, 삼연(三淵) 김창흡(金昌翕: 1653~1722)과 농암(農巖) 김창협(金昌協: 1711~1768) 형제의 부친이기도 한 김수항(金壽恒: 1629~1689)은 장유와 유사한 입장에서 천기론적 관점의 세계인식을 보여주었다. 그의 「청와설」(聽蛙說)을 보자.

> 대저 기품을 논하자면, 인간의 지각은 어떤 사물보다도 뛰어나다. 그러나 지각능력이 뛰어나다는 것은 물욕의 가림이 또한 많아서 능히 그 본성을 다하는 것이 드물다는 것을 의미한다. 능히 그 본성을 다하는 것은 도리어 치우치고 막힌 사물에서 발견할 수 있으니, 무슨 까닭인가? 천기가 저절로 움직여서 가식과 수식을 할 필요가 없기 때문이다. 개구리가 우는 것이 어찌 가르치고 배워서 그러한 것이겠는가? 본성의 자연스러움에서 그러한 것일 따름이다.(夫以氣稟論之 人之知覺 最多於物 而知覺多者 物欲之蔽亦多 鮮能盡其性 能盡其性者 反見於偏塞之物 何者 天機自動 不假修飾故也 若蛙之鳴 亦豈有敎之學之而然乎 出於性之自然而然耳)[13)

김수항은 장유와 기본적으로 같은 입장에서 인간 중심적인 사유에 대한 비판적 인식을 보이고 있다. 장자가 말한 "욕심이 깊은 자는 천기가 얕다"라는 구절을 새롭게 해석해서 세속적 존재인 인간과 자연적 존재인 사물의 관계를 대비적으로 파악하는 근거로 삼으면서, 자연적 존재인 사물의 존재 의의와 가치를 새롭게 인식하고 있는 것이다. 물론 이의 근거는 천기론적 자연인식에 의한 것이다. 세속적 인간은 비록 지각능력은 뛰어나지만 물욕의 가림이 많고 가식을 일삼기 때문에 본성에 충실하기 어렵지만, 자연적 존재인 사물은 지각능력은 떨어지지만 물욕의 가림이 없고 가식이 불필요해서 오히려 본성에 충실하게 됨으로써 천기가 스스

---

12) 조동일은 장유의 문학관이 갖는 특징을 양명학의 수용을 통한 사상적 전환이란 관점에서 검토한 바 있다. 趙東一, 『韓國文學思想史試論』(知識産業社, 1978. 4), 188~200쪽.
13) 金壽恒, <聽蛙說>, 『文谷集』 권26 장36~37.

로 움직인다(天機自動)고 했다. 장유는 천기가 스스로 울린다(天機自鳴)고 하면서 사물의 개별적 존재 의의를 인정했는데, 김수항은 천기가 스스로 움직인다고 표현을 달리하면서 역시 같은 점을 이야기했다고 하겠다. 아울러 장유가 천기를 말하면서 궁극적으로 물아일치에 이르는 인간의 내면적 자기수양을 이상으로 제시했는데, 김수항은 그러한 장자적 이상을 제시하지는 않았지만, 인간도 자연적 존재인 사물과 같이 본성에 충실해야 함을 결과적으로 주장한 셈이다.

그런데 김수항의 천기론은 인간 중심적 사고를 극복하고 자연적 존재의 가치를 새롭게 인식하는 데 기여했다고 하겠으나, 인간 대 자연, 또는 인간 대 사물을 대립적 관계로 인식하는 한계를 가지고 있으며, 문학에서 천기를 논의하는 단계에까지 나아가지 못했다. 그의 아들인 김창협에 이르러 김수항의 천기론은 시의 천기론으로 구체적인 정립을 보게 된다.

　　① 내가 이르기를, 시는 성정이 만들어진 것이다. 오직 천기에 깊은 자만이 이에 능하다라고 하였다. (余謂詩者 性情之物也 唯深於天機者能之)[14]

　　② 시가의 도는 문장과 다른 것으로 진정 허경(虛景)과 한사(閒事)를 말한 것이 많으니, 고인의 묘라는 것도 도리어 여기에 많이 있다. 비록 허경과 한사를 말하지만, 천기의 활발한 묘와 우리들 성정의 진실성이 실로 그 사이에 있는 것이다. (詩歌之道 與文章異者 正以其多道虛景 多道閒事 而古人之妙 却多在此 盖雖曰虛景閒事 而天機活潑之妙 吾人性情之眞 實寓於其間)[15]

김창협은 ①에서 시는 성정이 표현되어 이루어진 것이라고 하면서도, 천기에 깊은 자만이 이에 능하다고 했다. 이 말은 『장자』에서 "욕심이 깊은 자는 천기가 얕다"라고 말한 구절을 뒤집어서 달리 나타낸 것이다. 장자의 말을 빌리면, 천기에 깊은 자는 욕심이 없는 자인데, 이는 달리 진실된 성정을 가진 자를 일컫는 것으로 받아들일 수 있다. 김창협은 장자

---

14) 金昌協, <松潭集跋>, 『農巖全集』 권34(영인본, 景文社, 1976), 501쪽.

15) 金昌協, <與趙成卿>, 『農巖全集』 권34(영인본, 景文社, 1976), 218쪽.

가 무욕의 무위자연(無爲自然)과 물아일체의 경지를 주장하기 위해 사용한 천기란 용어를 시인의 성정의 진실함을 말하는 근거로 삼았던 것이다. ②의 글은 이 점을 더욱 분명히 알게 한다. 시가의 도가 문장과 다르다고 전제한 다음, 허경(虛景)과 한사(閑事)를 말한 시를 긍정하면서, 이런 시가에 오히려 천기의 활발한 묘(天機活潑之妙)와 성정의 진실됨(性情之眞)이 있다고 했다. 이런 주장은 기존 장유의 주장과 비교해 볼만하다. 앞서 살핀 바처럼, 장유는 김창협에 앞서 시의 천기를 말하면서 시의 진실성 곧 시인의 내면적 진실성을 강조했는데, 시인의 개성을 주장하는 데까지 나아가지 못했다. 여기서 장유가 다른 한편으로 시언지(詩言志)의 고전적인 이해를 따르면서 시는 반드시 실경(實境)과 진정(眞情)을 말해야 마땅하다고[16] 한 주장을 김창협의 경우와 덧보태어 생각할 필요가 있다. 장유가 말한 실경과 진정이 재도론적 관점의 효용론에 기대고 있음에 비하여, 허경과 한사의 시가 오히려 성정의 진실됨을 보여준다는 김창협의 천기론은 재도론적 관점의 획일적인 시관을 비판하면서 시인의 개성적인 시관을 긍정하는 언술이면서, 자신의 시가 놓인 입지를 정당화하는 것이기도 하다.

천기론의 관점에 의한 자연인식이 자연을 철저히 있는 그대로 보고 즐기면서, 자연과 대화적인 관계를 유지하고자 하는 입장으로 전개되기도 했다. 두기(杜機) 최성대(崔成大: 1691~1761)의 경우가 그렇다. 그가 친구인 신유한(申維翰)과 대화를 나누면서 남긴 시에 관한 생각을 보자.

나는 시에서 법칙과 격률(格律)을 따지지 않으며, 소리·모양새·색깔·윤택함 같은 겉모양을 중시하지 않습니다. 내가 견지하여 즐기는 바는 천기입니다. 하늘의 형상은 해, 달, 별, 바람, 비, 서리, 이슬로 나타나고, 땅의 형상은 산천초목, 조수, 물고기로 나타납니다. 누가 이러한 사물을 빚어냈으며, 누가 이를 갈고 닦아 빛나게 하였으며, 누가 아무 일없이 거하면서도 찬란하게 그 형상을 만들어 놓았겠습니까? 인간의 경우에는 학사, 일민(逸民),

---

16) "余謂 詩所以言志 必道眞情實景然後 方謂可觀 若無是事 而强虛語則 雖工不足稱也"(張維, 『谿谷漫筆』 권1, 『韓國文集叢刊』 92권, 589쪽).

임협(任俠), 승려, 기녀, 청상과부의 노래와 말, 웃음과 울음으로 때로는 맺히고 때로는 끊어지는 것 같지 않습니까? 대저 사물이 천만가지 빛깔로 화려하게 변화하면서 자연스럽게 기를 펴고, 자연스럽게 움직이는데, 색색이 자연이 낳은 것이요, 가지가지가 천연의 취향입니다. 이 모든 것이 감흥을 일으키게도 하고, 사물의 변천을 관찰하게도 하며, 무리지어 원망하게도 할 수 있습니다. (吾于詩 不以規矩 不以格律 不以聲容色澤 而所把翫者 天機也 天之象 一月星辰風雨霜露 地之象 山川草木鳥獸魚鼈 孰陶鑄是 孰磨光是 孰居 無事粲然而成象 其在人而爲學士逸民任俠僧胡冶女嬬姬之歌言笑泣 繹如班如者 與 夫物之千紅萬碧爛漫低昂自然而舒 自然而動者 色色天生 種種天趣 是皆可 以興 可以觀 可以群且怨乎哉)[17]

최성대는 시의 규범적인 법칙을 거부하면서 철저히 자연을 있는 그대로의 개체적 현상으로 보면서 그것을 완상하는 태도에서 시의 미학을 찾고 있다. 이런 자연의 완상 태도를 그는 천기를 즐길 따름이라고 했다. 그에게는 천지자연의 모든 형상과 그들의 조화로움, 그리고 온갖 인간의 희로애락이 모두 천생(天生)이요 천취(天趣)로서 천기가 발현된 것으로 받아들여진다. 이런 경지에서 눈에 보이고 체득되는 모든 천지자연과 인간만사의 모든 현상이 시가 될 수 있는 것이다. 그가 하루도 시와 관계가 없는 날이 없다고 했듯이, 그는 시란 자연과의 자연스러운 정서적인 교감과 대화로 이루어진다고 보는 입장이다.

18세기 말의 시인 이옥(李鈺: 1760~1812)은 천기란 용어를 직접 사용하지 않았지만, 기존의 천기론과 연결되는 세계인식의 면모를 보여주면서, 이를 바탕으로 자신의 시에 대한 개성론을 강하게 피력했다.

천지만물에는 천지만물의 성(性)이 있고, 천지만물의 상(象)이 있고, 천지만물의 색(色)이 있고, 천자만물의 성(聲)이 있으니, 총괄하여 보면 천지만물은 하나이지만 나누어 말한다면 천지만물은 각각의 천지만물인 것이다. (天地萬物 有天地萬物之性 有天地萬物之象 有天地萬物之色 有天地萬物之聲 摠而察之 天地萬物 一天地萬物也 分而言之 天地萬物 各天地萬物也)[18]

---

17) 申維翰, <筆園夜話有述五十韻幷書>, 『靑泉集』 권1 장27~28.
18) 李鈺, <一難>, <俚諺引>, 『藝林雜佩』.

천지만물 곧 자연계의 사물은 제각기의 성상색성(性象色聲)을 가진다
고 한 것은, 앞에서 검토한 바처럼, 기존의 천기론자들이 자연계의 사물
이 각자의 본성에 따라 천기를 누린다고 하면서 천지만물의 개별적인 존
재성을 인정했던 점과 일맥상통한다. 그런데 이 천지만물은 하나이면서
또한 각각의 천지만물이 된다고 했다. 천지만물이 하나라고 한 것은 보
편성의 측면에서 사물을 인식한 것이고, 천지만물이 각자의 천지만물이
라고 한 것은 특수성의 측면에서 사물을 인식한 것이다. 여기까지만 보
면 이옥은 보편성과 특수성의 양면에서 세계를 인식하고 있다. 그러나
그는 보편성보다는 특수성의 측면에 더욱 가치를 두면서 세계의 본질적
국면을 파악하고자 한다.

> 대개 논의해 보자면, 만물은 만물이라 진실로 한결같은 수 없다. 한 곳의
> 하늘은 하루도 같은 하늘이 없으며, 한 곳의 땅도 비슷한 땅이 한 곳도 없
> 으니, 천만 사람이 각자 천만 사람의 이름을 가지는 것과 같다. (盖嘗論之
> 萬物者萬物也 固不可以一之 而一天之天 亦無一處相圓之天焉 一地之地 亦無
> 一處相似之地焉 如千萬人 各自有千萬件姓名)[19]

이옥이 강조한 점은 "만물은 만물이라 진실로 한결같을 수 없다"는 것
이다. 천지만물이 하나라고 보는 것은 이일원론(理一元論)에 의한 관념적
인 인식이라면, 만물이 결코 한결같을 수 없다는 것은 주기론적 관점의
경험론적 인식에 의한 것이다. 이러한 경험론적 자연인식은 이옥의 경우
철저한 개성론으로 전개된다. 각 시대마다 각 나라마다 서로 다른 고유
한 시를 가지듯이, 시는 시대와 장소에 따라 서로 다르고 또한 변화하기
마련이라고 하면서, 자신도 "대청 건륭의 해에 태어나서 조선 한양성에
살고 있다"는 개체적 인식에 따라 자신만의 개성적인 시를 짓는다고 했
다.[20] 이처럼 이옥은 자연의 경험론적 인식에 따라 시인의 개성적 자각

---

19) 李鈺, 위의 글, <一難>.
20) "一代不如一代 各自有一代之詩焉 …(中略)… 一國不如一國 各自有一國之詩焉

은 물론 주체적 민족문학론의 제시로 나아가게 되는 것이다.[21]

이상에서 조선 후기의 천기론은 장자로부터 출발된 자연인식, 즉 자연의 오묘함을 말하는 천의와 자연에 내재된 고유한 성질로서의 천성이란 인식을 근간으로 하고 있음을 파악했다. 그런데 이 천기론적 자연인식은 자연의 자연스러운 속성과 자연에 대한 개체적 인식으로부터 시인의 내면적 진실성을 강조하거나 시인의 개성에 대한 자각으로 연결되기도 했고, 다른 한편으로 시인의 의식적 창작 노력을 배제하고 자연과의 자연스러운 교감과 대화를 강조하거나, 시의 자연발생설을 주장하는 쪽으로 전개되기도 했다.

2-2 인간관과 시인의식

천기론의 자연인식은 세속의 인간 대 자연의 대립적 관계 인식에서 궁극적으로는 물아일치의 경지를 추구하거나, 다른 한편으로는 자연의 사물에 대한 개체적인 인식과 함께 모든 사물이 평등하게 존재한다는 만물제동의 사상을 보여주었다. 조선 후기에 천기론을 펼쳤던 문학인들은 이러한 자연인식을 바탕으로 세속적 인간에 대한 반성과 함께 인간 존재의 평등성에 대한 자각을 나타내기도 하면서, 시인의 시적 개성을 강하게 주장하기에 이른다.

허균(許筠: 1569~1618)은 일찍이 「유재론」(遺才論)에서 하늘이 인간에게 재능을 고루 부여했음에도 불구하고 신분의 차이에 따라 차별을 두는 일을 '역천'(逆天)의 행위라고 말하면서[22] 신분차별의 제도에 대하여 강한 불만을 제기했다. 물론 허균의 이러한 발언은 직접적으로 천기론의 관점에서 제기된 것은 아니다. 그러나 하늘이 인간에 부여한 재능(天之賦才)이란 천성으로서의 천기에 상응하는 것이라고 보아도 무방할 것이다.

三十年而世變矣 百里而風不同矣 奈之何生於大淸乾隆之年 居於朝鮮漢陽之城 而乃敢伸張短頸 瞋大細目 妄欲談國 風樂府詞曲之作者乎"(李鈺, 같은 글, <一難>).

21) 金均泰, 『李鈺의 文學理論과 作品世界의 硏究』(創學社, 1986. 7), 46~59쪽.

22) "天之賦才爾均也 而以世胄科目限之宜乎 常病其才也 …(中略)… 天之生也 而人棄之 是逆天也"(許筠, <遺才論>, 『惺叟詩話』 권11, 123쪽).

여하튼 허균과 같은 인간평등론의 입장은 특히 17세기 후반 이후의 위항 문학인들에 오면 천기론의 주장과 연결되어 한층 적극적으로 제시된다.

유하(柳下) 홍세태(洪世泰: 1653∼1725)의 경우를 보자. 그는 최초의 위항시집이라 할 『해동유주』(海東遺珠)를 편찬한 위항시인인데, 이 시집의 서문에서 주목할 발언을 했다. 즉 "대저 사람은 천지의 중(中)을 얻어서 태어나니, 그 정에 느낀 바가 말로써 나타나 시가 됨은 신분의 귀천이 없는 것과 한 가지이다."23)라고 해서, 신분의 귀천을 떠나 모든 사람이 평등하게 태어났음을 주장하면서 시 또한 이와 마찬가지라고 했다. 이는 미천한 신분에 있었던 자신의 시와 같은 처지에 있었던 위항시인들의 시를 정당화하는 동시에 위항시집의 편찬을 정당화하는 것이기도 하다. 홍세태의 천기론에 입각한 인간평등론의 주장은 단순히 위항시인들의 시를 옹호하는 수준에 그치지 않는다. 위항인들의 시가 부귀와 세리를 누리는 사대부의 시보다 오히려 더 좋은 시라는 주장을 펴는 데까지 이른다. 그 이유는 무엇인가?

> 시는 하나의 소기이다. 그러나 명리를 벗어나 마음에 얽매인 바가 없는 사람이 아니면 할 수 없다. 장자가 말하기를 욕심이 많은 사람은 천기가 얕다고 했다. 옛부터 대대로 살펴보면 시를 잘 짓는 사람들은 대부분 산림과 초택의 아래에서 나왔으니, 부귀와 세리(勢利)를 누리는 자들은 시에 능하지 못했다. (詩者一小技也 然而非脫略名利 無所累於心者 不能也 蒙莊氏有言曰 嗜欲深者 其天機淺 歷觀自古以來 工詩之士 多出於山林草澤之下 而富貴勢利 者 未必能焉)24)

장자의 주장을 빌어서 욕심이 많은 자, 즉 부귀와 세리를 누리는 자는 천기가 얕아서 시를 잘 쓰지 못하지만, 초야에서 미천한 신분에 있는 사람들은 오히려 명리에 얽매이지 않고 욕심이 없기 때문에 천기에 깊어서 시를 잘 지을 수 있다는 것이다. 장자의 천기론을 자신의 입장에서 재해

---

23) "夫人得天地之中以生 而其情之感而發於言者爲詩 則無貴賤一也"(洪世泰, <海東 遺珠序>, 『柳下集』 권9 장8).

24) 洪世泰, <雪蕉詩集序>, 『柳下集』 권9 장5(영인본, 民族文化社, 1981).

석해서, 천기의 심천에 따라 위항시인의 시와 사대부의 시를 구분한 다
음, 전자가 후자보다 상대적인 비교 우위를 가진다는 적극적인 주장을
펴고 있는 것이다.

　　미천한 신분의 선비(초모갈의의 선비)가 아래에서 고무되어 시가를 지어
스스로 울리니, 비록 그 학식이 넓지 못하고 자료를 취함이 멀지 못하지만,
이를 하늘에서 얻은 까닭에 저절로 초절(超絶)하여 맑디맑은 풍조가 당시(唐
詩)에 가깝다. …(중략)… 오직 그 느끼게 된 바로써 노래하는 것은 천기 가
운데에서 자연스럽게 흘러나오지 않는 것이 없으니, 이것이 이른바 진시(眞
詩)이다. (草茅衣褐之士　鼓舞於下　作爲歌詩以自鳴　雖其爲學不博　取資不遠　而
其所得於天者　故自超絶　瀏瀏乎風調近唐　…(中略)…　唯其所以爲感而鳴之者
無非天機中自然流出　則此所謂眞詩也)25)

　천기는 부귀나 권세, 학식과 상관없이 존재한다. 오히려 부귀와 권세,
학식은 천기를 가리게 하거나 잃게 한다. 천기는 하늘 즉 자연이 지닌
본래의 품성인데, 부귀와 권세와 학식은 천기를 덮어서 도리어 보지 못
하게 하는 까닭에 천기가 발현되지 못한다고 했다. 따라서 미천한 신분
의 선비는 마음에 얽매인 바가 없기 때문에 자연스럽게 천기 가운데 들
어서 성정의 진실성을 표현할 수 있다고 보았다. 진시(眞詩)는 이렇게 천
기 가운데서 성정이 자연스럽게 표현된 시인데, 홍세태의 논리 대로라면
위항시인들의 시야말로 바로 진시인 셈이다.

　위항시인들의 시에 대한 긍정적 인식은 위항시인들과 교유하며 지냈던
사대부 시인들의 경우에도 나타난다. 이천보(李天補: 1698~1761)와 조두
순(趙斗淳: 1796~1870)이 그들이다.

　　① 무른 시란 천기이다. 천기가 사람에게 깃듦에 일찍이 그 지위를 가리
지 않았으니, 물(物)에 얽매임이 없으면 능히 얻을 수 있다. 위항의 선비는
오직 궁하고 천할 따름이다. 그러므로 세상에서 말하는 공명과 영리가 그
밖을 어지럽히고, 안을 잠기게 하는 바가 없으니 쉽게 그 천성을 보존한다.

---

25) 洪世泰, <海東遺珠序>, 『柳下集』 권9 장8~9.

그리고 시업(詩業)에만 즐기고 또한 전심을 기울이니 그 형세가 그러한 것이다. (夫詩者 天機也 天機之寓於人 未嘗擇其地 而澹於物累者 能得之 委巷之士 唯其窮而賤焉 故世所謂功名榮利 無所撓其外 而泊其中 易乎全其天 而於所業 嗜而且專 其勢然也)[26]

② 무릇 시는 천기이며 성정이다. 기뻐하고 근심하며 원망하는 것이 모두 자연의 천(天)을 얻고 성정의 바름에서 발하는 것이니, 어찌 벌열의 세가만이 홀로 그 사이를 경계지어 독차지하겠는가? (夫詩 天機也 性情也 愉悅憂怨 皆得夫自然之天 而發於性情之正 則豈閥閱家世 所獨塼而區以域乎其間者哉)[27]

위에서 ①은 이천보의 글이고, ②는 조두순의 글이다. ①은 시를 천기라고 정의하면서, "천기가 사람에게 깃듦에 일찍이 그 지위를 가리지 않았"다고 하여 천기를 들어서 인간평등론을 제시하는 듯하다. 그러나 자세히 읽으면 신분과 지위의 차이를 인정하는 것을 전제로 천기에 관한 "궁하고 천할 따름"인 위항의 선비들에게도 천기가 그 신분을 가리지 않고 깃들 수 있다고 한 것이다. 이 점은 위항시인들이 천기를 말한 입장과 크게 다른 것이다. 위항시인들은 천기를 자연이 인간에게 균등하게 부여한 천성이기도 하고 재능으로 보면서, 천기를 인간이 본래부터 평등하게 태어났다는 근거로 삼거나, 아니면 그들이 천기를 더욱 잘 보존한다고 해서 자신들의 시를 옹호하고 사대부 시인들과 맞서는 기준으로 삼았다. 그러나 사대부 시인의 입장에서는 천기를 자연이 인간에게 부여한 특별한 재능으로 보면서, 천기를 신분과 지위의 차별을 부정하는 근거로 삼지 않고, 다만 위항시인들도 천기를 받아 좋은 시를 쓸 수 있다는 사실을 인정하는 정도에 그치고 있는 것이다. 위항시집의 한 가지인 『풍요삼선』(風謠三選)의 서문을 쓰기도 한 조두순의 글 ②도 이런 입장에서 벗어나 있지 않다. "시는 천기이고 성정이다"라고 정의한 데서부터 이미 위

---

26) 李天補, <浣巖稿序>, 『晉庵集』 권6, 장27.
27) 趙斗淳, <風謠三選序>, 『風謠三選』(亞細亞文化社, 1980), 21쪽.

항시인들과 인식의 차이를 드러낸다. 시를 천기라고만 하면 시란 시인의 천부적 기질이 자연스럽게 표현된 것이라는 생각으로 충분하게 되는데, 시는 성정이라고 하는 주장을 보태면, 시는 모름지기 성정지정의 도를 실어 나타내야 한다는 재도론의 입장이 더해지게 되는 것이다. 이런 점에서 "시가 사대부의 전유물이 될 수 없다"고 한 주장도 새겨보면, 우선적으로 사대부의 시를 긍정한 다음 위항시인들의 시도 사대부의 시와 견줄 수 있다는 인정론이 개입되어 있는 것이다. 그렇지만 사대부 시인들도 시를 천기론의 관점에서 재인식하고 위항시인들의 시도 자신들의 시와 동등한 반열에 들 수 있다고 인정하는 것 자체가 중요한 시의식의 변화를 보여주는 것이라 하겠다.

> 시를 지음에 호탕하고 자유로우니 시인의 태도를 얻었다. 그러나 왕왕 성조가 강개하니 연(燕)·조(趙)의 비애를 노래하는 선비와 위 아래를 다투는 것이다. 대개 그 연원이 도장(道長: 洪世泰를 말함)에게서 나온 바이나, 천기에서 얻은 바가 많다. (其爲詩也 疎宕演漾 得詩人之態度 而往往聲調慷慨 有若與燕趙擊筑之士 上下而馳逐 盖其淵源 所自出於道長 而其得之天機者多)[28]

이천보는 정래교의 시를 천기론 관점에서 긍정하고 있는데, 호탕하고 자유로운 성정에 따라 비분강개한 시를 지으니 천기를 얻었다고 했다. 이는 사대부 시인들이 성정의 바름과 순화를 강조하면서 평담(平淡)한 시를 모범으로 생각했던 것과는 사정이 다르다. 성정의 호탕함과 자유로움이 시인다운 태도를 보여주는 것이며, 그에 따른 비분강개한 시도 천기를 얻어 마땅한 경지를 이루고 있다는 것이다.

한편 천기론은 시인의 존재를 특별한 존재로 격상시키는 근거가 되기도 한다. 앞서 검토했듯이, 장유는 천지만물이 넓고 큰 우주로부터 형체와 기운을 부여받음으로써 천기가 스스로 울려난다(天機自鳴)고 하면서, 달인(達人)은 물아일치(物我一致)의 경지에서 이 천기를 즐길 수 있다고 했다.[29] 그런데 그는 장자가 말한 달인, 진인이란 용어를 시인을 지칭하

---

28) 李天輔, <浣巖稿序>, 『晉庵集』 권6, 장28.

는 개념으로 전환시켜 사용했다. 시는 "성정의 미묘함(性情之微)을 창달하고 조화의 오묘함(造化之奧)을 탐색하는 것"[30]이라고 하면서, 자연의 이치에 통달한 달인(達乎天者, 達人)을 이상적인 시인으로 제시한 것이다. 그러면서 그는 시는 궁한 사람이 잘 쓴다고 하지만, 사실은 시는 사람을 통달하게 하는 것이니 달인이 오히려 시에 능하다고 했다.[31] 이는 장유 스스로 시인됨의 위치를 달인의 경지로 격상시키고 있는 셈인데, 사대부 시인으로서 위항시인들과 다른 시각에서 시인의 존재를 말하고 있는 점이 주목된다. 위항시인들은 자신들이 궁한 처지에 있기 때문에 오히려 명리와 물욕에 천기를 가리지 않아서 시를 잘 쓸 수 있다고 했는데, 장유의 주장은 이들의 주장과는 배치된다고 할 수 있다. 장유가 물아일치의 이상적 경지를 추구하는 입장에서 천기를 보고자 한 반면, 위항시인들은 자연의 천기를 개체적 인식의 자질로써 파악하고 아울러 이 천기를 물욕과 대립되는 인간적 자질로 받아들이고자 했기 때문이다. 장자가 여러 갈래로 말한 천기를 각자의 입장에서 유리한 쪽을 선택적으로 해석하여 자신들의 시를 옹호하고 또한 정당화하는 논리로 삼았던 셈이다.

시의 천기 논의는, 앞의 장에서 간략히 논의한 바 있듯이, 시의 자연발생설을 주장하면서 시인을 자연과 시를 연결하는 매개적 존재로 보는 입장으로 나타나기도 한다. 이옥의 경우가 특히 그러하다. 그는 "시란 자연 가운데서 나온 것으로 팔괘(八卦)와 서계(書契) 이전에 이미 있는 것이다"[32]라고 했다. 시가 자연 가운데서 나왔다고 하는 것은 이미 이옥 이전에 장유, 홍대용, 최성대 등 여러 시인들이 천기론의 관점에서 이미 말한 바인데, 이옥도 이들과 마찬가지로 시의 발생 근원을 자연에 두고 있다. 그러면 이 경우 시인은 어떤 존재인가? 이옥은 "천지만물이 시를 짓

---

29) 張維, <蛙鳴賦>, 『谿谷集』 권1, 『韓國文集叢刊』 92쪽, 20~21쪽.

30) 張維, <詩能窮人辨>, 『谿谷集』 권3, 『韓國文集叢刊』 92권, 63권.

31) "古人以窮者多工詩　工詩者多窮　乃曰詩能窮人　余獨以爲不然 …(中略)… 謂詩能窮人可乎　能達人可乎　詩猶足以達人"(張維, <詩能窮人辯>, 『谿谷集』 권3, 『韓國文集叢刊』 92권, 62~63쪽).

32) "詩出稿於自然之中　而已具於畵八卦造書契之前矣"(李鈺, 앞의 글, <一難>).

는 자와의 관계에 있어서 시인의 꿈에 의탁하여 그 상을 드러내고 악기
에다 정을 통하게 한 것에 불과하다. 그러므로 만물이 사람에게 가탁하
여 바야흐로 시가 되게 한다"[33]라고 했다. 여기서 시인은 천지만물과의
관계에서 단지 "꿈에 의탁하여 그 상을 드러내"는 매개적인 존재에 지나
지 않는다. 그렇지만 "꿈에 의탁하여 그 상을 드러내고"라고 한 표현은
좀더 새겨볼 필요가 있다. 꿈은 분명 축자적 의미를 지니지 않고, 무의식
적이며 신비한 정신현상으로서 서구 낭만주의 시인들이 말했던 상상력,
직관, 영감 등과 연결지어 볼 수 있는 여지가 있다. 그리고 "악기에 정이
통하게 한 것"이란 비유적 표현에서도, 악기에 정을 통하도록 하는 근원
적인 주체로 자연을 말하고 있지만, 정 자체는 인간에게 고유한 감정이
요 의식인 만큼, 이옥이 보인 시의 자연발생설은 한편으로 '꿈'과 '정',
시적 상상력과 감정의 주체로서 시인을 상정하고 있는 역설을 지니고 있
다고 말할 수 있다.

2-3 시의 본질과 양식론

천기론의 관점에 의한 시의 본질과 양식적 특성에 관한 논의는 이미
자연인식이나 시인의식을 검토하는 자리에서 관련되는 사항에 따라 상당
부분 이루어졌다. 그것은 천기론적 관점의 자연인식이나 시인의식의 문
제가 시의 본질과 양식적 특성에 관한 사항을 포함하고 있기 때문이다.
여기서는 시의 본질과 양식에 관한 사항을 몇 가지로 범주화하여 한층
구체적으로 논의하면서 천기론적 관점에 의한 시학의 특징을 좀더 면밀
히 밝히고자 한다.

먼저 천기론의 시의식이 '묘오(妙悟)의 시경(詩境)'을 탐구하는 방향으
로 전개되었다는 점이다. 비교적 초기에 시의 천기론을 주장했던 허균,
장유의 경우에 이런 점이 두드러지게 나타난다.

허균의 경우를 보자. 그는 문장의 도(道)를 성리학적 개념에 한정시키

---

33) "天地萬物之於作之者 不過托夢而現相 赴箕而通情也 故其假於人而將爲之詩也"
    (李鈺, 앞의 글, <一難>).

지 않고, 불가사상, 노장사상 등 여러 사상을 섭렵하는 가운데 독자적인
생각으로 정립하고자 했다. 다음의 「석주소고서」(石洲少稿序)는 이런 생
각의 일단을 보여주는 글이다.

> 시에는 특별한 흥취가 있는데, 이(理)와 관련된 것은 아니다. 시에는 특별
> 한 재능이 있는데, 서책과 관련된 것은 아니다. 오직 시는 천기를 희롱하여
> 현묘한 조화(玄造)를 빼앗을 때, 정신이 빼어나고, 음향이 맑고, 격조가 높으
> 며, 생각이 깊어지는 것이 으뜸이 되는 것이다. (詩有別趣 非關理也 詩有別
> 材 非關書也 唯其於弄天機 奪玄造之際 神逸響亮格越思淵爲最上)[34]

　허균은 송대 엄우(嚴羽)가 『창랑시화』(滄浪詩話)의 ＜시변＞(詩辨)에서
"詩有別材 非關書也 詩有別趣 非關理也"라고 말한 구절을 따와서 시의
천기를 논의하고 있다. 엄우는 시가 묘오(妙悟)의 경지를 보여준다고 했
는데, 허균 또한 시의 특별한 흥취를 말하면서 이와 유사한 현조(玄造)의
경지를 말했다. 허균이 엄우의 불가적 입장을 그대로 수용하고 있다고
보기는 어렵지만, 시의 묘오론을 시의 천기론에 연결시키고 있음을 알
수 있다.
　시의 특별한 흥취가 이(理)와 관련되지 않는다는 말은 시의 흥취가 논
리적인 이치와 관련되지 않는다는 뜻이다. 이 점에서 허균은 시의 본질
이 논리의 문제가 아니라 감정에 기본을 두고 있음을 말한 셈이다. 그리
고 시의 재능이 서책과 무관하다는 것도 서책의 지식을 통해 시의 재능
을 인위적으로 구할 수 없다는 생각을 나타낸 것이다. 여기에는 이치를
따지거나 전고를 중시했던 송시풍의 경향을 비판하는 허균의 생각이 개
입되어 있는 것이면서, 다른 한편으로 학이시습(學而時習)의 궁리를 통한
인심수양을 중시했던 도학파의 고정관념에 대해서도 비판적인 입장을 개
진하고 있는 셈이다. 그러면서 허균은 시는 오직 천기를 희롱하여 현조
의 경지를 이룰 때 으뜸이 된다고 했다. 장자가 달인(達人) 또는 진인(眞
人)만이 자연의 천기와 내통하여 즐길 수 있다고 한 주장을 허균은 시와

---

34) 許筠, ＜石洲少稿序＞, 『許筠全書』(亞細亞文化社, 1972), 76쪽.

관련지어 시의 특성을 말하는 근거로 삼고 있는 것이다. 그는 시의 흥취와 시적 재능이 특별하다는 것을 전제하고, 달인 또는 진인과 같이 특별한 경지에 이른 시인만이 자연의 현묘한 조화를 이루는 천기를 희롱할 수 있다고 보았다. 이런 현묘의 시경(詩境)은 물론 당위적인 도덕률의 이치나 인위적인 지식과 무관하다는 것이 허균의 입장인데, 시적 구경(究竟)의 대상이 천기인 만큼 그것은 윤리와 지식 이전에 자연의 현묘한 기밀로서 존재하는 것이기 때문이다. 따라서 현묘한 시경의 탐구를 위한 시인의 재능이 특별하게 필요하다면, 그것은 논리와 지식의 문제가 아니라 자연의 천기를 희롱할 수 있는 특별한 시적 감각이나 자연과 교감할 수 있는 진실한 감정일 것이다.

장유 역시 허균과 유사한 입장에서 『장자』에서 말한 달인(達人), 진인(眞人)의 개념을 시인을 지칭하는 용어로 사용하면서, 시를 "성정의 미묘함(性情之微)을 창달하고 조화의 오묘함(造化之奧)을 탐색하는 것"35)이라고 말했다. 이 또한 시가 묘오의 시경을 탐구하는 데 중요한 특질이 있다는 것이다. 그런데 장유는 허균처럼 묘오의 시경 탐구에 특별한 시적 재능이 있다고 말하는 대신, 시인의 내면적 진실성을 시 창작의 가장 중요한 바탕으로 제시했다. 시를 천기라고 정의한 다음, 내면적 진실성이 없이 도연명이나 이백의 시를 아무리 잘 본뜬다고 해도 그것은 거짓에 지나지 않는다고 하면서, "진실성은 어찌 천기를 일컫는 것이 아니겠는가?"라고 하였다.36) 시의 천기는 인위적으로 모방한다고 해서 결코 얻을 수 없다고 본 때문이다. 여기에서 시의 천기론은 반모방론적 입장에서 인위적인 기교나 수사를 적극 배격하는 입장으로 나아가게 되는 것이다.

천기론의 관점에 의한 묘오의 시경이 실제비평의 입장에서도 중요하게 언급되고 있는 경우를 찾을 수 있다. 조선 후기의 위항시인인 정래교(鄭來僑: 1681~1757)는 이런 관점에서 그의 스승이기도 한 홍세태의 시를 높이 평가하고 있다.

---

35) 張維, <詩能窮人辨>, 『谿谷集』 권3, 『韓國文集叢刊』 92, 61쪽.
36) 張維, <石洲集序>, 『谿谷集』 권6, 111쪽.

　　더욱이 시에 오로지 뜻을 두어 신정(神情)이 이르는 바가 묘오(妙悟)에 깊
이 스미고, 경우를 당하여 글을 짓는 것은 천기가 유출하는 것이다. (尤專意
於詩 神情所到 潛透妙悟 遇境擒藻 天機流出)[37]

　홍세태의 시가 "신정(神情)이 이르는 바가 묘오(妙悟)에 깊이 스미고"
있다고 하면서, 이런 시적 경지에서 천기가 유출된다고 했다. 여기서 천
기가 유출되는 신정과 묘오의 경지는 시인이 자연과 접신(接神)된 경지라
고 할 만한데, 홍세태 시의 특출함을 이렇게 평가하면서 정래교 스스로
시의 이상을 묘오의 시경에서 찾고 있는 셈이다.

　그런데 유의해야 할 점은 묘오의 시경 추구가 시에 대한 신비주의적
태도로 나아가지 않는다는 점이다. 자연의 천기가 오묘하다는 점에서 묘
오의 시경을 말했을 따름이지, 장유의 주장처럼 시인은 오로지 '진실성'
에 근거해야 천기를 제대로 체현할 수 있는 것이다. 물론 여기서 진실성
은 시인의 내면적 진실성에 한정되는 간단한 문제는 아니다. 시적 대상
에 대한 진실한 묘사의 문제도 천기론자들은 진실성의 기준에서 강조한
다. 시적 대상을 왜곡시키지 않고 진실하게 묘사할 수 있는 바탕이 시인
의 내면적 진실성에 있다고 보기 때문이다. 시의 천기론이 대부분 시인
의 내면적 진실성을 내세우고 있는 표현론적 관점을 취하면서도, 다른
한편으로 시적 대상 묘사의 진실성을 강조하는 사실주의적 경향을 지향
하고 있는 이유도 여기에 있다.

　이런 점에서 조선 후기 천기론의 시학적 특징을 '진실성의 시학'이란
이름으로 규정할 수 있다. 조선 후기 천기론자들은 진실성의 관점에서
좋은 시의 요건을 찾았으며, 이와 상반되는 시로서 기존의 시를 모방한
시, 억지로 공교한 말로써 기교를 부린 시에 대해서는 매우 비판적인 입
장을 취했다. 조선 후기 대표적인 벌열(閥閱)인 안동 김씨의 일원이면서
벼슬에 나아가지 않고 홍세태 등 위항시인들과 교유하며 지냈던 김창협

---

37) 鄭來僑, <滄浪洪公墓誌銘>, 『浣巖集』 권4, 장42.

의 다음 글은 진실성의 시학에 입각한 시 비평의 태도를 분명히 보여준
다.

　　　송인의 시는 전고와 의론을 위주로 한 까닭으로 시가의 병폐가 되었다.
명인이 이를 공격하는 것은 옳도다. 그러나 그들 스스로 한 것이 송인을 능
가하지 못하고 도리어 송인에게 미치지 못하니 무슨 까닭인가? 송인은 비록
전고와 논의를 위주로 삼았지만, 학문의 축적된 바와 마음의 뜻이 쌓인 바
가 감격 촉발되어 뿜어져 묘사되니 격조에 구속되지 아니하고 말의 조리가
궁색하지 않았다. 따라서 그 기상이 호탕하고 원기가 넘쳐 흘러서 때로 천
기의 발함에 가깝게 되어, 그 시를 읽으면 오히려 성정의 진실성을 볼 수
있는 것이다. 명인은 규범에 너무 얽매여 모방에 젖어서 배움의 걸음걸이까
지 흉내내니 천진(天眞)을 회복할 수 없는 것이다. 이것이 도리어 송인의 아
래에 있는 까닭이다. (宋人之詩 以故實論議爲主 此詩家之病也 明人攻之 是
矣 然其自爲也 未必勝之 而或反不及焉 何也 宋人雖主故實論議 然其學問之所
蓄積 志意之所蘊結 感激觸發 噴薄輸寫 不爲格調所拘 不爲塗轍所窮 故其氣象
豪蕩淋漓 時有近於天機之發 而讀之 猶可見性情之眞也 明人 太拘繩墨 動涉模
擬 效顰學步 無復天眞 此其所以反出宋人下也歟)[38]

　　송시와 명시를 비교하여 논의하고 있는 위의 글에서, 김창협은 시의
중요한 평가 기준을 천기의 발함(天機之發)과 성정의 진실성(性情之眞)
표현에 두고 있다. 이에 따라 송시는 전고와 논의를 위주로 하는 폐단이
있으나, 격식에 구애됨이 없어서 오히려 천기의 발함에 가깝고 성정의
참모습을 볼 수 있다고 하여 긍정적으로 평가했다. 이와 반면에 명시는
규범에 지나치게 얽매여 당시를 모방하는 일을 주로 하니 천진(天眞)을
회복할 수 없기 때문에 도리어 송시보다 못하다고 평했다. 말하자면 좋
은 시는 규범에 얽매이지 않고 성정의 진실성을 자연스럽게 표현한 것이
며, 이 경우 천기도 자연스럽게 발하게 된다는 것이다.

　　다음의 글들도 기본적으로 같은 입장에서 참된 시(眞詩)와 좋은 시(好
詩)의 요건을 말하고 있다.

---

38) 金昌協, <雜識>, 『農巖全集』 권34(영인본, 景文社, 1976), 691쪽.

① 참된 기쁨과 참된 슬픔만이 진시(眞詩)를 만들어낸다. (夫眞喜眞悲 是
生眞詩焉耳)39)

② 시는 성조의 높고 낮음, 자구의 잘되고 못된 것을 논의할 필요가 없이
정경의 묘사가 참되고 정의 표현이 진실되면, 그것은 천하의 좋은 시라 할
만하다. (詩無論聲調高下 字句工拙 其寫境也眞 道情也實 斯可謂之天下之好
詩也)40)

위에서 ①은 이덕무(李德懋: 1741∼1793)의 글이고, ②는 이하곤(李夏
坤: 1677∼1741)의 글이다. 둘 다 감정의 진실성을 참된 시와 좋은 시의
기본 요건으로 내세우고 있다. 여기에 ②의 글은 성조와 자구의 여하를
떠나서 참된 정경 묘사와 진실한 정의 표현만으로도 좋은 시의 요건을
갖출 수 있다고 했다. 시의 이런 요건에는 의도적인 기교와 수식은 철저
히 배제되는 것이다. 시의 천기는 가식 없는 감정의 진실한 표현과 진실
한 대상 묘사에 기초하기 때문이다. 다음 홍량호(洪良浩: 1724∼1802)의
글은 이 점에서 같은 생각을 보여주고 있다.

아아 천년이나 지난 뒤에 태어나 옛 사람의 소리를 좇아가려고 하는 것
은 어리석고도 미친 일이 아닌가? 그러나 사람의 마음이 지닌 신령함과 천
기의 묘는 만세에 쉬지 않고 변함이 없으니 오직 스스로 얻는 것일 뿐이다.
(噫生乎千載之後 欲追古人之音 不易迂且狂乎 然人心之靈 天機之妙 恒萬世而
不息不變 唯在自得之耳)41)

"옛 사람의 소리를 좇아 가"는 모방적인 시의 창작 행위는 "어리석고
도 미친 일"이라고 했다. 시인은 마땅히 스스로 천기의 묘를 얻어야 하는
데, 모방적인 시의 창작은 진실성에 어긋날 뿐 아니라 개성을 버리는 행

---

39) 李德懋, <蘇書齋詩集書>, 尹光心 編, 『竝世集』.
40) 李夏坤, <南行集序>, 『頭陀草』 하권(영인본, 麗江出版社), 654쪽.
41) 洪良浩, <與宋德文論詩書>, 『耳溪集』 권17.

위라고 생각했다. 여기서 천기는 시인의 시가 가지는 독자성과 개성을 주장하는 중요한 준거가 되고 있음을 확인할 수 있다.

시의 천기론은 한편 시인의 내면적 진실성인 성정지진(性情之眞)을 참된 시의 요건으로 추구하는 만큼, 남녀의 정도 진실성의 관점에서 적극적으로 긍정되기도 한다. 일찍이 허균은 남녀의 정욕도 하늘이 준 본성(天稟之本性)이라 하여 성인의 가르침(聖人之敎)보다 우위에 두면서, 성인의 가르침을 어길지언정 하늘이 준 본성은 감히 어길 수 없다고 했다.[42] 기존 도학주의자의 관점에서는 남녀의 정욕은 인욕(人欲)에 지나지 않는 것이며 성인의 가르침에 따라 삼가야 하는 사욕(邪慾)에 불과한데, 허균은 남녀의 정욕을 긍정하는 데 그치지 않고 성인의 가르침보다 우위에 둠으로써 엄청난 사상적 반역을 꾀한 셈이다. 그에게서 남녀의 정욕은 윤리적 판단 이전의 본질적 문제이며, 성정지정(性情之正)이 아닌 성정지진(性情之眞)으로서의 천성인 것이기 때문이다.

18세기 말의 시인 이옥에 이르러서는 허균이 긍정한 남녀의 정은 더욱 적극적으로 옹호되면서 자신의 시작품을 통해 실천적인 면모를 보여주게 된다.

> 천지만물을 보건대 사람에게 보는 것보다 더 큰 것이 없으며, 사람을 보건대 정만큼 묘한 것이 없고, 정을 보건대 남녀의 정만큼 진실한 것이 없다. …(중략)… 정의 진실함을 보건대 유독 남녀의 정에서 그러하니, 인생의 진실된 일은 천도(天道)요 자연의 이치인 것이다. (天地萬物之觀 莫大乎觀於人 人之觀 莫妙於情 情之觀 莫眞乎觀於男女之情 …(中略)… 以觀乎其情之眞 而獨於男女之也 則卽人生固然之事 亦天道自然之理也)[43]

진실성의 기준에서 남녀의 정이 가장 진실하다고 말했다. 사람 사이의 다른 정은 가식될 수 있지만, 남녀의 정만은 결코 가식될 수 없다는 입

---

42) "許筠……倡言曰 男女情欲天也 分別倫紀聖人之敎也 天尊於聖人 則寧違於聖人 不敢違天稟之本性"(安鼎福, <天學問答>, 『順菴集』 권17).

43) 李鈺, <二難>.

장이다. 그래서 인생에서 가장 진실된 일이 남녀의 정이기 때문에, 그것
은 거역할 수 없는 천도(天道)요 자연의 이치라고 말했다. 주자학적 도덕
관념에서는 삼강오륜(三綱五倫)에 입각해야 천도라고 말할 수 있는데, 남
녀의 정은 천도의 예(禮)가 될 수 없는 것이다. 이런 점에서 이옥의 주장
은 분명 파격적이고 이단적이다. 그렇지만 이옥은 스스로 이런 파격과
이단을 즐긴 시인이라 할 만하다. 그의 이언(俚諺) 시가 부녀자들의 진솔
한 생활감정과 애정을 사실적으로 노래하고 있는 점이 시적 실천의 모습
을 보인 것이라 하겠다.44) 그러나 그렇다고 해서 이옥의 시가 남녀의 노
골적인 애정을 노래하고 있는 것은 아니며, 낙이불음(樂而不淫)하는 『시
경』(詩經) 시의 경지를 큰 테두리로 삼고 있다고 말할 수 있다.

　시의 천기론은 진실성과 함께 감정 표현의 자발성과 자연스러움을 시
의 중요한 요건으로 삼고자 한다. 천기가 천연의 자연스러움을 그 특질
로 하듯이, 시는 당연히 진솔한 감정이 자발적이고도 자연스럽게 표현되
었을 때 천기의 묘를 얻을 수 있기 때문이다. 이런 점에서 조선 후기 천
기론은 시인의 내면의식인 감정의 진실성을 강조하는 진실성의 시학이면
서 동시에 내면적 감정의 자발적인 표현 또한 자연스럽게 긍정하게 되는
'자발성의 시학'이라고 말할 수 있다. 물론 시론에서 감정의 진실성과 자
발성이 엄격히 분리되어 나타나는 것은 아니지만, 천기론적 관점의 시
논의를 일단 자발성의 시학이란 점에 초점을 맞추어 보자. 이 경우 자발
성의 시학은 시에서 인위적인 기교나 수사를 철저히 배제하며, 경우에
따라서는 시를 지으려는 의도가 없는 데도 시가 나오는 경지를 지향하는
것으로 나타난다. 이천보의 다음 발언을 보자.

　　시를 지으려는 의도가 없는 데도 시가 나오면, 그것은 천하의 참된 시(眞
　　詩)이다. (無意於詩而詩作者　天下之眞詩也)45)

---

44) 金均泰, 앞의 책, 59~84쪽에서 이 점을 자세하게 논의했다.
45) 李天補, <題默窩詩券後>, 『晉庵集』 권7, 장1.

시를 지으려는 의도가 없는 데도 저절로 시가 읊어질 때 가장 참된 시 (眞詩)가 된다는 주장은 당연히 시는 의식적 노력에 의해 억지로 지어질 수 없다는 생각을 바탕에 깔고 있다. 대부분의 천기론자들은 시는 천지 만물의 자연 속에 근원적으로 존재하며, 자연의 천기에 따라 시인은 단 지 그 천기의 오묘함을 자신이 당한 처지에 따라 느낀 바대로 진솔한 감 정을 자연스럽게 표현하면 된다는 생각을 가졌다. 장유, 최성대, 이옥 등 이 이와 같은 생각에서 자연과의 교감 또는 시의 자연발생설을 주장했 고, 특히 이옥은 시인의 존재는 단지 자연의 매개자일 뿐이라고까지 말 했다. 이와 같은 입장에서 시는 지어지는 것이 아니라 천기에 따라 자연 히 읊조려지는 것이다.

홍세태의 다음 글은 이런 생각을 좀더 구체적으로 보여준다.

> 가만히 생각해 보면, 시는 성정에서 나와 소리로 표현되는 것이다. 이를 읊조리면 자연히 정신이 움직이고 천성이 따라가는 묘미가 있는 것이 지극 한 것이다. 만약 누가 기이함과 교묘함에 힘쓰고 험하고 난삽한 말을 지어 내 사람들이 해독하게 어렵게 한 것을 잘되었다 하면 시를 아는 자가 아니 다. (竊謂詩者出於性情 達乎聲音 諷之 自然有神動天隨之妙者 其爲至矣 若夫 務奇巧 爲險澁語 以人所難解爲工 非知詩者也)[46]

홍세태는 "자연히 정신이 움직이고 천성이 따라가는 묘미가 있는" 시 와 "기이함과 교묘함에 힘쓰고 험하고 난삽한 말을 지어"낸 시로 구분하 면서, 전자의 시를 긍정하고 후자의 시를 부정하고 있다. 전자의 시가 성 정이 자발적이고 자연스럽게 표현된 지극하고 참된 시라면, 후자의 시는 인위적인 기교를 부려서 쓴 난삽하고 난해한 시인 것이다. 후자의 시가 마땅히 배척되는 까닭이 천성의 묘미 즉 천기를 얻지 못하고 있기 때문 이다.

그런데 천기론의 주장은 감정의 자발성을 지나치게 중시함으로써 시의 형식에 대한 미의식을 소홀히 할 우려를 안고 있다. 유만주(兪晩柱)는 시

---

46) 洪世泰, <自序>, 『柳下集』.

의 천기론을 긍정하면서도, 천기의 시가 가질 수 있는 폐단에 대해 정곡
을 찌르는 지적을 했다.

> 천기에서 발하여 글을 짓는 것을 거짓되게 하지 않는 것은 진실로 시의
> 근본이다. 그러나 잘난 체하고 거만한 마음으로 시를 조급하게 짓고는 시가
> 지극히 잘 지어졌다고 하지만, 이는 횡설수설하고 방자하게 된 것인즉, 그것
> 은 하나의 악시인 것이다. (發乎天機 不假點撰 固詩之本也 然遽以此自大 以
> 爲詩之極工 而橫豎放肆 則卽一惡詩)[47]

유만주는 천기에서 발하여 시를 진실되게 짓는 것을 시의 근본이라 했
다. 그러나 천기를 빌미로 시를 조급하게 지으면 말이 횡설수설하고 방
자하게 되는 까닭에 악시(惡詩)가 될 수 있다는 것이다. 사실 유만주의
이런 지적은 매우 온당하며, 시의 천기론이 가질 수 있는 한계를 잘 파
악하고 있다고 하겠다. 시의 진실성이 감정의 자발성을 기초로 하지만,
즉흥적인 시작이 시의 진실성을 담보할 수 없으며, 시의 언어와 형식에
대한 기본적인 미의식이 동시에 확보되어야 하기 때문이다.

그러면 조선 후기의 천기론자들은 천기를 얻은 참된 시 또는 좋은 시
의 모범을 어떤 시 양식에 두고 있을까? 그들은 스스로 시의 모방적 태
도를 배척하고 있지만, 대부분의 시인들은 당시를 천기 발현의 전범적인
시로 생각하고 있음을 보여준다. 김창협은 시는 성정이 발하고 천기가
움직인 것이라고 하면서, 당시가 가장 자연에 가깝다(近自然)했다고 했으
며,[48] 홍세태는 위항시인들의 시가 초절(超絶)하여 맑은 풍조를 지니는
것이 당시에 가깝다고 평가하기도 했다.[49] 그리고 당시와 함께 적극 긍

---

47) 兪晩柱,『欽英』제8책 己亥年(1779) 十二月條.

48) "詩者 性情之發 天機之動也 唐人詩 有得於此 故無論初盛中晚 大抵皆近自然"(金
   昌協, <雜識>,『農巖全集』권34, 영인본, 景文社, 1976), 691쪽.

49) "草茅衣褐之士 鼓舞於下 作爲歌詩以自鳴 雖其爲學不博 取資不遠 而其所得於天
   者 故自超絶 瀏瀏乎風調近唐 …(中略)… 唯其所以爲感而鳴之者 無非天機中自然
   流出 則此所謂眞詩也"(洪世泰, <海東遺珠序>,『柳下集』권9 장8~9, 民族文化
   社, 1981).

정되고 있는 시가 『시경』의 국풍(國風)이다. 그 이유는 무엇인가? 18세기의 대표적 기일원론자이자 북학파의 선구적 인물인 홍대용(洪大容: 1731~1783)은 다음의 글에서 그 이유를 말하고 있다.

> 노래란 정을 말로써 표현한 것이다. 정이 움직여 말로 나타나고, 말이 곡조를 이룬 것을 일컬어 노래라 한다. 교졸(巧拙)을 따지지 않고 선악을 잊으며 자연에 의거하여 천기로부터 나오는 것이 좋은 노래이다. 그러므로 시경의 국풍은 대부분 이항(里巷)의 노래로부터 나왔는데, 덕성을 함양하는 교화를 담기도 하고 풍자의 뜻을 지니기도 했다. (歌者 言其情也 情動於言 言成於文 謂之歌 舍巧拙 忘善惡 依乎自然 發乎天機 歌之善也 故詩之國風多從里歌巷謠 或囿涵泳之化 亦有諷刺之意)[50]

홍대용은 노래란 기본적으로 정을 말로써 표현한 것이라고 하면서, 좋은 노래는 교졸과 선악을 따지지 않고 자연에 의거하여 천기로부터 나오는 것이라 했다. 말하자면 좋은 노래란 교졸과 선악의 기준에 따라 판가름될 수 없으며, 시적 대상인 자연에 의거하면서 천기가 발하는 데 따라 정을 자연스럽게 표현한 것이라고 보았다. 그러면 이들 노래는 자연스럽게 교화의 뜻이나 풍자의 뜻을 담게 된다는 것이다. 이항(里巷)의 노래인 시경의 국풍은 이런 관점에서 좋은 노래의 모범이며, 이항의 시인들인 위항시 역시 이런 국풍과 마찬가지로 충분히 볼 만한 가치가 있다는 것이 위항시집인 『대동풍요』(大東風謠)의 서문에 붙인 홍대용의 생각이다. 홍대용의 이러한 시관은 시란 마땅히 성정지정을 나타내야 한다는 도학파의 입장과 시의 체격과 성률을 중시하는 사장파의 입장과도 상반되는 것이다. 홍대용의 계속되는 주장을 보자.

> 입에서 부르는 대로 노래해도 말은 곡진한 마음에서 나오고, 알맞게 꾸미어 배열하지 않아도 천진(天眞)이 드러나니, 나무꾼과 농부들의 노래 또한 자연에서 나온 것이다. 이는 문장의 자구(字句)를 뜯고 다듬어 고치면서 말인즉 옛것을 들먹이면서 천기를 손상시킨 사대부들의 시보다 도리어 낫다.

---

50) 洪大容, <大東風謠序>, 『湛軒書』 上(영인본, 景仁文化社, 1969), 260쪽.

(唯其信口成腔 而言出衷曲 不容安排 而天眞露呈 則樵歌農謳亦出於自然者 反
復勝於士大夫之點竄敲推 言則古昔 而適足以斲喪其天機也)[51]

　시에서 천기나 천진(天眞)을 중시하는 입장은 한시에 대한 시조 등의
국문시가나 민간의 노래인 민요를 긍정하는 중요한 논리적 기반이 될 수
있다. 천기나 천진이 시의 기교적 수식이나 모방을 배제하면서 성정의
자발적 표현에 의한 시적 개성을 강조하는 핵심적 준거가 되기 때문에,
당연히 시조 등의 국문시가나 민요도 나름의 존재 의의를 가지는 시가로
포용되는 것이다. 홍대용은 물론 시조 등의 국문시가와 민요를 단순히
긍정하는 단계에 머물지 않고 사대부의 한시가 지닌 폐단과 관련지어 이
들 시가의 존재 의의에 대한 새로운 인식을 제기했다. 그것은 이들 시가,
특히 민요의 경우 어떤 인위적인 조작도 가해지지 않고, 곡진한 마음에
서 저절로 말과 곡조가 이루어졌기 때문에 자연의 천기를 손상시키지 않
고 천진을 드러내고 있다고 인식했기 때문이다. 이런 경우 참다운 시가
는 인위적으로 만들어지는 것이 아니라 자연스럽게 이루어지는 것이다.
따라서 민요는 전고를 일삼고 격률을 따지고 체격을 모방해서 지은 사대
부들의 한시보다 오히려 낫다고 인식될 수 있는 것이다.
　홍대용과 유사한 국문시가의 긍정 논리는 『靑丘永言』(청구영언)에 실
린, 필명이 마악노초(摩嶽老樵)인 이정섭(李廷燮: 1688~1744)[52]의 발문에
도 보인다.

　　시는 풍(風)·아(雅) 이래로 나날이 옛것과 멀어졌고, 한(漢)·위(魏) 이후
　로는 시를 배우는 자들이 다만 말을 꾸미는 데만 몰두하는 것을 해박하다고
　여기고 경물을 아름답게 수놓은 것을 솜씨 있다고 여겨서, 심지어 성률을
　까다로이 따지고 자구를 심하게 연마하는 법을 내놓기에 이르렀으니, 성정
　은 숨어버렸다. 우리 나라에 이르러서는 그 폐단이 더욱 심하게 되었다. 오
　직 가요의 한 길만이 풍인의 남긴 뜻에 거의 가까워서 정에 따라서 솟아나

---

51) 洪大容, <大東風謠序>, 『湛軒書』上(영인본, 景仁文化社, 1969), 261쪽.
52) 磨嶽老樵가 李廷燮임을 金允朝가 처음 밝힌 바 있다. 金允朝, <樗村 李廷燮의
　　生涯와 文學>, 『韓國漢文學硏究』제14집(韓國漢文學會, 1991), 312쪽.

는 것을 이어(俚語)로써 읊조리거나 노래하는 사이에 유연히 사람을 감동시
킨다. 이항(里巷)의 노래에 이르러서는 곡조가 비록 우아하게 다듬어지지 못
하였으나, 무릇 그 즐거움과 원망, 자유롭고 넓은 감정과 옹졸함의 감정이
지닌 모습과 색깔은 각기 자연의 진기로부터 나온 것이다. (詩者風雅以降
日與古背馳 而漢魏以後 學詩者 徒馳騁事辭以爲博 藻績景物以爲工 甚至於轎
聲病鍊字句之法出 而性情隱矣 下逮吾東 其弊滋甚 獨最歌謠一路 差近風人之
遺旨 率情而發 然以俚語 吟諷之間 油然感人 至於里巷謳歈之音 腔調雖不雅馴
凡其愉佚怨歎猖狂粗莽之情狀態色 各出於自然之眞機)53)

이정섭은 "정에 따라서 솟아나는 것을 이어(俚語)로써 읊조리거나 노
래"한 시 즉 국문으로 지어진 시가가 성정의 진솔함이 자연스럽게 발현
되어 있다는 점에서 인위적인 기교를 부린 사대부의 한시보다 오히려 감
동적이라고 했다. 철저한 반기교주의적 입장에서 성정의 진실성과 그 자
발적 표현을 무엇보다 강조하고 있는 셈이다. 아울러 그는 성정의 다양
하고 자발적인 표현이 모두 자연의 진기(眞機)로부터 나왔다고 해서, 고
아(高雅)한 성정을 중시하는 사대부의 도학주의적 입장과는 배치되는 주
장을 하면서 국문시가의 존재 의의를 적극 긍정하고 있다. 이런 점에서
조선 후기의 천기론은 시조 등의 국문시가는 물론 민요의 존재 의의를
새롭게 인식하는 중요한 이론적 토대가 되면서, 결과적으로 민족시가의
주체적 인식을 위한 논리적 기반이 되었다고 말할 수 있다. 이러한 천기
론의 연장선상에서 정약용(丁若鏞: 1762~1836)이나 박지원(朴趾源: 173
7~1805) 같은 실학문인들의 조선시 주장이 놓일 수 있는 것은 물론이다.

---

53) 磨嶽老樵, <靑丘永言 後跋>, 沈載完 編, 『校本 歷代時調全書』(世宗文化社,
   1972), 1228쪽.

Ⅲ. 천기론과 낭만주의 시론과의 비교

3-1 세계관과 자연인식

서구 낭만주의문학의 두드러진 특징 중 한 가지는 자연을 보는 태도에서 찾을 수 있다. 그것은 자연을 살아 숨쉬는 생명체와 같은 것으로 파악하는 것이다. 자연은 영혼을 가진 인간의 존재와 같으며, 인간의 영혼이 영원불멸하듯 자연 역시 스스로의 생명력을 가지고 그 내면에 신비함을 감추고 있다. 따라서 자연은 단순히 신의 피조물이 아니며, 그 자체 생성, 변화, 소멸하는 자발적 실체이다.[54] 자연은 어떤 이성적 판단이나 합리적 사고에 의해서 실체가 드러나지 않는다. 이런 점에서 낭만주의 시인들의 자연관은 자연을 이성과 법칙을 모방하는 것으로 본 고전주의자들과 합리적 기계적 인식에 따라 자연을 파악하려는 계몽주의자들의 자연관과 다르다. 자연은 감각과 지각의 대상물이며, 과학적, 객관적으로 해명될 수 있는 사물 자체가 아니라 영혼의 상징체계라고 생각하는 것이 낭만주의의 유기론적 자연관이다.[55]

자연은 스스로 활동하는 유기체이며, 세계의 정신이 내재한다고 낭만주의 시인들은 생각한다. 따라서 낭만주의의 자연관은 자연과 인간 정신의 연결성과 통일성을 강조하며 자연과 정신의 동일성을 추구한다. 워즈워드(W. Wordsworth)는 자연이 기쁨의 원천이며, 인간의 영혼과 유사성(analogy)을 가지며, '신의 현시'로 인간의 영혼을 치유하는 힘을 가지는 것으로 보았다.[56] 코울리지(S. T. Coleridge)도 자연은 곧 창조적 상상력이라는 점에서 인간의 영혼과 동일시하며, 이 상상력을 통해 영혼과 물질이 통일된 균형을 가질 수 있다고 보았다.[57] 헤르더(J. G. Herder) 역시

---

54) M. H. Abrams, *The Mirror and The Lamp*(Oxford Univ. Press, 1979), 170~177쪽.
55) 高昭雄, <낭만주의>, 이선영 편, 『문예사조사』(2판, 민음사, 1987. 3), 59~62쪽.
56) 高昭雄, 위의 글, <낭만주의>, 61쪽.
57) James Engell, *The Creative Imagination*(Cambridge: Harvard Univ. Press, 1981), 341쪽.

자연을 지속적인 생성 속에서 관찰하는 역동적인 자연관을 제기하며, 자
연의 정신화와 정신의 자연화를 강조하였다.[58] 쉘링(F. W. J. Shelling)도
우주의 생성력인 신성에 의해 자연이 생성되었으며, 자연은 또한 사물을
형성하는 생명력의 역동적인 힘(natura naturans)을 가진다고 했다.[59] 그에
게 있어서 자연은 '볼 수 있는 정신'이요, 정신은 '볼 수 없는 자연'이었
다. 그는 모든 사물의 본질을 생명으로 보았으며, "생명은 모든 생명체에
공통된 것이다. 생명체가 서로 다른 것은 다만 생명의 종류가 다르기 때
문이다. 그리고 생명의 일반적 원리는 모든 개별적인 생명체를 통하여
개체화된다"고 했다.[60]

이처럼 자연에 대한 유기론적 영혼과 생명의 인식, 그리고 자연과 인
간의 연속성과 동일성에 대한 자각은 낭만주의 자연관의 중요한 특질을
이룬다. 다음 네르발(Gérard de Nerval)의 글은 이 점을 잘 보여준다.

> 자연과 나를 동일화시키지 않고 어떻게 내가 생존할 수 있단 말인가. 모
> 든 사물은 살아있고, 모든 사물은 활동하며, 또한 모든 사물은 서로 조응하
> 고 있는 것이다. 나 자신이나 혹은 다른 사물들로부터 발산하는 자력의 광
> 선이 창조물들의 무한한 사슬을 아무런 방해도 없이 마음대로 횡단한다. 이
> 것은 세계를 감싸는 투명한 그물망이며 그 섬세한 실오라기들이 한 인간을
> 다른 인간에게, 다른 항성들에게, 다른 별들에게 교신시키는 것이다. 나는
> 이 순간 지상에 사로잡혀 있는 몸이지만 그러나 다음 순간 나의 슬픔과 기
> 쁨을 함께 하며 합창하고 있는 별들과 서로 화답할 수 있을 것이다.[61]

네르발의 위 글은 자연의 모든 사물은 살아서 활동한다는 생명체로서
의 인식 곧 유기론적 자연인식과 함께 만물은 서로 연결되어 조응하며
화답한다는 만물조응의 사상을 보여주고 있다. 그런데 이러한 유기론적

---

58) 池明烈, 『獨逸浪漫主義研究』(一志社, 1975), 36쪽.
59) 高昭雄, 앞의 글, <낭만주의>, 62쪽.
60) 김동원, 『이성과 자연』(한승, 1990. 7), 200쪽.
61) Gérard de Nerval, *Aurélia*, trans. Richard Aldington(London, 1932). René Wellek,
    Conceps of Criticism(New Haven and London: Yale Univ. Press, 1973), 170쪽에서
    재인용.

자연인식과 만물조응의 사상은 자연과 인간의 일체화를 통한 상호 교감을 이룩하는 것이 사실이지만, 또한 그것은 신비주의적인 세계인식의 태도를 낳는다고 말할 수 있다.

한편 이러한 신비주의적 세계인식의 태도는 인간의 자유로운 상상력에 대한 믿음으로부터 세계의 낭만화를 이룩하고자 하는 열망으로 나타나기도 한다. 노발리스(Novalis)의 경우가 그렇다. 그는 「브뤼텐쉬타웁」(Blütenstaub)이란 단장집에서 다음과 같이 세계의 낭만화를 주장했다.

> 이 세상은 낭만화되어야 한다. 그래야만 우리는 원 의미를 찾을 수 있다. 낭만화란 질적 강화 외는 아무 것도 아니다. …(중략)… 내가 평범한 것에 높은 의미를, 일상적인 것에 비밀 가득한 존경심을, 잘 알려진 것에 알려지지 않은 가치를, 유한한 것에 무한한 빛을 준다면 나는 그것을 낭만화하는 것이 된다. 역으로 말해 그 활동은 보다 높고, 알려지지 않고, 신비스럽고, 무한한 것을 위한 것이다.[62]

노발리스의 세계의 낭만화 주장은 평범한 것과 일상적인 것에 대한 가치 부여와 기지(旣知)의 것에서 미지(未知)의 것을, 유한한 것에서 무한한 것을 이루려는 소망 속에서 대상적 세계에 대한 가치의 역설을 내포하고 있다. 이러한 가치의 역설을 가능하게 하는 것은 물론 그 용어대로 말하자면 '예지적 직관'이며 상상력이다. 이 예지적 직관과 상상력에 의해서 낭만주의 시인들은 세계와의 이상적인 합일을 추구하고 또한 동경하게 되는 것이다.

그러면 이러한 낭만주의 시인들의 자연인식은 조선 후기 천기론자들의 자연인식과 어떤 유사성과 변별성을 가지는가?

우선 서구 낭만주의 시인들은 자연을 살아 움직이는 생명체로 인식했다. 그러면서 이들은 생명체의 역동적인 힘을 상상력이라 하고 인간의

---

62) Gerhard Schulz, *Novalis Werke*(der 3. Aufl., München, 1987), 40쪽. 이 글은 정인모, <낭만주의 —지적 아방가르드>, ≪오늘의 문예비평≫통권 9호(책읽는 사람, 1993년 여름), 199쪽에서 재인용.

영혼과 동일시했다. 이에 비해 조선 후기 천기론자들은, 특히 장유의 「와명부」에서 보듯이, 인간 이치의 변화와 만물의 성질이 다르지 않다는 인식을 전제로 자연의 천기를 말하면서 "제 각기 그 성질을 따라서 그 정을 나타"낸다고 했다. 여기서 자연의 천기는 낭만주의자들이 말한 생명의 활력에 상응될 수 있겠는데, 둘 다 자연 현상의 경험론적 인식보다는 자연 현상의 근원에 대한 본체론적 인식으로부터 출발되고 있다는 공통성을 지닌다. 그런데 낭만주의 시인들의 유기론은 자연은 주관의 상상력 그 자체[63]라는 관념적 인식을 유지하면서 낭만적 주관으로서의 창조적 자아를 신의 위치에까지 올려놓으려 했다.[64] 이에 비해 조선 후기의 천기론자들은 일상적 인간으로서의 주체가 지닌 내면의식의 진실성과 대상 파악의 진실성을 아울러 강조하면서 점차 자연 현상의 경험론적 자각에 의한 자연과 인간의 개체적 인식으로 나아갔다. 말하자면 전자가 창조적 자아의 주관성을 극대화하면서 이상주의적 경향을 추구했다면, 후자는 경험적 자아의 객관성을 강조하면서 현실주의적 경향을 형성해 갔다고 말할 수 있다.

다음으로 자연과 인간의 동일성을 지향하고 있다는 점에서 낭만주의의 유기론과 조선 후기의 천기론은 생각을 같이 한다. 낭만주의 시인들은 자연과 인간을 정신적 조응을 통한 상호 교감을, 조선 후기의 천기론자들은 세속의 욕망을 버린 무욕의 경지에서 천기를 체득하고 물아일치의 즐거움을 이룰 수 있다고 했다. 그런데 유의할 점은 자연과 인간의 동일성이 낭만주의 시인들의 경우 창조적 상상력을 자유롭게 상호 소통시킴으로써 달성된다고 보지만, 조선 후기의 천기론자들은 기본적으로 인간의 본성이나 자연스러운 정에 충실함으로써 이룰 수 있다고 생각했다. 말하자면 낭만주의 시인들이 창조적 자아의 확대를 통해 자연과의 동일성을 추구했다면, 조선 후기의 천기론자들은 오히려 일상적 자아에 충실함으로써 자연과 정서적인 교감을 이루는 데 치중했다고 하겠다.

---

63) René Wellek, 앞의 책, 182쪽.
64) 吳世榮, <浪漫主義>, 『문예사조』(고려원, 1983), 103쪽.

또한 낭만주의 시인들이나 조선 후기 천기론을 주장한 시인들은 어떤 이성적·윤리적 준거에 따라 자연을 인식하는 태도에 대해 비판적이라는 점에서 공통된다. 서구 낭만주의자들이 이성적 판단에 입각한 합리적 준거로서 자연을 인식하는 데 반기를 들었다면, 천기론자들은 주자학적 관념의 윤리의식에 따라 자연의 인식을 규범화하고 유형화하는 것에 대하여 비판적이었다. 그런데 천기론자들은 자연적 대상을 개체적으로 인식하면서 그에 따른 정서적인 감흥을 자발적으로 나타내고자 한 점에서는 낭만주의 시인들과 일치했지만, 자연에 대한 심미적인 인식을 고양시키는 데까지 나아가지는 못했다는 점에서 낭만주의 시인들과 구별된다고 하겠다.

3-2 인간관과 시인의식

낭만주의 시인들은 인간을 무한한 가능성의 존재로 믿었다. 고전주의자와 계몽주의자들이 인간은 신의 한 피조물이기에 신의 섭리에 따르고 자연의 질서에 순응하는 것을 이상으로 생각했다면, 낭만주의 시인들은 인간의 능력을 무한히 확대하면 스스로 우주가 될 수 있고, 세계의 변혁과 창조를 이룰 수 있다고 생각했다.[65] 이는 낭만주의 시인들이 인간에게 있어 이성보다는 감성의 힘 즉 주관의 창조적 능력을 믿었기 때문이다.

> 낭만주의가 자기를 초월적 자아라고 느끼고 있는 한 진정한 원인이 무엇이냐는 의문이 그들을 괴롭힐 수 없다. 왜냐하면 그 자신이 바로 자기가 살고 있는 세계의 창조자이기 때문이다. …(중략)… 각개 자아가 최고의 실체라고 피히테가 말했던 것은 스피노자의 이른바 세계의 신과 같은 것이다.[66]

이처럼 낭만주의 시인들은 스스로를 초월적 자아의 힘을 믿으며 세계

---

65) 吳世榮, 앞의 글, 90~91쪽 참조.
66) Carl Schumit, *Politische Romantik*, 裵成東 역, 『世界思想大全集』 44권(三省出版社, 1977), 467쪽에서 재인용.

의 창조자로 자처했다. 이러한 초월적 자아의 힘 즉 낭만적 주관과 상상력에 대한 신뢰는 자연히 천재에 대한 관념을 낳게 된다.

> 낭만주의자들은 인간의 직관적, 상상적인 힘과 행위를 통해 그 자신을 표현하기 위한 필요성에서 사물이나 인간의 '특수한 개성'을 감지하였다. 사회 생활의 분열을 설명해 내기 위하여 직관적 상상력은 통찰이 필요했다. 그러나 누가 그러한 통찰력을 소유했단 말인가? 그는 오직 천재, 즉 위대한 인간의 창조적 개성이다.[67]

이에 따르면 천재는 창조적 개성을 가진 위대한 인간이다. 낭만주의자들은 인간을 무한한 가능성을 지닌 존재로 인정하면서도, 일상적인 인간과 구분하여 위대한 개인으로서의 천재를 상정하고 있다. 그러면 천재란 누구인가? 낭만주의 시인들은 사실 자신들 스스로 위대한 상상력을 소유한 천재로 생각했다. 노발리스는 "모든 말은 귀신을 부르는 말이다. 어떤 영(靈)을 부르면 그것이 나타나는 것이다"[68]라고 할 정도로 시인은 신으로부터 특별한 능력을 부여받은 존재로 스스로를 높였다. 이런 경우 시인들은 선지자(prophet)이거나 주술가(magician)가 될 수 있는 것이다.[69]

이상 낭만주의 시인들의 인간관과 시인의식을 조선 후기 천기론자들의 경우와 비교해 보자. 조선 후기의 천기론자들은 낭만주의 시인들처럼 인간의 창조적 능력에 관심을 보이지는 않았다. 인간의 창조적 능력이 정신의 차원이라면, 천기론자들은 정신적 차원보다는 인간의 심성적 차원에 관심을 집중했다. 그들은 인간의 정신이나 영혼의 고양을 주장한 것이 아니라, 인간의 천품지본성으로서의 천성을 천기의 관점에서 재인식하면서 성정의 진실성과 자연스러움이 시인적 자질의 우선적인 요건이 된다고 생각했다. 따라서 그들은 세계의 변혁과 창조를 이루고자 하는 쪽이 아니라 인간과 자연을 포함한 세계에 대한 새로운 인식을 가지고자

---

67) H. S. Reiss, "The Political Ideas of the German Romantic Movement," *German Life & Letters*, Vol. Ⅲ, 1954~1955. 이 글은 吳世榮, 앞의 글, 94쪽에서 재인용.
68) 池明烈, 앞의 책, 45쪽에서 재인용.
69) F. Kermode, *Romantic Image*(London: Routledge, 1957), 150쪽.

했다. 그들의 관심 영역에는 세계의 변혁과 창조의 능력을 가진 개인은 없었지만, 자연으로부터 제각기 고유한 성격을 부여받은 개체적 존재로서의 인간은 있었다. 그랬을 때 개체적 존재로서의 인간은 부귀와 권세에 관계없이 평등하게 존재하는 주체적 개인이 되는 것이다. 특히 위항 시인들의 경우 주체적 개인으로서의 개성과 인간 평등에 관한 인식은 자신들의 시와 시인으로서의 위치를 사대부의 시와 시인들과 비교하여 그와 견주는 한편 그들 시의 독자성을 주장하는 논리로 삼았다.

천기론자들은 일상의 세속적 인간과 시인을 명확하게 구분하지는 않았지만, 적어도 시인됨의 요건으로 세속의 물욕을 버리고 천성에 따르면서 내면적 진실성을 가져야 한다고 생각했다. 물론 장유와 같이 이상적 존재로서의 시인을 상정한 경우도 있다. 그는 세속적 인간과 구분하여 장자가 사용한 바 달인 또는 진인의 개념을 시인의 개념으로 바꾸어 말한 바 있다. 그런데도 이 달인 또는 진인은 창조적 주관을 가진 위대한 개인이 아니라, 물아일치의 경지에서 자연의 진기를 터득한 특별한 존재로서의 개인인 것이다.

한편 시인의 존재는 이천보나 이옥의 경우처럼 자연의 매개적 존재로 인식되기도 했다. 시란 자연 가운데서 나오기 때문에 인위적으로 창작되는 것이 아니라 인간의 진실한 정을 자연스럽게 표현하면 된다는 생각에서였다. 낭만주의 시인들 또한 시인을 자연과 동일시하거나 매개적 존재로 생각했다. 자연이 인간의 영혼이나 상상력과 동일시될 때 자연은 인위성과 상반되며, 시인의 상상력과 감정이 자발적으로 표현될 때 시가 된다고 보았기 때문이다. 이 경우 시인이 시를 만드는 것이 아니라 시인의 내면에서 자라는 자연의 창조적 힘에 따라 자연스럽게 유로시키면 되는 것이다. 영(Edward Young)의 다음 글은 이런 생각을 잘 보여준다.

독창적인 작품은 식물적 성격을 띠고 있다고 말할 수 있다. 즉 그것은 천재라고 하는 생기 넘치는 뿌리로부터 자연발생적으로 자라난다. 그것은 자라나는 것이지 결코 만들어지지 않는다. 모방된 작품은 결코 그 자체의 고유한 것이라 할 수 없는 기존 소재를 놓고서 제작기술이랑, 예술이랑, 노력

을 동원하여 만들어 낸 일종의 제작품이기 쉽다.[70]

영은 예술작품을 식물에 유추하여 '식물적 성격'의 생명 현상으로 보고 있다. 식물이 그 내부의 생기로 자라나듯이, 예술작품도 "천재라고 하는 생기 넘치는 뿌리"로부터 자연발생적으로 자라난다고 했다. 이때 "천재라고 하는 생기 넘치는 뿌리"는 예술가 즉 시인의 창조적 상상력이다. 이런 관점에서 예술가가 작품은 만드는 것이 아니라, 예술가는 작품을 잉태시키는 산모의 역할을 한다. 당연히 여기에는 어떤 모방도 인위성도 개입될 수 없다. 슈미트(Carl Schmit)는 심지어 "인간이 펜을 움직일 때 결코 인간이 펜을 움직이는 것이 아니고 신이 펜을 움직이도록 시킨다"[71]고까지 했다.

그러면 천기론자들이나 낭만주의 시인들은 시인의 주체적 개성을 무시하고자 했는가? 그렇지는 않다. 매개적 존재로서의 시인을 주장하면서도 현실적으로 펜을 움직이는 주체는 자연이나 신이 될 수 없기 때문에 상상력과 감정의 구체적 현시는 시인 자신으로부터 가능할 수밖에 없는 것이다. 그들은 시의 가장 자연스럽고 진실한 상태를 주장하기 위해서 인간 대신 자연이나 신을 내세웠던 것이다. 이옥이 자연과 함께 인간의 꿈과 정을 말하고, 낭만주의 시인들이 낭만적 주관으로서의 개인을 말한데에는 시인의 존재가 역설적으로 숨어 있는 것이다.

3-3 시의 본질과 양식론

낭만주의 시인들은 세계의 본질이 이성에 의해서 파악될 수 없으며, 이성보다 우월한 정신력으로서 감성, 직관, 또는 상상력을 내세운다.

세계는 경험과 이성에 의해서가 아니라 직관의 빛에 의해서 이해된다. … (중략)… 하나의 힘이 예술가에 의하여 특징적으로 소유된다. 코울리지

---

70) Edward Young, *Conjectures on Original Composition*(1759). Lilian R. Furst, Romanticism, 李相玉 역, 『浪漫主義』(서울대학교 출판부, 1978), 48쪽 재인용.
71) Carl Schmit, 「passim」. 吳世榮, 앞의 책, 103쪽에서 재인용.

(Coleridge)가 분명히 말한 그 힘은 명백한 것이며, 동시에 이성보다 우월한 것인데, 이름하여 상상력이라고 한다. 그 힘은 본질적인 실재를 이해할 수 있으며 그 실재와 일치하는 예술의 창조를 가능케 한다.[72]

시에 있어서 무한성에 관계하거나 무한성에 다다르게 하는 것으로 나에게 강력하게 영향을 미치는 것은 오직 상상력이다.[73]

이상에서 처럼 상상력은 세계의 실재를 파악하는 힘이기도 하고 무한한 세계 창조의 힘이기도 하다. 대부분의 낭만주의 시인들은 시의 본질적 특징을 상상력과 결부시키거나 이에 대한 각별한 생각을 가졌다.[74] 노발리스(Novalis)는 이 상상력이 창작적 자유와 무한한 인격의 소우주를 실현시키는 독특한 신비의 감정이며,[75] 슐레겔(A. W. Schlegel)은 무한을 지향하는 동경의 표현이라고 했다.[76] 그리고 셸리(Shelly)는 도덕적 선의 위대한 수단이 상상력이라고 했다.[77] 이처럼 시인마다 약간의 표현 차이는 있지만, 상상력은 무한의 세계를 통찰할 수 있는 신비하고 위대한 힘인 것이다.

낭만주의 시인들은 이처럼 정체성의 세계를 거부하고 영원한 생성의 세계를 지향한다. 이 영원한 생성의 세계는 감각적 현실세계가 아니라 현실초월의 이상세계에서 구해진다. 따라서 그들은 현실로서 포착할 수 없는 것을 동경했다. 그것은 정신적 이데아(Idea)이다.[78] 실제의 현실세계는 정체와 정신적 결핍의 공간으로, 거기서는 어떤 진실도 내재해 있지 않다고 보았다. 따라서 그들은 내면적으로는 꿈과 무의식 또는 죽음의 세계, 시간적으로는 과거의 원초적 시간이나 밤, 그리고 공간적으로는 먼

---

72) John B. Halsted, edit., *Romanticism* (New York: Harper & Row, 1969), pp.13~14.

73) Wordsworth, *Prelude*. René Wellek, 앞의 책, p.180에서 재인용.

74) C. M. Bawra, *The Romantic Imagination*(Oxford Univ. Press, 1985), 1쪽.

75) Novalis, *Schriften*. 池明烈, 앞의 책, 48쪽 참고.

76) Alex Preminger, edit., 「Romanticism」, *Princeton Encyclopedia of Poetry & poetics* (Princeton Univ. Press, 1974), 719쪽.

77) Shelly, *Defence of Poetry*, 尹鍾爀 역, 『시의 옹호』(새문사, 1978).

78) René Wellek, 앞의 책, *Concepts of Criticism*, 163쪽.

이국이나 고향을 정신적 이데아의 세계로 갈망하면서, 거기서 진정한 인간적 진실을 찾고 현실에서 겪는 정신적 갈등을 해소하거나 정신적 결핍을 보상받을 수 있다고 믿었다.

그런데 조선 후기의 천기론자들은, 앞서 언급했듯이, 낭만주의 시인들처럼 상상력을 시의 본질로 주장하며 무한의 이상세계에 대한 동경을 보이지 않았다. 그들에게 자연은 인간을 포함하거나 인간과 연결된 개념이었으며, 자연의 천기 또한 현실 세계를 벗어나서 초월적인 힘을 지니는 것은 아니었다. 이런 점에서 조선 후기의 천기론자들은 현실주의자들이며, 관념적인 이상세계를 동경한 낭만주의 시인들과 달랐다. 따라서 천기론자들에게는 시인의 내면적 진실성과 시적 대상 표현의 진실성이란 관점에서 진실성이 시의 중요한 개념을 이루는 데 비해, 낭만주의 시인들에게는 신비성과 무한에의 동경이 시의 중요한 특질을 이룬다고 말할 수 있다.

그런데 초기 낭만주의 시인들이 상상력의 주장 이전에 자발적인 감정과 감성에 의한 세계인식과 그 표현을 주장했을 때, 이는 조선 후기의 천기론자들이 천기를 세계인식과 표현의 중요한 시적 개념으로 제시한 경우는 서로 공통적인 생각을 내포하고 있다. 잘 알다시피 워즈워드(Wordsworth)가 "좋은 시란 강력한 감정이 자발적으로 흘러넘친 것"79)이라고 말했듯이, 낭만주의 시인들은 자발성을 시의 본질적 기준으로 삼았다. 이 감정의 자발성은 사고와의 완전한 통합을 이루는 것으로, 고전주의자들이 강조했던 지적 판단에 의한 적합성, 이성적 통제를 벗어난다. 조선 후기의 천기론자들도 이런 점에서 같은 생각을 가진다. 시의 천기는 인위적으로 만들어지는 것도 아니고 구해지는 것도 아니었다. 좋은 시는 천기가 자연스럽게 발현되어 이루어진다고 생각했다.

한편 워즈워드는 일상적인 생활에서 사건이나 상황을 선택하되, 가능한 그들이 사용하는 일상어를 사용하고 동시에 거기에 상상력의 색깔을

---

79) William Wordsworth, *Preface to Lyrical ballads.* edit. by Sangsup Lee, *Selected English Critical Texts*(Shina-sa, 1982), 294쪽에서 재인용.

입혀서, 일상적 사건과 정황 속에서 인간 본성의 근본 법칙을 추적함으로써 즐거움을 자아내게 하는 것이 시의 목적이라고 하였다.[80] 그러면서 그는 일상적 생활 중에서도 농촌의 생활을 선택하고, 그들의 일상어를 사용하면 좋은 시가 될 수 있다고 했다. 그가 굳이 농촌 생활과 농촌의 토속어를 선택하고자 한 이유는 그것들이 아름다운 자연과 연결되어 있고 인간 본성의 모습을 가장 진실되게 드러난다고 생각했기 때문이다. 이런 워즈워드의 주장은 여러 모로 조선 후기의 천기론과 비교될 수 있다. 천기론의 주장이 후기로 가면서 이항의 노래인 민요를 긍정하면서, 민요야말로 자연에서 나온 곡진한 말과 천진이 드러내기 때문에 천기를 가장 잘 보존하고 있다는 생각에 이르게 된 것이다. 이는 워즈워드가 농촌의 생활과 언어가 인간 본성의 모습을 가장 진실하게 드러낸다는 주장과 거의 일치한다.

　이런 워즈워드의 생각은 독일 낭만주의 시인들에게 이어지면서 실제로 민요를 수집하고 민요를 바탕으로 시를 창작하는 운동으로 나아갔다. 물론 이들은 초개인적 힘으로 민족혼을 상정하면서, 민요는 바로 이 민족혼이 구현된 것이라고 생각했다. 이 때 민족혼은 그들에 의하면 교육된 문명인이 아니라 자연과 동화되어 소박하게 살아가는 자연인으로서의 향토민의 생명력을 말하며, 이들의 생명력이야말로 자연에 충실하며 세계의 이상을 가장 순수하게 구현한다고 보았다.[81] 조선 후기 천기론을 펼친 시인들은 이런 점에서 같은 생각을 가지며, 서민의 생활감정을 진실하게 드러내고자 했고, 최성대와 이옥 같은 이들은 이에 더 나아가 서민의 토속어를 자신의 시에 직접 사용하면서 민요를 바탕으로 한 시를 썼다. 서구 낭만주의 시가 주체적 민족문학의 탐구로 나아갔듯이, 조선 후기의 천기론도 민족문학에 대한 주체적 인식을 새롭게 했던 것이다.

---

80) William Wordsworth, *Preface to Lyrical ballads.* edit. by Sangsup Lee, 위의 책, 292쪽에서 재인용.
81) 독일 낭만주의 시인들의 이러한 시관은 1920년대 민요시 운동을 이끌었던 시인들의 시관과 여러 모로 상통한다는 점을 오세영이 『한국 낭만주의시 연구』(일지사, 1980)에서 구체적으로 논의했다.

Ⅳ. 결 론

이 글은 동서양 시론의 상호 연관성을 파악하여, 이를 토대로 한 두 시학의 통합적인 관점을 정립하기 위한 일환으로 진행되었다. 이를 위해 조선 후기 천기론과 서구 낭만주의 시론을 비교의 대상으로 삼아, 각 시론의 시학적 특성을 세계관과 자연인식, 인간관과 시인의식, 시의 본질과 양식론이란 세 가지 측면에서 파악한 다음, 이들 시학의 공통적인 성격과 변별성을 상호 비교의 관점에서 밝혀 보고자 했다.

조선 후기 천기론과 서구 낭만주의 시론이 상호 비교의 대상이 되었던 까닭은, 두 시론의 형성과 전개과정에서 역사적, 문화적 배경은 비록 다르지만, 두 시론이 자연과 인간에 대한 새로운 인식을 기반으로 합리적 이성과 형식적 규범을 중시하는 전대의 시관을 극복하면서, 개인의 자유로운 감정과 자발성을 중시하는 근대적인 시관을 정립하고자 했다는 점에 있었다. 물론 이들 시론은 시인에 따라 개별적인 주장의 차이를 가지고 있을 뿐만 아니라, 그 시적 실천의 모습에서도 다양한 양상을 보여주는 것이 사실이다. 그렇지만 이 글에서는 시론의 주장과 실천의 세부적인 차이와 다양성을 인정하면서도 가능한 전체적인 관점에서 공통성과 상호 관련성에 주목하고자 했다.

조선 후기의 천기론은 『장자』의 천기론에 근원을 두고 전개된 것으로, 자연의 오묘한 성질이나 그 작용을 말하는 천의(天意)와 자연으로부터 부여받은 고유한 성질로서의 천성(天性)을 일컫는 데에서부터 출발되었다. 이처럼 조선 후기의 천기론은 자연에 대한 각별한 인식을 바탕으로 전개되었는데, 시인에 따라 그 구체적인 인식의 방향은 달랐다. 장유나 김수항의 경우에는 천기의 인식을 통해 자연에 대한 인간 중심적 관점을 벗어나 자연의 개체적 존재를 긍정하면서, 인간이 세속적 욕망을 버리고 자연에 합일되는 물아일치의 경지를 궁구하고자 했다. 그리고 김창협은 김수항의 천기론을 이어 받으면서 특히 성정의 진실성을 강조하는 가운데 시인의 시적 진실성과 함께 개성적인 시관을 피력하는 데까지 나아갔다. 최성대와 이옥의 경우는 자연의 천기를 관념론적 인식의 테두리에서 벗어나 철저한 경험론적 인식을 기반으로 자연과의 직접적인 대화와 교감을 주장하거나, 구체적으로 경험되는 현실 가운데서 자연스러운 감정의 표현을 추구하고자 했다.

한편 천기론은 인간과 시인에 대하여 각별하게 인식하는 계기로도 작용했다. 자연에 대한 천기론적 인식이 자연의 개체적 존재성과 만물의 평등성을 자각하는 데 이르렀다면, 이러한 자연적 존재의 자각은 쉽게 인간 존재에 대한 새로운 인식의 계기가 되었던 것이다. 따라서 홍세태와 같은 위항시인들은 모든 사람은 신분의 귀천을 떠나 평등하게 태어났다고 주장하는 한편, 사대부들보다 위항시인들 자신이 세속적 명리와 욕망에 얽매이지 않기 때문에 천기에 더욱 능통하여 좋은 시를 쓸 수 있다고 했다. 그리고 이천보나 조두순 같은 사대부 시인들은 위항시인들처럼 비교 우위의 입장에서 위항시인들의 시를 긍정한 것은 아니지만, 위항시인들의 시를 사대부 시인들의 시와 동등한 반열에서 인정하고자 했다. 천기론에 입각한 시인의 의식은 다른 한편으로 시인의 존재를 특별한 존재로 격상시키는 근거가 되기도 했다. 장유는 특히 자연의 천기에 통달한 자가 시에 능하다고 하면서, 장자가 말한 달인(達人)과 동일시하여 이상적인 시인의 존재를 상정하기도 했다. 시의 천기 논의는 또한 시의 발생 근원을 자연에 두는 만큼 시인의 인위적인 노력을 배제하면서, 시인의 존재를 자연과 시를 연결하는 매개적인 존재로 보고자 하는 입장으로 나타나기도 했다. 이 경우 시인은 단지 자연에 의탁하여 자연의 상을 드러내고 정을 통하게 하는 매개적인 존재로 기능하게 되는 셈이었다.

천기론의 시의식은 시인에 따라 차이가 있지만, 크게 보면 규범적이고 보편적인 도덕률과 형식을 배격하면서 시적 개성을 추구하는 시학으로 전개되었다고 말할 수 있다. 그것은 첫째로 시적 탐구의 본질을 논리적인 이치와 지식의 차원에 두는 것을 거부하고 자연의 오묘한 천기에 접할 수 있는 자연스러운 감정으로서의 시인의 내면적 진실성을 표현하는

데 두면서, 둘째로는 그러한 시인의 내면적 진실성 어떠한 의도나 인위적인 노력이 배제된 가운데 자발적으로 표현되는 것을 무엇보다 중요한 요건으로 삼는 것이었다. 따라서 참된 시와 좋은 시는 당연히 이러한 요건에 따라 개성적인 시세계를 펼쳐 보인 작품들이 될 수밖에 없었다. 반면에 이러한 시적 탐구의 본질적 요건과는 상반되는 기존의 시를 모방한 시, 공교한 말로 기교를 부린 시는 철저히 비판받고 배격되었다.

조선 후기 천기론을 주장한 시인들은 이상과 같은 시의 본질적 요건에 따라 그들 시의 전범을 대부분 당시(唐詩)에 두거나, 『시경』(詩經)의 시 중에서도 민요적 성격을 지닌 국풍(國風)을 각별하게 긍정적으로 인식하고자 했다. 그것은 이들 시가 자연에 의거하여 천기가 발하는 데 따라 그 정을 가장 자연스럽게 표현하고 있다고 본 때문이었다. 아울러 이러한 전범적 시 양식에 대한 인식은 자연 가운데서 서민의 언어로 자연스럽게 진솔한 정을 가식 없이 노래하고 있는 국문시가나 특히 민요를 긍정적으로 평가하는 논리로 나타났다. 여기서 조선 후기의 천기론은 민족시가의 존재 의의를 주체적인 관점에서 새롭게 인식하게 된 중요한 이론적 토대가 되었다고 말할 수 있다.

한편 서구 낭만주의 시인들은 자연을 살아 있는 생명체로 인식하는 유기론적 자연인식을 보여주면서, 생명체의 역동적인 힘을 상상력이라 하여 인간의 영혼과 동일시했다. 조선 후기 천기론자들이 말한 천기도 자연이 지닌 생명의 활력에 상응한다고 하겠으나, 그들은 낭만주의 시인들처럼 낭만적 주관으로서의 창조적 주관을 극대화하지는 않았다. 말하자면 낭만주의 시인들이 상상력을 기반으로 시적 자아의 창조성을 강조하며 이상주의적 경향을 추구했다면, 조선 후기 천기론자들은 천기의 본체론적 인식을 통한 시인의 내면적 진실성과 대상 파악의 진실성을 무엇보다 중시하는 현실주의적 경향을 추구하는 방향으로 나아갔다. 그러나 이런 변별성에도 불구하고 자연과 인간의 상호 교감 내지 동일성을 지향했다는 점에서 낭만주의의 유기론적 자연인식과 천기론의 자연인식은 공통성을 지닌다. 낭만주의 시인들이 자연과 인간의 정신적 조응을 통한 상호 교감을, 천기론자들은 세속의 욕망을 버린 무욕의 경지에서 물아일치의 즐거움을 누리고자 한 것이 그것이다. 그렇지만 구체적인 방법론에서 낭만주의 시인들이 창조적 자아의 확대를 통한 자연과의 동일성을 추구했다면, 조선 후기 천기론자들은 자연적 존재로서의 인간에 충실함으로써 자연과의 정서적인 일체를 이루려고 했다는 점에서 약간의 차이를 가진다.

낭만주의 시인들과 조선 후기 천기론자들이 자연을 이성적, 윤리적 준거에 따라 인식하는 태도에 대해 비판적이었다는 점에서도 공통된다. 이들은 고전주의나 계몽주의 관념에 의해서든, 주자학적 관념에 의해서든 자연을 윤리적 준거에 따라 규범화, 유형화할 수 없다고 보았으며, 자연은 제각기의 존재성을 가진 개체적 존재이면서 서로 평등하거나 동일성의 관계를 이룬다고 생각했다. 그런데 조선 후기 천기론자들은 이에 따라 자연과의 상호 교감에서 오는 자발적인 정서의 감흥을 노래하고자 했지만, 서구 낭만주의 시인들처럼 상상력을 통해 자연에 대한 심미적 인식을 고양하는 데까지 나아가지는 못했다.

낭만주의 시인들의 인간관과 시인의식의 특징은 자연인식에 깊이 연관되어 있었다. 그들은 세계 변혁과 창조의 주체를 바로 인간 자신으로 돌리며, 인간을 신의 위치에까지 끌어올리고자 했다. 여기에 특히 시인은 창조적 주관을 가진 가장 위대한 개인이기도 했다. 이에 비해 조선 후기 천기론자들은 정신적 차원보다는 심성적 차원에서 천성으로서의 인간의 본성을 중시하면서, 시인됨의 자질로 인간 심성의 진실성과 자연스러움을 우선적인 요건으로 삼았다. 이들의 관념에는 창조적 주관을 가진 위대한 개인은 없었지만, 자연의 천기가 인간에게 고르게 부여되었다는 인간 평등의식과 개체적 존재로서의 인식은 있었다. 이에 따라 시인의 존재도 평등하고 개체적인 인간관계를 인식하는 가운데 달인, 진인 등으로 지칭되며 물아일치의 경지에서 자연의 진기를 체득하는 특별한 존재로 파악되기도 했다.

낭만주의 시인들은 위대한 개인으로 시인의 존재를 인식하면서도, 시인의 창조적 상상력은 자연의 생명력처럼 결코 인위적인 힘에 의해 작용되는 것이 아니라 자연스럽고도 자발적으로 표현되는 것으로 생각했다. 이 경우 시는 시인이 만드는 것이 아니라 자연발생적으로 생겨나는 것이다. 이는 조선 후기 천기론자들이 시의 의도적인 모방과 인위적인 제작을 비판하며, 시인의 존재를 자연과 시 사이의 매개적 존재로 보았던 것과 별로 다르지 않다. 물론 이는 시의 가장 자연스럽고도 진실한 상태를 강조하기 위해서였다. 그러나 현실적으로 시인이 곧 자연과 신이 될 수 없는 만큼, 감정과 상상력의 주체로서의 시인의 개별성과 개성을 강조하고 있는 역설을 보여주었다.

낭만주의 시인들은 정체성의 세계를 거부하고 영원한 생성의 세계를 지향했다. 이 영원한 생성의 세계는 물론 초월적 이상세계에 대한 동경의 관념으로 나타났다. 조선 후기 천기론자들에게는 사실 이상세계에 대한 동경의 관념은 없었다. 그들은 상상력이 아니라 천기의 인식에 의한 시인의 내면적 진실성과 시적 대상 표현의 진실성을 시의 중요한 특질로 삼은 만큼, 경험적 현실에 대한 진솔한 감정과 인식을 중시하는 현실주의적 세계인식의 태도를 보여주었다.

그러나 이런 변별성에도 불구하고, 낭만주의 시인들이 감정의 자발적 표현을 중시한 점, 워즈워드처럼 일상적 사건이나 상황을 선택하여 표현할 것과 함께 일상어의 사용을 중요시한 점, 그리고 독일 낭만주의 시인들처럼 민요를 민족의 혼과 이상을 구현하고 있는 시의 양식으로 보면서 민요를 바탕으로 시를 쓰고자 한 점 등은 조선 후기 천기론자들의 주장과 거의 일치했다. 서구 낭만주의 시가 한편으로 민요와 같은 민속문학의 탐구로 나아갔듯이, 조선 후기의 천기론도 국문시가와 민요에 대한 주체적 인식을 새롭게 고양해 갔던 것이다.

그런데 이상의 논의는 여러모로 한계를 지니고 있다. 조선 후기의 천기론을 검토하면서도 한시론의 전체적인 전개과정과 구도를 충분히 파악했다고 말할 수 없으며, 천기론을 한시의 실제와 관련시켜 구체적으로 검증하는 과정을 거치지 못했다. 서구 낭만주의 시론의 경우도 이 점에서 마찬가지의 한계를 지니고 있다. 낭만주의에 대한 다양한 시각의 논의가 있어 온 만큼, 낭만주의 문학의 다양한 편차를 제대로 고려하지 못한 점도 한계이다. 이러한 한계는 이 글의 논의 영역이 제한되었기 때문에 불가피하게 겪게 되는 것이라고 변명할 수 있지만, 이 분야에 관심을 가진 분들의 지속적인 논의 확장을 통해 극복될 수 있으리라고 믿는다. 그렇지만 이 글은 나름의 의의를 가진다고 생각한다. 천기론의 논의를 한문학의 영역 밖으로 가지고 나와 서구의 시론과 접맥시켜 보려 한데서, 천기론의 시학적 특성을 한층 분명히 파악할 수 있었다고 말할 수 있다. 아울러 천기론이 근·현대시론과 어떠한 맥락을 이루는지 짚어볼 수 있는 근거를 마련했다는 점에서도 의의가 있다.

단재 신채호의 국시론과 애국시

I. 들머리

단재(丹齋) 신채호(申采浩: 1880~1936)는 일제의 한반도 침략에 정면으로 대응해서 민족사의 회복과 광복을 쟁취하기 위해 일생을 바쳤던 인물이다. 그는 선구적 독립운동가요 사상가로서, 그리고 언론인과 역사가로서 주목할 만한 활동과 저술을 남겼으며, 문학가로서도 결코 간과할 수 없는 업적을 남겨 다방면에서 탁월한 활약을 했다. 그런데 신채호의 이러한 다양한 활동 영역은 제각기 상충되는 것으로 볼 수 없으며, 일정한 사상적 기초 위에서 나타나는 진지한 실천의 모습으로 파악된다.

신채호는 "민족의 성쇠는 매양 그 사상의 취향의 여하에 달린 것이다"[1]라고 하여, 민족의 흥망성쇠가 민족의 사상 내지 정신과 직결되어 있다고 생각했다. 그는 국가존망의 위기적 상황에서 무엇보다 민족의 주체적인 역사의식의 정립이 시급하다고 판단했다. 그에 의하면, 역사란 "아(我)와 비아(非我)의 투쟁의 기록"[2]이다. 여기서 아(我)는 역사에서 주

---

1) <조선역사상 일천년래(一千年來) 제1사건(第一事件)>, 『단재신채호전집』 상(개정판, 단재신채호선생기념사업회: 형설출판사, 1977. 7), 100쪽. 이하 이 책의 인용은 『개전집』으로 줄여서 표기한다.
2) 『조선상고사』 제1편 '총론'. 『개전집』 상, 19쪽.

체적 위치에 선 민족이며, 비아(非我)는 아와 대치한 외세 및 일체의 반
민족적 세력 내지 아를 굽히고 비아에 영합하려는 기회주의적 세력들이
다. 민족사는 이렇게 아(我), 즉 민족적 자아를 중심으로 한 비아와의 투
쟁으로 점철된 역사인데, 자아를 지키고 찾기 위해서는 비아와의 투쟁에
서 반드시 승리해야 한다고 믿었다. 이것이 그의 독특한 민족사관이다.
신채호의 문학 또한 이러한 주체적 민족사관을 바탕으로 자아를 찾고 세
우기 위한 노력의 일환이었다.

 신채호는 산문과 운문의 여러 장르에 걸쳐서 상당수의 문학작품을 남
겨 놓았다. <을지문덕>(乙支文德: 1908), <이순신전>(李舜臣傳: 1908), <최
도통전>(崔都統傳: 1909~1910) 등은 민족적 영웅의 일대기를 작품화한
역사·전기소설이며, 원고본으로 남겨져 있었던 <꿈 하늘>(1916) 역시 몽
환구조 속에 항일의 국권회복의지를 나타낸 소설이다. 이밖에도 <용(龍)
과 용(龍)의 대격전(大激戰)> (1928)을 비롯한 여러 사화적 작품들도 투쟁
적 민족사관을 바탕으로 창작된 서사물들이다. 그리고 신채호의 작품으
로 밝혀진 20여 편의 운문으로 된 시가3)들도 민족의식을 강하게 투영하
고 있기는 마찬가지이다. 이러한 문학작품들의 창작과 관련한 신채호의
문학관은 <천희당시화>(天喜堂詩話)를 비롯한 <소설가(小說家)의 추세(趨
勢)>, <근금(近今) 국문소설(國文小說) 저자(著者)의 주의(注意)>, <낭객(浪
客)의 신년만필(新年漫筆)> 등 일련의 문학론에서 구체적으로 파악할 수
있다.

 본고는 이상 신채호의 여러 문학작품이나 문학론들 중에서 특히 시가
와 관련한 글들을 주목하여 논의하고자 한다. 이는 우선 애국계몽기의
시가문학이 전개되는 과정에서 이른바 '동국시계혁명론'(東國詩界革命論)

---

3) 『개전집(改全集)』 하와 별집에서 신채호의 시가 작품으로 한시 7수, 시조 5편
   10수, 가사 1편, 그리고 신시 10편을 찾을 수 있다. 여기서 소설 <꿈 하늘>
   (『개전집』 하)에 실려 있는 4편의 시 작품도 신시의 편수에 추가해서 계산되었
   음을 밝혀둔다. 그런데 ≪대한매일신보≫의 '사회등(社會燈)'란에 발표된 시가
   중 상당수의 작품이 신채호의 작품일 수 있는 개연성을 가지고 있다. 이 점은
   권오만, 『개화기시가연구』(새문사, 1989. 6), 368~380쪽에서 논의된 바 있다.

을 제창하고 있는 신채호의 <천희당시화>가 중요한 시사적 의미를 지니고 있다고 생각하기 때문이다. 물론 신채호의 소설 논의와 창작의 성과도 애국계몽기의 문학에서 중요한 비중을 차지하고 있지만, 그것은 시가의 경우만큼 당대 문학의 발전적 모색에 뚜렷한 성과를 거두고 있다고 보기는 어렵다. 자세한 논의가 뒤따르겠지만, <천희당시화>에 제시된 '동국시계혁명론'은 민족 주체적 입장에서의 애국계몽기 시가의 발전적 방향 모색에 필요한 논의의 기틀을 제공하고 있다. 이런 점에서 <천희당시화>의 논의를 면밀히 따져 분석하면서, 거기에 나타난 주장이 신채호 자신의 실제 시작품 및 당시 시 창작의 현상과 어떠한 관련을 맺고 있는지를 자세하게 검토할 필요가 있다.

그런데 그동안 <천희당시화>의 지은이를 신채호로 보는 관점에 논란이 있어 왔다. 사실 이 글은 ≪대한매일신보(大韓每日申報)≫에 1909년 11월 9일부터 12월 4일까지 무서명으로 발표된 시론이다. 이처럼 이 글은 무서명으로 발표되었다는 점에서 글의 지은이를 신채호로 확정하기가 어렵게 되어 있다. 그래서 시론의 지은이를 찾는 가능한 한 방법으로 '천희당'(天喜堂)이란 호를 사용한 이를 조사한 결과, 이와 같은 호를 쓴 윤상현(尹商鉉)을 시론의 지은이로 추정한 바도 있었다.4) 그러나 윤상현만이 '천희당'이란 별호를 사용했다고 단정하기 곤란한 점이 있다. 신채호는 당시에 여러 글을 발표하면서 다양한 필명을 사용한 바 있다. 현재까지 찾아진 신채호의 필명만 해도 '劍心, 錦頰山人, 無涯生, 丹生, 丹齋, 朴鐵, 燕市夢人, 玉兆崇, 王國錦, 尹仁元, 一片丹生, 赤心, 한놈' 등 10여 가지나 된다. 이런 사실에 비추어 신채호도 '천희당'이란 필명을 사용했을 개연성이 있다. 여기다 신채호가 ≪대한매일신보≫의 논객으로 활동한 기간을 고려하면서, 그의 다른 글과의 문체, 문학관, 언어관 등의 비

---

4) 주승택, <개화기의 한시 연구>, 서울대 석사논문(1984).
　　김윤식, <단재사상의 앞서감에 대하여>, 『신채호의 사상과 민족독립운동』(단재신채호선생기념사업회: 형설출판사, 1986), 566쪽. 그런데 김윤식은 이 글 뒤에 쓴 신채호의 문학에 관한 글에서는 '천희당'(天喜堂)이 신채호의 아호로 추정된다고 하여, 처음과 다른 견해를 보이고 있다.

교를 통해 <천희당시화>의 글이 신채호의 글임을 밝히는 근거를 찾을 수 있다.[5] 이에 대해 더욱 확실한 고증이 필요하다 하겠으나, 아직 뚜렷한 반증이 없는 한 이 글의 지은이를 신채호로 보아도 무방하리라 생각한다. 본고는 이런 점을 전제하면서 <천희당시화>를 중심으로 신채호의 시관 내지 문학관을 검토한 다음, 이와 관련한 신채호 자신의 시와 당대에 발표된 시 창작의 상황을 논의하고자 한다.

Ⅱ. <천희당시화>에 나타난 국시론(國詩論)

<천희당시화>의 내용은 글쓴이가 주장한 바 요점에 따라 크게 두 부분으로 재편해서 검토해 볼 수 있다. 첫째는 국시 개혁의 필요성을 말한 부분이고, 둘째는 국시 개혁의 방향 또는 방법론을 말한 부분이다. 그리고 이들 두 부분의 논의 속에 신채호의 기본적인 시관 내지 문학관이 피력되어 있다.

먼저 국시 개혁의 필요성을 제시한 부분을 보자.

시란 자는 국민언어의 정화(精華)라. 고(故)로 강무(强武)한 국민은 기(其) 시부터 강무하며, 문약(文弱)한 국민은 기 시부터 문약하나니, 일국(一國)의 성쇠치란(盛衰治亂)은 대저 기 국시에서 가험(可驗)할지요. 우(又) 기 국의

---

5) <천희당시화>의 지은이가 신채호일 것이라는 주장은 임중빈, "단재의 상황문학론", 한국문학(1977. 9)에서 처음 제기되었다. 이러한 주장은 그 이후 많은 논자들에 의해 별 이의없이 받아들여졌다. 그러다 권오만이 <천희당시화>의 발표상황, 문체, 내용 등을 신채호의 다른 글과 비교하여, <천희당시화>도 신채호의 글임을 다시 주장하고 확증했다(권오만, 앞의 책, 378쪽). 여기서 특히 주목할 만한 지적은 신채호가 국문창시자를 '요의'(了義)로 보는 독특한 견해를 가졌다는 사실이다. 이 요의설(了義說)은 <국문(國文)의 기원(起源)>(≪대한매일신보≫, 1909. 12. 29)에도 나타나는데, <천희당시화>에서도 꼭 같은 주장이 나와 있다. 그런데 요의는 서역승으로 중국의 음운학에 관계된 인물임을 임형택이 밝혔다. 임형택, <≪담총≫(談叢)의 사상과 그 작가>, 『신채호의 사상과 민족독립운동』, 644~647쪽.

> 문약을 회(回)하여 强武에 입(入)코자 할진대 불가불 기 문약한 국시부터 개
> 량(改良)할지라.6)

신채호의 문학관이 뚜렷이 드러나는 부분이다. 시는 국민언어의 정화라고 일단 정의한 다음, 무릇 시는 국민을 이끌어 국가의 무강을 꾀하는 것을 효용으로 삼는다고 했다. 말하자면 문학의 존재가 국가의 존립에 상응하는 비중을 가졌다는 것이다. 이는 문학을 '재도지기'(載道之器)로 보는 전통적 문학 효용론 즉 풍교론(風敎論)의 입장을 계승한 가운데 당시의 정치적 상황의 의미를 매우 강조한 견해이다. 이 점은 시뿐만이 아니라 소설이나 연극을 보는 관점에서도 마찬가지로 견지된다. <소설가의 추세>(≪대한매일신보≫, 1909. 11. 2)에서 소설은 국민의 나침반이라 정의하고, "소설이 국민을 강한 데로 도(導)하면 국민이 강하며, 소설이 국민을 약한 데로 도하면 국민이 약하며, 정(正)한 데로 도하면 정하고, 사(邪)한 데로 도하면 사하나니……"7)라고 했다. 이처럼 신채호가 보는 한, 문학은 민족의 현실을 직시하고 민족사를 지키는 위국보필(爲國報筆)로서 국권회복의 실천적 방편이 되어야 했다. 국권상실의 위기적 상황을 겪으며 위민애국(爲民愛國)의 문학이야말로 당시대적, 역사적 요청이라고 판단했음에 틀림없다. 여기서 국시 개혁의 일차적 필요성이 강한 문학효용론적 관점에 입각하여 당시의 위급한 정치적 상황에의 인식을 바탕으로 제기되었음을 알 수 있다.

국시 개혁의 필요성은 우리 문학 자체에 대한 비판적 인식으로부터도 제기되었다. 그러면 신채호가 파악한 우리 문학의 과거와 현재는 어떠했는가? 그는 과거 국시의 효시로 삼고 있는 <황조가>나 을지문덕의 <견우중문시>(遣于仲文詩)는 한시일 따름이고, 국문이 창제된 이후 창작된 최도통(崔都統)이나 정포은(鄭圃隱)의 시조가 진정한 국시의 시초가 된다고 했다. 신채호의 이러한 이해는 물론 많은 문제가 있다. 한역가로 남아 전

---

6) 『개전집』 별집, 56쪽.
7) <소설가의 추세>, 『개전집』 별집, 81쪽.

하는 <황조가>를 한시로만 본 점, 후세에 이름을 가탁해 지은 시조를 최
영이나 정몽주가 직접 지었다고 본 점은 우리 시가에 대한 이해의 한계
를 드러내는 것이다. 그러나 이런 한계에도 불구하고 신채호는 국시가
기본적으로 국문으로 창작되어야 하되, 우리의 독자적인 시 형식 속에
이루어져야 함을 분명히 했다. 이런 맥락에서 우리 시가를 일별했을 때,
과거의 시는 대부분 중국의 한시를 모방한 천태만상의 작품을 이루고 있
으며, 당대의 시도 한시의 운다는 법을 모방한 '국문 칠자시'(國文七字
詩), 즉 언문풍월의 시나 일본의 신체시를 흉내낸 '십일자시'(十一字歌)가
횡행하고 있다고 비판했다.

> 제국신문(帝國新聞)에 일즉 국자운(國字韻)(날발갈, 닝징싱 등)을 현(懸)하
> 고 국문 7자시(國文七字詩)를 구상(購賞)하였으니 차(此) 칠자시(七字詩)도
> 혹 일종 신국시체(新國詩體)가 될가 왈(曰) 부(否)라 불가(不可)하다. 영국시
> 는 영국시의 음절이 자유(自有)하며 아국시(俄國詩)는 아국시의 음절이 자유
> 하며 기타 각 국시가 개연(皆然)하나니[8]

이처럼 언문풍월의 이른바 '국문칠자시'에 대한 비판의 근거는 그것이
비록 국문으로 창작되었다 하더라도 우리 국어의 음절이 지닌 속성을 몰
각하고 있기 때문이라는 것이다. 어떤 나라의 시이든 그 나라의 언어적
성질에 따라 창작되어야 하는데, 중국의 한시나 일본시를 흉내낸 작품들
은 진정한 국시가 될 수 없다고 한 것이다. 이러한 견해는 애국계몽기의
전환기적 상황에서 외국시의 경향을 무분별하게 모방, 수용하는 문학가
의 태도에 반성을 촉구하는 의의를 지닌다. 그러나 신채호가 우리 시가
의 운율을 이루는 국어의 음절적 속성이 한시의 경우처럼 운이 없다는
점은 분명히 인식했으나, 자수율 또는 음수율적 인식의 테두리에서 벗어
나 있었다고 말할 수 없다. 따라서 신채호가 이 부분의 주장과 관련하여
국시의 대안을 제시한다고 해도, 그것은 근대 자유시와 같은 모형을 생

---

8) <천희당시화>, 『개전집』 별집, 61쪽.

각하기란 불가능한 일이었다. 그것은 약 10년 뒤의 김억(金億)에 와서나 가능한 일이었다.[9]

신채호가 국시 개혁을 주장하는 까닭 중에는 당시 시의 언어 및 형식에 대한 비판적 인식도 중요한 작용을 했지만, 더욱 근본적이고 본질적인 문제로 제기되었던 것은 시의 내용적 측면에 있었다. 앞서 언급했듯이, 신채호가 위민애국과 풍속교화의 문학 효용론적 관점을 견지하고 있었던 만큼 당시의 문학을 평가하는 태도 역시 이 관점에 입각하여 이루어졌다. 그 결과는 물론 부정적이다. "근세 아국(我國)에 유행하는 시가를 관(觀)하건대 태반(太半) 유비음탕(流扉淫蕩)하야 풍속의 부패만 양(釀)할지니"[10]라고 했는가 하면, 국시라고 하는 국문시가(여기서는 시조를 두고 말함)의 대부분도 현실을 도피 내지 외면하는 한담(閑談)·방광(放狂)·음탕(淫蕩)·염퇴(厭退)의 시들이라고 했다.[11] 이는 소설과 연극의 경우도 마찬가지여서 고전소설은 대부분 중국소설을 모방한 희작(戲作)들이고, 신소설이란 것도 민족을 탕심에 빠지게 하는 '연애소설' 내지 '회음소설'(誨淫小說)로, 그것이 사회소설, 정치소설, 가정소설 등의 이름으로 판을 치며, 연극도 음탕의 연희만 많아서 청년자제들의 심지를 어지럽게 하는 한심한 지경이라고 했다.[12] 신채호는 이와 같은 맥락에서 우리 시는 '비시(非詩)의 시'로 이미 망했다고 선언했다.

외면으로 시가 아국(我國)이 막성(莫盛)하다 할지나 내용을 찰(察)하면 아국의 시가 망한 지 이구(已久)라 할지라. 시가 망하였으니 국민의 사상이 하유(何由)로 고상하며 국민의 정신이 하유로 결합하리오. 고(故)로 아국 금일 현상은 피등(彼等) 비시(非詩)의 시로 차(此)를 치(致)하였다 함도 역가(亦可)

---

9) 김억이 ≪태서문예신보≫ 제14호(1919. 1. 13)에 발표한 <시형의 음율과 호흡>의
   글이 이에 해당한다.
10) <천희당시화>, 『개전집』 별집, 56쪽.
11) <천희당시화>, 『개전집』 별집, 66~67쪽.
12) 이러한 견해는 <소설가의 추세>, <근금 국문소설 저자의 주의>, <낭객의 신년
   만필>의 글에서 일관되게 나타난다. 그리고 연극과 관련된 신채호의 논의로는
   <극계개량론>, ≪대한매일신보≫(1908. 7. 12)이 있다.

하도다.13)

시가 국가의 흥망성쇠를 좌우한다고 본 신채호는 이처럼 시가 '비시의 시'로 망했으니 국가도 망하고, 민족의 사상과 정신까지도 한탄스런 지경에 이르렀다고 파악했다. 신채호가 국시 즉 우리 시의 대혁명을 주창하게 된 가장 중요한 이유가 바로 여기에 있었다. 그러면 신채호가 주장한 국시혁명의 대안은 구체적으로 어떠한 것인가. 이에 대한 대안은 다음과 같이 크게 네 가지로 정리할 수 있다.

첫째, 시의 언어적 측면이다. 신채호가 우리 시의 현상을 언어적 사용의 측면에서 비판한 바 있듯이, 우리 시는 기본적으로 우리 말과 글과 소리로 창작되어야 한다는 것이다. "동국어(東國語)·동국문(東國文)·동국음(東國音)으로 제(製)한 자"를 동국시(東國詩)로 정의한 것이 그것이다.14) 이러한 정의에 따르면, 한문으로 쓰여진 어떠한 시도 진정한 우리 시가 되지 못한다. 비록 우리의 한시 중에 그 뜻과 형식에서 주목할 바가 있어도 그것은 중국의 한시를 모방, 답습한 '노예문학'에 불과하다는 것이다. 이는 일찍이 조선 후기의 실학문학인 박지원(朴趾源)이나 정약용(丁若鏞) 등이 내세운 '조선시' 주장을 발전적으로 계승한 것이다. 박지원은 민속 가운데 좋은 점이 많다고 하면서, 방언으로 문자를 쓰고 민요로 운율을 맞추면 자연히 문장이 이루어지고 진기(眞機)가 발현된다(民多美俗 則字其方言 韻其民謠 自然成章 眞機發現)15)고 했으며, 정약용도 자신이 조선 사람임을 강조하면서 중국의 시체(詩體)와 다른 조선시를 즐겨 짓는다(我是朝鮮人 甘作朝鮮詩)16)고 했다. 그런데 이러한 '조선지풍'(朝鮮之風) 내지 '조선시'로서의 한시 창작은 민족의 주체적 각성을 동반한 한시 자체의 변화를 추구하는 것이긴 했으나, 그것은 한자를 빌어 쓴 한글 표기로서 한시 자체의 한계를 근본적으로 넘어선 것은 아니었다. 이

---

13) <천희당시화>, 『개전집』 별집, 67~68쪽.
14) <천희당시화>, 『개전집』 별집, 63쪽.
15) 박지원, <영처고서>(嬰處稿序), 『연암집』 권7 별집.
16) 정약용, <노인일쾌사 6수>(老人一快事六首), 『여유당전서』 제1집 권6.

점에서 신채호가 주장한 국어 국자로서의 동국시는 한자 사용의 근본적 한계를 극복하자는 것이다. 이는 신채호 자신 한학을 한 유가로서의 위치에 대한 자기반성의 의미를 담고 있으면서, 조선 후기 실학문인들에 비해 한층 진보된 주장을 펼친 것이다.

그런데 그렇다고 신채호가 한문문학의 의의를 전적으로 부정한 것은 아니다. 이는 그가 여러 편의 역사전기소설과 허다하게 쓴 논설 등에서 한문 또는 한주국종(漢主國從)의 문체를 사용하고 있는 사실에서 반증이 된다. 그리고 국어 국자로서의 동국시를 주장하고 있는 <천희당시화>의 시론 역시 한자 위주의 문장으로 되어 있다. 그렇다면 신채호는 주장과 실천에서 이율배반이나 자가당착의 모순을 범하고 있는 것이 아닌가라는 의문을 제기할 수 있다. 이러한 의문은 그의 <국한문(國漢文)의 경중(輕重)>(≪대한매일신보≫, 1908. 3. 17~19)에서 풀 수 있다. 국문을 한문보다 중하게 여기는 까닭은 한문이 단순히 외국어이기 때문이나 학습이 어렵다는 점 때문이 아니라, "고유(固有)한 국정(國精)을 보지(保持)하며 순미(純美)한 애국심을 고발(鼓發)"하기 위해 국문 사용이 유용하다는 점 때문이다. 한문은 이 점에서 일정한 한계를 가지며, 국문을 존중해서 사용하는 일은 민족의 주체적 입장을 지키는 당연한 원칙일 뿐만 아니라, 그래야만 민족 전체를 대상으로 한 국민계도의 기능을 한층 효과적으로 달성할 수 있다고 신채호는 보았다. 따라서 국가 존망의 위기에서 민족의 주체성을 지키고 국가를 보위해야 할 당위성을 각성하도록 지식계층을 상대로 하여 촉구하는 독서물에서는 한자 사용을 무방하게 보면서도, 다수 일반 국민을 대상으로 한 독서물에서는 국문을 사용하는 것이 마땅하다고 주장했던 것이다. 신채호가 우리 말과 글로 창작된 시가 진정한 국시가 된다고 본 이유도 여기에 있다. 그는 시가 "부인 유아도 일독(一讀)에 개효(皆曉)"할 수 있어야 하며, "국민의 지식보급에 효력이 내유(乃有)"한 것이라야 한다[17]고 했다. 말하자면 국시는 민족시로서 가져야 할 마땅한 원칙에서 국민 누구나 읽고 깨우칠 수 있도록 우리 말, 우리 글

---

17) <천희당시화>, 『개전집』 별집, 60쪽.

로 창작되어야 한다는 것이다.

둘째, 시의 율격 및 형식의 측면에서이다. 신채호는 국시가 중국시, 일본시 등 외국시의 모방 풍조를 벗어나 우리 시가 본래부터 지닌 전통적 율격과 형식을 바탕으로 모색되어야 한다고 했다. 우리 시의 전통적 율격과 형식이 무엇인지에 관한 구체적인 언급은 없지만, 우리 시의 음절적 속성에 기초해야 한다는 원칙은 제시되었다. 거기다 국시의 대상으로 논의한 시가 양식이 시조와 민요 등인 사실을 보면, 일단 이들 전통시가의 양식이 국시의 대상 범주에 든다는 점을 알 수 있다.

먼저 시조의 경우를 보자. 신채호는 시조를 부흥하자는 직접적인 주장은 펴지 않았지만, 시조에 대해 남다른 생각을 가지고 있었다. 국시의 시초로 정포은(鄭圃隱)의 <단심가>(丹心歌)를 꼽고 있는 점도 특이하지만, 국시의 한 본보기로 시조를 염두에 두고 있는 점도 다시 짚어볼 필요가 있다. 그는 자신의 한 벗이 지었다는 시조 <애국음>(愛國吟)과 <장부음>(丈夫吟)을 글에 올리면서, 이와 같은 시조가 국시의 한 본보기가 될 수 있음을 넌지시 내세웠다.[18] 그 중 <애국음>을 보자.

> 제몸은 사랑컨만 나라 사랑 왜 못하노
> 國家疆土 없어지면 몸둘 곳이 어디메뇨
> 차라리 몸은 죽더라도 이 나라는

보기로 든 이 시조는 애국계몽기 시조의 일반적 유형을 그대로 보여주고 있다. 애국의 주제를 강조하면서, 시조의 종장 마지막 결구 부분을 생략하고 있는 점이 ≪대한매일신보≫의 '사조'(詞藻)란에 발표된 시조의 일반적 특징과 일치한다. 물론 신채호의 시조에 대한 관심은 형식적 변화에 있었던 것이 아니라, 그 주제에 있었다. 시조에 대한 형식적 관심이 있었다면 그것은 시조가 국문으로 창작된 민족시가의 전통적 양식이란 요건에 한정되어 있으며, 사설시조나 시조 자체의 발전적 변화를 기대하

---

18) <천희당시화>,『개전집』별집, 60~61쪽.

는 데까지 이르지 못했다. 신채호는 이러한 테두리의 시조 인식에서 더욱 보태어 강조한 것은 바로 <장부음>의 시조와 같이 애국정신이나 상무정신을 강하게 담고 있어야 한다는 것이다. 이런 맥락에서 시도(詩道)와 국가와의 관계를 논하면서, 김종서(金宗瑞)의 <삭풍가>(朔風歌)와 남이장군(南怡將軍)의 <장검곡>(長劒曲)을 예시하고 호평을 아끼지 않았던 점[19]을 충분히 이해할 수 있다. 신채호가 국시계의 혁명을 거창하게 주장하면서도, 그 쟁점이 시가의 형식에 대한 소박한 생각의 범주를 넘어서지 못하고 시의 주제 및 내용적 차원에 집중되어 있었던 것이다. 이것이 시조 인식의 한계이면서 국시개혁론의 한계이기도 한 셈이다.

국시개혁의 또 다른 보기가 되었던 것이 민요였다. 다음의 일절을 보자.

오자(吾者)가 만일 시계혁명자(詩界革命者가 되고자 할진대 피(彼) 아라랑(阿羅朗)·영변동대(寧邊東臺) 등 국가계(國歌界)에 향하여 기 완루(頑陋)를 개송(改誦)하고 신사상을 수입할지어다.[20]

위에서 시가의 사설을 고쳐 불러야 할 대상으로 든 <아라랑>(阿羅朗), <영변동대>(寧邊東臺) 등은 당시에 널리 불려진 <아리랑 타령>, <영변가>(또는 <영변동대가>) 등을 이르는 것으로, 잡가 중에서도 민요계 잡가에 속하는 시가이다. 잡가는 본래 전문 소리패들에 의해 흥행을 위해 불려졌던 것인데, 1910년을 전후하여 인쇄활자의 보급과 함께 급속히 파급되어 서울을 비롯한 지방도시의 기방과 도시대중 사이에서 널리 유행하고 있었다.[21] 그런데 민요계 잡가를 포함한 잡가는 대중적 취향에 편승하여 흥행 위주로 불려졌던 만큼 사랑, 무상(無常)과 취락(醉樂), 자연정취를

---

19) <천희당시화>, 『개전집』 별집, 65~66쪽.
20) <천희당시화>, 『개전집』 별집, 63쪽.
21) 잡가는 이러한 대중적 인기에 편승하여 1910년대 이후 집중적으로 간행된 여러 잡가집에 올려져 보급되었다. 자세한 사항은 정재호, <잡가고>, ≪민족문화연구≫ 제6집(고려대 민족문화연구소, 1972. 11), 191쪽에 밝혀져 있다.

나타내는 사설로 주로 짜여져 있다.[22] 여기서 신채호가 유행가요로서의 민요계 잡가를 고쳐지어야 한다고 한 까닭을 두 가지 측면에서 생각할 수 있다. 한 가지는 이들 민요계 잡가가 비록 민중의 노래로 생겨나서 유행한다고 해도 그 내용이 지나치게 완루하다는 생각에 있었다. 말하자면 국시로서 갖추어야 할 조건에 부합되지 않는다는 것이다. 다른 한 가지는 이들 시가가 민중 사이에 폭넓게 불려진다는 사실의 인식에 있다. 신채호는 국시계의 혁명자가 되고자 하는 이는 이러한 두 가지 사실의 인식을 분명히 갖추어야 한다고 보았다. 이미 유행하고 있는 민중의 시가를 역으로 이용해서 '신사상'인 애국계몽의 사상을 나타내는 사설로 개작하여 이를 다시 민중들 사이에 널리 불려지게 한다면, 그것은 국시 개혁의 작업을 매우 효과적으로 이룰 수 있다는 판단에서였다. 물론 이미 유행하는 민요를 인위적으로 개작하여 확산시킨다는 것은 그리 쉬운 일이 아니다. 민중들 사이에 자연스럽게 불려져 전승되는 것이 민요의 속성인데, 민요를 인위적으로 개작한다고 해서 기대한 만큼의 효과를 얻기는 어렵기 때문이다.

그런데 애국계몽기 시가에서 민요계 잡가를 비롯한 민요의 개작이나 민요 여음구의 수용 등을 통한 새로운 시적 모색은 <천희당시화>의 발표 이전부터 이미 이루어지고 있었다. 국문판 ≪대한미일신보≫에 1907년 7월 5일부터 9월 13일까지의 기간 동안 <담박고 타령>(1907. 7. 5)에서 <훈장 타령>(1907. 9. 13)에 이르는 23편의 민요 개작 시가가 발표되었으며, 그리고 필명이 아양자(峨洋子)란 이가 ≪태극학보≫제23호(1908. 8)에 '가조'(歌調)란 표제로 역시 개작민요를 발표한 바 있다. 이 외에도 춘몽자(春夢子)가 ≪서북학회월보≫제1권 제16호~제18호(1909. 10~12)에 '동요'(童謠) 또는 '항요'(巷謠)라 하여 민요 수용 가사를 발표했다. 이렇듯 애국계몽기의 시가에서 민요개작 및 민요 수용의 시가 창작이 상당한 만큼 이루어졌던 셈이다.[23] 여기에 또한 이들 시가 창작과 관련하여 필명

---

22) 정재호, 위의 글, 191쪽.
23) 애국계몽기의 민요개작운동에 관한 본격적인 논의는 임형택, <'동국시계혁명'과

이 금혜(琴兮)란 이가 투고한 <가곡개량의 의견>(≪대한매일신보≫, 1908. 4. 10)에서, 유행가요인 <수심가>, <난봉가>, <아리랑>, <홍타령> 등이 모두 음담패설로 이루어져 폐해가 심각하다고 하면서 충효와 문명개화의 의식을 불어넣은 가사로 개작되어야 한다고 이미 주장한 바 있다. 이러한 금혜의 주장과 민요 개작 및 민요 수용의 시가 창작에 이어진 바탕 위에 바로 위와 같은 <천희당시화>의 주장이 놓여 있는 것이다. 따라서 신채호의 민요 개작 주장이 이 부분의 선편을 쥐고 있는 것도 아니며, 민요 형식의 창조적 계승을 도모한 것은 아니지만, 민요에 대한 각별한 생각을 바탕으로 국시의 형식적 모색의 한 방편을 민요의 개작을 통해 찾고자 한 것 자체가 당대적 문학인식의 한계 속에서 앞으로의 전진적 시 형식의 모색에 토대가 될 수 있는 것이었다. 그러나 아쉽게도 다음 시대의 시인들이 일본 신체시의 영향이나 서구 상징주의 시 등의 영향을 입어 다분히 외래지향적인 시 형식의 모색으로 나아갔다. 신채호의 생각에서 한층 발전적으로 나아간 시 형식의 모색은 1920년대 이후 김소월과 같은 시인들에 의해 가능하게 되었다.

셋째로 시의 내용과 관련한 효용적 측면에서이다. 신채호는 국시 개혁의 최종 목표가 "사회의 공덕(公德)을 도주(陶鑄)"하고 "군국민(軍國民)의 감정을 제조(製造)"하여 국민의 사상을 진작시키는 데 있다고 했다.[24] 앞서 언급한 국시로서의 시조, 민요의 개작이 궁극적으로 이 요건을 갖추어야 하는 것은 물론이다. 신채호는 문학의 정서적 감화를 통한 공리적 효용성을 무엇보다 중시했다. "시가는 인(人)의 감정을 도융(陶融)함으로 목적"[25]을 삼는다고 한 것이 그렇다. 신채호가 보기에 시의 마땅한 도리란 사회의 풍속을 올바른 방향으로 나아가게 하면서, 국가와 민족의 융성에 기여하는 사상을 심어주는 데 이바지하는 것이다. 이런 시각이 특히 국가 존폐의 위기적 상황에서 애국심과 상무정신을 고취하는 쪽에서

그 의의>, 『백영정병욱박사환갑기념논총』(서울: 신구문화사, 1982. 5)에서 했다.
24) <천희당시화>, 『개전집』별집, 67쪽.
25) <천희당시화>, 『개전집』별집, 60쪽.

국시의 창작이 진작되어야 한다는 것으로 더욱 좁혀졌다. 이것이 "단재 시학은 시형태에 대한 관심보다 표현내용의 중시에 너무 치우친 나머지, 주제의식의 획일화와 시관의 소폭화를 초래하게 되었다"[26]고 지적받는 까닭이다. 그런데 신채호의 민족투쟁사관에서 보듯이, 자아에 대한 비아의 위협이 극에 달했다고 본 역사의식에서 자아를 보전, 확충하고자 하는 공리적 시론은 나름대로 정당한 값을 지니고 있는 것이다. 이 글이 더욱이 시도와 국가와의 관계를 말하기 위해서 쓰여진 시론이란 점에서 더욱 그렇다.

넷째, 국시 개혁의 주체 문제이다. 신채호에 의하면 국시 개혁은 아무나 할 수 있는 것은 아니다. "세도(世道)에 관심하는 자"[27]이면서 "금일 국가 전도(前途)에 유의(留意)하는 지사(志士)"[28]로서의 대시인이 나타나야 가능하다는 것이다. 말하자면 국가와 민족이 현재 처한 역사적 상황을 올바로 파악하여, 국가와 민족의 장래를 밝혀 줄 수 있는 영웅적 인물로서의 대시인만이 국시의 혁명을 이끌 수 있다는 것이다. 시계혁명은 그만큼 위축된 민족의 사상과 국가의 운명을 일대 전환시키는 책무를 안고 있다. 그래서 신채호는 "대시인이 즉 대영웅이며, 대시인이 즉 대위인이며, 대시인이 즉 역사상 일 거물"[29]이라 했던 것이다. 이렇게 보면 신채호가 지칭한 시인이란 시적 재능을 갖춘 전문적 문학인이 아니라, 애국지사이거나 종교의 지도자에 상응하는 존재로서의 의미를 갖는다. 이는 근본적으로 시나 소설을 독립된 문학 영역으로 간주하지 않고, 그것

---

26) 이동순, <단재 신채호의 천희당시화에 대하여>, 《개신어문연구》 제1집(충북대 국어교육과, 1981. 8), 206쪽. 최근에 발표된 곽동훈의 <단재 시론과 시의 값>,『한국문학논총』제13집(한국문학회, 1992. 10), 284쪽에서 이동순이 단재 시학의 문제점으로 지적한 세 가지 사항 중 "주제의식의 획일화와 시관의 소폭화를 초래하게 되었다"는 첫번째 사항만 인정하고 나머지 두 가지 사항(시의 보편화와 대중화 작업의 위배, 한문학의 전면 부정과 민족문화 인식의 경직성)은 재고의 여지가 있다고 했다. 필자도 곽동훈의 의견과 같이 하면서 단재의 시론을 논의한 것이다.
27) <천희당시화>,『개전집』별집, 57쪽.
28) <천희당시화>,『개전집』별집, 68쪽.
29) <천희당시화>,『개전집』별집, 71쪽.

의 효용적 측면에서 방편적 수단으로 생각하고 있기 때문이다. 여기에 신채호의 시 또는 문학에 대한 견해가 아직도 좁은 테두리에 한정되어 있음을 알 수 있다. '문이재도'(文以載道)로 보는 조선조의 유가적 관념이 신채호에게 여전히 자리잡고 있는 셈이다.

이상에서 <천희당시화>에 나타난 국시론을 통해 국시 개혁의 필요성과 그 방안의 구체적인 내용을 검토했다. '문이재도'로서의 철저한 문학 효용론적 관점이 지배된 시론이기는 하나, 시가에 대한 민족의 주체적 입장이 외래시가의 무분별한 수용의 현상을 비판하면서 전통시가 양식에 대한 재인식을 촉구하고 있는 점은 무엇보다 큰 의의이다. 아울러 시가와 국가와의 관계 구명을 통해 역사적 위난의 상황에서 '위국보필'(爲國補筆)로서의 문학의 역할과 임무를 강조한 것도 나름대로의 정당한 값을 가지는 것이다.

Ⅲ. 신채호의 애국시와 그 위상

신채호의 것으로 남아 전하고 있는 시 작품의 대부분은 그가 1910년 한일합방에 함께 상해, 만주, 블라디보스톡 등지로 망명하면서 쓴 것들이다. <천희당시화>의 발표를 전후로 한 시기인 1908~9년 무렵에도 ≪대한매일신보≫의 '사회등'(社會燈)란 등에 상당수의 시작품을 발표한 것으로 추정되나,[30] 구체적인 작품 목록을 확정하기가 어렵다. 다만 이 시기에 쓰여진 작품으로 <철추가(鐵推歌)>(≪대한매일신보≫, 1910. 3. 25)의 가사 1편을 확인할 수 있을 뿐이다. 이 가사를 통해서나마 당시 신채호

---

30) 이른바 '사회등' 가사는 대한매일신보사의 사내인에 의해 창작된 것으로 추정되는데, 당시 신문의 편집에 깊이 관여한 신채호(申采浩), 양기탁(梁起鐸), 장도빈(張道斌)이 이들 가사를 창작한 작가로 유력시된다. 그리고 이들 중에서도 신채호는 '사회등' 가사의 형성, 변화 등에 가장 중요한 역할을 한 인물로 추정되고 있다. 이에 관한 자세한 논의는 권오만, <사회등 가사의 작가>, 앞의 책, 341~382쪽에서 이루어졌다.

의 시의식이 어떠했는지를 미루어 짐작할 수 있다.

> 博物館 돌아들어
>   滄海力士의 쓰고남은 鐵推
> 한번 구경하고 나니
>   잠겼던 氣力이 번쩍나고
> 숨엇던 思想이 절로난다.
>   저 鐵推를 번쩍들고
> 博浪沙中 들어가서
>   秦始皇의 타고 앉은 正車를
> 와지끈 퉁탕 부수고
>   저 暴虐無道한 者를
> 粉骨碎身한 後에
>   天上事를 大定하여 우리
> 朝鮮의 國威國光을
>   萬古 歷史上에 빛내며 自古로
> 懷抱를 펴지 못하고
>   目的을 達치 못한
> 高漸離 荊軻輩의
>   千秋怨恨을 慰勞코자.31)

이 가사는 일제의 포악무도한 침략 행위를 진시황을 폭정에 빗대어 서술하면서, 일제의 침략에 직접 무력으로 맞서는 기개와 민족의 역사를 바로 잡고자 하는 의지를 보이고자 한 작품이다. 이에 따라 위에 표현된 '기력'이란 애국적 기백을, '숨었던 사상'이란 민족 독립의 사상을 의미하는 것으로 해석된다. <천희당시화>에서도 강조한 바 있듯이,'무열'의 정신과 '상무'의 정신이 이 시에 그대로 강조되어 있다. 그러나 국한혼용체의 난삽한 표현에서, 그리고 시어의 선택이 지나친 감정의 직접적 언사로 이루어져 있다는 점에서 <철추가>는 국시혁명의 요건을 제대로

---

31) <철추가(鐵推歌)>, 『개전집』 별집, 342쪽.

갖춘 시는 아니다. 그러나 망명 이후의 시작품에서는 이러한 결점이 거의 나타나지 않는다는 점에서 매우 주목된다. 망명지 상해에서 쓴 시 <한 나라 생각>을 보자.

<blockquote>

나는 네 사랑

너는 내 사랑

두 사랑 사이 칼로 썩 베면

고우나 고운 핏덩이가

줄줄줄 흘러내려 오리니

한 주먹 덥썩 그 피를 쥐어

한 나라 땅에 고루 뿌리리

떨어지는 곳마다 꽃이 피어서

봄맞이 하리.[32]

</blockquote>

이 시는 <철추가>에 비한다면, 생경한 관념의 한문어투가 사라지고 시적 표현에 있어서도 '피', '꽃' 등의 시적 상관물을 통해 비유적으로 시상을 전개시키고 있다. 신채호가 스스로 말한 바 국시로서 내세워도 별 손색이 없다.

이 시는 망명지 상해에서 조국에 대한 신채호의 지극한 애정을 노래하고 있는 작품이다. 그리고 조국의 광복을 위해 싸우다 죽더라도 그 죽음을 헛되게 하지 않겠다는 신채호의 결의를 이 시에서 느낄 수 있다.[33] 시의 화자인 '나'와 지극한 사랑으로 맺어져 있는 '너'를 각각 신채호 자신과 조국을 표상하는 것으로 본다면, 이 시는 분명 조국에 대한 신채호의 뜨거운 사랑을 기반에 깔고 있다. 1, 2행에서 보듯이, 나와 너는 결코 헤어질 수 없는 공동운명체로서의 한 몸이나 다름없다. 그런데 나와 너가 '칼'로 상징되는 외부적 강압에 의해 쓰라린 이별을 강요당함으로써 비극적 상황에 놓이게 된다. 이러한 비극적 상황에서 나는 결코 좌절

---

32) <한 나라 생각>, 『개전집』 하, 402쪽.
33) 송재소, <단재의 시에 대하여>, 『신채호의 사상과 민족독립운동』, 577쪽.

하지 않고, 오히려 이별의 쓰라린 아픔을 '너'의 재생을 위한 각고의 의지로 승화시킨다. 4행에서 9행까지의 표현이 나의 너에 대한 사랑의 재확인이고 다짐이다. "고우나 고운 핏덩이"란 구절이 나와 너의 지극한 사랑을 다시 확인시켜 준다. 그것은 '피'가 혈연적 결속과 자기확인, 헌신적 희생, 투쟁, 그리고 재생의 원형성을 지니고 있기 때문이다. 이러한 피가 한 나라 땅에 고루 뿌려져 아름다운 꽃으로 다시 피어난다는 것은 피가 지닌 원형적 의미를 민족 현실의 맥락에서 확대시켜 놓은 것이다. 말하자면 조국의 광복을 위해 헌신적 투쟁의 자기희생을 하겠다는 신채호의 강한 결의를 이 시를 통해 읽을 수 있다는 것이다.

조국의 광복을 위한 헌신적 희생의 정신은 <너의 것>이란 시에도 그대로 이어진다.

> 너의 눈은 해가 되어
> 여기저기 비치우고 지고
> 님의 나라 밝아지게
>
> 너의 피는 꽃이 되어
> 여기저기 피고지고
> 님 나라 고와지게
>
> 너의 숨은 바람되어
> 여기저기 불고지고
> 님 나라 깨끗하게
>
> 너의 말은 불이 되어
> 여기저기 타고지고
> 님 나라 더워지게
>
> 살이 썩어 흙이 되고
> 뼈는 굳어 돌 되어라
> 님 나라에 보태지게.[34]

<한 나라 생각>에서 설정된 나와 너의 관계가 이 시에서는 너와 님의 관계로 나타난다. 그런데 여기서 시의 청자로 설정된 '너'는 결코 비아(非我)가 아니다. '너'는 자아를 되돌아보는 입장에서의 나 자신이거나, 나와 같은 위치에서 나와 인식을 같이하는 민족의 일원이다. 그래서 '너'는 '님 나라' 즉 조국에 모든 것을 헌신하기를 다짐받는다. 너의 온갖 정신과 육신, 곧 '눈·피·숨·말·살·뼈'는 '해·꽃·바람·불·흙·돌'이 되어 님의 성전(聖典)에 바쳐진다. 이 시에 깃든 생각은 다음의 글을 통해 더욱 분명히 알 수 있다.

> 무애생(無涯生)이 왈(曰), 여하(如何)라야 애국자요 기구(其口)로만 애국애국하면 시애국자호(是愛國者乎)아, 기필(其筆)로만 애국애국하면 시애국자호(是愛國者乎)아, 부(夫) 애국자는 필야(必也) 기골(其骨)·기혈(其血)·기피(其皮)·기면(其面)·기모(其毛)·기발(其髮)이 유시(惟是) 애국심지조직물이이(愛國心之組織物而已), 고(故)로 와시(臥時)의 염(念)도 국야(國也)며 좌시(坐時)의 상(想)도 국야(國也)며 기 가야(其歌也)도 국야(國也)며 기 소야(其嘯也)도 국야(國也)며 기 소야(其笑也)도 국야(國也)며 기 곡야(其哭也)도 국야(國也)라.[35]

진정한 애국자란 말로 글로 떠들기만 하는 것이 아니라, 온몸이 애국심으로 가득 차서 항상 나라 생각하는 마음을 잃지 않아야 한다는 글이 이 글의 뜻이다. 위의 <한 나라 생각>은 바로 이러한 뜻을 시로 표현한 것이다. 그러면서 이 시에서 나라 사랑하는 열정은 상대적으로 식민지 현실에서의 조국이 어둡고, 거칠고, 혼란스럽고, 냉혹하다는 상황의 인식을 문맥의 저변에 깔고 있기에 더욱 강렬한 감응효과를 가진다. 그러나 이러한 나라 사랑에의 열정에도 불구하고 광복의 날은 쉽사리 오지 않으니, 이역 망명지에서 신채호가 느끼는 광복에의 한은 더욱 깊기만 하다.

---

34) <너의 것>, 『개전집』 별집, 333쪽.
35) <이태리건국삼걸전>(伊太利建國三傑傳)의 '서론'(緒論). 『개전집』 중, 183쪽.

> 바람을 따라 가 볼까
> 遼東의 먼지도 쓸려
> 渤海의 물결도 밀려
> 바람을 따라 가 볼까
> 나야 바람뿐이랴
> 바람이야 더 빨리 더 멀리 가
> 하늘에 가 별도 따고 해도 잡아 오려 한다마는
> 네가 쫓아 오지 못하니 나도 가지 못한다.36)

"바람보다 더 빨리 더 멀리" 가고자 하는 심정이 바로 신채호의 조국에 대한 광복의지이다. 상해, 만주 등지에서 광복운동을 전개하면서 신채호가 가졌던 광복의지가 누구보다 철저했다는 사실을 위 시의 문맥에서 읽을 수 있다. 그러나 안타깝게도 '너' 조국의 광복은 이르지 않으니 '나'도 조국에 돌아가지 못하는 망명객의 한을 떨칠 수가 없다.

신채호의 민족독립운동론의 특징은 크게 무장투쟁론, 절대독립론, 민족혁명론으로 나눌 수 있으며,37) 이에 따른 그의 사상적 변이는 초기의 영웅주의에서 점차 국민주의, 민중주의에로 옮아간다.38) 신채호가 1913년 3월에 쓴 소설 <꿈 하늘>이 초기 영웅주의에 입각한 민족독립사상을 반영하는 대표작으로 꼽힌다. 그런데 이 소설 <꿈 하늘>에 여러 편의 시가 수록되어 있어, 신채호의 초기 민족주의 사상과 관련하여 주목해 볼 필요가 있다. 먼저 시 <무궁화 노래>39)를 보자.

봄비슴의 고운 치마 임이 내게 주시도다.

---

36) <1월 28일>, 『개전집』 별집, 331~332쪽.
37) 신용하, <신채호의 민족독립운동론의 특징>, 『신채호의 사상과 민족독립운동』, 279~297쪽.
38) 강만길, <신채호의 영웅·국민·민중주의>, 위의 책, 299~324쪽.
39) 이 시는 소설 <꿈 하늘>의 주인공인 '한놈'이 무궁화를 보고 시를 한 수 부르자, 무궁화가 이에 화답하여 부른 것으로 나타난다. <무궁화 노래>란 소설의 문맥과 관련하여 필자가 임의로 붙인 시의 명칭이다.

>　임의 恩德 갚으려 하여
>　내 얼굴을 쓰다듬고 비바람과 싸우면서
>　朝鮮의 아름다움 쉬임없이 자랑하려고
>　나도 이리 파리하다.
>　英雄의 시원한 눈물
>　烈士의 매운 핏물
>　사발로 바가지로 동이로 가져 오너라.
>　내 너무 목마르다.[40]

　비바람과 싸우면서 파리해진 무궁화의 모습은 바로 조국의 현실이다. 신채호는 이러한 조국의 현실을 몸으로 부딪치고 투쟁하면서 진실로 조국을 구원할 영웅의 출현을 기대했다.

>　여(汝) 동국 금일, 시대가 과연 여하(何如)한가. 왈(曰) 아(我) 동국 금일은 정시(正是) 영웅 출현할 시대언만, 강산이 적막하고 풍경에 소조(蕭條)하여 인(人)의 비관(悲觀)을 고(苦)하는 도다.[41]

　이처럼 신채호는 영웅의 출현이 시대적 요청이라 하고, 그러한 요청에 부응하지 못하고 있는 현실을 개탄했다. 이 시에서도 "英雄의 시원한 눈물/ 烈士의 매운 핏물/사발로 바가지로 동이로 가져 오너라./내 너무 목마르다."라고 했듯이, 영웅·열사의 출현을 애타는 심정으로 노래했다.
　한편, 소설 <꿈 하늘>에 나오는 <칼 부름>이란 시는 다소 투박하고 직설적인 어조로 이루어져 있지만, 자아와 비아의 투쟁에 입각한 민족사관을 뚜렷이 보여주는 작품이다.

>　내가 나니 大敵이 나고
>　저가 나니 나의 大敵이다.
>　내가 살면 大敵이 죽고

---

40) 『개전집』 하, 180쪽.
41) <이십세기(二十世紀) 신동국지영웅(新東國之英雄)>, 『개전집』 하, 114쪽.

> 大敵이 살면 내가 죽나니
> 그러기에 내 올 때에 칼 들고 왔다.[42]

　‘나’와 ‘대적’(大敵), 즉 자와 비아는 숙명적으로 투쟁의 관계에 있다. 역사란 바로 이러한 자아와 비아의 투쟁이 끊임없이 전개되는 정신적 활동의 기록이다. 여기서 신채호는 본위(本位)인 자아가 승리하느냐, 아니면 비아가 승리하느냐에 따라 역사의 방향이 달라진다고 했다. “내가 살면 大敵이 죽고/大敵이 살면 내가 죽느니”라는 표현이 신채호의 투쟁사관을 단적으로 보여 준다. 신채호는 자아와 비아의 투쟁에서 승리하기 위해 “내 올 때에 칼들고 왔다”고 했다. 비아 즉 대적과 맞서서 당당히 싸우는 길만이 역사의 본위인 자아를 찾는 길이다.

> 大敵아 大敵아
> 네 칼이 세던가 내 칼이 센가 싸워를 보자.
> 앓다 죽은 넋은 땅 속으로 들어가고
> 싸우다 죽은 넋은 하늘로 올라간다.
> 하늘이 멀다 마라
> 이 길이 가면 한 뼘 뿐이니라
> 하늘이 가깝다 마라
> 땅 길로 가면 만만 리가 된다.[43]

　여기서 ‘앓다 죽은 넋’과 ‘싸우다 죽은 넋’이 대비되어 나타난다. ‘앓다 죽은 넋’은 비아(大敵)와 당당히 맞서 싸우지 않고 비아의 위력에 자아를 포기하는 자의 헛된 넋이다. 이러한 자아의 포기는 곧 투쟁일 수밖에 없는 역사의 포기이기도 하다. 그러므로 ‘앓다 죽은 넋’이 되기보다 ‘싸우다 죽은 넋’이 되어야 한다. 비록 비아와 싸워 죽음을 당할지라도, 비아와 당당히 맞서 ‘싸우다 죽은 넋’이 되면 거룩한 희생으로 승화된 죽음이 된다. 그렇지 않고 앓다 죽으면 그 죽음은 헛되고 졸렬한 죽음이

---

42) <칼 부름>, 『개전집』 하, 190쪽.
43) <칼 부름>, 『개전집』 하, 190~191쪽.

된다. '싸우다 죽은 자의 넋 →하늘'과 '앓다 죽은 자의 넋→땅'이란 대비적 관념의 표현에서 알 수 있듯이, 자아의 투쟁과 포기는 조국의 미래를 광복의 길로 승화시키느냐 암흑의 길로 빠지게 하느냐 하는 중대한 결과의 차이를 드러낸다. 신채호는 이처럼 조국의 광복을 위한 실천적 투쟁의지와 민족 주체의 혁명적 사상을 문학을 통해서도 여실히 보여 주었다고 하겠다.

Ⅳ. 마무리

이상에서 신채호의 <천희당시화>를 중심으로 하여 그의 국시론의 내용을 구체적으로 검토한 다음, 그의 국문시가 작품에 형상화된 애국의식을 분석, 음미해 보았다. 이로써 애국계몽기에 신채호가 남긴 문학은 민족의 주체적 투쟁사관을 바탕으로 한 자아의 회복을 궁극적으로 달성하기 위한 실천적 노력의 일환이었음을 파악했다.

신채호의 <천희당시화>는 국시 개혁의 필요성과 그 개혁의 방법론을 상당히 체계 있게 논의한 시론이자 문학론으로 매우 값어치 있는 글이었다. 그는 이 글에서 문학이 국가의 흥망성쇠를 좌우한다는 기본 논조를 토대로 하여, 과거와 현재의 문학에 대한 비판적 검토로부터 당대 문학계의 일대 혁신을 촉구하는 한편 진정한 우리 문학이 성립되어야 할 것을 주장했다. 여기에 특히 우리 국어의 음절이 지니는 본질적 속성을 무시하고 중국의 한시나 일본시를 무비판적으로 모방하고 있는 시가문학 풍토를 심각히 우려하고, 아울러 대부분의 유행 시가가 '유비음탕(流扉淫蕩)'하고 풍속의 폐해를 조장하고 있는 사실을 세차게 비판했다. 그래서 '비시의 시'로 이미 시가 망했다고 할 정도였다. 신채호가 본 국시 개혁의 필요성이 바로 여기에 있었다.

신채호는 국시 개혁의 요건을 네 가지 측면에서 주장했다. 첫째는 우리 시는 기본적으로 우리 말과 글로 쓰여져야 한다는 것이다. 당연한 주장을 새삼스럽게 한 것 같으나, 그렇지 않다. 한문을 숭상하고 국어 국자를 폄하 내지 무시하는 처사가 당시에도 여전히 자리잡고 있었던 상황이다. 이런 상황에서는 국민의 지식보급을 통해 국가의 정기를 보존하고 애국심을 분발시킬 수가 없다. 이의 효용적 가치를 위해서 국문시가가 진작되어야 하는 것이다. 둘째는 민족의 전통적 시가 양식인 시조와 민요의 재인식을 통해 국시가 모색되어야 한다는 것이다. 신채호의 이런 주장이 시조와 민요 형식의 창조적 계승까지 나아간 것은 아니었지만, 민족의 주체적 입장에서 국시를 재인식하고 그 내용을 혁신시켜야 한다는 견해는 시가 인식의 분명한 진전을 보여주는 것이다. 이런 견해의 발전적 계승의 차원에 1920년대 이후의 시조부흥운동과 민요시운동이 자리하고 있다고 생각된다. tot째는 문학의 철저한 효용론적 관점에서 애국정신과 상무정신을 고취하는 쪽으로 국시가 창작되어야 한다는 것이다. 이미 유행하고 있는 민요도 이 점에서 사설을 개작하고, 학교에서 부르는 창가도 바꾸어야 한다고 했다. 넷째는 국시 개혁의 주체가 애국지사로서의 대시인이 되어야 한다는 것이다. 그래야만 국가의 앞날을 밝게 하고 민족의 자긍심을 가질 수 있는 역할을 문학이 다할 수 있다는 까닭에서이다.

이러한 <천희당시화>에 나타난 국시론은 '문이재도'(文以載道)로서의 철저한 문학 효용론이 지배되고 있다는 점에서 시의식의 경직성과 제한성을 보여주는 것이나, 문학에 대한 민족의 주체적 입장이 강화되고 전통 국문시가 양식에 대한 재인식을 촉구하고 있는 점에서 커다란 의의를 지닌다.

한편 신채호의 시작품에 표현된 두드러진 의식은 조국애와 독립을 위한 강한 투쟁의지였다. 대부분의 작품이 망명시절에 쓰여진 것으로 한편으로 망명객으로서 갖는 안타까운 심정을 표현하면서, 민족독립사상과 민족 투쟁의 역사의식을 형상화했던 것이다. 신채호의 시작품 중에는 한시, 시조, 가사, 신시 등 여러 갈래에 걸친 작품이 있는데, 본고에서는 <철추가>의 가사 1편과 신시 작품을 주목해서 논의했다. 이들 작품은 그

가 <천희당시화>에서도 강조한 바 애국의 상무정신을 적극 고취하면서
도, 그것이 시적 형상화의 측면에서도 비교적 높은 수준을 보여주고 있
었다. 이는 신채호가 주장한 바 민요개작이나 시조의 재인식을 통한 국
시 개혁의 요건을 스스로 넘어서서 당대의 시 창작의 위상에서도 별로
손색이 없는 수준을 보인 것이다. 이 점에 신채호 시가 지니는 문학사적
값어치를 또한 부여할 수 있다. 그리고 신채호의 문학이 조국의 광복을
위한 신념과 행동의 일치를 통해 적극적 민족주체의 의지를 형상화하고
있는 점에 민족시로의 값진 성과가 있는 것이다.

한국 낭만주의 시의 특질

I. 들머리

일반적으로 낭만주의는 18세기 말에서 19세기 중엽, 넓게는 19세기 말에 이르는 기간 동안 서구에서 풍미했던 예술상의 특정한 사조를 지칭하는 것으로 본다. 이 경우 낭만주의는 역사상 끊임없이 반복되는 인간태도의 특정한 경향을 일컫는 '본질적' 또는 '영원한' 낭만주의와 구별된다. 그것은 '역사적' 낭만주의로서 예술사의 특정한 시기에 주도적으로 나타난 예술운동으로, 예술상의 일정한 규범체계를 가진 것으로 본다.[1] 물론 낭만주의를 이렇게 본다고 해도, 그것을 규정짓는 규범체계는 논자에 따라 다양하게 설정되어 왔다는 점에서 낭만주의를 간단히 말하기 어렵다. 서구의 낭만주의가 전개되는 과정에서 초기에는 신고전주의의 보수적 합리주의와 이성주의에 대립한 감성 중심의 진지한 이상주의적 경향을 띠었다가 세기말에 가서는 병적 허무주의와 퇴폐주의(Decadentism)

---

1) Lilian R. Furst, *Romanticism*(Methuen & Co Ltd, 1969), 4쪽에서 낭만주의는 본질적(intrinsic) 낭만주의와 역사적(historic) 낭만주의로 구분될 수 있다고 했으며, Henri Peyre, *Qu´est-ce Que le Romantisme?*(Paris: Presses Universitaires de France, 1971), 12쪽에서는 영원한(éternel) 낭만주의와 역사적(historique) 낭만주의로 구별하고 있다.

가 일대 경향을 이루기도 했다. 이렇게 상이한 경향을 내포한 낭만주의는 더우기 이의 수용과 전개과정에서 나라마다의 문화적 전통과 환경에 따라, 또는 전신자나 수용자의 태도에 따라 다양한 양태로 수용, 전개되었다. 이 점에서 한국의 낭만주의 논의도 문학의 주체적 전개과정과 서구 문예사조의 수용과정을 총체적으로 고려한 바탕 위에서 신중히 이루어져야 한다.

지금까지 한국문학사상 낭만주의는 백철, 조연현 이래 여러분들에 의해 논의가 이루어졌다. 백철은 신문학사상 낭만주의는 이상주의적 경향과 병적 감상주의적 경향의 두 주류로 전개되었다고 전제하고, 전자는 이광수의 초기 문학부터 주요한, 그리고 김기진, 조명희 등의 신경향문학까지 포괄하고, 후자는 《폐허》, 《백조》지의 문학이 중심이 된다고 했다.[2] 조연현은 백철이 논의한 바 후자의 낭만주의 경향을 9가지의 범주로 구체화하여 언급하면서, 이는 특히 3.1운동 이후의 "사회적 민족적인 절망과 새 출발의 교착에서 빚어진 청년적인 감상과 흥분의 기분운동"으로 그 성격을 규정했다.[3] 이러한 백철, 조연현의 논의는 오랫동안 교과서적 이해의 사항으로 인정되어 오면서, 김학동, 신동욱, 정현기, 박철석 등에 의해 논의의 범위가 확대되고 심도가 더해졌다. 김학동은 한국 낭만주의의 성립과 관련하여 전신자로서의 당시 일본문단의 경우와 이의 수용과정을 파악했으며,[4] 신동욱은 백조지의 문학적 특색을 시적 자아의 성격 구명을 통해 제시하고자 했다.[5] 그리고 정현기는 낭만주의 문학의 사회적 기반을 더욱 철저히 해명하면서, 이의 문학적 특징을 이상화의 시세계를 통해 밝히고자 했다.[6] 한편 박철석은 한국의 낭만주의를 소극

---

2) 백철, 『신문학사조사』(민중서관, 1953. 5), 152~164쪽.
3) 조연현, 『한국현대문학사』 제1부(현대문학사, 1956. 11), 333~379쪽.
4) 김학동, <한국 낭만주의의 성립>, 김용직 외 편, 『문예사조』(문학과 지성사, 1977. 3), 369~383쪽.
5) 신동욱, <백조파와 낭만주의>, 위의 책, 384~394쪽.
6) 정현기, <낭만주의 문학의 한국적 수용>, 이선영 편, 『문예사조사』(민음사, 1986. 3), 292~311쪽.

적 낭만주의와 적극적 낭만주의로 구분하면서, 특히 후자에 신경향파의 시와 카프(KAPF)의 프로시를 해당시켜 논의했다.7)

그런데 이상의 한국 낭만주의 문학에 관한 논의들은 낭만주의의 성립을 대체로 3.1운동 이후로 보고, 이와 관련한 문학인의 정신적 지향 태도에서 성립 요인을 찾고 있다는 점에서 우선 문제가 있다. 사실 한국 근대문학의 전개과정을 문예사조적 관점에서 보는 시각에도 문제가 없는 바 아니지만,8) 이를 잠정 인정한다고 해도 문학사 자체의 연계성을 면밀히 검토한 바탕에서 낭만주의 문학의 성립을 논의해야 한다. 이 점에서 문학의 전개논리란 역사나 사회현상에 직접적인 영향을 받아 이끌어지기보다 그것과는 단지 간접적인 관계를 가진다는 생각에서 접근하는 편이 타당하다. 여기에 1919년 이전의 문학현상에 관한 검토가 필요하며, 이를 토대로 당시 문학인의 문학지향의 태도에 대한 검증이 있어야 한다. 김흥규가 1910년대 후반의 시에서부터 시적 상황의 모호함과 이에 따른 막연한 애상의 분위기와 좌절감·영탄 등 감정의 혼돈 양상이 나타나며, 이런 현상은 1920년대 초기시에도 여전히 지속되고 있다고 한 지적9)은 참고할 가치가 충분히 있다.

다음으로 낭만주의 문학이 전개된 시기를 어떤 범위까지 잡을 수 있느냐이다. ≪폐허≫나 ≪백조≫지에서 낭만주의 문학이 본격적으로 전개되었다고 보는 데에는 이론의 여지가 없지만, 1930~40년대의 청록파 시인들이나 신석정, 유치환, 이육사의 시들까지 낭만주의의 사조로 묶어 논의

---

7) 박철석, <한국 낭만주의시 연구>, 『한국현대문학사론』(민지사, 1990. 2).
8) 우리 문학의 경우 어떤 문예사조의 성립이 서구의 경우처럼 나름대로의 철학적 근거를 바탕으로 하거나 문예사조의 전개가 일정한 연계성을 띠며 이루어지지 않았으며, 낭만주의, 상징주의, 리얼리즘이 다분히 문학가의 기분이나 취향에 따라 혼용된 채 수용되고 이해되었다고 말할 수 있다. 따라서 문예사조를 바탕으로 문학사의 시기구분이나 문학적 특징을 일률적으로 논의하기 어려운 점이 있다.
9) 김흥규, <'근대시'의 환상과 혼돈>, 『문학과 역사적 인간』(창작과 비평사, 1980.9), 179~213쪽.
　김흥규, <1920년대 초기시의 낭만적 상상력과 그 역사적 성격>, 같은 책, 214~271쪽.

하거나, 더욱이 문학관이나 세계인식에서 이와 크게 구별되는 신경향파와 카프의 시들까지 이들 범주에서 논의하는 것은 이해하기 어렵다. 낭만적 경향과 낭만주의를 구별할 필요가 있으며, 그리고 카프의 시들이 이상주의적 경향의 로맨티시즘적 요소[10)]를 내포하고 있다고 치더라도, 이들 시는 리얼리즘적 문학인식의 테두리에서 논의하는 것이 더욱 타당하리라 본다. 그런데 이와는 별도로 오세영이 한국 낭만주의 시의 중요한 사례로 든 이른바 민요시파의 문학지향[11)]은 지금까지 간과되어 왔던 한국 낭만주의 시에 관한 새로운 인식기반을 제공하고 있다는 점에서 주목된다. 이는 종래 1919년 ≪창조≫지의 창간에서부터 1923년 ≪백조≫지의 폐간까지 약 5년 사이의 기간에 전개된 문학에 한정해서 낭만주의 문학을 논의했던 방식을 지양해서 낭만주의 문학의 영역을 확대하고 그 '한국적' 특질을 부각시켜 놓았다는 점에 의의가 있다.

이 글은 이상에서 확인한 문제점을 기초로 한국 낭만주의 시의 일반적 특질을 밝히고자 한다. 따라서 이 글은 1910년대 후반의 시에서부터 ≪창조≫, ≪폐허≫, ≪백조≫지 등에 발표된 시와 1920년대 후반부터 본격 전개된 민요시의 경향을 포괄하여 논의하되, 이들 시 경향의 주요 특질들이 무엇인가에 관심을 집중하고자 한다. 이를 위해 첫째로 낭만주의 시가 기본적으로 감정 표출의 표현론적 문학관에 기초하고 있다는 점에서 이들 시의 파토스(pathos)적 양상과 그 미학적 특질을 밝히고, 둘째로 낭만주의 시인들이 공통적으로 가지는 유기론적 자연인식의 내용을 구체적으로 검토할 것이다. 그리고 셋째로 낭만주의의 정신적 기조를 '동경(憧憬)'으로 본다면,[12)] 현실초월의 이상세계를 추구하는 '동경'의 의미망을 시작품의 분석을 통해 정립해 보고자 한다. 마지막으로 넷째, 낭만주

---

10) 사회주의 리얼리즘 문학은 혁명적 건설사업의 당위적 관념을 추구하는 이른바 '혁명적 로맨티시즘'의 요소를 내포하고 있다. 장사선, <사회주의문학>, 한형곤 외 저, 『문예사조』(새문사, 1986. 9), 158~159쪽 참조.
11) 오세영, 『한국 낭만주의시 연구』(일지사, 1980. 3).
12) 지명렬, <낭만주의와 동경의 문제>, 김용직·김치수·김종철 편, 『문예사조』(문학과 지성사, 1977. 3), 48쪽.

의의 초기시가 개인적 차원의 낭만적 자아를 추구했던 것이 점차 역사현실과의 심각한 충돌을 경험함에 따라 초개인적인 힘, 즉 '조선혼(얼)' 또는 '민족혼(얼)'의 탐구로 나아간 점에 주목하여, 이의 실제적 근거와 시 추구의 방향을 파악하고자 한다. 이러한 논의가 지금까지 여러 갈래에서 다양하게 논의된 한국 낭만주의 시의 윤곽을 한층 뚜렷이 잡아가는 데 기여한다면, 그것대로 이 글의 목적이 이루어지는 셈이 된다.

Ⅱ. 한국 낭만주의 시의 특질

2-1 파토스(pathos)의 시학

한국문학에서 낭만주의의 형성은 근대 자유시의 성립과 궤를 같이 하고 있다는 사실은 여러분들에 의해 지적된 사항이다. 이는 낭만주의의 형성이 개인적 감정과 정서의 자유로운 표출을 기반으로 한다는 점에서 자연스럽게 내재율을 바탕으로 한 자유시의 성립을 동반하기 때문이다. 따라서 한국 근대 초기 자유시의 형성과 관련하여 많은 주목을 받아왔던 1910년대 후반 ≪학지광≫, ≪태서문예신보≫, ≪학우≫, ≪창조≫ 등에 발표된 김억, 황석우, 주요한 등의 시는 낭만주의의 관점에서도 검토해 볼 가치가 있다. 물론 이들 시는 상징주의의 수용 시각에서 볼 수도 있다. 세기말의 우울과 퇴폐의 데카당띠즘이 후기 낭만주의와 연계되어 있으면서, 그것이 당시 한국 문단에 수용되는 과정은 낭만주의와의 엄격한 구분의식에서 이루어지지 않았다. 따라서 한국 근대시와 문예사조와의 관련양상은 상징주의 또는 낭만주의 중 어떤 기준을 선택하느냐에 따라 상당히·유동적인 해석이 가능한 셈이다.

한국 낭만주의 시의 대부분은 우선 파토스적 감정으로 이루어져 있다. 파토스는 불운·고뇌·격정 등의 어원적 의미를 가지는 것으로, 현실적 삶의 조건에서 진정한 가치를 찾지 못하고 갈등하고 방황하는 자아에게 나타나는 격정의 마음상태이다.13) 따라서 자아는 현실적 삶에 만족하지 못하고 대립하면서 언제나 비현실의 세계 속에서 당위적 가치를 구하거나 해소하고자 한다. 낭만주의 시가 대체로 현실세계와 대립·갈등하면서 비현실의 이상세계를 동경한다는 점에서, 파토스적 감정은 이들 시의 정서적 주조를 이룬다.

> 沈默의支配를 딸아
>   고요히 나는 혼자 잇노라.
> 夜半의울림鐘소리에
>   내가슴은 울니여反響나도다.
>
> 내의靈이여 !
>   너는 무엇을 바래느냐 ?
> 내의肉이여 !
>   너는 무엇을 바래느냐 ?
>
> 平和여라 !
>   뿌란데(生命물)한잔에.
> 즐겁음이여라 !
>   곱게웃는한소리에.
>
> 무겁고 좁은 조각 너울에
>   幻影의 생각은 잠잠하다
> 내靈이여 ! 내肉이여 !
>   엇드랴는 너의바램이 永遠한잠안에.
>
> ― <夜半> 전문

위 시는 ≪학지광≫ 제5호(1915. 5)에 <밤과 나>, <나의 적은 새야>와 함께 발표된 김억의 작품이다. 이 작품에서 시적 배경을 밤으로 한 시적 자아는 무엇인가를 강하게 욕망하고 있다. 이 욕망의 강도는 감탄과 의

---

13) E. 슈타이거, 이유영·오현일 역,『시학의 근본개념』(삼중당, 1978), 210~ 212쪽.

문으로 이루어진 구절의 반복에서 분명히 감지되는 것이다. 그만큼 이 시의 어조는 격정의 감정, 즉 파토스로 이루어져 있다. 여기서 시적 자아가 욕망하는 것은 물론 제3연에 나타난 평화와 즐거움이다. 그런데 그것이 현실적 삶 속에서 찾아지는 것이 아니라 "永遠한 잠 안에"서 희구된다는 점에서 일단은 비정상적이고 병적이다. '영원한 잠'이 죽음을 의미한다고 본다면 더욱 그렇다. 이렇게 시적 자아는 현실과 대립·갈등의 관계에 놓이면서 비정상적 통로인 죽음의 세계에서 갈등과 욕망을 해소하고자 한다.

김억의 시 외에도 1920년대를 전후로 발표된 여러 시인의 시들에서 이러한 파토스적 감정의 작품들은 흔하게 찾을 수 있다. 주요한의 <불놀이>, 황석우의 <석양(夕陽)은 꺼지다>, 홍사용의 <백조(白潮)는 흐르는데 별 하나 나 하나>, 박종화의 <밀실(密室)로 돌아가다>, 박영희의 <월광(月光)으로 짠 병실(病室)>, 이상화의 <말세(末世)의 희탄(希嘆)>, <나의 침실(寢室)로> 등의 작품들은 한결같이 자아의 흥분되고 급박한 목소리로 이루어져 있다. 몇 작품을 보자.

① 엇지노! 이를엇지노 아엇지노! 어머니의젓을 만지는듯한 달콤한悲哀가 안개처럼이어린넉슬 휩싸들으니……심술스러운 응석을 숨길수업서 뜻아니한 우름을 소리처움이다.
　　　　　— <白潮는 흐르는데 별 하나 나 하나>(홍사용) 일절[14]

② 「마돈나」가엽서라, 나는미치고말앗는가, 업는소리를내귀가들음은, 내몸에피란피- 가슴의샘이, 말라버린듯, 마음과목이타려는도다.
　「마돈나」언젠들안갈수잇스랴, 갈테면, 우리가가자, 끄을려가지말고!
　너는내말을밋는 「마리아」-내寢室이復活의洞窟임을네야알년만….
　「마돈나」 밤이주는꿈, 우리가얽는꿈, 사람이안고궁그는목숨의꿈이다르지안흐니,
　아, 어린애가슴처럼歲月모르는나의寢室로가자, 아름답고오랜거긔로.
　　　　　— <나의 寢室로>(이상화) 일절[15]

---

14) ≪백조≫ 창간호(1922. 1).

①, ②의 작품에서 보듯, 시적 자아는 주체할 수 없는 감정의 흥분상태에서 '무엇'인가를 강하게 갈구하고 있다. 파토스는 이렇게 '무엇'인가를 강하게 갈구하는 마음의 상태이다. 이런 마음은 '있음'과 '있어야함'의 분리에서 나타나며, '있어야 함'의 당위적 세계가 지금 여기에 없음으로 좌절·비애·격정의 상태가 된다.[16] 이처럼 ①에 나타난 시적 자아는 "엇지노"의 비탄적 어구를 반복하면서 심각한 좌절과 비애의 심정 속에 빠져 있음을 보게 된다. 그런데 이러한 좌절과 비애의 심정은 욕망의대상이 단지 지금 여기에 없다는 이유만으로 막연한 애상의 "뜻 아니한울음"으로 점철되어 있을 따름이다. 김억, 노자영, 홍사용, 이상화 등 1920년을 전후로 한 이들 시인의 시에 짙게 드리워진 이러한 막연한 애상과 좌절의 심리는 지나친 감상(感傷)이며, 김용직의 표현대로 '감읍벽(感泣癖)'[17]의 증세이기도 하다. 지금까지 이러한 시들은 감상적 낭만주의의 이름으로 논의되어 왔으며, 파토스의 시들로 다르게 불려질 수도있다. 격정의 파토스적 감정이 심하게 노출되어 있는 것은 ②에서도 마찬가지이다. 이 시의 화자는 '마돈나'와 '침실'이 있는 "아름답고 오랜거기"를 애타게 갈망하고 있다. 그런데 "아름답고 오랜 거기"는 지금 여기와 분리되어 있기에 공허할 수밖에 없지만, 이 시의 화자에겐 오히려절실한 갈망으로 나타난다. '마돈나'의 거듭된 부름, 반복되는 감탄어구,거기에 욕망의 대상에 대한 회의("말았는가", "있으랴")와 결단("가자","와야지")이 교차되는 가운데 시의 화자는 끝까지 미련을 버리지 못하고방황하고 갈등하는 심정을 심하게 노출, 고조시키고 있는 것이다.

다음의 시 김소월의 <초혼(招魂)>도 방황하는 시적 자아의 격정으로이루진 작품이다.

산산히 부서진이름이어 !

---

15) 《백조》 제3호(1923. 9).

16) 김준오, 『시론』(삼지원, 1991. 1), 40쪽.

17) 김용직, 『한국근대시사』 상(새문사, 1983. 1), 218쪽.

虛空中에 헤여진이름이어 !
불너도 主人없는이름이어 !
부르다가 내가 죽을이름이어 !

心中에남아잇는 말한마듸는
끝끝내 마자하지 못하엿구나.
사랑하든 그사람이어 !
사랑하든 그사람이어 !

붉은해는 西山마루에 걸니웟다.
사슴이의무리도 슬피운다.
떠러저나가안즌 山우헤서
나는 그대의이름을 부르노라.

서름에겹도록 부르노라.
서름에겹도록 부르노라.
부르는소리는 빗겨가지만
하늘과땅사이가 넘우넓구나.

선채로 이자리에 돌이되여도
부르다가 내가 죽을이름이어 !
사랑하든 그사람이어 !
사랑하든 그사람이어 !

— <招魂>(김소월) 전문[18]

　　흔히 김소월을 정한(情恨)의 시인이라 부른다. 그의 시 대부분이 이별한 님에 대한 애틋한 심정을 호소하고 있기 때문이다. <초혼>은 이런 정한의 목소리가 격정의 어조로 직접 토로되어 있는 경우이다. 이 시의 화자는 죽은 님에 대한 정한에 사뭇쳐 님의 이름을 "서름에 겹도록" 부르

---

18) 김소월, 『진달래꽃』(매문사, 1925. 12).

고 있지만, 님과의 분리된 현실에서 그것은 차라리 자신에게 회한(제2연의 1, 2행)과 자책(제5연의 1, 2행)의 목소리로 되돌아오는 것이다. 이 시의 핵심어이기도 한 "이름이어", "부르노라", "그사람이어"의 구절이 각 연마다 반복되면서 님에 대한 화자의 애 타는 심정을 전달하고자 하지만, 처음부터 하늘과 땅 사이의 거리만큼 님과 분리되어 있는 현실 앞에서 화자의 호명행위는 절실한 만큼 공허하게 들리는 아이러니가 될 수밖에 없다. 님과의 분리, 그것은 곧 현실과의 단절을 의미하며, 이러한 현실과의 단절감에서 현실 부적응의 심각한 좌절과 애상에 빠지기 쉬운 것이다. <초혼>은 그러므로 좌절과 애상의 파토스적 감정으로 이별의 정한을 진솔하게 노래하고 있는 작품이다. 물론 그렇다고 김소월의 시 전체가 파토스적 정한을 과잉표백하고 있는 것은 아니다. 감정과잉의 적절한 제어를 위해 역설과 아이러니의 시적 장치를 동반하거나, 자연심상에 자아의 감정을 투사시킴으로써 세계와의 동일성을 이루고자 했다. <진달래꽃>이나 <산유화(山有花)>는 이런 유형의 대표적 작품이다.

한편 파토스적 감정은 현실과 대립되면서 현실대응의 적대감을 불러일으키기도 하는 것이다. 김소월의 다른 시 <나무리벌 노래>나 <남의 나라 땅>, 그리고 <바라건대는 우리에게 우리의 보섭대일 땅이 있었더면>과 같은 작품은 이러한 계열에 속하는 작품들이다. 이상화의 <빼앗긴 들에도 봄은 오는가>의 작품도 이점에서 마찬가지이다. 따라서 파토스의 감정은 격정의 비애감을 나타내기도 하지만, 다른 한편으로 현실과의 적대감을 드러내는 저항시의 주조가 되기도 하는 것이다.[19]

2-2 유기론(有機論)적 자연인식

낭만주의의 두드러진 특징 중 한 가지는 자연을 보는 태도에서 찾을 수 있다. 그것은 자연을 살아 숨쉬는 유기체와 같은 것으로 파악하는 것이다. 자연은 영혼을 가진 인간의 존재와 같으며, 인간의 영혼이 영원불

---

19) 이런 관점에서 김준오는 이상화의 시를 검토한 바 있다. 김준오, <파토스와 저항 -이상화론>, 『도시시와 해체시』(문학과 비평사, 1992. 1).

멸하듯 자연 역시 스스로의 생명력을 가지고 그 내면에 신비함을 감추고 있다. 따라서 자연은 단순히 신의 피조물이 아니며, 그 자체 생성, 변화, 소멸하는 자발적 실체이다.[20] 자연은 어떤 이성적 판단이나 합리적 사고에 의해서 실체가 드러나지 않는다. 자연은 감각과 지각의 대상물이며, 과학적, 객관적으로 해명될 수 있는 사물 자체가 아니라 영혼의 상징체계라고 생각하는 것이 낭만주의의 유기론적 자연관이다.[21] 자연은 스스로 활동하는 유기체이며, 세계의 정신이 내재한다고 낭만주의 시인들은 생각한다. 따라서 낭만주의의 자연관은 범신론적 세계관과 연결되는 동시에 그만큼 인간적 시점을 요구한다.

자연과 인간의 연속성과 동일성에의 자각이 낭만주의 자연관의 또 다른 중요한 특질인 것이다. 그런데 그렇다고 자연을 어떤 윤리적·사회적 표준에 따라 인간의 정신적 가치를 추구하는 대상으로 보지는 않는다. 자연을 통해 인간의 정신적 가치를 추구하되, 그 정신적 가치는 인간의 원초적 정서와 감흥과 긴밀히 연결된 것이다. 이 점에서 근대 낭만주의 시에 나타난 자연은 조선조의 자연시가 즉, 강호시가에 나타난 자연과는 근본적으로 다르다. 조선조의 강호시가에 나타난 자연도 친일합일이란 인간적 시점을 추구한 것이나, 그것은 유교적 인간 덕목에 의해 규범화되고 유형화되는 것이었다. 이에 비해 근대 낭만주의에 나타난 자연은 어떤 윤리적·사회적 관념의 표상이 아니라, 개별적인 존재로서 인간의 정서를 환기하는 미적 인식의 대상인 것이다.

자연을 아름답고 신비한 미적 인식의 대상으로 보고, 인간의 원초적 감정을 표상하는 것으로 파악하는 관점은 도시보다 시골이나 전원의 공간을 지향한다. 그것은 도시가 기계적 획일성과 문명화에 따른 향락과 사치, 그리고 물질 만능주의에 젖어 있기 때문에 인간적 정감을 찾을 수 없는 무미건조하고 삭막한 공간이며, 전원이야말로 인간적 향수와 인간 정신의 자유로움을 진정으로 느끼고 깨달을 수 있는 공간으로 파악되기

---

20) M. H. Abrams, *The Mirror and The Lamp* (Oxford Univ. Press, 1971), 170~177쪽
21) 고소웅, <낭만주의>, 이선영 편, 『문예사조사』(2판, 민음사, 1987. 3), 59~62쪽.

때문이다.

그러면 이러한 낭만주의의 유기론적 자연인식의 특징을 대표적으로 남궁벽과 김소월의 경우를 통해 구체적으로 살펴보기로 하자.

먼저, 남궁벽(南宮壁)은 ≪폐허≫ 제1호에 <자연>이란 수필을 발표하여 자연과의 조화적 생활과 자연의 생명현상과 '우주적 미'에 관심을 보였다.

> 나는 이곳 정주(定州)에 온 뒤로 자연과 가장 밀접한 생활을 합니다. 자연의 일부분이 되엇다 하면, 도로혀 조흘 듯 합니다.
> 나는 자연 속에서 날로 성장하여 감니다. 마치 나무와 풀이, 자연 속에서 성장하여 가는 것처럼.
>
> ……정말 생우토환우토(生于土還于土)의 생활을 하는 농민부락을 보면, 모든 것이 자연하게 원활하게 되어감니다. 돌맹이가 길가에 굴으는 것처럼, 풀이 땅에 만이 난 것처럼, 모든 것이 자연에 합함니다.
>
> ……이 꽃은 미(美)가 안인가, 이 미를 낫는 땅도, 역시 미가 아니면 안될 것이지, 미가 안인 것이 엇더케 미를 나을 수가 잇나, 대지의 진리가 미가 안이면, 이러한 미를 낫치 못할 것이지, ……정말 화(花)와 지(地)의 관계는 이상한 것이야.…(중략)… 나는 이런 어엿분 꽃을 보면, 무엇이라 형언할 수 업는 황홀상태가 되어서, 내 혼의 반분은 이 꽃 속으로 녹아 들어가는 것가 티.[22]

이상은 남궁벽의 <자연>에서 부분적으로 내용을 발췌한 것이다. 남궁벽(1894~1921)은 문단에서 충분히 재능을 발휘하지 못한 채 요절한 시인이지만, 그의 시적 특색은 바로 위와 같은 자연 친근의 사상에서 찾을 수 있다. 이에 대해 김학동은 남궁벽의 자연 친근사상이 "동양적인 동시에 서구의 낭만적 요소를 다분히 함유하고 있는 것으로"[23] 파악했다.

---

22) ≪폐허≫ 제1호(1920. 7), 67~72쪽.
23) 김학동, <초몽(草夢) 남궁벽(南宮壁)론>, 『한국근대시인연구(1)』(중판, 일조각, 1977. 9), 102쪽.

남궁벽은 자연, 즉 대지가 곧 진리이며 미라고 생각했다. 따라서 자연
에서 생겨난 모든 사물은 신비한 생명적 존재인 동시에 미적 존재가 아
닐 수 없으며, 서로 밀접한 관계의 조화 속에 놓여 있다고 보았다. 인간
도 여기서 예외가 아니다. '생우토환우토'(生于土還于土)하는 자연회귀의
숙명을 지닌 인간은 자연 속에 동화되어 자연과 호흡하며 살아간다. 남
궁벽은 이렇게 자연과 조화되어 자연의 아름다움을 느끼는 '황홀상태'가
인간과 자연의 혼의 만남이요, 서로가 일체가 되는 삶이라고 파악했던
것이다. 남궁벽의 이와 같은 자연찬미와 인간과 자연의 동일성 인식은
그대로 그의 시적 발상의 기조가 된다.

풀, 녀름풀,
代代木들의
이슬에 저진 너를,
지금 내가 맨발로 삽붓삽붓 밟는다.
愛人의 입살에 입맛초는 맘으로
정말 너는 따의 입살이 아니냐.

그러나 네가 이것을 야속다 하면,
그러면, 이러케 하자.-
내가 죽거던 흙이 되마,
그래서 내 뿌리에 가서,
너를 복돗아 주맛구나.

그래도 야속다 하면,
그러면 이러케 하자.-
네나 내나, -우리는
不死의 둘네(圈)를 돌아단니는 衆生이다.
그 永遠의 歷路에서 닥드려 맛날 때에,
맛치 너는 내가 되고, 나는 네가 될 때에,
지금 내가 너를 삽붓 밟고 잇는 것처럼,

너도 나를 삽붓 밟아 주려므나.

─<풀> 전문24)

시적 화자인 '나'와 '너'로 의인화된 풀 사이에는 거리가 없다. 나의 발길이 어쩔 수 없이 풀을 밟더라도 그 감정은 안타까움이 아니라, "愛人의 입살에 입맞초는 맘"과 같은 지극한 애정이다. 자연에 대한 이러한 애정의 밀도는 제2연과 제3연으로 갈수록 고조된다. 제2연은 흙으로 돌아갈 수밖에 없는 인간의 숙명에서 나의 죽음이 다시 너(풀)의 삶을 북돋아 주는, 자연과의 공존적 삶을 노래한다. 제3연은 자연과 인간의 공존적 삶에서 나아가 서로 완전한 조화를 이루는 경지를 보여준다. '너는 내가 되고, 나는 네가 될' 현세적 삶의 초월은 자연의 우주적 조화에 이르는 달관의 경지이다. 여기서 너와 나는 "不死의 둘네(圈)를 돌아단니는 衆生"이 되어 일체가 된다. 이는 루소의 '자연회귀'와 같은 서구의 자연친근사상이기보다 오히려 인과응보로 내세에서 윤회전생(輪廻轉生)하는 불교적 이법에 닿아 있다.

남궁벽에게 자연, 즉 대지는 '생명의 비의(秘義)'를 간직한 위대한 힘의 원천이다.

풀은 산 物種,
산 풀을 만드러내는 大地,─
大地도 역시 산 것이 아닌가.
검은 흙에서
파런 풀이 난다.
萬物을 生長게 하는 大地의 힘,─
그 偉大한 힘은 어듸로부터 오나.

─ <生命의 秘義>에서25)

---

24) ≪폐허≫ 제2호(1921. 1).
25) ≪폐허≫ 제2호(1921. 1).

남궁벽에게 대지는 어머니와 같은 생명의 근원이다. "萬物을 生長케 하는 大地"의 위대한 힘은 바로 '생명의 불가사의(不可思議)'(<大地와 生命>, ≪폐허≫제2호, 1921. 1)이다. 그 만큼 대지는 숭엄하고 신비하다. 변영로(卞榮魯)는 남궁벽의 시에서 "생명은 그의 밥이었고, 신비는 그의 옷이었다"26)라고 했듯이, 대지는 남궁벽에게 있어서 '생명의 비의'를 탐구하는 시적 상상력의 원천이다. 이처럼 대지 곧 자연이 원초적 생명력과 혼이 내재한 것으로 인식하면서, 신비한 자연의 세계를 동경하는 것은 낭만주의의 유기론(물활론)적 자연관을 보여주는 전형적인 예이다.

시인 김소월도 각별한 자연인식을 그의 시적 기조로 삼고 있다. 그의 유일한 시론인 <시혼>(詩魂)을 검토해 보자.

> 다시 한번, 도회(都會)의 밝음과 짓거림이 그의 문명(文明)으로써 광휘(光輝)와 세력(勢力)을 다투며 자랑할 때에서, 저 깊고 어둡은 산과 숲의 그늘진 곳에서는 외롭은 버러지 한 마리가 그 무슨 슬음에 겨웠는지 수임업시 울지고 잇습니다. 여러분, 그 버러지 한마리가 오히려 더 만히 우리의 정조(精操)답지 안으며 난들에 말라 벌바람에 여위는 갈때 하나가 오히려 아직도 더 갓갑은, 우리의 사람의 무상(無常)과 변전(變轉)을 설위하여 주는 살틀한 노래의 동무가 안이며, 저 넓고 아득한 바다의 뛰노는 물결들이 오히려 더 조흔, 우리 사람의 자유(自由)를 사랑한다는 계시(啓示)가 안입닛가. 그럿습니다. 일허버린 고인(故人)은 꿈에서 만나고, 놉고 맑은 행적(行蹟)의 거룩한 첫 한 방울의 기도(企圖)의 이슬도 이른 아츰 잠자리 우에서 뜻습니다.27)

김소월은 도회의 문명적 공간보다는 전원의 세계에 인간적 진실이 내재해 있다고 파악했다. 그래서 숲 속 그늘진 곳에 있는 벌레의 울음소리가 오히려 인간의 정조답게 느껴지고, 야윈 갈대가 인간의 무상과 변전을 말해 주며, 아득한 바다의 거친 물결이 인간의 자유를 계시한다고 했다. 이처럼 김소월은 문명적 공간의 도회보다 전원을 배경으로 한 자연에서 인간과 정서적 동일성을 추구하고 있다. 김소월의 이러한 전원인식

---

26) 변영로, 『수주수상록』(서울신문사, 1954), 92쪽.
27) ≪개벽≫ 제59호(1925. 5).

은 평범한 토속적 삶의 세계를 지향하는 것이라 하겠는데, 그의 시적 지향과도 밀접한 연관이 있다. 김소월의 시적 토대가 민요에서 찾아지고, 시의 주된 정서가 산, 강(물), 꽃, 풀, 나무 등의 자연적 상관물을 통해 환기되는 것이나, 시의 구체적인 배경을 '영변, 약산동대, 산수갑산, 왕십리, 천안삼거리, 정주 곽산, 신재령' 등의 향토적 공간으로 나타나는 것이 바로 그것이다.

김소월의 자연인식은 자연의 '음영'(陰影)과 '영혼'(靈魂)의 인식에서 그 깊이가 더해진다. 그는 자연이 본질적으로 "완전한 영원의 존재며 불변(불변)의 성형(成形)"이라고 파악하고 인간의 영혼과 동일시했다. 말하자면 자연은 인간의 영혼과 같이 항상성을 지닌 실체이며, 그것이 자연의 본질이라는 것이다. 여기서 낭만주의자들이 가졌던 자연의 유기론적 인식이 단적으로 드러난다. 그런데 자연은 불변화의 항상성을 지니지만, 또한 변화하는 실체이기도 하다. 김소월은 자연의 변화하는 실체를 '음영'이라 했다. 그러나 이 '음영'은 사물의 본질이 아니라 인간의 주관에 따라 수시로 인지되는 사물의 겉모습이며, 그림자인 형상에 불과하다. 궁극적으로 자연은 항상성을 지닌 영원불변의 존재이며, 이 자연에 아름다움과 진실이 내재해 있다고 생각했다.

그런데 자연의 항상성과 변화 사이에서 김소월의 존재론적 고민과 갈등이 형성된다. <진달래꽃>에서 떠나는 님과 님을 떠나 보낼 수 없는 시적 자아의 사이에 갈등이 생기고, '꽃'의 자연적 상관물을 통해 시적 자아의 변치 않는 사랑을 확인하고자 한다. 말하자면 '꽃'은 자연의 항상성을 상징하면서, 시적 자아의 님에 대한 영원한 사랑을 대변하는 정서적 상관물인 것이다. 시 <산유화(山有花)>는 이러한 자연의 항상성과 변화 사이에 갈등하는 자아의 존재론적 모습을 의미 깊게 보여주는 작품이다.

山에는 꽃피네
꽃이피네

갈 봄 녀름업시
꽃치픠네

山에
山에
피는꼿츤
저만치 혼자서 피여잇네

山에서 우는 적은새요
꼿치죠와
山에서
사노라네

山에는 꼿지네
꼿치지네
갈 봄 녀름업시
꼿이지네

— <山有花> 전문[28]

　이 시는 '꽃'을 매개로 한 자연 순환의 원리를 강조하고 있는 작품이다. 이 자연 순환의 원리란 제1연에서부터 제4연까지 순차적으로 파악되는 생성, 고독, 조화, 소멸의 원리이다. 김소월은 <산유화>에서 왜 이러한 평범한 자연 순환의 원리를 강조했을까? 이 비밀은 누누이 문제삼아 온 제2연의 "저만치 혼자서 피어잇네"라는 구절에서 풀 수밖에 없다. 이 구절만이 자연의 단순한 묘사의 차원을 넘어서 시적 자아의 인식을 직접적으로 표현하고 있기 때문이다. 여기서 특히 '저만치'의 부사어가 문제가 된다. 이 경우 '저만치'가 내포하는 의미는 김동리(金東里)가 지적한 바 인간과 청산과의 거리[29]라고 하겠는데, '저만치'의 거리를 인식하는 주

---

28) 김소월, 『진달내꽃』(매문사, 1925. 12), 202∼203쪽.
29) 김동리, <청산과의 거리>, 『문학과 인간』(청춘사, 1952), 57쪽.

체가 시적 자아임을 유의해야 한다. 따라서 '저만치'는 우선 꽃과 시적 자아 사이의 거리감을 나타내고 있다. 세월은 흐르기 마련이고, 따라서 꽃도 피었다 지며, 인간도 만났다 헤어지는 것이 자연의 이법이다. 그런데 이 자연의 운명적 법칙에서 시적 자아는 '저만치' 벗어나 있는 것이다. 그러므로 시적 자아는 '저만치'라는 스스로의 존재 확인에서 자연의 운명적 법칙에 순응하지 못하고 있는 존재론적 고독감을 나타내는 것이다. 여기서 꽃과 시적 자아의 관계를 자연과 인간의 관계로 확대한다면, '저만치'의 거리는 곧 자연과 인간과의 거리이기도 하다. 따라서 김소월의 시에 흔히 나타나는 님에 대한 상실감과 미련은 인간 존재의 본질에 대한 갈등을 반영하면서, 영원히 있어야 할 님과 떠나는 님, 곧 자연의 항상성과 변화 사이에 있는 인간 존재의 불합리성에 대한 인식으로 연결될 수 있다.

이상에서 검토했듯이, 낭만주의의 자연관은 자연의 유기체설을 바탕으로 자연의 영원성과 위대성을 강조하면서, 자연을 배경으로 한 삶이 인간의 진실됨과 아름다움을 표상하는 것으로 보았다. 여기서 인간의 진실됨과 아름다움은 구체적으로 문명화의 도시 공간이 아니라 내면의 순수를 간직한 전원이나 시골에서 찾아지는 것이었다. 다시 말해, 전원은 어머니와 같은 '생명의 비의'를 간직한 공간이면서, 인간 정서의 원초적이고도 순수함에 내적인 동화와 동일성을 확보할 수 있는 공간이었다. 이는 남궁벽의 경우 세속적 삶에의 초월로부터 자연회귀로 이르는 현실 달관의 시정신을 표상했으며, 김소월의 경우는 자연의 항상성과 변화 사이에서 인간의 존재론적 자기성찰과 갈등을 형상화해서 보여주고자 했다.

2-3 동경(憧憬)의 의미망

낭만주의는 정체성의 세계를 거부하고 영원한 생성의 세계를 지향한다. 이 영원한 생성의 세계는 감각적 현실세계가 아니라 현실초월의 관념세계에서 구해진다. 슐레겔(F. Schlegel)은 모든 인간에게 있어서 무한한 것에 대한 동경이 있다고 했으며, 노발리스(Novalis)는 '향수'(鄕愁)의 철학을 제시하면서, 그것은 '고향적인 세계'에 대한 꿈을 그리는 것이라고 주장했다.30) 낭만주의는 이처럼 무한의 이상세계에 대한 동경을 내포하고 있다는 점에서 초월적, 신비주의적, 이상주의적 경향을 띠고 있는 것이다.

낭만주의자들은 현실로서 포착할 수 없는 것을 동경한다. 그것은 정신적 이데아(Idea)이다.31) 실제의 현실세계는 정체와 정신적 결핍의 공간으로, 거기서는 어떤 진실도 내재해 있지 않다고 보았다. 따라서 그들은 내면적으로는 꿈과 무의식 또는 죽음의 세계, 시간적으로는 과거의 원초적 시간이나 밤, 그리고 공간적으로는 먼 이국이나 고향을 정신적 이데아의 세계로 갈망하면서, 거기서 진정한 인간적 진실을 찾고 현실에서 겪는 정신적 갈등을 해소하거나 정신적 결핍을 보상받을 수 있다고 믿었다. 동경의 세계란 바로 이러한 현실초월의 세계이다. 그리고 그들은 고도의 정신적 힘인 영감(inspiration), 직관(intuition), 상상력(imagination) 등에 의해 세계의 실재를 파악하고, 무한을 지향하는 동경의 세계에 잠입할 수 있다고 생각했다.32)

우리 문학의 경우, 낭만주의적 관점에서의 동경의 세계를 표상하고 있는 작품으로 ≪학지광≫ 제3호(1914. 12)에 '돌샘'이란 필명으로 발표된 <이별(離別)>을 먼저 주목할 필요가 있다.33)

---

30) 아놀드 하우저(A. Hauser), 염무웅·반성완 공역, 『문학과 예술의 사회사』근세편 하(창작과 비평사, 1981. 4), 205쪽 참조. 하우저는 낭만주의 예술에는 늘상 향수나 고향상실의 생각을 느끼게 하는 단어가 끼어들기 마련이라고 했다.

31) 르네 웰렉(René Wellek)은 낭만주의의 이러한 관념지향성을 신플라토니즘(Neo-Platonism)이라고 표현했다. René Wellek, *Concepts of Criticism*(New Haven and London: Yale Univ. Press, 1978), 163쪽.

32) Alex Preminger ed., "Romanticism", *Princeton Encyclopedia of Poetry and Poetics* (Princeton: Princeton Univ. Press, 1974), 719쪽.

33) ≪학지광≫ 제3호와 제4호에 '돌샘'이란 필명으로 발표된 <이별>과 <내의 가슴>이란 작품이 있다. 양왕용이 '돌샘'이 김억과 동일인이란 추정을 한 바 있다. 양왕용, <신체시와 근대시 사이에서의 혼류>, 『한국근대시연구』(삼영사, 1982. 9), 82~85쪽.

> 아아, 가이업슨 過去로다.
> 장차 오랴는 것도 過去갓흘진댄
> 찰아리, 過去의 쎄너스- 그 어엿분 쎔에 그 이마에 안기여 最後悲
> 哀의 키쓰와 함께
> 幽暗窟에 도라가서, 肉身을 떠난 自由로운 精神,
> 멀니멀니 끗읍는 限 몰으는 永久的 神秘鄕에서
> 過去의 눈물 記憶, 이 모다 읍는 그곳
> 아아, 바라는 그곳, 저 멀니 보이는 저 언덕에 가는 것이야말노
> 그들의 願이리라.
>
> — <離別>의 일절

이 시는 동경의 세계에 대한 시적 자아의 관념을 직설적이고도 격정의 파토스적 감정으로 노래하고 있는 작품이다. 작품의 형상화 수준에 있어서는 미숙함을 그대로 드러내고 있지만, 눈여겨볼 점은 낭만주의의 주조인 '동경'이 단적으로 표출되어 있다는 사실이다. 이 시에서 시적 자아는 눈물의 기억으로 얼룩진 과거, 이런 과거로 점철되는 현실을 초월하고자 "限 몰으는 永久的 神秘鄕"으로 가고 싶다고 했다. 이런 영구적 신비향은 "肉身을 떠난 自由로운 精神"이 내재하는 곳이며, 그 곳은 구체적으로 '유암굴'(幽暗窟)이거나 "저 멀니 보이는 저 언덕"으로 현실과 차단된 어둠의 공간으로 나타난다. 이런 어둠의 세계에 대한 동경은 다음의 진술을 참고할 만하다.

> 낭만주의 시인은 밤과 어둠 속에서 비로소 고통스러운 생존이 안전한 상태로 보호되어 있다고 느끼는 것이며, 따라서 밤의 비밀을 천착하는 것이다. 밤은 자연의 마지막 신비이며 우주의 시초인 고로 밤의 세계에서 산다는 것은 무한한 분단없는 시간 속에 사는 것을 의미하나 분위기는 침울하다.[34]

이처럼 현실과 차단된 '유암굴'의 어두운 세계는 시간적으로 영구성을

---

34) 지명렬, <낭만주의와 동경의 문제>, 앞의 책, 68쪽.

띠면서 내면적으로 현실에서 오는 내적 갈등을 해소하는 비밀스러운 '신
비향'이기도 한 것이다. 주지하다시피, 이와 같이 현실과 유폐된 자기고
립적 공간에의 동경의식은 ≪백조≫지에 발표된 시들에서 흔하게 목도할
수 있다. 다음의 몇 작품을 보자.

① 아- 나는 가다 캄캄한 내 密室로
　나릿한 만수향내 떠도는 내 密室로 도라가다.

　오- 검이여 참삶을 주소서
　그것이 만일 이 세상에 엇을 수 업다 하거든
　열쇠를 주소서
　죽음나라의 열쇠를 주소서
　참 '삶'의 잇는 곳을 차지랴 하야
　冥府의 巡禮者- 되겟나이다.
　　　　　　　　— <密室로 도라가다>(박종화)의 일절35)

② 저녁의 피무든 洞窟 속으로
　아- 밋업는, 그 洞窟 속으로
　끗도 모르고
　끗도 모르고
　나는 걱구러지련다
　나는 파뭇치련다.

　　　　　　　　— <末世의 希嘆>(이상화)의 일절36)

③ 한숨과 눈물과 後悔와 憤怒로
　알는 내 마음의 臨終이, 끗나려 할 때
　내 病室로는 어엽분, 세 處女가 들어오면서
　──당신의 알는 가슴 우에 우리의 손을 대이라고
　달님이, 우리를 보냇나이다.──

---

35) ≪백조≫ 제1호(1922. 1).
36) ≪백조≫ 제1호(1922. 1).

이때부터, 나의 마음에 감추어 두엇든
히고 힌 사랑에, 피가 무듬을 알엇도다.
　　　　　　　— <月光으로 짠 病室>(박영희)의 일절[37]

　　이상 ①～③의 작품에 보이는 '밀실', '동굴', '병실'은 한결같이 밤을 배경으로 한 어둠의 세계이거나, 죽음의 세계와 맞닿아 있는 곳이다. ≪백조≫에 발표된 시에서 이와 유사한 모티브를 가지는 용어는 매우 다양하게 나타난다. 이를테면 '흑방'(黑房)(박종화의 <黑房悲曲>에서), '꿈의 나라'(박영희 <꿈의 나라로>에서), '유령(幽靈)의 나라'(박영희의 <幽靈의 나라>에서), '묘장'(墓場)(홍사용의 <墓場>에서), '침실'(이상화의 <나의 寢室로>에서) 등이 그것이다. 그런데 이런 현실과 유리된 자기고립적 세계의 모티브들은 다양한 의미망을 지닌 것으로 표상된다. ①에서 '밀실'은 현실과 대립된 죽음의 공간으로, 여기에 오히려 참된 삶의 가치가 내재되어 있다는 역설의 공간으로 나타난다. 그리고 ②에서 '동굴'은 현실의 고뇌로부터 해방되는 죽음의 타나토스(Thanatos)적 충동을 느끼는 공간이며, ③에서 '병실'은 자아의 에로스(Eros)적 충동을 해소하는 공간으로 설정되어 있다. 경험적 자아의 입장에서 볼 때, 이들 시에 나타난 현실초월의 공간들은 분명 병적이고 퇴폐적인 퇴행의 공간들이다. 그런데도 백조파 시인들이 거의 한결같이 이런 병적인 퇴행의 공간들 속에서 참된 삶의 가치나 영원한 사랑을 꿈꾸고자 했다. 여기서 그들이 동경한 현실초월의 이상세계란 하나의 환상이며 꿈일 수밖에 없는 아이러니가 발생한다. 이렇게 낭만주의자들의 세계인식에서 현실을 부정하고 관념적 이상세계를 동경하지만, 결국은 시인 자신이 유한성의 경험적 자아를 벗어날 수 없으며, 관념적 이상세계의 동경 자체가 현실과 모순되는 환상이라는 점에서 낭만적 아이러니가 발생되는 것이다.[38] 이런 점에서 낭만주의 시는 현실로부터의 도피이며, 현실에 대한 무력감만을 조성시킨 결과

---

37) ≪백조≫ 제3호(1923. 9).
38) 오세영, <낭만주의>,『문예사조』(고려원, 1983. 5), 110～111쪽.

가 되었다고 비판받게 되는 것이다.39)

그런데 그럼에도 근대 초창기의 시인들이 낭만적 퇴행의 공간에서 참된 삶의 가치나 이상을 추구하고자 한 이유는 무엇일까. 이런 의문에 대한 기존의 답은 대체로 3.1운동 이후에 오는 민족적 좌절감 내지 무력감에 기인되어 있다는 것이다. 그렇다면 앞에서 든 김억의 시처럼 3.1운동 이전에 쓰여진 작품에서 나타나는 동일한 문학현상에 대한 의문은 풀리기 어렵다. 여기에 일본을 거쳐 이입된 서구의 상징주의의 데카당띠즘이나 세기말 낭만주의 병적, 퇴폐적 경향에 대한 유행적 추종 현상, 그리고 당시 젊은 시인들의 댄디즘(Dandism)적 취향을 복합적으로 고려해야 한다. 물론 이러한 이유와 함께 3.1운동의 실패가 젊은 백조파 시인들의 문학추구 방향을 퇴행적으로 이끄는데 증폭작용을 한 것으로 파악할 수 있다.

2-4 초개인적 힘과 혼의 탐구형식

낭만주의자들은 개인적인 주체로서의 창조적 자아의 힘을 믿으면서 신비한 영감과 상상력으로 이룩된 개성의 문학을 추구했다. 그러나 차츰 창조적 자아로서의 낭만적 자아가 현실적 자아와의 충돌을 경험함으로써, 현실적으로 한 개인이 지닌 창조적 자아의 힘이란 무력한 것이며 다만 환상에 지나지 않음을 깨닫게 된다. 여기서 창조적 자아의 주체를 초개인적인 힘으로 그 주체를 바꾸었을 때, 국가나 민족에 대한 새로운 인식이 제기된다.40) 독일 낭만주의자들이 초기의 개인주의에서 '특별한 개인'으로서의 국가나 민족 단위의 위대성을 추구해 나간 것은 바로 이러한 맥락에서 이루어진 것이다. 물론 그렇다고 낭만주의 정신의 본질이 바뀐 것은 아니다. 감성적 세계인식과 유기론적 세계인식의 대상이 위대한 개인에서 국가와 민족 단위로 확대된 것뿐이다. 세계의 실체는 본질

---

39) 아놀드 하우저 역시 이런 점에서 독일 및 서유럽의 낭민주의를 비판했다. 아놀드 하우저, 앞의 책, 203~205쪽.

40) 오세영, <낭만주의>, 앞의 책, 95~96쪽.

적으로 혼과 정신이 내재되어 있는 위대성을 가지며, 영원하고 초월적인 성격을 가진다는 점에는 변화가 없다. 따라서 개인에 우선하는 국가도 국가혼을 지니며, 민족도 초개인적인 힘으로서의 정신을 가지는 것이다. 이러한 국가혼과 민족정신의 탐구는 자연스럽게 그것이 원초적으로 내재해 있다고 보는 신화, 전설, 민요 등의 민속문학이나 역사에 대한 자각을 불러일으키는 것이다.41) 이 점에서 독일의 낭만주의 문학과 '조선혼'의 탐구를 근간으로 한 1920년대 이후 한국의 이른바 민족주의 문학은 서로 상당한 공통점을 지니고 있다.

이상의 사실을 근거로 오세영이 1920년대 한국의 민요시운동을 낭만주의적 관점에서 논의42)한 것은 매우 타당하다. 물론 그렇다고 민요시운동의 실상 전체가 낭만주의적 경향으로만 이해될 수는 없다. 카프에 가담했던 시인들이나 여타 시인들의 민요시 중에는 낭만주의의 관점이 아니라 비판적 리얼리즘의 관점에서 논의할 수 있는 작품들을 상당수 찾을 수 있기 때문이다. 그러나 이런 경향의 시들은 일단 별도의 논의를 요구한다고 보아 논외로 하면, 김억, 김소월, 홍사용, 김동환, 주요한 등 이른바 민요시파의 시인들이 추구한 민요시는 이념상으로는 민족주의를, 작품세계에서는 낭만주의의 경향을 띠고 있는 것으로 파악된다. 여기서 이들 시세계의 대강을 파악함으로써 한국 낭만주의 시의 중요한 특질을 되새겨 보고자 한다.

먼저 김억의 자국적 문학에의 특수성에 대한 자각은 '조선주의'라는 전통지향의 민요 또는 시조에의 형식적 탐구로 나타난다. 그는 일찍이 시형의 음율과 호흡>(≪태서문예신보≫ 제14호, 1919. 1. 13)에서 "조선 사람의 사상과 감정 또는 호흡에 갓갑은" 시를 모색할 것을 주장한 이

---

41) 오세영, 위의 글, 106~108쪽.
42) 오세영, 한국낭만주의시연구(일지사, 1980. 3), pp.153~154에서 1920년대 민요시파의 문학적 특징을 한국적 낭만주의로 규정하면서, 낭만주의의 상식적 범주에서 통용되는 감성적 세계인식, 환상적 세계관의 추구, 현실도피, 동경, 원시성의 탐구, 민족주의, 복고주의, 역동적 자연인식, 자생성 등의 특징을 나타낸다고 했다.

래, 1924년을 전후로 하여 기존의 서구시 지향을 반성하고 나름대로 새
로운 문학적 질서와 역사적 근거를 확보하려고 노력했다. 이처럼 김억의
민요시 지향은 변화된 사회적 질서에 당대적 삶을 그 전체성과 통합시키
려는 자기 동일성(self-identity) 회복[43]과 탐구의 한 기술적 방법으로 제기
되었던 것으로 파악될 수 있다.

김억이 민요시를 추구하고 옹호하는 과정에서 내세운 문제가 시에 있
어서 이른바 '조선심'이다. 그런데 이 '조선심'이 구체적으로 어떠한 문
제의식에 의해 제기되었는지를 검토하는 것이 필요하다.

> 시를 쓰는 이가 시대상의 충분한 이해자가 되지 못하야 현대의 조선심의
> 고민과 엇절 수 업는 고뇌와 면대(面對)하야 보지 못한 때문이겟습니다. …
> (중략)… 우리의 생(生)은 짧습니다. 만은 그 생은 끈이지 아니하고 고민과
> 뇌오와 싸호면서, 인생으로 참 생을 얻으려고 허덕입니다. 이러한 인생의 온
> 갖 백병장(白兵場)을 배경 잡은 「생명의 시가」만이 인생을 깃부게 하며 웃
> 깁니다.[44]

여기서 김억의 '조선심' 이해는 비교적 구체화되어 드러난다. 현대의
시대상이란 고민과 번뇌에 허덕이는 상황인데, 이를 배경으로 한 시가
의미 있는 '생명의 시가'가 된다고 했다. 따라서 '조선심'이란 이런 시
대상에서 허덕이는 민족의 번뇌와 고민이다. 그런데 그것은 '조선심'이
암울한 시대를 극복하려는 삶의 의지를 보여주는 것이 아니라, 짧은 인
생을 살면서 필연적으로 따르는 삶의 부정적 내용이라는 점이다. 이 삶
의 부정적 내용이 3·1운동의 실패로 인한 좌절감과 다소간 관계되어 있
다 하더라도 고민과 번뇌를 어쩔 수 없는 삶의 필연적 내용으로 돌려버
릴 경우 역사적 정당성을 획득하기란 힘들다고 생각된다.

---

43) 김준오는 문학에서 취급되는 동일성(identity)의 두 가지 중요한 양상은 자아와
　　세계와의 일체감·결속감으로서의 동일성과 자아의 재발견이라는 개인적 동일
　　성의 문제로 나눌 수 있다고 했다. 김준오, 『시론』(이우출판사, 1988. 1), 307쪽.
　　여기서 김억의 민요시 지향은 자아와 세계와의 동일성 차원에서 파악된다.
44) 김억, <조선심을 배경삼아>, 《동아일보》(1924. 1. 1).

김억은 시를 이지(理智)의 산물로 보지 않는다. 중요한 것은 본능적 충동에 의해 지배되는 감정의 황홀이며,[45] 현실의 어떠한 고뇌와 번민이라도 예술로 수용되는 한에서는 아름다운 삶으로 변한다고 생각했다.[46] 그런데 이러한 관점에서 시인은 현실을 다만 예술을 위한 대상으로 관념화시킬 수 있으나, 분명한 것은 현실은 여전히 외계의 경험적 사실로 남게 되고, 예술적 삶은 현실과 외면된 시인 내부의 주관적 사실로 존재하게 된다는 점이다. 즉 예술화의 삶은 현실과 쉽게 조화될 수 없을 뿐만 아니라, 경험적 사실과 분리된 시인의 관념적 대상으로만 의미 있게 되는 것이다. 김억은 분명 1920년대 시인들 중에서도 거의 극단적이라 할만큼 철저한 낭만적 세계관과 심미적 예술관을 소유한 시인이었다. 따라서 김억이 '조선심' 주장을 통해 가능한 삶의 구체적인 현실과 만나려 했지만, 그것은 낭만적 세계관에 따른 심미적 예술관에 의해서 관념화된 현실일 뿐이었다.

김억의 민요시 창작과 관련된 '조선심' 주장의 실제는 자신의 시세계와 밀접하게 연관되어 있다. 그것은 '조선심' 주장의 명목과는 달리 시의 대부분이 애상적 정서와 비현실의 관념세계를 표백하고 있기 때문이다. 작품을 들어 이 점을 구체적으로 파악해 보자.

綾羅島의 실버들엔
보슬비가
밤새도록 어느때에
내려왔는고

님을말녀 떨리냐고
牧丹峯의
갈바람은 멧츨이나
불엇는고,

---

45) 김억, <시단의 일년>, ≪개벽≫ 제42호(1923. 12).
46) 김억, <조선심을 배경삼아>, ≪동아일보≫(1924. 1. 1).

大洞江에도 한복판
뜬배우엔
이내몸의 눈물비가
내리누나

— <설은 노래> 전문47)

이 작품을 '조선심'의 지향과 관련하여 검토해 보자. 우선 각 연에 놓인 "綾羅島, 牧丹峯, 大洞江"의 시어는 시적 공간을 형성하며 현실적 구체성을 어느 정도 확보하고 있다고 볼 수 있다. 그러나 작품을 통해 환기되는 설움의 애상적 정서는 현실적 삶에 대한 경험적 사실로부터 비롯되는 것이 아니라, 자연현상과의 매개적 관계에서 나타나는 매우 막연한 향토서정에 불과하다. 즉 이 작품에서 시적 자아가 가지는 설움의 애상적 정서는 '보슬비→갈바람→뜬배'의 자연현상과 단순한 매개적 관계에서 전이되어 나타나는 것이다. 여기서 '조선심' 추구의 실제적 면모가 확인된다. '조선심'의 진정한 의미는 식민지시대 민족이 겪는 암울한 상황에 대한 진지한 성찰과 역사의 시련을 극복하려는 삶의 실천의지로부터 획득될 수 있는데, 김억은 시종 역사현실과는 무관한 태도로 자연에 대한 관념적 미학과 환상만을 추구했던 것이다. 그래서 '고독'과 '설움'의 애상성은 역사에 대한 정당한 근거를 확보하지 못한 채 관념화된 현실을 도식적으로 보여주는 결과가 되었다.

주요한도 김억의 민요시 주장와 실천에 가세해서 ≪조선문단≫(1924. 10~12)에 <노래를 지으시려는 이에게>란 시론을 통해 '조선혼'의 고취를 골자로 하는 민요시를 창작을 제창했다. 주요한의 '조선혼' 주장의 요지는 김억의 '조선심' 주장과 다를 바 없는데, 그것은 첫째, 국민적 정조와 사상을 바로 해석하고 표현하는 것, 둘째 조선말의 아름다움과 힘을 찾아내는 것이었다. 다만 김억과 다른 점은, 김억이 시의 애상성 또는 감상성을 중시한데 비해, 주요한은 시의 건강성 또는 사회적 영향력을

---

47) ≪영대≫ 제3호(1924. 10).

중시했다는 것이다. 그러나 시작품의 실제는 그의 주장과는 달리 낭만적 희열이나 가벼운 서정의 세계를 보여주는 것이다.

> 비가 옵니다
> 다정한 손님가치 비가 옵니다
> 창을 열고 마즈려 하여도
> 보이지 안케 속색이며 비가 옵니다.
>
> 비가 옵니다
> 뜰우에 창밧게 집웅에
> 남모를 깃분 소식을
> 나의 가슴에 전하는 비가 옵니다.
> — <비소리> 일절[48]

이 작품에서 '비'의 이미지는 기쁨의 밝은 정감을 자아내고 있다. 비가 오는 모습이 '다정한 손님'으로 비유되고, 비는 '깃분 소식'을 전해 주는 대상으로 의인화되어 나타난다. 앞서 든 김억의 시 <설은 노래>에서의 '비'의 이미지가 설움의 정서를 환기하고 있는 것과는 대조된다. 이런 경우를 주요한이 주장한 바 시의 '건강성'이라 한다면, 그것은 자연을 매개로 하여 기쁨의 정서를 환기해 주는 정도 이상의 것이 아니다. 이 점에서 주요한의 '조선혼' 주장도 시의 실제에서 식민지시대 현실적 삶의 구체성을 제대로 포착하지 못하고, 낭만적 현실의 허상만을 좇거나 일상적 생활감정을 매우 소박하게 표현한 결과밖에 보여주지 못했다.[49]

김소월, 홍사용의 민요시에서 이어진 김억, 주요한의 민요시 주장과 실

---

48) 주요한, 『아름다운 새벽』(조선문단사, 1924. 12), 29쪽.
49) 주요한의 시 중에서 상해시절 ≪독립신문≫에 발표한 작품들과 『시가집』에 수록된 <늙은 농부의 한탄>, <채석장> 같은 작품은 당면한 현실에 적극적으로 대결하려는 자세를 보이기도 하고, 민중의 현실적 삶을 형상화해 보여주기도 했다. 그러나 전자의 시는 상해라는 공간의 특수성에 기인한 '경우의 시'로 보이며, 후자의 시도 전체적인 작품의 위상에서 보면 일부에 지나지 않는 예외의 작품으로 생각된다.

천은 1920년대 후반부터 《조선문단》을 중심으로 이루어진 국민문학운동의 중요한 영역으로 인식되고 확대되기에 이른다. 한정동(韓晶東), 유도순(劉道順), 이학인(李學仁), 김태오(金泰午) 등 시인들의 시작품들이 이런 예에 속한다. 그러나 이들 민요시는 일일이 거론할 필요도 없이 표면적으로는 '조선주의'의 표어를 내걸면서 실제로는 낭만적 애상의 세계나 목가적 서정의 세계를 노래하는 것으로 일정한 특징을 이룬다. 초개인적 힘과 혼의 탐구가 '조선심' 또는 '조선혼'의 주장을 근간으로 한 민요시의 형식으로 나타났지만, 능동적인 현실인식의 기반을 제대로 마련하지 못한 채 여전히 자기도취의 감상주의적 일단과 환상성에서 벗어나지 못했던 것이다. 이것이 1920년대 후반 민족주의문학파의 민요시운동이 갖는 한계이며 특징인 것이다. 그러나 1920년대 후반 다른 측면에서 항일 민요에 연결되는 일련의 민요시 창작 기운이 조성되면서 민요시의 새로운 경향과 국면이 형성되었다는 사실에서 민요시운동이 낭만주의적 세계관에 따라서만 전개되지 않았음을 유의해야 한다.

Ⅲ. 마무리

지금까지 한국 근대시를 중심으로 낭만주의적 경향의 특질을 몇 가지의 테두리 속에서 검토해 보았다. 검토한 내용들을 다시 한번 줄이면서 마무리하고자 한다.

먼저 낭만주의 문학이 개인적 감성에 입각한 주관적 감정의 표출을 중시한다면, 그 감정 표출의 양상이 우리 시에서 주로 격정의 파토스적 감정으로 이루어져 있다고 파악했다. 감탄어구의 거듭된 반복, 시적 자아의 직설적 감정 표출, 빈번한 반복어구의 사용 등이 이러한 예이다. 이 경우 격정의 파토스적 감정은 현실과의 단절과 대립에서 형성되는 좌절, 비애, 고독, 방황의 심리로 투영되었으며, 이러한 격정의 심리의 해소하기 위해 현실초월의 자기고립적 퇴영의 공간을 추구하거나 '님'에 대한 강렬한 애정을 호소하기도 했다.

둘째로, 낭만주의 세계관의 주요한 특징을 이루는 유기론적 자연인식의 실제를 당대 시인들의 시론과 시작품을 통해 살펴보고자 했다. 유기론적 자연인식은 자연을 영원불멸의 신비한 생명력을 가지는 역동적인 실체로 간주하면서, 그 자연의 아름다움과 신비함에 심미적 동일성을 이루고자 하는 것이었다. 이 경우 자연은 주로 전원이나 시골의 공간으로 표상되는데, 그것은 이들 공간에서 인간정서의 원초적이고도 순수함에 내적인 동화를 이룰 수 있다고 본 때문이다. 이는 구체적으로 남궁벽의 경우 세속적 삶에의 초월로부터 자연회귀에 이르는 현실달관의 시정신으로 나타났으며, 김소월의 경우 자연의 항상성과 변화 사이에서 인간의 존재론적 성찰과 갈등을 형상화해 보여 주었다.

셋째로 낭만주의의 이상주의적 경향을 '동경'이란 관점에서 그 의미망을 검토해 보았다. 특히 백조파 시인들의 시작품에서 이상주의적 동경의 세계는 '밀실', '침실', '동굴', '병실', '흑방', '꿈의 나라', '유령의 나라' 등 다양하게 표상되어 나타났는데, 이들 세계가 현실과 유리된 자기 고립적 세계의 모티브라는 점에서 공통점을 갖는다. 그러면서 이들 모티브는 현실적 삶의 고뇌로부터 해방되는 공간, 자아의 에로스적 충동을 해소하는 공간, 또는 마음의 영원한 안식을 얻는 죽음의 세계 등의 의미를 상징하는 것으로 나타났다. 그러나 현실초월의 이상세계란 경험적 자아의 입장에서 볼 때 하나의 환상이고 꿈이며, 결코 유한성의 경험적 자아를 벗어날 수 없다는 점에서 아이러니를 가진다. 이것이 낭만적 아이러니이다. 그런데 바로 이점 때문에 낭만주의 문학은 현실로부터의 도피이며 현실에 대한 무력감만을 조성시켰다고 비판받을 수 있는 것이다.

넷째로 낭만주의자들이 개인적 차원의 낭만적 자아의 한계성을 자각하면서, '특별한 개인'으로서의 초개인적인 힘의 위대성을 추구해 나간 것이 민족주의 경향의 문학이다. 말하자면 국가는 개인에 우선하는 국가혼을 지녔으며, 민족도 초개인적인 힘과 혼을 가진다고 본 것이다. 이런 관점에서 1920년대 중반 이후 본격화된 민요시운동은 근본적으로 낭만주의 문학의 연장선에서 파악될 수 있는 것이다. 구체적으로 김억, 주요한 등은 '조선심', '조선혼', 또는 '향토혼'을 내세우면서 민족적 시 형식의 탐구하고자 했는데, 그것이 민요를 바탕으로 한 민요시의 창작이었다. 이를 긍정적인 측면에서 본다면, 민요시의 창작은 문학적 전통과 역사적 상황과의 자기동일성을 이루려는 문학적 열망이 구체화된 것이라고 파악될 수 있다. 그러나 '조선심' 등의 주장은 실제와는 달리 일상생활의 소박한 정서나 비현실적 관념을 표백하는 수준 이상의 것이 아니었음이 시 세계의 실상을 통해 검증되었다. 물론 민요시의 창작이 복고적이고 고답적인 수준을 넘어서 문학적 전통의 창조적 계승과 현실비판의 전진적 의지를 표현한 쪽으로도 이루어졌다는 사실이 위의 경우와 동시에 고려되어야 한다.

1920년대 민요시의 형성기반과 그 위상

I. 들머리

　민요시는 민요를 바탕으로 쓰여진 개인 창작시로서, 민요와 개인 창작이 복합되면서 이루어진 혼합양식의 시이다. 따라서 민요시는 민요와의 교섭과정에서 어법, 율격, 구조, 내용 등의 측면에서 민요적 요소를 취하기 마련이다. 이러한 민요시는 우리 시가사상 폭넓게 존재해 왔다. 고전시가 중 특히 고려 속요(속악가사)나 사설시조는 민요와 깊은 친화관계를 맺고 있는 시가이며, 조선 후기의 민요 취향 한시, 개화기 시가 중 민요 개작의 시가들이 민요시 형성의 전사(前史)적 단계를 이루어 왔다. 이러한 전사적 단계에서 민요의 수용은 문학의 전통에 대한 재인식과 민중과의 상호교감을 마련하는 계기로 작용되어 왔다.

　그런데 1920년대 이후 시단의 일대 경향으로 대두한 민요시의 창작은 어느 시기보다 중요한 시사적 의미를 지닌다. 그것은 당대 민요시의 창작이 집단적이면서 지속적인 경향으로 확산되면서, 식민지란 특수한 역사 현실의 배경 속에서 '우리 것'을 찾기 위한 문학적 대응 방식의 일환이자 민중적 삶의 현실에 대한 자각을 동반하는 것이기 때문이다. 물론 이러한 문제는 민요시 창작의 실상을 구체적으로 파악할 때 제대로 파악될 수 있는 것이다.

지금까지 민요시는 1920년대에 집중적으로 창작되면서, 이념상 민족주의를 지향하고, 작품세계는 주로 낭만주의적 경향을 띠는 것으로 알려져 있다. 여기에 김억(金億), 김소월(金素月), 주요한(朱耀翰), 홍사용(洪思容), 김동환(金東煥) 등 시인들이 대체로 공통적인 문학이념을 바탕으로 민요시를 창작하면서 이른바 '민요시파'를 형성했다는 것이다.[1] 그런데 당시에 발표된 시작품들을 폭넓게 조사해 보면, 민요시는 1920년대 초기부터 1930년대까지 여러 시인에 의해 다양한 모습으로 창작되었다. 따라서 이들 민요시는 민족주의의 문학이념에 기초한 낭만주의적 경향만이 아니라, 때로는 민중주의의 문학이념에 기초하여 일제하의 민중적 삶과 역사 현실을 날카롭게 들추고 비판하는 현실주의적 경향을 띠기도 했다. 본론에서 자세히 검토하겠지만, 김석송(金石松), 양우정(梁雨庭), 정로풍(鄭蘆風), 허삼봉(許三峯) 등의 민요시는 이른바 '민요시파' 시인들의 시와는 분명 다른 문학적 위상을 보여준다고 말할 수 있다. 1920년대 민요시의 문학사적 위상을 새롭게 파악할 필요가 있다면, 바로 이 점을 주목하여 구체적으로 검토해야 한다.

1920년대 이후 근대 민요시의 성격을 제대로 파악하기 위해서는 또한 민요시의 형성 기반에 관하여 구체적으로 검증할 필요가 있다. 그동안 민요시 형성의 외적인 배경으로서 삼일운동 이후 고조된 민족의식과 민중의식, 그리고 이에 따른 민요수집과 연구열은 누차 언급되었으나, 민요시 창작의 직접적 배경이 되는 당대 민요와의 구체적인 관련성은 아직 해명되지 못하고 있다. 이에 민요 자체의 전승과 변모 상황을 가능한 대로 파악하면서, 당대 시인들의 민요 인식과 민요 수용의 자취를 밝혀내는 작업이 요청된다. 본고는 이를 위해 1920년대 민요시가 형성될 시기를 즈음해서 크게 유행한 잡가(雜歌)[2]와 유흥민요(遊興民謠), 그리고 일

---

1) 오세영, 『한국낭만주의시연구』 (서울: 일지사, 1980).
2) 잡가(雜歌)는 엄격한 의미에서 민요와 성격을 달리하는 시가이다. 그러나 잡가 중에서도 민요계 잡가는 넓은 의미에서 민요에 포함시켜 이해할 수 있다.

제하의 현실에 민감하게 반응하며 전승되었던 항일민요(抗日民謠)들을 각별히 주목하고자 한다. 이는 당대의 잡가와 유흥민요, 그리고 근대 항일민요들이 시인들의 민요인식 저변을 형성하는 직접적 대상이면서 동시에 민요시 창작에 중요한 유인체로 작용했다고 생각하기 때문이다.

본고는 이상에서 제기한 문제인식을 토대로 1920년대의 민요시에 일단 한정하여, 민요시의 형성 기반과 문학사적 위상을 논의하고자 한다. 여기에는 당대 민요시가 근대시의 전개과정에서 긍정의 측면뿐만 아니라 부정의 측면도 함께 지니고 있다는 점을 전제로 한다. 명목상으로 민요시의 창작이 문학 전통의 창조적 계승을 통한 '민족시'의 정립이란 목표를 좇는 일이면서, 역사와 민중의 현실에 대한 자각된 인식을 요청하는 '민중시'로서의 방향을 모색하는 것이지만, 이는 어디까지나 당대 민요시의 실상을 통해 해명해야 할 과제인 것이다.

Ⅱ. 민요시의 형성 기반과 그 위상

2-1 잡가와 유흥민요의 영향

중세사회에서 근대사회로 이행되는 과정에서 생활방식이 크게 달라지고 문화교류가 빈번해지면서, 본래 노동, 의식, 유희의 전통적 생활방식과 밀착된 기능요들이 점차 기능성을 잃으면서 비기능의 유흥적 민요로 상당수 전환되었다. 여기에 잡가가 일반화되어 가세함으로써 비기능의 유흥적 민요는 세력을 더욱 확장했다.

잡가는 본래 전문 소리패나 직업적인 소릿군에 의해 흥행을 위주로 불려졌던 것이다. 이러한 잡가는 대체로 18세기를 전후한 시기에 형성되었다고 보는데, 오랫동안 장르로서의 독자적 성격을 갖지 못한 채 전승되어 왔다. 그러다가 잡가는 18세기 말 또는 19세기 초에 경기지방을 중심으로 12잡가로 정착되었다가 점차 여러 지방도시로 확산되었다. 이러한 잡가는 특히 1910년대에 들어와서 인쇄활자의 보급 등에 힘입어 대단한 인기를 누리며 유행했다. 이는 당시의 잡가집 출판상황을 통해 잘 알 수 있다. 1910년대 초부터 1920년대까지 22종 정도의 잡가집이 출판되었으며, 이들 잡가집은 증정·증보·정선 등의 이름을 붙이거나 표제를 약간 달리해서 판을 거듭하며 출간될 정도였다.3) 여기에는 일제의 잡가 장려 정책도 중요한 요인으로 작용했다. 잡가의 내용상 주된 특징을 사랑, 무상(無常)과 취락(醉樂), 자연정취(自然情趣) 등으로 파악할 수 있는데,4) 일제는 잡가의 이러한 성격을 이용하여 국민의 정서를 애상적이고 유흥적인 쪽으로 유도하고자 했던 것이다. 잡가집의 편찬에는 박승엽(朴承燁), 현공렴(玄公廉) 등 친일적 인사가 많은 활약을 했고, 일본인이 직접 가담하기도 했다. 물론 잡가집의 편찬이 부정적인 쪽으로만 이루어진 것은 아니다. 시가의 민족적 전통성을 보존하고 이를 재인식하고자 하는 의도에서 잡가집이 출판되기도 했다.

그런데 이러한 잡가의 활자화를 통한 대중적 보급과 유행현상은 당시의 음악계는 물론 문학계에도 상당한 영향을 끼친 것으로 파악된다. 특히 1920년대의 민요시 형성과정과 잡가의 대중적 유행은 밀접한 관련을 맺고 있었던 것이 분명하다. 그것은 당시의 여러 민요론이나 실제 민요시 작품을 검토했을 때, 잡가가 당대 문학인의 민요인식에 상당한 비중을 차지하고 있음을 알 수 있다. 정작 민요시의 인식 기반이 되어야 할 전승민요는 1924년에 엄필진(嚴弼鎭)에 의해 『조선동요집』으로 처음 출판되었다. 이는 구비시가의 문자화에 있어서 잡가가 전승민요보다 앞서면서, 잡가집을 통한 시조, 가사, 판소리, 민요 등 전통시가에 대한 이해가 한층 용이했음을 뜻하는 것이다.

1924년 12월 ≪조선문단≫ 제3호에 발표된 이광수(李光洙)의 <민요소고>는 본격적인 민요론의 시초이자 민요시운동의 방향성을 피력하고 있

---

3) 자세한 사항은 정재호, <잡가고>, ≪민족문화연구≫ 제6집(고려대 민족문화연구소, 1972)과 최성수, <잡가의 장르성향과 그 수용양상>, 성균관대 대학원 석사논문(1983)에서 언급했다.
4) 정재호, 위의 글, 191쪽.

는 주목할 만한 민요론이다. 그런데 이 글은 '잡가소고'로 일러도 될 만큼 민요로 예시하고 있는 작품들이 모두 잡가로 불려지는 것으로 나타난다. 민요의 특징을 파악하는 방증 자료가 <아리랑 타령>, <홍타령>, <놀량>, <긴산타령> 등 모두가 이상준(李尙俊)이 편찬한 잡가집에 실려 있는 잡가들인 것이다. 이광수는 결국 전승민요가 아니라 민요계 잡가를 통해 민요인식을 마련하고 시 창작의 새로운 방향을 제시하고자 했던 것이다.

김억(金億)은 1920년대 중반 이후 여러 차례 '조선심'을 역설하며 민요를 바탕으로 새로운 시 창작이 이루어져야 한다고 주장한 바 있다. 그런데 정작 그의 주장에 비길 만한 민요론은 발표하지 않았다. 다만 몇몇 산문의 구절을 통해 김억의 민요인식의 일단을 알 수 있을 뿐이다.

> 수심가(愁心歌)로서 우리의 감정을 노래할 수도 업고 육자백이로써 늣긴 바를 표현할 수가 업스니 결국 우리에게는 우리의 사상과 감정을 표현할 길이 업습니다.[5]

위의 구절에 나타난 <수심가>와 <육자백이>는 모두 잡가에 속하는 것이다. 이는 김억의 민요 이해가 잡가의 범주에서 벗어나지 못하고 있음을 시사하는 것이다. 그런데 김억은 이 잡가에서도 "우리의 사상과 감정을 표현할 길"이 없다고 해서 잡가에 대한 공감의 절실성을 마련하지 못하고 있다. 이러한 민요인식의 한계는 그의 민요시 지향이 절실한 민요체험의 바탕 위에서 추구된 것이 아님을 뜻하는 것이다. 김억은 뒤늦게 1927~8년 경 진남포의 어느 주홍에서 <긴아리>를 감명 깊게 들었다고 고백한 적이 있다.[6] 김억이 민요시의 창작을 주장한 시기가 1924년 전후인데, 1927~8년 경의 민요, 실은 잡가의 체험과 공감은 분명 어울리지 않는다. 이처럼 김억이 이해한 민요란 생활현장의 전승민요가 아닌, 기껏 주홍에서 흘려들었던 잡가에 불과했던 것이다.

주요한(朱耀翰)의 민요 이해도 김억의 경우와 별로 다르지 않다. 일찍

---

5) 김억, <명사십리서>, ≪동아일보≫(1925. 9. 14).
6) 김억, <수심가 들닐 제>, ≪삼천리≫ 제76호(1936. 8).

이 '민중에 가까울 수 있는' 시를 쓴다고 하면서 민요 및 동요를 바탕으로 새로운 시가 진작되어야 한다[7]고 했으나, 구체적으로 어떤 민요를 바탕으로 해야 할 것인지는 언급하지 않았다. 다만 다음의 글에서 주요한의 민요 취향을 엿볼 수 있다.

> 나는 소리는 남도ㅅ 소리 —류자박이 가튼 것을 조하해요. 내 자신은 평안도ㅅ 사람이지만 수심가는 너머도 애조가 흘러서 덜 조하합니다.[8]

남도잡가인 <육자백이>는 비교적 경쾌한 가락에 향락적 내용의 사설로 이루어져 있으며, 서도잡가인 <수심가>는 유장한 가락에 애조를 띤 사설로 구성되어 있는 점이 특징이다. 주요한은 <육자백이>와 <수심가>의 이런 대조적 특징을 염두에 두고 <수심가>보다 <육자백이>를 더욱 좋아한다고 한 듯하다. 그런데 <수심가>든 <육자백이>든 모두 잡가에 속하는 것이니, 김억처럼 잡가를 두고 민요의 선호도를 말한 것일 뿐이다. 다만 여기서 김억과 주요한의 잡가 취향이 서로 다르다는 점은 이들의 민요시 지향과 관련해서 생각해 볼 필요가 있다. 즉 김억이 유장한 가락에 구슬픈 내용의 서도잡가를 좋아하고, 주요한은 경쾌한 가락에 밝은 내용의 남도잡가를 선호한다는 사실은 두 시인의 시적 지향과 연관된다. 이는 일반적으로 지적되듯이, 김억의 시적 주조인 '애상성'과 주요한 시의 특징인 '건강성'과 서로 비교할 수 있는 단서가 되기 때문이다.

김동환(金東煥)과 홍사용(洪思容)은 김억, 주요한의 경우와는 달리 폭넓은 민요 이해를 바탕으로 민요시를 창작했다. 김동환은 <망국적 가요소멸책>(≪조선지광≫ 제70호, 1927. 8)과 <조선 민요의 특질과 기 장래>(≪조선지광≫ 제82호, 1929. 1) 등의 글에서 민요에 대하여 남다른 인식을 보여 주었다. 그는 당시 유행하고 있는 <흥타령> 등의 잡가가 민중의 생활감정과 어긋난다고 하여, 이를 망국적 가요로 규정하면서 새로운 가

---

7) 주요한, <책끗헤>, 『아름다운 새벽』(경성: 조선문단사, 1924. 12).
8) <문사방문기(1) —주요한 편>, ≪조선문단≫ 제4권 2호(1927. 2), 70쪽.

요운동을 전개해야 한다고 했다. 그러면서 <농부가>, <아리랑>, <배따라기>, <경복궁 타령>을 예로 들면서 민요의 중요한 특징이 피압박군의 집단적 성격에 있음을 강조했다. 김동환의 경우도 잡가와 유흥민요가 민요인식의 중요한 영역을 차지하는 것으로 나타나지만, 그의 당시 민중적 세계관에 따라 잡가는 비판적 시각에서 긍정 또는 부정되고 있음을 알 수 있다.

홍사용도 <조선은 메나리 나라>(≪별건곤≫ 제12·13호, 1928. 5)에서 민요를 통칭하여 '메나리'로 부르면서, 민족의 가장 값지고 풍부한 유산이 다름아닌 민요라고 주장했다. 그러면서 홍사용은 잡가와 유흥민요가 제각기 그 뜻과 멋을 달리한 '메나리'로서의 특징을 지닌 것으로 파악했다. 물론 그의 민요인식은 잡가나 유흥민요에 한정되는 것이 아니었다. <김매기 노래>, <베틀가>, <산유화>, <쾌지나 칭칭나네> 등의 기능, 비기능의 민요를 포함해서 잡가, 무가, 불가, 판소리, 민속극 등 구비문학의 전반에 걸친 폭넓은 인식을 보여 주었다. 이러한 폭넓은 구비문학의 이해는 당대 어느 시인보다 두드러진다고 하겠으며, 이점은 홍사용의 민요시가 그만큼 민요의 폭넓은 이해를 바탕으로 민족문학의 주체적 각성에 따라 창작되었음을 의미하는 것이다.

이상에서 검토한 바와 같이, 잡가와 유흥민요는 당시에 크게 유행하면서 민요시를 쓴 시인들의 민요인식에 큰 비중으로 자리잡고 있었다. 이러한 민요인식은 시인들에게 한결같은 것으로 나타나지는 않았다. 김억과 주요한의 경우는 피상적인 민요인식의 한계를 보여주었다면, 김동환과 홍사용의 경우는 폭넓은 민요인식 가운데 잡가 및 유흥민요를 비판적으로 성찰하거나 주체적으로 수용하고자 했다. 그런데 어떤 경우든 1920년대 당시 잡가 및 유흥민요가 민요시인들의 시 창작에 중요한 유인체로 작용했다는 사실은 당시 민요시의 실상을 검토해 보면 더욱 분명히 알 수 있다.

① 平壤에도 大同江 나간물이라

> 생각을 애에 말가
> 해도 그리워
> 다시금 요心思가 안타까워서
> 이가슴 혼자로서 쾅쾅 칩니다.
>
> 얄밉다 말을할가
> 하니 얄밉고,
> 그립다 생각하니 다시 그리워
> 生時랴 꿈에서랴 닞을길 없어
> 어굴한 요心思에 내가 웁니다.
>
> 空中을 나는새도 깃을 뒷길래
> 오갈제 山을 싸고
> 돌지 안튼가.
> 못닞어 원수라고 속이 상킬래
> 이가슴 혼자로서 부서댑니다.
> — <無心>(김억) 전문9)

② a. 우리네 두사람이 연분이아니요 원수로구나 만나기 어렵고 리
   별이 자자셔 나어니하나
   b. 남산이고와셔 발아다보나 님계신곳이기 바라산하지 참하진경
   님에화용이 그리워셔엇지사나
   c. 남산송죽에 홀노안자우는 져법궁시야 님죽은혼녕이여든 네아
   니불상탄말가 참하로님에싱각이간결하여 엇지사나
   d. 쑴에뎡녕허사련만은 혼사만사가 빅만사로구나 어제날몽중에
   오셧든님이 간곳업구나
   — <수심가>의 일절10)

①의 <무심>은 특히 그 애상적 정서와 내용에서 ②의 <수심가>와 방
불함을 느끼게 한다. 김억의 시 <무심>이 님과의 이별에 대한 애틋한 그
리움 또는 원망을 주제로 한다면, 잡가인 <수심가>도 동일한 주제를 노

---

9) 김억, 『민요시집』(서울: 한성도서주식회사, 1948), 131~132쪽.
10) 김구희, 『가곡보감』(평양: 기성권번, 1928. 3), 95~98쪽.

래하고 있다. <무심>과 <수심가>의 연계성은 주제의 형상화 방법에서도 드러난다. <무심>에서 님이 대동강을 사이에 두고 떠나간 님이라면, <수심가>의 님은 남산을 사이에 두고 떠나간 님이다. 그러한 님은 시의 화자에게 때로 얄밉고 원수같이 느껴지기도 하지만, 그래도 화자는 님을 꿈에서조차 잊지 못하고 괴로워하기는 두 작품에서 모두 공통된다. 김억의 민요시 중에서 이렇게 잡가의 형식이나 내용을 바탕으로 창작된 듯한 작품은 이밖에도 여럿이 있다. 이를테면, 시 <두대백이>와 <방아타령>은 각각 잡가인 <배따라기>와 <방아타령>과 연관을 맺고 있는 작품으로 보인다.

김소월(金素月)의 민요시 중에서도 잡가의 자취를 볼 수 있는 작품을 든다면, <넝쿨타령>, <巷傳哀唱 명쥬쌀기>, <진달내쏫> 등이다. 일례로 <진달내쏫>을 보자.

> 나보기가 역겨워
> 가실때에는
> 말업시 고히 보내드리우리다
>
> 寧邊에藥山
> 진달내쏫
> 아름짜다 가실길에 쑤리우리다
>
> 가시는 거름거름
> 노힌그꼿츨
> 삽분히즈려밟고 가시옵소서
>
> 나보기가 역겨워
> 가실때에는
> 죽어도아니 눈물흘니우리다
> — <진달내쏫> 전문[11]

---

11) 김소월, 『진달내쏫』(경성: 매문사, 1925. 12), 190~191쪽.

<진달래꽃>은 시의 배경과 주제에서 서도잡가인 <영변가>와 비교해 볼 만하다. <영변가>는 "아셔라 말아라 네가그리를말아/사룸에에 인정의 괄세를 네그리말아"[12]라고 해서 님과의 이별에 대한 정한을 주제로 삼으면서, 그 배경이 진달래꽃이 만발한 영변의 약산동대로 되어 있다. 이 점에서 <진달내꽃>은 <영변가>와 일맥상통한다 하겠는데, <진달내꽃>이 <영변가>에서 착상을 얻어 창작한 민요시로 볼 수 있다. 그러나 두 작품의 형상화는 현저히 다르다. <영변가>는 님과의 이별에 대해서 직설적인 원망으로 일관했다면, <진달내꽃>은 이별하는 님에 대한 자기 심정의 제어와 존재의 성찰을 통해 극복하는 정신을 형상화하고 있다. "나보기가 역겨워/가실때에는/죽어도아니 눈물흘리우리다"의 반어적 표현에서 보듯이, 실제로 떠나는 님이 원망스럽고 이별의 슬픔이 가슴을 메어지게 하지만, 시의 화자인 '나'는 애이불상(哀而不傷)과 원이불노(怨而不怒)의 중용(中庸)을 지키면서 스스로 인내하고 성찰하는 자세를 갖는다.[13] 김소월의 시가 비극적 사랑을 주제로 하면서도 '존재 탐구의 시'[14] 또는 '존재론의 시'[15]로 논의될 수 있는 까닭이 여기에 있다.

김동환(金東煥)은 여타 시인과 다른 시각에서 잡가를 창작시에 활용했다. 그는 기존의 잡가를 퇴폐적, 망국적 가요라 규정하고, 그 내용을 목적의식에 따라 개작해야 한다고 한 바 있다. 일례로 잡가인 <경복궁 打鈴>을 다음과 같이 재창작했다.

> 짓는다, 짓는다, 경복궁짓는다. 몃천년사자구 경복궁짓나 못살면 거미가 줄안치고 살리 랄랄라, 랄랄라, 경복궁짓네.

---

12) <영변가>는 <약산동대가>라고도 하는데, 잡가집에 거의 빠짐없이 수록되어 있을 정도로 유행한 민요계 잡가이다. 자료의 인용은 남궁 계,『특별대증보신구잡가』(경성: 유일서관, 1916. 2), 22쪽에서 했다.
13) 노재찬, <소월의 시와 전통의식>,『한국근대문학론고』(삼영사, 1981. 7), 13쪽. 여기서 소월의 시를 중용(中庸)의 전통의식에 입각하여 풀이했다.
14) 오세영, <소월 김정제 연구>, 앞의 책, 352쪽.
15) 김재홍, <소월 김정식>,『한국현대시인연구』(서울: 일지사, 1986. 9), 37~38쪽.

썩는다, 썩는다, 곡식단 썩는다. 부모처자먹일 곡식단 썩는다 썩어두 백성
게라 내모른다네 랄랄라, 랄랄라, 경복궁짓네.

　　　……(3연 생 략)……

지어-노흐면 누구가 사나 북악이 낫다고 소슨궁궐 어느분게실건가 담장
이 천길이니 원성인들 들리리 대궐이 하깁흐니 세상이 보여지랴 랄랄라 랄
랄라 그래도 경복궁짓네.

헐린다 헐린다, 경복궁헐린다 짓밟히든 자최가 헐려를간다. 지은지 멧해
에 이터가 헐리나 한오백년간것두 긔적이랄가 랄랄라, 랄랄라, 이궁궐헐리
네.

갈것이 가는데 누구가울랴 이집지은이는 썩한개 못먹엇네 마른쑥 마당에
차고 까치가 울드니 이집이가네. 랄랄라, 랄랄라, 헐리어가네.

　　　　　　　　　　　　　　　　　　　　　— <경복궁 打鈴>16)

　김동환의 <경복궁 打鈴>은 잡가인 <경복궁 타령>의 형식과 율격을 이
용하고 사설을 개작해서 창작한 작품이라 하겠다. 잡가인 <경복궁 타령>
은 경복궁과 관련한 사설을 일부만 갖추어 있고, 나머지는 이와 관련이
없는 여러 잡다한 내용의 사설을 "에～ 에헤에야에헤에헤 방애로구나"와
같은 여음을 사이에 두고 반복하는 형식으로 이루어져 있다. 그런데 위
시는 잡가인 <경복궁 타령>과 현격한 차이가 있는 사설과 후렴으로 구성
되어 있다. 김동환은 경복궁이 민중을 탄압하고, 민중과의 위화감을 조성
하는 중세적 봉건주의 내지 유교적 권위주의의 상징으로 파악해서, 이를
민중의 입장에서 철저히 비판하는 입장에서 기존의 <경복궁 타령>을 개
작했다. 이는 제4연의 "담장이 천길이니 원성인들 들리리 대궐이 하깁흐
니 세상이 보여지랴"의 문맥이나 제5연의 "짓밟히든 자최가 헐려를간다"
의 문맥에서 구체적으로 파악할 수 있다. 김동환은 '경복궁에 사는 자'
와 '경복궁을 짓는 자'를 가진 자와 못 가진 자, 부리는 자와 일하는 자

---

16) 이광수·주요한·김동환, 『시가집』(경성: 삼천리사, 1929. 10), 194～195쪽.

로 규정해서 이들 사이의 계급적 갈등에 초점을 맞추어 <경복궁 打鈴>을 창작한 것이다.

그런데 김동환은 경복궁이 헐리는 일이 중세적 봉건주의와 권위주의에 대한 민중의 승리란 차원에서만 생각하고, 일제에 의해 민족의 권위와 상징이 허물어지는 일이었음을 생각하지 못했다. 일제가 국권을 강탈한 후 경복궁의 일부만 남기고 대부분 헐어서 그 자리에 총독부 청사를 지어서 온갖 침탈행위를 자행했다는 사실을 염두에 둘 때, 경복궁의 파괴는 민족사적 견지에서 자못 중대한 일이었다. 그럼에도 김동환은 이 점을 묵과하고 "지은지 몃해에 이터가 헐리나 한오백년간것두 긔적이랄가"라고 하여 민족사의 비극을 찬양이나 하듯 노래한 것이다.

이미 지적했듯이, 잡가 및 유흥민요는 일제가 우리 민족의 정신적 향락성과 허약성을 조장하여 식민지정책을 효과적으로 시행하기 위한 일환으로 유행한 일면이 있다. 따라서 1920년대 민요시인들의 잡가 및 유흥민요에 대한 인식과 그 시적 수용의 문제는 일정한 비판적 성찰을 통해 이해되어야 한다. 그것은 1920년대 이후 시인들이 '조선심' 또는 '조선혼'을 내세우며 민요시 창작을 주장했다 해도, '조선심'이나 '조선혼'의 실체가 지극히 관념적이거나 피상적이고 무분별한 잡가 및 유흥민요의 이해에 연관될 때, 민요시 지향은 문학사의 부정적인 측면을 내포하고 있다는 점을 유의해야 한다. 이 점에서 1920년대 이후 민요시 지향을 문학 전통의 재인식이나 민족의 주체적 자각이란 관점에서 일방적으로 긍정될 수만은 없는 것이다.

2-2 근대 항일민요의 계승

민요는 전승되면서 변모한다. 생활방식이 바뀌고 시대가 달라지면 민중의 소리인 민요는 이에 민감하게 반응하고 새롭게 창조된다. 개화기 이후 급격히 늘어난 것으로 보이는 유흥적인 비기능요나 잡가도 생활방식과 시대의 변화에 상응하여 나타난 민요의 한 양상이다. 그런데 민요의 전승과 변모가 유흥적인 쪽으로만 이루어진 것은 아니다. 일제 강점기란 특수한 시대적 여건에서 전승되고 있던 민요는 한편으로 일제하에 민중이 겪는 삶의 고난과 시련을 실감나게 드러내면서, 그러한 현실을 풍자하고 비판하기도 했던 것이다. 이들 민요가 근대 이후 새롭게 형성된 항일민요들이다.

근대의 항일민요들은 오늘날 쉽사리 찾을 수는 없다. 일제가 이런 민요를 부르는 것을 탄압하고, 의도적으로 민요를 조작하기까지 했기 때문이다. 항일의 노래로 우리 민족 사이에 은밀히 불려졌던 대표적인 민요가 <아리랑>계 민요였다. 일제는 민요 <아리랑>을 '위험한 사상'만큼 '위험한 노래'로 간주했다. 김산(金山)의 증언에 따르면, 1920년대만 해도 '위험한' <아리랑>을 부르다 옥고를 치른 사람이 여럿이었다 한다.[17] 일제는 해가 갈수록 <아리랑>을 더욱 탄압했다. 1930년대 말기에 일제는 치안을 이유로 당시까지 발간된 도서 중 20여종의 문학서에 대하여 발행금지 처분을 했다. 여기에 김동환의 <아리랑 고개>가 실린 『시가집』과 역시 <아리랑>이 말미에 붙은 현진건의 단편 <고향>이 수록된 『조선의 얼굴』이 포함되어 있다.[18]

일제가 <아리랑>을 비롯한 항일민요들을 탄압하면서 한편으로 그들에게 유리하도록 왜곡시키고 조작했다.[19] 일제의 조선총독부에서 발간한 잡지 ≪조선≫ 총151호(1930. 5)에서 있지도 않는 <신아리랑>과 <비상시 아리랑>을 조작하여 소개하는가 하면, 1930년대 중반(1933~1935)에 제2차 민요조사를 실시하여 내선일체의 황국신민화 정책을 찬양하는 노래로 변조된 <아리랑>[20]을 실제로 불려지기나 한 듯이 내세웠다.

---

17) Kim San and Nym Wales, *Song of Arirang*, 조우화 역, 『아리랑』(동녘, 1984), 31~32쪽.
18) ≪신동아≫(1977. 1)의 부록으로 발간된 『일제하의 금서 33권』의 '일제하 금서 목록'에 따르면 20여종의 문학도서들이 치안을 이유로 금서 처분을 당한 것으로 나타난다.
19) 이러한 사정은 다음의 글에 자세히 밝혀져 있다. 김시업 , <근대민요 아리랑의 성격 형성>, 임형택·최원식 편, 『전환기의 동아시아문학』(창작과 비평사, 1985. 5).
20) 변조된 <아리랑>이 포함된 이 자료집은 임동권이 찾아 『한국민요집 Ⅳ』(집문

그러나 일제의 <아리랑> 탄압과 조작에도 불구하고 항일의 민족정신을 일깨우고 식민지 현실을 비판하는 민요 <아리랑>은 '민족의 지하방송'21) 같은 구실을 하면서 민족 사이에 은밀히 퍼져 나갔다. 글이 아니라 노래로 전승되는 <아리랑>을 막는 데에는 한계가 있었기 때문이다. <아리랑>과 같은 이러한 근대 항일민요들은 지금까지 정리된 민요 자료들을 자세히 살펴보면 드물긴 하지만 더러 찾을 수 있다. 먼저 다음 작품들을 보자.

① 양쳔젼촌의 젼갑셤아
  細民의게 말이낫-소
  나는실-소 나는실-소
  모든虐待가 나는실-소
  양쳔젼촌의 젼갑셤아
  愛國者의게 말-이낫소
  나는실-소 나는실-소
  刑事調査가 나는실-소
  양쳔젼촌의 젼갑셤아
  留學者의게 말-이낫소
  나는실-소 나는실-소
  心틔우기에 나는실-소
  양쳔젼촌의 젼갑셤아
  媤嫁안가고 무얼하소
      — <나는 실소>의 일절22)

② 豐年이왔다고 부르지마러라.
  이물을건너면 越江罪란다. 에.
      — <애원성>의 일절23)

당, 1979. 10)에 게재함으로써 학계에 알려졌다.

21) 조동일, 『한국문학통사 5』(지식산업사, 1988. 3), 251쪽.

22) 엄필진, 『조선동요집』(경성: 창문사, 1924), 작품번호 19.

23) 고정옥, 『조선민요연구』(서울: 수선사, 1949), 195쪽.

③ 여윈몸 부여잡고
　호미질 하느라고
　한낮이 돌아오매
　땀만몹시 듣는구나
　아무리 고생한들
　가슬할 바람없네
　온손배미 다거두어도
　한솥이 못차누나
　관청의 세금재촉
　갈수록 심하여서
　동네의 구실아치
　문앞에와 고함친다.
　　　— <이앙요>24)

　이상의 민요들은 일제하의 고달픈 민족현실을 반영하고 있다. ①은 양천 전촌의 전갑섬이 시집을 가지 않은 이유를 "나는실—소"의 어구를 반복하면서 해학적으로 제시하고 있으나, 그 가운데 당대적 상황의 심각성을 감추고 있다. 혼사감으로 부자, 관리, 농부, 세민, 애국자, 유학생 등을 차례로 거론했는데, 이들은 제각기 결점을 안고 있다. 부자와 관리들은 권세를 부리기만 하고, 농민과 일반 백성은 무지하여 학대받고, 애국자는 일제의 감시와 탄압을 당하고, 유학생은 마음만 태우게 하니 모두가 마땅한 시가처가 아니다. ①의 민요는 결국 일제하의 현실에서 어느 누구도 마음 편히 살 수 없음을 우회적으로 풍자하고 있는 노래인 것이다.

　②의 <애원성>은 <신고산 타령>과 함께 함경도의 대표적인 민요인데, 일제하에서 살길을 찾아 고국을 떠나 유랑해야 하는 민족의 참상이 반영되어 있다. 일찍이 고정옥도 이 민요를 <아리랑>과 함께 '근대요'로 분류하여 "근대 시민계급과 노동자·농민의 생활상의 여실한 반영"으로 보았다.25) 이 <애원성>의 일절은 고정옥이 파악한 대로, 고국 땅에서 고생

---

24) 임동권, 『한국민요집 I』(집문당, 1974), 21쪽. 201번 작품.
25) 고정옥, 앞의 책, 187쪽.

하며 궁핍하게 살기보다 차라리 월강죄를 범하는 한이 있더라도 고국을 떠날 수밖에 없는 당대 유이민의 심정과 생활상을 담고 있는 것이다. 이러한 <애원성>은 러시아로 떠나 유랑하는 내용을 담았다고 해서 <노령(露領) 노래>로 불리기도 하는데, <노령 노래>에 "해삼위(海參威)항구(港口)가 그얼마나 좋건데/신개척(新開拓)이 찾어서 반보따리로다 에"라는 일절도 '해삼위' 즉 러시아의 블라디보스톡을 신개척지로 삼아 유랑길에 오른다는 것이다.

식민지시대 삶의 어려운 현실은 이렇게 민요에서 여실하게 나타난다. 민요 ③도 이런 점에서 마찬가지이다. "아무리 고생한들/가슬할 바람없네"라고 했듯, 고생한 보람없이 딱하게 살아가는 민족의 처지를 농민의 소리로 대변하고 있다. 힘들여 농사를 지었으나 일제의 수탈은 갈수록 심해 헛고생만 하는 격이 되고, 못살아 걸인이 된 사람이 늘어만 간다는 것이다.

일제하의 현실을 풍자하고 비판하는 민요는 <아리랑>계 민요에서 집중적으로 나타난다. 각 지역에 특색 있게 유포된 <아리랑>은 민족의 고난과 저항의지를 분출하는 데 어느 민요보다 적극적인 구실을 했다.

> ① 산천초목은 젊어가고
>   인간의 청춘은 늙어간다
>   아리랑 아리랑 아라리요
>   아리랑 고개로 넘어간다(이하 후렴 생략)
>
>   성황당 까마귀 깍깍 짖고
>   정든님 병환은 날로 깊어
>
>   무산자 누구냐 탄식마라
>   부귀와 빈천은 돌고돈다
>
>   밭잃고 집잃은 동무들아
>   어데로 가야만 좋을까보냐

아버지 어머니 어서 오소
북간도 벌판이 좋다더라

쓰라린 가슴을 움켜쥐고
백두산 고개로 넘어간다

감발을 하고서 백두산 넘어
북간도 벌판을 헤메인다

원수로다 원수로다
총갖은 포수가 원수로다.
　　　　　— <신아리랑>에서26)

② 말째나하는늠 裁判所가고
　일째나하는늠 共同山가고
　아아째나노을년은 갈보질가고
　목도째나멜늠은 일분가고
　新作路가상다리 아까시야木은
　自動車바람에 춤을춘다
　　아리랑 아리랑 아라-리-요
　　아리랑 고개다 날넘기주소
　　　　　— <아리랑>27)

　　①의 <신아리랑>은 당시 서울·경기지방에서 널리 불렸는데, 망명지
북간도에서도 회자되는 노래였다고 한다.28) 그럴 만한 사정은 이 민요의

---

26) 성경린·장사훈,『조선의 민요』(서울: 국제음악문화사, 1949. 2), 5쪽.
27) 김소운,『언문조선구전민요집』(동경: 제일서방, 1933), 323쪽. 1229번 작품.
28) 이 민요는 독립군가보존회,『독립군가곡집 -광복의 메아리』(독립군가보존회,
　　1982), 181쪽에도 실려 있는데, 당시 분간도의 동포들 사이에 널리 불려졌다 한
　　다. 이러한 사정은 최영한의 <조선민요론>(≪동광≫ 제33호, 1932. 5)에서도 알
　　수 있다. 당시 간도에 거주했던 최영한은 이 <아리랑>의 일절을 들어 "조선에
　　서 경제적으로 파산을 당한 빈민이 서북 간도와 만주 방면에 유랑하는 정세를
　　노래부른 것"이라 했다.

사설을 보면 알 수 있다. 앞에 든 <애원성>과 마찬가지로 가난에 쫓겨 고국을 등지고 간도 등지의 이국땅을 떠돌 수밖에 없었던 민족의 고난이 이 민요에 새겨져 있다. 그러면서 이 <신아리랑>은 <애원성>보다 내용이 더욱 구체적이고 문제를 잘 지적하고 있다. 마지막 연에서 "원수로다 원수로다/총갖은 포수가 원수로다"라고 하여 밭과 집을 잃고 북간도를 유랑해야 했던 민족의 고난이 근본적으로 '총 가진 포수' 즉 일제의 침탈 때문에 비롯되었다는 것을 우회적으로 지적하고 있다. 이런 맥락에서 이 민요는 일제와 맞서 싸울 단단한 의지를 감추고 있기에, 항일의 독립군 노래로 불려지며 민족의 노래로 생명력을 가졌던 것이다.

②의 <아리랑>은 경남 창원에서 불렸다는 민요이다. <신아리랑>에 비해 항일의 농도가 덜한 편이지만, 일제하의 세태를 적절히 풍자하고 비판하고 있다. 이 민요에 담긴 사연은 일제하의 현실에서 민족 전체가 정상적인 삶을 찾지 못하고 파멸되어 유린당하고 있다는 것이다. 1~4행의 사설이 이를 나타내고 있다. 여기서 재판소, 공동산, 갈보질, 일본은 민족의 파멸을 구체적으로 보여주는 공간이다. 이와 유사한 민요가 현진건의 단편 <고향>(1926)과 유진오의 희곡 <박첨지>(1931)에도 실려 있는 것을 보면, 이 민요가 당시에 널리 유포되어 민족의 고난을 은밀히 고발하고 울분을 삭히는 노래로 불려졌음을 알 수 있다.

<아리랑>을 비롯한 현실 풍자와 항일의 민요는 단순히 구비전승의 차원에만 머물지 않고 근대시 창작의 새로운 원동력으로 작용했다. 이러한 점은 당시 카프(KAPF)에 속해 있었던 문학인들의 논의에서 부분적으로 찾을 수 있다. 앞서 언급한 바 있는 김동환의 경우, 그는 <아리랑>, <농부가>, <경복궁 타령>을 들어 이들 민요가 "피압박군의 노래이니만치 집단적"인 성격을 지닌다고 하고서 이를 토대로 새로운 가요운동을 전개시켜야 한다고 한 바 있다.29) 그리고 김기진(金基鎭)은 프로문학의 방향전환을 논의하는 자리에서, 프로시의 대중화를 위하여 임화(林和)의 시 <우리 오빠와 화로(火爐)>와 같은 이른바 단편 서사시의 형식과 함께 "전해

---

29) 김동환, <조선 민요의 특질과 기 장래>, 《조선지광》 제28호(1929. 1).

내려오는 또는 유행하는 가곡" 즉 민요를 바탕으로 작품을 써야 한다고 주장했다. 김기진은 후자의 모범적인 예로 공석정(孔錫禎)이 지었다는 <아리랑>을 인용하여 그 합당함을 거듭 강조했다.[30] 김기진의 이러한 프로시의 대중화론은 박완식(朴完植), 유백로(柳白鷺) 등 일부로부터 지지를 받았지만, 카프의 소장파들로부터 즉각적인 비판과 반론을 받아 뜻대로 확대되지는 못했다. 그러나 카프 내부에서 비록 계급투쟁의 목적의식에 입각해 있지만 <아리랑>과 같은 현실비판과 항일의 민요를 계승하자는 논의가 일어난 것은 매우 의미 깊은 일이 아닐 수 없다.

그런데 김기진 등 카프 내부의 주장과 상관없이도, 1920년대 이후 창작된 민요시들 가운데서 상당수의 <아리랑>계 민요시들을 찾을 수 있다. 잘 알려진 김석송(金石松)의 <아이들의 노래>(≪개벽≫ 제21호, 1922. 3), 김동환의 <아리랑 고개>(≪조선지광≫ 제83호, 1929. 2) 외에도 여러 시인들의 시에서 민요 <아리랑>은 창작의 원천으로 작용했다. 다음 몇 작품을 들어 검토해 보자.

> ① 팟되나 먹을데 신작로나고
> 쌀되나 먹을데 털로길되네
> 　아리랑 아리랑 아라리요
> 　이땅엔 거지만 늘어간다
>
> 두리둥 둥둥둥 쇠북소리
> 불평을 품은이 모여드네
> 　아리랑 아리랑 아라리요
> 　두주먹 쥐고서 내닫는다
> 　　　　　— <거지행진곡>(윤석중)의 1, 3연[31]
>
> ② 아리랑 아리랑 아라리요
> 　아리랑 고개로 逃亡을 한다

---

30) 김기진, <예술의 대중화에 대하여>, ≪조선일보≫(1930. 1. 1~14).
31) ≪동아일보≫(1929. 5. 27).

> 김잘매고 베잘짜는 맛며누리는
> 洋갈보 바람에 逃亡을 한다
> 암으럼 그럿치 그럿코말고
> 정강치마 수통다리 꼴못보겠다
>   — <新아리랑>(허삼봉)의 4연[32]

> ③ 아리랑고개는 돈만아라
> 돈업슨사람은 꼭죽겟데
> 아리랑아리랑 아라리요
> 돈업다하여도 괄세마소
>   — <春女의 노래>(전무길)의 1연[33]

이상 ①~③의 민요시들은 민요 <아리랑>이 보여 주었던 현실 비판의 시각을 그대로 유지하고 있다는 점에서, <아리랑>의 생명력을 거듭 확인시켜 준다. ①의 <거지행진곡>에서는 문명화의 그늘에 가려진 삶의 궁핍함과 이를 극복하려는 민중의 의지를 표출시키고 있으며, ②의 <신(新)아리랑>은 농촌의 피폐화로 타락해 가는 여인의 가련한 모습을 묘사하고 있다. 그리고 ③의 <춘녀(春女)의 노래>는 황금만능에 매몰되지 않으려는 여인의 항거를 노래하고 있다. 이처럼 ①~③의 민요들은 일제가 '위험한 사상'으로 여긴 현실에의 비판적 내용을 담고 있다. 그런데도 이들 민요시가 일제의 검열 그물망을 빠져 나와 발표될 수 있었던 것은 현실 비판의 심각성을 적절한 풍자와 해학으로 제어하고 있기 때문이라 생각한다.

<아리랑>계 민요시 이외에도 세태를 풍자하고 비판하는 민요시는 매우 다양한 양상으로 창작되고 발표되었다.

> ① 오리명 나리명 노래불으며
> 이산고개 타고넘고 마흔두해반

---

32) ≪조선농민≫ 제5권 5호(1929. 8).
33) ≪조선일보≫(1929. 10. 4).

지게 목닥쑤다리고 울음울엇네
지게 목닥쑤다리고 한숨쉬엿네
서른세해 장가들어 내살림살레라고
그것만 고대하고 살어왓드니
점쟁이도 이세상엔 못미들네라
다리굽엇네 허리굽엇네 에헤야—
　　　　　　— <나뭇군>(양우정) 전문34)

② 천리만리 구억만리 끚단곳까지
넘어가자 우리우리 젊은사공아

험한파도 우리압헤 밀려오나니
사공아 험한파도 넘고쏘넘자

어린사공 뱃사공아 울지말어라
우리들은 이나라의 젊은이라네

어기어차 노저어라 닷줄감어라
님계신곳 차즈러 노저어가세
　　　　　　— <사공의 놀애>(남궁랑)에서35)

　①의 <나뭇군>은 <어사용> 또는 <산타령> 등으로 불리는 민요에 비견되는 작품이다. <어사용>은 나무꾼이 산에 나무를 하러 가서 지게목발을 두드리면서 자신의 신세를 처량하게 부르는 민요인데, 이 시도 기본적인 발상에서 맥락을 같이 한다. 민중의 소리인 <어사용>의 가락과 사설을 이용해서 민중현실의 모순과 당착을 대변하고 있는 것이다. ②의 시 <사공의 놀애>는 험난한 현실에 절망하지 말고, 세파를 헤쳐 나아가 새로운 미래를 개척하자는 의지를 민요 <뱃노래>의 경쾌한 가락을 이용해서 표현한 작품이다. 본래 <뱃노래>는 2음보의 사설과 여음을 주고 받는 형식인데, 이 시는 3음보의 경쾌하고 동적인 율격을 택해 시적 대상

---

34) ≪중외일보≫(1928. 7. 14).
35) ≪동아일보≫(1929. 9. 21).

인 '젊은 사공'의 희망적인 의지를 적절하게 표현했다. 시상의 전개는 매우 상투적인 수사로 이루어져 있다 하겠으나, 일제하의 험난한 현실에 대응하는 의지를 비유적으로 나타내고 있음은 틀림없다.

이상의 민요시들을 통해서 <아리랑>을 비롯한 근대의 현실비판과 항일의 민요들이 1920년대 들어 새로운 시 창작의 원동력으로 작용했음을 확인할 수 있었다. 1920년대 이후 이들 민요시들은 특히 역사와 현실에 대한 적극적인 반응체로서 역할을 담당하며, 민중시 내지 노동시, 그리고 농민시 등의 새로운 문학적 위상을 가지며 전개되어 갔던 것이다.

Ⅲ. 마무리

본고는 한국 근대시사에서 민요시의 형성 기반을 문학 자체의 계승적 맥락을 통해 파악하면서, 그것이 가지는 시사적 의미를 집중 고찰했다. 그런 다음 종래 일부 시인에 한정된 민요시의 논의에서 나아가 민요시의 전체적 전개 양상을 새롭게 구명하고자 했다. 이미 논의한 바와 같이, 1920년대 이후의 민요시는 일부 시인에 한정된 특정한 문학경향만을 대변하는 것이 아니었다. 그것은 시의 내용이나 형식에서 실로 다채로운 작품세계를 보여주는 것이었다.

1920년대 이후 민요시는 크게 보면 민요 전통의 두 갈래 기반에서 형성되고 전개되었다. 한 갈래는 개화기 이후 크게 유행된 민요계 잡가 및 유흥민요를 기반으로 하는 것이었다. 그런데 민요계 잡가 및 유흥민요를 기반으로 한 민요시는 시사적 관점에서 긍정적인 자리매김만을 할 수 없는 여러 취약성을 내포하고 있었다. 김억, 주요한, 한정동 등 상당수의 시인들이 잡가 및 유흥민요를 시 창작의 기반으로 삼았는데, 이들 잡가 및 유흥민요에 지배적으로 나타나는 애조와 낭만적 취향의 정서는 직접, 간접으로 민요시의 창작에 중요한 바탕으로 작용했다. 이와 관련된 '조선심'이나 '조선혼'의 추구도 기대와는 달리 식민지 현실의 불합리성에 기인된 민족적 허무주의의 정서나 현실과 유리된 낭만적 충동만을 조장할 우려가 있었다. 이와 다른 한 갈래는 일제하의 세태를 은밀히 고발하고 비판하는 항일민요의 전통을 계승하는 민요시였다. <아리랑>을 비롯한 항일민요에 바탕을 둔 민요시는 일제하에서 민중이 겪는 삶의 구체적인 현실을 적극 형상화해 보여줌으로써 '민중시'와 '농민시'로서의 새로운 위상을 가지는 것이었다. 김석송, 김동환, 양우정, 정로풍, 허삼봉 등으로 이어진 민요시에서 확인할 수 있었듯이, 이들 시는 민중적 감정을 바탕으로 식민지시대의 모순된 현실 즉 농촌의 궁핍화와 유랑 현실, 노동의 고된 삶 등의 문제를 적극 들추고 비판해서 민요시의 새로운 국면을 형성했다.

　이상의 사실에서 1920년대 이후의 민요시는 종래의 논의와는 달리 낭만주의적 경향의 민요시들로 구축되는 약한 기반이 결코 아니었음을 알 수 있었다. 따라서 근대 민요시의 시사적 성격이 민요의 시적 전통을 단순히 계승했다는 차원을 넘어서 문학 현실과 역사 현실에 대한 적극적 대응의 실천의지를 구체화했다는 점에서 중요한 의의가 있었다. 여기에 특히 <아리랑>을 비롯한 근대 항일민요를 계승한 민요시들은 민요시의 새로운 맥락을 형성하는 것으로 시문학사상 매우 주목할 만한 문학성과를 보여주는 것이었다. 1920년대에 전개된 이러한 민요시는 그 이후 1930년대까지 더욱 다양한 양상으로 전개되면서 지속되었다는 점에서, 민요시는 일정한 시기에 한정된 시운동으로서의 의미만 가지는 것이 아니다. 앞으로 당대 시의 실상을 더욱 면밀히 검토하고, 민요시의 전체적 전개 양상을 조망한 가운데, 민요시의 논의는 더욱 확대되고 심도가 더해져야 한다고 생각한다. 그리고 이들 민요시의 문학적 성과를 오늘날의 문학 상황을 이해하고 평가하는 데에 있어서도 적극 고려되어야 한다고 생각한다.

근대시의 형식논쟁과 그 탐구 방향

— 민요시, 시조, 자유시, 프로시와의 관계를 중심으로

Ⅰ. 들머리

우리 시가 근대시로서 본격 개화되기 시작한 것은 1910년대 중반 이후부터이다. 김억(金億), 주요한(朱耀翰), 황석우(黃錫禹) 등 일본에 유학한 당대의 젊은 시인들이 일본에서 습득한 서구 및 일본 근대시의 새로운 경향을 소개하는 한편, 그러한 경향의 시를 우리 국어로써 시험하는 과정에서 새로운 시 형식이 모색되었다. 이 새로운 시 형식은 우선 전통시가로서 면면히 계승되어 온 시조, 가사의 형식과는 판이한 모습을 지니는 것이었고, 앞선 시기의 발전적 시 형식이라 할 수 있는 창가, 신체시에 비해서도 상당한 격차를 갖는 것이었다. 김억의 <밤과 나>(1915. 5), 주요한의 <눈>(1919. 1), <불놀이>(1919. 2), 황석우의 <봄>(1919. 2) 등 자유시 내지 산문시로 불려지는 작품들이 바로 그것들이다. 이들 시는 그 형식상 자유로운 산문리듬을 갖춘 작품들로 종래의 정형화된 운문리듬의 작품들과는 분명 구별되는 새로운 모습을 보여주었다.

그런데 이들 시의 형성 저변에 우리 시의 내적 전통보다는 서구시 및 일본시의 영향과 자극이 더욱 강한 활력으로 작용했다는 점이다. 물론

그렇다고 우리 시의 근대적 개화에 전통시의 내적 맥락이 전혀 무시되어도 좋다는 뜻은 결코 아니다. 이광수(李光洙)의 <옥중호걸>(獄中豪傑)에 보이는 가사체의 리듬, 주요한 시의 산문리듬과 <엮음수심가> 등 잡가와의 관련성 등이 우리 시의 근대적 전환 과정에서 전통시가 일정한 기여를 했다는 점을 확인해 주기 때문이다. 그러나 이런 점이 한편으로 인정되면서도 서구시 및 일본시가 우리 시의 근대화에 압도적인 영향력을 미쳤다는 점을 부인하기 어렵다. 김억, 주요한, 황석우 등은 물론 이들보다 약간 뒤늦게 시를 쓰기 시작한 박영희(朴英熙), 이상화(李相和), 박종화(朴鍾和), 홍사용(洪思容), 김동환(金東煥) 등 여러 시인들은 자신들의 초기 문학경험에 서구 낭만주의 시 내지 상징주의 시의 영향이 자리잡고 있었음을 대체로 인정하고 있는 데다가, 시작품의 실세도 그러한 면을 충분히 드러내고 있기 때문이다. 그런데 문제는 이러한 서구시 및 일본시의 영향을 통한 시 형식의 모색이 긍정적인 의의와 함께 부정적인 결과를 초래했다는 점이다.

1920년대 중반 이후 특히 서구지향의 자유시에 대한 반성이 폭넓게 일어났다. 여기서 흥미로운 사실은 근대 초창기에 서구시의 경향을 앞장서서 수용하고자 했던 김억, 주요한 등이 자신들의 과거 문학행위를 적극 반성하는 자세를 보였다는 점이다. 이들은 초기에 긍정했던 자유시 및 산문시가 오히려 우리 시 형식으로서의 개성을 상실하고 시다운 맛을 잃어버리는 결과를 초래했다고 비판했다. 따라서 앞으로의 시는 민족적 리듬과 민족정서(또는 사상)를 살릴 수 있는 시가 되어야 한다고 하면서, 시조부흥과 함께 민요에 바탕을 둔 시 즉 민요시를 쓸 것을 주장했다. 이런 주장은 민족문학파[1]의 적극적 지지를 얻었음은 물론이다. 그러나 민족문학파와 대립적 입장에 있었던 계급문학파의 주장은 이와 크게 달랐다. 이들의 관점은 물적 토대가 중시되는 산업화시대에 민요시의 형식은 부적절하며 자유시의 형식이 마땅하다고 했다. 물론 계급문학의 진행과정에서 시의 대중화를 위한 시형식으로 이른바 '단편 서사시'나 민요시

---

1) 민족문학파란 당시 국민문학파 또는 민족주의문학파로 통칭되었던 것이다.

의 형식도 제안되고 또한 지속적으로 쓰여지기도 했다. 우리 시의 시형 식 모색은 이외에도 초기 자유시의 형식을 끝까지 고집한 경우도 있었으 며, 시조 등의 전통시 형식을 재인식하고 부흥시키고자 하는 경우도 있 었다.

이처럼 우리 근대시는 다양한 방향에서 형식 탐구가 이루어지는 한편, 때로 진지한 논쟁을 겪으며 전개되었다. 이 점이 바로 필자가 주목해서 논의하고자 하는 사항이다. 그런데 이 글의 목적은 단순히 근대시의 형 식모색 과정을 소상히 밝히는 데에 있지 않다. 근대시의 형식모색이 논 쟁의 과정을 거치며 전개되었다는 점을 중시하여, 시 형식의 상호 비교 적 관점에서 각각의 시 형식이 지닌 문학사적 의의와 한계를 해석해 내 고자 하는 것이 궁극적인 목적이다. 이를 위해 논의의 중심을 잡으면서 상호비교의 관점을 분명히 하기 위해, 필자의 지속적 관심의 대상이기도 한 민요시를 기본 논의항목으로 삼고 이에 대응하는 시 형식으로 자유 시, 시조, 프로시를 각각 들어 서로의 쟁점과 의의 및 한계를 파악하고자 한다.

Ⅱ. 근대시의 형식논쟁과 그 쟁점

2-1 민요시와 자유시

근대시는 시조, 가사 등 전 시대의 시가가 지닌 한계를 극복하고 우리 시로서의 새로운 가능성을 찾으려는 노력에서 그 형식탐구가 이루어졌 다. 이런 점에서 자유시와 민요시는 서로 다른 시적 토대에 기반을 두고 모색된 우리 시의 근대적 형식이다. 즉 자유시는 우리 시로서의 새로운 가능성을 서구시(일본시 포함)에 근원을 두고 모색된 것이었고, 민요시는 우리 시로서의 합당한 조건을 시조, 가사와는 또 다른 우리 시의 내적 전통인 민요에 두고 모색된 것이었다. 그런데 여기서 논의의 초점을 삼고자 하는 것은 이들 시가 1920년대의 시적 상황에서 어떻게 인식·수용되었는가 하는 점이다. 이러한 문제는 자유시와 민요시를 두고 일어난 당시의 논란을 해명하는 데에서 분명하게 파악될 수 있다.

우리의 자유시는 주지하다시피 김억, 주요한, 황석우 등의 시인에 의해 나타났다. 이들은 특히 서구 및 일본의 상징주의 시를 체험하는 과정에서 자유시가 근대적인 시로서 새롭게 형성되었다는 인식을 갖게 되었다. 따라서 이러한 시를 소개·수용하는 일을 적극 펼치는 한편 우리 국어로써 시험한 자유시를 쓰고자 했다. 이들이 서구 및 일본의 상징주의에 기초한 자유시를 수용한 구체적 방향은 시인에 따라 서로 다르다. 그렇지만, 이들은 우리에게 본받을 만한 시적 전통이 없다고 생각한 데에서 서구 자유시 수용의 명분을 삼았다. 전통부재의식 내지 전통비하의식을 가진 이들 시인들에게 서구의 자유시는 신선한 충격으로 받아 들여졌던 것이다.

서구시 및 일본시에 기초한 자유시의 경향은 점차 젊은 시인들에게 확대되면서 근대적 시 형식으로 보편화되는 추세로 나아갔다. 그러나 자유시의 전개과정이 순탄했던 것만은 아니었다. 정형의 리듬에 익숙한 독자에게 자유시는 매우 생소하거나 생경한 형태를 보여주는 것으로 인식되고, 또한 자유시가 우리 시의 내적 전통을 부정한 바탕 위에서 모색되었기 때문에 진정한 우리 시가 될 수 없다는 비판이 제기되었다. 1920년대 초에 일어난 황석우와 현철(玄哲)의 시 논쟁은 근대 초창기 자유시의 수용 문제를 둘러싼 갈등상을 잘 보여주는 사례이다.

황석우와 현철 사이의 시 논쟁에서, 먼저 자유시 형식이 근대시가 취할 합당한 형식임을 주장하고 있는 황석우의 글을 보자.

> 민족혼이 인류혼으로 다양하게 독립한 각 민족의 국어가 일어(一語)로 통일되어 가려는 금일에 …(중략)… 국민시가의 요건을 그 랭궤지 위에 두는 것보다 그 시의 작자가 그 국민의 일원되는 것의 위에 둘 수밖에는 업습니다. 그리고 둘째는 그 국민성을 표현한 것임을 요하겠습니다. 「랭궤지」는 그 시에 재한 물적 재료 곧 그 사상, 감정을 발표하는 한 그릇에 지내지 못하

는 것이니까 …(중략)… 우리의 쓰는 시가 서양에서 생긴 시형을 모방하였다고 그것을 「시형뿐을 모방하였다는 의미」로라도 서시(西詩)의 모방이라고 하는 것은 불온당한 말입니다. 나는 모방이란 이 이자(二字)를 그다지 문제로 하는 바는 아닙니다마는 이미 세계적으로 공개된 시형 곧 인류 공통의 시형이라고 하여도 가한 서시형(西詩形)을 가지고 쓴 것에게 모방이라는 문제가 생겨날 리가 업지 안습니까.[2]

이 글에서 황석우가 자유시를 옹호하는 논리가 분명히 드러난다. 자유시는 이미 세계 보편적인 시형으로서의 의의를 가지기 때문에 서양시의 모방으로만 보는 관점은 잘못되었다는 것이다. 그는 시가 국민시가로서의 독자성을 어떻게 가지느냐 하는 문제보다 얼마나 세계적 보편성을 지니느냐 하는 점을 더욱 우선시 하고 있다. 이는 시에 대한 일종의 아나키즘(무정부주의)적 태도이다. 이런 태도에 따라 국민시가로서의 요건을 운위하는 경우에도 시의 언어나 형식은 하등 문제될 수 없고, 시를 쓰는 주체가 중요하고 그 주체의 사상·감정만 표현하면 그만이라고 했다. 황석우가 가진 시의식의 근본 결함이 바로 여기에 있다. 당대 우리 시가 전근대적 시를 극복하고 근대적인 시를 이룩해야 하는 소명을 가진 것은 사실이다. 그런데 그 '근대성'의 지향이 일제하 식민지의 특수한 역사적 상황에서 이루어지는 것이면서, 동시에 민족적 주체성과 문화적 전통성에 대한 올바른 인식이 동반되어야 한다는 점을 황석우는 완전 무시하고 있다. 이런 점에서 황석우가 옹호한 자유시는 말 그대로 서양의 시를 모방한 시일 수는 있어도 진정한 의미의 근대시나 민족시가 될 수 없는 것이다. 시를 쓰는 주체의 요건만 갖추면 국민시가가 된다는 것도 논리 비약일 뿐만 아니라 억지에 불과하다. 시의 주체, 언어, 형식의 요건은 상호 보족적 관계를 형성하면서 국민시가로서의 성립에 제각기 필요한 구

---

2) 황석우, <주문치 아니한 시의 정의를 일러 주겠다는 현철군에게>, ≪개벽≫ 제7호(1921. 1). 원문의 인용에서 한자어를 모두 한글로, 고어표기나 현대 맞춤법에 어긋난 표기를 모두 현대어 표기로 바꾸었다. 다만 한자어를 한글로 바꿀 경우 뜻이 모호해지는 경우만 한글 다음에 괄호 표시를 하고 해당 한자를 넣었다. 이하 인용문은 모두 이와 같은 방식으로 표기했다.

실을 한다. 그럼에도 시의 언어와 형식 문제를 도외시하면 극단적인 경우 한국인이 쓴 시이면 다른 조건은 논외로 하고 모두 민족시로 운위할 위험이 있는 것이다.

　황석우는 자유시가 국민시가로서의 진정한 우리 시가 되지 못한다는 견해에 대하여 자기중심적인 입장에서 합리화하기만 했다. 이에 대한 현철의 비판은 상당히 날카롭다.

> 　황군이 자칭 시인이라는 명목 하에서 단행의 어구를 나열하야 그 형식은 소위 자유시라는 이름에 밀고 그 뜻은 상징주의라는 간판에 부쳐 성대히 몽롱체(朦朧體)를 만들며 한편으로는 국민적 색(色)이니 국민시가이니 국민성에 촉(觸)하느니 세계시형이니 하야 현금 조선시국의 인심에 아유(阿諛)하려고 하는 그 심리야말로 참 가련한 생각이 난다. …(중 략)….
> 　만일 황군의 말과 같이 진정한 성의로 조선 민족을 위하야 국민시가를 창설하랴고 하거든 그 순서로써 먼저 우리의 고시를 연구하여 그 시상과 시형이며 또는 그 민족성이 나변(那邊)에 있는 것을 깊이 안 후에 조선문을 ─조선어를 신고(新古) 물론하고 잘 알아야 할지요. 그런 뒤에는 외국사상이나 시형을 배울 것이며 또 그 주의 주장을 참작하여 가장 우리 민족성의 특장(特長)에 융입(融入)하는 것이라야 참으로 황군의 위대한 소위 국민시가가 창조될 줄 안다.3)

　황석우의 견해를 비판한 현철의 이 글은 1920년대 초기에 아무런 방법론적 각성 없이 서구시의 경향을 수용하던 풍토에 충분한 각성을 불러일으킬 만하다. 문학 전통에 대한 올바른 이해가 앞선 바탕에서 외국문학의 수용이 이루어져야 한다는 주장은 타당하고 마땅하다. 황석우가 상징주의 운운하며 자유시가 세계의 보편적 시형이기 때문에 이를 모방한다고 해서 아무런 문제가 되지 않는다고 한 입장에 정당한 반론을 펼친 것이다.

　이러한 현철의 지적은 우리 시형식의 모색에 충분한 반성이 되면서 당시 문단의 상황에 비추어 보았을 때 상당히 앞선 견해를 보여준 것으로

---

3) 현철, <소위 신시형과 몽롱체>, ≪개벽≫ 제8호(1921. 2).

평가된다. 이는 현철과 같은 입장의 주장이 1920년대 중반 이후 민족문학파로부터 본격화되었다는 사실에 비추어 보면 그렇다. 현철의 지적처럼, 자유시는 서구 상징주의 시의 수용으로부터 자연스럽게 말미암은 것이며, 상징주의 시에서 암시와 신비의 세계에 이르려는 노력의 일환이 언어의 몽롱한 감각을 선호했던 것이다. 그러나 이런 시를 보는 현철의 관점은 매우 비판적이다. 그것은 자유시가 우리 시도 남의 시도 아닌 말 그대로 정체불명의 몽롱한 시가 되어버렸다는 것이다. 그러니까 자유시가 인간의 자유로운 감정을 표현하는 근대적 시 형식으로서가 아니라, "단행의 어구를 나열"한 것에 불과하며 결과적으로 우리 시의 전통적 리듬이나 정서와 연결되지 못하는 이른바 '몽롱체'4)만 만들어 놓았다고 보았다. 그만큼 서구시의 모방에 의한 자유시가 우리의 시적 풍토에 뿌리내릴 수 없는 요소를 지녔기 까닭에 진정한 우리 시로서 받아들여질 수 없다고 파악했던 것이다. 황석우가 자유시를 두고 민족성 운운했지만, 실제로 자신의 시는 물론 대부분의 작품이 민족현실에 대한 깊은 통찰이 없이 현실도피적·퇴영적 색채를 지니고 말았다는 것도 현철의 옳은 지적이다. 물론 자유시가 근대시로서의 여러 발전적인 측면을 보인 것은 사실이다. 그러나 인간의 정신적 자유, 즉 '자기해방'을 지향했던 자유시 옹호론자들의 노력이 민족적 정서 및 사상과의 교감을 충분히 확보하지 못하고, 오히려 문학적 소외에 의한 '자기상실'과 '자기분열'의 심각한 정신적 갈등을 야기했다.

여기서 식민지의 역사현실이 '자기상실'을 한층 더 강요받는 시기로 진행되어 갔음을 고려할 필요가 있다. 초기 자유시의 경향을 주도적으로 이끌어 갔던 김억, 주요한 등이 '자기상실'의 정신적 갈등을 문학적 차원에서 극복하기 위한 새로운 시적 모색을 하게 된 것도 역사현실의 변화와 일정한 대응관계를 가진다고 말할 수 있다. 그리고 이들을 뒤이어

---

4) 김억은 일찍이 프랑스의 상징주의 시를 소개하면서, 상징주의 시의 중요한 성과가 자유시를 이룩한 것이며, 그러한 자유시는 찰라의 자극과 정조를 노래하기 때문에 자연스럽게 몽롱체가 된다고 한 바 있다. 김억, <프랑스 시단(2)>, ≪태서문예신보≫ 제11호(1918. 12. 14).

1920년대 초기 낭만주의의 화려한 꽃을 수놓았던 백조파의 시인들도 각기 다른 방향에서 '자기상실'의 병리적 현상을 치유하고자 했다. 박종화, 박영희 같은 이는 각각 소설, 비평으로 문학장르를 전환시킴으로써 탈출구를 찾았고, 다른 시인들은 민요시, 시조, 프로시 등 새로운 시적 탐구의 방향을 잡아갔다. 물론 이러한 변화가 자유시의 형식적 문제에만 기인된 것은 결코 아니었다. 문학탐구의 반성적 노력 속에 서구지향의 자유시에 대한 자체 반성이 폭넓게 이루어지면서 우리 시의 바람직한 방향이 어떻게 설정되어야 할 것인지에 관한 성찰이 진지하게 이루어졌다.

　서구지향의 자유시에 대한 자기반성은 1920년대 중반 이후 김억, 주요한, 김동환 등에 의해 일어났다. 특히 주요한은 뚜렷한 시형이 확립되지 않은 채 맹목적인 서구·일본시의 이차적 모방으로 쓰여진 우리의 자유시는 시가 아니라고까지 할 정도였다. 그래서 『오뇌의 무도』를 쓴 김억은 우리 시를 오도한 큰 책임이 있으며, 자신도 김억과 같은 책임을 마땅히 져야 한다고 했다.5) 물론 여기서 김억의 번역시집인 『오뇌의 무도』가 주요한의 지적처럼 우리 시를 오도한 온상처럼 말한 것은 지나치다. 이 시집이 초창기 우리 시의 근대적 개화에 상당한 기여를 했다는 점은 충분히 인정됨에도 불구하고, 주요한은 서구시의 모방인 자유시에 대한 부정의식이 지나치게 컸던 나머지 초기 자유시와 연관된 모든 노력을 부정하는 과오를 보이고 있다. 뿐만 아니라 자유시는 곧 서구시의 모방에 의한 시라는 등식의 관념도 문제가 아닐 수 없다. 우리의 자유시가 서구시의 모방에 의해서만 성립된 것이 아닐 뿐만 아니라, 설사 서구시의 모방에 의한 자유시라 하더라도 우리 시의 발전적 방향 모색에 긍정적 기여를 했다는 점이 충분히 인정되기 때문이다.

　근대 초기 자유시의 경향에 대한 비판의식은 주요한의 경우처럼 전체적 자기부정의 태도로 나타나기도 했지만, 자유시의 언어, 리듬, 시정신

---

5) 주요한이 조선문예가협회(朝鮮文藝家協會)에서 주최한 강연에서 <조선시형에 관하여>란 제목으로 발표한 내용에 이런 견해가 제시되었음을 김억의 다음 글을 통해 확인할 수 있다. 김억, <"조선시형에 관하여"를 듯고서>, ≪조선일보≫ (1928. 10. 18~24).

등 여러 요소적 측면에서 세심하게 성찰되는 쪽으로 전개되기도 했다. 여기에 특히 초기부터 상징주의에 입각한 자유시의 경향을 계속 고수하고자 한 황석우, 노자영 등의 시가 집중적 비판의 표적이 되었던 한편, 주요한을 비롯한 홍사용, 김억, 김동환 등에 의해 초기 자유시 경험에 대한 자기비판이 함께 이루어졌다.

그러면 이들 자유시 비판론들을 종합적으로 검토해 본다면, 자유시 비판의 중요 사항을 다음과 같이 정리할 수 있다.

첫째, 초기의 자유시는 언어의 사용에서 실패했다는 것이다. 우리 시는 기본적으로 우리 말의 아름다움과 율조를 바탕으로 해야 하는데 자유시는 언어의 상징성과 유희성을 지나치게 조장했다는 것이다. 이 점은 특히 황석우의 시집 『자연송』에 대한 비판적 평가에서 잘 나타난다. 주요한은 황석우의 시에 대해 "무책임한 유희문자의 나열"[6]이라 비판했고, 정로풍(鄭蘆風)은 "한자나열식 상징은 오늘날까지 전개하야 온 조선말 기조의 조선시에 대하여 확실히 일종의 시대역행적 반동"[7]이라고 혹평을 가했다. 물론 이들의 비판적 평가가 황석우의 시에 한정된 것이고 또한 자유시의 본질적 문제에 관한 것은 아니지만, 근대 초기 자유시가 지닌 한 맹점을 들추어 비판한 것은 분명하다.

둘째, 자유시는 음악적 요소가 부족하다는 것이다. 시는 운문으로 되어 있기 때문에 음악성은 결코 무시될 수 없는 시의 중요한 요소인데, 자유시는 지나치게 산문화 하고 기교화 함으로써 음악성을 상실했다는 지적이다. 그래서 자유시는 우리 시의 전통적 율격과 연결되지 못함에 따라 일반의 공감을 얻을 수도 없었다는 것이다. 다음의 글들이 이러한 점을 분명히 밝히고 있다.

① 오늘까지의 우리네 신시운동은 실패라 보는 것이 타당하겠지요. 시가란 음악에다가 의미만 붙인 문자의 나열인데 신시에는 음악적 요소가 적었

---

6) 주요한, <'자연송'과 자가송(自家頌)>, ≪동아일보≫(1929. 12. 6).
7) 정로풍, <기사시단전망(3)>, ≪동아일보≫(1929. 12. 10).

지요. 또 난삽하고 …… 이것은 「리듬」이 잘 째이지 않은 때문과 용어가 평명치 못한 것과 시형이 잘 자리 잡히지 못한 때문이겠지요.[8]

    ② 더구나 현금의 조선시는 그 창시과정(創始過程)에 있는 것을 잊을 수가 없다. 창시자 도정에서는 무엇보담도 형식적 운율론을 결정할 필요가 있다. 그런데도 불구하고 지금부터 산문화한 시를 작송(作誦)의 시(始)로 하게 한다면, 이는 조선시의 조로(早老)를 의미함인 동시에 결코 시의 본의를 존중하고 참된 성장을 도모하는 것이라 할 수가 없다.[9]

    ③ 요사이 흔한 「양시조」, 서투른 언문풍월(諺文風月), 도막도막 잘 터놓는 신시타령, 그것이 다― 무엇이냐. 되지도 못하고 어색스러운 앵도장사를 일부러 애써 하는 것보다는 차라리 제멋의 제국으로나 놀아라.[10]

이상의 글들은 공통적으로 신시로서의 자유시가 리듬이 잘 짜여지지 않았기 때문에 실패했다고 지적하고 있다. 심지어 ②에서처럼 산문화한 시를 짓는 일이 곧 우리 시의 조로를 의미하며 시의 참된 성장을 도모할 수 없다 하고, 오히려 형식적 운율론에 따라 시가 창작되어야 한다고까지 했다. 형식적 운율에 따른 시의 창작이 도리어 시의 복고주의로의 회귀인 시대역행적 모순에 봉착할 수 있는 일임에도 불구하고, 시의 본질이 음악성을 추구한다는 점을 들면서 산문화한 자유시를 부정하는 근거로 삼고 있는 것이다. 사실 시의 음악성이 언어의 음운, 음성, 형태 등 여러 요소의 복합적인, 그리고 전체 문맥의 조화로운 결합을 통해 달성되는 것이다. 그런데도 이 점을 파악하지 못한 채, 형식화된 리듬의 단조로운 반복에 의해서만 음악성이 성취된다는 편견을 보여주고 있다. 중요한 점은 ①의 언급처럼, 자유시가 우리 시의 풍토에서 충분히 자리 잡히지 못하고 있다는 사실이며, ③에서 "도막도막 잘 터놓는" 자유시보다 "제멋의 제국"을 찾는 시가 어색하지 않고 공감을 가질 수 있다는 지적

---

8) <문사방문기 ―파인 김동환편>, ≪조선문단≫ 제4권 제3호(1927. 3).
9) 양주동, <시단의 전도(前途)>, ≪조선일보≫(1927. 1. 1).
10) 홍사용, <조선은 메나리 나라>, ≪별건곤≫ 제12·13호(1928. 5).

이 한층 설득력을 갖는다.

셋째, 자유시의 작품들이 대부분 우리의 사상과 감정을 배경으로 하지 못하고 있다는 것이다. 말하자면 정신사적 관점에서 자유시가 우리의 주체적 정신을 담지하지 못함으로써 정신적 파행성을 초래한다는 것이다. 우리 시는 우리의 사상과 감정 즉 '조선심'을 기초로 해야 한다는 것이 이 경우의 핵심적 주장이다. 다음 김억의 글은 이점을 분명하게 보여준다.

> 우리 시단에 발견되는 대개의 시가는 암만하여도 조선의 사상과 감정을 배경한 것이 아니고, 엇지 말하면 구두를 신고 갓을 쓴 듯한 창작도 번역도 아닌 작품입니다. 달마다 나오는 몇 종 아니 되는 잡지에는 이러한 병신의 작품이 가끔 보입니다.[11]

김억이 말한 "구두를 신고 갓을 쓴 듯한 창작도 번역도 아닌 작품"이란 과도기적 단계에서 쓰여진 자유시를 지칭한다. 특히 서구시의 모방에 의한 초기 자유시는 우리 시로서 충분히 정착되지 못한 과도기에 쓰여진 만큼, 우리의 사상과 감정에 기초한 작품이 되기에는 아직도 실험적 성격을 벗어나지 못했던 것이다. 바로 이런 점에서 우리 시의 주체성 회복으로서의 자아찾기가 요청되면서, 과도기적 단계의 자유시를 극복하고 "조선의 사상과 감정" 즉, 조선심을 바탕으로 한 시를 주장했던 것이다. 여기서 그 대안으로 민요시가 제기된 것은 물론이다.

넷째, 자유시의 내용은 현실을 등한시함으로써 민중으로부터 멀어져 버렸다는 것이다. 사실 1920년을 전후로 한 시들은 대체로 죽음이나 꿈의 비현실적 세계 속에서 자기탐닉을 일삼거나, 막연한 애상에 의한 허무주의와 현실부적응 상태에 빠진 자아의 모습들을 보여주었다. 이런 점에서 시의 형식적 문제를 떠나서, 앞으로의 시는 식민지 현실에서의 삶의 구체성을 확보하려는 노력을 펼쳐야 한다는 주장이 당연히 제기된다.

---

11) 김억, <조선심을 배경 삼아>, ≪동아일보≫(1924. 1. 1).

이는 물론 시의 리얼리즘 정신에 입각한 것이다. 춘성(春城) 노자영(盧子泳)의 시는 이런 점에서 많은 표적이 되었으며, 특히 계급문학파의 공격은 강경할 수밖에 없었다. 예를 들면, 당시 카프(KAPF)의 맹원이었던 조중곤(趙重滾)은 노자영의 시를 두고, "군의 작품이 춘화(春畵) 이상이며 그 해독이 사회에 크게 미친다. …(중략)… 문예는 그 시대 그 사회를 배경으로 하지 않는 것이면 진실성이 없나니 곧 건전한 참된 문예가 아니다"[12]라고 비판했다. 이는 노자영의 시가 퇴폐적 감각의 유희가 지나친 나머지 춘화 이상으로 사회에 해독을 끼친다는 것이다. 조중곤의 눈에 비친 노자영의 시는 자유시 또는 신시의 이름으로 그럴듯하게 포장되기는 했으나, 그 포장을 벗기면 남는 것이란 자기유희의 퇴영적 세계뿐이라는 것이다. 따라서 노자영의 시와 같은 작품은 배격되어야 마땅하며, 사회의 진실성을 반영한 문학이 성립되어야 한다는 점을 조중곤이 강조했던 셈이다.

이상 과도기적 단계의 자유시에 관한 비판적 내용은 여러 가지 점에서 당시 자유시가 안고 있는 한계를 적절히 지적하고 있다. 그런데 그러한 한계를 극복하고자 하는 대안으로 제시된 민요시는 과연 실천적 대안으로서 소기의 성과를 거두었다고 할 수 있는가? 특히 초기 자유시의 경향을 스스로 부정하며 민요시를 주장한 시인들, 이를테면 김억, 주요한, 김동환 등 시인의 경우는 어떠한가? 이에 대한 대답은 부분적으로 긍정적인 경우도 있지만, 이들의 민요시는 대체로 실패하거나 또 다른 문제점을 야기했다고 말할 수 있다.

첫째, 민요시의 인식은 자유시의 산문적 리듬에 대한 지나친 부정으로 김억처럼 엄격한 음수율을 지키는 '격조시'(格調詩) 내지 '절구체시'(絕句體詩)를 만들어 버렸다. 그래서 자유시의 내재율은 부정되고 일정한 음수율을 따르는 것이 우리 시의 특질이라 생각했다. 앞서 언급한 바처럼, 이는 시의 리듬을 포괄적이면서 탄력적으로 이해하지 못하고, 시어의 음절상 특질로서만 시의 음악성을 이해하려 한 때문이다.

---

12) 조중곤, <노자영군을 박(駁)함>, ≪조선일보≫(1926. 8. 22., 8. 24).

둘째, 민요시를 써야 한다는 논리의 한 근거로 제시했던 것이 앞으로 의 시는 조선의 사상과 감정 즉 '조선심'을 담아야 한다는 것이었다. 그 런데 이 경우 '조선심'을 구체적으로 어떻게 이해했는가가 관건이 된다. 그러나 민요시를 주장한 시인들의 '조선심' 이해는 매우 관념적인 수준에 머물고 말았다는 것이 대체적인 견해이다. 김억은 짧은 생을 살면서 인 간이면 누구나 느끼게 되는 고뇌 정도로 이해했고, 주요한은 '좋은 로맨 티시즘'이 인생의 약이 된다는 식으로 이상주의적 세계관에 의해 치장된 면을 보여주었다. 이렇듯 이들 시인은 '조선심'의 문제를 식민지 현실의 삶에 대한 구체적 경험으로부터 파악하지 못하고, 관념적 테두리에서 막 연하게 이해하는 한계를 지니고 있었다. 이렇다 보니 이들 민요시의 실 제도 '조선심'을 반영한다는 명분과는 달리 초기 자유시에서 추구되었던 시적 감정을 그대로 지속하는 현상을 보여주었다. 물론 초기 자유시에 비해서 후기의 민요시는 내면의식의 주관적 토로가 다소 줄어들고, 자연 이나 향토의 전원적 삶과 같은 외적인 세계를 노래하는 작품이 많아진 것은 사실이다. 그러나 그 기저에 깔린 정신적 특질이 여전히 현실적 삶 의 구체성과 연결되지 못한 채 막연히 느끼는 슬픔, 고독, 방황 같은 감 정들이었다.

민요시 인식의 이러한 한계는 과도기적 단계의 자유시를 비판적으로 극복하려는 노력에도 불구하고 1920년대 시의 또 다른 혼란상을 보여주 는 것이다. 사정이 이렇다면 자유시의 경향을 지속했던 황석우와 노자영 이 역으로 민요시에 대한 비판을 가함직도 하다. 그러나 그런 예는 보이 지 않는다. 그들은 민요시의 비판보다 오히려 자신의 시 경향을 변호하 고 합리화하는데 힘썼다. 예를 들면, 황석우는 자유시의 의의와 시인의 임무를 당시의 문단이 충분히 이해할 것을 힘주어 말하거나,13) 그의 시 적 경향이 초기와 달라졌다는 것을 강조했다.14) 노자영도 자신의 작품이

---

13) 황석우, <시 작가로의 포부>, ≪동아일보≫(1922. 1. 8).
　　황석우, <신년문단에 바람>, ≪동아일보≫(1923. 1. 1).
14) 황석우, <<자연송>에 대한 주군의 평을 궤독(跪讀)하고서>, ≪동아일보≫(1929. 12. 24~25).

유희적이고 퇴폐적이란 비판에 대하여, 문예란 반드시 사회만을 위해서 존재하는 것이 아니므로, 수양과 권선징악만을 써야 문예가 되는 것이 아니라고 변호했다.15) 그렇지만 이들의 변호는 미약했다. 민족문학파나 계급문학파의 집단적 의견에 비해서 이들의 변호는 작은 메아리에 불과했기 때문이다. 1920년대 자유시의 길은 우리 시의 근대적 진전을 위한 중요한 모색 과정에 놓여 있었다는 점은 분명하지만, 그만큼 논쟁의 대상이 되고 문제점을 남긴 것도 사실이다.

그런데 근대 초창기 자유시나 민요시가 서구지향과 전통지향으로 그 방향을 서로 달리 했지만, 우리 시의 새로운 모색을 위한 나름의 성찰을 보여주었다는 점은 분명하다. 그러면서 또한 이들 시는 그 전개과정에서 여러 가지 모순과 한계를 노정시킨 것도 사실이다. 이는 우리 시의 새로운 모색이 당시까지도 올바른 방향을 정립하지 못하고 과도기적 상태에 있었다는 것을 의미한다. 여기서 더욱 중요한 점은 과도기적 단계의 자유시와 민요시가 우리 시의 전체적 흐름 속에서 어떻게 수용·극복되어 갔는지 헤아리는 일이다.

2-2 민요시와 시조

민요시와 시조는 1920년대 후기에 민족문학파에서 '조선주의'의 문학적 이념을 실천하는 중요한 방법론적 대안으로 함께 옹호되었다. 이는 민요시와 시조가 민족의 사상과 감정을 표현해 온 문학의 오랜 양식이자, 면면히 계승되어온 전통시가로서의 민요와 시조를 각각 재인식함으로써 성립된다는 점에서 가장 전통적인 동시에 '조선적'인 시의 양식일 수 있기 때문이다. 그런데 민요시와 시조는 그 시적 토대가 서로 다른 만큼 당연히 서로 구별되는 문학적 위상을 가질 뿐만 아니라, 같은 장르 내에서도 전통지성과 조선주의에 대한 인식 주체자의 구체적인 이해와 탐구 방향에 따라 또한 변별될 수 있는 것이다.

---

15) 노자영, <문예비평과 태도(2)>, ≪조선일보≫(1926. 8. 19).

먼저 시조의 재인식에 의한 시조부흥운동의 경우를 살펴보자. 주지하다시피 시조는 가사와 더불어 조선조의 대표적인 시가양식으로 존재했으며, 사대부 계층 및 그와 관련된 부류가 중심적인 향유 주체였다. 이런 점에서 시조는 민중들 사이에 향유되어 온 민요와 뚜렷이 구별되는 것은 당연하다. 물론 조선조 후기에 장시조가 등장하면서 중인계층을 중심으로 서민의식을 담은 시조가 향유되기도 했지만, 당시 시조부흥운동을 주도한 시인들의 시조 이해는 장시조에까지 미치지 못했다. 이들은 시조 재인식의 주요 대상을 단시조로 한정하면서, 그 양식적 특성을 자수율에 입각한 정형의 틀 속에서 대부분 이해하고자 했다.

1920년대 시조부흥운동은 당시 민족문학파에 속했던 최남선, 이광수를 비롯하여 이은상, 이병기, 조운 등을 중심으로 전개되었다. 그런데 이들이 시조를 재인식하면서 부흥시키고자 하는 구체적인 방법에서는 서로 변별되는 차이를 보였다. 이 차이는 조선조의 시조를 당대에 가감없이 재인식하고 되살림으로써 명실공히 시조부흥을 이루자는 쪽과 조선조의 시조를 재인식하되 새로운 시대에 알맞게 그 형식과 내용을 새롭게 추구하자는 쪽 사이에서 나타난다. 여기서 전자의 경우는 '규범적 시조인식'을, 후자의 경우는 '탈규범적 시조인식'을 보이는 것으로 각각 구별하고자 한다.

최남선의 시조부흥론은 '규범적 시조인식'을 보이는 대표적인 경우이다. 그는 일찍이 시조를 '버렸던 자기', '모르던 자기'를 새롭게 인식하는 것이며, '민족의 독특한 형식'과 '민족의 독특한 정의(情意)'를 담은 문학이라 규정했다.[16] 이것이 이른바 '조선심'의 주장으로 연결되는데, 이의 인식 근저에는 조선조의 시조를 우리 시의 독특하면서도 고유한 형식으로 인정하고 찬양하는 태도가 놓여 있다.

> 이것이 조선 민족의 일산물(一産物)로 세계의 예원(藝苑)에 빠지 못할 일 요재(一要材)요, 또 시조에는 시조 독특의 시경(詩境)과 시맥(詩脈)과 시체(詩

---

16) 최남선, <조선 국민문학으로서의 시조>, 《조선문단》 제16호 (1926. 5).

體) 시용(詩用)이 있어서 구원(久遠)한 감상에 치(値)하는 무엇이 그 속에 본
구자족(本具自足)함에랴. 더 짤라도 못쓰고 더 길어도 못쓰고 더 현로하야도
못쓰고 더 은옥하여도 못쓸 무슨 한 시의 신비성이 분명히 시조의 속에 들
어있음에랴.[17]

조선시대의 시조는 분명히 한 작품을 넘어서서 그 사회 속에 양식화되
어 있는 정형양식이라 규정할 수 있다. 최남선은 이런 정형양식으로서의
시조를 받아들이면서 "조선정신의 특질을 용하게 직출(織出)한 필련(匹
練)이다"라고 이해했다. 그리고 1920년대의 시조부흥이 이러한 정형양식
을 인정하고 계승하는 것에서 의의가 있다고 했다. 따라서 최남선의 시
조인식은 조선조의 시조를 주어진 규범으로 받아들이면서 이를 재인식하
자는 특성을 보여준다. 이 시조의 규범은 최남선에게 파괴할 수 없는 신
비한 양식으로 존재한다. 그가 시조의 태반으로서 '조선심'을 내세우며,
그 조선심이 단군이란 '한우님'으로부터 면면히 이어져온 불변의 정신으
로 이해한 것[18]도 바로 이 때문이다.

이병기와 이은상 등의 시조인식은 최남선의 시조인식과 구별된다. 그
것은 새로운 시대의 시조는 조선조의 시조를 규범적으로 인식하는 데에
서 탈피하여 새롭게 변화되어야 한다는 생각을 보여주기 때문이다.

우리도 저윽이 조선문학을 건설하려면 시조도 변환케 하여야 한다. 그러
자면 그 내용을 새롭게 충실하게 하여야 한다. …(중 략)….
내용을 참신케 하자면 따라서 그 형식도 얼마곰 변화가 있어야 한다. 만
일 천편일률로 고시조의 조격(調格)만 본받어 짓는다 하면 비록 참신한 내
용을 가진 것이라도 참신케 보이지 아니할 뿐 아니라 흔히 단순하고 평범하
기 쉬울 것이다.[19]

---

17) 최남선, 위의 글.
18) 최남선, <시조 태반(胎盤)으로의 조선민성과 민속>, ≪조선문단≫ 제17호
    (1926. 6).
19) 이병기, <시조란 무엇인고>, ≪동아일보≫(1926. 12. 10~11).

이상에서 이병기는 조선조의 시조는 조선조의 시대적 양식으로 인정하고, 현재의 시조는 조선조의 시조를 극복하고 계승하는 데에서 진정한 의의가 있다고 했다. 즉, 그는 시조의 격조를 시인 자신의 감정이 자연스럽게 흘러나오는 리듬으로 인식했고, 현대의 새로운 의미 내용과 조화되도록 해야 한다고 주장했다. 그래서 과거의 시조 형식을 그대로 따른다면 시인의 개성을 상실한 천편일률적인 시가 되며, 단순하고 평범한 시가 된다고 했다. 사실 1920년대 시조부흥론의 의의는 시조의 규범적 인식을 극복하고 탈규범적 인식으로 전환함으로써 시조의 위상을 새롭게 설정하는 데 있다고 말할 수 있다. 이런 중대한 전환이 이병기, 이은상 등에 의해서 이루어진 것이다.

그러나 이렇게 규범적 시조인식을 전환시키려는 노력에도 불구하고, 당시 대부분의 시인들은 시조를 정형의 규범적 양식으로 보았다. 1920년대 대부분의 민요시인이 시조부흥운동에 대하여 회의적인 견해를 보인 것은 바로 이 때문이다. 민요시인은 새로운 우리 시의 성립 조건으로 민요시가 시조보다 더욱 바람직한 것이라고 생각했다.

> 전에 조선시가의 고유(固有)한 시형은 시조라고 하였습니다. 서양의 고정된 형식미의 시형이 근대에 와서 깨어지고 시인의 자유분방한 감정의 내재 「리듬」을 그대로 표현하는 자유시가 있음과 마찬가지로 우리가 새로운 시가를 구하며 시조의 형식을 취치 아니하는 것도 이러한 내적 요구에 지나지 아니 합니다. …(중략)…
> 어떤 의미로 보아 근경에 와서 시조가 성해지는 것은 기쁠 만한 일입니다만은 재래의 시조 밑에서 벗어나서 현대 조선의 사상과 감정을 그대로 표현하도록 하는 것이 되지 못하면 현대 조선의 마음과는 아무러한 관계도 없을 줄 압니다.[20]

김억은 시조가 고정된 형식미를 가진 조선 고유의 시형이긴 하지만, 이미 과거의 낡은 시형에 지나지 않으며 새로운 근대적 시형으로 적합하

---

20) 김억, <작시법(5)>, ≪조선문단≫ 제11호(1925. 9).

지 못하다고 했다. 그러면서 근래에 성행되는 시조는 우리 시 모색의 한 차원으로 나름의 의미를 지니지만, 재래의 시조에서 벗어나지 못하고 현대 조선의 사상과 감정을 표현하지 못하고 있다는 점에서 매우 회의적으로 보고 있다. 김억은 이런 점에서 1920년대 시조부흥운동이 조선조의 시조에서 더 이상의 발전적인 면을 보여주지 못했다고 부정적으로 평가했으며, 아울러 우리 시의 새로운 모색 조건에서 시조를 일단 배제시켰다.

주요한의 초기 입장도 김억의 경우와 대동소이하다. 주요한은 앞으로 바람직한 시의 방향이 우리 민족의 사상과 정서, 그리고 우리말의 아름다움을 찾는 데에 있다고 했다. 그랬을 때 시조는 우리 민족의 사상과 정서를 창조적으로 표현하는데 부적합하며, 국민적 독창문학을 정립하는 데에도 알맞지 않다고 했다. 왜냐하면 시조는 한문 구조의 영향을 너무 깊이 받았기 때문이라는 것이다.21) 그는 이처럼 시조를 폄시하는 대신 우리 시의 바람직한 방향은 민요 및 동요의 가치를 재인식하는 데에 두었다.22) 그런데 주요한은 1920년대 후반부터 시조에 대하여 상당한 관심을 보인 시인이다.23) 이 점에서 시조에 대한 초기의 견해와 후기의 견해가 서로 상반되는 것 같지만, 그렇지는 않다. 시조가 위에 제시된 우리 시의 바람직한 방향으로 알맞게 시험되었을 때 일정한 의의를 가질 수 있다고 보았다. 그래서 주요한은 한문 구조의 영향을 극복하고 일반이 이해할 수 있는 통속적인 시형으로 시조를 개발한다면, 시조부흥운동은 신시 운동으로 확대될 수 있다고 보았다.24) 말하자면 주요한은 초기의 규범적 시조 인식에서 후기의 탈규범적 시조인식으로 전환한 시인이며,

---

21) 주요한, <노래를 지으시려는 이에게(2)>, ≪조선문단≫ 제2호(1924. 11).
22) 주요한, <노래를 지으시려는 이에게(3)>, ≪조선문단≫ 제3호(1924. 12).
23) 주요한은 3인 합동시집인 『시가집』(삼천리사, 1929. 10)에도 자신의 시조 작품을 싣고 있고, 시조집인 『봉사꽃』(세계서원, 1930. 10)을 별도로 간행하기까지 했다.
24) 이런 견해를 밝힌 주요한의 글은 ① <시조부흥은 신시운동에까지>, ≪신민≫ 제23호(1927. 3), ② <시조형식의 발전여부론>, ≪풍림≫ 제4호(1937. 3), ③ <문단시평 -5월의 문단(7)>, ≪동아일보≫(1926. 5. 26) 등이 있다.

민요시 인식에서도 이 같은 과정을 보인 바 있다.

한편, 카프에 가담하여 계급문학을 옹호하고 있던 김동환은 시조부흥운동에 대하여 강하게 비판하는 태도를 보였다.

> 을파소(乙巴素) 김종서(金宗瑞) 이래 수천백년을 일사불란으로 지켜 온 낡은 정형이니만치 신시나 민요에 나을 것이 없겠지요. 또 초중종 3장의 제약이 기계밖에, 이미 내용이나 형식에 나을 것이 없다면 애써 백골 파내듯이 파낼 필요는 없겠지요. 그보다도 나는 타령이나 장가(長歌)나 가사(歌詞)같은 것을 부흥시키는 것이 훨씬 민중적이고 현실적이라 생각합니다.25)

이처럼 김동환은 과거의 시조가 3장 형식의 기계적 제약을 가진 낡은 정형의 양식일 뿐만 아니라 반민중적이고 비현실적이기 때문에, 이를 부흥시킬 이유가 없다는 것이다. 시조에 대한 김동환의 이러한 입장은 <시조배격소의>(≪조선지광≫ 제68호, 1927. 6)에서 집중적으로 나타나 있다. 여기서 김동환은 "시조는 문예상 일대 감옥이다"라고 말하면서, 배격할 가치조차 없는 "사(死)문학, 부패문학의 잠들어 누운 묘지"라고까지 극언을 했다. 그것은 시조가 도태한 과거의 문학에 지나지 않으며, 민중의 생활감정을 도외시한 귀족문학이기 때문에 그 형식이나 내용이 시대 조류를 따르지 못한다고 보았기 때문이다. 그래서 김동환은 1920년대의 시조부흥운동이 형식이나 내용에서 아무리 과거의 시조를 극복한다고 하더라도 결국 부패된 시체에서 악취를 구하는 것과 마찬가지라고 비난했다. 물론 김동환의 이러한 시조 배격론은 민족문학파의 시조부흥론을 정면으로 비판하기 위한 것이다. 그런데 그는 시조를 배격하는 대신 민요의 가치를 상대적으로 강조했다. 민요야 말로 가장 민중적이고 현실적인 시가로 보았기 때문이다. 이에 따라 민요가 그런 만큼 민요에 바탕을 둔 민요시도 가장 민중적이고 현실적인 시라는 주장이 성립된다.

그런데 민요시인의 시조에 대한 비판적 견해에 대해서 시조부흥론자들은 별도의 대응을 하지 않았다. 오히려 민요를 재인식하여 민족문학의

---

25) <문사방문기 ―파인 김동환 편>, ≪조선문단≫ 제4권 제3호(1927. 3).

성립을 위한 기초로 삼아야 한다는 주장을 지지하고 옹호했다. 다음 시조시인들의 민요론은 이런 사정을 잘 보여준다.

　　① 문학의 문학을 시라 하고 시의 시를 민요라 하는 말은 우리가 일찍 아는 말이거니와 어떠한 형식 어떠한 사상을 가진 시임을 불구하고 민요를 예사로히 하지 못할 것이며, 이것을 기조로 하여 발전한 이상이라야 우아한 문학적 가치를 쓰게 될 것이라고 생각한다.26)

　　② 민중의 거짓없는 감정이 허식없는 형태로서 발로된 곳에 민요가 있다. 민중의 소박한 심정이 바탕 그대로 어떤 운율을 구하는 곳에 민요의 태반이 있다. …(중략)…. 원컨대 전문 위주의 사(士)에 의하여 조선 민중문학의 최대 분야인 민요가 화려한 신예술의 초석으로시 하루 빨리 첨닝(闡明) 마광(磨光)되기를 바라는 바이다.27)

　　③ 우리는 우리 민요 속에서 우리 민족에게 특별히 맞는 리듬을 발견하는 동시에 우리 민족의 감정의 흐르는 모양(이것이 소리로 나타나면 리듬이다)과 생각이 움직이는 방법을 볼 수가 있다. 새로운 문학을 지으려 하는 우리는 우리의 민요와 전설(이야기)에서 이것을 찾는 것이 절대로 필요하다.28)

　이상의 글에서 보듯, 이은상, 최남선, 이광수는 공통적으로 민요의 가치를 높이 평가하면서, 민요를 바탕으로 한 시의 진흥이 이루어져야 한다고 강조하고 있다. 즉 이은상은 민요를 시의 시, 최남선은 민중의 순수한 감정이 발로된 문학, 그리고 이광수는 민족이 교감하는 리듬, 민족의 감정 및 생각이 표현된 시가로 각각 그 가치를 말한 다음, 이러한 문학적 가치를 되살리는 시운동이 전개되어야 한다고 한결같이 주장했다. 그러면 이처럼 시조와 함께 민요의 문학적 가치를 긍정적으로 평가하는 이

---

26) 이은상, <청상민요소고>, ≪동광≫ 제7호(1926. 11).
27) 최남선, 조용만 역, <조선민요의 개관>, 『육당최남선전집』(현암사, 1974), 394~399쪽. 원문은 일문으로 ≪진인≫ 제5권 제1호(1927. 1)에 발표되었다.
28) 이광수, <민요소고>, ≪조선문단≫ 제3호 (1924. 12. 1).

유는 무엇인가? 그것은 민요와 시조가 다같이 민족 고유의 전통시가이면서, 이른바 '조선심'이 반영된 문학으로 보았기 때문이다. 여기에는 민요의 민중문학적 성격을 함께 긍정함으로써 시조를 포함해서 민족문학의 영역을 한층 포괄적으로 확보할 수 있다는 계산도 작용되었던 것으로 생각된다.

여하튼 1920년대 시조부흥운동은 민요시 창작의 노력과 함께 새로운 우리 시 모색의 중요한 방안이었다. 그런데 시조부흥운동 내부에서의 시조인식은 첨예한 차이를 보여주었으며, 이에 따라 시조 창작의 방향도 서로 구별되지 않을 수 없었다. 그것은 조선조의 시조를 규범적으로 받아들이면서 재인식하자는 쪽과 새로운 시대에 알맞게 변화시킬 필요가 있다는 쪽으로 변별되었다. 이에 민요시인들은 후자 쪽의 시조가 시대에 부응하는 의의가 있다고 하면서도, 대체로 시조에 대해서는 비판적이었다. 시조는 전근대적인 낡은 시형이면서, 귀족주의적인 한계를 지녔다고 본 때문이다. 그러나 시조시인들은 이에 대한 대응을 하기보다는 오히려 민요의 재인식과 이를 바탕으로 한 시의 창작을 긍정함으로써 '조선주의' 이념의 문학적 실천을 이루기 위한 큰 테두리를 만들고자 했다.

2-3 민요시와 프로시

민요시와 이른바 프로시는 1920년대 중반 이후 문단의 대립적 관계 속에서 서로 다른 문학이념의 추구에 따라 본격화된 근대시 양식이라 말할 수 있다. 즉 민요시는 시조와 함께 민족문학 편에서 이른바 '조선주의'의 이념을 구현하는 문학적 실천의 한 방법으로 본격화되었으며, 이른바 프로시는 1925년 카프의 성립을 계기로 프롤레타리아의 무산계급을 위한 문학이념의 시적 실천에 의해 구체화되었다. 그런데 민요시와 프로시의 관계를 당시 문단의 대립적 구도에 의해서만 파악할 수 없다. 민요시의 경우, 문단의 대립적 관계가 형성되기 이전에 이미 김소월, 홍사용, 김석송 등의 시인들에 의해 쓰여지기 시작했다. 그 이후에도 민요시는 민족문학파에 속한 시인들만이 아니라 카프 내부의 일부 시인들 —김동환,

양우정 등의 시인들과 그 밖의 여러 시인들의 참여로 범문단적으로 확산되어 갔던 것이다.

그러나 민요시와 프로시는 이런 사정에도 불구하고 당시 문단의 대립적 관계 국면에서 첨예한 논쟁의 대상이 되기도 했던 것이 사실이다. 여기서 카프의 일부 시인들에 의해 쓰여진 민요시가 문제될 수 있다. 이들이 카프에 속해 있으면서 추구한 민요시는 민족문학파의 민요시와 커다란 차이를 가지기 때문이다. 그러나 이들이 선택한 민요시는 카프의 공식 지침에 따른 것이 아니라, 다분히 개인적인 취향에 따라 선택한 시형식이기에 일단 별도로 고려할 필요가 있다.

민요시와 프로시를 문단의 대립적 관계 국면에 초점을 맞추어 파악했을 때, 전자와 후자는 '민족' 대 '계급', '예술' 대 '사회'로 서로 문학에서 중시하는 바를 달리 함으로써 구별된다. 그리고 민요시는 우리 시의 잠재된 전통인 민요를 바탕으로 하는 만큼 민요의 일반적 형식을 취하는 반면, 프로시는 카프의 공식적 입장에서 기존의 자유시 형식을 그대로 따르고자 했다. 민요시와 프로시는 이렇듯 뚜렷한 위상 차이를 가지기 때문에 당시 문단의 대립관계 속에서 첨예한 논쟁의 대상이 되었던 것이다.

민요시와 프로시가 구체적으로 어떠한 점에서 첨예한 논쟁의 대상이 되었는지 파악해 보자. 먼저 민요시인들의 경우 카프에 속한 시인들을 제외하고 대부분 프로문학에 대해서 비판적이다. 프로문학에 대한 입장을 밝힌 김억의 다음 글을 검토해 보자.

> 「프로레타리아」문학이란 예술을 공리적 의식으로 이용한 것만큼 얼마 아니하야 올 다음 시대에는 반드시 이러한 운명을 받지 않을 수가 없습니다. 나는 「프로레타리아」문학을 통속적 저급문학이라 하는 동시에 이 항의로써 그들의 반성을 최(催)함에 지나지 아니함과 시대란 앞으로 나아감을 말해 둡니다.[29]

---

29) 김억, <프로문학에 대한 항의>, 《동아일보》(1926. 2. 8).

김억은 프로문학이란 목적의식의 고취를 위해 문학을 단지 수단으로 이용한 것에 지나지 않는다고 비판했다. 문학은 그 자체가 목적인 까닭에 독립적 가치를 가진다는 것이 김억의 생각이다. 이에 따르면 문학은 다른 공리적 효용을 위해 수단으로 이용될 수 없다. 그만큼 김억은 순수문학의 입장을 견지한 시인이다. 따라서 그가 프로문학을 보았을 때, 프로문학은 문학의 순수성을 외면한 '통속적 저급문학'일 수밖에 없었다. 그리고 프로문학은 일시적으로 공리적 목적을 위해 이용될 수는 있겠지만, 미래에도 영속적인 의의를 갖는 문학일 수 없다는 것이다. 김억이 프로문학을 부정하고 비판한 이유가 여기에 있다.

주요한이 '개념'으로 된 시를 부정한 것[30]도 김억의 입장과 기본적으로 일치한다. 여기서 '개념'으로 된 시는 계급주의의 목적의식에 입각한 프로시를 말하는 것은 물론이다. 그는 시가 민중에게 가까이 갈 필요가 있다고 말하면서도, '개념'으로 된 시 즉 프로시는 의식적으로 피한다고 했다. 이 '개념'으로 된 시는 프로시에서 특히 목적의식을 지나치게 주입시킨 아지·프로시(선전·선동의 시)를 염두에 둔 것이라 하겠는데, 이 경우 프로시는 목적의식의 과도한 주입으로 '개념'의 치장에 빠진 관념시가 된다. 당시 프로시의 대부분은 이처럼 시적 형상화가 뒷받침되지 못한 관념시로 떨어질 수 있는 한계를 가지고 있었다. 따라서 시의 순수미학을 강조하는 시인들로부터 프로시가 심한 비판을 받았던 것은 물론이고, 일반 민중으로부터도 외면되었던 것이다. 당시 민족문학파의 편을 들면서 카프 쪽을 향해 절충문학론을 펼쳤던 양주동이 프로시를 평가하는 다음의 글은 그 적절한 예를 보여주는 것이다.

「개벽」 4월호에는 적구(赤駒)씨의 「여직공」(女職工) 외 수편이 실려 있었다. 작자로서는 눌린 계급, 짓밟힌 계급을 위하야 만곡(萬斛)의 혈루(血淚)를 뿌려가면서 대성질호(大聲疾呼)한 소위 프로시편이라 할런지 모르나, 시 감상자인 나에게는 하등의 감명을 주지 못한다. 왜 그러냐 하면, 이 「여직공」

---

30) 주요한, <발문>, 시집 『아름다운 새벽』(조선문단사, 1924. 12), 167쪽.

　　이란 일편은 그 시형이나, 그 시어가, 너무나 시 되기에는 조잡하고 「비시적
　　」인 때문이다.[31]

　카프의 일원이었던 적구(赤駒) 유완희(柳完熙)의 시를 비평하는 양주동의 태도는 이처럼 매우 비판적이다. 유완희의 시가 계급의식을 격정적으로 호소하고 있는 이른바 프로시의 범주에 속한다고는 하지만, 양주동의 관점에서는 시로서 인정하기에 조건 미달이라는 것이다. 계급의식의 감정이 지나치게 개입되어 있을 뿐만 아니라, 시적 형상화가 제대로 되지 않아 그 시형이나 시어가 조잡하기 이를 데 없다는 평가이다. 이런 시의 평가에서 양주동이 중시한 것은 시에 실린 사상이나 감정이 어떠하든, 그것이 시적 형상화를 어떻게 이루고 있는가 하는 점이다.

　이러한 관점에서 민족문학파의 민요시인들과 양주동처럼 이를 지지한 시인들이 당시의 프로시를 비판한 논법은 다음과 같이 정리할 수 있다.

　프로시는 시의 독립적 가치를 거부하고, 계급투쟁의 목적의식을 강조하기 위해 단지 수단으로 이용되었다. 따라서 프로시는 목적의식의 지나친 강조로 개념의 치장으로 된 관념시가 되었다. 그 결과, 프로시는 시어가 조잡하고 시형이 제대로 자리잡히지 않는 등 시적 형상화에 실패하여 시답지 않는 시, 즉 아무런 감동을 줄 수 없는 시가 되고 말았다.

　프로시에 대한 이러한 비판에도 불구하고 프로문학을 지지하는 입장은 나름의 이유를 가지고 있다. 이들은 문학은 사회를 떠나 존재할 수 없다는 명제에서 출발하여, 당대의 민중이 처한 역사현실에 능동적으로 대처하는 것을 바람직한 문학의 태도로 보았다. 이들은 또한 식민지 아래에서의 백성은 모두 학대받는 민중 즉 프롤레타리아의 무산계급이며, 문학은 이들 무산계급의 해방을 위해 쓰여져야 한다고 주장하면서, 프로문학의 출현은 바로 이러한 당위에서 이루어진 것이라고 했다.[32] 그러면서 기존의 부르조와문학은 지나친 자기도취나 유희에 빠져서 민중의 생활과

---

31) 양주동, <시단월단>, ≪조선문단≫ 제17호(1926. 6).
32) 박영희, <시의 문학적 가치>, ≪개벽≫ 제57호(1925. 3).

유리되는 한편 민중을 오히려 타락시키는 결과를 자아냈다고 주장했다. 이러한 프로문학 측의 주장에 민족문학파의 시인들에 의해 주도되고 있었던 민요시는 시조와 함께 비판의 표적이 되었던 것이다.

> 이것은 「가는 길」이라는 그('김소월'을 지칭함)의 시다. 여기에도 그 민요적 「리듬」과 부드러운 시골 정조 외에는 보잘것이 없다. 그리 하야 이 시에 나타난 작자의 태도는 단순히 「리리씨―즘」인 것은 의심업다. 이만큼 작자는 「리리씨―즘」으로 굳어진 시인이다. 따라서 그의 본령이 민요적 서정시인에 있다 함은 망발이 아니라고 믿는다.
>
> 그의 감각은 돌출된 발달은 없고 모두 다 고만고만하게 완성되었다. 그에게서 있어서 약점은 속정화(俗情化)하는 소질이 풍부하게 있음일 것이다.[33]

위의 글은 카프가 공식 결성된 시점보다 약간 앞서 발표된 글이다. 그렇지만 당시 김기진(金基鎭)은 1923년 결성된 파스큘라(PASKYULA)의 핵심인물이었을 뿐만 아니라, 적어도 카프의 제1차 방향전환(1927년)이 일어나기 이전까지 박영희와 함께 초창기 프로문학의 이론을 주도해간 인물이라는 점에서, 그의 문학적 견해는 카프 내에서 상당한 영향력을 가지고 있었다. 이런 전제에서 위의 글을 보았을 때, 민요시에 대한 프로문학 쪽의 견해는 매우 비판적임을 쉽게 알 수 있다. 보기에 따라서는 김기진의 견해가 다소 온건한 입장을 보이지만, 김소월의 시를 평가하는 태도가 기본적으로 부정적인 점은 틀림없다. 그는 김소월 시가 민요의 리듬에 바탕을 두고 전통적 정서를 표현하고 있다는 점을 인정하면서도, 그 점을 감싸기보다 시의 결점을 들추어서 비판하는 데 치중하고 있다. 그래서 "민요적 리듬과 시골 정서 외에는 보잘 것이 없다"든지, "감각은 돌출된 발달은 없고 모두 고만고만하게 완성되었다"든지, "속정화하는 소질이 풍부하게 있"다든지 하여, 김소월의 민요시는 결국 보잘 것 없는 작품이거나 아니면 '속정화'한 퇴폐성을 드러내는 작품이라고 평가했다. 민족문학파에 있던 문학인들이 긍정적 평가를 아끼지 않았던 김소월의 시

---

33) 김기진, <현시단의 시인>, 《개벽》 제58호(1925. 4).

에 대해 김기진은 상반된 입장을 보인 것이다. 이를 통해 카프 쪽의 문
학인들이 민요시에 대해 갖는 대체적인 견해가 어떠한가를 짐작하고도
남는다.

  카프 쪽 문학인이 갖는 민요시에 대한 비판적 인식은 민족문학파가 내
세우는 조선주의에 대한 비판을 통해서도 드러난다. 주지하다시피, 조선
주의는 1920년대 중반 이후 민족문학파에서 시조부흥운동 및 민요시운동
을 전개하면서 이의 이념적 기초로 주장되었던 사항이다. ‘조선심’, ‘조선
혼’, ‘조선얼’, ‘향토심’ 등 문학인에 따라 여러 유사한 용어를 사용하며
주장된 조선주의는, 그 실체적 의미가 무엇이며 어떠한 실제적 성과를
거두었는가 하는 점을 일단 논외로 하면, 명목상 문학을 통해서 민족의
전통적이고 주체적인 정신을 회복하자는 취지를 가진 것이다. 그러나 민
족문학파가 내세운 조선주의를 이해하고 해석하는 카프 측의 입장은 크
게 다르다. 김기진의 다음 글은 이점을 분명히 드러낸다.

> 향토성이란 것도 교통기관의 발달에 반비(反比)하야 점점 그 문학상 존재
> 를 희박하게 하야 가는 도정에 있다. 민족성이란 것도 국가형태의 변천과
> 생활조직의 변천에 따라서 그 그림자가 문학상 중요한 요소가 되지 못하야
> 가고 있다. …(중략)… 이미 그러할진대 문단상의 조선주의는 어떠하게 가치
> 되어야 할 것이냐? 일언으로써 걷어치우건대 그것은 일개의 국수주의의 변
> 형이요, 보수주의요, 정신주의요, 반동주의요, 그 이상 아무 것도 아니다.[34]

  위의 글에서 김기진이 향토성이니 민족성이니 하는 주장을 비판하는
내용을 좀더 풀어보면 이렇다. ‘향토성’의 경우, 과거 농경에 기초한 향토
단위의 생활을 반영하는 문학에서는 유용성을 가질 수 있었지만, 교통기
관의 발달로 생활방식이 바뀌어 가는 도정에서 그 의미는 점차 사라지고
있다는 것이다. 그리고 ‘민족성’의 경우에도 봉건적 전제군주제와 같은
국가형태에서 요구되었던 문학이념일 수는 있어도, 국가형태가 변천되고
생활조직이 바뀐 당대적 시점에서 아무런 의의를 가지지 못한다는 것이

---

34) 김기진, <문예시평 −문단상 조선주의>, ≪조선지광≫ 제64호(1927. 2).

다. 이처럼 김기진은 조선주의의 주장을 시대착오적 국수주의 내지 보수주의의 한 변형 형태로 보았다. 이는 김기진을 비롯한 카프의 프로문학인들이 가졌던 진보주의, 물질적 토대를 중시하는 현실주의, 계급주의의 관점에서 본 당연한 비판으로 받아들일 수 있다.

그러나 조선주의의 비판 또한 문제점을 지니고 있다. 위에서 검토했듯이, 김기진의 조선주의 비판이 맑스주의의 공식적 이론을 기계적으로 적용한 것에 지나지 않으며, 식민지 현실을 몰각한 채 국가형태의 변천과 생활조직의 변천을 거론했다는 비판이 가능하다. 민족문학파에서 이 점을 문제삼아 김기진의 비판에 대한 재비판을 가했다.

먼저, 이의 한 예로, 정병순(鄭昞淳)은 국어가 학대받고 민족정신이 파산당한 식민지 현실에서, 경제의 발달이니 국가형태의 변천이니 하며 세계문학을 운위(云謂)하고 민족성을 부인하는 것은 그릇된 처사라고 비난했다.35) 이러한 비판은 사실 김기진의 주장이 갖는 허점을 예리하게 파고 든 것이다. 우선 식민지 현실에서 과연 김기진의 주장처럼 교통이 발달하여 경제발전을 이룩했는가를 생각할 때 그 대답은 오히려 부정적이라는 것이다. 물론 대도시를 중심으로 초기 산업화가 진행되는 과정에 있었지만, 전국적으로 여전히 농업 중심의 봉건적 생산방식이 계속 지배적인 상황이었다. 실제적 의미에서 민족경제는 과거보다 더욱 침체되면서 경제사정은 한층 더 악화되었다고 보는 것이 옳다. 그리고 국가형태 운운하는 것도, 정병순의 지적처럼, 국권상실의 상황에서 별 의미가 없는 것이다. 그럼에도 김기진은 당시의 경제상황을 초기 산업자본주의시대로, 그리고 정치체제도 정상적 국가형태를 상정한 전제에서 맑시즘 이론을 원칙론적으로 적용하고자 한 것은 커다란 오류이다. 정병순의 주장처럼, 식민지 현실에서 가장 시급한 과제는 민족의 주체성을 회복하고 나아가서 국권을 되찾는 일이다. 따라서 이를 위해 민족성 내지 민족의 주체성을 되찾아 살리려는 문학은 지극히 온당하고 또한 요청되는 것이다. 물론 이 경우에도 민족성 내지 민족 주체성의 회복이 문학을 통해 어떻게

---

35) 정병순, <조선주의에 대하야>, ≪동아일보≫(1927. 2. 17).

실질적으로 구현되었는가를 따지기 이전에는 한낱 구호로 떨어질 위험이 있다.

한편 염상섭(廉想涉)은, 김기진이 향토성을 부정한 점에 대하여, 과거의 작품이 봉건적 원시농업시대의 정신을 나타낸 것이라 할지라도 우리가 그 작품에서 찾는 것은 시대에 부응하는 보편적 예술미라고 했다.36) 그러면서 특히 민요는 봉건적 원시농업시대부터 발생하여 계속 이어지면서 '향토성'을 담아온 것이 사실이지만, 민요에서 취할 바가 '향토성' 그 자체가 아니라 말 그대로 "시대에 부응하는 보편적 예술미"라는 것이다. 과연 "시대에 부응하는 보편적 예술미"가 무엇인지 구체적으로 밝히지 않아 모호하긴 하지만, 민요의 경우 특정 시대에 고정된 예술이 아니라 끊임없이 전승되면서 변화하는 유동적 문학이란 점을 고려하면, 민요를 봉건시대의 예술로만 고정시켜 현대적 의의를 갖지 못한다는 김기진의 주장은 설득력이 없는 것이다.

여하튼 민요시와 프로시가 문단 대립의 관계 속에서 향토성 또는 민족성을 긍정하거나 부정하는 과정을 통해 전개되는 동안, 이들 시의 위상 차이가 시 형식에 대한 대립적 인식에 의해 또한 부각되었다. 먼저 민요시는, 앞에서 자유시와의 관계 논의에서 언급한 바 있듯이, 시의 본질인 음악성을 회복하기 위한 방안으로 민요의 전통적 리듬을 계승하고자 했다. 이에 대해 프로시는 카프 결성 초기에 시의 리듬, 형식 등 형태적 문제에 대하여 깊은 관심을 가지지 못했다. 민족문학파와는 달리 민요를 민중시의 관점에서 파악하여 그 특성을 취하려는 노력이 이루어졌을 법도 한데, 그러나 이런 노력은 공식적 차원에서는 이루어지지 않았다. 물론 카프의 일원이었던 김동환, 양우정 등이 민요에 대한 계급문학적 관점을 정립하고, 민요시를 쓰기도 했다. 그러나 이는 카프의 공식적 지침을 받은 것도 아니며, 더욱이 후속적 지지를 받은 것도 아니다. 이는 어디까지나 개인적 차원에서 이루어진 일이다. 카프에서 설사 민요시에 새삼스런 관심을 가진다 해도 이미 민족문학파에서 먼저 민요를 발판으로

---

36) 염상섭, <시조와 민요>, 《동아일보》(1927. 4. 30).

한 시운동을 전개하고 있는 상황에서, 민요시를 인정할 수도 없었다. 이런 상황에서 카프는 초기에 민요시보다 자유시의 형식이 현대적 의의를 갖는다는 하면서 공식적으로는 자유시를 프로시의 시형식으로 삼았다.

> 조선에 있어서 재래의 자유시라는 것은 시가 아니라는 말은 유유(類類)히 여러 사람들에게(시인 이외의 사람으로부터) 들어 온 말이다. 그들이 소위 자유시를 시가 아니라고 하는 이유는 자유시는 창(唱)할 수가 없다 하는 것이다. 다시 말하면 음악적이 아니라는 것이다. …(중략)… 조선의 자유시형은 경제적(하층) 정신문화적(상층) 수다(數多)한 현대 조선의 수입품의 하나이니 그것은 선진 제국에서 경제적 시대의 제 경향과 이데올로기-를 통하야 온 소산이다.
>
> …(중략)…, 현대의 자유시가 시적 목적(오성에의 호소)에 치중하는 것인 이상 음악적 특질로부터 멀어진 것은 당연한 일이다. 그럼으로 자유시가 갖는 음악적 요소라는 것은 시적 목적으로 주로 한 고려에 지나지 않는다.[37]

김기진의 이 글은 자유시 옹호론이면서 또한 자유시의 형식을 취하는 프로시의 합리론이다. 여기서 김기진은 시의 음악성이란 현대 인간의 복잡한 심리에 맞지 않는 것이며, 시인이 자유로운 호흡으로 시를 낭독할 수 있으면 충분하다고 했다. 그것은 자유시가 음악성보다 인간의 오성 즉 감각에 호소하는 것을 목적으로 삼았기 때문이라 했다. 김기진의 지적처럼, 시의 근대적 전환이 갖는 의미는 노래로 부르는 시가 아니라 눈으로 보는 시, 즉 창의 시가 아니라 낭독의 시로 바뀌게 된 데 있다. 아울러 근대시는 시의 음악성보다 시의 감각성을 더욱 중시하는 추세로 나아갔다. 자유시는 바로 이러한 시의 근대적 전환과정에서 성립된 것은 물론이다.

그런데 문제는 그 다음에 연속된 자유시의 논의에서 나타난다. 자유시가 프로시의 형식으로 타당한 이유가 선진화된 여러 나라에서 하부구조인 경제적 경향과 상부구조인 정신문화상의 이념을 수용함으로써 자유시가 성립되었기 때문이라는 것이다. 하부구조, 상부구조의 관계에 따라 자

---

37) 김기진, <문예시사감(2), (4)>, 《동아일보》(1928. 10. 28., 10. 30).

유시의 형식을 논의하는 것이 납득하기 어려운데다, 경제적 경향과 정신 문화상의 이념을 어떻게 수용한다는 것인지 모호하기만 하다. 굳이 이해한다면, 자본주의시대 경제적 불평등 관계에서 벗어나기 위한 무산계급의 경제적 평등이 하부구조의 경제적 경향이라 한다면, 상부구조의 정신문화상 이념은 봉건적 전제군주시대의 정치사회적 구속으로부터 민중의 정신적 자유를 지향하는 이념이라 할 수 있다. 그러나 이는 프로시의 성립에 대한 나름의 이유는 될 수 있어도, 자유시의 성립에 관한 논의로는 설득력이 약하다.

프로시는 기본적으로 프롤레타리아의 계급해방을 위한 민중시로 성립되는 데 의의가 있다. 따라서 쉬운 말로 흥미를 느끼고 외우도록 해야 하는 것이 프로시의 요건이다.[38] 박영희는 지나치게 기교화한 다다(Dadaism)시와 미래시가 이 조건에 부합하지 않기 때문에 프로시의 형식으로 취할 수 없다고 했다.[39] 말하자면 아무리 근대적인 시 양식이라 하더라도 민중의 공감을 얻는 대중적 시 양식이 아니면 프로시로서 적합하지 않다는 것이다. 여기서 김기진의 주장처럼 자유시가 민중의 공감을 얻는 대중적 시 형식으로 과연 적합한가 하는 문제를 재검토할 필요가 있다. 문제의 물음에 대한 대답은 회의적이다. 근대 초기 자유시는, 이미 고찰했듯이, '몽롱체'라는 시비를 초래할 만큼 당대 다른 시인은 물론 민중 일반의 공감을 얻기가 매우 어려웠다. 따라서 프로시인들이 생각한 것처럼 그들의 시가 민중에게 향수되지 못하고 오히려 민중으로부터 소외되는 결과를 가져 왔다.

카프의 제1차 방향전환 이후 프로문예가 대중화되어야 한다는 반성이 일각에서 제기되기 시작했다. 김기진의 이른바 예술대중화론은 이러한 주장을 대표한다고 볼 수 있다. 김기진은 프로문예의 대중적 접근을 위해서 프로소설도 통속적 요소를 가미할 필요가 있다고 하는 한편, 프로시도 민중에게 향수되면서 공감을 얻을 수 있도록 시의 언어, 형식, 소재

---

38) 김기진, <프로시가의 대중화>, 《문예공론》 제2호(1929. 6).
39) 박영희, <문예시론>, 《조선지광》 제71호(1927. 9).

등에 대한 새로운 대책이 있어야 한다고 했다. 여기서 프로시는 목적의식을 여전히 강조하기는 하되, 시의 대중화를 위해 이른바 '단편 서사시'의 형식과 '재래의 민요조'를 취해야 한다는 새로운 제안을 내놓았다.

이 중에서 '단편 서사시'는 시의 대중적 흥미를 유발하기 위해 이야기의 형식을 시에 개입시킨 것으로, 임화의 <우리 오빠와 화로>와 같은 시가 이의 모범적인 사례에 해당되는 것으로 주장되었다.40) 사실 '단편 서사시'는 엄밀히 따지면 장르상 서사시가 아니라 서정시에 속하면서, 그 문체상 이야기의 형식을 갖는 서술시(narrative poetry)에 해당한다. 이런 서술시는 기존의 프로시가 대부분 선전·선동의 구호로 치장된 관념적 아지프로시인 점을 감안하면, 시적 형상화에서 커다란 진전을 이루면서 대중적 접근이 한층 용이한 시 형식이 될 수 있다. 그리고 '재래의 민요조'를 취한 시도 민중에게 친한 맛을 주고 정들게 할 수 있는, 프로시의 새로운 형식이 될 수 있다고 했다.41) 김기진으로서는 카프 초기에 프로시의 형식으로 민요시를 부정하며 자유시가 합당하다고 한 주장에서 상당히 입장을 바꾼 것이다. 이에 대한 구체적인 주장을 보기로 하자.

> 우리의 시가는 그 형식상에 있어서 노래로 불려질 만큼 되지 아니하고서는 대중에게 고루고루 퍼질 수 없다. 왜 그러냐 하면 대중은 노동자나 농민은 혹 일을 할 때에 혹 놀고 있을 때에 노래를 요구하며 그러한 때에는 잡지 구석에 발표된 자유시형으로 된 우리의 시를 찾지 않고 전해 내려오는 또는 유행하는 가곡을 들은 대로 외운다. 그럼으로 우리는 이러한 기회를 붙잡어야 하며 그렇게 하기 위해서는 먼저 우리의 시가를 가곡의 형식으로 작(作)하는 준비가 필요하다. 그리고 이때에 우리가 그들의 그러한 기회를 붙잡기 위하여 지은 시가가 소위 예술적으로 불완전하고 또는 그 시 형식이 진부하야 프로레타리아 예술로서 거의 가치로 줄 수 없는 것이 될지라도 그

---

40) 김기진, <단편 서사시의 길로 -우리 시의 양식문제에 대하여>, ≪조선문예≫ 제1호(1929. 5).

41) 이 주장은 김기진의 <농민문예에 대한 초안>(≪조선농민≫ 제32호, 1929. 3)에서 간략히 표명되었으며, <프로시가의 대중화>(≪문예공론≫ 제2호, 1929. 6)를 거쳐 <예술의 대중화에 대하여>(≪조선일보≫, 1930. 1. 1~14)에서 구체적으로 제시되었다.

것이 대중이 부르기 쉽고 그리고 시가에서 계급의식의 각성(내지 암시), 투쟁정신의 감염(내지 선동)을 받는 것이 되기에 유용한 것이라 할 것 같으면 불완전하고 진부하다는 것은 도리어 문제가 안 된다.[42]

김기진은 이처럼 프로시의 대중화를 위해서는 "전해 내려오는 또는 유행하는 가곡" 즉 민요(잡가 포함)를 바탕으로 작품을 써야 한다고 주장했다. 그리고 프로시는 시의 형식과 표현에서 비록 진부함이 있다 할지라도, 민중의 계급의식과 투쟁의식을 고취하는 내용이면 충분하다고 했다. 김기진은 이러한 작품의 예로 공석정(孔錫禎)이 지었다는 <아리랑>을 인용하며, 그 합당함을 재차 강조했다. 여기서 김기진은 프로시가 자유시의 형식으로 시의 대중화를 실현할 수 없다는 점을 뒤늦게나마 깨닫게 되었던 셈이다. 그는 초기 프로시가 목적의식을 반영하는 내용주의에 지나치게 빠져 있음을 자각하고, 현실적으로 민중적 지지 기반을 확보하기 위해서 대중화된 민요의 형식을 수용할 수밖에 없다고 보았던 것이다.

그런데 이 시기는 임화(林和)를 중심으로 한 무산자파(無産者派)인 소장파들의 영향력이 카프 내부에서 크게 강화되었던 시기여서, 민요를 바탕으로 한 프로시의 대중화론은 카프의 공식적 입장이 되기 어려웠다. 카프의 소장파들은 김기진의 프로문예 대중화론에 대하여 즉각적인 비판과 반론을 폈다. 임화는 김기진의 대중화론이 '마르크스적 원칙'의 포기라고 했으며, 권환(權煥)도 이에 가세해 대중예술과 고급예술의 이분법적 사고를 신랄히 비판하는 한편,[43] 민요시가 프로시의 형식이 될 수 없다는 점을 다음과 같이 주장했다.

우리들의 노래를 「아리랑」같은 재래의 민요곡조로 지으면 되는 줄로 알아서는 안 된다. 왜 그러냐면 그러한 민요는 봉건사회 부르 사회의 영락퇴폐(零落頹敗)한 자의 입에서 나온 것인 만큼, 그 안에 포재(包在)한 내용과

---

42) 김기진, <예술의 대중화에 대하여(4)>, 《조선일보》(1930. 1. 7).
43) 임화, <탁류에 항(抗)하야 ―문예적인 시평>, 《조선지광》 제10권 8호(1929. 8).
　　권환, <조선예술의 당면한 구체적 과정>, 《중외일보》(1930. 9. 6).

> 마찬가지로—곡조도 애수적이고 퇴폐적이어서 읽고 듣는 자로 하여금 신경
> 이 무의식으로 마비 위축케 한다.
> 따라서 우리 프롤레타리아 예술에서는 도저히 용납치 못할 형식의 하나
> 이다.[44]

카프의 대표적 시인의 한 사람이었던 권환은 민요를 바탕으로 쓰여지는 시 즉 민요시 전체를 대상으로 비판적 진단을 하고 있다. 그는 민요시의 부당성을 말하기 전에 그 근거가 되는 민요를 매우 편파적이면서도 부정적으로 이해하고 있다. 카프의 프로시가 프롤레타리아의 민중을 위한 시를 지향함에도 불구하고, 민요의 이해에서 민중과의 관련성을 일단 의도적으로 배제하고 있다. 그 대신 민요는 "봉건사회 부르 사회의 영락 퇴폐(零落頹敗)한 자의 입에서 나온 것"이라 하여, 민요를 과거의 봉건적 잔존물 내지 부르조와 사회의 퇴폐적 노래에 지나지 않는다고 보았다. 따라서 민요의 내용은 물론 그 형식과 곡조도 애수적이고 퇴폐적이어서 취할 만한 바가 없다는 것이다. 한 마디로 민요란, 윤리적 정의에 입각한 문학적 효용의 측면에서 현 시대에 적합하지 않을 뿐만 아니라 아무런 소용이 없다는 것이 권환의 입장이다. 민요를 바탕으로 한 민요시가 프롤레타리아 예술에서 도저히 용납될 수 없다는 것은 바로 이 때문이다.

그러나 민요는 애상적이고 퇴폐적 성격만을 지닌 것은 아니다. 민중들의 삶에 대한 고난과 그 극복의지, 그리고 사회의 모순에 대한 비판의식을 한편에서 노래해 왔던 것이 우리 민요의 특질이다. 아울러 민요를 봉건시대의 잔존물로만 본 것도 커다란 문제이다. 민요는 민중의 생활과 더불어 끊임없이 생성, 변모, 소멸의 과정을 겪어 왔다. 설사 어떤 한 민요가 비록 과거에 형성되었다고 해도 그것이 계속 전승되는 동안에는 그 당시의 민요로서 의의를 지니는 것이다. 그럼에도 민요의 성격을 애상적이거나 퇴폐적으로만 보거나, 봉건적 잔존물로서만 본 것은 편협하기 이를데 없는 민요의 인식을 보여주는 것이다.

---

44) 권환, <시평>과 <시론>, 《대조》 제4호(1930. 7).

그런데 카프의 내부에서도 민족문학파의 경우와 다르긴 하지만, 민요에 대한 재인식과 민요시의 창작이 프로시의 새로운 방향 모색의 일환으로 제기된 점은 상당한 의의가 있다고 생각된다. 비록 카프의 공식적 입장이 되지는 못했지만, 민요시 창작의 전체적인 국면에서 민요시가 민중시로서의 새로운 위상을 가질 수 있도록 하는 데 긍정적인 기여를 했다. 박완식(朴完植), 유백로(柳白鷺) 등이 이러한 점을 긍정하며 김기진의 견해에 동조하는 발언을 하고,45) 김기진도 소장파의 주장에 지지 않고 자신의 입장을 재차 천명하기도 했다.46) 그리고 김동환, 양우정 등이 민요시를 쓰기도 했다. 그러나 이런 노력은 개인적 입장에 의한 것으로만 치부되고 말았다. 이미 카프 내부에서 주도권을 소장파에게 빼앗겨버린 김기진의 주장은 소장파의 강한 반론에 힘을 잃어버렸던 것이다.

카프의 계급문학이 전개되는 과정에서 프로시의 적합한 형식으로 자유시, '단편 서사시', 민요시 등 다양한 형식이 모색되었다는 사실이 중요하다. 이는 당시의 프로시가 말 그대로 민중시로서의 분명한 위상을 정립하지 못하고 과도기적 혼돈의 과정에 있었음을 의미한다. 이는 사실 프로시에만 해당되는 것은 아니며, 또 다른 차원의 자유시, 민요시, 시조 등 모두에 해당되는 사항이기도 하다. 식민지하에서의 우리 시의 근대적 방향 정립이 그만큼 어려웠던 셈이다.

---

45) 박완식(朴完植)은 김기진이 대중화론을 발표할 시기와 거의 같이 해서 프로시의 대중화론을 여러 차례 펼쳤다. ① <프로시의 대중화>, ≪조선지광≫ 제83호 (1929. 2), ② <프롤레타리아 시가의 대중화문제 소고>, ≪동아일보≫(1930. 1. 7~10), ③ <프로시가의 대중화에 대하여>, ≪조선일보≫(1930. 2. 1~5) 등의 글이 이에 해당한다.
  유백로(柳白鷺), 역시 김기진의 대중화론을 직접 지지하는 <프로문학의 대중화>, ≪중외일보≫(1930. 9. 10)를 발표했다.
46) 김기진, <예술운동의 일년간>, ≪조선지광≫ 제90호(1930. 1).

Ⅲ. 마무리

이 글은 근대시의 형식 탐구가 어떻게 이루어지고, 어떠한 문제의식을 가지고 쟁점화 되었는지, 그리고 각각의 시형식 탐구가 갖는 의의와 한계가 무엇인지를 집중적으로 파악하기 위하여 쓰여졌다. 이를 위해 일단 당대 시형식 논쟁의 핵심 대상이 되었던 민요시를 중심으로 하되, 민요시를 둘러싼 자유시, 시조, 프로시와의 관계를 세밀하게 따져 보고자 했다.

먼저 민요시와 자유시의 관계에서, 이들 시가 각각 전통지향과 서구지향이란 서로 다른 입각점에서 우리 시의 새로운 가능성을 찾고자 모색되었다. 그런데 근대 초기의 자유시는, 황석우와 현철 사이의 논쟁에서 확연히 드러났듯이, 서구시의 무비판적 모방으로 인해 어정쩡한 '몽롱체'가 되고 말았으며, 당시 역사현실을 외면하고 우리 문학의 전통을 계승하지 못했다는 점에서 비판의 표적이 되었다. 이는 자유시가 서구시의 새로운 미학을 수용하고 나타났지만, 우리 문학의 내부에서 이를 받아들일 만한 충분한 여건이 조성되지 못했음을 뜻하기도 한다. 이런 가운데 1920년대 중반부터 초기 자유시를 썼던 시인들이 과거 자유시의 경향을 반성하며 우리 시 모색의 기반으로 민요를 재인식하며, 이를 바탕으로 시를 쓸 것을 주장했다. '자아상실'이 가중되는 역사현실에서 민족적 동질성을 회복하고 전통을 재인식하여 계승한다는 차원에서 민요시의 주장은 명분상 긍정적인 의의를 가진 것이었다. 그러나 실제상에서 김억 등 민요시인들이 '조선심'을 관념적으로 이해하고, 민요를 정형양식의 전형으로만 파악하여 '격조시'와 같은 고정된 형태의 시를 만들고 말았다는 점에서 커다란 한계를 드러냈다.

다음, 민요시와 시조는 둘 다 전통지향의 시이며, 조선주의의 추구를 문학이념으로 내세운 민족문학파에서 함께 지지되고 옹호되었다는 점에서 공통분모를 가졌다. 그러나 민요시인들은 대체로 시조의 귀족문학적 성격과 3장 형식의 제약, 그리고 한문식의 표현을 이유로 들면서 우리 시 모색의 바람직한 시 형식으로 받아들이지 않았다. 물론 당대 시조의 전개과정에서 한결같은 시조인식을 보여준 것은 아니었다. 최남선 같은 시인은 시조를 '조선심'이 표현된 신성한 양식으로 규범화하면서 과거의 시조형식을 답습하여 부활하는 것만으로도 의의가 있다고 보았으며, 이병기, 이은상 같은 시인은 시조를 계승하되 규범적 시조인식을 극복하고 당대 현실에 맞게 창조적으로 계승하는 것을 바람직하게 생각했다. 이러한 두 갈래의 시조인식에서 민요시인들은 전자의 규범적 시조인식에 입각한 당시의 시조부흥운동에 대하여 대체로 비판적이었다.

민요시인들의 비판적 시조인식과는 달리 시조시인들은 민요시의 창작을 적극 지원하는 쪽이었다. 이것은 민요시의 바탕인 민요가 시조와 함께 우리 문학의 귀중한 문학유산이라는 점에 의견의 일치를 보인 셈이고, 민요시와 시조를 함께 지지함으로써 민족문학의 영역을 한층 포괄적으로 확보할 수 있다는 생각이 작용되었던 것으로 파악되었다.

끝으로 민요시와 프로시의 관계에서, 이들 시는 당시 문단의 대립적 구도에 얽혀 심각한 논쟁의 대상이 되었다. 카프의 프로시인들은 민요시인들의 주장을 정면으로 반박하면서, 민족의식(조선주의 포함)보다 계급의식을 담아내는 것이 무엇보다도 중요하다고 보았다. 그러나 프로시인들은 시 형식 모색의 새로운 대안을 가지지 못하고 자유시를 프로시의 형식으로 삼았다. 이는 자유시가 산업자본주의시대에 적합한 시 형식으로 무산계급의 경제적 해방을 추구하는 과정에서 형성되었다고 본 때문이다. 그런데 프로시는 자유시의 근대적 미학을 등한시하고, 단지 목적의식의 이념만을 불어넣는 데 자유시의 형식을 이용하기만 했다. 바로 이 점에서 프로시에 대한 민요시인들의 비판이 있었던 것은 물론이다. 사실 프로시는 민중을 위해 쓰여지고, 민중에게 돌려져야 한다는 명분과는 달리 민중의 공감을 얻지 못하고 오히려 민중으로부터 더욱 소외되는 상황에 처하게 되었다. 김기진이 프로시의 이러한 한계를 반성하며 '단편 서사시'와 민요시의 형식을 프로시의 대중화 방안으로 제시하며 긍정적으로 수용할 필요가 있다고 주장했다. 그러나 카프 내부의 소장파들에 의한 반론이 더욱 강력해서 김기진의 주장은 단지 개인적인 견해로 치부되고 말았다.

　이상의 요약에서 보듯이, 식민지하의 근대시는 여러 다양한 시 형식의 모색을 통해 진정한 '우리 시'를 찾고자 노력했다. 그러나 그 과정은 서로 다른 문학관과 문학이념 때문에 '우리 시'의 방향 정립에 일정한 합의를 도출하지 못하고, 많은 논쟁을 불러 일으켰다. 이는 '우리 시'의 모색이 그만큼 과도기적 상태에 있었음을 의미하면서, 치열한 논쟁이 있었던 만큼 시의 본질에 대한 이해는 물론 '우리 시'의 바람직한 방향에 대한 한층 깊은 성찰이 있었음을 또한 뜻한다.

1930년대 후반기 시의 현실지향과 민중지향

— 박세영과 이용악의 시를 중심으로

I. 들머리

일제 강점기의 한국 근대문학을 논의하는 자리에서 당시 카프(KAPF)
에서 문학활동을 했거나, 해방공간기에 좌익문학 활동을 하다 월북한 문
인들의 문학작품들은 분단현실의 정치적 문제와 맞물려 오랫동안 논의의
대상에서 배제되어 왔다. 그런데 다행히 1980년대 들어 홍명희, 이기영,
한설야 등 몇몇의 월북작가 작품을 제외하고는 납·월북작가 작품에 대
한 해금조치가 이루어지면서, 이들 작가 작품에 대한 새삼스런 관심이
고조되고, 본격적인 재조명의 작업이 활발해졌다. 실상 근대작가·작품의
연구와 문학사의 기술이 진작부터 문학의 본질적인 문제를 중심으로 민
족문학의 통합적 관점을 마련하는 쪽으로 논의가 전개되었어야 옳았다.
다소 뒤늦은 감은 있지만, 납·월북작가 작품에 관한 논의가 이제 개방
된만큼, 본격적인 재조명의 작업을 통해 그 문학사적 위상을 올바로 정
립하는 일이 시급히 요청된다.

본고에서 박세영(朴世永)과 이용악(李庸岳)의 시를 특별히 주목하여 논
의하는 까닭도 이런 요청적 작업에 부응하기 위해서이다. 그러면서 본고
는 직접적으로 이들 시인의 시를 현실지향과 민중 지향이란 관점에서 새

롭게 조명할 목적으로 진행된다. 1930년대 이후의 시가 대체로 당대 현실의 삶을 깊이 있게 성찰하지 못한 채 순수서정이나 모더니즘의 시세계를 추구해 왔다는 것이 일반적인 통념이다. 사실 1930년대 초의 시문학파의 시, 그리고 그 이후 이미지즘의 시와 초현실주의의 시들이 1920년대의 시와 구별되는 시사적 신기류를 형성하고 있었다. 그런데 이들 시사적 신기류의 한편에 일제 강점기의 현실을 적극 형상화하며 나름대로 민족 주체의 저항적 문맥을 형성했던 시들이 분명히 지속되고 있었다. 카프문학이 1930년대 들어 비록 쇠퇴의 국면을 맞고 있었으나, 1935년 카프가 공식 해산된 이후에도 카프에 직접 가담했든 그렇지 않았든 간에 현실주의의 문학 입장을 견지하며 두드러진 시작활동을 한 시인도 여럿이 있다.1) 여기에 박세영은 카프에 직접 가담했던 시인으로서, 이용악은 카프에 가담하지 않았지만 1930년대 후반부터 상당한 시작활동을 한 시인으로, 1930년대 시의 현실지향과 민중지향의 문맥을 검토하기 위해서는 반드시 짚고 넘어가야 할 시인이다.

그런데 박세영과 이용악의 시는 1930년대 이후 저항시로 많은 조명을 받아왔던 심훈, 이육사, 윤동주 등의 시와 구별되는 저항적 문맥을 형성하고 있다. 이 점은 본론에서 자세히 검토하겠지만, 이들 시가 기본적으로 민중적 이데올로기에 입각하면서, 일제하 민중현실의 궁핍상과 고난상을 주로 형상화하고 있기 때문이다. 이는 박세영이 카프의 맹원으로 활약하고, 해방공간기에는 카프 비해소파로 <조선문학가동맹>에 가입하여 활동하다 월북한 시인이며, 이용악 역시 카프에는 가담하지 않았지만, 해방공간기에 박세영과 함께 <조선문학가동맹>에서 활동하다 월북한 시인이란 사실과 무관하지 않다. 물론 그렇다고 이들 시인의 시를 이런 외재적 사실에 지나치게 매달려 특정 이데올로기로 일방 분석하여 해석하는 태도는 바람직하지 않다. 이들의 시 중에는 민중적 세계관에 기초한

---

1) 박세영과 이용악 외에 권환, 이찬, 임화, 오장환, 류완희 등 여러 시인이 여기에 포함될 수 있다. 이중 특히 박세영과 이용악은 1930년대 후반에 여타 시인들에 비해 두드러진 작품활동을 했다는 점에서 돋보인다고 하겠다.

현실비판 및 현실대항의 사회시뿐만 아니라, 개인의 주관적 인식을 나타
낸 서정시나 자연심상의 시들도 상당수 포함되어 있다.2) 따라서 이들 시
인의 시는 작품의 실상을 토대로 객관적 비평의 관점에서 신중하게 검토
되어야 한다.

그런데 본고는 1930년대의 시에서 현실지향과 민중지향의 문맥을 검토
하는 것이 직접적인 관심사이기에, 박세영과 이용악의 시 중에서 현실비
판 및 현실대항의 사회적 인식을 바탕으로 한 시의 논의에 초점을 맞추
고자 한다. 이들 시에서 비록 이데올로기적 편향성이 드러나는 작품이
있다고 해도, 그것은 저항시의 일반이 갖는 현실비판 내지 현실대항적
성격의 일환으로 폭넓게 이해하고자 한다. 일제 강점기의 문학이 계급적
관점의 민중적 이데올로기를 표방하든, '조선주의'의 민족주의 이데올로
기를 표방하든, 그것은 기본적으로 일제 강점기란 동일한 역사적 문맥에
서 궁극적으로 불행한 민족사의 타개와 현실극복 및 민족해방을 목표로
하고 있다는 인식에서 범박하게 이해될 필요가 있다. 이런 관점에서 박
세영과 이용악의 시도 민족 주체의 현실비판 및 현실대항의 저항시로 그
성격이 규정될 수 있다. 문제는 이들 시의 구체적인 현실지향의 모습과
시세계의 특징이 무엇인지 자세하게 검토하여, 그 시사적 위상을 분명하
게 정립하는 일이다.

Ⅱ. 박세영의 시세계

2-1 민중현실의 각성과 실향의 비극

백하(白河) 박세영은 1925년 결성된 카프에 가담한 이후 본격적인 시
작활동을 한 것으로 보인다. 물론 박세영은 그 이전 배제고보 시절(191

---

2) 특히 이용악의 시는 이런 사실에 따라 감태준에 의해 총체적으로 검토된 바 있
   다. 감태준, 『이용악시연구』(문학세계사, 1991. 5).

7∼1922)에 동기동창인 송영과 더불어 회람지 ≪새누리≫를 간행한 바 있으며, 배제고보를 졸업한 후 연희전문을 잠시 다니다 곧 중퇴하고는 상해의 혜령전문학교에서 수학하면서 틈틈이 시를 쓰기도 했다. 1922년을 전후로 한 이 시기에 그는 사실 상당수의 시작품을 쓴 것으로 나타나는데, 그의 유일한 시집인 『산제비』(중앙인서관, 1938)의 자서에서 <서글픈 내 고향(故鄕)>, <푸른 대지(大地)>, <엷은 봄의 추억(追憶)> 편에 실린 작품들이 당시에 쓴 시들이라 했다. 또한 그는 1922년 당시 송영, 이적효 등이 주동이 되어 조직한 사회주의 문화운동단체인 '염군사'(焰群社)에서 기관지로 간행한 ≪염군≫ 제1호에 시 <양자강반(揚子江畔)에서>를 발표하기도 했다. 그러다 박세영은 1924년 귀국하여 송영, 이기영, 임화 등과 교유하다 카프의 결성에 참여하여 본격적인 문학활동을 전개했다.3) 박세영의 카프시절부터 해방 전까지의 시작활동은 이찬, 임화, 김창술, 권환과 함께 펴낸 『카프시인집』(집단사, 1931)과 그의 유일한 시집 『산제비』에서 대강을 파악할 수 있다. 그런데 『산제비』의 간행 당시 일제의 검열로 인하여 카프시절의 작품을 개재하지 못했던 사정을 감안해야 한다.

카프시절 박세영의 시는 대부분 계급 모순의 현실을 담고 있다. 따라서 그의 시는 가진 자들의 횡포에 시달리는 노동자, 농민의 곤궁한 삶을 들추면서, 계급모순에 기초한 계급투쟁의식을 고취하고 있다. <농부아들의 탄식>(≪문예시대≫제1호, 1927. 1), <타적>(≪조선지광≫, 1928. 12), <누나>(『카프시인집』, 1931. 11), <산(山)골의 공장(工場)>(≪신계단≫, 1932. 10) 등이 작품이 이에 해당한다. 이들 시는 물론 계급투쟁의식을 고취하는 카프시의 한 전형을 보여주는 셈이지만, 일제 강점기의 상황에서 대항적 현실비판의 성격을 갖는 시편이기도 하다.

> ① 잠간 동안 들은 금을 펴논 것 갓더니

---

3) 박세영의 전기적 사실은 김재홍, <대륙적 풍모와 남성주의 ―박세영론>, ≪문학
   사상≫(1988. 11)에 더욱 자세히 나와 있다.

강말나빠진 농부에게 주는 량식처럼
지금은 거더드리어 갈갈이 찌저내는구나
우리의 농부여 허제비는 그대로 두라
우리의 꼴이 잡바지려는 허재비꼴이나 무에 다르랴.

타적이 다 맞기 전에
다시 한번 한울 탓이나 하였네 입과 입들은,
그러나 곱다란 마당- 메 한톨 안남깨 쓰러 갓슬 때
한울 탓은 니것네 모다 니저버렸네.
                          — <타적>에서4)

② 누나!
그날을 또 엇더케 지내셋수
硫黃가루 어더 마진것 가튼 세 자식을 데리고
돌려가며 밥 달라는 굶은 어린 것들을 데리고
허나 누나를 보고 오는 나의 마음은
비스듬한 고개가 갑작이 깍가 질너 보이고
내려다 뵈는 都市를 向하고 가슴을 멧 번이나 두다렷소

누나!
그러케 내가 무어라구 그랫수
가난한 사람은 다 가튼 생각을 가저야 한다고
내 몸은 가난의 그물에 걸렸스면서도
생각은 가장 理想境, 文化住宅을 생각하고
재산을 생각하지만 어듸 되는 줄 아우
가난한 사람이 누구라 안부르런하우만은
돈을 모을 수가 잇습 가 그것도 封建時代의 말이유
부즈런이란 무엇 말나빠진 것이란 말이유
                          — <누나>에서5)

①의 시는 농촌의 피폐한 현실과 그에 따른 농민들의 울분을 담고 있

---

4) ≪조선지광≫ 1928년 11월·12월 합병호(1928. 12).
5) 『카프시인집』(집단사, 1931. 6), 85~86쪽.

다. 힘들여 농사지어 "금을 펴논 것" 같던 들판의 곡식은 타작도 하기 전에 일인 지주에게 농지세나 소작세 등으로 모두 수탈 당하고 "우리의 꼴이 잡바지려는 허재비 꼴이나 무에 다르랴"고 탄식하고 있다. 이에 농민은 자신의 신세를 하늘 탓에 돌려 한탄해보지만 "한울 탓은 니젓네 모다 니저버렸네"라고 하여 그 근본적인 원인이 식민지 현실의 왜곡에 있음을 간접적으로 토로하고 있다. 이처럼 이 시는 시적 자아(persona)로 농민을 등장시켜, 당대 농촌현실의 피폐상을 고발하면서, 일제의 수탈에 대한 농민의 분노를 실감 있게 전달하고자 했다. 이와 달리 ②의 시는 공장노동의 현실을 그리고 있다. 이 시는 시의 화자가 공장 노동자인 '누나'에게 설득적 목소리로 고언하는 방식을 취하고 있는데, 그만큼 선전·선동적인 성격을 다분히 지니고 있다. 그런데 문제는 이 시에 서술된 바와 같이, "돌려가며 밥 달라는 굶은 어린 것들을 데리고" 유황가루를 얻어 마시며 억척같이 일해도 가난의 현실을 벗어날 수 없는 '누나'의 생활모순에 있다. 이 생활모순은 직접적으로 '가난한 사람'의 계급모순에 연결되어 있지만, 이는 근본적으로 식민지 현실의 모순으로 새겨진다. 따라서 이 시는 "부즈런이란 무엇 말나 빠진 것"이란 식의 당착된 논리가 부분적으로 쓰여 있고, 계급투쟁의 선전·선동적 색채를 지니고 있음에도, 식민지 현실의 근본 모순을 비판하는 저항시로서의 위상을 가지고 있다고 말할 수 있다.

　박세영의 시에 나타난 식민지 현실의 모순 비판은 유이민의 실상을 그린 일련의 작품에서 한층 두드러진 시적 성취를 얻고 있다. 시집 『산제비』에 실려 있는 <심향강(沈香江)>, <향수(鄕愁)>, <최후(最後)에 온 소식(消息)>, <다시 또 가는가> 등의 작품과 그의 대표작이라 할 수 있는 <산제비>는 바로 이 계열에 드는 작품들이다. 이 중 <최후(最後)에 온 소식(消息)>은 유이민의 비극적 실상을 가장 극적으로 보여주는 작품이다.

　　　　그대는 男便도 없는 그대는
　　　　늙은 어머니와 어린 자식들을 데리고

大膽히도 北滿으로 떠난 지도 이미 三年.

한해, 두해, 기다려도 소식 없더니만,
이제야 왔다는 消息이 이것이었든가?
그대들의 最後를 말하는, 쓰라린 이 消息이었든가.
우리는 정말 몸이 부르르 떨리고
왼 몸에 소름이 끼치어 못견디겠구나.

그대가 그렇게 말못할 苦生을 하였고,
그렇게도 못대지 같은 욕심쟁이에게
피와 땀을 다 말리었다지.

그대가 그곳에 갈적에는,
한가닥 希望을 바라고
勇敢히도 사나이답게 나서지 않었든가.

그러나 그대는 약한 몸이 황소같이 일을 했고,
강냉이와 조밥도 없이
넓은 曠野에서 배만 주리었다지.

어린 것들은 울고 불고 故鄕으로 가쟀다지
허나 그대는 다시는 故鄕에 오지도 못하고,
怨恨의 죽엄을 하였다지.

그대여 砲煙이 구름같이 피어오르는 그 곳을 빠져나와,
어린 자식이나 살릴까 하고
하루 밤 하루 낮을 南으로 南으로 걸었다지.

그러나 그것도 소용없이
그대는 어린 것을 업은 채,
만주 벌판에 엎으러지고 말었다지,
생각만 하여도 가엾구나.

그대여 한 女子의 몸으로서

>   北으로 萬里길을 더듬을 決心이었거든
>   차라리 이곳에서 손목을 잡고, 억세게 나가지 않았드란 말인가.
>
>   그러나 悲慘한 最後의 消息을 듣고는
>   그대의 남어지 家族들은 마루를 두들겼고,
>   방고래가 빠져라고 치며 울었단다.
>
>   北으로 간들, 南으로 간들
>   가난한 몸이어니
>   무에 신통한 希望이 있드란 말이냐.
>
>   오! 그러나 그대의 죽음은 우리의 가슴에 烙印을 찍고 갔다.
>   그대와 같은 쓰라린 사실이 왜 이리도 늘어만 간단 말이냐.
>
>   西山을 넘은 해는 대지를 어둠의 골로 맨들 때,
>   無心히도 大地 저 끝 하늘조차 어뒤 가는 것을 보니
>   나의 가슴은 너무나 탄다.
>   만일에 해빛이 다시 한번 노을을 펴보지 못한다면
>   이내 가슴의 情熱로라도 펴보고 싶구나.
>   아하! 왼 하늘에 펴보고 싶구나.
>   ― <最後에 온 消息>

‘어느 女人의 哀史’란 부제가 붙은 이 작품은 당대 유이민의 참상을 서사화하고 있는 유이민시[6]의 하나이다. 이 작품에서 시적 화자의 감정이 개입되고 직설적 어조로 이루어진 점이 시의 긴장미를 감소시키고 있기는 하나, 작품에 서사화된 여인의 비극적 삶 자체가 역사적 문맥과 결부되어 극적 비장미를 고조시키고 있다. 남편을 사별하고 “늙은 어머니와 어린 자식들을 데리고” 한 가닥 삶의 희망을 안고 북만으로 유랑의 길을 떠난 여인, 황소같이 일하며 말못할 고생을 하지만 극도의 궁핍은 면할 길이 없고 결국 귀향의 길에서 비참한 최후를 맞이한다는 서사적 구성은 그러므로 단순히 한 여인의 비극적 삶을 제시하는 데 그치지 않

───────────────

6) 윤영천, 『한국의 유민시』(실천문학사, 1987), 12쪽.

는다. "그대의 죽엄은 우리의 가슴에 烙印을 찍고 갔다/그대와 같은 쓰라린 사실이 왜 이리도 늘어만 간단 말이냐"란 구절에서 보듯, 시인은 한 여인의 비극적 삶이 당대 조선의 전체 민중들이 겪고 있는 참상임을 비감 어린 목소리로 말하고 있다. 실제로 한 조사[7]에 따르면, 1927년 현재 만주 이주민 수는 100만명에 달하고, 화전민 수는 120만을 웃도는 정도에 이르고, 그 숫자는 해가 갈수록 늘어갔다. 이 시는 이러한 당대 유이민의 참상을 담으면서, 일제하 조선 민중들이 처한 극도의 궁핍한 현실을 비판적 시각에서 고발하고 있는 것이다. 그러면서 이 시는 현상제시의 차원을 넘어서 시적 자아의 현실극복을 위한 실천적 의지를 피력하고 있다. "만일에 해빛이 다시 한번 노을을 펴보지 못한다면/이내 가슴의 情熱로라도 펴보고 싶구나/아하! 왼 하늘에 펴보고 싶구나"란 결구에서 보듯, 일제하의 암울한 민중현실을 타개하기 위한 시적 자아의 열정적 신념이 격정에 찬 목소리로 전달되고 있다.

　박세영의 시에는 이렇듯 유이민의 고난에 찬 삶의 현실이 아로새겨져 있다. 시 <향수>는 극도의 궁핍으로 고향을 등지고 이역만리 타국으로 떠날 수밖에 없었던 한 유이민의 고향에 대한 짙은 향수를 노래하고 있는 작품이다.

　　　　아! 그립구나 내 故鄕,
　　　　익은 들이 물결치는 가을,
　　　　누러런 들과 새파란 하늘을 볼 땐
　　　　생각히 기느니 내 故鄕.

　　　　…(2∼3연 생략)…

　　　　故鄕의 하늘을 나르는 새, 땅에 기는 짐승들도,
　　　　지금은 따스한 제 집에서 단꿈을 꾸려만
　　　　팔려간 奴隷와 같이
　　　　풍겨난 새와 같이 이몸은 서럽구나.

---

7) 이여성·김세용, ≪숫자조선연구≫ 1집(세광사, 1932), 50∼62쪽.

> 고추를 너러 샛빨간 지붕,
> 파란 박은 寶貨같이 넝쿨에 달리고
> 방아소리 쿵쿵 울릴 때,
> 이 가을, 이 秋夕을 맞는 이
> 아! 故鄉에 몇이나 되노.
>
> 가라는 이 없건만 아니 나오면 왜 못살며
> 들은 익어 누르른데 배를 곯리지 않으면 왜 못살드란 말인가?
> 사랑하는 戀人과 袂別하듯이
> 내 故鄉 떠난 지도 이미 十年.
>
> 그야 이내 몸 뿐이랴,
> 마을의 處女들도 눈물지고 떠나들 갔으며,
> 마을의 壯丁들도 故鄉을 怨望하고 달아났다.
> 그리운 故鄉은 野俗도 하구나.
>
> 수수이삭에 걸린 秋夕달.
> 잠든 湖水가에 거니는 기러기
> 지금은 그멀리 들릴거라 다드미소리,
> 아! 그립고나 이 내 故鄉!

— <鄉愁> 전문

이 시에 지배되어 있는 고향의식을 곧 실향의식이다. 따라서 이 시는 실향의 처절한 상황과 그 고통을 전제하고서야 비로소 성립되는 고향에 대한 짙은 향수와 동경을 표상하고 있다. 이 시의 화자는 "팔려간 奴隷와 같이/쫓겨난 새와 같이" 서럽게 된 실향한 유이민의 한 사람이다. 그러기에 시의 화자에게 고향은 이중의 상반된 형상으로 비춰지고 있다. 한 가지는 추억 속에 내재하는 과거의 고향이며, 다른 한 가지는 실재하는 현재의 고향이다. 전자의 고향은 "익은 들이 물결치는 가을/누르런 들과 새파란 하늘"을 배경으로 "고추를 너러 샛빨간 지붕/파란 박은 寶貨같이 넝쿨에 달리고/방아소리 쿵쿵" 울리는, 풍요롭고 아름다우며 평화롭기 그지

없는 고향이다. 그러나 이는 실재하는 고향이 아니라 추억 속에 그리는 과거의 고향일 뿐이다. 실재하는 고향은 "들은 익어 누르런데 배를 골리지 않으면" 못사는, 그래서 "마을의 處女들도 눈물지고 떠나들 갔으며/마을의 壯丁들도 故鄕을 怨望하고" 달아났던 고향이다. 말하자면 고향은 극도의 궁핍으로 모든 이가 마을을 등지고 유랑의 신세로 전락할 수밖에 없게 된 폐허의 고장이다. 이렇게 고향에 대한 향수의 이면에 자리잡은 폐허의식은 바로 일제 강점기의 궁핍한 농촌현실에 대한 원망과 분노의 표출인 것이다. 그리고 거기에는 암울한 민족현실에 대한 절실한 고뇌와 고통 속에 신음하는 민중에 대한 뜨거운 애정이 깔려 있음은 물론이다.

2-2 자유에의 갈망과 조극의지

　박세영의 시에서 일제하 민중의 비극적 현실에 대한 고뇌와 그 극복의 열정적 신념은 시 <산제비>를 통해 가장 높은 지점까지 다다른다.

南國에서 왔나,
北國에서 왔나,
山上에도 上上峰,
더 올를 수 없는 곳에 깃드린 제비.

너이야 말로 자유의 化身같고나,
너이 몸을 붓들 者 누구냐,
너이 몸에 아른체할 者 누구냐,
너이야 말로 하늘이 네 것이요, 大地가 네 것 같구나.

綠豆만한 눈알로 天下를 내려다 보고,
주먹만한 네 몸으로 화살같이 하늘을 꾀여
魔術師의 채쭉같이 가로 세로 휘도는 山꼭대기 제비야
너이는 壯하고나.

하로 아침 하로 낮을 허덕이고 올라와
天下를 내려다 보고 느끼는 나를 웃어다오,

나는 차라리 너이들 같이 나래라도 펴보고 싶고나,
한숨에 내닷고 한숨에 솟치여
더 날를 수 없이 神祕한 너이 같이 돼보고 싶고나.

槍들을 꽂은 듯 히디힌 바위에 아침 붉은 햇발이 비칠 제
너이는 그 꼭대기에 앉어 깃을 가다듬을 것이요.
山의 精氣가 뭉게뭉게 피여 올를 제,
너이는 마음껏 마시고, 마음껏 휘청거리며 씻을 것이요,
原始林에서 흘러나오는 世上의 祕密을 모조리 드를 것이다.

묏대지가 붉은 흙을 파 헤칠 제
너이는 별에 날러볼 생각을 할 것이요,
갈범이 배를 채우려 약한 짐승을 노리며 어슬렁거리 제,
너이는 人間의 서글픈 소식을 傳하는,
이 나라에서 저 나라로 알려주는
千里鳥일 것이다.

山제비야 날러라,
화살 같이 날러라,
구름을 휘정거리고 안개를 헤쳐라.

땅이 거북등 같이 갈러졌다,
날러라 너이들은 날러라,
그리하여 가난한 農民을 위하여
구름을 모아는 못올까,
날러라 빙빙 가로 세로 솟치고 내닫고
구름을 꼬리에 달고 오라.

山제비야 날러라,
화살같이 날러라,
구름을 헷치고 안개를 헤쳐라.

— <산제비(岩燕)>

시 <산제비>는 9연 40행으로 짜여진 비교적 긴 호흡의 작품인데도 불구하고, 시적 대상이기도 한 '산제비'가 환기하는 상징성 때문에 많은 주목과 찬사를 받아 온 박세영 시인의 대표적 작품이다.8) 그런데 이 <산제비>는 '산제비'의 상징성 때문만이 아니라, 그 상징성이 현실묘사의 구체성과 어우러짐으로써 더욱 높은 시적 성취를 얻고 있다.

제1연에서 제3연까지는 '산제비'의 신성성과 고고성(孤高性)에 대한 찬사로 이루어져 있다. "山上에도 上上峰/더 올를 수 없는 곳에 깃드린 제비"로 묘사된 산제비는 지상에서 천상으로 오르는 극점에 위치한 신비스럽고도 고고한 존재이다. 그러면서 이 산제비는 "綠豆만한 눈알로 天下를 내려다 보고/주먹만한 네몸으로 화살같이 하늘을 찍여"내는 지상과 천상을 주유하는 초월사로서 나타난다. 산세비의 이러한 고고한 존새사와, 초월자로서의 모습은 지상적 존재이기만 한 인간과 대조를 이루면서, 그러한 인간의 한계성을 초월하고자 하는 갈망을 반영하고 있다. 그것이 바로 '자유(自由)의 화신(化身)'으로 표상된 산제비이다.

제4연에서 제6연까지는 산제비의 신성성과 초월성이 지상적 존재인 인간의 상대적 초라함과, 그리고 현실의 비속성과 구체적인 대조를 이루고 있는 부분이다. 먼저 "하로 아침 내려다 보고 느끼는 나"의 인간이 보여주는 고투에 찬 상승에의 전진적 노력은 "한숨에 내닷고 한숨에 솟치며/더 날를 수없이 神祕한 너"인 산제비의 비상에 비하면 분명한 한계성을 노정하는 것이다. 그래서 인간이 갖는 상승에의 무한한 욕망 즉 초월적 자유의지에의 갈망은 "너희들같이 나래라도 펴보고 싶구나"에서 처럼 '날개'에 대한 소망으로 나타나는 것이다. 이러한 산제비와 인간의 분명한 대조는 다시 산제비의 세계와 인간세계의 극명하는 대조로 이어진다.

---

8) 시집 『산제비』를 비롯한 박세영의 시에 관한 당대의 논평으로 박아지의 <박세영론>(≪풍림≫ 5호, 1937. 4)과 이찬의 <대망의 시집 「산제비」를 읽고>(≪조선일보≫, 1938. 8. 30, 그리고 권환의 <박세영시집 「산제비」를 읽고)(≪동아일보≫, 1938. 8. 17))가 있으며, 최근의 논의로는 김재홍의 <대륙적 풍모와 남성주의 ─ 박세영론>(≪문학사상≫, 1988. 11), 정영자의 <박세영론>(≪시문학≫ 통권 216호, 1989. 7), 윤여탁의 <사상 우위의 문학관과 작품행동으로서의 실천 ─박세영론>, 『한국현대리얼리즘시인론』(태학사, 1990. 3) 등이 있다.

제5연의 "檜들을 …… 드를 것이다"의 구절에서 보듯, 산제비가 깃든 세계는 "히디힌 바위/붉은 햇발/山의 精氣/原始林/世上의 祕密" 등으로 구성되는 신화적 신성성과 원시적 생명성이 내재하는 숭고한 세계이다. 그러나 지상의 인간현실은 "묏돼지가 붉은 흙을 파 헤치고/갈범이 배를 채우려 약한 짐승을 노리는" 생존을 위한 강자와 약자, 있는 자와 없는 자 사이의 처절한 다툼이 벌어지고 있는 비속한 세계이다. 여기서 비속한 세계란 일제하의 온갖 폭력과 수탈이 자행되는 민족현실에 다름 아닌 것이며, 숭고한 세계란 자유의지와 건강한 생명력이 구가되는 지향적 당위의 세계이며 곧 민족해방의 현실에 대응되는 것으로 파악된다.

제7연에서 제9연까지는 종결부분은 지상의 암울하고 척박한 현실을 극복하고자 하는 절실한 염원을 반영하고 있다. 이제 지상의 척박한 현실을 타개하기에는 인간의 힘으로서는 한계에 이르렀으니, 초월적 존재의 힘에 의한 극적인 해결만이 유일한 희망이다. 산제비는 그러한 인간의 소원과 기대를 반영한 초월적 존재이다. 그래서 시의 화자는 "거북등 같이" 갈라진 척박한 땅에서 고달프게 살아가는 "가난한 農民을 위하여" 산제비가 초월적 비상력으로 안개를 헤치고 구름을 모아오기를 기대하고 염원하는 것이다.

이상에서 검토했듯이, 시 <산제비>는 일제하의 암울하고 척박한 현실을 배경으로 '산제비'의 초월적 비상력과 그 숭고한 고고성을 통해 현실적 삶의 상대적 모순을 노정시키면서, 인간적 한계를 넘어선 자유에의 의지와 현실초극의 신념을 통해 현실 모순의 극적인 해결을 소망하고 있는 작품으로 파악된다. 이처럼 박세영의 민중현실에 대한 각성과 그 시적 성찰이 이 <산제비>에서 한 정점을 이루는 것으로 새겨진다.

Ⅲ. 이용악의 시세계

3-1 북방체험과 폐허의식

1930년대 박세영을 뒤이어 민중의 현실을 시적 현실로 적극 형상화하고자 한 시인이 이용악이다. 그는 일본 상지대학 재학시절(1934~1938) <패배자의 소원>을 ≪신인문학≫(1935. 3)에 발표하면서 문단에 등장한 이후, 1930년대 후반에 시집 『분수령』(分水嶺, 1937)과 『낡은 집』(1938)을 잇따라 내면서 매우 활발한 작품활동을 했다. 그리고 그는 해방 후 '조선문학가동맹'에 가담하여 활약하면서 제3시집 『오랑캐꽃』(1947)과 제4시집 『이용악집』(1949)을 발간하는 등 매우 의욕적인 시작활동을 보이다가, 정치사건에 연루되어 복역 중 6·25의 와중에서 출옥한 다음 월북한 것으로 알려져 있다.[9]

이용악은 월북시인 중에서 최근 들어 누구보다 많은 관심과 조명을 받아온 시인이다. 이는 그가 월북시인으로 10여 년의 기간 동안 4권의 시집을 남기는 등 매우 의욕적인 시작활동을 했다는 사실에도 원인이 있겠지만, 무엇보다 그의 시가 보여주는 시세계의 특징에서 이유를 찾을 수 있다. 이용악의 시는 창작시기에 따른 시세계의 변모상을 보여주기도 하지만, 그의 시를 전체적으로 보았을 때는 이중적 성격을 지니는 것으로 파악할 수 있다. 그 한 가지는 시의 형식적 특성과 관련한 현실인식의 문제이다. 전자의 경우 이용악의 시에는 모더니즘의 경향이 작용하고 있으며, 후자의 경우에는 리얼리즘의 인식이 자리잡고 있다고 말할 수 있다. 물론 이 두 측면을 이원적으로 파악하는 데에는 문제가 있지만, 지금까지 이용악 시의 해석과 평가는 이 두 측면과 관련한 상대적 논의가 주류를 이루어 왔다.[10]

---

9) 정영진, 『통한의 실종문인』(문이당, 1989), 33쪽.
10) 지금까지 이용악의 시에 관한 주요 논의를 들면 다음과 같다.
　① 고형진, <구체적 삶의 세목들과 서정적 슬픔 -이용악의 시세계>, ≪현대시

그런데 본고에서 주목하여 논의하고자 하는 이용악의 시는 대체로 리얼리즘의 인식에 기초한 작품들이다. 이 작품들은 주로 시집 『분수령』(1937)과 『낡은 집』(1938)에 수록된 것들인데,11) 그 동안 '민족시' 또는 '민중시'의 위상에서 많은 조명을 받아 왔다. 본고에서는 이러한 맥락을 수용하면서, 특히 사회시로서의 위상을 밝히는데 초점을 맞추어 이용악의 시에 투사된 민중현실의 객관적 성찰과 그 비판의식을 집중 검토하고자 한다.

먼저 이용악의 시에서 주목되는 사항은 그의 시 대부분이 북방체험과 그 정서를 기조로 하고 있다는 점이다. 이는 시인의 고향이 함경북도 경성이란 사실과 깊이 연관된다. 그의 처녀시집인 『분수령』에 첫 작품으로 게재된 작품이 <북쪽>인 것도 우연이 아닐 터이다.

학≫(1988. 8)
② 김종철, <용악 ―민중시의 내면적 진실>, ≪창작과 비평≫(1988년 가을호).
③ 윤지관, <영혼의 노래와 기교의 시 ―이용악론>, ≪세계의 문학≫(1988년 가을호).
④ 이승훈, <한국 프로시의 분석>, ≪비교문화연구≫(한양대 비교문화연구소, 1988)
⑤ 윤영천, <민족문학의 시적 토대 ; 이용악론>, ≪문학사상≫(1988. 11).
⑥ 이병헌, <경계인, 그 고뇌의 시적 역정 ―이용악론>, ≪현대시학≫ 통권 248호(1989. 11).
⑦ 박호영, <이용악연구>, ≪인문학보≫ 6집(강릉대 인문과학연구소, 1988. 12).
⑧ 최동호, <북의 시인 이용악론>, ≪현대문학≫(1989. 4).
⑨ 조명제, <민족시의 리얼리즘적 전진 ―이용악시론>, ≪비평문학≫ 3호(한국비평문학회, 1989. 가을).
⑩ 감태준, <이용악 시의 형태적 특징>, ≪현대문학≫(1989. 12~1990. 1).
⑪ 이숭원, <이용악시의 현실성과 민중성>, ≪논문집≫ 7집(한림대, 1989. 12).
⑫ 최두석, <민족현실의 시적 탐구(이용악론)>, 『한국현대리얼리즘시인론』(태학사, 1990. 3). 이상에서 ④, ⑩의 글은 이용악 시의 형태적 특징에, ①~③, ⑤~⑨, ⑪~⑫의 글은 이용악 시의 현실인식에 비중을 두어 논의하고 있다.
11) 『분수령』(1937), 『낡은 집』(1938)을 기준으로 그 이전의 시들은 자전적 체험의 감상적 작품들로 주류를 이루고, 그 이후 1939년부터 1942년 사이에 쓴 『오랑캐꽃』의 수록 시와 여타 작품은 현실도피적, 자학적 색채가 짙은 작품들이거나 친일 시비가 있는 작품들이다. 따라서 이 글에서는 『분수령』, 『낡은 집』의 이전에 발표된 시와 그 이후에 발표된 시는 연구의 취지상 논의에서 제외한다.

북쪽은 고향
그 북쪽은 女人이 팔려간 나라
머언 山脈에 바람이 얼어붙을 때
다시 풀릴 때
시름 많은 북쪽 하늘에
마음은 눈감을 줄 모르다
— <北쪽>

이용악의 시에 나타나는 북방체험은 결코 아름다운 추억의 영상들로 자리잡고 있지 않다. 북방은 시인이 태어나고 자라온 삶의 터전이었지만, 추위·가난·인습·죽음 등이 자리하는 어둡고 음산하며 황폐화된 공간으로 시에 표상된다. 시 <북쪽>은 바로 이러한 북방의 황폐화된 현실을 담고 있다. 1행에서 4행까지는 북쪽의 고향에 대한 객관적 정황이 제시되어 있으며, 마지막 5, 6행은 이 객관적 정황에 대한 시적 자아의 심적 태도를 표출하고 있다. 먼저 1~4행에서 북쪽의 고향은 "女人이 팔려간 나라/머언 山脈에 바람이 얼어붙"는 곳으로 모진 추위와 세상살이의 고통스러움이 내재해 있는 곳이다. 이 고통스러운 객관적 정황은 그래서 자아에게 "시름 많은 북쪽"으로 각인되며, "마음은 눈감을 줄 모르다"의 결구가 환기하듯 고통의 현실은 곧 자아의 내적 고통으로 새겨진다. 이는 고통스러운 현실에 대한 자아의 자기동일성(self-identity) 인식이다. 여기서 고향인 북쪽의 고통스러운 현실은 단순히 바라보는 객관적 정황으로만 있지 않고, 자아의 내면 깊숙이 뿌리내리는 것이다.[12] 물론 이러한 자기동일성의 인식 바탕에는 시인 자신의 개인적 체험이 가로 놓여 있다고 말할 수 있다. 다음의 시 <도망하는 밤>은 고향에서의 시인의 자전적 체험을 시적 현실로 형상화한 것으로 보인다.

---

12) 이숭원은 "마음은 눈감을 줄 모르다"의 시행이 향수의 심정만을 환기할 뿐 고향의 당대적 의미 및 민족의 수난 등의 문제에 대해서는 수동적이고 방관적인 심적 태도를 노출시킬 따름이라고 부정적인 해석을 내렸다. 이숭원, 앞의 글, 39쪽. 그러나 이는 6행의 짧은 형식으로 이루어진 시 <북쪽>에서 과도한 의미를 찾고자 한 데서 비롯된 오류로 보인다.

> 기름기 없는 살림을 보지만 말어도
> 토실토실 살이 찔 것 같다.
> 뼉다구만 남은 마을……
> 여기서 생활은 가장 平凡한 因襲이었다
>
> 가자
> 씨원히 떠나가자
> 흘러가는 젊음을 따라
> 바람처럼 떠나자
>
>   ― <도망하는 밤>에서

시 <북쪽>에서 보았듯, 이용악에게 고향은 고통스러운 삶의 현실로 나타난다. 그 곳은 불모의 지대이며 폐허의 공간이다. 실제로 이용악은 고향인 경성에서 줄곧 곤궁한 생활을 해왔던 것으로 파악된다. 위험을 무릅쓰고 국경을 넘나들며 소금장수를 하며 생계를 꾸려 왔던 아버지가 이역 땅 러시아에서 비명횡사를 한 후, 이용악은 홀어머니 밑에서 자라왔다.[13] 이러한 이용악의 유년기 때 생활에서 부친의 사망과 가난의 현실은 이용악에게 매우 큰 비중으로 기억 속에 남겨져 있던 것으로 파악된다. 그의 시 <풀벌렛소리 가득 차 있었다>, <달 있는 제사>, <다리 위에서> 등 여러 시편에서 부친의 사망과 관련한 기억들이 되살려지고 있고, 가난의 현실은 위의 시를 포함하여 그의 시 대부분을 지배하고 있다. 위의 시 <도망하는 밤>에서 고향은 "기름기 없는 살림/뼉다구만 남은 마을/가장 平凡한 因襲의 생활"로 그려져 있듯이, 곤궁한 살림으로 인해 삶의 활기와 생기를 잃어버린 곳, 그래서 폐허의 불모지대로 남게 된 곳이 고향이다. 이처럼 고향은 시인에게 절망의 현실로 기억되고, "가자/씨원히 떠나가자"고 하여 결국 도망치고 싶은 아니 도망칠 수밖에 없는 곳이 되

---

13) 윤영천, <민족시의 전진과 좌절>, 『이용악전집』(창작과 비평사, 1988. 6), 196~
     197쪽 참조. 여기서 이용악의 부친 사망은 1922년 이전으로 추정되고 있다. 그
     렇다면 1914년생인 이용악이 6살이 되기 이전에 아버지를 여읜 것으로 된다.

어 버린다.

그런데 이렇게 고향에 대한 절망적 인식과 고향으로부터의 탈출 욕구
는 그렇다고 시인에게 현실도피의 심리로 비화되지 않는다. 이용악에게
고향에서의 뼈저린 가난의 체험은 오히려 현실인식의 확대를 가져오고,
민족 전체의 고통을 발견하는 쪽으로 심화된다. 다음의 시에서 이런 인
식의 단초를 발견할 수 있다.

> 온갖 어둠과의 접촉에서도
> 생명은 빛을 더불어 思索이 너그럽고
> 갖은 학대를 체험한 나는
> 날카로운 무기를 장만하리라
> 풀풀의 물색으로 平和의 衣裝도 꾸민다
> ― <冬眠하는 昆蟲의 노래>에서

동면하는 곤충을 대상화한 이 시는 현실에 대한 자아의 단호한 신념과
의지를 간접적으로 표출한 것으로 파악된다. 여기서 '나'는 어둠 속에서
생명의 빛을 발견하고, 갖은 학대의 체험에서 날카로운 무기를 장만하고,
평화의 의장도 꾸미겠다고 했다. 이는 달리 말해 암담한 현실에서 삶의
희망을 포기하지 않고, 현실의 모순에 적극적으로 대결하는 저항정신을
가다듬으며, 미래에의 평화를 기약하는 것으로 해석할 수 있다. 시인은
이렇게 현실에 대한 냉정한 자기성찰의 자세를 통해 개인적 체험의 불행
을 극복하면서, 그 불행이 근본적으로 민족현실의 모순에서 기인하며, 그
근본적 모순의 도정에 민족 전체의 고초와 파멸이 놓여 있다는 것을 정
면으로 인식하게 된다.

3-2 유이민의 참상과 공동체의식

1930년대 시인 중에서 박세영과 함께 이용악은 유별나게 일제 강점기
의 현실에서 유랑민들이 겪는 참상을 집중 노래했다. 다음 작품들을 검
토해 보자.

① 胡人의 말몰이 고향
　높낮어 지나는 말몰이 고향—
　뼈자린 채쭉 소리
　젖가슴을 감어 치는가
　너의 노래가 漁夫의 자장가처럼 애조롭다
　너는 어느 凶作村이 보낸 어린 犧牲者냐
　　　　　　　　— <제비 같은 少女야>에서

② 네 애비 흘러간 뒤
　소식 없던 나날이 무서웠다
　너를 두고 네 어미 도망한 밤
　흐린 하늘은 죄로운 꿈을 머금었고
　숙아
　너를 보듬고 새우던 새벽
　매운 바람이 어설궂게 회오리쳤다.

　　　　… (중략) …

　그러나 숙아
　항구에서 피 말러간다는
　어미 소식을 모르고 갔음이 좋다
　아편에 부어 온 애비 얼골을
　보지 않고 갔음이 다행타
　　　　　　　— <검은 구름이 모여든다>에서

③ 너를 건너
　키 넘는 풀 속을 들쥐처럼 기어
　색다른 국경을 넘고저 숨어다니는 무리
　맥풀린 백성의 사투리의 鄕閭를 아는가
　더욱 돌아오는 실망을
　墓標를 걸머진 듯한 이 실망을 아느냐

　江岸에 무수한 해골이 딩굴러도

　　　해마다 季節마다 더해도
　　　오즉 너의 꿈만 아름다운 듯 고집하는
　　　江아
　　　天痴의 江아
　　　　　　　— <天痴의 江아>에서

　위의 ①~③의 작품들은 고향을 등진 유랑의 길에서 뼈저린 고초를 겪으며 살아가는 유이민의 현실을 반영하고 있다. ①에서는 어린 나이에 국경 너머 이역 땅에 팔려와 술집작부로 기구한 삶을 살아가는 한 소녀의 모습이 참담하게 제시되어 있다. 여기서 시의 화자는 "뼈자린 채쭉 소리/젖가슴을 감어 치는" 어린 소녀의 비극적 자기파멸의 과정을 목도하며 "너는 어느 凶作村①이 보낸 어린 犧牲者냐"라고 비장한 물음을 던진다. 이 비장한 물음 가운데 민족현실의 모순과 그 비극이 숨어 있다. 일제하에서 극도의 궁핍으로 고향을 등지고 유랑걸식의 신세로 전락한 재만 유이민들 중에는 그곳에서도 살길을 찾지 못하고 어린 딸까지 유곽이나 남의 집 '새색시'로 팔아 겨우 연명했던 동포들도 많았다.[14] ①의 작품은 바로 이러한 재만동포들의 참상을 한 어린 소녀의 비극적 자기파멸의 과정을 통해 고발하고 있는 것이다.

　②의 작품 역시 '숙이'란 어린 소녀의 비참한 운명을 통해 일제하의 참담한 현실에서 가족공동체의 비극적 파멸과정을 그리고 있다. '숙이'의 아버지는 가난의 고초를 이기지 못하여 어디론가 유랑의 길을 떠나 돌아오지 않고, 어머니마저 어린 숙이를 남겨 둔 채 야반도주를 하고 말았다. 그러나 '숙이'는 이런 이산의 슬픔도 깨닫기 전에 죽음을 맞이했다. 이

---

14) 임화, <춘래불사춘>(春來不以春), ≪조광≫(1937. 4)에 북만 동포들 사이에 유행했다는 노래로 친구의 편지 내용에 의거 다음과 같이 소개하고 있다. "설한풍 찬바람에 흩옷을 입고/배고픈 고생도 많이 받았오/이럭저럭 나이는 열한살 적에/나의 부모 오라버니 나이 어린 것/처음으로 새옷 한번 지어 입히고/낯 모르는 집으로 데리고 간다." 이 민요 역시 이용악의 <제비 같은 少女야>와 유사한 재만동포들의 참상을 노래하고 있다. 이러한 재만동포의 사정에 대해 보다 구체적인 내용은 윤영천, 앞의 책, 116~119쪽 참조.

숙이의 운명적 죽음으로 이산의 비극은 더욱 고조되지만, "그러나 숙아/항구에서 피 말러간다는/어미 소식을 모르고 갔음이 좋다/아편에 부어온 애비 얼골을 보지 않고 갔음이 다행타"고 시의 화자는 말한다. 그러나 이러한 화자의 언술은 숙이의 죽음에 대한 한갓 자위적 발언으로만 볼 수 없다. 이 자위적 발언 속에는 엄청난 가족파탄의 비극과 그 분노가 숨어 있기 때문이다. 유랑현실의 비정상적 삶의 도정에서 아버지는 아편중독자가 되어 돌아왔고, 어머니는 항구의 유곽에서 피를 말리는 매음녀가 되어 초췌하게 파멸되어 가고 있었던 것이다. 그들에게 유랑의 길에서 기아의 고통을 참아내는 방편이 이렇게 비정상적 삶의 방식을 선택하는 길밖에 없었던 것이다. ②의 작품은 어린 숙이의 운명적 죽음을 중심으로 가족공동체의 파멸과정을 서사적 맥락에 담아 그 비극적 의미를 실감 있게 형상화하고 있는 것이다.

③의 작품은 ①, ②의 작품에서 보여준 가족공동체의 파멸과정을 민족공동체의 현실로 옮겨 놓고 있다. 이 작품에서 먼저 강의 이미지가 환기하는 자연의 질서와 강을 경계로 펼쳐지는 인간의 질서가 날카롭게 대조되어 나타난다. 강은 '색다른 국경'을 사이에 두고 흐르면서, 강을 배경으로 일어나는 온갖 초조와 공포와 오욕의 비극적 역사현실에도 아랑곳 하지 않고 "네만 냉정한 듯 차게 흐르는", "오즉 너의 꿈만 아름다운 듯 고집에는" 비정한 강, '천치(天痴)의 강'이다. 그러나 이 비정한 자연의 질서 이면에 조선 민족의 고통스런 삶의 비극이 자리하고 있다. "키 넘는 풀속을 들쥐처럼 기어/색다른 국경을 넘고저 숨어 다니는 무리"는 곧 당대 조선의 유이민들이다. 국내에서 가난의 고초를 이기지 못하고 위험을 무릅쓰며 국경을 넘어 유랑의 길에 오르지만, 거기서도 삶의 희망을 찾지 못하고 끊임없이 계속되는 가난 때문에 고향이 그래도 낫겠다는 생각에서 다시 국경을 넘어오는 유랑민들, 이 유랑민들의 비애와 실망이 '천치의 강'을 배경으로 점철되고 있는 것이다. "더욱 돌아오는 실망을/墓標를 걸머진 듯한 이 실망을 아느냐"의 구절은 이러한 유랑민들의 비애와 실망이 얼마나 큰 것인지 증언하는 셈이다. 결국 이 시는 '강'에 대한 분

노섞인 표현에서 당대의 비정한 현실을 비판하면서, 또한 유랑민의 비극적 행로를 통해 민족공동체의 파멸과정을 비장하게 들추어 폭로하고 있는 것이다.

이용악의 시에서 일제하의 궁핍한 현실과 그 폐허의 과정, 그리고 이에 따른 조선 유랑민의 족적을 가장 뛰어난 시적 성취로 보여주고 있는 작품이 <낡은 집>이다.

날로 밤으로
왕거미 줄치기에 분주한 집
마을서 흉집이리고 꺼리는 낡은 집
이 집에 살았다는 백성들은
대대손손에 물려줄
은동곳도 산호관자도 갖지 못했니라

재를 넘어 무곡을 다니던 당나귀
항구로 가는 콩실이에 늙은 둥글소
모두 없어진 지 오랜
외양간엔 아직 초라한 내음새 그윽하다만
털보네 간 곳은 아모도 모른다

찻길이 뇌이기 전
노루 멧돼지 쪽제비 이런 것들이
앞뒤 산을 마음놓고 뛰어다니던 시절
털보의 세째 아들은
나의 싸리말 동무는
이 집 안방 짓두광주리 옆에서
첫울음을 울었다고 한다

  "털보네는 또 아들을 봤다우
  송아지래두 불었으면 팔아나 먹지"
마을 아낙네들은 무심코
차그운 이야기를 가을 냇물에 실어 보냈다는
그날 밤

저릎등이 시름시름 타들어가고
소주에 취한 털보의 눈도 일층 붉더란다

갓주지 이야기와
무서운 전설 가운데서 가난 속에서
나의 동무는 늘 마음 졸이며 자랐다
당나귀 몰고 간 애비 돌아오지 않는 밤
노랑고양이 울어 울어
종시 잠 이루지 못하는 밤이면
어미 분주히 일하는 방앗간 한구석에서
나의 동무는
도토리의 꿈을 키웠다

그가 아홉살 되던 해
사냥개 꿩을 쫓아다니는 겨울
이 집에 살던 일곱 식솔이
어데론지 사라지고 이튿날 아침
북쪽을 향한 발자욱만 눈 우에 떨고 있었다.

더러는 오랑캐령 쪽으로 갔으리라고
더러는 아라사로 갔으리라고
이웃 늙은이들은
모두 무서운 곳을 짚었다

지금은 아무도 살지 않는 집
마을서 흉집이리고 꺼리는 낡은 집
제철마다 먹음직한 열매
탐스럽게 열던 살구
살구나무도 글거리만 남았길래
꽃피는 철이 와도 가도 뒤울안에
꿀벌 하나 날아들지 않는다.
— <낡은 집>

8연 50행으로 짜여진 이 시는 털보네 일가의 이야기를 담은 서술시

(narrative poetry)이다.[15] 이 시의 화자는 털보네 일가가 이향을 하게 된 내력을 제3자인 관찰자적 시점으로 제시하고 있다. 문제는 이 시에서 털보네 일가의 이향과 관련한 당대 유이민의 실상이다. 털보네는 우선 "대대손손에 물려줄/은동곳도 산호관자도 갖지 못"한 누대에 걸쳐 가계가 빈한했던 하층출신으로, 방앗간 일을 하며 곡식을 당나귀에 실어 항구에 내다 팔며 근근히 생계를 이어갔던 것으로 나타난다. 그러나 '찻길'로 표상되는 근대화의 물결이 밀어닥치기 전까지 마을은 "노루 멧돼지 쪽제비 이런 것들이/앞뒤 산을 마음놓고 뛰어다니던" 평화로운 고장이었고, 털보네도 비록 가난한 가운데서도 분주히 일하고 "나의 동무는/도토리의 꿈을 키"우며 살았다. 이런 문맥에서 '찻길'과 털보네의 삶은 분명한 대조를 보인다. 그것은 이 '찻길'이 일제의 근대화과징책에 따른 희비의 쌍곡선을 보여주는 것이기 때문이다. 말하자면 이 '찻길'을 매개로 근대화와 농촌의 상대적 황폐화란 모순이 노정되기 때문이다. <낡은 집>은 물론 후자 쪽에 초점을 맞추고 있다.[16] 털보네의 마을에 찻길이 놓이면서 농사를 지어먹고 살던 마을은 더욱 황폐화되고, 곡식을 찧고 팔아서 연명해 가던 털보네는 이 일마저 중단할 수밖에 없는 처지에 놓이게 되는 것이다.

이렇게 '일곱 식솔'의 털보네는 유일한 생계수단마저 잃게 되니 누대로 이어온 가난은 극에 달하게 되고, 마침내 살길을 찾아 야반도주를 감행했던 것이다. "이 집에 살던 일곱 식솔이/어데론지 사라지고 이튿날 아침/북쪽을 향한 발자욱만 눈 우에 떨고 있었다" 구절에서 야반도주하여 유랑의 길에 오른 털보네의 불확정적인 삶의 비극을 감지할 수 있다. 그것은 더욱이 "더러는 오랑캐령 쪽으로 갔으리라고/더러는 아라사로 갔으

---

15) 서술시(narrative poetry)의 개념에 관해서는 김준오, 『한국현대쟝르비평론』(문학과 지성사, 1990. 8), 182~185쪽 참조.
16) 이러한 관점의 작품은 민요 <아리랑>, 〔김소운, ≪언문조선구전민요집≫(제일서방, 1933), 323쪽〕을 포함하여 창작시 중에도 여럿 발견할 수 있다. 허삼봉(許三峯)의 <홍타령>(≪농민≫, 1930. 5)과 <신아리랑>(≪조선농민≫ 제35호, 1929. 8)은 이의 대표적인 예이다.

리라고/이웃 늙은이들은/모두 무서운 곳을 짚었다"란 구절에서 보듯, 털보네의 행적은 불확정적인 가운데 만주나 러시아의 '무서운 곳'에 놓여 있다. 이 '무서운 곳'의 표현에 의해서 털보네의 유랑길이 더욱 엄청난 시련과 고초를 겪을 수밖에 없다는 점이 표명된다. 여기서 털보네의 가족사에 드리워진 가난의 끝없는 절망과 고통이 드러난다. 이 시의 첫째 연에서 설정된 '낡은 집'의 음산한 배경과 분위기가 마지막 연의 '지금' 시점에까지 걸치면서, "꽃피는 철이 와도 가도 뒤울안에/꿀벌 하나 날아들지 않는다"고 한 것도 털보네 가족사의 파탄이 결국 어떤 심각한 지경에 이르렀는지 짐작하게 하는 것이다.

이 시는 이렇게 당대 유이민의 한 전형이라 할 수 있는 털보네의 비극적 행로와 그 파탄지경을 간접적 증언의 형식으로 보여줌으로써 일제하 민족현실의 피폐화 과정을 더욱 실감나게 고발하며 비판하고 있는 것이다.

이상에서 검토했듯이, 이용악의 시는 절실한 개인적 체험을 거친 북방적 정서를 기조로, 일제 말기 유랑민들의 비극적 삶의 현실을 민족현실의 당면 문제로 생생하게 증언하고 고발하고 있는 것이다. 그의 시는 이 점에서 현실지향의 독특한 문맥을 형성하면서 민족시의 한 리얼리즘적 전진을 보여주고 있다고 말할 수 있다.

Ⅳ. 마무리

본고는 지금까지 박세영과 이용악의 시를 중심으로 1930년대 시의 현실지향과 민중지향의 문맥을 검토해 보았다. 1930년대 시의 대부분이 역사현실의 문맥과 유리된 채 전개되는 과정에서, 박세영과 이용악의 시는 유별나게 일제 강점기의 현실에서 기층 민중들이 겪는 비극적 삶을 시적 형상화의 대상으로 삼았다. 그러면서 이들의 시는 특히 유이민의 현실에 초점을 맞추면서 비극적 삶의 이면에 감추어진 식민지 현실의 근본적 모순을 비판하고, 나름대로 현실극복의 의지를 피력하고자 했다.

1930년대의 시에서 박세영과 이용악의 시가 각별히 주목되는 이유는 그들의 시가 표상하는 현실지향과 민중지향의 문맥에 있다. 이는 물론 그들의 시가 당대의 현실과 긴밀한 긴장관계를 유지하고 있기 때문이며, 그것이 더욱이 시 자체의 구조적 긴장을 가능한 유지하는 범위 내에서 형상화되고 있다는 점에서 감동의 폭을 더욱 크게 한다. 따라서 박세영과 이용악의 시는 현상 제시의 차원을 넘어서 이야기체의 서술시로서 서사적 긴장미를 획득하면서, 민족시의 리얼리즘적 전진에 값진 기여를 하고 있다고 평가할 수 있다. 이 점이 1930년대 시의 시사적 흐름에서 박세영과 이용악의 시가 갖는 위상의 특징이자 의의이기도 하다. 앞으로 일제 강점기의 시를 더욱 폭넓게 고찰하는 가운데 이들 시의 현실지향과 민중지향의 문맥을 더욱 구체적으로 검토할 수 있기를 기대하면서, 본고가 여기에 다소나마 기여되었으면 한다.

윤동주 시의 자아성찰과 자기희생

I. 들머리

윤동주의 시가 우리 시문학사에서 각별한 관심과 조명을 받아온 데에는 그의 주요 작품들이 일제 말기의 가장 암울했던 상황에 놓여 있으면서, 당시 친일 일색의 작품들과는 달리 자아의 진지한 내면적 성찰을 통해 민족적 지성과 양심의 문제를 환기하고 있다는 점에 있을 것이다. 바로 이 점에서 윤동주는 '암흑기 하늘의 별'1) 또는 '암흑기 최후의 별'2) 등으로 지칭되면서 일제 말기의 시대적 사명감에 준열한 자아성찰의 자세를 보인 최후의 저항시인으로 평가받아 왔다. 그런데 이런 평가와는 달리 윤동주의 시를 저항적 문맥이 아닌 실존적, 인간주의적, 또는 신앙적 문맥에서 시인의 정신적 지향점을 개인의 정신사적 입장에서 해석, 평가하고자 하는 주장도 만만치 않게 제기되었다. 윤동주의 시를 저항시의 위상에 두고 논의하고자 할 때, 이들 주장을 반드시 유념하여 짚고 넘어갈 필요가 있다.

윤동주의 시를 어떤 의미에서 저항시로 볼 수 있는가? 이 질문에 대한

---

1) 백철, <암흑기 하늘의 별>, 『하늘과 바람과 별과 시』(정음사, 1967).
2) 김우종, <암흑기 최후의 별>, ≪문학사상≫(1976. 4).

긍정적 답변으로 흔히 내놓았던 것이 윤동주의 생애와 관련된 이력이다. 이를테면, 윤동주가 유년시절을 민족운동의 한 거점이었던 북간도에서 보냈다는 점, 그의 가계가 기독교계로 반일적 민족의식의 집안이었던 점, 그가 다니던 숭실중학이 신사참배 거부로 폐교당했다는 증언, 그리고 무엇보다 그가 일본에서 '사상불온, 독립운동'의 혐의로 체포되어 2년 형을 언도 받고 복역 중 후꾸오까(福岡)의 감옥에서 순절했다는 사실 등이다. 따라서 이런 생애의 편력을 기초로 윤동주의 시를 의도적으로 해석하면서 지절(志節)의 정신과 순교(殉敎)의 정신을 찾아 그의 시를 일제 말 저항시의 한 전형으로 평가해 왔다. 그러나 이에 대한 반론으로 그의 생애에서 적극적인 항일의 구체적 행동이 결여되어 있고, 윤동주의 옥사사건 또한 지나치게 미화시켜 시를 해석하는 데 적용해 왔다는 점 등을 들어, 그 동안 윤동주의 시를 저항시로 논의한 데에는 명백한 의도적 오류가 개재되어 있다는 것이다.[3] 사실 시인의 의도와 시의 의도가 반드시 일치할 수 없다는 점을 염두에 둘 때, 생애를 앞세운 시의 논의에는 해석상의 오류와 논리적 비약이 따르기 십상이다. 따라서 시와 생애, 시와 현실 또는 역사를 의미 있는 것으로 관련지어 해석할 때에는 논리적 엄정성이 따라야 하는 것은 두말할 필요가 없다.

그런데 윤동주의 시를 비저항시로 규정하고, 역사적, 사회적 문맥을 배제시킨 채 개인의 내면적 진실에 초점을 맞추어 해석, 평가하고자 하는 입장에도 적지 않은 문제가 내포되어 있다. 윤동주의 시를 저항시로 볼 수 없는 근거로 흔히 제시되는 것이 ① 문학 작품상의 저항과 현실적 행위로서의 저항은 구별되어야 한다는 점, ② 작품 자체에 저항성이 발견되지 않는다는 점, ③ 설령 저항성이 있다 하더라도 실질적인 작품 발표가 해방 이후라는 점 등이다.[4] 이 세 가지 근거에서 ①의 사항을 제외하

---

3) 이에 관한 주요 논의를 들면 다음과 같다.
　　김흥규, <윤동주론>, ≪창작과 비평≫ 33호 (1974. 9).
　　오세영, <윤동주의 시는 저항시인가>, ≪문학사상≫(1976. 4).
　　이유식, <저항의 논리 ─윤동주론>, ≪새국어교육≫ 37・38합병호(1983. 12).
　　박호영, <윤동주론의 문제점>, ≪현대시≫ 1호 (1984년 여름).

고는 수긍하기 어렵다. 굳이 따진다면, ①의 사항부터 저항시를 보는 관점에 문제가 있다. 당연히 문학상의 저항과 행위상의 저항은 구별되어야 하지만, 어떤 경우의 저항이든 구체적인 행위의 이전에 정신적, 심리적 저항의지가 전제되어야 한다. 물론 저항은 구체적 행위로 드러나는 것이 이상적이다. 그러나 행위 이전에 주체가 자신이 처한 상황의 모순을 직시하면서 냉정한 자아성찰의 자세를 가다듬는 일도 저항의 한 속성으로 이해되어야 한다. 이 점은 특히 정신적 지향성을 특정으로 하는 문학작품에 있어서 매우 중요한 측면이다. 따라서 윤동주의 시에서 저항성이 발견되지 않는다는 것은 시의 저항성을 행위의 저항논리로서만 파악하고자 했기 때문이다. 윤동주의 시에 형상화되어 있는 "비극적인 시대를 살아가는 식민지 지식인의 내적 성찰과 속죄양 의식"5)은 단순히 개인의 내면적 진실만을 대변하는 것이 아니라, 그것은 나아가 일제 말의 혹독한 현실에서 시인이 견지했던 지식인으로서의 '양심적 선언'으로 행동적 저항에 못지 않은 값어치를 가진 것으로 이해된다.

여기서 윤동주의 주요 시작품이 놓여 있는 1939년부터 1942년까지의 시대적 상황을 염두에 두고 그의 시를 파악하는 자세가 필요하다. 이 시기는 일제가 군국주의의 전시체제를 확립하고 온갖 탄압의 방법을 동원하여 민족말살정책을 펴 나가면서 내선일체(內鮮一體)와 황국신민화(皇國臣民化)를 강요했던 때이다. 바로 이 무렵부터 대부분의 문인들이 훼절, 전향하여 일제의 앞잡이가 되어, 내선일체의 국민문학을 외치고 일제가 저지른 전쟁에 '거룩한' 희생자가 될 것을 종용했다. 이런 상황에서 "하늘을 우러러 한 점 부끄럼이" 없는 양심을 지킨다는 것이 지식인으로서 얼마나 힘들고 고통스러운 일인지를 상상해 본다면, '부끄러움'의 의식을 통한 내면적 갈등과 자기동일성의 추구를 보이는 윤동주의 시를 두고 단순히 오티즘이나 죄업망상의 유희공간6)으로 파악하거나 부끄러움의 의식

---

4) 오세영, <40년대의 시와 그 인식>, 『20세기 한국시 연구』(새문사, 1989. 3), 249쪽.
5) 오세영, 같은 글.
6) 김열규, <윤동주론>, 《국어국문학》 27호(국어국문학회, 1964. 8).

이 시대의식과 아무런 관련이 없는 것으로[7] 논단할 수는 없다. 윤동주의 시는 자아의 진솔한 내면을 보여주었던 만큼 당대의 비극적 상황에 대해서도 시인과 지식인으로서의 진솔성을 함께 보여 주고 있다.

그런데 문제는 그의 작품이 대부분 당대에 발표되지 못했다는 ③의 사실이다. 지금까지 알려진 그의 시 111편 가운데 고작 몇 편의 동시와 <유언(遺言)>, <새로운 길>, <자화상(自畵像)>만이 당대에 발표되었고,[8] 대부분 해방 후 『하늘과 바람과 별과 시(詩)』(정음사, 1948. 1)의 초간시집 이후에 각종 지면을 통해 발굴, 소개되었다. 이런 사정에서 윤동주의 시가 당대적 의미를 가질 수 없기 때문에 그의 시를 일제 말의 상황과 관련지어 저항시로 논의하기 어렵다는 것이다. 이에 대한 반론적 주장이 이미 있듯이, 당대의 작품 발표 여건이 친일시나 순수 서정시가 아니면 실질적으로 작품을 발표할 수 없었다는 점에서 윤동주의 시가 고려되어야 한다.

윤동주는 1934년 연희전문을 졸업할 때 19편으로 된 자선시집 『하늘과 바람과 별과 시(詩)』를 77부 한정판으로 내려 했으나, 그 때 주위의 만류로 시집 간행을 연기했다. 1941년이면 일제가 공식적인 한글사용을 금지시키고 민족언론지였던 ≪동아일보≫, ≪조선일보≫는 물론이고, 순수 문예지였던 ≪문장(文章)≫과 ≪인문평론(人文評論)≫도 폐간시킨 다음, 친일문학지인 ≪국민문학(國民文學)≫ 및 ≪춘추(春秋)≫, ≪신시대(新時代)≫ 등 친일 종합지를 새로 창간했던 때이다. 그리고 이 시기는 중일전쟁(1937)을 치르고 태평양전쟁(1941. 12)을 준비하면서 모든 체제를 군국주의의 파시즘에 입각한 전시체제로 몰고 갔던 때이다. 이런 상황에서 윤동주가 시집을 간행하려 했다고 해도, 온전하게 이루어졌을 리 만무하다.

---

7) 오세영, 앞의 글, <윤동주의 시는 저항시인가>, 228쪽.
8) 참고로 <유언>은 ≪조선일보≫(1939. 1. 27)의 '학생란'에 산문 <달을 쏘다>와 함께 발표되었고, <새로운 길>, <자화상>은 연희전문 문과에서 발행한 ≪문우(文友)≫(1941)에, 그리고 <병아리>, <빗자루>, <오줌싸개 지도>, <무얼 먹구 사나>, <거짓부리> 등의 동시가 당시 북간도에서 발행된 ≪카토릭 소년≫에 1936년 11월부터 1937년 10월 사이에 발표되었다.

1941년부터 8년 전인 1933년에 심훈의 경우 그러한 좌절을 겪고 시집간
행을 포기한 바 있음은 주지의 사실이다. 심훈의 시와 윤동주의 시가 저
항의 정도에 상당한 차이가 있다손 치더라도 저항의 혐의가 있다면, 시
집의 상재는 불가능했다고 보아야 한다. 따라서 문학의 전달론적 측면만
지나치게 중시하여 윤동주의 시를 당대적 맥락과 분리시켜 보는 태도는
온당하지 못하다. 윤동주의 작품이 대부분 시작시기를 부기해 놓은 점을
감안하면서, 그의 작품이 당대적 상황과 어떤 긴장관계를 지니고 있는지
해명하는 일이 긴요한 과제이다.

Ⅱ. 실존적 현실인식과 자아성찰

앞에서 윤동주의 시에 대한 저항시 시비의 문제를 다소 장황하게 언급
하며 이 글의 입론을 마련했으나, 그렇다고 윤동주의 시 전체를 저항시
의 위상에 두고 논의할 수는 없다. 그의 시 중에서 1938년 이전에 쓰여
진 작품들은 대부분 동시이거나 습작기의 수준을 크게 벗어나지 못한 것
으로 파악된다. 그러니까 윤동주의 시에서 내면적 성숙이 어느 정도 이
루어졌다고 생각되는 1938년 이후의 작품이 저항시의 위상에서 문제가
된다. 1938년이면 윤동주가 나이 22세 되던 해로, 광명중학 5년을 졸업하
고 연희전문 문과에 입학했을 때이다. 대체로 이 시기 이후의 작품들이
작품 수준에 있어서 그전의 작품에 비해 진전되어 있으며, 시대적 상황
과의 긴장관계도 비교적 구체적으로 드러난다. 그리고 그가 자선시집
『하늘과 바람과 별과 시(詩)』를 출간하려 했을 때, 바로 1938년 이후의
작품이 대상이 되었다는 점도 고려할 필요가 있다. 비록 출간의 뜻을 이
루지 못했지만, 자선시집이 그 동안 윤동주가 쌓아온 시적 성취의 한 결
산적 의미를 가진다고 할 때, 1938년 이후의 작품은 윤동주 나름의 시적
지향에 대한 판단이 개재된 것으로 생각된다.
그렇다면 윤동주의 시적 지향이 구체적으로 어떻게 이루어져 있는지를

작품을 통해 파악해 보기로 하겠다.

먼저 1938년에 쓰여진 <슬픈 족속(族屬)>과 <아우의 인상화(印象畵)>를 보자.9)

① 흰 수건이 검은 머리를 두르고
흰 고무신이 거친 발에 걸리우다.

흰 저고리 치마가 슬픈 몸짓을 가리고
흰 띠가 가는 허리를 질끈 동이다.
— <슬픈 族屬>(1938. 9)

② 「늬는 자라 무엇이 되려니」
「사람이 되지」
아우의 설은 진정코 설은 對答이다

슬며시 잡았던 손을 놓고
아우의 얼골을 다시 들여다 본다.

싸늘한 달이 붉은 이마에 젖어
아우의 얼골은 슬픈 그림이다.
— <아우의 印象畵>(1938. 9. 15)에서

①의 작품에서 "흰 수건/흰 고무신/흰 저고리 치마/흰 띠"를 걸친 '슬픈 족속'은 쉽게 백의민족(白衣民族)을 표상하는 한민족임을 알 수 있다. 그런데 왜 백의민족의 영상이 "검은 머리/거친 발/슬픈 몸짓/가는 허리"의 고달프고 초췌한 '슬픈 족속'의 여인상으로 그려지고 있는가. 우리 문학에서 여성은 때로 구원의 상징이거나 그리움의 대상으로 나타나기도 하지만, 정반대로 수난의 표징이거나 슬픔의 화신으로 그려지는 경우도 많았다. ①의 <슬픈 족속>은 후자의 전례를 따른 한 소묘적 작품이다. 그런

---

9) 이하 작품의 인용은 윤동주의 시 전체를 집성한 『하늘과 바람과 별과 詩』(중판, 정음사, 1977. 12)를 대상으로 한다.

데 이 단순한 듯한 소묘의 이면에 일제하의 비극적 현실을 고달프게 살아 가는 민족의 참모습에 대한 시인의 자각이 반영되어 있음을 간파해야한다.

②의 작품도 평범한 듯한 시적 진술의 이면에 심각한 현실인식을 숨기고 있다. "늬는 자라 무엇이 되려니/사람이 되지"라는 형과 아우의 대화에서 왜 "아우의 설은 진정코 설은 對話이다"라고 했는가. 분명히 사람이된다는 아우의 대답은 꾸밈없는 솔직한 대답일 터이다. 그리고 이런 순진무구한 아우의 얼굴이 왜 '슬픈 그림'으로 형에게 비춰지는가. 그 이유는 기본적으로 "사람이 되지"라는 아우의 대답에 놓여 있다. 즉 사람이된다는 말이 사람답게 사는 인간이 된다는 뜻으로 새겨진다면, 형은 아우의 대답이 철없고 세상 모르는 일로 여길 수밖에 없다. 현실은 사람이사람답게 살 수 없는 조건인데, 사람답게 산다는 것이 얼마나 힘들고 고통스러운 일인지 형은 판단하고 있는 것이다. 그래서 대답이 '진정코 설은 對答'이며, 아우의 얼굴이 '슬픈 그림'처럼 걱정스럽게 형에게 인식되는 것이다. ②의 시는 이처럼 평범한 시적 진술의 이면에 사람답게 살수 없는 일제하의 현실에 대한 시인의 날카로운 성찰이 작용하고 있는작품이다. 시인의 이러한 성찰이 도덕적 기준에 의한 것인지, 정치적 기준에 의한 것인지는 분명하지 않지만, 어떤 쪽이든 당대적 현실이 사람답게 살 수 없는 비정상적 세계임을 노정시키고 있다.

윤동주의 시에는 비정상적인 세계 속에서 고통스럽게 살아가는 존재, 소외된 존재, 갈등하는 존재들이 한 특성을 이루며 표상되고 있다. 위의①, ②의 작품에 그려진 '슬픈 족속'이나 '슬픈 그림'의 아우의 모습이 바로 그런 것이었다. 시 <병원(病院)>은 이런 세계의 형상을 우회적 방식으로 묘사하고 있는 작품이다.

> 살구나무 그늘로 얼골을 가리고, 炳原 뒤뜰에 누어, 젊은 女子가 흰옷 아래로 하얀 다리를 드러내 놓고 日光欲을 한다. 한나절이 기울도록 가슴을 앓는다는 이 女子를 찾어오는 이, 나비 한 마리도 없다. 슬프지고 않은 살구나무 가지에는 바람조차 없다.

나도 모를 아픔을 오래 참다 처음으로 이곳에 찾아왔다. 그러나 나의 늙은 의사는 젊은이의 病을 모른다. 나한테는 病이 없다고 한다. 이 지나친 試鍊, 이 지나친 疲勞, 나는 성내서는 안된다.
— <病院> (1940. 12)에서

정병욱(鄭炳昱)의 회고에 의하면, 윤동주가 <서시(序詩)>를 쓰기 전 자필 시집 이름을 <병원>이라 붙일까 하여 표지에 연필로 '病院'이라 써넣어 주었다 한다. 그 이유는 지금 세상이 온통 환자투성이기 때문이라 하였다 한다.10) 이 사실은 염상섭(廉想涉)이 <만세전>(萬歲前)에서 당대의 식민지 현실을 '무덤'으로 규정한 것과 상통하는 점이 있다. 윤동주의 시 <병원>이 염상섭의 경우처럼 현실에 대한 정치적 판단이 개입되어 있다고 말할 수는 없으나, '병원'이 표상하는 바의 세계가 비정상적인 것만은 틀림없다.

이 <병원>에 두 사람의 병자가 묘사되어 있다. 한 병자는 "한나절이 기울도록 가슴을 앓는다는" 젊은 여자이며, 또 한 병자는 "지나친 試鍊, 지나친 疲勞" 때문에 병원에 찾아온 환자가 아니라, 마음의 병을 얻고 있는 환자라는 데 있다. 여자의 가슴앓이 병이 구체적으로 어떤 원인에 의한 것인지는 알 수 없지만, "이 女子를 찾아오는 이, 나비 한 마리도 없다. 슬프지도 않은 살구나무 가지에는 바람조차 없다."에서 보듯 극도의 소외감 때문에 여자의 병은 더욱 고통스럽게 새겨진다. 이보다 더욱 문제는 '나'의 병에 있다. '나'의 병은 '나도 모를 아픔'이며, 의사조차 병명을 모르고 병이 없다고만 한다. 그러나, '나'는 지나친 시련과 피로에 젖어 병명 모를 병, 마음의 병을 앓고 있는 셈이다. 병명을 모르니 처방이 따로 있을 수 없다. 굳이 병의 원인을 짚어본다면, 현실에서 겪는 지나친 시련과 세상살이의 피로 때문이라고 말할 수 있다. 그래도 "나는 성내서는 않된다"고 했다. 여기서 자포자기의 심정이 나타나는 것 같으나, 병의

---

10) 정병욱, <잊지 못할 윤동주의 일들>, ≪나라 사랑≫ 23집(외솔회, 1976. 6).

근본적인 원인이 현실적 삶의 질곡에 놓여 있다고 할 때, 이 현실적 삶의 질곡이 그만큼 자아를 위축시키고 있는 것이다. 그래서 이 시의 결구에서 "그 女子의 健康이 ―아니 내 健康도 속히 回復되기를 바라며 그가 누웠던 자리에 누어 본다"고 했다. 말하자면 '나'는 그 '여자'와 정신적 동일성의 교감을 마련함으로써 마음의 위안과 함께 건강의 회복을 염원하는 것이다. 시 <병원>은 따라서 젊은 두 남녀의 병명 모를 병의 현상을 진술하면서, 일제하의 현실에서 삶의 질곡이 얼마나 고통스럽게 인간을 병들게 하고 소외시키는지를 간접적으로 표명하고 있는 것이다.

윤동주의 시에서 이런 발상을 기초로 쓰여진 작품을 몇 편 더 찾아볼 수 있다. <장미(薔薇) 병들어>(1939. 9), <위로(慰勞)>(1940, 12. 3) 등의 작품이 이에 해당한다.

> ① 장미 병들어
> 옮겨 놓을 이웃이 없도다.
>
> …(중략)…
>
> 자라가는 아들이 꿈을 깨기 前
> 이내 가슴에 묻어다오
>
> ― <薔薇 병들어>에서
>
> ② 나이보담 무수한 고생 끝에 때를 잃고 病을 얻은 이 사나이를 慰勞할 말이―거미줄을 헝클어 버리는 것밖에 慰勞의 말이 없었다.
>
> ― <慰勞>에서

먼저 ①은 일제하 민족의 현실을 장미의 병으로 대상화하고 있는 작품으로 파악된다. 그런데 장미가 병들어도 "옮겨 놓을 이웃이 없도다"라고 이 시의 화자는 탄식조로 말하고 있다. 이 탄식조의 진술에서 현실의 삶이 그만큼 심각한 병리현상에 젖어 있음을 알게 한다. 삶의 병리현상은 곧 일제에 의해 온갖 고초와 수난을 겪으며 고통스럽게 살아가는 민족의 고난에 찬 삶의 모순을 의미한다. 이 시의 화자는 이러한 현실의 병리현상을 결코 방관하거나 방기하려 하지는 않는다. 이 시의 결구에서 "자라가는 아들이 꿈을 깨기 前/이내 가슴에 묻어다오"라고 한 대목은 시적 화자인 자아의 중대한 결단을 보여준다. 아직 순수한 꿈을 키워가고 있는 '자라나는 아들'인 다음 세대에게까지 현실적 삶의 병리현상에 젖게 할 수는 없기에, 시의 화자는 스스로 현실의 고통을 짊어지겠다고 한 것이다.

시 ②에서는 시 <병원>에서 보았던 병자의 현상이 다시 묘사되고 있다. "나이보담 무수한 고생 끝에 때를 잃고 病을 얻은" 사나이는 시 <병원>에서 "나도 모를 아픔을 오래 참다" 병이 든 '나'와 다를 바 없다. 현실적 삶의 질곡에 자신도 모른 채 빠져 이를 벗어나기 위해 몸부림치지만, 이미 초췌해질 대로 초췌해진 인간의 형상이 바로 사나이의 모습이다. 이는 시 ②의 인용된 구절 앞에 "거미란 놈이 흉한 심보로" 거미줄을 쳐 놓은 곳에 나비 한 마리가 걸려, 이에서 벗어나기 위해 아무리 날개짓을 해도 결국 온몸을 거미줄에 감기고 만다는 삽화와 연결지어 그 의미를 따져 볼 필요가 있다. 사나이의 처지란 결국 거미줄에 걸린 나비의 신세에 다름 아닌 것이다. 그래서 이 시의 화자는 사나이를 위로할 말이 "거미줄을 헝클어 버리는 것밖에" 다른 도리가 없다고 했다. 말하자면 대상적 행위를 통해 병의 고통으로 신음하는 사나이를 위로하는 것이다. 여기서 거미와 나비의 관계는 현실적 삶의 질곡과 거기에서 고통스러워하는 사나이의 관계로 전이되고 있는데, 사나이의 모습은 일제의 강압에 의해 주권을 빼앗기고 암담한 현실에서 고통스럽게 살아가는 민족의 모습을 환유하는 것으로 파악된다. 따라서 거미줄을 헝클어 사나이의 고통을 위로하겠다는 시적 화자의 발언은 일제하 민족현실의 근본적 모순을 극복하려는 자아의 단호한 의지를 표명한 것으로 새겨진다.

시 <자화상(自畵像)>은 제목 그대로 윤동주 시인의 자아인식을 표출하고 있는 작품이다. 지금까지 거론한 시들은 주로 세계에 대한 자아의 외적 갈등을 표출하고 있다면, 이 시는 자아의 내적 갈등을 드러내고 있다.

산모퉁이를 돌아 논가 외딴 우물을 홀로 찾아가선 가만히 들여다
봅니다.

우물 속에는 달이 밝고 구름이 흐르고 하늘이 펼치고 파아란 바람
이 불고 가을이 있습니다.

그리고 한 사나이가 있습니다.
어쩐지 그 사나이가 미워져 돌아갑니다.

돌아가다 생각하니 그 사나이가 가엾어집니다.

도로가다 들여다 보니 사나이는 그대로 있습니다.

다시 그 사나이가 미워져 돌아갑니다.
돌아가다 생각하니 그 사나이가 그리워집니다.

우물 속에는 달이 밝고 구름이 흐르고 하늘이 펼치고 파아란 바람이 불
고 가을이 있고 追憶처럼 사나이가 있습니다.
— <自畵像> (1939. 9)

이 시에서 자아는 분열된 모습으로 나타난다. '우물 속의 나'와 이 '우
물 속의 나'를 들여다보고 생각하는 '우물 밖의 나'가 있다. 이런 자아의
분열상은 심각한 내적 갈등을 보여주는 것이며, 실존적 자기 확인의 자
세를 드러내는 것이기도 하다. 문제는 우물을 매개로 한 분열된 자아의
속성과 내적 갈등의 구체성이 무엇인가 하는 점이다. 먼저 우물은 "산모
퉁이를 돌아 논가 외딴" 곳에 있으며, 달, 구름, 하늘, 바람, 가을의 영상
이 맺어지는 곳이다. 말하자면 우물은 삶의 현실 저쪽에 있으면서 자연
의 조화와 평화가 깃든 곳이다. 따라서 이 우물의 세계는 자아의 상상에
의한 동경의 세계일 수 있으며, 유년기의 추억 속에 내재하는 순수의 세
계일 수도 있다.11) 여기에 한 사나이가 있다. 이 사나이는 '우물 밖의 나'
와 분리되어 있으면서 심각한 갈등 관계를 이루고 있다. 그것은 '미워짐

→가엾어짐→미워짐→그리워짐'이라는 심리적 갈등의 전이과정을 겪는 것으로 나타난다. 그 이유는 무엇인가? '우물 밖의 나'는 아직 자아성찰이 이루어지기 전의 자아이다. 말하자면 실존적 자아성찰을 겪지 않은 일상적 자아인 셈이다. 이 일상적인 자아는 이제 우물 속에 자신을 비춰 봄으로써 진정한 자아를 발견하게 된다. 나르시스의 신화와는 달리 우물 속에 비춰진 자아의 모습에 실망과 연민, 그리고 동경이란 미묘한 심리적 반응을 일으키고 있다. 이는 현재의 일상적 자아가 우물의 조화롭고 평화로운 세계에 어울리지 못하는 초췌한 모습이기 때문이다. 그래서 이 괴리감에 처음에는 미워졌다가 다시 생각하니 가엾어지고, 그러다가 다시 보면 미워지는 감정의 기복을 겪다가, 그 초췌한 모습의 자아가 진정한 자신의 모습임을 결국 생각하면서 그리움의 감정으로 옮아가는 것이다. 일상적 자아는 이러한 자아성찰의 과정을 거쳐 반성적인 자아로 정립되는 것이다. 시 <자화상>은 우물 속에 자신을 비추어 봄으로써 초췌한 일상적 자아의 모습에 갈등하고, 반성하는 실존적 자아상을 보여준다.

Ⅲ. 자기참회와 희생의 역사적 소명의식

윤동주의 시에서 실존적 자아성찰의 자세는 단순히 일회적인 것으로 끝나지 않는다. 끊임없는 자아성찰의 과정을 거쳐 자아의 분명한 태도와 신념을 세우고자 한다. 인간이 자신의 실존적 모습을 분명하게 파악하는 일은 단순히 개인적인 문제에 국한되지 않는다. 그것은 항상 현실에 대한 확고한 태도와 신념을 정립하는 문제와 연결되어 있기 때문이다. 따라서 윤동주의 시에 나타나는 자아성찰의 문제는 대사회적 인식의 문제

---

11) 김우창은 시 <자화상>에 자전적 요소가 있는 것으로 보아, 이 우물의 세계를 윤동주가 유년시절을 보낸 용정과 관련되는 것으로 해석한 바 있다. 김우창, <시대와 내면적 인간-윤동주의 시>, 『궁핍한 시대의 시인』(중판, 민음사, 1978. 5), 178~179쪽.

와 긴밀히 연계되어 있다.

① 거 나를 부르는 것이 누구요,

가랑잎 잎파리 푸르러 나오는 그늘인데,
나 아직 여기 呼吸이 남아 있소.

한번도 손들어 보지못한 나를
손들어 표할 하늘도 없는 나를

어디에 내 한몸 둘 하늘이 있어
나를 부르는 것이오.

일을 마치고 내 죽는날 아침에는
서럽지도 않은 가랑잎이 떨어질텐데……

나를 부르지마오.
　　　　　　　　　　— <무서운 時間> (1941. 2. 7)

② 돌담을 더듬어 눈물 짓다.
　 쳐다보면 하늘은 부끄럽게 푸릅니다.

풀 한포기 없는 이 길을 걷는 것은
담 저쪽에 내가 남어 있는 까닭이고,

내가 사는 것은 다만,
잃은 것을 찾는 까닭입니다.
　　　　　　　　　　— <길> (1941. 9. 31)에서

　　윤동주의 시에 지배적으로 나타나는 의식은, 흔히 지적되어 왔듯이, '부끄러움'의 의식이다. 시 ①, ②의 지배적인 의식은 역시 부끄러움이다. 이 부끄러움의 의식은 물론 자책감을 동반하는 것이다. ①에서 "한번도 손들어 보지못한 나/손들어 표할 하늘도 없는 나"라는 화자의 진술은 현실의 암담함에 적극적인 행동의지를 나타내지 못한 자아의 자책감을 반영하고 있다. 자아는 "가랑잎 푸르러 나오는 그늘"로 표상되는 자기안일의 세계에서 아직 벗어나지 못하고 있기 때문이다. 그러나 누군가가 끊임없이 나를 부르고 있다. 스스로 가랑잎과 같이 보잘것없는 존재라고 생각하면서 자위해 보지만, 그렇다고 암울한 현실을 방관만 할 수도 없는 입장에 자아가 처해 있다. 누군가 나를 부르고 있다는 무서운 강박관념이 자아의 이중적 처지에 대한 갈등을 단적으로 드러내는 것이다. 그래도 현실에 적극적으로 뛰어들지 못하는 자아이기에 ②에서처럼 하늘을 쳐다보아 부끄러울 따름이다.

②의 시는 자아의 부끄러움 의식이 결코 현실을 방기하는 자기변명의 태도에 놓여 있는 것이 아니라, 궁극적으로 현실에 대한 분명한 깨달음과 자기성취의 적극적인 자세를 마련하는 데 있음을 보여준다. 시인은 이제 ①에서처럼 "손들어 표할 하늘도 없다"는 소극적 현실대응의 자세를 청산하고, "풀 한 포기 없는" 삭막한 현실을 분명하게 인식하면서 자신이 가야 할 삶의 길을 뚜렷하게 자각하는 것이다. 그것은 "담 저쪽에 내가 남어 있는 까닭"이다. 말하자면 '나'는 '담 저쪽'의 폐쇄된 현실에서 삶의 질곡에 짓눌리고 훼손된 자아를 다시 원상으로 회복하면서, 잃어버린 삶의 평화와 안식을 찾기 위해 암담한 현실과 외롭게 대결하며 살아가는 것이다.

시 <십자가(十字架)>는 이런 시인의 자세를 자기희생의 비장한 각오를 통해 엄숙하게 노래하고 있다.

쫓아오는 햇빛인데
지금 敎會堂 꼭대기
十字架에 걸리었읍니다.
尖塔이 저렇게도 높은데
어떻게 올라갈 수 있을까요.

鍾소리도 들려오지 않는데

휘파람이나 불며 서성거리다가,

괴로웠던 사나이
幸福한 예수·그리스도에게
처럼
十字架가 許諾된다면

목아지를 드리우고
꽃처럼 피어나는 피를
어두워가는 하늘 밑에
조용히 흘리겠습니다.

— <十字架>(1941. 5. 31)

이 시는 과거적 자아의 반성과 현재적 자아의 비장한 다짐으로 구성되어 있다. 1연은 '지금'의 현재적 상황을 제시하고 있다. "쫓아오는 햇빛"은 마지막 5연의 "어두워가는 하늘"과 연관되면서 상황의 급박함을 알리고 있다. 그런데, 그 햇빛이 지금 교회당 꼭대기 십자가에 걸려 있다고 해서, 자아에게 절대절명의 사명을 인식하는 계기로 작용하고 있다. 그러나 2연의 "尖塔이 저렇게도 높은데/어떻게 올라갈 수 있을까요"에서 보듯 자아에서 주어진 사명에 너무나 힘겨운 것이기에 감히 엄두를 내지 못하고 회의하게 된다. 그래서 아직 때가 아니라고 생각해 보고 방관적 자세로 머뭇거린다. 3연의 "鐘소리도 들려오지 않은데/휘파람이나 불며 서성거리다가"의 구절이 이를 말해준다. 4~5연은 이런 방관적 자세에 자아가 반성적 자세로 돌아서면서 비장한 각오를 나타낸다. 여기서 4연의 '괴로왔던 사나이'를 주목할 필요가 있다. 이 '괴로왔던 사나이'는 2, 3연의 방관적 자아를 지칭하면서, 과거 부끄러움의 자책에 빠져 있었던 자아를 대변한다. 그런데 이 '괴로왔던 사나이'는 이제 속죄양의 자기희생을 통한 역사적 소명의식을 구현하고자 다짐한다. 예수가 십자가에 못 박혀 성서적 진리를 깨우치게 한 것처럼 자신도 그런 속죄양 의식을 통해 역사적 소명의식을 실현할 각오가 되어 있다고 표명하고 있다.12) 이 역사적 소명의식이란 "꽃처럼 피어나는 피를/어두워가는 하는 밑에/조용히 흘리겠"다는 것으로, 암담한 현실을 극복하기 위한 자기희생의 시대정신인 것이다. 자아는 이런 역사적 소명의식에 의해서 비로소 과거의 외로움과 부끄러움의 의식을 벗고, '행복한' 자아의식을 갖게 되는 것이다. 이는 <또 다른 고향(故鄕)>(1941. 9)에서 화자인 '나'가 부끄러운 현실적 자아인 '백골(白骨)'의 탈을 벗고 이상적인 자아인 '아름다운 혼(魂)'을 추구하면서 '아름다운 또 다른 고향(故鄕)'을 갈망하고 있는 것과 상응한다. 그리고 이는 <별 헤는 밤> (1941. 11. 5)에서 부끄러운 자신의 이름을 흙으로 덮어버리고 "무덤우에 파란 잔디가 피어나듯이" 겨울이 지나 별에도 봄이 오기를 기대하는 것과 또한 연결된다.

시 <간(肝)>(1941. 11. 29)역시 <토끼전>의 우화와 프로메테우스의 신화를 연결지으면서, 과거의 소극적이고 부끄러운 자의식을 청산하고 자기희생의 시대정신을 단단한 각오로 노래하고 있는 작품이다. 즉 "거북이야! / 다시는 龍宮의 誘惑에 안떨어진다"고 해서 일시적 안일을 위한 어떤 유혹에도 결코 다시 빠지지 않겠다고 하면서, 인류를 위해 신에게 불을 훔친 죄 아닌 죄로 인고의 벌을 받는 프로메테우스처럼 역사의 속죄양이 되기를 자처하는 것이다. 이제 시인은 혼돈스런 역사의 현실에서 결코 부끄럽지 않는 양심선언을 할 수 있게 된 것이다. 시 <참회록(懺悔錄)>(1942. 1. 24)은 시인의 부끄러운 과거에 대한 고해성사(告解聖事)이자 양심선언의 의미를 갖는 작품이다.

> 파란 녹이 낀 구리거울속에
> 내 얼골이 남어 있는 것은

---

12) 김용직은 <십자가>의 "행복한 예수·그리스도에게/처럼/십자가가 허락된다면"의 구절에서 '처럼'의 행 배치에 주목하여, 이 시의 자아가 갖는 희생의 내용이나 동기, 목적이 예수·그리스도의 경우와 완전히 동일한 것이 아니라, 역사의식을 띠고 있는 것을 제대로 파악해야 한다고 한 바 있다. 이 주장은 <십자가>를 종교적 관점에서만 해석하려는 태도에 대하여 적절하게 문제제기를 한 것이다. 김용직, <어두운 시대와 시인의 십자가>, ≪문학사상≫(1986. 4), 98~100쪽.

어느 王朝의 遺物이기에
이다지도 욕될까

나는 나의 懺悔의 글을 한줄에 주리자
— 滿二十四年一個月을 무슨 기쁨을 바라 살아 왔는가

내일이나 모레나 그 어느 즐거운 날에
나는 또 한줄의 懺悔錄을 써야 한다.
- 그때 그 젊은 나이에 웨 그런 부끄런 告白을 했든가

밤이면 밤마다 나의 거울을
손바닥으로 발바닥으로 닦어 보자.

그러면 어느 隕石밑으로 홀로 걸어가는
슬픈 사람의 뒷모양이
거울속에 나타나온다.
— <懺悔錄> (1941. 1. 24)

'나'의 참회는 역사적 존재의 자각으로부터 시작된다. '파란 녹이 낀 구리거울' 그것은 망국의 오욕을 겪고 쇠락하여 가는 역사의 유물이면서, '슬픈 족속'인 나의 욕된 얼굴을 비추는 참회의 거울이기도 하다. 그런데 '나'는 이 오욕의 역사적 유물에서 자신의 욕된 얼굴을 발견함으로써 비로소 '나'는 그 동안 역사와 민족에 대한 참된 자각을 갖지 못하고 삶의 뚜렷한 보람도 찾지 못한 채 부끄러운 고백만 일삼아 왔다고 참회의 고해성사를 하고 있다. 그러면 '나'는 이러한 참회의 고해성사에서 이제부터 어떻게 해야 할 것인가. 언제까지 부끄럽고 욕된 존재로 남아 있을 수 없다는 것이 자아의 진정한 깨우침이다. "밤이면 밤마다 나의 거울을/ 손바닥으로 발바닥으로 닦어 보자"고 했다. 말하자면 '나'는 온몸으로 정성을 다해 오욕의 역사와 욕된 얼굴을 벗기는 일에 헌신하겠다는 것이다. 그런데 이 헌신적 노력은 "밤이면 밤마다"외롭게 숨어서 밖에 할 수 없다. 그 까닭은 자아의 소극적 자세 때문이 아니라, 현실의 조건이 자아

의 어떤 가시적 노력도 원천적으로 불가능하도록 제약하고 있기 때문이다. 여기서 이 시를 쓴 1942년 벽두의 일제하 상황을 구차하게 거론할 필요는 없으리라 본다. 여하튼 이 시에서 간파되는 자아의 자기회복과 역사회복을 위한 고군분투의 헌신적 노력은 당대 어떤 시인의 시에서도 찾을 수 없는 독자적 의의를 가진다. 그러면 이런 헌신적 노력의 결과로 거울 속에 나타나는 "어떤 隕石밑으로 홀로 걸어가는/슬픈 사람의 뒷모양"이란 무엇인가. 윤동주는 수필 <별똥 떨어진 데>에서 "별똥 떨어진 데가 내가 갈곳인가 보다. 하면 별똥아! 꼭 떨어져야 할 곳에 떨어져야 한다"고 했다. 그렇다면 '운석(隕石) 밑' 즉 별똥 떨어진 데는 자아에게 있어 역사적 숙명의 자리이며, 거기서 자아는 외롭게 고군분투하는 자신의 뒷모습을 상상하며 미래에 대한 희망을 걸어보는 것이다.

　윤동주에게 있어 별은 정신적 이데아와 희망의 상징이다. <눈 감고 간다>(1941. 5. 31)에서의 별이 그렇고, <별 헤는 밤>에서의 별이 그렇다. 이런 별을 노래하면서 시인의 역사적 소명의식을 감동적 목소리로 육화시키고 있는 작품이 <서시(序詩)>이다.

> 죽는 날까지 하늘을 우러러
> 한점 부끄럼이 없기를,
> 잎새에 이는 바람에도
> 나는 괴로워 했다.
> 별을 노래하는 마음으로,
> 모든 죽어가는 것을 사랑해야지
> 그리고 나한테 주어진 길을
> 걸어가야겠다.
>
> 오늘 밤에도 별이 바람에 스치운다.
> 　　　　　　— <序詩> (1941.11.20)

　이 시는 하늘과 바람과 별의 자연심상에서 시인의 내적 세계를 결합시키고 있는 작품이다.[13] 그것은 '하늘→부끄러움의 자각', '바람→괴로움의 자각', '별→사랑의 인식'이란 자연심상의 점진적 인식을 통해 내면적 자각을 고조 승화시키는 것이다. 하늘은 자아에게 "한점 부끄럼이 없기를" 소원하는 완벽한 순결의지의 지향으로 내면화되고, 바람은 정신의 정화(淨化)로 자아의 괴로웠던 과거를 자각하게 했다. 이제 자아는 "별을 노래하는 마음으로" 정신적 이데아를 찾으며, 자신에게 주어진 "모든 죽어가는 것을 사랑"하는 역사적 소명의식을 구현하고자 다짐한다. 이 신념에 찬 자아의 결의는 정신적 순결성을 향한 자아완성의 길을 설정하는 것이면서 동시에 '모든 죽어가는 것'과의 운명적 연대관계에서 '사랑'의 동일성 회복을 실천하는 결단으로 나아간다. 여기서 '모든 죽어가는 것'에 대한 사랑이 범애적(汎愛的) 박애주의의 기독교 정신이나 휴머니즘에 기초한 것으로 볼 수 있지만, 그것은 막연한 세계동포주의가 아니라 일제하의 암담한 현실에 놓인 민족 전체의 처지와 입장에 대한 것으로 보아야 한다. 그렇지 않으면 윤동주의 최후 작품으로 알려진 다음의 시 <쉽게 씌어진 시(詩)>는 온전하게 읽을 수 없다.

> 六疊房은 남의 나라
> 窓밖에 밤비가 속살거리는데,
>
> 등불을 밝혀 어둠을 조금 내몰고,
> 時代처럼 올 아침을 가다리는 最後의 나,
> 나는 나에게 적은 손을 내밀어
> 눈물과 慰安으로 잡는 最初의 握手
> — <쉽게 씌어진 詩> (1942. 6. 3)에서

이 시에서 '육첩방(六疊房)'으로 표상되는 일본은 분명 '남의 나라'이다. 이 시가 쓰여진 1942년 무렵, 윤동주 외에 누구도 감히 일본을 '남의 나라'라고 말한 시인은 없었다. 내선일체(內鮮一體)의 총후 국민의식을

---

13) 김현자, <아청빛 이미지 —윤동주론>, 『시와 상상력의 구조』(문학과 지성사, 1982. 12), 254쪽.

강요당했던 이 시기에 일본은 곧 조국이었고, 조선 민족 전체는 일본 천황의 식민이 된 것을 자랑스럽게 여기고 감읍하도록 조장되었다. 이런 상황에서 '남의 나라' 의식은 윤동주의 시에서 찾을 수 있는 주체적 민족의식으로 매우 소중한 의의를 갖는다. 1941년 윤동주는 연희전문을 졸업하고, 다음 해인 1942년에는 동경 릿쿄대학(立敎大學) 영문과에 입학했다. 윤동주는 적국의 땅 일본에서 이 시를 쓰면서 망국민으로서의 부끄러움과 비애의 심정을 "六疊房은 남의 나라/窓밖에 밤비가 속살거리는데"라고 노래했던 것이다.

그런데 이미 <십자가>, <참회록>, <서시> 등의 작품을 통해 시인이 토로했듯, 윤동주는 자기희생의 역사적 소명의식을 부단한 자아성찰의 과정을 통해 확고한 신념으로 인식해 왔던 터이다. 이제 시인은 "등불을 밝혀 어둠을 조곰 내몰고/時代처럼 아침을 기다리는 最後의 나"가 되었다. 여기서 어둠 곧 밤은 '나의 挑戰의 好敵'이면서 '오늘에 있어서는 다만 말 못하는 悲劇의 背景' (수필 <별똥 떨어진 데>에서)으로, 다시 말해 시인이 대결 극복해야 할 일제하의 비극적 현실이다. 따라서 "등불을 밝혀 어둠을 조곰 내몰고/時代처럼 올 아침을 기다리는" '나'의 자세는 광복의 미래를 예감하며 일제하의 비극적 현실을 조금이라도 극복하려는 '최후(最後)의' 의미심장한 자세로 파악된다.14) 그리고 이것은 현실을 비켜가지 않고 외롭게 고군분투하려는 비장한 자기결단의 자세이다. 이런 외로운 고군분투하는 모습은 시의 결구인 "나는 나에게 적은 손을 내밀어/눈물과 慰安으로 잡는 最初의 握手"로 표현되어 있다. 이리하여 '나'는 스스로에게 바치는 '눈물과 위안(慰安)'으로 자신을 달래고 위로하면서 소심한 자아를 극복하고 새로운 삶의 목표를 잡아가는 것이다.

---

14) 이 시에서 "등불을 밝혀 어둠을 조곰 내몰고"의 해석이 문제가 된다. 그것은 '조곰'이라는 부사어가 갖는 의미 때문이다. 윤동주의 시에서 저항정신이 희박하게 드러난다고 하는 근거로 이 '조곰'의 시어가 인용된다. 이유식, 앞의 글, 49쪽. 그러나 이 '조곰'은 '조곰이라도'라는 의미로 파악하는 것이 온당하리라 본다. 일제하의 비극적 현실 전체와 한 시인이 대결하는 저항의 영역이란 사실 '조곰'일 수밖에 없다.

그러나 윤동주는 자신의 결의에 찬 삶의 목표가 채 달성되기도 전에 이역 땅 '남의 나라' 감옥에서 암흑기 최후의 별로 사라졌다. 윤동주의 시는 결코 이런 비장한 최후의 일대기나 시적 모색의 당대적 희귀성, 또는 민족 주체의식의 현재적 요청으로 인하여 미화, 격찬되거나 저항시의 위상을 가지는 것이 아니라, 작품 자체가 분명히 함축하고 있는 자아성찰과 자기희생의 시대적 소명의식 내지 역사의식에서 중요한 시사적 몫을 담당하면서 저항시의 위상을 갖는 것이다.

Ⅳ. 마무리

지금까지 본고는 윤동주의 시를 두고 진행된 저항시 논의의 시비를 검토한 후, 그의 시가 일제 말기의 시대적 상황과 긴밀한 긴장관계를 이루고 있다는 점을 작품의 문맥을 면밀히 분석하여 해명하고자 했다.

윤동주의 시는 크게 보면 그 동안 두 가지 서로 상반된 입장에서 논의되어 왔다. 한 가지는 윤동주의 전기적 사실에서 저항의 이력을 들추면서, 이를 기초로 시에 내재한 저항의식을 찾으려는 입장이었다. 그러나 이는 시인의 이력을 지나치게 확대 해석하여 시의 분석에 적용해 왔다는 점에서 이른바 의도적 오류의 한계를 내포하는 것으로 문제점이 지적되었다. 이에 윤동주의 시는 저항적 문맥이 아닌 시인 개인의 정신적 지향점에 초점이 맞추어져 실존적, 인간주의적 또는 신앙적 관점에서 새롭게 논의되었다. 그 결과 윤동주의 시는 부끄러움의 의식이나 속죄양의식 등 내면적 진실을 진솔하게 표현하고 있는 작품일뿐 저항시로 결코 볼 수 없다는 주장이 제기되었다.

그런데 이상의 논의는 윤동주의 시를 어느 일방적 관점에서 편협하게 해석했기 때문에 시의 진면목을 제대로 파악하지 못한 것으로 생각했다. 윤동주의 시에서 저항의식과 내면적 진실의 문제는 사실 별개의 사항이 아니라 밀접한 표리관계를 이루는 것으로 파악된다. 따라서 윤동주의 시를 두고 자주 거론되었던 부끄러움의 의식이나 속죄양의식은 시인의 내면적 진실을 나타내는 것이기도 하지만, 그것은 기본적으로 일제 말기의 시대적 상황에 대한 시인의 진지한 성찰로부터 말미암은 것으로 대사회적, 역사적 인식을 반영하는 것이다.

먼저 윤동주는 시 <병원>, <장미 병들어>, <위로> 등에서 보듯, 당대의 일제 말의 현실을 비인간화의 비정상적 세계로 묘사하면서, 거기서 삶의 질곡에 고통스럽게 살아가는 인간 존재의 군상들을 노래하고자 했다. 여기서 고통스럽게 살아가는 인간 존재의 군상들은 다름 아닌 일제 하의 암담한 현실에서 극도로 초췌해진 한민족의 모습 그것이었다. 시인의 내면적 갈등은 바로 이와 같은 민족현실에 대한 실존적 자기확인 및 자아성찰의 자세에서부터 비롯되었다. 시 <자화상>, <무서운 시간>, <길> 등의 작품은 이러한 시인의 실존적 자기확인 및 자아성찰의 자세를 진지하게 표명하고 있는 작품들이었다.

윤동주의 실존적 자기확인과 자아성찰은 다음 단계에서 부끄러움의 의식으로 구체화되어 나타났다. 이 부끄러움의 의식은 현실을 결코 방기하는 자기변명의 태도에 놓여 있지 않았으며, 현실적 상황에 대한 분명한 깨달음에서 출발하여 궁극적으로 현실의 극복을 위한 자아의 진지한 태도와 삶의 길을 자각하는 쪽으로 전개되었다. 따라서 부끄러움의 의식은 자아를 위축시키는 죄의식을 어두운 그림자를 벗기려는 진지한 노력으로 연결되고, 나아가서 자기반성을 통한 자기희생의 비장한 시대정신으로 승화, 발전되는 것이었다. 시 <십자가>, <서시> 등의 시가 표상하듯, 부끄러움의 자기고백과 자기희생은 속죄양의식은 그러므로 일제 말의 가혹한 현실을 살아가는 시인의 대담한 양심선언이자, 역사적 소명의식을 엄숙하게 표명하는 것으로 새겨졌다.

윤동주의 시는 이처럼 일제 말의 암울한 현실에서 부단한 자아성찰의 과정을 통해 자기희생의 역사적 소명의식을 자각하고, 또한 이를 확고한 신념으로 엄숙하게 노래했던 것으로 파악된다. 윤동주의 시가 저항적 문맥을 형성하고 있다면 바로 이런 의미에서다. 따라서 윤동주의 시는 비장한 최후의 일대기나 시적 모색의 당대적 희귀성 때문에 저항시로 미화, 격찬될 수 없으며, 작품 자체가 분명히 함축하고 있는 저항적 문맥의 의미를 올바로 파악하는 데에서 윤동주의 시가 갖는 저항시로서의 객관적 위상이 설정되는 것이다. 이런 측면에서 윤동주의 시에 나타나는 자아분열의 현상이나 부끄러움의 의식, 그리고 자기희생의 속죄양식은 단순히 개인의 내면적 진실을 표상하는 데 한정되지 않는다. 그것은 현실과의 긴밀한 긴장관계에서 시인의 시대적, 역사적 소명의식으로 심화되어, 시 자체의 심층적 의미를 제고시키며 시적 긴장력을 증폭시키고 있다고 말할 수 있다.

'논개' 인유시의 양상과 의미

Ⅰ. 들머리

논개(論介)는 역사 속의 인물이면서 역사를 초월하여 존재한다. 역사 속의 인물인 논개는 임진왜란(壬辰倭亂)이 한창이던 1593년 제2차 진주성(晉州城) 전투에서 꽃다운 나이로 의로운 죽음을 택하여 생을 마감했지만, 논개의 사후 400년이 지난 지금에 이르기까지 그녀의 행적과 인물됨의 면모는 후세 사람들의 기억과 상상력 속에 끊임없이 되살아나면서 새롭게 음미되어 왔다. 논개의 사후에 쓰여진 시, 소설, 희곡 등 많은 문예 창작물들이 이 점을 예증하고도 남는다.

본고에서 갖는 관심의 대상은 역사 속의 인물이기만 한 논개가 아니라 역사 속의 인물이면서 역사를 초월하여 존재하는 논개이다. 역사 속의 인물인 논개의 행적과 실체를 밝히는 작업은 역사학의 몫이 되겠지만, 역사 속의 인물이면서 역사를 초월하여 존재하는 논개는 문학의 논의 영역에서 풀어야 할 과제의 대상이다. 역사학이 역사적 사실의 검증과 복원 및 재구를 목적으로 하는 것인 데 비해, 문학은 체험과 상상, 사실과 허구의 변증법적 종합의 인식을 목표로 하기 때문이다. 따라서 문학 연구는 문학작품에 내재된 역사적 진실과 상상적 진실 사이의 거리와 긴장을 동시에 파악하면서 결과적으로 그것이 우리에게 던지는 의미를 추적해야 한다. 이러한 의미 추적의 작업은 물론 단순한 사실 확인의 작업이 아니다. 그것은 문학작품의 분석과 종합에 의한 해석의 작업이다.

본고는 이러한 전제에서 논개의 문학적 의미를 추적하되, 필자에게 부여된 시가작품을 대상으로 논의를 펼치고자 한다. 그런데 논개 관련 시가작품만 해도 그 역사적 장르는 다양하다. 민요를 비롯한 시조, 가사의 전통적 시가 장르뿐만 아니라 현대 서정시와 서사시 등 다양한 장르에서 논개 관련 작품들을 찾을 수 있다. 이들 작품들을 우선 통칭하여 '논개' 인유시(poetry of allusion)로 명명하고자 한다. 인유란 어떤 인물, 장소, 사건, 또는 다른 문학작품이나 그 구절을 직접, 간접으로 인용하는 방식인데,[1] 논개 인유시는 역사적 인물인 논개의 인물됨과 행적을 중요한 참조의 틀로 채용하여 창작한 시를 일컫는다.

그런데 논개 인유시에서 인유의 대상인 논개 사적(事蹟)은 어디까지나 참조의 틀이라는 점이다. 논개 인유시는 논개 사적이 지닌 본래의 역사적 의미를 반복하는 경우도 있지만, 인유에 의한 시 텍스트의 문맥에서 그 의미는 흔히 확대, 변형되면서 재생산된다. 문제는 이렇게 시 텍스트에서 재생산된 의미이다. 이는 근본적으로 인유의 원천인 텍스트(원텍스트)를 어떠한 방식과 의도에 따라 참조하느냐에서 다양하게 나타날 수 있다. 여기에 시 텍스트의 장르적 성격이나 텍스트가 생산되는 시점과 공간상의 문제가 개입되는 것은 물론이다. 논개 인유시를 검토하면서 주목하고자 하는 사항이 바로 이렇게 인유의 다양한 방식과 의도에 따라 생산되는 시 텍스트에서의 의미인 것이다. 이 점을 편의상 전통적 시가 장르[2]와 현대시 장르로 크게 구분한 다음 각 장르에 해당하는 논개 인유시의 개별 텍스트를 대상으로 구체적으로 분석, 해석해보기로 한다.

---

1) M. H. Abrams, *A Glossary of Literary Terms*(Holt, Rinehart and Winston, Inc., 1971), 8쪽.
2) 전통적 시가장르인 시조의 경우 고시조뿐만 아니라 현대시조를 포함시켜 논의하기로 한다. 현대시조 역시 양식상 특징에서 고시조와 별로 다르지 않다는 이유에서이다.

Ⅱ. '논개' 인유의 전통시가

2-1 민요에 나타난 논개

민요는 민중의 의식과 사고를 반영한다. 논개의 행적을 노래한 민요도 이 점에서 마찬가지이다. 따라서 논개의 행적을 노래한 민요에서 중요한 점은 논개의 행적을 얼마나 정확하게 인식하고 있는가의 여부가 아니라, 그것이 민중의 의식과 사고에 의해 어떻게 투영되어 나타나는가 하는 점이다.

> 淳昌妓生 義岩이는
> 우리나라 건지랴고
> 倭將淸正 목을안고
> 晉州南江에 떨어졌네(谷城地方)

위 민요 각편은 고정옥(高晶玉)이 일찍이 조사, 채록된 것으로 그의 『조선민요연구』에서 '전설요'의 하나로 간략히 언급된 바 있다.3) 그런데 특이하게 "淳昌妓生 義岩이는"이라고 시작한다. 논개란 이름 대신 '의암 (義岩)이'라고 부르면서, 논개의 신분을 '순창기생'(淳昌妓生)으로 표현하고 있는 점이 관심을 끈다. 논개가 의로운 죽음을 한 바위가 '의암'(義岩)으로 불려짐에 따라,4) 민중적 사유 속에서 '의암'이 논개란 이름보다 더 호소력 있는 이름으로 깊이 새겨지고 있음을 알 수 있다. 이는 '의

---

3) 고정옥, 『조선민요연구』(수선사, 1949), 231쪽.

4) 논개(論介)의 순국(殉國) 사실을 인정할 수 있는 중요한 근거 중의 한 가지가 논개가 순국한 바위에 전자로 '의암'(義岩)이라 표기되어 있다는 것이다. 이 표기는 인조(仁祖) 3년(1625년) 정대륭(鄭大隆)에 의한 것으로 알려져 있는데, 논개 사후 32년 뒤의 일이다. 유승주(柳承宙), <진주성(晉州城)의 의기논개고(義妓論介考)>, 성계옥 편, 『진주의암별제지』(진주민속예술보존회, 1987), 252~253쪽 참조. 그런데 '의암'이란 표기가 언제 누구에 의해서 이루어졌는가 하는 사실보다 '의암'이 '의암논개'와 같이 별호처럼 통칭되거나 아예 논개를 대신하는 이름으로 인식되고 있다는 점이 민요의 논의와 관련하여 더욱 중요시된다.

암'이 논개의 충의로운 죽음을 나타내는 상징적 기호이지만, 이 상징적 기호가 논개 행적의 전승과정에서 논개와 동일시되어 민중적 사유 속에 각인되었기 때문이다. 이처럼 민요는 오랜 전승의 과정에서 역사적 사실의 차원을 넘어서 민중적 사유에 의해 축적된 언어로써 공감대를 확보하고 보편화시키면서 노래되는 것이다.

그런데 논개를 '순창기생'이라 한 점은 이외의 표현으로 볼 수 있다. 논개의 신분이 진주관기(晉州官妓)로 알려져 있는 사실5)과는 크게 어긋나기 때문이다. 위 민요의 짧은 각편에서 오류는 여기에 그치지 않고 "倭將淸正 목을안고/晉州南江에 떨어졌네"라고 하여 논개가 안고 죽은 왜장이 가등청정(加藤淸正)으로 표현되고 있는 것에서도 드러난다. 논개가 안고 죽었다는 왜장은 가등청정이 아니라 모곡촌 육조(毛谷村 六助)라는 설이 유력하기 때문이다.6) 그러나 이런 오류를 지적하는 것은 민요의 논의에서 별 의미가 없다. 민요를 부르는 민중의 사유 속에서 논개는 '순창기생'인 '의암이'로, 그리고 논개가 안고 죽은 왜장은 '청정'으로

---

5) 논개가 진주관기(晉州官妓)였다는 점은 유몽인(柳夢寅)의 『어우야담』(於于野談) 등 여러 문헌에서 확인되지만, 논개가 장수관기(長水官妓)란 설도 있다. 논개가 장수관기란 기록은 1839년에 간행된 『호남삼강록』(湖南三綱錄)에 나온다. 그러나 이는 1800년에 편찬된 『호남절의록』에서 기생 논개가 장수인(長水人)으로 기록된 것이 와전된 것으로 보인다. 따라서 논개의 진주관기설이 더욱 설득력을 갖는다. 리명길, <의기논개(義妓論介)의 사적 고찰(史的 考察)>, ≪진주문화≫ 제14호, 85쪽.

6) 논개가 안고 죽은 왜장은 귀전통치(貴田統治)로도 불리는 모곡촌 육조(毛谷村 六助)로 통설화되어 있다. 그러나 배호길(裵鎬吉)은 가등청정(加藤淸正)의 부대장인 석종노(石宗老)라 주장하고 있다〔배호길, <진주(晉州) 촉석루(矗石樓)와 주논개(朱論介)>, ≪한양(漢陽)≫(1965. 3), 196쪽〕. 그런데 김문길(金文吉)은 일본측의 자료에서 육조(六助)는 곧 육개(六介)로 임진왜란 때 전라도 양민의 코를 베어 가서 코무덤(千鼻靈祉)을 만든 장본인으로 63세까지 살다 죽었다고 했다. 그리고 논개(論介)도 일본 장수들이 지어준 이름이라 했다〔김문길, 『임진왜란은 문화전쟁이다』(도서출판 혜안, 1995), 65~72쪽〕. 그렇다면 모곡촌 육조설에도 의문이 제기된다. 모곡촌 육조설이 현재까지 유력한 주장이지만, 논개가 안고 죽은 왜장이 누구인가 하는 주장은 1960년대 이후에 이루어진 것인데다 여러 이설이 있는 것으로 보아 왜장의 이름을 정확히 밝히는 일은 아직도 풀어야 할 과제로 남아 있다고 하겠다.

인식되고 있는 점이 중요하다. 이는 역사적 사실에 비추어서 오류라 할
수 있지만, 어차피 허구성을 띠는 문학작품에서는 상상적 진실로 통용되
기 때문이다. 여기에 ‘순창기생’은 특정 지역을 염두에 둔 표현이기보다
는 논개에 대한 민중의 지역적 친숙성이 자의적인 기호로 표현되었을 따
름이다. 이런 자의성은 물론 대부분의 민요 각편에서 ‘진주기생’으로 불
려진다는 점에서 보편성을 갖지 못하지만, ‘장수기생’과 같은 표현으로
도 나타날 수 있는 개연성을 전혀 배제할 수 없다. 민요는 오랜 전승과
정에서 불가피하게 민중의 자의적인 인식에 따른 변이를 겪게 마련이기
때문이다. 다음의 민요 각편도 이런 점을 뚜렷이 보여준다.

> ① 네놈이 倭將淸正이아니냐
> 네놈이 安東三十里안에
> 드러만오면 드러만오면
> 내칼에마저 죽으리라[7]

> ② 네놈이 왜놈대장 가등청정 아느드냐
> 네놈이 진주삼십리 성틀밖에 들어오면
> 꼼짝없이 내칼에 목을날려 죽으리라[8]

①은 경성 지금의 서울과 경북 예천지방에서 채록된 것이고, ②는 진
주지방에서 채록된 것이다. 두 민요 각편 모두 논개와 관련된 직접적 표
현이 없지만, 이미 인용한 민요에서 논개와 가등청정의 관련성을 고려하
면 간접적인 연관을 띠고 있다고 볼 수 있다. 그런데 ①에서는 “안동삼

---

7) 김소운, 『언문조선구전민요집』(동경: 제일서방, 1933), 618쪽. 2248번 민요. 이 민
 요는 당시 경성의 ‘맹윤영’(孟允永)의 제보에 의한 것이라 밝혀 놓고 “加藤淸正
 이 義人에게 쫓겨 逃亡가는 것을 보고 외쳤다는 노래”란 해설이 붙어 있다. 그
 리고 임동권의 『한국민요집』 I (집문당, 1961), 318쪽에 예천지방(醴泉地方)에서
 채록한 것(1281번 민요)으로 이와 동일한 민요를 소개하고 있다.
8) 리명길, 앞의 글, 88쪽. 여기서 진주지방의 의암요에 이런 노래가 있다 하고 그
 출전을 밝혀 놓지 않고 있다. 출전을 아직 확인하지 못해 리명길의 논문에서 그
 대로 옮긴 것이다.

십리안에/드러만오면"으로 표현된 것이 ②에서는 "진주삼십리 성틀밖에 들어오면"으로 달리 표현되고 있다. 여기서도 이런 표현의 차이를 두고 역사적 사실의 진위 판단을 하는 것은 별 의미가 없다. 왜장 가등청정에 대한 민중의 분노와 적개심이 "~삼십리 (~)안/밖에 들어오면"이란 상투적 표현에 일단 기초하여 민요 창자의 지역적 친연성이나 고정화된 관념에 따라 지역을 서로 달리하여 표현될 수 있는 것이다.

논개가 안고 죽은 왜장이 역사적 사실과는 달리 왜 가등청정으로 표현되고 있는가 하는 점도 이와 같은 맥락에서 해석하는 것이 타당하리라 생각한다. 논개가 안고 죽은 왜장이 실제 누구이든 간에 민중들의 왜군에 대한 분노와 적개심은 왜군의 수장인 가등청정이었으면 하는 소망적 사고로 표현되는 것은 자연스러운 일이며, 거기에는 또한 당연히 그럴 것이란 믿음이 깔려 있는 것이다. 그렇다고 민요에 나타난 가등청정이 한 사람의 특정한 개인을 지칭한다고만 보지 않는다. 민요의 문맥에서 가등청정은 민중들의 왜군 전체에 대한 분노와 적개심을 나타내는 대중적 상징으로서의 대상적 인물이며, 그것이 왜군의 수장인 이름으로 대표된 것으로 해석된다. 따라서 이상의 민요는 민요와 연관된 민중적 사유의 특성을 고려한 해석의 의미망 속에서 나라를 위한 논개의 충의로운 행적을 기리는 뜻과 함께 왜군에 대한 복수의 적개심이 강하게 투영되어 있음을 파악해야 한다.

다음 논개 관련 인유시로서의 민요 각편들을 좀더 검토해 보자.

> ① 晉州기상 애애미
> 만백성을 살릴라고
> 외놈천지 목을안고
> 晉州낭강에 떨어젓내(大邱地方)9)

> ② 진주라 촉석루
> 지애미라는 기생이

---

9) 임동권, 『한국민요집』 I (집문당, 1961), 318쪽. 1279번 민요.

왜장의청장의 목을안고
진주남강에 **빠져죽었네**(井邑地方)[10]

③ 진주기생 의앰이
진주기생 의앰이
만인간을 섬기라고
꽃같은 저시절에
왜장청장의 목을안고
진주남강으 떨어질때
어찌아니 한심헌가
우리나라 충신동이[11]

④ 네놈이 왜놈대장 가등청정 아느드냐
네놈이 진주삼십리 성틀밖에 들어오면
꼼짝없이 내칼에 목을날려 죽으리라.

진주기생 이애미는 왜놈청정 몸을안고
남강물에 떨어졌네 우리집에 서방님은
나를하나 못성겨서 자는듯이 누었구나.

쾌지나 칭칭나네
살랑수 어~이 수레받게 어~이
쾌지나 칭칭나네 쾌지나 칭칭나네

죽여주자 죽여주자 왜놈들을 죽여주자
목을쳐라 목을쳐라 가등청정 목을쳐라[12]

위의 민요 각편들은 일반적으로 <의암요>(義岩謠)로 불려지는 논개 인
유시로서의 민요이다. 앞서 든 민요와는 달리 모두 논개를 '진주기생'으
로 표현하고 있다. '순창기생', '진주기생' 등의 가변적 표현 가운데서도

---

10) 임동권, 『한국민요집』Ⅱ(집문당, 1974), 779쪽. 2072번 민요.
11) 박순호(朴順浩), 『한국구비문학대계 ―전라북도 정주시·정읍군편(1)』 5-5(한국정
   신문화연구원, 1987), 684쪽. 감곡면 민요 20 <진주 기생>.
12) 리명길, 앞의 글, 88~89쪽.

‘진주기생’의 표현이 압도적으로 나타나고 있다는 점에서 민중의 사유관념에서 ‘진주기생’이 보편화되어 있음을 알 수 있다. 이밖에 ‘애애미’, ‘지애미’, ‘의앰이’, ‘이애미’ 등으로 변이를 보이나, 논개는 ‘의암이’란 이름으로 대변되고, 왜장도 공통적으로 ‘청정(장)’ 또는 ‘가등청정’으로 사유되고 있다. 따라서 위 민요 각편들은 부분적으로 사설의 변이를 보여주지만 그 내포적 의미는 대동소이한 것으로 판단된다.

그런데 ①, ②는 “어떤 누구가 어디에서 어떻게 했네”란 식으로 화자의 보고자적 시점에 의한 담론 구성을 취하는데 비해, ③과 ④는 화자의 보고자적 시점보다는 화자 자신이 주체화된 시점에서 담론을 구성하고 있다는 점에서 주목된다. 이를테면 ③에서 “꽃같은 저시절에”, “어찌아니 한심한가/우리나라 충신동이”란 사설이 부연됨으로써 논개의 충의로운 죽음에 대한 화자 자신의 정서적 반응인 안타까움과 연민이 중요하게 작용하고 있는 것이다. 그리고 ④에서 “우리집에 서방님은/나를하나 못성기서 자는듯이 누었구나”의 사설이 삽입되면서, 논개와 가등청정 사이의 복수의 관계가 화자인 ‘나’와 ‘우리집에 서방님’ 사이의 애정의 관계로 전환되어 상호 비교를 통해 ‘나’의 상대적 평범성과 함께 개인적 원망의 심정을 나타내고 있다. 이러한 화자의 주체적 시점은 1연에서도 논개와 가등청정의 관계가 나와 너로 전환되어 화자 자신이 논개와 동일시된 주체로 등장하고 있다. ④의 민요는 이처럼 화자 자신이 논개를 대신한 ‘나’의 주체로 등장하면서 “아느드냐”, “죽으리라”, “누었구나”, “죽여주자”, “목을 쳐라” 등과 같이 논개의 행적에 대한 화자의 감정과 정서를 직접적으로 표현하고 있다. 이는 ③, ④의 민요가 논개와 창자인 화자의 거리를 점차 좁히면서 논개의 충의로운 죽음을 매개로 한 민중의 애국심과 민족애를 한층 강렬하게 환기시키는 기능을 담당하고 있는 것으로 해석된다. 논개 인유시로서의 민요가 갖는 중요한 의의는 바로 이러한 논개의 행적에 대한 민중적 사유의 특성이며 그것이 어떠한 방식으로 표현되고 있는가 하는 점에 있다.

2-2 시조에 나타난 논개

시조 특히 정형의 단형시조는 민요와 같이 전통적 시가장르이지만, 민요와는 달리 사대부 계층을 위주로 하여 형성되고 또 주도되어 온 창작시가이다. 따라서 시조는 사대부를 위시한 지식인 계층의 세계관과 윤리관을 바탕으로 하여 창작된다는 특성에서 민요에 비해 현상과 사실 판단에 대한 뚜렷한 기준과 엄격성을 중시하게 된다. 논개의 인물과 행적을 소재로 한 시조 역시 이러한 전제에서 거의 벗어나지 않는다.

논개 관련 시조로서 처음 찾을 수 있는 다음 작품을 보자.

> 말고말근 江南水야 壬辰이를 네 알리라
> 忠信과 義士덜이 멋멋치나 빠저난고
> 아마도 女中丈夫난 論娘子가 호노라(984)[13]

이 시조의 작자와 창작년대는 정확히 알 수 없으나, 이 시조가 다른 문헌에는 나오지 않고 오직 『교방가요』(敎坊歌謠)에만 실려 있는 사실에서 ·추정할 수 있다. 이 『교방가요』는 박원(璞園) 정현석(鄭顯奭)이 고종(高宗) 9년(1872년)에 저술한 것[14]으로 알려져 있는데, 이 시조의 작자 역시 정현석일 가능성이 높으며, 그 창작시기도 1872년경으로 추정된다.

이 시조는 ‘논낭자’(論娘子) 즉 논개의 충의로운 행적을 회고하면서 그 인물됨의 출중함을 칭송하고 있는 작품이다. 초장과 중장에서 임진왜란 시 진주성 전투에서 얼마나 많은 ‘충신’(忠臣)과 ‘의사’(義士)가 남강에 몸을 던졌는가라고 묻고, 그 대답을 종장에서 하고 있다. 그런데 종장의 대답은 초, 중장의 물음에 대한 직접적인 대답을 하기보다 논개의 여장부로서의 특출함을 말하는 것으로 어떤 충신과 의사보다 논개가 충의로

---

13) 이 시조는 고대본(高大本) 『교방가요』(敎坊歌謠)에 실려 있는 것이다. 해당 작품의 인용은 심재완(沈在完) 편, 『역대시조전서』(세종문화사, 1972), 557쪽에서 했다. ( ) 안의 번호는 이 책의 작품 일련번호이다.
14) 최동원(崔東元), <어부가(漁父歌)의 사적 전개와 그 영향>, 『고시조론고』(삼영사, 1990), 223쪽에서 이 점을 밝히고 있다.

운 행위를 한 영웅적 인물임을 부각시키고 있다. 여기서 논개는 한 연약한 여성이나 기녀로서의 인물이 아니라 장부의 기질을 가진 영웅적 인물로서 충의의 애국적 표상으로 칭송되고 있는 것이다.

논개는 충의로운 순국을 한 애국적 인물이다. 따라서 일본을 비롯한 외세의 압력이 국권침탈의 위기적 국면으로 나아갔던 개화구국기에 애국심을 고양하기 위한 시가에서 논개를 비롯한 애국적 인물을 소재로 한 시조 작품이 등장되는 것 또한 자연스러운 일이다. <화한비결>(花寒秘訣)이란 제목으로 발표된 다음 시조를 보자.

> 論介는 우리祖上 桂月香은 우리先生
> 殺身報國 더忠節은 千萬年에 빗나도다
> 우리도 더를模範ㅎ야 視死如歸[15]

이 시조 역시 지은이를 밝히지 않은 채 ≪대한매일신보≫(大韓每日申報)의 '사조'(詞藻)란에 발표된 작품이다. 당시 대한매일신보에 주요 논객으로 참여한 신채호(申采浩), 양기탁(梁起鐸), 장도빈(張道斌) 등 개신유학자 중에서 누군가 지었을 가능성이 높지만,[16] 이를 구체적으로 확인할 방법이 없다. 그러나 지은이의 실체를 알 수 없다고 해도, 이 시조를 성구한 문체로 보아 주체적 역사의식에 입각한 애국심을 매우 강조하는 지식인이 창작했다는 점을 충분히 인정할 수 있다.

위 시조에서 논개는 계월향(桂月香)과 함께 언급되고 있다. 계월향은 임진왜란 당시 평양의 명기로 김응서(金應瑞) 장군이 적장을 죽이는 데 도와준 인물로 알려져 있다. 그런데 논개는 살신보국한 충절의 인물로서

---

15) ≪대한매일신보≫(1908. 12. 4).
16) 권오만(權五滿)은 1907년 12월에서 1910년 8월까지 ≪대한매일신보≫에 발표된 '사회등'(社會燈) 가사의 작품 창작에 박은식(朴殷植)은 제외되고 신채호(申采浩)가 주도적으로 참여한 가운데 양기탁(梁起鐸), 장도빈(張道斌) 등이 가세했을 것으로 추정한 바 있다. 권오만, 『개화기시가연구』(새문사, 1989), 341~382쪽. 그렇다면 위 시조도 같은 시기에 발표된 사회등 가사의 창작에 참여한 인물에 의해 지어졌을 가능성이 많다.

계월향과 나란히 언급되면서도, 논개는 “우리祖上”이고 계월향은 “우리先生”이라 하여 일단 그 위치와 품격을 앞세우고 있다. 물론 이 작품은 이런 점을 내세우고자 한 의도에서 창작된 것은 아니다. 논개와 계월향이 다같이 기녀인 여성이었으면서도 역사상에 길이 남는 살신보국의 충절을 한 인물임을 칭송하면서, 이들을 본받아 죽음을 두렵게 여기지 않고 충군보국하는 애국심을 가질 것을 호소하고 있는 작품인 것이다. 여기서 논개와 계월향은 과거의 역사적 인물로서가 아니라 국권상실의 위기적 상황에서 현재적인 의미를 갖는 애국적 인물로서 재음미, 칭송되고 있는 것이다.

그런데 이와 같이 애국심을 고취하는 논개 인유의 시조는 일제 강점기 동안에는 거의 창작되지 못한 듯하다.[17] 이 점은 같은 시기에 변영로, 한용운 등의 논개 인유시가 남겨져 있는 사실에 비추어 매우 아쉬운 사항으로 남는다. 그러나 해방공간기에 발간된 여러 시조집에서 여러 편의 논개 인유 시조를 다시 볼 수 있다. 유문의 <南江曲>, 장두한(張斗翰)의 <矗石樓>,[18] 정인보(鄭寅普)의 <晉州義妓祠迎送神曲>,[19] 박종옥(朴宗玉)의 <촉석루에서—의기 논개의 비각을 읽고>[20] 등의 작품이 그것이다. 이들 시조는 당시 민족해방의 새로운 시대적 상황에서 민족의식에 대한 각성의 분위기를 반영하고 있는 것으로 생각된다.

장두한(張斗翰)과 정인보(鄭寅普)의 시조를 대표로 살펴보자.

> ① 矗石樓 돌아드니 論介 적이 어느때냐
> 悠悠한 南江물은 예보던물 아니러든
> 한숨만 그젠듯하여 차마禁ㅎ지 못하네

---

17) 일제 강점기 동안 발표한 시조 작품은 임선묵(林仙默) 편, 『근대시조집총람』(단대출판부, 1988)에서 확인할 수 있다. 이 자료집을 조사한 결과 일제 강점기 동안 발표한 논개 인유의 시조는 찾을 수 없었다.
18) 이상 정태진(丁泰鎭) 편, 『아름다운 강산』(신흥국어연구회, 1946)에 실려 있음.
19) 정인보, 『담원시조』(을유문화사, 1948), 140쪽.
20) 박종옥, 『상원시조집』(桑園時調集)(고려문화사, 1948), 24쪽.

高樓에 비낀별은 그때별과 다르다만
義岩이 서있는데 물결만이 굽이친다
고기배 無心하여라 魂낚는듯 하고녀

살아서 못다한恨 대(竹)가되어 솟단말가
잎잎이 눈물이요 마디마디 마음이라
실바람 지날때마다 울음소리 같아라
　　　　　　　　— <矗石樓>(張斗翰) 전문

② 계실젠 진주기생 떠러지니 나랏「넉」이
　남강물 푸른빗이 그제부터 더「지터」라
　오실제 길못지마소「핏줄」절로 당긔리

「례」맞고 문다드니 물넘어는 산들이라
　이강산 못「잇」기야 죽어살어 달르릿가
　돗단배 어이섯는고 님이신듯 하여라
　　　　　　　— <晉州義妓祠迎送神曲>(鄭寅普) 전문

　　이들 현대시조 작품들은 앞서 든 고시조 작품들과는 달리 연시조의 형식을 취하고 있으면서, 논개의 충의로운 행적과 애국적 관념을 직접적 언술로 나타내지 않고 있다. 그만큼 시조의 관념적 교술성이 약화되고 감정 표상의 서정성이 강화되어 있는 셈이다.

　　먼저 ①은 논개와 연관된 사적 즉 촉석루, 의암, 남강 등을 시적 상관물로 하여 논개의 과거 행적에 대한 추회의 정을 읊고 있는 작품이다. 그러면서 논개의 행적을 구체화하고 있는 언급은 한 구절도 없다. 그만큼 이 작품은 서정에 충실하다. 이 시의 화자는 논개의 행적은 이미 알고 있는 사실로 전제하고, 논개의 과거 행적에 대한 기억을 환기시키는 상관물을 통해 추회의 정서를 읊고 있는 것이다. 이 추회의 정서는 한마디로 서러움과 애닯음이라 할 수 있다. 작품의 곳곳에 박힌 "한숨, 無心, 恨, 눈물, 울음" 등의 시어가 이 점을 충분히 감지하게 한다. 이러한 서러움과 애닯음의 정서는 1연에서 3연으로 진행될수록 강하게 표출된다. 제1연과 제2연은 화자가 촉석루에서 “論介 적”을 회고하며 느끼는 심적 감회의 상태를 비교적 차분하게 정경화하고 있는데 비해, 제3연은 “살아서 못다한 恨 대(竹)가되어 솟단말가”에서처럼 청춘의 나이에 지조의 삶을 마감한 논개의 비극적 삶에 대한 정한을 격정의 감정으로 직접 표현하고 있다. 그런데 이 격정의 정한은 논개의 애국적 행위나 관념과 연결되어 있는 것이 아니다. 이미 고혼(孤魂)이 된 논개의 삶의 비극성을 특별히 부각시키고 있는 셈이다. 이 점에서 이 시조는 논개의 충의로운 행적이나 애국심을 읊고 있는 기존의 논개 인유 시조와는 그 성격이 크게 다르다.

②의 정인보 시조는 비교적 잘 알려져 있는 작품이다. 진주기생에서 ‘나랏「넋」’이 된 논개의 의로운 삶을 회고, 칭송하면서 ‘핏줄’의 혈연적 유대감과 일체감에 의한 민족애를 읊고 있다. 여기서 논개는 ‘나랏「넋」’의 국혼과 “이강산 못「잊」”는 조국애의 표상으로 나타난다. 그만큼 이 시조는 ①에 비해 서정성은 다소 약화되어 있다. 그 대신 주제가 뚜렷하고 관념적 교술성이 어느 정도 베여 있다.

논개를 노래한 현대 시조 작품은 이밖에도 박병순의 <촉석루>,[21] 원용문의 <촉석루에서>,[22] 김정희의 <논개 사랑의 백일홍>[23] 등이 있다. 논개는 이처럼 고시조에서 개화구국기를 거쳐 해방 이후 오늘날까지 민족정서를 표상하는 중요한 시적 원천으로 채용되면서 노래되어 왔음을 알 수 있는 것이다.

2-3 가사에 나타난 논개

논개의 행적만을 단독 서술하고 있는 가사 작품은 없으나, 조선조의 역사를 서술하는 내용 중에 논개의 행적을 서술하고 있는 가사 작품이 있다. 그것이 바로 <한양오백년가>(漢陽五百年歌) 또는 <한양가>(漢陽歌)

---

21) ≪월간문학≫ 제31호(1971. 5).
22) ≪시문학≫ 제125호(1981. 12).
23) ≪시조문학≫ 제66호(1983. 3).

로 불려지고 있는 가사 작품이다. 그런데 이 <한양가>는 한양거사(漢陽居士)가 지었다는 한양풍물 기행의 가사가 아니라 조선조의 역사를 읊은 가사 작품을 말한다.24) 여기에 논개의 행적을 담고 있는 <한양가>는 현재 필사본으로 여러 종이 전하는데,25) 논개 관련 부분에서 일부 표기상의 차이점이 있으나 서술 방식과 내용은 거의 동일하다.

<한양가> 중에서 논개의 행적을 읊고 있는 부분을 보자.

> 논기는 뉘기든가 진쥬기싱 논기로다
> 최셩호에 첩이되여 졀기잇기 싱기드니
> 최셩호 죽은후에 렬긔만 나마구나
> 잇씨마참 왜장드리 촉셕루에 모여안즈
> 논기의 인물듯고 술먹고 츔을츌지
> 논기에 거동보소 흔손언 종노잡고
> 쏘흔손언 나복쥐고 셔이셔로 손얼잡고
> 난간으로 도라갈지 만경창파 져강물에
> 아죠풍덩 셔이빠져 니쳔짜로 누엇시니
> 셩죵노와 흐나복의 두장사 거동보소
> 몸을쩔쳐 소실난이 물결을 밀치고셔
> 머리얼 들고보니 논기에 거동보소
> 두디손길 겸겸쥐고 이얼갈고 흐는마리
> 죽긔젼이 못노리라 셔이함계 죽엇시니
> 충열마음 안이시면 범갓탄 져장사얼
> 셤셤약질 아녀자가 두장사얼 안고쥭니
> 장할시고 져기싱언 일기기싱 흔몸으로
> 일변언 위국흐고 일변언 가장위해
> 이팔청춘 꼿시졀얼 슈즁고혼 더엿신가

---

24) <한양가>(漢陽歌)에는 1913년에 지었다는 사공수(司空燧: 1846~1925)의 것이 있으며, 이를 축약하면서 한자어를 많이 섞어 쓴 김호직(金浩直: 1874~1953)의 것이 있다. 사공수의 것은 이후 필사의 과정에서 원작자가 잊혀지면서 변모와 개작이 이루어진 여러 이본이 있다. 최강현(崔康賢), <왕조한양가(王朝漢陽歌) 이본(異本)에 대하여>, ≪국어국문학≫제32호(국어국문학회, 1966).

25) 이 중 5편의 한글 필사본 <한양가>가 임기중 편, 『필사본역대가사문학전집』 19(여강출판사, 1988)에 영인되어 있다.

　　렬여충신 겸흿도다[26]

　　<한양가>에서 삼장사 이야기에 이어 나오는 논개 행적의 묘사 부분은 다른 장르의 시가에서 볼 수 없는 상황 묘사의 구체성과 핍진성을 갖추고 있다. 가사는 대체로 교술성이 강한 전통시가 장르이지만, 이 <한양가>는 교술성과 서사성을 함께 갖춘 작품이다. 작품의 줄거리는 진주기생인 논개가 최경회(崔慶會: 작품에는 '최셩호'로 나옴)의 첩이 되었다가 최경회가 전사하자 촉석루에서 베풀어진 왜군의 연회에 불려간 뒤에 두 왜장(石宗老와 賀羅北)[27]을 붙잡고 남강에 빠져 죽음으로써 가장과 나라를 위한 복수를 했다는 것이다. 서사적 계기성에 따른 짜임새를 나름대로 갖추고 있는 셈이다. 그런데 이 <한양가>는 소설 <임진록>(壬辰錄)을 모태로 지어졌다는 평가[28]를 받고 있는 작품이다. 그러나 <한양가>에서 논개의 행적 묘사 부분은 <임진록>과 크게 다르다. <임진록>에서는 이본에 따라 논개가 안고 죽은 왜장이 "敵將", "倭將"으로 이름을 구체적으로 밝히지 않고 있거나, '청정'(淸正), '석종로'(石宗老), '평수길'(平秀吉) 등 다양하게 나타난다. 그리고 논개도 논가(論哥)로 표기하기도 하지만, '옥선'(玉仙), '모란'(牡丹)으로 전혀 다른 이름으로 나오는 이본도 있다.[29] 물론 작품의 세부적인 묘사에서도 <한양가>와 <임진록>은 상당한 차이를 보여준다. 따라서 <한양가>의 논개 묘사 부분에 관해서는 적어도 <임진록>이 창작의 모태가 되었다는 주장은 근거를 잃게 된다.

　　<한양가>의 논개 묘사 부분에서 특히 주목할 점은 논개가 두 왜장을

---

26) 임기중 편, 위의 책, 274쪽. 995번 <한양가>.

27) 한문본 <한양가>에는 '成終奴', '漢我服'(또는 '河羅北') 등으로 표기되고 있다.

28) 서종문(徐鐘文), <한양오백년가(漢陽五百年歌)와 임진록(壬辰錄)의 관계와 그 의미>, ≪관악어문연구≫ 제4호(서울대 국어국문학과, 1979).

29) 소재영(蘇在英), 『임병양란과 문학의식』(한국연구원, 1980), 167쪽에서 <임진록>(壬辰錄)의 이본(異本)에 따른 이러한 차이점을 도표로 정리하여 밝히고 있다. <임진록>의 이본 중에 특이하게 세창서관(世昌書館)에서 발행한 활자본에는 논개가 최경회(崔慶會)의 소실(小室)로 나오는 기존 작품과는 달리 황진(黃進)의 애첩(愛妾)으로, 그리고 왜장도 모곡촌 육조(毛谷村 六助)로 나온다.

붙잡고 남강에 투신하여 죽기까지의 과정이 매우 자세하게 묘사되고 있다는 점이다. 이 작품의 서술자는 마치 당시 논개가 죽는 장면을 보았던 듯이 묘사하고 있다. 물론 이 <한양가>는 <임진록>의 경우와 같이 실제 역사적 사실과는 달리 허구적 상상으로 쓰여진 부분이 많은 작품이다. 이를테면 논개가 안고 죽은 왜장이 '셩종노'(石宗老)와 '흐나복'(賀羅北)으로 나오지만,30) 이는 모곡촌 육조(毛谷村 六助)라는 통설과 크게 다르다. <한양가>는 이처럼 창작자가 구비전승되는 사실이나 역사적 사실인 것처럼 믿고 있는 지식을 토대로 하여 그것을 개연성 있게 구성하고 있는 작품으로 판단된다. 따라서 위 <한양가>의 논개 묘사 부분은 역사적 사실과는 관계없이 작품 내적 문맥에서 허구적 상상에 의한 묘사가 소설적 개연성을 충분히 가짐으로써 핍진한 홍미를 유발하게 한다는 점에서 커다란 의의를 갖는다. 이 점이 어떤 다른 시가 장르에서 볼 수 없는 가사장르로서의 특성이면서 논개 인유 시가로서의 독자적 특성인 것이다.

위 <한양가>의 논개 묘사 대목은 서사적 구성의 핍진성과 함께 주제적 교훈성에서 관심을 끌게 한다. 이 작품에서 논개의 죽음은 분명한 이유를 가지고 있는 것으로 나타난다. "일변언 위국흐고 일변언 가장위해 이팔청춘 쏫시졀얼 슈중고혼 디엿신가 렬여충신 겸힛도다"란 마지막 구절이 이 점을 분명히 보여준다. 논개가 왜장을 껴안고 투신하여 죽을 수밖에 없었던 이유가 위국(爲國)과 가장인 최경회의 뒤를 따르는 열녀로서의 지절(志節)에 있었음을 말하고 있다. 따라서 논개는 열녀와 충신을 겸한 인물로 칭송되는 것이다. 이 작품이 논개의 비극적 죽음을 묘사하면서도 궁극적으로 제시하고자 한 주제가 바로 이러한 충렬(忠烈)의 정신인 것이며, 이 점에서 작품의 교술적 목적성이 내재되어 있는 것이다.

---

30) 이 점은 소설 <임진록>의 경우와도 차이가 있다. <한양가>가 소설 <임진록>을 모태로 한 가사작품이라 하지만, 논개 행적의 묘사 부분에서는 이처럼 상당한 차이점이 드러난다.

Ⅲ. ‘논개’ 인유의 현대시

우선 현대시 중에서 논개 인유의 시편을 보이면 다음과 같다.

① 변영로, <論介>, ≪신생활≫ 제3호(1922. 4).
② 한용운, <論介의 愛人이 되야서 그의 廟에>, 시집 『님의 沈默』(1926).
③ 모윤숙, 『論介』(광명출판사, 1974).
④ 정동주, 『논개』(창작과 비평사, 1985).
⑤ 고은, <論介>, 시집 『萬人譜』 3(창작사, 1986).
⑥ 임종성, <논개에게>, ≪현대시학≫ 제190호(1986. 5).

이상은 현재까지 필자가 확인한 논개 인유의 현대시 작품들이다. 자료 조사의 노력 여하에 따라 좀더 작품을 찾을 수 있을 것으로 예상되지만, 이상의 작품을 대상으로 해도 논개 인유의 현대시 논의에 크게 부족함은 없으리라 본다.

그런데 ①, ②, ⑤, ⑥은 서정시이며, ③, ④는 서사시로 단행본 시집으로 출판된 것이다. 이들 작품들은 서정시와 서사시란 장르적 특성과 관련하여 기본적으로 논개 인유의 형상화 차이를 갖는다.

서정시의 경우 논개의 역사적 행적에 구체적으로 관심을 갖기보다 논개의 인물됨에 대한 시적 화자의 정서적 반응에 형상화의 초점을 맞추게 된다. 따라서 논개의 이력에 관한 시비는 서정시의 경우 별로 문제가 되지 않는다. 서정시의 경우 논개는 시적 화자의 내면의식과 당대적 삶의 의미를 형성하는 문학적 상상력의 원천으로 채용되면서, 역사적 삶 내지 전통적 삶의 원형적 가치를 탐구하고 형상화하는 데 기여한다. 이 점에서 특히 ①, ②는 일제 강점기의 현실에서 쓰여졌다는 점에서 논개의 역사적 삶의 가치와 시인의 당대적 삶의 가치에 대한 인식이 어떻게 상호 조응되고 있는가 하는 문제가 주목의 대상이 된다. 논개의 성, 신분, 애정관계 등에 여러 이설이 있음에도 불구하고, 논개가 제2차 진주성 싸움에서 꽃다운 나이에 왜장을 껴안고 남강에 투신하여 의로운 죽음을 맞이했다는 점은 누구나 인정하고 있는 사실이다. 문제는 이런 사실에 대한 시인의 인식이 일제 강점기의 현실에서 어떠한 정서적 반응 양태의 시적 문맥을 이루고 있는가 하는 점이다.

서사시의 경우 기본적으로 인물의 삶의 과정을 다루는 서사갈래상의 특징을 중요시하지 않을 수 없다. 서사시는 일반적으로 역사적 사실에 대한 탐구를 바탕으로 인물의 삶이 지닌 역동적 과정과 연속적 의미를 서사적 문맥을 통해 형상화하고자 한다. 따라서 서사시는 어떠한 역사적 사실에 근거하여 쓰여지는가의 문제가 일차적인 관심의 대상이 되면서, 해당 인물의 행적과 연관된 연속적 삶의 '의미화'를 어떻게 부각시키고 있는지를 자세하게 따지고 살펴보아야 한다. 이런 점에 기초할 때, ③과 ④는 작품 창작의 바탕을 현저하게 달리 하면서, 논개의 '의미화' 과정을 이루는 시의 서사적 문맥상에서도 커다란 차이를 보인다.

따라서 이 부분의 논의는 이상과 같이 전제된 사항을 중요하게 고려한 바탕 위에서 논개 인유의 현대시 작품들을 서정시의 경우와 서사시의 경우로 나누어서 검토, 분석하기로 한다.

3-1 현대 서정시에 나타난 논개

(1) 변영로(卞榮魯)의 <論介> ; 애국적 정열과 죽음 이미지의 강렬성

논개 인유의 현대시 작품으로 처음 발표된 것이 변영로의 <논개>이다. 이 작품은 3·1운동이 일어난 지 3년 뒤에 ≪신생활≫ 제3호(1922. 4)에 발표되었다. 우선 일제 강점기에 변영로가 논개를 인유한 시를 썼다는 사실만으로도 각별한 관심을 끈다고 하겠다. 작품의 전문을 보자.

거룩한 분노는
종교보다도 깊고
불붓는 情熱은

> 사랑보다도 강하다
>> 아, 강낭콩 꼿보다도 더 푸른
>> 그 물결 우에
>> 양귀비 꼿보다도 더 붉은
>> 그 마음 흘러라
>
> 아릿답든 그 娥眉
> 놉게 혼들니우며
> 그 石榴 속가튼 입설
> 「죽음」을 입맛추엇네!
>> 아, 강낭콩 꼿보다도 더 푸른
>> 그 물결 우에
>> 양귀비 꼿보다도 더 붉은
>> 그 마음 흘러라
>
> 흐르는 江물은
> 기리기리 푸르리니
> 그대의 꼿다운 혼
> 어이 안이 붉으랴
>> 아, 강낭콩 꼿보다도 더 푸른
>> 그 물결 우에
>> 양귀비 꼿보다도 더 붉은
>> 그 마음 흘러라

이 시는 변영로 시인의 대표적 작품이자, 흔히 논개하면 바로 연상되는 ‘논개시’의 대표적 작품이기도 하다. 이 작품의 묘미는 전체 3연의 짜임새 있는 반복적 구성을 통해 논개의 이미지를 어느 작품보다 강력하게 환기시키는 데 있다. 그것은 이 작품에서 특히 각 연마다 반복되고 있는 “아, 강낭콩 꼿보다도 더 푸른/그 물결 우에/양귀비 꼿보다도 더 붉은/그 마음 흘러라”의 후렴 구절에서 분명히 드러난다. 말하자면 강낭콩 꽃과 비교된 푸름과 양귀비 꽃과 비교된 붉음의 원색적 대비는 논개의 존재적 표상을 매우 인상깊게 남기면서, 그 인상은 반복적 후렴이 갖는 노래적 구성의 리듬을 타고 강렬하게 환기되고 있는 것이다. 이러한 인상의 강렬함은 물론 일차적으로 '물결'과 '마음'의 이미지에 각각 비교되는 '강낭콩 꽃'과 '양귀비 꽃'의 이미지에서 환기된다. '강낭콩 꽃'이 평범하면서도 내면적 깊이의 부드러움을 준다면, '양귀비 꽃'은 아름다움의 특수한 존재성과 함께 매서우면서도 독한 내면의 열정을 표상하고 있기 때문이다.

이 시는 성격상 논개의 거룩한 희생에 대한 추모의 정을 노래하고 있는 작품이라 말할 수 있다. 그러나 단순한 추모시가 아니다. 제1연에서 논개의 분노와 희생이 종교의 성스러움과 사랑의 강렬함에 비교되어 다소 관념적으로 추수되고 있긴 하지만, 이는 반복적 후렴구인 강낭콩 꽃과 양귀비 꽃의 원색적 색감 대비와 연결됨으로써 시각화를 통한 관념의 선명한 이미지화에 성공하고 있다. 제2연에서 이러한 관념의 이미지화는 다시 논개의 인물 형상에 연결되어 역시 원색적 색조의 대비를 통해 아름다운 풍모의 여성상을 부각시킨다. 그리고 제3연에서도 강물의 푸름과 혼의 붉음을 대비시킴으로써 원색의 색향이 주는 깊고 높은, 그러면서도 강렬한 논개의 희생적 의미를 일깨우게 한다. 이처럼 이 시는 논개의 거룩한 희생과 연관된 애국적 열정의 주제를 반복적 구성의 짜임새와 객관적 이미지의 색조 대비를 통해 성공적으로 형상화함으로써 관념의 미사여구를 동원한 어떠한 작품보다 강력한 호소력을 갖게 했다. 일제 강점기의 어두운 현실에서 이 작품은 과거 역사 속에서 함몰되어 가던 논개의 거룩한 행적을 새삼 되새기고 빛을 발하게 함으로써 민족정신을 남다르게 고양해 보였던 것이다.

(2) 한용운(韓龍雲)의 <論介의 愛人이 되야서 그의 廟에> ; 존재 성찰의 역설을 통한 민족의식의 연대감과 자아반성

만해(萬海) 한용운의 시에서도 논개는 민족정신을 고양하는 화신으로 나타난다. 국권을 상실 당한 시기에 각별히 '님'에 대한 존재론적 성찰을 깊은 철학적 사유를 통해 보여주었던 한용운의 시에서 논개의 이름이 올려져 있다는 것은 그만큼 논개가 시인의 '님'에 대한 시적 사유에서

중요한 비중을 차지하고 있음을 의미한다.

    날과밤으로 흐르고흐르는 南江은 가지 안슴니다
    바람과비에 우두커니섯는 矗石樓는 살가튼光陰을따라서 다름질침니다
    論介여 나에게 우름과우슴을 同時에주는 사랑하는論介여
    그대는 朝鮮의무덤가온대 피엿든 조흔꽃의하나이다 그레서 그향긔는 썩
지안는다
    나는 詩人으로 그대의愛人이되얏노라
    그대는어데잇너뇨 죽지안한그대가 이세상에는업고나
    나는 黃金의칼에베혀진 꽃과가티 향긔롭고 애처로운 그대의當年을回想한
다
    술향긔에목마친 고요한노래는 獄에무친 썩은칼을 울넛다
    춤추는소매를 안고도는 무서은찬바람은 鬼神나라의꽃숩풀을 거처서 쩌러
지는해를 얼넛다
    간얄핀 그대의마음은 비록沈着하얏지만 쩔니는것보다도 더욱무서웟다
    아름답고無毒한 그대의눈은 비록우섯지만 우는것보다도 더욱슯엇다
    붉은듯하다가 푸르고 푸른듯하다가 희여지며 가늘게쩔니는 그대의입설은
우슴의朝雲이냐 우름의暮雨이냐 새벽달의秘密이냐 이슬꽃의象徵이냐
    쩨비가튼 그대의손에 썩기우지못한 落花臺의남은 꽃은 부끄럼에醉하야
얼골이붉엇다
    玉가튼 그대의발꿈치에 밟히운 江언덕의 묵은이씨는 驕矜에넘쳐서 푸른
紗籠으로 自己의題名을 가리엇다

        ……(중 략)……

    容恕하여요 論介여 金石가튼 굿은언약을 저바린것은 그대가아니오 나임
니다
    容恕하여요 論介여 쓸쓸하고호젓한 잠ㅅ 자리에 외로히누어서 끼친恨에
울고잇는것은 내가아니오 그대임니다
    나의가슴에 「사랑」의글ㅅ 자를 黃金으로색여서 그대의祠堂에 記念碑를세
운들 그대에게 무슨위로가 되오릿가
    나의노래에 「눈물」의曲調를 烙印으로찍어서 그대의祠堂에 祭鍾을울닌대
도 나에게 무슨贖罪가 되오릿가
    나는 다만 그대의遺言대로 그대에게다 하지못한사랑을 永遠히 다른女子

에게 주지아니할뿐임니다 그것은 그대의 얼골과가티 이즐수가업는 盟誓입니
다
　　容恕하여요 論介여 그대가容恕하면 나의罪는 神에게 懺悔를아니한대도
사러지것습니다

　　千秋에 죽지안는 論介여
　　하루도 살ㅅ 수업는 論介여
　　그대를사랑하는 나의마음이 얼마나 질거우며 얼마나 슯흐것는가
　　나는 우슴이제워서 눈물이되고 눈물이제워서 우슴이됨니다
　　容恕하여요 사랑하는 오오 論介여

한용운 시의 주된 특징인 역설(paradox)과 아이러니(irony)로 이루어진 이 시 역시 논개를 추모하는 정을 읊은 작품이다. 그런데 이 시는 논개에 대한 일방적 추모의 언사로 이루어진 작품이 아니라 시의 화자인 '나'와 '논개'의 상호관계에 대한 인식으로 이루어져 있다. 한용운의 시에서 '나'와 '님'이 항상 짝말로 구성되듯이 이 시도 나와, 님에 상응하는 논개가 짝말을 형성하고 있다. 말하자면 이 시에서 논개는 나와의 상호관계 인식에서 재조명되고 있는 것이다. 여기서 논개는 과거의 역사 속의 존재가 아니라 '천추에 죽지 않는' 시공 초월의 존재이면서 당대의 역사적 인간이기도 한 '나'의 존재의미를 깨닫고 반성하게 하는 정신적 교감과 각성의 대상으로 나타난다. 따라서 논개는 과거적 인물이면서 현재적 인물이며, 역사적 존재이면서 당대적 존재이기도 한 역설의 존재이다.

그러면 논개의 이러한 존재 역설이 주는 의미는 무엇인가? 그것은 "향기롭고 애처로운" 논개의 죽음을 새로운 역사의 시공에서 되새기는 일과 함께 '나'의 당대 역사에 대한 태도를 반성하게 하는 것이다. 이 시에서 '나'는 논개의 애인이 됨으로써 정신적 교감에 의한 동일성(identity)을 획득하고자 한다. 그런데 이는 '사랑'과 '눈물'의 의미를 동시에 깨닫는 행위이다. 논개는 바로 조국애를 실현한 사랑의 화신이면서 그 사랑의 이면에 비극적 현실과 애절한 삶에 대한 눈물을 감추고 있기 때문이다.

그러므로 ‘나’가 논개와 정신적 동일성과 일체감의 획득하고자 한다는 것은 개인적 차원에서 고귀한 사랑의 행복감을 느끼게 하는 것이기도 하지만, 개인을 넘은 역사와 국가의 인식 차원에서 자아존재의 부끄러움과 죄의식을 느끼게 한다. “용서하여요 논개여”란 반복적 구문을 통해 이 점은 분명하게 새겨진다. 이 시는 따라서 논개의 거룩한 속죄양이 있고도 일제 강점기의 불행한 역사에 처한 민족적 수치와 죄악, 그 부끄러운 역사의 의미를 논개의 역설적 존재 인식을 통해 상호 교감을 마련하고 있는 것이다.

(3) 고은(高銀)의 <論介> ; 존재 초월의 영웅적 민중상

논개는 한용운 이후 오랫동안 현대시 속에서 사라진다. 1980년대 이후 고은의 시에서 비로소 논개가 다시 부활하고 있는 것 자체가 값진 의미를 지닌다. 고은의 <논개>를 보자.

> 살보살에게도 나라 있나니
> 나라 앞에서
> 나라 보살이 되었나니
>
> 의병 3천의 일 해내었나니
> 남강 흘러

이 시는 짧은 시행만큼 그 의미도 간명하게 새겨진다. 한 아녀자이자 기녀의 신분으로 몸을 희생시킨 의미를 조국애의 차원에서 노래하고 있는 것이다. 이 시에서 논개는 일단 기생 대신에 ‘살보살’로 표현된다. ‘살보살’이나 기생이 몸을 파는 여인이란 비속성이 담겨 있지만, 보살이 갖는 대중적 의미가 기생이란 표현보다 강하다고 하겠다. 그런데 “살보살에게도 나라 있나니”에서처럼 논개는 단순히 미천하고 평범한 존재로서의 표상에 한정되지 않는다. 민초로서의 미천한 존재인 논개가 ‘살보살’에서 거룩한 희생의 존재 표상인 ‘나라 보살’로 존재 확대와 초월을

이루게 된다. 그러나 이 작품은 주제가 뚜렷한 간명한 형식의 작품이지만, "있나니/되었나니/해내었나니"와 같이 서술어가 모두 과거형으로 처리됨으로써 논개의 죽음이 갖는 현재적 의미를 제대로 드러내지 못하고 있다고 말할 수 있다. 다만 논개를 '보살'이란 종교적 대중성의 의미를 지닌 용어로 지칭함으로써 나름대로 논개의 민중적 위상을 드러내고자 했다고 하겠으나, 짧은 서정시인 만큼 그러한 민중적 위상의 구체화가 따르지 못하고 있는 아쉬움이 있는 것이다.

(4) 임종성(林鍾成)의 <논개에게> ; 역설의 이미지를 통한 이중적 존재성

임종성의 <논개에게>는 앞서 거론한 시들과는 또 다른 성격의 작품이다. 논개의 행적이나 모습이 철저히 이미지화 되어 있는 데다 민족의식과 같은 주제를 표나게 담고 있지 않다는 점에서 그렇다.

> 너는 새벽의 강을 건넜지.
> 어두운 日常의 울안을 뒤집고
> 흐르는 물줄기로
> 세상의 곤혹을 속시원히
> 닦아내면서
> 달아나는 실뱀같은 길을 따라
> 낯선 마을 앞을
> 홀로 지났지.
> 옷고름 같이 풀어져 내리는 붉은 설움
> 질끈 매어 달고
> 봄이 와도
> 돌아올 수 없는
> 미류나무 가지 끝
> 먼 나라로 가면
> 질경이 풀꽃은
> 저무는 발길을 비쳐 줄까.
> 강 건너 오는 바람이

네 약한 심장을 들어 올려
벼랑끝에 밀어 부친다면
어두운 너와의 거리
말끔히 지우기라도 하듯
진흙길에 쌓여
이내 불타는 눈송이들
가슴에 안고
뜨거운 울음
돌로 흙으로 눌러 앉히고
끝내 다시 돌아오기 위하여
깊은 강을 건넜지.
그리움은
내 가슴에 부딪쳐 와서
지울수 없는
血痕으로 맺히고
너는 시들지 않는 눈꽃
새파란 강의 깊이 속에서
네 모습을 길어올린다.

이 작품에서 논개는 ‘너’로 대상화되어 있으면서 구체적인 모습을 드러내지 않는다. 다만 작품의 문맥에서 ‘약한 심장’, ‘불타는 눈송이’, ‘뜨거운 울음’, ‘시들지 않는 눈꽃’ 등으로 이미지화 되어 나타난다. 그런데 이러한 논개의 이미지는 모두 모순어법의 역설로 이루어져 있다. ‘약한 심장’에서의 연약함과 뜨거움, ‘불타는 눈송이’에서의 뜨거움과 차가움 또는 부드러움, 그리고 ‘시들지 않는 눈꽃’에서의 영원성과 순간성 등 역설에 의한 종합적 인상과 감각으로 이미지화 되어 있는 것이 논개이다. 말하자면 논개는 연약함과 부드러움 그리고 순간의 화려함으로 사라지는 슬픔을 간직한 존재이면서 또한 그 이면에는 영원히 뜨겁게 타오르는 열정을 간직한 존재이다. 이러한 논개는 시적 자아에게 이중적 영상의 이미지로 감각화 되는 것이다. 이를테면 전자의 존재에서 “달아나는 실뱀같은 길을 따라/낯선 마을 앞을/홀로” 지나는 고독한 행려자의 모습이거나 "그리움은/내 가슴에 부딪쳐 와서/지울수 없는/血痕으로 맺히"는 그리움의 정한적 대상으로 나타나고, 후자의 존재에서 "어두운 日常의 울안을 뒤집고/흐르는 물줄기로/세상의 곤혹을 속시원히/닦아내"는 강하고 의지에 찬 모습으로 나타난다. 사실 이러한 이중적 모습은 지금까지 여러 시인의 작품에서 보았듯이 연약한 여성이자 기생인 논개와 충렬의 의로운 죽음을 용감히 행한 논개 사이에 이미 개재되어 있는 것이다. 그러나 이 시는 논개의 이러한 이중적 존재성을 관념적 표현으로 직접 말하지 않고 감각적 이미지로 대상화하고 있다는 점에서 기존의 다른 시와 크게 다르다.

이 시에서 논개는 충렬의 애국심이나 민족의식과 같은 관념적 표상으로 나타나지 않는다. "너는 새벽의 강을 건넜지."라는 첫 행의 구절에서 보듯, 논개는 역사적 시공이 아닌 '새벽의 강'이란 상징적 시공에 위치하고 있다. 여기서 '새벽'은 밤과 낮 사이의 단순한 경계를 이루는 시간이 아니라 새로운 삶의 국면을 예고하는 창조의 시간이다. '강' 역시 새벽과 짝을 이루면서 죽음을 넘어서는 재생의 공간적 의미를 지닌다. 이 점은 다음에 이어지는 시행 즉 "어두운 日常의 울안을 뒤집고/흐르는 물줄기로/세상의 곤혹을 속시원히/닦아내면서"라는 구절에서 한층 구체화되어 나타난다. '너'로 대상화된 논개가 '새벽의 강'을 건넘으로 해서 "어두운 日常의 울안"을 뒤집고 "세상의 곤혹"을 닦아낼 수 있게 되는 것이다. 시인이 이 시에서 특별히 강조하고자 한 주제가 있다면 논개의 이중적 이미지를 표현하면서도 바로 이러한 일상의 어두운 울타리와 세상의 곤혹스런 삶을 과감히 떨쳐내는 논개의 의지적 모습에 있을 것이다.

3-2 현대 서사시에 나타난 논개

(1) 모윤숙(毛允淑)의 <論介> ; 여성적 인간미의 발견과 신비화

모윤숙의 <논개>는 시인이 만년(74세)에 쓴 서사시이다. ≪현대시학≫에 13회에 걸쳐 연재된 작품을 시집으로 꾸며내었다. 1932년 첫 시집

『빛나는 지역(地域)』 이후 일곱번째 시집이며, 그의 전집을 제외하면 최종 시집인 셈이다.

이 시는 서시 외에 총 13장으로 구성되어 있는데 모두 2천 3백 행에 이른다. 제1장부터 제6장까지는 임진왜란 당시를 전후한 당쟁과 탐학의 혼란한 조선의 상황, 임진왜란이 발발하여 벌어지는 전란의 소용돌이를 묘사한 다음 제7장부터 제13장 끝까지 1, 2차 진주성 싸움을 배경으로 펼쳐지는 김시민 장군의 활약상, 그리고 논개의 충의로운 행적과 그 죽음을 묘사하고 있다.

모윤숙은 이 시집의 자서에서 "人間은 難 속에서 산다. 전쟁은 한 형식을 갖춘 難일 뿐이다. 내부의 難 속에 한 여성이 人間의 가치를 놀랍게 보여준 그 한 점을 찾아내 나름대로 ‘논개’를 창조해 본 것이다"라고 했다. 시인의 집필 의도를 일단 존중한다는 차원에서, 자서에 표현된 "내부의 難 속에 한 여성이 人間의 가치를 놀랍게 보여준 그 한 점"의 의미와 "나름대로 ‘논개’를 창조해 본 것"이란 의미를 새겨볼 필요가 있다. 전자의 표현에서 이 작품이 전쟁이란 어려운 삶의 고비에서 논개가 어떻게 한 여성으로서의 인간적 가치를 보여주었는가에 집필의 의도가 있었다는 점이 드러나고, 후자의 표현에서 논개에 관한 역사적 사실의 재구를 통한 서사시적 맥락보다 논개에 관한 나름의 창조적 상상력을 펼치고자 했다는 점을 알 수 있다.

그러면 이 시에서 강조하고자 한 ‘한 여성으로서의 인간적 가치’란 무엇인가? 시인은 이 점을 부각시키는 한 연결고리로서 김시민과 논개 사이의 순수한 애정의 관계를 설정하고 있다. 기녀의 신분이면서 왜장을 껴안고 목숨을 초개같이 버리는 논개의 비장한 죽음에 대한 이유의 개연성을 일단 김시민과의 관계에서 확보하고자 한 것으로 판단된다. 말하자면 논개는 김시민이 조국을 위해 장렬하게 전사한 것을 계기로 김시민에 대한 사랑과 의리로서 자신도 김시민을 따라 조국을 위해 의로운 죽음을 맞이한다는 것이다. 이 점은 이 시의 결구를 형성하는 다음 대목에서 분명히 드러난다.

<오오! 이 마지막 밤이여!
어서 나를 몰아가다오
나의 성, 나의 사람, 시민 장군이시여!
異邦의 사나이를 껴안은 채
두 몸이 한 몸 되어
최후의 길에 올랐습니다.>

논개 관련 문학작품에서 논개의 애정적 대상을 김시민으로 설정하고 있는 작품은 이 작품이 처음은 아니다. 박종화(朴鍾和)의 소설 <논개(論介)> (1946)31)에서 이미 김시민이 논개의 애정적 대상으로 설정된 바가 있다. 이 소설에서 논개는 양가출신이나 조실부모하여 기생의 몸이 되고, 진주성에서 김시민과 인연이 되어 그를 흠모했으나 김시민이 제1자 진주성전투에서 전사하자 괴로워하다 제2차 진주성전투에서 의리와 충절의 심적 동기로 죽음을 맞이하는 것으로 되어 있다. 모윤숙의 <논개>도 이러한 박종화의 소설 <논개>의 서사적 패턴을 매우 유사하게 따르고 있는 것으로 보아 상호 영향 내지 수수관계도 생각해 볼 수 있다. 그런데 두 작품에서 논개와 김시민의 애정관계 설정은 역사적 사실에 기초한 것이 아니라 상상적 허구에 의한 것으로 작위성을 갖는다. 지금까지의 문헌에서 논개가 최경회, 황진 등과 애정관계가 있었다는 언급32)은 있지만, 김시민과 논개의 관계 설정은 허구적 작품인 박종화의 소설과 모윤숙의 서사시에서만 발견되는 사항이다. 따라서 이들 작품은 역사적 사실이나 문헌에 기초하여 서사화를 도모한 작품은 아닌 셈이다.

문제는 논개와 김시민의 애정관계 설정이 역사적 타당성을 가지지 못

---

31) 박종화(朴鍾和)의 소설 <논개>는 ≪신세대≫ 1946년 6월호와 7월호에 발표되었다.

32) 논개가 최경회(崔慶會)의 소첩이었다는 기록은 순조 1년(1800년)에 간행된 『호남절의록』(湖南節義錄)에 처음 나오며, 황진(黃進)의 애인이었다는 기록은 장지연(張志淵)이 1910년에 쓴 『일사유사』(逸士遺事)에 처음 나온다. 이외 영남선비들간의 구전에서 김상건(金象乾)이란 설도 있다. 이와 같은 주장의 타당성을 리명길, 앞의 글, 67~82쪽에서 자세히 검토한 바 있다.

한다고 해도 작품상에서 얼마나 설득력있는 서사적 개연성을 갖추고 있는가 하는 점이다. 이 점은 특히 모윤숙의 <논개>에서 '한 여성으로서의 인간적 가치'를 부각시키고자 한 시인의 의도와 노력에 밀접하게 연관되어 있다. 이 작품은 김시민의 영웅적 인간상에 상응하도록 논개의 존재를 격상시켜서 논개의 영웅적 면모를 부각시키고자 했다. 그러나 논개와 김시민의 애정관계에서 뚜렷한 계기적 사건을 설정하지 않으면서 처음부터 플라토닉한 순수 애정의 관계를 전제하고 있는 것은 설득력이 별로 없다. 거기다 논개를 지나치게 신비화하여 영웅시하고 있는 묘사는 논개의 '한 여성으로서의 인간적 가치'를 부각시키고자 한 데에는 미흡함이 많다. 물론 이 가운데서도 논개 묘사의 몇몇 구절은 논개의 인간적 면모에 대한 새로운 인식의 가능성을 보여준다.

> 서투른 기교로
> 때로는 분노를 억제하며
> 지체 높은 이들의 시중을 들지만
> 그것은 참다운 내가 아니어라
> 뚫을 수 없는 그물에 걸려
> 우리 안에 갇힌 수인(囚人) 같은 것
> 그것은 참다운 나는 아니어라. (제4장)

> 밤과 밤을 잇는 몽롱한 순간들이
> 하나하나 항거의 아픔으로 꽃이 되어
> 그의 가슴 안에 피어나게 하리니
> 이몸 미천한 女人일지나
> 근심 안에 도사린 그 등불을
> 어느 바람에도 꺼지지 않도록
> 이 머리카락들을 바람에 빼앗길지어나
> 저 외람된 왜병의 무리를 향하여
> 마디마디 맺힌 恨을
> 자신으로부터 시작하여
> 풀어가리니. (제6장)

위에서 처럼 논개가 기생으로서의 신분을 솔직히 시인하면서도 진정한 자아각성의 의미를 되새기거나, 여인의 신분적 항거의 몸부림을 역사적 항거로 승화시키는 지점에서 '한 여성으로서의 인간적 가치'는 고양될 수 있다. 물론 후자의 경우 심한 비약이 따를 수 있는 위험이 있다. 여기서 시인은 이러한 정신적 승화의 비약을 이루는 계기를 작품 안에서 어떻게 마련할 것인지가 관건이 된다. 그러나 논개와 김시민의 모호하기만 한 애정관계의 설정이나 논개의 신비화로서는 기대한 효과를 달성하기 어렵다.

이 시는 사실 서사적 골격이 매우 약한 작품이다. 논개의 행적을 중심으로 서사단락을 구분하기 힘들만큼 작품의 화소가 서사성을 충분히 획득하지 못하고 있다. 말하자면 이 작품은 서사적 요소보다 서정적 요소가 지배적인 작품이다. 논개의 행위보다 논개의 인물됨에 대한 시적 화자의 정서적 반응이 작품의 주류를 형성하고 있기 때문이다. 그리고 이 작품은 대화적 구성을 통해 논개와 김시민 사이의 상호 의사소통의 가설적 장치를 마련하고 있는데, 이는 논개와 김시민의 애정관계를 근간으로 한 전쟁 속에서의 인간적 존재의 의미를 부각시키려 한 때문으로 생각된다. 그러나 논개와 김시민 사이의 상호 대화가 서로간의 애정관계의 신비화에 토대를 둔 영웅적 면모에 대한 찬사로 일관하고 있어서 논개의 여성적 인간미를 충분히 획득하지 못하고 있다고 말할 수 있다.

(2) 정동주의 『논개』 ; 민중적 여인상과 역사적 상상력

이 시는 제1장을 서시격으로 해서 모두 11장으로 구성되어 있으며, 전체가 무려 7,000여 행에 달하는 실로 방대한 분량의 서사시 작품이다.

그런데 이 시의 특기할 점은 제1장에서부터 논개의 신분을 종래에 기생이라고 한 주장을 부정하는 것에서 출발한다.

진주 기생 논개의
절개가 높다느니 굳세다느니

> 장수 노비 논개의
> 충절이 푸르다느니 붉다느니
> 이러쿵 저러쿵 헛소리들로
> 달콤하고 매끄러운 그러나 독 묻은 말씀들이
> 아직도 남아 있는, 차라리 철없는 오늘을
> 나는 웁니다.

이처럼 시인은 논개를 기생으로 본 기존의 관점을 부정하고 ‘사실을 사실대로’ 말하는 관점에서 논개의 진실과 사랑 얘기를 쓰겠다고 적고 있다. 시인이 ‘사실을 사실대로’ 판단하는 근거가 구체적으로 무엇인지에 관해서는 시집에서 알 수는 없다. 그러나 논개가 처음부터 기생이 아니었다는 주장은 장지연(張志淵)의 『일사유사』(逸士遺事, 1910)에서 논개가 본래 주씨(朱氏) 가문의 양가집 처자였다고 쓰여진 데에서 비롯하며, 이러한 견해는 배호길(裵鎬吉) 등 여러 향토사학자들의 논개 논의[33]에 수용되면서 이제는 논개의 가계, 탄생, 성장, 죽음에 이어지는 전체 생애의 내용이 구체적으로 해명되고 있는 단계에 이르렀다. 물론 이러한 견해가 역사적 문헌의 정확한 고증과 해석으로부터 정립된 것으로 보기에는 문제가 있지만,[34] 역사적 사실의 타당성과 정당성을 떠나서 문학작품의 상상적 진실로 형상화되고 있는 것은 별도의 고려를 필요로 한다.

장지연 이후 향토사학자들의 주장에 기초하여 논개 이야기를 서사화하고 있는 작품으로는 정동주의 <논개>와 그 이전에 쓰여진 전병순(田炳淳)의 소설 <논개(論介)>(1979)[35]도 있다. 이 두 작품에서 서사화되고 있는 논개의 생애 관련 내용은 서로 유사한 점이 많은데, 정동주의 <논개>가 전병순의 소설과 어떤 연계성을 가지는지 확인할 수 없지만, 논개의

---

33) 배호길(裵鎬吉), 앞의 글, 195쪽. 이 외에도 유기열(劉淇烈), <의암부인(義岩夫人) 주논개(朱論介)>, 『화순지방(和順地方)의 임란의병활동(壬亂義兵活動)』(화순군청 문화공보실, 1988)도 배호길과 같은 주장의 내용을 담고 있다.
34) 유승주(柳承宙)의 앞의 글과 리명길의 앞의 글이 사학계의 정론적 견해를 보여준다면, 향토사학자들의 견해와는 매우 다른 문헌해석의 입장 차이를 드러내고 있다.
35) 『민족문화대계』 14(동화출판공사, 1979).

생애에 관해 지금까지 제기된 향토사학자들의 주장을 사실로 인정한 바탕 위에서 논개의 역사적 의미를 되새겨 보고자 한 작품임에는 틀림없는 듯하다.

이 작품은 서시격의 제1장과 종결부분의 제11장을 제외하고 보면 크게 3 대목으로 나눌 수 있다. 제2장에서 제5장까지는 논개의 조부시절과 탄생, 그리고 논개가 어린 시절을 거쳐 장수관아의 급수노비가 되기 직전까지의 이야기이며, 제6장에서 제8장까지는 장수관아의 급수노비에서 최경회의 후실로 발돋움하는 과정을 담고 있다. 그리고 제9장에서 제10장까지는 2차례에 걸친 진주성 싸움의 전말을 이야기한 다음 논개가 기생으로 가장하여 모곡촌 육조(毛谷村 六助)와 함께 남강에 투신하기까지의 과정을 쓰고 있다. 이러한 3부 구성에서 시인은 논개가 태어날 때부터 죽음을 맞이할 때까지의 과정을 가급적 빈틈없이 재구한다는 입장에서 논개 생애의 계기적 단계를 역사적 상상력을 동원하여 상세하게 묘사하고자 했다.

이 작품에 의하면 논개는 전라도 장수의 장계고을 궐촌에서 본관이 신안(新安)인 주달문(朱達文)과 밀양 박씨(密陽 朴氏) 사이에 무남독녀(장남 대룡(大龍)이 있었으나 일찍 요절한 것으로 되어 있음)로 태어난다. 그때의 이름이 '노음개'(盧音介)였는데 부르기 쉬운 말로 '논개'가 되었다. 이처럼 논개는 비록 몰락해 가는 가계지만 양반 가문의 자식으로 태어났다는 것이다. 논개는 그러나 나이 13세에 부친이 사망하자 가세는 급격히 기울어져서 가난의 굴레에 빠진다. 하는 수 없이 숙부인 주달무(朱達武)에게 얹혀 살지만, 탕자생활을 하는 숙부가 돈에 눈먼 나머지 부호인 김풍헌의 꾀임에 속아 논개를 돈에 민며느리로 팔고자 한다. 혼인을 앞두고 자초지종을 안 논개와 그 어미는 야반도주하게 되고, 최경회가 현감인 장수관아에 붙잡혀서 판결 끝에 논개는 어머니 대신 2년간의 관아 급수노비가 된다. 논개가 1년을 급수노비로 있던 중 그 기특함과 총명함이 최경회 본처인 나주 김씨의 눈에 들어 나중에 나주 김씨의 유언에 따라 논개가 최경회의 후실로 들어가게 된다. 그런데 최경회가 모친상을 입고 또한 임진왜란을 치르는 사이 논개는 어머니의 외가로 가던 중 왜병에게 붙들리는데, 의병 황진의 구조로 당시 경상우도 병마절도사가 되어 진주에 파견되어 있던 최경회를 상봉하게 된다. 제2차 진주성 싸움에서 논개는 혼란 중에 도피했다가 최경회의 죽음을 알고 자신을 거짓으로 기생명부에 올리게 한 다음 왜장을 안고 남강에 뛰어 든다. 이 이후 논개의 시신은 최경회의 시신과 함께 진주성에서 퇴각한 병사들에 의해 수습되어 고향인 장수로 가던 중 부패의 정도가 심해 함양 땅에 가매장을 하게 되었다는 것이다.

이 작품은 이상과 같은 논개의 생애를 시간적 계기에 따라 순차적으로 구성하고 있다. 그런데 순차적 구성의 서사적 골격이 되는 화소가 얼마나 설득력 있는 역사적 사실을 근거로 하느냐에 따라 작품의 역사성을 확보하겠지만, 이 점을 일단 접어두더라도 작품 내적 문맥에서 치밀한 생애 묘사는 그 자체로 문학적 상상력에 의한 개연성을 돋보이게 한다. 그러나 서사적 화소의 내용과 화소들 사이의 연결성을 시인이 '사실'로 믿고 또 그러한 입장에서 작품의 사실성을 확보하려는 노력이 지나치게 강한 나머지 군더더기의 세부적 묘사와 요설이 따르면서 서사적 긴장미와 박진감을 충분히 살리지 못하는 결과를 빚고 있다는 점이 한계로 지적된다.

그런데 이 작품은 논개의 생애가 갖는 비극적 과정을 당대 사회의 모순구조 속에 놓여 있는 개인사적 문제를 통해 풀어가고자 했으며, 아울러 논개의 생애가 갖는 현재적 의미를 반성적 차원에서 나타내고자 했다는 점에 커다란 의의가 있다. 따라서 논개는 임진왜란 전후의 부패한 사회구조 속에서 비극적 삶을 살아갈 수밖에 없었던 민중적 인물의 전형이면서, 현재를 살아가는 우리들 삶의 모순을 반성하게 하는 인물의 표상으로 그려진다. 정동주의 <논개>는 이 점에서 기존의 논개 인유시들과는 다른 문학적 위상을 갖는다.

사랑의 사람 그대여, 그대 죽음은

사랑의 질문에 대한 대답입니다.
군색하고 어슬픈 20세기의 순결,
넝마처럼 까발기고 군침 흘리며
색감 고운 비단 속에 숨어 낄낄거리는 프리 섹스,
낮도깨비 수작만 같은 이력서 위에
높이 앉은 높은 콧대,
콧대 하나로 지워버리는 性의 이름,
돈 놓고 돈 따먹는 시집가기, 장가들기.
이런저런, 또 어떤 오늘날 수작으로는
가늠할 길 도무지 없는
그대 그 사랑은,
죽음의 손으로 쟁기질하여
매운 혼으로 씨를 물어
한 잎 한 잎 울창한 그리움으로
짙게 서 있는
늘푸른 사랑의 숲입니다.
…(중 략)…
그 사랑의 숲은
제 앞가림의 나날로 깊어져 가는,
심장은 식어가고 피는 얼어붙은
이 시대 냉병의 한 가운데서
다시금 더운 피 용솟음치게 하고,
머리만 남고 가슴은 퇴화된
이날의 얼음장 밑에서
불씨를 다스리고 있읍니다.(제11장)

　　문학적 관점에서 이 작품의 시적 성취는 역사적 사실에 얼마나 충실했
느냐의 문제보다 당대적 삶과 연관된 서사적 인물의 현재적 의미를 얼마
나 잘 포착하여 성공적으로 형상화하고 있느냐 하는 점에 있다. 이런 점
에서 정동주의 서사시 <논개>는 역사적 사실의 적실성을 떠나서 논개의
삶에 대한 고난과 끈기, 그리고 의로움의 행적을 통해 사랑의 진정한 의
미를 되묻고 있다. 거짓과 가식, 이기적 욕망이 진정한 사랑을 가리고 값
싼 사랑이 대신하는 오늘, "심장은 식어가고 피는 얼어붙은" "머리만 남

고 가슴은 퇴화한" 오늘에 논개는 진정한 사랑의 의미를 되새기고 반성
가게 하는 인물로 우리에게 다가오게 하는 것이다.

Ⅳ. 마무리

본고는 논개의 인물됨과 행적을 시적 형상화를 위한 참조의 틀로 삼은
일련의 시작품을 논개 인유시로 명명하고, 이들 인유시의 장르적 양상에
따라 개별 작품에 나타난 논개의 문학적 의미를 파악하고자 했다. 논개
인유시는 민요, 시조, 가사 등의 전통시가에서부터 현대시에 이르기까지
폭넓은 범위에서 나타났는데, 이들 논개 인유시 작품의 특징적 양상과
의미를 다음과 같이 정리할 수 있다.

먼저 논개 인유의 민요는 구비전승적 차원에서 다양한 변이를 보이고
있었는데, 논개는 '의암이'라 통칭되면서 마지막 죽음의 상황 묘사를 통
해 충의로운 죽음의 의미를 부각시키고 있었다. 그리고 일부 민요의 각
편이긴 하지만 민중 화자가 논개를 대신한 주체로 등장하면서 논개의 행
적에 대한 연민의 정서를 직접 표상하고 있기도 했다. 이로써 논개는 민
중적 사유와 관념에서 충의의 표상으로 기억되는 중요한 역사적 인물임
이 분명히 드러났다고 하겠다.

시조의 경우는 그 교훈적 성격이 강한 특성에서 역시 애국심과 민족의
식을 고양하는 표상으로서 논개가 읊어졌다. 다만 현대시조에서 고시조
의 작품들과는 달리 충의로운 행적과 애국적 관념을 직접적 언술로 나타
내지 않고 논개의 비극적 삶에 대한 정한의 정서를 시적 상관물을 통해
형상화하고 하고 있는 특징을 보였다.

가사의 경우 조선조의 역사를 읊은 <한양가>에서 논개의 행적을 묘사
한 대목을 찾을 수 있었다. 이 <한양가>에서 논개의 행적은 서사적 구성
에 의한 핍진성을 보여주었는데, 특히 논개가 왜장을 안고 남강에 투신
하여 죽기까지의 과정이 비록 상상적 묘사에 의한 것이지만 치밀한 영상

적 표현으로 나타나고 있는 점이 주목되었다. 그리고 논개의 죽음이 나라와 가장을 위한 충절의 행위였음을 강조하는 교술적 주제 또한 뚜렷이 내재되어 있었다.

현대시의 경우 서정시와 서사시 양면에서 논개는 여러 작품을 통해 다양하게 형상화되면서 각기 다른 문학적 의미를 띠고 표상되었다.

먼저 논개 인유의 서정시로서 변영로의 <논개>는 논개의 애국적 정열과 죽음의 의미를 원색적 색감의 대비를 통해 강렬하게 환기시키고 있는 작품이었으며, 한용운의 <논개의 애인이 되야서 그의 묘에>는 시적 화자인 '나'와 '그대'로 지칭된 논개 사이의 정신적 교감을 통해 민족의식의 연대감과 자아에 대한 반성적 의미를 되새기는 작품이었다. 따라서 이들 두 작품은 일제 강점기에 민족의식을 고양하고자 하는 시인의 각별한 정신적 노력이 투영되어 있는 작품으로서의 의의를 지닌 것이었다. 그리고 80년대에 쓰여진 고은의 <논개>는 논개가 '살보살'에서 '나라보살'에 이르는 존재 초월의 모습을 통해 그 민중적 영웅상을 부각시키고자 했으며, 임종성의 <논개에게>는 논개의 행적이나 모습을 철저히 이미지화 하면서 그 이미지를 통한 논개의 의지적 행위의 의미와 존재성을 서정적 울림으로 나타내고자 했다.

서사시로서 모윤숙의 <논개>는 논개의 여성적 인간미를 발견하고자 하는 시인의 의도가 개입되어 있는 작품이었다. 그러나 논개의 인물됨을 지나치게 신비화시켜 형상화함으로써 시인의 뜻이 충분히 드러나지 못한 아쉬움이 있지만, 여성적 관점에서 논개를 새롭게 조명하고자 하는 노력은 값진 의의를 지닌다고 하겠다. 정동주의 서사시 <논개>는 서사적 계기성과 치밀성이 돋보이는 작품인데, 논개의 생애가 갖는 역사적 의미와 현재적 의미를 민중적 시각에서 새롭게 조명해내고 있었다. 그러면서 특히 논개의 죽음과 사랑이 갖는 의미가 '충'이나 '의열'에 한정되지 않고 인간성 회복을 위한 참다운 의미의 각성에 바쳐지고 있다는 점에서 논개의 시적 형상화에 새로운 지평을 보여준다고 하겠다.

II
현대시의 현장과 정체성 탐구

정지용의 시 <향수>론

I. 들머리

정지용(鄭芝溶)의 시 <향수>(鄕愁)는 인구에 널리 회자되고 있는 작품으로 정지용 하면 바로 연상될 정도로 시인의 대표작 가운데 한 작품이다. 물론 시 <향수>가 대중적 인기를 얻고 있다는 이유만으로 작품의 문학성이나 시사적 의의까지 충분히 보장받을 수 있는 것은 아니다. 문학작품이 대중적 인기를 얻는 데에는 그럴 만한 이유가 개재되어 있다고 하겠으나, 거기에는 대중의 통속적 기호에 영합하는 언론매체의 영향이 흔히 있기도 하다는 점에서 문학작품에 대한 엄정하고 객관적인 비평과 해석이 따라야 한다.

정지용의 시 <향수>에 관하여 지금까지 다양한 해석과 논의가 있었던 것이 사실이다. 그러나 그 동안 상당한 논의에도 불구하고 <향수>의 텍스트 해석은 충분한 설득력을 갖추지 못하고, 오히려 해석상의 많은 아포리아(aporia: 해석 불가능성)를 남긴 채 의견이 분분하고 논란거리만 쌓이는 결과가 되었다. 본고에서 시 <향수>를 주목하게 된 계기가 바로 여기에 있으며, 이를 계기로 <향수>의 텍스트 해석의 엄정성과 객관성이 가능한 대로 확보되어야 <향수>의 독자 감상 및 이해에 올바른 인식 지평이 마련될 수 있다는 생각을 하게 되었다.

<향수>의 텍스트 해석의 엄정성은 해석상 의의를 가질 수 있는 텍스트의 선정에서부터 출발되어야 한다. <향수>의 텍스트로는 ≪조선지광≫ 제65호(1927. 3)에 발표된 것,『정지용시집』(시문학사, 1935. 10)에 수록된 것,『지용시선』(을유문화사, 1946. 6)에 수록된 것 등 여러 가지가 있다. 그런데 이들 텍스트들은 제각기 다른 시기에 발표되어 독자들에게 수용된 시점이 다르면서, 띄어쓰기, 어휘의 표기 등에서 미세하지만 텍스트상의 변별성이 있음을 유의하여야 한다. 텍스트상의 이러한 문제는 비록 사소한 것이라 할지라도 경우에 따라 텍스트 해석에 중대한 영향을 끼칠 수 있다는 점에서 결코 가볍게 지나칠 일은 아니다. 따라서 본고는 어떠한 텍스트가 해석상 의의가 있는 것인지에 관한 문제부터 따지면서 텍스트의 구체적인 해석 작업에 들어가고자 한다.

<향수>의 텍스트 해석에 있어서 텍스트 선정상의 문제도 있지만, 텍스트의 세부를 이루는 시어의 뜻을 어떻게 풀이하는가에 따라 텍스트의 전체 문맥을 해석하는 데 상당한 견해 차이를 드러낼 수 있다. 물론 이러한 해석상의 이견은 정지용의 시 <향수>에만 있는 것이 아니다. 정지용의 여러 시작품들에서 해석상의 이견이 있거나 아직까지도 해석상의 아포리아로 남겨져 있는 부분들이 많다. 시어를 둘러싼 해석자와 시인 사이의 시간적 격차, 지역적 격차 등이 해석상의 난관으로 작용할 수 있고, 해석자의 피상적 또는 자의적 해석이 원인이 되어 해석상의 오류를 일으킬 수도 있다. <향수>의 텍스트 해석은 바로 이러한 문제를 세심하게 고려한 바탕 위에서 해석상의 엄정성과 객관성을 가능한 확보할 수 있도록 이루어져야 한다.

<향수>의 텍스트 해석에서 그 동안 많은 이견이 제기된 부분이 시 텍스트의 시간성과 공간성의 문제이다. 뒤에서 구체적으로 논의하겠지만, 어떤 이는 <향수>가 늦가을을 시간적 배경으로 하고 있다고 했으며, 어떤 이는 텍스트의 각 연마다 서로 다른 계절을 시간적 배경으로 하고 있다고도 했다. 그리고 어떤 이는 시 텍스트에 묘사된 공간을 두고 자연서정의 전통성을 강조하기도 했고, 어떤 이는 삶의 진실성에 연결된 리얼

리티를 주목하기도 했다. 본고는 이와 같이 <향수>의 시간성과 공간성에 대한 견해가 서로 다른 점의 근거를 재검토하면서 합당한 해석의 관점을 마련하고자 한다. 그런데 사실 문학 텍스트의 해석은 고정적이거나 절대적일 수는 없다. 후기 구조주의자인 쟈끄 데리다가 차연(différance)라는 용어를 쓰면서 텍스트의 의미는 영원히 '차이'를 갖게 되며 끝없이 '유보'된다[1]고 했듯이, 텍스트를 구성하는 여러 요소들은 서로의 연관과 맥락을 형성하고 있기 때문에 텍스트의 의미는 절대적이기보다는 상대적이다. 그리고 텍스트를 대하는 해석자의 입장과 태도 등이 달라서 텍스트의 의미 해석에 차이가 있을 수도 있다. 물론 그렇다고 해서 텍스트의 의미 해석이 쓸모없다는 식으로 오해하는 것은 곤란하다. 텍스트는 수많은 독자들을 향해 항상 열려 있으면서 다양한 감상과 해석을 가능하게 한다. 그러나 텍스트는 이러한 감상과 해석의 다양한 가능성에도 불구하고 비록 상대적이긴 하지만 보편적이고 객관적인 지식의 범주 속에서 이해되도록 끊임없는 탐색을 요구한다. 본고의 <향수> 해석도 바로 이러한 탐색의 일환으로 이루어진 것임을 전제로 진행되는 것이다.

이상에서 언급했듯이, <향수>의 텍스트에 관한 논의는 크게 세 가지 사항으로 요약된다. 첫째, <향수> 서지와 관련한 텍스트의 선정 문제, 둘째, <향수>의 시어 해석상의 문제, 셋째, <향수>의 시간성과 공간성의 문제가 그것이다. 본고는 이들 세 가지 사항을 모두 논의의 대상으로 하되, 다만 둘째 사항은 <향수>의 전체 맥락에 기초한 주제, 즉 세계인식 내지 향수의식의 특성을 파악하는 장에서 자연스럽게 거론될 수 있는 것이어서 별도로 문제 삼지는 않을 것이다.

---

1) Jacques Derrida, *Positions*, trans. Alan Bass(Chicago: Univ. of Chicago Press, 1981), 80~89쪽. 김욱동, <탈구조주의의 문학적 의의와 전망>, 윤호병 외, 『후기구조주의』(고려원, 1992), 20~21쪽 참조.

Ⅱ. 〈향수〉의 텍스트 선정 문제

시 〈향수〉는 여러 발표지면을 통해 독자 대중에게 읽혀지고 알려지게 되었다. 이 중에서 ≪조선지광≫ 제65호(1927. 3)에 발표된 것, 첫 시집인 『정지용시집』(시문학사, 1935. 10)에 게재된 것, 그리고 세번째 시집인 『지용시선』(을유문화사, 1946. 6)에 재수록된 것을 〈향수〉의 대표적인 텍스트로 들 수 있다. 여기서 서로 다른 지면에 발표된 〈향수〉의 시 텍스트를 논의의 편의상 순서대로 텍스트 A, 텍스트 B, 텍스트 C라고 하자. 이들 텍스트 A~C가 〈향수〉의 해석에서 가지는 의의와 문제점을 파악하기 위해 각 텍스트의 특성을 엄밀하게 따져 볼 필요가 있다.

먼저 텍스트 A는 현재까지 시 〈향수〉를 온전하게 확인할 수 있는 처음의 텍스트라고 말할 수 있다. 그런데 텍스트 A는 1927년 3월호로 간행된 지면에 발표된 것이지만, 정지용이 〈향수〉를 처음 창작한 시점이 1923년 3월이란 점을 시작품의 끝에 부기하고 있다. 〈향수〉가 ≪조선지광≫에 발표될 때보다 훨씬 이른 시기에 창작되었다는 사실은 정지용과 함께 등사판 문예지인 ≪요람≫(搖籃) 동인으로 활동했던 박팔양(朴八陽)의 글에서 간접적으로 확인된다.

> 「鄕愁」라 題한 作을 비롯해서 얼마 전에 出版된 鄭芝溶詩集 中에도 「鴨川」·「카페·푸란스」·「슬픈 印象畵」·「슬픈 汽車」·「風浪夢」 等은 全部 搖籃에 登載하였던 作이오 더욱 그 詩集 第三編의 童詩 또는 民謠風의 諸作은 半數 以上이 그 當時의 作이니[2]

이상에서처럼, 박팔양은 정지용시집에 실린 상당수의 작품들이 이미 ≪요람≫지에 발표되었던 것이라고 회상하고 있다. 박팔양이 14·5년 전의 일을 정확하게 기억한다고 보기 어렵지만, 이상에서 언급하고 있는

---

2) 박팔양, <요람시대의 추억>, ≪중앙≫ 제32호(1936. 7), 147쪽.

<향수>를 비롯한 초기 시편들이 ≪요람≫지에도 발표되었을 가능성이 높다. 여기에 김학동(金澤東)은 <향수>와 <풍랑몽>(風浪夢)은 ≪요람≫지에 발표된 것으로 인정되지만, <압천>(鴨川), <카페·푸란스>, <슬픈 인상화(印象畵)>, <슬픈 기차(汽車)> 등은 일본 경도 학우회 잡지인 ≪학조≫(學潮)나 일본시의 잡지인 ≪근대풍경≫(近代風景)에 발표되고 있다는 점에서 ≪요람≫지에 먼저 발표되었을 가능성을 배제했다.3) 그러나 박팔양은 정지용이 일본 동지사대학(同志社大學)에 들어간 이후에도 각기 흩어진 동인들끼리 원고철 그대로 동인지로 만들어 회람하였다고 말하고 있다.4) 박팔양의 회고대로라면, ≪요람≫지는 정지용이 휘문고보를 졸업한 이후에도 한동안 존속되었으며, 그 기간에 일본의 유학생활 경험을 바탕으로 한 <압천> 등의 작품을 ≪요람≫지에 발표한 것으로 생각된다. 그리고 ≪학조≫나 ≪근대풍경≫에 게재된 시들은 ≪요람≫지에 먼저 올려진 이후에 재차 발표된 것으로 보인다.5) 물론 이의 구체적인 사실은 ≪요람≫지를 통해 분명히 밝혀질 수 있는 일이다. 그러나 안타깝게도 당시의 ≪요람≫지를 학계에서 현재까지 찾아내지 못하고 있는 실정에 있다.

여하튼 텍스트 A와 박팔양의 언급을 통해 <향수>가 1923년 3월에 처음 창작되었으며, 그것이 ≪요람≫지에 먼저 발표된 것으로 생각된다. 그러면 이 ≪요람≫지에 발표된 <향수>의 텍스트를 텍스트 X라고 하고, 텍스트 X의 형성 시점을 잠정적으로 1923년 3월이라고 해 두자. 텍스트 X

---

3) 김학동, 『정지용연구』(민음사, 1987), 119쪽.
4) 박팔양, 앞의 글, 149쪽에서 "그러나 各其 東西로 헤어진 後에도 우리들은 雜誌를 내어버리지는 아니하였다. 꼼꼼하게 謄寫에 부칠 時間과 氣分의 餘裕들이 없게 된 지라 原稿를 써가지고는 그대로 冊을 매여 그야말로 原稿 回覽을 하였다. 京城에서 京都로, 京都에서 東京으로 우리들의 原稿 뭉탱이는 쉬일새 없이 돌아다녔다."라고 했다.
5) 여기에 정지용의 다음과 같은 시작품 발표의 태도를 참고할 만하다.
"힘끝, 썼다 지웠다 해가며 苦心합니다. 那終 잘 되였다구 생각될 때에도 과연 이것이 詩가 되였는지 안되였는지 나 自身으로는 알 수가 없어요. 그래서 친구를 찾어 다니며 좀 주책없는 듯하나 ——이 뵈이지오 四五人의 친구가 다 좋다고 하여야 安心하고, 發表합니다." C기자, <시인 정지용씨와의 만담집>, ≪신인문학≫(1937. 8), 89쪽.

가 형성된 1923년 3월은 정지용이 당시 나이 22세로 5년제의 휘문고보를 졸업하던 때이다. 시인으로서는 감수성이 예민한 문학청년기에 이 시를 쓴 셈이다. 정지용의 시 중에서 작품의 실제 창작시기를 알 수 있는 작품을 시기별로 순서화 한다면, 이 작품은 1922년 3월에 쓴 것으로 되어 있는 <풍랑몽> 다음 두번째로 쓴 작품이다.6) 그만큼 이 작품은 정지용의 문학청년기이기도 한 초기의 시작 경향을 파악하는 데 중요한 위치를 차지한다고 말할 수 있다.

그런데 여기에는 신중히 고려해야 할 점이 있다. 텍스트 X와 텍스트 A 사이에 4년이란 시간적 격차가 있다는 점이다. 이 4년의 시간적 격차는 <향수>의 텍스트 형성과정에서 결코 가볍게 지나칠 사항은 아니다. 1927년 3월 이후 4년 동안 정지용은 일본 경도 동지사대학 영문과를 다니면서 문학에 관하여 상당한 지식을 습득하고 수련을 쌓았던 것으로 판단된다. 그 결과 1926년부터 일본 경도학우회에서 간행한 잡지 ≪학조≫를 비롯해서 국내에서 간행된 ≪신민≫, ≪문예시대≫, ≪조선지광≫ 등에 본격적으로 시작품을 발표하고, 일본시의 잡지인 ≪근대풍경≫에도 동인 대우를 받으면서 일본어로 쓴 시를 상당수 발표했다. 이런 맥락에서 텍스트 A는 4년 전에 처음 창작된 텍스트 X의 모습을 그대로 보여준다고 하기 어렵다. 4년 동안 쌓아 올린 문학적 식견과 문학창작의 역량을 바탕으로 텍스트 X는 시인에 의해 일정한 첨삭과 윤색이 가해진 다음 텍스트 A로 발표되었으리라는 추정이 가능하다. 물론 이러한 추정은 텍스트 X가 게재된 ≪요람≫지를 찾는다면 사실 여부를 판가름할 수 있으나, 현재로서는 문제의 ≪요람≫지를 찾지 못하고 있기 때문에 단지 추정에 그칠 따름이다. 다만 정지용의 시 중에서 동일한 제목의 시작품이 서로 다른 지면에 발표되거나, 시집에 재수록되었을 때 상당수의 작품이 수정 또는 첨삭의 흔적을 보이고 있다7)는 점에서 텍스트 A는 텍스

---

6) <풍랑몽>은 ≪조선지광≫(1927. 7)에 처음 발표되었으나, 작품의 끝에 "一九二二年 三月 麻浦下流 玄石里"라고 부기하고 있어 작품의 실제 창작시기는 1922년 3월임을 알 수 있다.

7) 김학동, 앞의 책, 214~230쪽에 정지용 시의 개작 내용을 잘 알 수 있도록 도표

트 X로부터 일정한 개작의 결과로 이루어졌을 개연성이 높다. 따라서 시 <향수>의 텍스트로 텍스트 A를 논의 대상으로 삼았을 때 다음 몇 가지 고려해야 할 사항이 있게 된다.

첫째, 텍스트 A를 논의 대상으로 삼으면서 <향수>의 창작시기를 1923년 3월로 고정시켜 보는 관점이 타당한가 하는 점이다. 물론 텍스트 A는 1923년 3월 당시 시인의 세계인식 내지 고향의식을 기초로 <향수>가 창작되었다는 점과 처음 창작된 텍스트 X의 시에 가장 근접한 시 형태를 보여주고 있다는 점을 부인할 수 없다. 그러나 이를 긍정하면서도 텍스트 A는 4년의 격차에 따른 수정 또는 첨삭의 가능성이 있다는 점에서 텍스트 A의 창작 시점을 1923년 3월로 고정시켜 보는 관점은 문제가 있다. 문학 텍스트가 독자의 텍스트 읽기에 의한 참여와 수용에 의해서 온전한 의미를 획득한다고 할 때, 텍스트 A는 1927년 3월이란 시점에 ≪조선지광≫에 활자화되어 비로소 독자들에게 널리 공개되고 읽혀질 수 있게 되었다는 점에서 더욱 큰 의의를 가진다.

둘째, 텍스트 A가 시 <향수>의 텍스트로서 확정된 것이냐 하는 점이다. 먼저 텍스트 A가 ≪조선지광≫이란 잡지에 근거하고 있다는 점이 텍스트 확정 문제의 한 변수로 작용한다. 잡지 편집자의 자의성, 잡지 조판의 성격, 조판시의 관행이나 실수 등이 시 <향수>의 인쇄 시에 관여됨으로써 원고 상태와 상당한 차이가 나타날 개연성이 높다. 실제로 텍스트 A에는 굳이 띄어쓰기를 하지 않아도 될 어휘가 자주 나타나고(작품의 1연에서만 예를 들면; '쯔트 로', '실개천 이', '황소 가', '우름 을' 등), 행갈이도 불분명한 부분이 더러 나타난다. 텍스트 A는 이러한 문제점을 내포하면서 시인에 의해 또다시 개작되는 변환을 겪는다. 그 결과 <향수>의 또 다른 텍스트 B가 형성되는데, 결국 텍스트 A는 시 <향수>의 텍스트 확정 과정에서 텍스트 X로부터 텍스트 B로 변화되어 가는 과정에 놓인 텍스트인 셈이다.

다음으로 텍스트 B인 정지용시집의 경우를 보자. 텍스트 B는 정지용시

화하고 있다.

집에 게재되어 있기 때문에 당연히 시인의 의사에 따라 이루어진 텍스트라는 생각을 하게 된다. 그런데 정지용시집은 판권 부분에서 저작자를 정지용으로 표시하지 않고, 정지용과 시문학 동인이었던 박용철(朴龍喆)을 저작 겸 발행자로 내세우고 있다. 그리고 시인이 시집을 편찬하는 경우 서문이나 발문을 시인의 이름으로 붙이는 것이 예사인데, 정지용시집에는 박용철의 발문이 붙어 있을 따름이다. 박용철은 이 시집의 발문에서 "지용의 詩가 처음 朝鮮之光(昭和 二年 二月)에 發表된 뒤로 어느듯 十年에 가까운 동안을 두고 여러 가지 刊行物에 흩어저 나타낫던 作品들이 이 詩集에 모아지게 된 것은 우리의 讀者的 心願이 이루어지는 기쁜 일이다"[8]라고 하여, 여러 지면에 이미 발표되었던 정지용의 시를 모아서 시집을 간행하는 것임을 밝히고 있다. 이렇듯 정지용시집 편찬의 겉 모양새에서 정지용 자신의 뜻보다는 박용철의 뜻에 따라 이루어졌다는 인상을 강하게 남기고 있다.

그러나 정지용시집의 실제 편찬 사정은 그렇지 않다는 점이 김학동에 의해서 밝혀졌다. 당시 시문학사를 운영하고 있었던 박용철이 같은 시문학 동인인 정지용과 김영랑의 시집을 기획하여 간행할 뜻을 세우고, 김영랑시집에 앞서 정지용시집을 정지용과 함께 기획하여 시집을 엮었다는 것이다.[9] 비록 시집의 저작자로 정지용이 표시되어 있지 않지만, 시집의 편찬방식과 수록 작품의 세부를 드려다 보면 시집의 편찬에 정지용이 깊이 관여한 것으로 나타난다. 박용철이 정지용의 도움 없이 시를 일일이 모으는 것 자체가 매우 힘든 일일뿐만 아니라, 정지용의 의사를 고려하지 않고 작품을 유형별로 구분한다는 것도 그리 쉬운 일이 아니다. 이런 점은 다른 지면에 먼저 발표된 작품과 시집의 작품을 비교했을 때 한층 분명히 드러난다. 작품의 제목이 달라지는 것, 작품의 형식과 구분이 달라지는 것, 작품의 내용이 달라지는 것, 작품의 세부 표현이나 어휘가 달라지는 것 등의 현상이 시집에 수록된 상당수의 작품들에서 나타나기 때

---

8) 박용철, <발>(跋), 『정지용시집』(시문학사, 1935. 10), 156쪽.
9) 김학동, 앞의 책, 134쪽, 173쪽 참조.

문이다. 결국 텍스트 B의 근간이 되는 정지용시집은 박용철의 간행의지
에 따라 편찬된 것이지만, 시집의 실제 편찬 일은 정지용에 의해서 주도
되었음이 분명히 드러난다고 하겠다.

　그러면 시 <향수>의 경우는 어떠한가. 정지용시집의 편찬이 정지용에
의해 주도된 만큼, 당연히 <향수>도 시인의 뜻에 따라 시집에 재수록되
면서 변화되었다. 이 점은 텍스트 A와 텍스트 B를 비교했을 때 뚜렷이
확인된다. 여기서 띄어쓰기나 어휘 표기상의 사소한 차이를 제외하고 텍
스트 A와 텍스트 B의 중요한 차이점을 도표로 보이면 다음과 같다.

연	행	텍스트A	텍스트B
5연	3행	<u>되는대로</u> 쏜 화살을	<u>함부로</u> 쏜 활살을
7연	2행	검은 귀밋머리 날니는 <u>누의</u>	검은 귀밑머리 날리는 <u>어린 누의와</u>
		<u>와</u> 짜가운 해쌀을 <u>지고</u>	따가운 해ㅅ 살을 <u>등에지고</u>
	5행		

　위의 도표(특히 밑줄 친 부분)는 텍스트의 일부분에서지만 텍스트 B가
텍스트 A의 어휘를 수정하거나 새로운 어휘를 첨가하고 있음을 보여준
다. 이러한 현상은 텍스트의 해석을 좌우할 정도는 아니지만, 텍스트 B가
정지용의 뜻에 따라 개작되었음을 분명히 보여준다. 박용철이 임의대로
텍스트 A를 텍스트 B로 변화시킬 수는 없기 때문이다. 따라서 텍스트 B
는 텍스트 A가 시집에 재수록되면서 시인의 뜻에 따라 부분적으로 저작
된 작품으로 <향수>의 또 다른 텍스트인 것이다.

　그렇다면 텍스트 C는 <향수>의 텍스트로 어떤 의미를 지니는 것인가.
텍스트 C의 근간이 되는 지용시선은 정지용의 세번째 시집에 해당되는
셈인데, 문제는 이 시집의 편찬에 정지용이 얼마나 관여했는가가 텍스트
C의 성격을 파악하는 데 관건이 된다. 그런데 이 시집은 첫번째 시집인
정지용시집과 두번째 시집인 백록담에서 가려 뽑은 25편의 시가 수록되
어 있으며, 새로운 작품은 한편도 올려져 있지 않다. 이에 대해 이 시집

은 정지용이 직접 편찬한 것이 아니라 박두진(朴斗鎭)에 의해서 편집된 것임을 김학동이 밝히고 있다.[10] 따라서 텍스트 C는 박두진이 임의로 정지용시집의 텍스트 B를 모본으로 하여 <향수>를 지용시선에 재수록한 것에 지나지 않는다. 그러나 이 과정에서 박두진이 자의로 텍스트 B의 일부 어휘를 수정함으로써 텍스트 C는 <향수>의 해석에 엉뚱한 오해를 낳을 소지를 만들게 된다. 텍스트 B에서 달라진 텍스트 C의 중요 어휘를 보이면, '회돌아→휘돌아'(1연), '활살을→화살을'(5연), '석근→성근'(9연) 등이다. 이 중에서 1연과 9연의 경우에 어휘가 변화됨으로써 어감과 어의가 달라지는 결과를 초래하여 텍스트의 해석에 적지 않은 영향을 끼친다고 생각한다.

　이상에서 검토했듯이, 시 <향수>의 해석에 적절한 텍스트가 무엇인지 이제 분명하게 된다. 텍스트 X는 현재 찾을 수 없다는 데 근본문제가 있고, 텍스트 A는 <향수>의 처음 창작시점을 알려주기는 하지만 <향수>의 텍스트 확정 과정에 놓인 것이며, 텍스트 C는 작자와는 상관없이 시집 편집자의 자의적 판단에 따라 오히려 시 <향수>를 변질시키고 있다는 점에서 문제가 있다. 마땅히 텍스트 B를 <향수>의 해석 텍스트로 삼아야 의의있는 결과를 얻을 수 있다.

Ⅲ. 향수의식의 동심원적 구성과 공간미학

　시 <향수>의 구성적 특성을 파악하기 전에 먼저 작품의 전체 모습을 보기로 하자. 텍스트는 앞서 논의한 대로 정지용시집에 수록된 텍스트 B로 한다.

넓은 벌 동쪽 끝으로
옛이야기 지즐대는 실개천이 회돌아 나가고,

---

10) 김학동, 앞의 책, 196쪽.

얼룩백이 황소가
해설피 금빛 게으른 울음을 우는 곳,

　－ 그 곳이 참하 꿈엔들 잊힐리야.

질화로에 재가 식어지면
뷔인 밭에 밤바람 소리 말을 달리고,
엷은 조름에 겨운 늙으신 아버지가
짚벼개를 돋아 고이시는 곳,

　－ 그 곳이 참하 꿈엔들 잊힐리야.

흙에서 자란 내 마음
파아란 하늘 빛이 그립어
함부로 쏜 활살을 찾으려
풀섶 이슬에 함추름 휘적시든 곳,

　－ 그 곳이 참하 꿈엔들 잊힐리야.

傳說바다에 춤추는 밤물결 같은
검은 귀밑머리 날리는 어린 누이와
아무러치도 않고 여쁠것도 없는
사철 발벗은 안해가
따가운 해ㅅ살을 등에지고 이삭 줏던 곳,

　－ 그 곳이 참하 꿈엔들 잊힐리야.

하늘에는 석근 별
알수도 없는 모래성으로 발을 옮기고,
서리 까마귀 우지짖고 지나가는 초라한 집웅,
흐릿한 불빛에 돌아 앉어 도란 도란거리는 곳,

　－ 그 곳이 참하 꿈엔들 잊힐리야.

이 작품은 반복구를 형성하는 "그 곳이 참하 꿈엔들 잊힐리야"가 독립된 연을 이루면서 전체 10연으로 구성된 작품이다.11) 언뜻 보아도 구성적 짜임새가 비교적 정연하다는 생각을 하게 된다. 그만큼 작품 구성에 대한 시인의 배려가 세심하게 이루어진 작품12)이라고 말할 수 있다.

이 작품은 '향수'란 제목 그대로 시적 자아가 회상적 시점에서 과거 고향에 대한 절실한 생각과 느낌을 묘사하고 있다. 먼저 이 작품의 묘사 시점이 회상적 시점이라는 것은 시적 오브제인 고향이 반복구에서 '그 곳'이라고 지칭되는 데에서 분명히 드러난다. '이 곳'이 아닌 '그 곳'은 공간적으로 일정한 거리를 가진 장소를 의미할 뿐만 아니라, 시간적으로도 현재에서 과거로 소급되는 장소를 의미한다. 따라서 <향수>는 시적 자아의 과거 고향체험을 현재 시점에서 소급하여 회상하고 있는 작품이다.

다음으로 고향에 대한 생각과 느낌이 절실하다는 점 역시 반복구인 "그 곳이 참하 꿈엔들 잊힐리야"에서 확연히 드러난다. '참하'(차마)란 부사어 자체가 애틋한 속마음의 절실함을 나타내면서, '참하'에 연결된 "꿈엔들 잊힐리야"에서 꿈에서조차 잊을 수 없는 간절한 마음이 강조되어 있다. 그리고 "잊힐리야"의 어구가 시사하듯, 고향에 대한 향수의 간절한 심정은 현재는 물론 미래에까지도 지속되는 연속성을 가진다는 점을 말하고 있다. 결국 시 <향수>는 고향에 대한 단순한 과거 회상의 노래가 아니라, 과거 체험의 고향이 현재와 미래에 갖는 연속적 의미를 시적 자아 스스로 되새기고 있는 작품인 셈이다. 이런 의미에서 시 <향수>의 고

---

11) 시 <향수>에서 반복구인 "그 곳이 참하 꿈에도 잊힐리야"를 독립된 연으로 보지 않고 전체 5연으로 구성된 작품으로 보는 이도 있다. 그러나 반복구가 선행 연과 후행 연 사이에서 일정한 간격을 둔 채 배치되고 있다는 점에서 독립된 연으로 보는 것이 타당하다고 생각한다.

12) 김춘수(金春洙)는 이 시의 행과 연의 구분은 '우연'의 결과이며, 다만 영화의 한 커트(cut)를 몽따지(montage)한 것과 같은 '솜씨'를 보인다고 말한 바 있다. 김춘수, 『한국현대시형태론』(부산: 해동문화사, 1958), 63쪽. 그러나 행과 연, 그리고 반복구의 정연한 구성과 배치를 시인의 솜씨라고 인정하면서도 '우연'이라고 보는 것은 모순될 뿐만 아니라 설득력이 없다.

향은 시적 자아에게 영원한 향수를 자아내게 하는 회귀본능적 고향이다.

그런데 반복구를 제외하고 보면, 고향에 대한 애틋한 그리움의 심정을 직접적으로 표면화시키지 않고 있다. 말하자면 회상공간으로서의 고향의 서경을 담담하게 묘사하는 데 치중하고 있다. 동양의 산수시가 일반적으로 경치를 그려 흥취를 나타내고 주제를 전한다는 의견[13])에 따르면, 반복구를 제외한 각 연의 구절은 경치를 그리고, 반복구는 그 경치에 대한 시적 자아의 흥취를 나타내면서, 전체적으로 일정한 주제를 형성하고 있는 시가 <향수>이다. 이런 점에서 시 <향수>는 산수시의 전통을 구성적 짜임새의 세심한 배려를 통해 계승하고 있는 작품이다. 여기서 경치를 나타내는 각 연의 구절이 감정을 절제한 채 자연을 관조하는 서구 이미지즘시의 특성을 보여준다고도 볼 수 있으나, 이런 점은 동양 산수시의 오랜 전통 속에 내재되어 왔던 것이기도 하다. 정지용의 초기시 중에서 전통적 정서와 시 형식을 탐구하고 있는 작품들이 이른바 민요풍의 시와 동시를 비롯하여 상당한 비중을 차지하고 있다는 점에서 서구 이미지즘의 특성만을 강조하는 것은 잘못이다. 특히 <향수>가 일본 유학에서의 서구 이미지즘시의 체험 이전인 1923년 3월의 시점에 처음 쓰여졌다는 점에서 전통적 정서와의 맥락이 더욱 중시된다.

<향수>의 중요한 시적 특성은 또한 구성적 짜임새와 표현의 묘미에서 찾아진다. 여기에 반복구를 제외한 각 연의 구성을 보자. 우선 이 시는 회화적인 구도 속에서 전체와 부분이 묘사되고 있다는 생각을 하게 된다. 각 연마다 배경 즉 후경(background)이 되는 묘사 부분이 있고, 거기에 다시 시선이 집중되면서 전경(foreground)으로 부각되는 묘사 부분이 있다. 그리고 이렇게 각 연에서 묘사된 전경과 후경은 다시 전체적으로 종합되어 한 폭의 고향 정경을 그려내고 있다. 먼저 각 연의 묘사 특징을 파악하기 위해 제1연의 경우를 예로 들어보자.

---

13) 조동일, <산수시(山水詩)의 경치, 흥취, 주제>, ≪국어국문학≫ 제98호(국어국문학회, 1987. 12), 22쪽.

넓은 벌 동쪽 끝으로
옛이야기 지즐대는 실개천이 회돌아 나가고,
얼룩백이 황소가
해설피 금빛 게으른 울음을 우는 곳,

위 제1연에서 정경을 이루는 요소들은 크게 '넓은 벌', '실개천', 그리고 '얼룩배기 황소'이다. 그런데 시적 화자의 시선은 '넓은 벌'에서 '실개천'을 거쳐 '얼룩배기 황소'로 옮겨온다. 말하자면 바깥쪽에서 안쪽으로, 즉 원경에서 근경으로 시선이 이동된다. 여기서 '넓은 벌'과 '실개천'은 후경 즉 배경을 이루는 대상이며, '얼룩배기 황소'는 전경을 이루는 대상이라고 말할 수 있다. 이처럼 제1연에서 정경을 그려 가는 시선이 '넓은 벌→실개천→얼룩배기 황소'로 원경에서 근경으로 자연스럽게 이동되면서 최종적으로 '얼룩배기 황소'에 집중되고 있다는 것을 알 수 있다.

이와 같은 방식으로 나머지 연을 보자. 그러면 묘사의 시선이 집중되는 대상이 제3연에서는 '아버지', 제5연에서는 '나', 제7연에서는 '누이와 아내', 그리고 제9연에서는 '가족'이라 할 수 있다.

그런데 제9연에서 묘사의 중심 대상을 '가족'이라 하기에는 신중히 고려할 점이 있다. 왜냐하면 제9연의 마지막 구절(제4행)인 "흐릿한 불빛에 돌아앉어 도란 도란거리는 곳"에서 "도란 도란거리는"의 주체가 언술상 명확하게 드러나지 않기 때문이다. 이 구절이 앞 행의 구절인 "서리 까마귀 우지짖는 초라한 지붕"을 받고 있다고 본다면, "도란 도란거리는"의 표현은 마을의 지붕이 옹기종기 모여 있는 모습을 의인화한 것으로 파악될 수 있다.14) 그런데 그렇다고 쉽게 인정하고 넘어갈 일은 아니다. 이 시 전체의 문장부호 사용을 유의해서 살펴보면, 각 연에서 쉼표가 사용되고 있는 구절을 단위로 주어가 각각 따로 존재하고 있음을 알 수 있다. 이 점을 고려하여 제9연을 살펴보면, 제2행, 제3행, 제4행에서 쉼표가 사용되면서 쉼표를 기준으로 독립적인 문장을 형성하고 있음을 알 수 있

---

14) 양왕용, 『정지용시연구』(삼지원, 1988), 140쪽.

다. 그러면 제2행까지 문장의 주어는 '석근 별'이며, 제3행은 '서리 까마귀', 제4행은 문맥의 언술상 직접 드러나 있지 않지만 '가족'이라고 말할 수 있다. 본고에서는 시인이 문장부호를 세심하게 사용하고 있다는 점을 전제로 제9연의 묘사 중심을 '가족'이라고 설정하고자 한다.

그렇다면, 시 <향수>는 단순히 과거 고향의 정경만을 그리고 있는 작품이 아니라는 점을 알게 된다. 이는 각 연에서 전경을 이루면서 묘사의 초점이 되는 대상들, 즉 '나'를 비롯하여 아버지, 아내, 누이가 단순히 외부적 공간을 형성하는 자연적 대상들이 아니라 혈연적 공동체로 묶이는 가족 성원들이기 때문이다. 여기서 제1연의 '얼룩배기 황소'가 원칙적으로 가족 성원이 아니라는 점에서 문제가 제기될 수 있다. 그런데 전통적인 농촌의 생활 속에서 '얼룩배기 황소'는 가족 성원에 못지않는 귀중한 존재라는 점에서 적어도 의식적 차원에서 농가의 넓은 범주에 포괄시킬 수 있다. 그렇다면 시 <향수>는 전통적인 농촌의 정경을 그리면서도, 농가의 성원들이 맺고 있는 인정의 세계에 초점이 두어져 있는 작품으로 파악된다.

시 <향수>에서 그려진 인정의 세계는 다시 집을 중심으로 한 공간과 집 밖인 들판을 중심으로 한 공간으로 크게 구분해서 볼 수 있다. 그러면 제3연의 '아버지'가 있는 공간과 제9연의 '가족'이 함께 있는 공간은 전자에 해당하며, 제1연의 '얼룩배기 황소', 제5연의 '나', 제7연의 '누이와 아내'가 그려지고 있는 공간은 후자에 해당한다. 이렇게 보면, 시 <향수>는 제9연의 가족이 함께 모인 정겨운 인정의 세계에 무게 중심을 두면서도, 제1연에서 제9연까지의 외적 세계의 묘사에서 아버지를 집 안의 가장 중심에 위치해 놓고, 그 바깥쪽 들판에 나, 누이와 아내, 얼룩배기 황소를 차례로 위치시키고 있다. 이를 알기 쉽도록 도표로 표시해 보자.

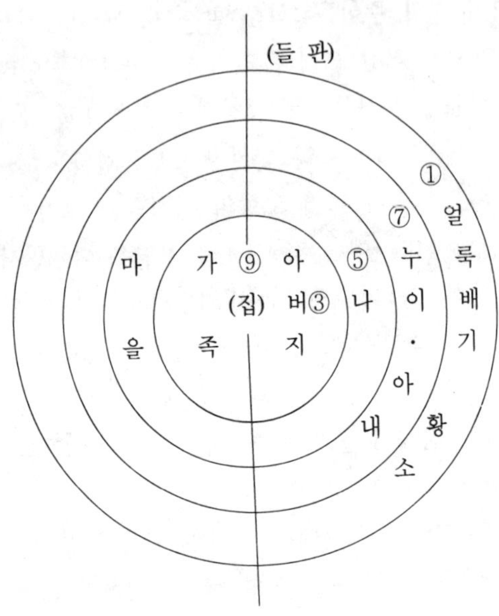

　다음 도표에서 보듯이, 아버지, 나, 누이와 아내, 그리고 얼룩배기 황소
가 위치한 공간 모형은 일종의 동심원적 구성을 보인다고 말할 수 있다.
집 안의 아버지를 중심원으로 하여, 그 바깥쪽에 나, 누이와 아내, 얼룩
배기 황소가 차례로 위치하고 있는 모습을 보여준다. 우선 이러한 동심
원적 구성의 공간 모형은 전통적 농가의 가부장적 질서의 세계를 보여준
다고 말할 수 있다. 과거 고향을 회상하는 시인의 의식세계의 한 단면이
이 시에 내재되어 있다고 보아도 좋을 듯하다. 그런데 이 시에 그려진
가부장적 질서의 세계는 엄격한 권위가 지배되는 세계가 결코 아니다.
졸음에 겨워 짚 베개를 돋아 고이고 있는 아버지, 동심에 젖어 함부로
쏜 화살을 찾으러 풀숲을 헤치며 놀고 있는 나, 등에 따뜻한 햇살을 받
으며 이삭을 줍고 있는 누이와 아내의 모습, 그리고 온 가족이 함께 모
여 도란거리는 모습에서 삶의 여유와 평화, 그리고 자유로움을 느낄 수
있기 때문이다.
　위 도표의 동심원적 구성의 모형은 또한 과거 고향에 대한 시인의 향

수의식이 어떠한 심리적 파장을 일으키며 나타나고 있는지를 알 수 있게 한다. 이 시의 공간 모형을 연 구성에 따라 차례로 보면, 시인의 시선은 제1연의 '얼룩배기 황소'가 위치한 바깥 들판에서 제3연의 '아버지'가 있는 집 안의 내부로 이동했다가, 다시 제5연과 제7연에서 바깥 들판 쪽으로 옮겨간 다음, 마지막 제9연에서 다시 '가족'이 함께 있는 집안의 내부로 이동하고 있다. 말하자면 외부→내부→외부→외부→내부로 시인의 시선이 이동되면서, 고향에 대한 향수의식이 응집→확산→확산→응집의 형태로 심리적 파장을 일으키고 있는 셈이다. 여기에 반복구인 "그 곳이 참하 꿈엔들 잊힐리야"의 구절은 각 연 사이에 위치하면서 시상을 서로 연결하는 고리 역할을 하고 파편화되기 쉬운 향수의식을 일정한 방향으로 모으고 집중시키는 역할을 한다. 사실 이 반복구가 없다면, 각 연에 묘사된 과거 고향의 정경과 그에 따른 향수의식은 조각보처럼 파편화되어 흩어지기 십상이다. 이처럼 반복구는 마치 동심원의 메아리처럼 독자들에게 호소력 있는 울림으로 기능하면서, 시상을 엮고 집약시키는 구실을 하고 있다.

Ⅳ. 고향의식의 해석적 층위

시 <향수>는, 앞서 언급했듯이, 과거 고향의 정경을 전통적 자연의식에 기초하여 노래하면서도 가부장적 질서에 의해 구축되는 전통적 인정의 세계를 호소력 있게 표현하고 있는 작품이다. 이러한 <향수>의 면모는 작품의 좀더 면밀한 분석과 해석을 통해 구체화될 수 있다.

넓은 벌 동쪽 끝으로
옛이야기 지즐대는 실개천이 회돌아 나가고,
얼룩백이 황소가
해설피 금빛 게으른 울음을 우는 곳,

제1연은 고향 마을의 바깥쪽 전경을 묘사하고 있는 부분이다. 넓은 벌판과 그 벌판의 동쪽 끝으로 '회돌아가는' 실개천을 원경으로 제시한 다음, 근경으로 '얼룩배기 황소'의 모습에 초점을 맞추어 묘사하고 있다. 마치 한가로우면서도 정겨운 농촌의 전형적인 들녘 풍경을 보는 듯하다.

우선 '넓은 벌/동쪽 끝'에서 공간적 광활함에 따른 신화적 공간성과 그 여유로움을 느끼게 된다. 그리고 "옛이야기 지줄대며"에서 '옛이야기'의 과거 시간성과 '지줄대며'의 현재 시간성이 결합되어 역사적 시원의 유구함에 따른 시간적 영속감을 잔잔한 파동의 청각적 이미지로 나타내고 있다. 여기에 다시 "실개천이 회돌아 나가고"라 표현하여 '회돌아'의 어휘가 주는 섬세한 어감이 타원의 곡선을 그리며 돌아가는 실개천의 시각적 영상에 잘 어울리게 했다.[15)

그런데 제1연의 1, 2행을 두고 양왕용(梁汪容)은 '영원한 현재'를,[16) 정금철(鄭錦澈)은 '초시간적 공간'을[17) 표현하고 있다고 했다. 양왕용은 서정시의 일반적 시간구조에 기초하여 향수의식의 시간 지속성을 염두에 두고 파악한 결과이며, 정금철은 '넓은 벌'의 광활함에 '옛이야기'란 과거의 시간성과 '지줄대며' 흐르는 '실개천'의 현재 지속성이 연결되어, 물의 흐름이 일반적으로 갖는 초시간적 지속성을 나타내고 있다고 본 때문이다. 그런데 정금철이 말한 '초시간적 공간'이란 다름 아닌 신화적 공간성을 나타내는 것인데, 자칫하면 이러한 해석은 제1연의 문맥을 초현실적인 것에 한정시킬 우려가 있다. <향수>의 제1연은 초시간적 공간성과 함

---

15) 『지용시선』에서는 "실개천이 휘돌아 나가고"로 바뀌어 있다. ≪조선지광≫과 『정지용시집』에서 모두 "회돌아"라고 표현되었던 것을 『지용시선』을 편집한 박두진이 임의로 변개시킨 것이다. '회돌아'와 '휘돌아'는 어휘가 주는 어감에서 큰 차이가 있는데, 아무래도 실개천과 잘 어울리는 어휘는 '회돌아'이다. '휘돌아'는 강물과 같이 실개천보다 큰 대상에 어울리는 표현이다. 따라서 『지용시선』에서의 표현은 정지용의 세심한 언어 사용을 오히려 훼손시키는 우를 범하는 꼴이 되었다.

16) 양왕용, 앞의 책, 138쪽.

17) 정금철, <「향수」에 나타난 원형 심상>, 김학동 외 공저, 『鄭芝溶研究』(새문사, 1988. 4), 12쪽.

께 실재적 시간의 공간성을 동시에 보여준다고 이해되어야 문맥의 함축적 의미를 올바로 파악할 수 있다. 넓은 벌과 실개천, 그리고 얼룩배기 황소가 묘사된 문맥의 공간적 층위는 기본적으로 우리의 전통적이고 토속적인 농촌 정경을 보여주는 실재적 공간이면서, 그 시간적 층위는 과거로부터 현재로 이어지는 시간적 지속성을 띠기 때문이다. 따라서 제1연은 이러한 실재적 시간과 공간의 층위에서 초시간적 공간의 층위로 확장되는 지향성을 보여줌으로써 시적 화자의 고향에 대한 향수의 현재적 절실성과 함께 원초적 항상성을 내재시키고 있는 것이다.

제1연에서 또한 주목해서 볼 부분이 "얼룩백이 황소가/해설피 금빛 게으른 우름을 우는 곳"이란 구절이다. 이 구절에서 참신한 비유의 이미지를 구사하는 정지용 시인의 시적 안목과 개성적 면모를 읽을 수 있음은 물론이다. 우선 황소라도 얼룩배기 황소이며, "해설피 금빛 게으른 우름"을 운다고 해서, 흔히 황소에 부여되는 '사납다'거나 '부지런하다'거나 하는 의미소를 배제시키고 있다. 여기서 '해설피'의 어휘는 입을 어설프게 또는 헤벌쭉하게 벌리고 우는 황소의 모습을 매우 인상적으로 느끼게 하는 부사적 표현으로 황소의 '게으른 우름'과 상응한다.[18] 그리고 황소의 울음을 "금빛 게으른 우름"으로 이미지화한 것은 '황색'의 색깔 관념과 '귀중함'의 인식을 공통인자로 묶이게 할뿐만 아니라 황소의 울음이 갖는 청각적 이미지를 시각적 이미지로 전이시켜 공감각을 불러일으키게 한다. 따라서 얼룩배기 황소를 묘사하는 전체적 인상은 시적 화자의 황소에 대한 인정어린 시선이 주어짐으로써 느끼게 되는 삶의 평화와 여유로움이다.

---

18) 김학동은 '해설피'가 "해가 설핏하다"를 줄인 것으로 해가 기울어 황혼이 가까워지고 있음을 표현한 것이라고 해석한 바 있으나 설득력이 약하다. 김학동, <정지용의 「향수」와 시어 해석상의 문제점>, ≪현대시사상≫(고려원, 1995년 봄호), 104쪽. '해설피'는 '어설피' 또는 '헤벌쭉한'의 방언적 표현으로, 입을 어설프게 또는 헤벌쭉하게 벌리고 있는 모양을 나타낸 부사어라고 보는 것이 한층 설득력이 있다고 생각한다. 그러면 황소의 '게으른 울음'과 '해설피'가 서로 조응되고 있는 표현이 되는 셈이다.

> 질화로에 재가 식어지면
> 뷔인 밭에 밤바람 소리 말을 달리고,
> 엷은 조름에 겨운 늙으신 아버지가
> 짚벼개를 돋아 고이시는 곳,

제3연 역시 제1연에서 보인 한가롭고 여유 있는 농촌 전경의 묘사 시 각이 그대로 지속되고 있음을 보여준다. 다만 집 밖의 외부 대상에 묘사 가 집중되었던 제1연의 시선이 제3연에서는 집 주변을 거쳐 집 안의 내 부 대상으로 옮겨온다. 여기서 '아버지'는 집 안의 내부 대상을 묘사하는 초점이다. 그리고 제1행과 제2행에서 "질화로에 재가 식어지면/밤바람 소 리 말을 달리고"란 구절을 통해 아버지의 모습이 회상되는 시간적 배경 을 짐작하게 된다. 질화로와 말을 달리는 듯한 밤바람 소리, 그리고 졸음 에 겨운 노쇠한 아버지의 이미지는 겨울의 계절적 원형심상이다.[19] 그런 데 여기서 표현된 겨울 심상은 죽음 또는 소멸의 부정적 정서와는 거리 가 멀다. 비록 질화로에 재가 식어가고, 밤바람 소리가 말을 달리듯 아직 도 바람이 세차게 느껴지는 '스산함'의 겨울 심상이 외적 배경을 이루고 있지만, '늙으신 아버지'가 졸음에 겨워 짚 베개를 돋아 고이시는 모습은 휴식과 평온함의 정서적 분위기를 느끼게 한다. 여기서 겨울 심상이 환 기하는 주도적 정서는 '스산함'의 외적 배경 쪽에 있기보다 늙으신 아버 지의 모습에 있다.

그런데 이 시의 전체를 대상으로 하여 황소의 울음소리, 재가 식어 가 는 질화로, 까마귀의 우짖음 및 흐릿한 불빛 등의 이미지를 통해 시적 배경을 늦가을로 유추하는 이도 있다.[20] 그러나 이러한 유추는 부분적으 로는 타당하다고 하겠지만, 전체적으로 합당한 것으로 보기에 무리가 있 다. 특히 제5연의 "풀섶 이슬에 함추름 휘적시든"이란 구절은 이 시의 시 적 배경을 늦가을로 유추하는 데 해석상 무리를 범하게 한다. 늦가을이

---

19) 정금철, 앞의 글, 12쪽.
20) 윤호병, <정지용의 시 「향수」: 반전력과 반망각력의 미학>, 『한국현대시의 구 조와 의미』(시와 시학사, 1995. 11), 119쪽.

면 이슬이 아니라 서리가 내리는 계절인데, 풀섶의 이슬에 담뿍 적시는 때를 아무래도 늦가을로 보는 것은 무리가 있기 때문이다. 이 시의 시적 배경을 특정 시기에 한정해서 보기보다 제1연을 봄, 제3연을 겨울, 제5연을 봄, 제7연을 가을, 제9연을 늦가을 또는 겨울로 보는 것이 시의 문맥을 현실적으로 해석하는 탄력성을 갖는다고 본다.

　이 시의 제3연은 이렇게 겨울의 계절을 시간적 배경으로 하여 '늙으신 아버지'의 안스러우면서도 그러나 여유롭고 한가로운 정취를 담고 있다. 이른 아침 '늙으신 아버지'가 졸음에 겨워하는 모습에서 시적 화자의 안스러운 심정이 개재되어 있다고 할 것이지만, 졸음에 겨워 짚 베개를 돋아 고이시는 아버지의 모습은 또한 삶의 고즈넉한 여유를 느끼게도 한다. 여기에 질화로, 밤바람 소리, 늙으신 아버지, 짚 베개 등이 환기하는 토속적 정취가 어울리는 것은 물론이다. 또한 제3연의 제2행에서 "비인 밭에 밤바람 소리 말을 달리고"와 같은 참신한 비유는 토속적 정취를 한결 생동감 있게 한다. '밤바람 소리'의 청각적이면서도 정태적인 이미지를 '말을 달린다'는 시각적이고 동태적 이미지로 전이시켜서 회화적 표현의 생동감을 획득하는 한편 향수의식의 정서적 반응을 고조시킨다.

　　　　흙에서 자란 내 마음
　　　　파아란 하늘 빛이 그립어
　　　　함부로 쏜 활살을 찾으려
　　　　풀섶 이슬에 함추름 휘적시든 곳,

　제5연은 제1, 3연의 관찰자적 시점을 시적 자아인 '나'의 주인공 시점으로 변화시키면서, '나'의 유년시절 회상을 통한 내면적 정서의 표현에 초점을 맞추고 있다. 1행의 '내 마음'과 2행의 '그립어'라는 구절이 이를 구체적으로 방증한다. 그리고 제3연의 겨울 새벽의 심상은 여기서 봄날 아침의 심상으로 전환된다. 흙, 파아란 하늘, 풀숲 이슬의 이미지가 청아한 봄날의 아침을 환기하기 때문이다. 따라서 제5연에서 유년시절 '나'의 그리움은 흙과 파아란 하늘, 그리고 풀숲 이슬로 이어지는 봄날 아침의 맑고 순수한 동심의 세계에 촉발되어 나타난다. 구체적으로 "흙에서 자란 내 마음"이란 '나'의 동심이 흙 즉 대지의 생명성과 순수성에 원초적인 동일성의 교감을 마련하고 있음을 뜻하며, "파아란 하늘 빛이 그립어"란 표현은 그러한 '나'의 동심이 '파아란 하늘'로 표상되는 순수하고 자유로운 세계에 대한 동경으로 나타나는 것을 의미한다. 따라서 '함부로 쏜 활살'은 순수하고 자유로운 세계를 동경하는 동심의 화살이며, '비상을 꿈꾸는 상징적 몸짓'[21]일 수 있다. 그런데 이러한 유년의 동심을 두고 시적 자아의 유년시절 방황하는 갈등의 심정이 개입되어 있다고 해석하는 것은 납득하기 어렵다.[22] 오히려 유년시절 천진스럽고도 자유로운 동심이 '함부로 쏜 활살'로 표상되고, 맑고 투명한 동심에 담뿍 적시는 즐거움이 "풀섶 이슬에 함추름 휘적시는"이란 표현에 내재되어 있는 것이다.

> 傳說바다에 춤추는 밤물결 같은
> 검은 귀밑머리 날리는 어린 누이와
> 아무러치도 않고 여쁠것도 없는
> 사철 발벗은 안해가
> 따가운 해ㅅ살을 등에지고 이삭 줏던 곳,

제7연에서 시적 언술의 시점은 다시 관찰자적 시점으로 바뀌고, 제5연

---

21) 정금철, 앞의 글, 13쪽.

22) 이숭원(李崇源)은 이 시의 제5연이 "꿈과 희망을 찾아 백방으로 노력하다가 이루지 못하고 주저앉던 어린 날의 모습을 떠올리고 있다"고 해석한 바 있다. 이숭원, <정지용의「향수」: 향수 혹은 고독의 내면풍경>, 박철희·김시태 공편, 『현대시의 이해』(문학과비평사, 1990. 8), 73쪽. 그런데 이러한 해석은 "파아란 하늘빛이 그립어/함부로 쏜 화살을 찾으려"란 구절을 이른바 낭만적 아이러니의 표현으로 본 때문이다. 제5연이 기본적으로 유년시절의 천진스럽고 자유로운 동심의 세계를 표현하고 있다는 점을 전제로 하면, '함부로 쏜 화살'에서 좌절과 방황의 심정을 떠올리는 것은 무리가 있다. 만일 제5연이 어린 날의 좌절과 방황의 모습을 표현했다면, 어린 시절에 대한 향수의식을 강하게 불러 일으키고 있는 "그 곳이 참하 꿈엔들 잊힐리야"란 반복구의 뜻과는 크게 어긋나는 모순이 야기된다.

에서 집 밖의 외부로 이동되었던 묘사의 시선이 다시 가을의 들녘으로 이동되면서 '어린 누이'와 '안해'의 가족 성원에게 집중되고 있다. 그리고 시적 배경은 제5연의 봄날 아침에서 '傳說 바다', 따가운 햇살, 이삭 등의 이미지가 환기하는 가을의 한낮으로 변화된다.

그런데 이숭원(李崇源)은 이 제7연을 두고 "시인이 꿈에도 잊지 못해 하는 고향의 모습이 너무나 한심하고 삭막하다는 사실을 발견하게 된다"23)고 해석한 바 있다. 이는 "어린 누이와/사철 발벗은 안해가/따가운 해ㅅ살을 등에 지고 이삭 줏던 곳"의 구절이 어린 누이와 아내가 들판에서 힘겨운 노역을 나누어 맡고 있음을 드러낸 것이라고 해석했기 때문이다. 그러나 이 구절의 문맥이 농촌에서의 힘겨운 노동현실을 나타내고 있다고 본 것은 이 시의 전체적 문맥을 고려하지 않고 부분적 표현에 집착하여 그 의미를 확대 해석한 오류를 보여주는 것이라 하겠다. 이 시 자체가 동경의 향수의식을 나타내고 있는 작품인 점을 전제로 하면, 제7연의 구절은 시적 자아가 혈연적 친연성과 유대감에 토대를 두고 어린 누이와 아내의 인상적 모습을 환기하고 있다는 데 중점이 두어져 있음을 간파해야 한다.

어린 누이와 아내가 햇살을 등에 지고 이삭을 줍고 있는 모습은 그 자체로 시적 자아에게 과거의 잊지 못할 유년의 체험으로 내면에 깊이 각인되어 있는 것이다. 따라서 제7연에서 강조되고 있는 구절은 어린 누이와 아내의 모습을 각각 묘사하고 있는 "傳說바다에 춤추는 밤물결 같은/검은 귀밑머리 날리는"과 "아무러치도 않고 여쁠것도 없는/사철 발벗은"의 수식어구이다. 이 점을 유의하면, 먼저 어린 누이의 모습은 '傳說바다'를 배경으로 묘사되고 있다. 여기서 '전설바다'는 전설의 신비성과 바다의 충만한 생명성이 결합된 표현으로, 이를 배경으로 묘사된 어린 누이의 모습은 그 자체 신비스럽고 생명이 충만된 여성상을 부조시키고 있다. 좀더 구체적으로 '전설바다'에서 '춤추는 밤물결'과 '검은 귀밑머리'의 시적 비유를 통해 어린 누이의 모습은 생동감이 넘치는 젊은 활력과

---

23) 이숭원, 위의 글, 74쪽.

그러면서도 신비스럽고 아름다운 여인의 정취를 인상깊게 느끼게 한다. 이와 반면, "아무러치도 않고 여쁠것도 없는/사철 발벗은" 아내의 모습은 어린 누이의 모습과 대조되어 소박하면서도 부지런한 여성의 모습을 그리게 한다. 여기서 어린 누이는 누이대로 신비한 자연과 동화된 청초한 외적 아름다움의 모습을, 아내는 아내대로 비록 외적인 아름다움은 없지만 질박한 자연과 어우러져 근면하게 살아가는 여인의 소박하면서도 강인한 내면의 아름다움을 보여준다고 하겠다. 따라서 제7연에서 두 여인이 힘겹게 노역하는 모습을 떠올리는 것은 아무래도 무리가 아닐 수 없다. 시인이 고향을 꿈에도 잊지 못하는 까닭은 어린 누이와 아내의 힘겨운 노역을 연민해서가 아니라, 가족에 대한 원초적인 그리움에 기초하여, 자연의 아름다움과 질박함에 일체가 되어 정겹게 살아가는 그들의 모습이 못내 그리운 추억으로 남아 있기 때문이다.

> 하늘에는 석근 별
> 알수도 없는 모래성으로 발을 옮기고,
> 서리 까마귀 우지짖고 지나가는 초라한 집웅,
> 흐릿한 불빛에 돌아 앉어 도란 도란거리는 곳,

제9연에서 시적 배경은 1~3행에 묘사된 집 밖의 세계와 4행에 묘사된 집 안의 세계로 크게 나누어진다. 그러면서 1~3행과 4행은 시적 화자의 세계인식에서 상당한 차이를 드러낸다.

그런데 이 점을 구체적으로 논의하기 전에, 1행의 "하늘에는 석근 별"에서 '석근'을 어떻게 풀이하는가에 따라 문맥의 의미 파악이 크게 달라지기 때문에 이 점을 먼저 따져볼 필요가 있다. 지금까지 대부분의 논자들은 『지용시선』에서 '석근'을 '성근'으로 바꾸고 있는 점을 아무런 의심 없이 그대로 인정하여, 하늘에 성글게 즉 듬성듬성하게 있는 별로 해석해 왔다. 그러나 정지용이 ≪조선지광≫과 『정지용시집』에 계속해서 '석근'이라 표기했는데, '석근'을 '성근'의 뜻으로 표기했다고 보기 어렵다. 앞에서 논의했듯이, 박두진이 『지용시선』을 엮으면서 <향수>의 일부 어휘를 자의적인 판단에 따라 변개시키고 있는 점이 인정되는 한, '석근'이 '성근'과 같은 표기라고 단정하는 것은 잘못이다. 한편 이러한 문제점을 인식하고, '석근'이 '섞이다'의 뜻을 가진 '섞은'으로 보아 기존의 해석과는 정반대로 하늘에 총총히 섞여 있는 별로 해석하기도 했다.24) 이는 문덕수(文德守)가 제2행의 "알수도 없는 모래성"에서 모래성을 은하수로 해석25) 하고 있는데 착안하여 제1행의 '석근' 별과 호응된다는 생각도 작용한 듯하다. 그러나 사실은 제1~2행의 문맥은 더욱 어색하게 된다. '석근' 별이 '섞은' 별이라면 그 자체가 은하수와 다름 아닌 것이 되고, '석근' 별이 은하수로 발을 옮긴다는 것도 앞 뒤 문맥이 서로 통하지 않는 모순을 야기한다. 여기에 필자는 '석근'에 대한 또 다른 해석의 가능성을 제시해 보고자 한다. 그것은 '석근'이 '석음'(夕陰) 즉 저녁의 어스레한 때를 의미하는 것으로, '석근' 별은 곧 저녁별을 지칭하는 것으로 파악하고자 한다.

'석근' 별을 저녁 별로 파악한다면, 제9연이 전체적으로 저녁의 어스레한 밤을 배경으로 한 것과 조응되면서, 1행과 2행의 문맥도 자연스럽게 연결된다. 여기서 제1~2행의 "하늘에는 석근 별/알수도 없는 모래성으로 발을 옮기고"의 구절은 하늘의 저녁 별이 점차 시간이 지날수록 "알수도 없는 모래성" 즉 정처가 불안정한 미지의 세계로 이동되고("발을 옮기고") 있음을 나타낸 것이다. 이러한 세계 표상은 시적 자아의 고향에 대한 불안한 내면심리를 반영하는 것이라 하겠는데, 고향은 시간이 지날수록 점차 쇠락해갈 수밖에 없기에 고향은 시적 자아에게 불확정적인 삶의 인식 공간, 즉 미래에 대한 불안감이 가중되는 비극적 세계인식의 공간으로 설정되는 것이다. 이러한 비극적 세계인식은 제3행의 "서리 까마귀 우지짖고 지나가는 초라한 집웅"에서 한층 구체적으로 투사되어 나타난다. '서리 까마귀-우짖음-초라한 지붕'이 문맥상 서로 연관되어 불길함과

---

24) 김학동은 '석근'이 '성근'이 아니라, '섞이다'의 뜻을 가진 '섞은'으로 풀이할 수 있는 여지가 있다고 한 바 있다. 김학동, <정지용의 「향수」와 시어 해석상의 문제점>, ≪현대시사상≫(고려원, 1995년 봄호), 105쪽.

25) 문덕수, 『한국모더니즘시연구』(재판, 시문학사, 1992), 86쪽.

황량함의 의미를 한껏 고조시키고 있는 것이다. 까마귀는 흔히 불길함의 시적 상관물이거나 상징으로 형상화되는데, 여기서의 '서리 까마귀' 즉 찬 서리가 내리는 늦가을의 까마귀도 불길함의 시적 상관물로 등장되면서 늦가을의 황량하고 초라한 마을 풍경을 더욱 을시년스럽게 만들고 있는 것이다.

이처럼 제9연의 제1~3행에서 묘사된 고향의 모습은 그 앞에서 묘사된 고향과는 크게 다르다. 앞에서 시의 화자가 회상한 고향은 삶의 여유와 평화가 깃든 정겨운 고향이었다면, 제9연의 1~3행에서 묘사된 고향은 비극적 세계인식이 투사된 황량하고 삭막한 공간이기 때문이다. 그러면 시인이 꿈에도 잊지 못하는, 간절한 향수의 대상공간인 고향을 두고 왜 이처럼 비극적 모습을 떠올리는 것일까. 사실 앞에서 떠 올려진 고향의 모습은 시인의 유년시절인 과거시점으로 되돌아가서 추억되는 고향으로, 그것은 다분히 낭만적 동경의 공간으로 표상되는 것이었다. 그런데 유년시절의 고향은 분명 간절한 향수를 자아내는 고향임에 틀림없지만, 그것은 어디까지나 낭만적 이상에 따른 동경의 원초적 공간이었던 것이다. 시인은 비로소 제9연에서 고향을 회상하는 과거시점과 낭만적 동경의 시선을 일시 멈추고 고향의 현실을 직시하게 된다. 여기서 시인의 태도는 현실을 직시하는 반성적 자세로 변화된다. 그랬을 때 시인이 보는 고향의 현실은, 1~3행에서 표현된 것처럼, 황량하고 삭막하기 그지없는 불안하고 불확정적인 삶의 공간으로 인식되는 것이다. 정지용의 고향의식을 나타내는 또 다른 시 <고향>(故鄕)(《동방평론》, 1932. 7)은 바로 이러한 비극적 세계인식을 새로운 문맥을 통해 보여주는 작품이라 하겠다.

향수의식은 과거와 현재를 비교하는 심리이다. 현재의 상황에 대해서는 아쉬움과 불만을 갖고, 과거의 상황에 대해서는 그리움 내지 동경의 심리를 나타내는 것이 향수의식의 특징이다. 이러한 향수의식은 과거와 현실의 차이가 크면 클수록 그만큼 고조된다. 이런 관점에서 시 제9연은 시적 화자의 세계인식에서 과거와 현재 상황에 대한 극명한 대조를 보여줌으로써 향수의식의 정점을 이룬다. 그런데 시적 화자가 비극적 모습의 고향을 꿈에도 잊지 못한다고 말하는 것은 모순이다. 간절한 향수를 자아내는 고향이 결코 비극적 세계인식의 고향일 수만은 없기 때문이다. 사실 시인의 고향에 대한 향수는 삭막하고 초라한 고향의 현실적 외양으로부터 촉발되는 것은 아니다. 시인이 고향에 대한 간절한 향수를 갖게 되는 근본 요인은 제9연의 4행에서 찾아진다. 비록 고향의 현실적 외양이 비극적인 모습으로 변화해 가는 안타까운 실정에 놓여 있지만, 고향은 그래도 "흐릿한 불빛에 돌아 앉어 도란 도란거리는 곳"이다. 여기서 시인은 고향의 비극적 모습 가운데서도 정겨움과 인정으로 둘러싸인 인간애의 참된 세계를 보게 되는 것이다. 고향이 시인에게 "참하 꿈엔들 잊힐리" 없는 까닭이 바로 여기에 있다.

　지금까지 검토했듯이, 시 <향수>는 시인의 유년시절 추억을 바탕으로 한가롭고 평화로운 고향의 정경을 그리면서, 궁극적으로 가족의 성원이 정겹게 살아가는 인정의 세계 내지 참된 인간애의 세계를 보여주고자 한 작품이다. 물론 이 작품의 시적 호소력이 작품에 묘사된 고향의 평화롭고 정겨운 세계에 대한 공감에만 있는 것은 아니다. 반복구를 포함한 이 시의 동심원적 구성이 향수의 주제의식을 반향적 울림처럼 독자에게 와닿게 하는 한편, 감각적 이미지의 참신한 표현을 통해 정태적인 세계의 동태적인 변용을 이루도록 했다. 이뿐만 아니라 시어의 쓰임새에서, 실개천, 얼룩배기 "황소, 질화로, 짚 베개, 풀숲 이슬, 귀밑머리, 이삭, 서리 까마귀, 지붕" 등의 토속어와 "지줄대는, 해설피, 함추름, 석근" 등의 방언 사용도 토속적 정취를 한껏 높이면서 향수의식에 대한 민족적 정서의 공감대를 폭넓게 확보하는 효과를 거두고 있다. 시 <향수>가 인구에 널리 회자될 수 있는 까닭이 바로 이 점에 있다고 하겠다.

V. 마무리

본고는 정지용의 시 <향수>가 전체적으로 어떠한 구성적 특징을 보여주는지, 그리고 <향수>를 구성하고 있는 각 요소들이 어떠한 문맥적 상관성을 이루고 있는지 면밀하게 찾아서 해석하기 위한 목적에서 진행된 것이다. 이를 위해 먼저 <향수>의 해석상 바람직한 의의를 가질 수 있는 텍스트가 무엇인지 따져 보고, 선정된 텍스트를 기준으로 작품의 구성적 특징과 공간미학, 그리고 작품세계의 구체적 분석과 해석에 이르는 과정으로 논의를 진행했다.

시 <향수> 는 1923년 3월에 처음 창작되어 ≪요람≫지에 먼저 발표된 것으로 추정된다. 그렇지만 현재까지 ≪요람≫지를 찾아내지 못하고 있어 당시 발표된 작품의 모습을 확인할 수 없다. 이후 <향수>는 ≪조선지광≫(1927. 3), 『정지용시집』(1935. 10), 『지용시선』(1946. 6) 등에 거듭 발표되었는데, 문제는 이렇게 여러 지면에 발표된 <향수>가 서로 다른 텍스트를 형성하고 있다는 점이다. 각 텍스트마다 발표된 시점이 다르면서 그때마다 시 <향수>를 부분적으로 수정 또는 첨삭하고 있기 때문이다. 본고는 ≪요람≫지에서 『지용시선』에 이르는 텍스트들을 각각 텍스트 X, 텍스트 A, 텍스트 B, 텍스트 C로 명명하고 텍스트별 의의와 문제점을 파악하여 시 <향수>를 논의하는 데 가장 의의 있는 텍스트가 무엇인지 검토했다. 검토 결과, 텍스트 X는 <향수>의 원텍스트이지만 현재까지 찾아지지 않고 있다는 데 근본문제가 있었고, 텍스트 A는 <향수>의 작품을 비로소 확인할 수 있다는 데 의의가 있지만 여전히 <향수>의 텍스트 확정 과정에 놓인 것이었다. 텍스트 C는 작자와는 상관없이 시집 편집자인 박두진의 자의적 판단에 따라 오히려 시 <향수>를 변질시키고 있다는 점에서 상당한 문제를 야기했다. <향수>의 논의에 가장 바람직한 텍스트는 텍스트 B라 하겠는데, 이는 시인 자신에 의해 최종적으로 완성된 텍스트였기 때문이다.

텍스트 B 즉 『정지용시집』에 게재된 <향수>는 반복구를 포함하여 전체 10연으로 비교적 구성이 정연한 작품이었다. 우선 이 작품에서 반복구인 “그 곳이 참하 꿈엔들 잊힐리야”는 텍스트상에서 각 연 사이에 일정한 간격을 두고 위치하고 있어서 독립된 연으로서의 기능을 수행하며 각 연의 시상을 서로 연결하는 고리 역할을 했다. 따라서 반복구는 파편화되기 쉬운 향수의식을 일정한 방향으로 모으고 집중시키면서 마치 동심원의 메아리처럼 독자들에게 호소력 있는 울림으로 기능하고 있었다. 그리고 “참하~잊힐리야”의 문장 어법을 통해, 고향에 대한 간절한 향수의식이 현재에서 과거로 소급될 뿐만 아니라, 그것이 현재는 물론 미래에까지도 지속되는 연속성을 가진다는 점을 말하고 있었다. 결국 시 <향수>는 고향에 대한 단순한 과거회상의 노래가 아니라, 과거체험의 고향이 현재와 미래에 갖는 연속적 의미를 시적 자아 스스로 되새기고 있는 작품이라는 점이 반복구를 통해서도 확연히 드러난 셈이다.

<향수>는 전체적으로 보아 회화적인 구도 속에서 전체와 부분이 묘사되고 있는 특징을 보여 주었다. 반복구를 제외한 각 연마다 배경 즉 후경(background)이 되는 묘사 부분과, 거기에 다시 시선이 집중되면서 전경(foreground)으로 부각되는 묘사 부분이 있었다. 이 중에서 특히 전경으로 묘사되는 부분은 각 연에서 묘사의 중심 대상이 되는데, 제1연에서는 ‘얼룩배기 황소’, 제3연에서는 ‘아버지’, 제5연에서는 ‘나’, 제7연에서는 ‘누이와 아내’, 그리고 제9연에서는 ‘가족’이라 할 수 있다. 그런데 이들 묘사의 중심 대상들은 고향의 정경을 형성하는 단순한 자연 대상들이 아니라 전통적 농가에 대한 의식 차원에서 혈연적, 인정적 공동체로 묶이는 농가 성원이라는 점을 확인하게 되었다. 이 점은 시 <향수>가 단순히 과거 고향의 정경만을 그리고 있는 작품이 아니라, 농가의 성원들이 맺고 있는 인정의 세계에 초점이 두어져 있는 작품임을 확인하는 근거가 된다.

<향수>에서 그려진 인정의 세계는 다시 집을 중심으로 한 공간과 집 밖인 들판을 중심으로 한 공간으로 크게 구분해서 볼 수 있었다. 그러면

제3연의 ‘아버지’가 있는 공간과 제9연의 ‘가족’이 함께 있는 공간은 전자에 해당하고, 제1연의 ‘얼룩배기 황소’, 제5연의 ‘나’, 제7연의 ‘누이와 아내’가 그려지고 있는 공간은 후자에 해당했다. 그리고 이러한 공간 배치를 전체적으로 다시 모형화해 보면, 아버지가 집 안의 가장 중심에 위치해 있고, 그 바깥쪽 들판에 나, 누이와 아내, 얼룩배기 황소를 차례로 위치하고 있는 모습을 보여주었다. 이는 반복구를 경계로 하여 마치 동심원적 구성의 공간모형을 이루고 있는 것으로, 전통적 농가의 가부장적 질서의 세계를 보여주는 것으로 파악되었다. 과거 고향을 회상하는 시인의 의식세계의 한 단면이 가부장적 질서의 세계를 구축하고 있다고도 하겠는데, 그렇다고 하여 이 시에 그려진 가부장적 질서의 세계는 엄격한 권위가 지배되는 세계가 결코 아니었다. 졸음에 겨워 짚 베개를 돋아 고이고 있는 아버지, 동심에 젖어 함부로 쏜 화살을 찾으러 풀숲을 헤치며 놀고 있는 나, 등에 따뜻한 햇살을 받으며 이삭을 줍고 있는 누이와 아내의 모습, 그리고 온 가족이 함께 모여 도란거리는 모습에서 삶의 여유와 평화, 그리고 자유로움과 인정을 느낄 수 있기 때문이다.

시 <향수>는 한편 반복구를 제외한 각 연에서 묘사의 시간적 층위를 달리 하면서 고향 마을의 묘사 세계와 그 정취 또한 달리 하고 있었다. 제1연은 넓은 벌, 실개천, 얼룩배기 황소 등의 이미지를 통해 봄날의 한가롭고 평화로운 고향 정경을 그리고 있으며, 제3연은 질화로, 밤바람 소리, 늙으신 아버지 등의 이미지에 의해 추위와 노쇠함의 겨울을 환기하면서도, 엷은 졸음에 짚 베개를 돋아 고이시는 아버지의 모습을 통해 삶의 고즈넉한 여유를 느끼게 했다. 그리고 제5연은 파아란 하늘, 풀숲 이슬, 함부로 화살을 쏘는 ‘나’의 동심이 한데 어우러져서 싱그러운 봄날을 배경으로 한 순수하고 자유로운 동심을 표현하고 있었으며, 제7연은 가을의 햇살을 등에 따갑게 느끼며 이삭을 줍고 있는 어린 누이와 아내의 모습을 통해, 어린 누이는 누이대로 자연과 조화된 청초한 외적 아름다움을, 아내는 아내대로 질박한 자연과 어우러져 근면하게 살아가는 여인의 소박하면서도 강인한 내면의 아름다움을 나타내면서, 그들이 자연과 더불어 정겹게 살아가는 따뜻한 인정의 세계를 그리고 있었다. 그런데 제9연은 제7연까지와는 달리 언술의 시점을 현재시점에 두고 늦가을 또는 겨울 저녁의 황량하고 을시년스런 고향 마을을 묘사하고 있었다. 제7연까지 묘사된 고향의 모습이 유년시절인 과거시점으로 되돌아가서 추억되는 고향으로, 그것은 다분히 낭만적 동경의 공간으로 표상되었다면, 제9연에서 시인은 고향의 현실을 직시하는 반성적 자세로 전환하고 있는 것이다. 그랬을 때 '석근 별', '알 수도 없는 모래성', '서리 까마귀', '초라한 지붕' 등으로 연결된 고향 마을은 불안하고 불확정적인 삶의 공간으로 인식된다. 따라서 제9연은 과거와 현재 상황의 차이에 대한 대조적 세계인식을 보여줌으로써 향수의식의 정점을 이루고 있다고 할 수 있다. 그런데 간절한 향수를 자아내는 고향이 비극적 세계인식의 고향일 수만은 없다. 제9연의 마지막 구절인 "흐릿한 불빛에 돌아 앉어 도란 도란거리는 곳"에서 이 점이 극복된다. 비록 고향의 현실적 외양이 비극적인 모습으로 변화해 가는 안타까운 실정에 놓여 있지만, 시인은 고향의 비극적 모습 가운데서도 정겨움과 인정으로 둘러싸인 인간애의 참된 세계를 보고 있기 때문이다. 고향이 시인에게 차마 꿈에도 잊힐 리 없는 까닭이 바로 여기에 있다.

시 <향수>는 전통적 농촌의 정경을 단순히 환기하고 있기 때문이 아니라, 궁극적으로 가족의 성원이 정겹게 살아가는 인정의 세계 내지 참된 인간애의 세계를 보여주고 있기 때문에 폭넓은 공감대를 얻고 있다고 본다. 물론 여기에 참신한 비유의 이미지를 구사하여 정태적인 세계를 동태적인 세계로 변용시키고, 감각적 시어의 섬세한 사용, 그리고 토속어와 방언의 사용 등이 <향수>의 토속적이고 인정 어린 세계와 정서적인 동일시를 경험하게 하는 것도 작품의 인구 회자에 커다란 기여를 한다고 본다. ▷≪외대논총≫ 제16집(부산외국어대학교, 1997. 2).

정치현실의 풍자와 장르 패러디적 성격
— 김지하의 시 <오적>론

김지하의 이른바 담시 <오적>(五賊)은 여러 가지 측면에서 화제에 오르고 문제가 되어 왔던 시작품이다. 우선 이 시는 《사상계》(1970년 5월 호)에 처음 발표되었던 당시부터 비상한 관심을 끌게 되었다. 그것은 묘하게도 문학적 관심에서보다는 정치적 관심에서 이루어진 것이었다. 이 작품의 전문이 당시 신민당 기관지인 《민주전선》에 재수록되었는데, 이를 계기로 이 작품은 곧바로 정치계에 일대 파문을 일으키게 되었다. 박정희 정권이 이 시를 "북괴의 선전활동에 동조한 것"이라 하여 '반공법위반'의 죄로 김지하를 체포·투옥하고, 《사상계》, 《민주전선》의 발행인과 편집인 등을 구속하는 한편 이들 언론지의 판매금지 및 압수처분을 했던 것이다. 이 사건은 한 달여 뒤에 여야 총재의 정치적 타협으로 일단 마무리되고, 그 결과로 다행히 김지하도 보석출감하기는 했다. 그렇지만 김지하는 이 사건 이후 계속해서 요주의 인물로 감시 받고 폭압정치 아래 급기야는 사형을 선고받는 등 온갖 수난을 당해야 했다. 그런 반면 김지하는 이 '<오적> 필화사건'을 계기로 일약 세계적으로 이름이 알려지게 되고, 부패하고 타락한 군사독재정권과 맞서 민주화를 위해 온몸으로 투쟁한 양심적 지식인이자 문학인으로 새겨지게 되었다. 그러니까 시 <오적>은 김지하에게 영욕의 상반된 인생살이를 겪는 데 한 분수령이 되었던 작품이다.

<오적>을 둘러싼 이러한 사실은 작품이 지닌 정치적 상관성의 문제를 논의하는 데 있어 중요한 의미를 갖는다. 김지하의 문학이 특히 당대의 정치현실과 깊은 상관관계를 맺고 있다고 볼 때, <오적>의 정치적 파문이 컷던 만큼 작품이 제기하는 정치적 의미는 단순히 넘겨버릴 수 없는 것이다. 그런데 여기에는 신중하고 객관적인 작품의 논의를 필요로 한다. 문학 외적 사실의 지나친 중시가 자칫 해당 작품의 지나친 격찬이나 비하에 떨어질 위험이 있다는 점을 경계해야 하기 때문이다. 따라서 <오적>의 논의는 물론 정치적 관심에 한정될 수 없으며, 문학적 차원에서 작품이 던지는 의미를 다원적 층위에서 심도 깊게 파악할 수 있도록 이루어져야 한다. 여기에 필자는 <오적>과 관련하여 몇 가지 질문을 구성하고 작품의 논의에 들어가고자 한다.

첫째, 김지하가 <오적>을 발표하면서 작품의 앞머리에 특별히 '담시'(譚詩)라고 붙인 까닭은 무엇인가? 그것은 장르 명칭인가, 아니면 시의 기술적 한 방법이나 형식에 관한 의미 부여인가?

둘째, 김지하의 <오적>은 판소리의 시적 수용이란 차원에서 주목받아 왔다. 그러면 <오적>과 판소리의 구체적 관련 양상은 무엇이며, 판소리의 시적 수용이 지니는 의미는 시사적 관점에서 어떻게 파악될 수 있는가?

셋째, 김지하의 <오적>은 당대의 정치현실을 풍자·비판하고 있는 체제 비판적 참여시 내지 저항시로서의 위상을 갖는다고 본다. 그러면 이의 기초를 이루는 세계관의 특징은 무엇이며, 그것이 작품의 전체 문맥에서 일관성을 유지하며 나타나는가? 그렇지 않다면 그 이유는 무엇인가?

이상의 세 가지 질문은 별개의 것이 아니라 상호 연관되어 있다. 우선 첫째 질문에 대한 답으로서 '담시'란 용어는 장르상의 명칭이 아니라 시의 기술적 방법이나 형식과 관련한 개념을 가진다. '담시'는 풀어쓰면 이야기를 노래한 시 곧 '이야기 시'이며, 서구문학에서 쓰는 용어로 말하자면 서술시(narrative poetry)이다. 시는 대상 기술의 방법 즉 문제를 기준으로 보았을 때, 시적 대상에 대한 이미지를 묘사하는 것을 중심으로 한 묘사시와 삶의 과정이나 사건을 중심으로 문맥을 형성시키는 서술시로 구분된다. 그런데 서술시는 장르적 관점에서 사건에 대한 시적 화자의 객관적 서술이 중심이 될 경우는 서사시가 되며, 시적 화자의 주관적 반응에 중점을 둘 경우는 서정시가 된다. 이렇게 보면 <오적>은 시의 문체나 형식상에서 오적과 좀도둑 꾀수의 행적 이야기를 담은 서술시이며, 이를 장르적 관점에서 보면 서사시가 되기도 한다. 이 작품의 서두와 종결의 한 대목을 보자.

> ① 내 별별 이상한 도둑이야길 하나 쓰것다.
> 옛날도 먼옛날 상달 초사훗날 백두산아래 나라선 뒷날
> 배꼽으로 보고 똥구멍으로 듣던 중엔 으뜸
> ……(중 략)……
> 예가 바로 狾猰, 㹠獝狚猿,
> 跍礫功無獂, 長猩, 瞳猲矔이라 이름하는,
> 간뗑이 부어 남산만 하고 목질기기 동탁배꼽 같은
> 천하흉폭 五賊의 소굴이렷다.

> ② 이런 행적이 백대에 민멸치 아니하고 人口에 회자하여
> 날같은 거지시인의 싯귀에까지 올라 길이 길이 전해오겄다.

①은 작품의 서두 부분이고, ②는 작품의 종결 부분이다. 작품에 서술된 오적과 좀도둑 꾀수의 행적 이야기가 이처럼 시인이 전해오는 이야기를 듣고 재기록하는 듯이 서술되어 있다. 구비민담의 일반적인 서사패턴인 "옛날 옛적에 …… 이런 이야기가 전해 오더라"의 방식을 <오적>의 담화 방식으로 이용하고 있는 것이다. 여기서 김지하가 시론 <풍자냐 자살이냐>에서 민담, 민요, 판소리 등 민속예술이 풍자와 해학을 주된 전통으로 삼고 있다는 점을 지적하면서, 이를 광범위하게 계승하고 창조적으로 발전시키는 것이 현대 젊은 시인들의 당면과제라고 주장한 바 있음을 상기할 필요가 있다. 이 점을 고려하면, <오적>은 일차적으로 구비민담의 장르 패러디적 성격을 갖는다. 그렇다고 고정된 민담의 패러디는 아니다.

장르로서의 구비민담이 가지는 풍자와 해학의 기능을 시의 한 기술적 방법으로 모방하고, 중심화소는 시인이 물론 재창조한 것이다. 시인은 <오적>의 이야기를 허구화의 한 전략으로 삼으면서 독자들로 하여금 일정한 비판적 거리를 가지게끔 구비민담의 서사방식을 채용한 것이다. <오적>의 '담시'가 갖는 의미가 바로 여기에 있다.

　그런데 <오적>은 다성적인 장르 패러디로서의 성격을 갖는다. 구비민담의 장르 층위 안에서 판소리의 장르 층위를 다시 패러디함으로써 <오적>은 장르 혼합의 양상을 띠고 있는 것이다. 여기서 두번째 질문에 대한 풀이가 시작된다. <오적>의 첫 대목은 "시를 쓰되 좀스럽게 쓰지말고 똑 이렇게 쓰랏다"로 시작되는데, 판소리 <홍보전>(세창서관 본)의 첫 대목도 "북을 치되 잡스러이 치지말고 똑 이렇게 치랏다"로 되어 있다. 그리고 구비민담의 서사패턴으로 지적한 위의 종결 부분은 또한 판소리의 패러디이기도 하다. 판소리 <홍보전>의 마지막 대목이 "그 일홈이 백세에 민멸치 아니할뿐더러 광대의 가사의까지 올나 그 사적이 천백대의 전해 오더라"로 되어 있는데, <오적>의 종결 부분 역시 이의 패러디로 구성되어 있는 것이다. 그리고 오적의 행태를 일괄 말하는 부분에서 "사람마다 뱃속이 오장육보로 되었으되/이놈들의 배안에는 큰 황소불알 만한 도둑보가 곁붙어 오장칠보"라는 구절도 판소리 홍보가의 일절을 상기시키는 패러디임을 알 수 있다. 그런데 그렇다고 <오적>이 판소리 홍보가만의 패러디인 것은 아니다. 다른 판소리의 서두와 종결도 이와 유사하다는 점에서, <오적>은 판소리 일반의 문체를 패러디한 작품인 셈이다.

　그런데 중요한 점은 판소리의 패러디화가 가지는 의미이다. <오적>이 단순히 판소리의 모방이나 계승적 차원의 것이라면, 그것이 갖는 시사적 의의는 훨씬 축소될 따름이다. 판소리의 패러디가 민중적 예술장르에 대한, 그리고 풍자와 해학의 민중정신에 대한 '자기동일성'의 의미를 지니면서, 그것이 단순히 과거의 허구적 이야기가 아니라 당시 비리에 가득찬 특권지배계층과 이와 대조적인 피지배계층의 모순된 삶의 이야기를 담고 있다는 담화의 현실적 층위에서 더욱 중요한 의의를 지닌다. 여기에 당대 정치현실에 대한 날카로운 비판의 민중적 세계관이 바탕에 깔려 있음은 물론이다. 이 점을 좀더 분명히 파악하기 위해 세번째 질문에 대한 풀이로 넘어가자.

<오적>의 담화는 다음과 같이 서사단락으로 정리할 수 있다.

(1) 옛날 서울 장안에 재벌, 국회위원, 고급공무원, 장성, 장차관이라 이름하는 오적이 모여 살았다.
(2) 오적은 신기에 찬 도둑시합을 벌이며 온갖 비리와 악행을 저지르는 일을 제각기 차례대로 자랑한다.
(3) 어명이 떨어져 나라 망신시키는 오적을 잡아 들이라 하여 포도대장이 나선다.
(4) 포도대장이 좀도둑 꾀수를 잡고 무자비하게 고문을 한다.
(5) 포도대장이 꾀수를 회유하여 오적 있는 곳을 알아내고, 꾀수를 앞세워 오적을 잡으러 간다.
(6) 오적들의 휘왕찬란한 잔치에 포도대장은 기만 죽는다.
(7) 포도대장은 오적의 호위병 역할을 하고, 죄 없는 꾀수만 무고죄로 잡아 감옥에 보낸다.
(8) 포도대장과 오적들이 어느 날 갑자기 벼락을 맞아 죽는다.

이상 <오적>의 담화는 시인의 재치 있는 입담을 풍부하게 느낄 수 있는 작품이다. 이는 물론 판소리 사설의 엮음 방식인 반복과 병치, 대조, 과장, 언어유희 등 갖가지 풍자의 담화적 수법을 이용하여 흥미롭게 이야기를 엮고 짜는 데에서 잘 드러난다. 이러한 담화구조에서 '오적/포도대장/좀도둑 꾀수'는 당대의 모순된 사회구조 속에서 각기 다른 계층의 전형성을 보여준다. 즉 오적은 부패와 타락의 전횡을 일삼는 특권지배계층을, 포도대장은 이들 특권지배층에 빌붙어서 자신의 안위와 이득만을 챙기는 중간야합계층을, 그리고 좀도둑 꾀수는 이들의 전횡에 일방적 피해만을 당하며 최소한의 인권조차 유린당하는 피지배계층을 대변하고 있다. 여기까지 민중적 세계관의 선악 대립에 기초한 계층간의 모순된 삶의 구조가 <오적>의 담화를 이끄는 골격을 형성하고 있다고 말할 수 있다.

　그런데 (3)과 (8)의 서사단락은 이 시의 담화 전개에 이질적인 성격을 갖는다. 지배계층을 풍자, 비판하는 담화가 갑자기 초자연적 질서의 힘에 의존한 전환을 보여주고 있기 때문이다. (3)에서 나타나는 '임금'의 존재는 중세 봉건사회의 이데올로기에 의한 것이며, 민주화를 지향하는 담론의 패턴에 결정적 제약을 가하고 있다고 볼 수 있다. 그리고 (8)에서 오적의 최후가 "어느 맑게 개인날 아침, 커다랗게 기지개를 켜다 갑자기/벼락을 맞아 급살하니/이때 또한 五賊도 六孔으로 피를 토하며 꺼꾸러졌다는 이야기. 허허허"에서처럼, 초자연적 힘에 의해 결정되는 것으로 서술해서 대단원의 안이한 처리와 함께 시인의 민중적 세계관에 의심을 품게 한다. 시인의 말대로 거대한 '물신에의 폭력'에 대항하는 풍자와 비판의 정신이 갑자기 행적을 감추고, 초자연적 힘에 의존하여 사태를 해결하고 있는 점은 민중의 저력에 대한 신뢰를 떨어뜨리고 있다고 해석할 수 있다.

　그렇지만 이에 대한 또 다른 해석도 가능하다. 그 한 가지가 담시 <오적>이 애초에 구비민담의 외피를 입고 담화를 전개시키고 있다는 측면에서, 담화 모티브의 허구적 설정을 허구로 끝낸다는 생각이 작용했을 수 있다. 그리고 '임금'의 존재 설정 또한 민중적 세계관 자체의 변화라기보다는 그 존재의 무능력함과 허세를 비판하기 위해, 또는 당시 군사정권의 전제주의적 체제의 허구를 비판하기 위한 전략으로 볼 수도 있다. <오적>의 담화 배경이 "옛날 먼 옛날"로 설정된 데다, 오적을 잡으려는 포도대장의 설정 등이 '임금'의 존재와 일정한 연관을 맺고 있기 때문이다. 당대 정치사회의 부패 현실이 초자연적 상태에 버금간 것이었다면, 그것의 결정적 해결 또한 시인으로서는 초자연적 질서에 의해 가능하다고 믿었는지도 모른다. 이 점이 <담시>가 갖고 있는 세계인식의 한계라면 한계이고, 구비민담의 담화적 전개에서 오는 불가피한 서술 전략이었다고 보아 줄 수도 있다. ▷《시와 시학》제12호(1993. 겨울호).

무욕(無慾)의 세계와 생명사상
— 정진규론

Ⅰ. 들머리

  정진규(1939~)는 1960년 동아일보에 시 <나팔서정>이 당선되어 등단한 시인이다. 그가 등단한 때부터 1995년 현재까지의 기간을 헤아려 보면 무려 시력(詩歷)이 35년이나 된다. 시인은 이렇게 긴 시력만큼이나 그동안 놀라운 열정으로 시쓰기에 몸바쳐 왔다. 이는 지금까지 간행된 시집 10권, 문학선집 및 시선집 3권, 시론집과 평전 2권의 목록[1]만 보아도 충분히 헤아리고 남는 일이다. 이제 시인의 시세계는 상당할 정도의 울

---

[1] 이상에서 정진규 시인의 시집과 문학선집 및 시선집의 목록을 참고로 보이면 다음과 같다.
  ▷ 시집:『마른 수수깡의 평화』(모음사, 1965),『유한의 빗장』(예술계사, 1971),『들판의 비인 집이로다』(교학사, 1977),『매달려 있음의 세상』(문학예술사, 1979),『「비어 있음의 충만을 위하여』(민족과 문학사, 1983),『연필로 쓰기』(영언문화사, 1984),『뼈에 대하여』(정음사, 1986),『별들의 바탕은 어둠이 마땅하다』(문학세계사, 1990),『몸시』(세계사, 1994). 이외 그림시집『꿈을 낳는 사람』(한겨레, 1989)이 있다.
  ▷ 문학선집·시선집:『따뜻한 상징』(나남, 1987),『옹이에 대하여』(문학사상사, 1989),『말씀의 춤을 위하여』(미래사, 1991).
  앞으로 위에 든 시집의 자료를 본문에 표기할 때는 각 책명의 첫 글자로 줄여서 쓰기(예를 들면『마른 수수깡의 평화』는 '마'로 표시함)로 한다.

창한 산림을 이루며 우리 앞에 그 모습을 우뚝 보이고 있는 셈이다. 그리고 거기에는 쉰 일곱 해 동안 풍상을 겪으며 나이테를 감고 지내온 인생 역정의 비밀과 깨달음이 고이 간직되어 있으리라.

사실 거대한 산림을 이룬 정진규의 내밀한 시세계를 온전하게 들추며 헤아려 본다는 것은 매우 어려운 일이다. 차라리 먼 발치에서 수림의 풍광을 바라보면서 아슴한 세계의 빛을 보고자 하는 편이 더 현명할지 모른다. 설사 누군가 그 산림의 한 가운데로 들어간다고 해도 주변의 수림 몇 둥치만을 더듬어 보고 오는 꼴이 되지 않을까 두렵기 때문이다. 그러나 정진규의 시를 아끼고 사랑하는 독자는 '바라보는' 일로만 마음을 채울 수가 없다. 산이 좋아 산을 오르듯이, 정진규의 시세계가 품어내는 내밀한 산림의 향기를 좀더 가깝게 느끼고 향수하고 싶은 욕망을 가진다는 것은 어쩌면 당연한 일이다. 비록 장님 코끼리 만지는 꼴이 되어도 말이다. 이는 비단 정진규의 시를 접하는 필자만의 우둔한 소치에 한정되는 것은 아닐 것이다. 필자는 이런 점을 정진규의 시세계 논의에 앞선 한 변명으로 삼으면서, 80년대의 '비워내기' 시편을 거쳐 90년대 일단의 연작시인 '밥시'와 '몸시'에 이르는 도정의 시적 사유의 특징을 파악하는 길 찾기에 나서 보고자 한다.

Ⅱ. '비워내기'의 시학: 자아와 생의 발견과 사랑

정진규는 시적 사유의 긴 도정에서 시세계의 점진적인 변화와 발전을 이룩해 왔다. 물론 이 변화·발전의 과정은 시와 삶 사이의 거리를 좁히려는 부단한 노력과 깨달음을 통해 이룩되는 것이었다. 여기에 최동호는 정진규의 시를 80년대 이전과 이후의 시로 구분하면서 '탐닉과 모색의 시', '극기와 영혼의 시'로 그 특징을 요약한 바[2] 있으며, 정효구는 90년

---

2) 최동호, <정갈한 영혼을 찾아서>, 『따뜻한 상징 —정진규문학선』(나남, 1987), 452쪽.

대 이후의 시를 추가하여 초기의 '내면의식 탐구', 80년대 이후의 '비워내기', 90년대의 '몸의 사상'으로 변화·발전해 왔다[3]고 파악했다. 이처럼 정진규 시의 변화·발전 과정은 평자에 따른 표현상의 차이를 보이지만, 초기 시에서 언어의 빛나는 질감을 좇아서 내면의식의 정체를 탐구했던 태도를 80년대 들어 발전적으로 극복하면서 자아의 집착으로 인한 가식과 허욕을 '비워내는' 극기의 작업을 통해 순수한 영혼으로 '채워지는' 상징세계에 이르고자 했다고 말할 수 있다. 그러면 90년대의 '몸의 사상'으로 표현되는 시세계는 80년대 '비워내기'의 시세계와 어떠한 관련을 맺으며 발전적으로 모색되어온 것일까? 이 점을 밝히는 해답은 불가피하게 80년대의 시로 거슬러 올라가 찾을 수밖에 없다.

> 요즈음엔 터닦기 벽돌쌓기 나무 속살 만나기 대패질하기 못질하기 한 채의 집을 짓기 그런 쪽보다 한채의 집을 헐어내기 그런 쪽에 가서 내가 재미있게 놀고 있읍니다
> 요즈음엔 내가 즐겨 그리던 쌍무지개 뜨는 언덕 그런 그림보다 그런 그림 지우기 고향으로 되돌아가기 엄마의 子宮으로 되들어앉기 그런 쪽으로 내가 가서 재미있게 놀고 있읍니다
> 버리고 버리고 또다시 버리는 자의 마음공부가 아니올시다 그저 재미있게 놀고 있읍니다.
>
> — <그림 지우기>(비) 전문

위의 시에서 '나'는 한 채의 집을 헐어내기, 그림 지우기, 고향으로 되돌아가기, 엄마의 자궁으로 되들어 앉기 등 헐어내기, 지우기, 되돌아가기의 행위를 고집스럽게 하고자 한다. 여기서 우선 나는 왜 '헐어내기, 지우기, 되돌아가기'의 행위를 하고자 하는 것인가, 그리고 그 결과 도대체 무엇을 얻고자 하는 것인가. 시인은 이러한 행위가 "버리는 자의 마음공부"가 아니라 "그저 재미있게 놀고" 있는 것이라 했다. 그런데 시인이란 존재는 마음공부를 통해 언어를 부리며 세계를 창조하는 자가 아닌

---

3) 정효구, <'비움'과 '몸'의 사상: 정진규>, 『우주공동체와 문학의 길』(시와 시학사, 1994. 9), 224쪽.

가? 정진규는 우리가 가진 이 같은 통념을 허물고 해체하고자 한다. 그는 "기존의 관념과 집착을 버려야 실체가 보인다"고 했으며, 관념과 집착 버리기 즉 '비워내기'는 바로 '발견'이라고 했다.[4] 마음공부는 사실 내적 고통을 수반하는 집착이며, 그렇게 쌓아올린 언어의 세계란 관념의 허상을 쫓는 또 다른 집착일 수 있다. 그렇다면 관념과 집착 버리기 즉 '비워내기'는 생의 본질을 찾는 시적 '발견'의 작업인 셈이다. 정진규가 '헐어내기, 지우기, 되돌아가기'의 행위를 고집스럽게 추구한 이유가 여기에 있다. 말하자면 그는 관념에의 인위적인 집착으로 인한 허상의 껍질을 벗기고 순수한 질감의 본질세계를 발견하고자 한 것이다.

그런데 '비워내기'를 통한 이러한 본질세계의 추구는 동양적 사유와 맞닿은 것일 수도 있고, 19세기 후반 말라르메, 랭보와 같은 시인들이 추구했던 상징의 교응세계와도 견주어 볼 수도 있다. 여기서 전자의 동양적 사유의 세계는 저 강호가도의 산수시에서 볼 수 있는 바 물아일체(物我一體)와 무위자연(無爲自然)의 노장적 관조의 세계이거나, 불교의 해탈(解脫)과 입선(入禪)의 경지이기도 하다. 그리고 후자인 상징의 교응세계는 보들레르의 시 <축복 Bénédiction>에서 보는 바 "바람과 더불어 노닐고 구름과 더불어 이야기하는" 것처럼 인식주체와 인식대상 사이의 일체의 분별이 소멸된 본질의 환원세계인 것이다. 물론 노장적 관조의 세계, 불교의 선의 세계, 서양의 상징의 교응세계는 각기 그 위상의 차이를 가진다. 이를테면 노장적 관조의 세계는 세속적 인위성을 일체 배격하는 데에서 찾아지고, 불교의 선의 세계는 세속을 초월하되 그것은 극기의 인내와 고통을 감내하고 일정한 깨달음을 얻음으로써 이루어지는 것이다. 그리고 상징의 교응세계는 말라르메가 말한 것처럼 모든 주정적(主情的), 이성적 자아를 버리거나, 랭보처럼 '감각의 착란' 상태에 이르러야 진입할 수 있다. 그렇다면 정진규가 '비워내기'를 거쳐 본질세계에 이르는 도정은 어느 쪽에 좀더 가까운 것일까? 사실 이 질문은 어리석은 질문일 수 있다. 시인 정진규는 정진규이기 때문이다. 그러나 '버리는 자의

---

4) 정진규, <시를 위한 아포리즘 —발견>, 『따뜻한 상징』, 282쪽.

마음공부'를 부정한다는 점에서, 그리고 "그저 즐기며 놀고" 있다는 표현에서 인위성을 거부하고 '자유(自遊)의 자유(自由)'를 이루고자 하는 노장적 사유에 정진규의 시적 사유가 한층 근접해 있다는 생각을 하게 된다.

그러나 80년대 '비워내기'의 시적 성찰은 노장적 선의 경지에 이르는 깨달음을 충분히 발견하지 못한 것 같다. "내어쫓아도 내어쫓아도 되들어앉기"의 표현에서 보듯, 아직도 집착하는 마음이 완전히 가셔지지 않았기 때문이다. 그리고 정진규의 시적 사유가 딱히 노장적이라고 말하기는 곤란하다. 그의 '비워내기' 즉 발견에 이르는 깨달음의 과정에는 아픔과 상처가 내재되어 있기 때문이다. 다음 시들을 보자.

① 하나의 항아리와 한 송이의 꽃이 만나는 만남의 흐름을 지켜 보았읍니다 그들은 서로가 서로를 거부했읍니다 거듭 돌아앉고 있었읍니다 그러나 그것은 사랑싸움, 사랑싸움, 끝끝내 사랑싸움 마침내 그들의 육신마저 하나로 섞이는 순간을 볼 수 있었읍니다 알 수 없사오나 꽃보다는 항아리가 먼저 몸을 섞었읍니다 먼저 수그러드는 자의 사랑의 심도, 그것 하나를 나는 수확한 셈이었읍니다

— <항아리>(비)에서

② 내 연약함이 내 대팻날이 덜컥 못쓰게 다친다 할지라도 옹이를 만들자 다치고 다쳐서 나도 옹이를 만들자 이상한 향기를 만들자 詩人이란 옹이가 많을수록 좋다 저러한 옹이는 우리의 資本이다 나는 처음으로 굳게 믿었다

— <옹이에 대하여>(연)에서

③ 추운 것엔 추운 것 만큼의 따뜻함이 있었다 아픈 것엔 아픈 것 만큼의 힘이 있었다 사랑이구나 사랑이구나 세상의 아픔이란 아픔들이 거기 가서 함께 있었다 고드름 속에 함께 가서 얼어 있었다 아픔은 아픔만을 찾아다닌다는 걸 새롭게 알았다 그들끼리만이 깊은 단짝이다 함께 견디어 주는 건 오직 그들뿐이다 그걸 새롭게 알았다 오, 그렇구나 나와는 나의 아내가 단짝일 뿐이란 걸 새롭게 알았다

— <겨울 楊平>(연)에서

　위의 시작품들은 모두 인식주체의 발견 즉 깨달음을 말하고 있다. "그것 하나를 나는 수확한 셈이었읍니다"(①), "나는 처음으로 굳게 믿었다"(②), "새롭게 알았다"(③)의 종결어구가 이 점을 분명히 알려준다. 그리고 구체적으로 인식주체의 깨달음은 ①에서 항아리와 꽃이란 서로 다른 대상 사이의 '사랑의 심도'를, ②에서는 옹이란 대상의 주체적 향기를, ③에서는 아픔과 아픔의 친연과 조화로 승화된 '따뜻한 사랑'의 의미에 대한 발견으로 나타난다. 이들 시는 이처럼 인식주체가 일상적 삶의 자리에 놓인 대상과의 정신적 몰입을 통해 그 대상의 본질적 의미를 발견하고 깨닫는 과정을 보여준다. 그런데 더욱 중요한 것은 인식주체의 발견과 깨달음이 반드시 통과의례(通過儀禮)적 과정을 거친다는 점이다. ①에서 항아리와 꽃 사이의 사랑의 심도는 사랑싸움과 주체의 수그러듦이란 과정에 의해 드러나고, ②에서 옹이는 '비워내기'의 또 다른 작업인 '벗겨내기'란 고통의 과정을 거쳐 발견된다. 그리고 ③의 '따뜻한 사랑'도 추위와 아픔의 '치름'의식을 통해 역설적으로 발견되는 것이다.[5] 정진규는 이처럼 '비워내기'의 발견과 깨달음이 통과의례적 '치름'의 과정을 거쳐 역설적으로 성취된다고 보았다. 이런 의미에서 정진규의 80년대 '비워내기'의 시는 '치름'의식과 생에 대한 역설적 인식의 깨달음을 통해 독자적 시학을 정립해 갔다고 말할 수 있다.

　그런데 이러한 시적 사유의 태도는 앞서 말한 노장적인 태도는 아니다. 노장적인 태도는 '이미 그렇게 되어 있는 자연'에의 동화이며 조화이다. 세속적 일상사에 대한 어떤 집착도 초월해야 한다. 이것이 완전한 몰

---

5) 정진규, <네 개의 짧은 시론 -통과의례>, 『따뜻한 상징』, 5~6쪽에서 다음과 같이 말하고 있다. "이 말(통과의례 -필자 주)은 우리 삶의 모든 과정에 매우 깊이 맞닿아 있다. 공짜란 없다. 치러야 할 것은 치러야 이루고자 하는 바가 허락되는 것이 속일 수 없는 삶의 한 等式이며, 이 <치름>은 아픔과 상처, 또는 어둠의 얼굴을 하고 있는 이른바 극복의 대상이란 것은 누구나가 다 알고 있는 사실이다. …(중략)… 詩도 마찬가지다. 너무 道德的이거나 倫理的인 의식을 지닐 때 그것은 노래보다는 관념에 머물게 된다는 우려도 있을 수 있으나, 이러한 과정을 거쳐 스스로 자유로와질 수 있을 때 노래가 있는 말씀의 집이 비로소 태어날 수 있다고 나는 믿는다."

아(沒我)·무욕(無慾)의 경지이며 무위자연의 경지이다. 이에 비해 정진규의 '비워내기'는 '치름'을 통한 내면의 치열한 아픔과 상처를 극복하는 과정의 끝에 발견되는 깨달음이다. 그렇다면 그의 시는 노장적이기보다는 불교적 사유의 요소를 지니고 있다. 견디기 어려운 고행이나 각고의 정진을 거쳐 득도의 깨달음을 얻는 것이 불교에서 구하는 해탈이나 선의 경지라면, 정진규의 시도 그러한 일면을 궁구하는 듯이 보이기 때문이다. 그러나 시인의 깨달음과 발견은 따지고 보면 일상사에 대한 미몽이나 관념적 집착을 벗어나고자 한 초월적 인식을 보일 뿐, 불교의 성도적 경지를 이룬 것과 같다고 말하는 것 또한 곤란하다. 불교의 성도적 경지는 자아까지 소멸된 완전한 해방과 자유의 적멸(寂滅)상태로 나아가는 것이지만, 시인의 '비워내기'는 자아의 소멸까지 전제하는 것은 아니기 때문이다.

> 연필로 쓰기 지워 버릴 수 있는 나의 생에 다시 고쳐 쓸 수 있는 나의 생애 용서받고자 하는 자의 서러운 예비 그렇게 살고 싶기 때문입니다 나는 언제나 온전치 못한 반편 반편도 거두어 주시기를 바라기 때문입니다 연필로 쓰기 잘못 간 서로의 길은 서로가 지워드릴 수 있기를 나는 바랍니다 떳떳했던 나의 길 진실의 길 그것마저 누가 지워 버린다 해도 나는 섭섭할 것 같지가 않습니다 나는 남기고자 하는 사람이 아닙니다 감추고자 하는 자의 비겁함이 아닙니다 사랑하는 까닭입니다 오직 향그런 영혼의 냄새로 만나고 싶기 때문입니다
>
> — <연필로 쓰기>(연)에서

위의 시에서 나의 생애를 지우고 고쳐 쓸 수 있기를 소망한다는 것은 과거적 삶에 대한 반성과 함께 '비워내는' 자로서의 새로운 탄생을 염원하는 것이기도 하다. 그런데 생애의 지우기는 '남기고자 하는 자'의 미련이나 '감추고자 하는 자'의 비겁함 때문이 아니라고 했다. 오히려 '반편'도 거두어주고, "서로의 길은 서로가 지워드릴 수 있기"를 소망하는 데에서 나의 생애 지우기의 의미가 부여된다. 그것은 말하자면 순정한 사랑에 기초한 화해와 용서를 실현하는 자비로움과 우주론적 포용의 정신인

것이다. 여기에는 세속의 어떤 분별, 대립, 선입관, 집착, 번뇌도 거두어 줄 수 있다. 쉽게 말해 나의 생애 지우기는 마음을 비우는 일이며, 순수하고 순결한 자아에 이르는 방법이다. 시인에 의하면 순수란 "'때의 더께'를 사랑하기, 그 상처를 내 것으로 속속들이 같이 입기"[6]라고 했다. 이는 순수의 의미를 결코 자아 중심적으로 생각할 수 없다는 것이다. 자아를 비워내고 그 자아에서 벗어나 초연한 마음의 상태를 가질 때, 세속의 때나 성처를 입은 어떤 대상도 "오직 향그런 영혼의 냄새"로 만날 수 있다는 것이 시인의 순수관념이다. 따라서 시인에게 순수란 자아만을 위한 마음의 정갈함을 결코 의미하지 않는다. '있는 그대로의 세계'를 사랑하는 자아의 진정한 만남과 화해의 정신이 순수관념에 내포되어 있다. 여기서 정진규의 '비워내기'는 '채우기'를 예비하면서 불교적 자비심과 같은 '베풀기'로 연결된다.

> 우리집 김장날 내가 맡은 일은 항아리를 비워 내는 일이었다 열 동이씩이나 물을 길었다 말끔히 말끔히 가셔 내었다 손이 시렸다 어디서나 내가 하는 일이란 비워 내는 일이었다 채우는 일은 어느 다른 분이 하셔도 좋았다 잘 하는 짓이라고 神께서 칭찬하셨다 요즘 생각으론 집이나 백채쯤 비워내어 그 비인 집에 가장 추운 분들이 마음대로 들어가 사시게 했으면 좋겠다 이 겨울을 따뜻하게 나셨으면 좋겠다
>
> — <비워내기>(연) 전문

'비워내기'는 사실 '채우기'를 예비하는 행위이다. 비워내기만으로 그치는 행위는 공허할 수 있으며, 독존적 아집에 갇힐 수 있는 위험이 있다. 앞의 시에서도 나의 생애 지우기가 생애 고쳐 쓰기로 전환될 수 있고, "서로의 길을 서로가 지워드릴 수 있기"로 진전될 수 있는 까닭이 여기에 있다. 위의 시 <비워내기>도 이런 점에 대한 재인식을 담고 있다. 항아리 비워내기는 그 자체 열 동이씩 물을 긷고 손이 시린 고투와 인내를 요구하지만, 그것을 견딜 수 있는 까닭은 항아리를 다시 채울 수 있다는

---

6) 정진규, <시를 위한 아포리즘 ―순수>, 『따뜻한 상징』, 283~284쪽.

기대와 마음의 뿌듯함 때문이다. 여기서 물론 항아리는 단순한 사물로서의 항아리가 아니다. 항아리는 삶인 세계이며 또한 자아의 상징이다. 따라서 항아리 비워내기는 삶의 가식을 벗기는 행위이면서 때묻은 자아의 비워내기이다. 시인은 이렇게 삶의 가식과 때묻은 자아를 비워냄으로써 화해로운 세계를 이루고자 소망한다.

그런데 이 화해로운 세계에 대한 소망은 '~했으면 좋겠다'의 표현에서 보듯, 그것을 예비하고 기다리는 구도의 자세를 견지하는 것에 머물고 더 이상의 적극적인 행위로써 실천되지는 않는다. 시인은 비워낸 항아리를 채우는 일은 '어느 다른 분'이 해도 좋다고 했다. 왜 그랬을까. 정진규는 자신의 시론에서 "비우는 일은 누가 도와주지 않는다. 제 힘으로 해야 한다."고 하면서, 시란 "어렵게 비워낸 한 그릇 맑은 사발에 와서 고이는 한 줄기 향기와 같은 것"이라고 표현했다.[7] 이에 따르면 시란 곧 제 힘으로 해야 할 비우는 일이며, 비워냄으로써 맑은 사발에 한 줄기 향기가 고이듯이 채우는 일은 자연스럽게 이루어지는 것이라고 믿는다. 말하자면 채우는 일은 순리에 따라 이루어지는 것이다. 물론 시인도 자연인으로서 채우는 일까지 할 수는 있으나, 그것은 분수에 넘치는 일일 수 있기에 '어느 다른 분'에게 맡겨도 좋다고 했다. 여기서 시인은 채우기를 기다리는 구도의 자세로서 단지 소망만을 말할 뿐이다.

> 어떤 밤에 혼자 깨어 있다 보면 이 땅의 사람들이 지금 따뜻하게 그것보다는, 그들이 그리워하는 따뜻하게 그것만큼씩 춥게 잠들어 있다는 사실이 왜 그렇게 눈물겨워지는지 모르겠다 …(중략)… 요즈음 추위는 그런 것 때문이 아니라고 하지만, 그들의 문전마다 쌀 두어 됫박쯤씩 말없이 남몰래 팔아다 놓으면서 밤거리를 돌아다니고 싶다 그렇게 밤을 건너가고 싶다 가장 따뜻한 상징, 하이얀 쌀 두어됫박이 우리에겐 아직도 가장 따뜻한 상징이다
>
> — <따뜻한 상징>(뼈) 전문

---

7) 정진규, <시를 위한 아포리즘 —비워내기>, 『따뜻한 상징』, 281쪽.

'비워내기'는 또한 '베풀기'로 진전되는 너그러움과 사랑의 정신에 의해 이루어진다. 비워냄으로써 모든 것을 너그럽게 사랑으로써 감싸고 포용할 수 있기 때문이다. 위의 시에서 춥게 잠들어 있는 사람들을 위해 "쌀 두어 됫박쯤 말없이 남몰래 팔아다 놓"는 마음의 넉넉함과 따뜻함은 따라서 자아를 비워낸 마음의 진정한 사랑의 구현이다. 자아는 마음을 비워냄으로써 스스로 기쁨의 열락에 들 수도 있고, 소외된 자들이나 세계와 슬픔이나 기쁨을 함께 나눌 수 있다. 이런 비워낸 마음의 열락에서 소외된 자를 위해 한 밤 남몰래 갖다 놓은 '쌀 두어됫박'이 단순한 물질적 가치를 넘어 우리의 가장 '따뜻한 상징'으로써 표현되는 까닭이 여기에 있다. '따뜻한 상징'은 곧 생명이 지닌 가치의 고귀함과 엄숙함을 어떤 선입관도 배제하고 인정하면서 너그럽게 감쌀 수 있는 참다운 사랑의 마음인 것이다.

정진규 시인의 '비워내기'는 이 지점에서 관념과 집착에 대한 자아의 발견과 깨달음으로부터 자아를 비워내고 스스로 타자가 될 수 있는 '베풀기'의 사랑으로 발전되어 갈 수 있는 디딤돌을 마련한다. 이는 자아와 세계의 일체감 조성이라는 차원을 넘어서 자아와 세계의 분별을 근원적으로 해소함으로써 자아가 곧 세계가 되고 세계가 곧 자아가 되는 '무아(無我)'의 경지를 예비하는 것이다. 이 무아의 경지는 세속적인 자아의 극복이며 초월이다. 이런 자아 극복과 초월의 모습은 90년대 일련의 연작시인 '밥시'와 '몸시'에서 한 정점을 이루는 것으로 보인다.

Ⅲ. '밥'과 '몸'의 시학: 무욕의 생명사상

정진규는 80년대의 '비워내기' 시학을 거쳐 '비워냄과 채움의 복합적 육화'라는 변증법적 깨달음으로 시적 사유를 진전시킨다. 먼저 시인의 말부터 들으면서 그의 시적 모색의 특징을 겸허하게 이해하는 바탕을 마련해 보자.

① 몸은 가시적인 육신이면서 불가시적인 또 하나의 육신이다. 그것은 그 릇이 아니다. 그것 자체이다. 시간 속의 우리 존재와 영원 속의 우리 존재를 함께 지니고 있는 실체를 나는 <몸>이라는 말로 만나고 있다. 시는 바로 <몸>이다.8)

② 나는 소년시절부터 영성적인 것으로서의 시성과 육신적인 것으로서의 산문성 사이에서 상처투성이가 되어 여기까지 흘러왔는데, 이 <몸>이라는 말이 내게 다가오면서부터 그것이 나의 그간의 상처들을 열심히 핥아주고 있음을 황홀하게 실감하고 있을 따름이다.9)

시인은 근래에 '몸'이라는 말과 만나면서 '우리'란 존재에 대한 새로운 인식과 함께 시에 대한 새로운 깨달음에 황홀해 있다고 실토하고 있다. 그러면 도대체 '몸'이란 무엇인가? 일상적 관념의 테두리에서 '몸'은 곧 육신이다. 그런데 시인은 '몸'에 대한 우리의 일상적 관념을 해체하면서 새로운 시적 인식을 부여한다. ①에서 '몸'은 가시적인 육신과 불가시적 인 육신이 함께 하는 것이며, 시간 속의 우리 존재와 영원 속의 우리 존 재가 만나는 곳이라 했다. 여기서 가시적인 육신은 시간 속의 인간 존재 이며, 불가시적인 육신은 영원 속의 인간 존재인 곧 '영혼'에 다름 아니 다. 말하자면 '몸'은 육신/영혼, 일상/영원, 물질/정신의 대립적 종합을 거 친 변증법적 인식의 장이다. 그리고 ②에서 '몸'은 다시 '영성적인 것으 로서의 시성'과 '육신적인 것으로서의 산문성' 사이의 대립을 초극하는 시적 인식의 바탕으로 작용하는 것으로 나타난다. 시성과 산문성의 차이 가 반드시 영성적인 것과 육신적인 것과의 분별로 말할 수 없지만, 시성 이 일반적으로 감성과 상상력에 기초한 율문으로 이루어지고 산문성이 분석적 지성과 산문화의 현실논리에 따라 구성되는 것이라면, 정진규의 시성과 산문성의 구별은 타당성을 얻는다. 그런데 정진규는 시성과 산문 성에 관한 통상적인 구별을 끊임없이 무화, 종합하려고 노력했다. 그는

---

8) 정진규 시집, 『별들의 바탕은 어둠이 마땅하다』의 <시인의 말>.
9) 정진규 시집, 『몸시』의 <자서>.

70년대 후반부터 언어의 압축성과 암시성, 그리고 서정적 억양을 중시한 초기의 내면의식 탐구에서 삶의 우의적 서술 문맥을 부가시킨 산문시로 창작경향을 변화시키기도 했다. 이러한 시 창작 경향의 변화를 그는 편의상 운문시대와 산문시대로 구분[10]하여 스스로 인정한 바 있지만, 이러한 구분 배경에는 시성과 산문성의 종합을 지향하는 새로운 시적 인식과 체험이 깔려 있었다. 사실 정진규의 산문시 모색은 효과적 정서표출을 위한 율문양식을 내포하고 있으며,[11] 시성과 산문성을 종합하는 통일된 상징적 구도의 시적 효과를 얻고 있는 것[12]으로 평가받기도 했다. 여기서 우리의 관심은 산문시 자체의 성격이 아니라, 시인이 시성과 산문성의 종합을 위한 일련의 노력이 어떻게 '몸'이란 말과 만나게 되는가 하는 점이다.

정진규의 '몸'에 대한 사유는 단순히 인간 존재의 문제인식에만 한정되어 있지 않다. 삼라만상의 모든 사물은 근원적으로 생명성을 지니고 있는 존재이며 그들은 각각 존재를 현현하는 '몸'을 갖는다고 생각한다. 풀, 꽃, 나무, 인간, 동물 등 본래 생명이 있는 존재는 말할 필요도 없고, 눈, 비, 구름, 항아리, 돌 등의 모든 무생물까지도 생명성을 지닌 '몸'의 인식 범주에 포괄된다. 여기에 언어와 그 언어로 실현되는 시도 포함되는 것은 물론이다. 시도 그 자체 생명성을 지닌 '몸'의 존재이기 때문이다. 따라서 시는 '영성적인 것으로서의 시성'과 '육신적인 것으로서의 산문성'이 분리되지 않고 '몸'에 합일됨으로써 진정한 생명성을 지닌다고 본 것이다.

시인은 이렇게 삼라만상의 모든 존재를 생명성을 지닌 '몸'의 존재로 사유하면서 그 모든 존재와 대화하고 한몸되기를 소망한다. 이는 일차적으로 집착과 낡은 관념으로 오염된 자아의 의식을 정화하는 일에서부터

---

10) 정진규는 시선집 『옹이에 대하여』(1989)에서 운문시대와 산문시대로 구분하여 작품의 갈래를 나누고 있다.
11) 성기옥, 『한국시가율격의 이론』(새문사, 1986), 325∼333쪽.
12) 정효구, <한국 산문시의 전개 양상>, 『20세기 한국시의 정신과 방법』(시와 시학사, 1995), 218∼225쪽.

출발되어야 한다고 생각했다. 따라서 정진규는 80년대부터 자아의 집착과 관념의 오류를 '비워내는' 일에 줄곧 몰두해 왔다. 자아의 의식 정화는 순결을 지향하는 소망이면서 이 '비워냄'의 순결함에서 모든 존재를 기쁨과 사랑으로 감싸고 포용할 수 있기 때문이다. 사실 현대화가 진행될수록 인간의 탐욕적 이기주의는 심화되고, 인간은 타인과는 물론 스스로와도 분리되는 심한 단절감을 겪는다. 그리고 인간은 자신들의 이익을 위해 자연의 생명성을 파괴하고 뒤틀리게 함으로써 그 생명성의 파괴로부터 오는 심각한 죄업을 겪어야 한다. 이러한 탐욕적 이기주의로부터 비롯되는 단절감과 소외, 그리고 생명성의 파괴로부터 오는 죄업을 막기 위해서는 모든 존재의 생명성을 존중하면서 함께 공존할 수 있도록 우주적 생명의 원리와 지혜를 터득하고 실천해야 한다. 여기서 정진규의 '비워내기' 시학은 90년대 '밥'과 '몸'의 시학으로 변화·발전될 수 있는 기틀이 마련된다. 정효구가 지적했듯이,[13) 인간을 포함한 삼라만상이 서로 분리, 단절되어 있음으로써 야기되는 고립화와 소외의 위험을 극복하려는 노력이 '몸'의 사유로 나타난 것이라고 본다. 시인은 이를 위해 스스로의 '몸'을 타자의 '몸'이 되게 함으로써 존재의 생명성이 충만한 한몸되기의 화해로운 세계를 이루고자 한다. 이런 맥락에서 일련의 '밥시'에서의 '밥'은 곧 '몸시'에서의 '몸'에 다름 아닌 것이다.

　이제 모두 9편의 연작시로 이루어진 '밥시'부터 음미해 보자.

　　돌아가신 나의 어머니, 어머니께서도 길 떠난 나를 위해 돌아오지 않는 나를 위해 언제나 한 그릇 나의 밥을 나의 밥그릇을 채워 놓고 계셨다 기다리셨다 저승에서도 그렇게 하고 계실 것이다 우리나란 사랑도 밥이다 이토록 밥이다 하얀 쌀밥이면 더욱 좋다 나도 이젠 밥술이나 좀 들게 되었다 어머니 제삿날이면 하얀 쌀밥 한 그릇 지어 올린다 오늘은 나의 사랑하는 부처님과 예수님께 나의 밥을 나누어 드리고 싶다
　　　　　　　　　　　　　　　　　　　　── <밥시·1>(별)에서

---

13) 정효구, <'비움'과 '몸'의 사상>, 『우주공동체와 문학의 길』, 207~208쪽.

위의 시에서 밥은 어머니와 나, 나와 부처님 및 예수님 사이의 관계인식을 이루는 대상물이다. 밥은 결코 물욕의 대상물이 아니라 자아와 타자 사이의 관계인식을 이루는 대상물로 표상된다. 그런데 이 밥을 매개로 한 관계인식의 의미망은 지극하고 숭고한 사랑으로 나타난다. 어머니가 나를 위해 채워 놓았던 밥 한 그릇, 그리고 내가 돌아가신 어머니를 위해 제사상에 올리는 밥 한 그릇은 그 자체가 지극하고 숭고한 사랑의 표징물이며, 밥 한 그릇을 매개로 이승과 저승의 존재 사이에 사랑으로 충만된 가교를 놓게 된다. 그리고 "나의 사랑하는 부처님과 예수님께 나의 밥을 나누어 드리고 싶다"의 구절에서 보듯, 밥은 성스러운 사랑과 그 사랑이 나누어지는 고귀한 희생의 의미로 고양된다.

> 바다로 가자 바다로 가면 된다 알 수가 있다 바다도 몇천년을 그렇게 지워지고 있을 것이다 앞물결을 뒷물결이 싸악 지워내고 또다시 뒷물결이 앞물결을 싸악 지워내고 있을 것이다 그래서 바다는 언제나 싱싱하게 싱싱하게 다시 채워지고 있을 것이다 지워지는 것은 이토록 아름답다 분명하게 지울 줄 아는 사람만이 가장 분명하게 다시 태어난다 사람아, 사람아, 더욱 온전히 사랑하거라 더욱 온전히 착해지거라 누리려 하지 말라 너는 분명히 어디에고 다시 태어나고 있다 사람아, 사람아, 누리려 하지 말라 몇천 년을 또다시 지워지는 사람 되자, 지워지는 사람 되자 싱싱한 바다를 만들자 세상의 밥이 되자

— <밥시·4>(별)에서

이 시는 관념성이 짙은 설득적 목소리로 이루어져 있다. 그런 만큼 이 시에서 시적 긴장감은 상대적으로 약화되어 있지만, 시인이 말하고자 하는 주제는 선명하게 부각되어 나타난다. 이 시의 자아는 바다를 매개로 지워내고 채워지는 우주적 생명의 순환원리를 체득하게 된다. 바다는 지워짐으로써 언제나 싱싱하게 다시 채워진다. 여기서 지워지는 것은 결코 존재의 소멸이 아니다. '싱싱하게' 다시 채워지는, 즉 존재의 새로운 탄생을 이루는 것이다. 따라서 지워지는 것은 종말의 비극적 슬픔이 아니라 '아름다운' 탄생의 기쁨을 예비하는 순간인 것이다. 이것은 분명 시인이

우주적 생명의 순환원리를 깨달음으로써 역설적 미학을 창조하는 것이다. 그런데 시인은 이 지워짐과 채워짐의 역설적 미학을 이루기 위해서는 온전한 사랑이거나 착함의 마음을 가져야 한다고 권고한다. 이 권고는 우리 인간의 대부분이 자아의 이기적이고 속물적인 욕망에 사로 잡혀 있어서 무엇을 '누리려는' 세태에 대한 경고이기도 하다. 시인은 진정으로 '지워지는 사람'이 '싱싱한 바다'를 만들고 '세상의 밥'이 될 수 있다고 했다. 여기서 '싱싱한 바다'는 생명이 충만된 세계의 공간이며, '세상의 밥'은 그러한 세계에 무욕(無慾)의 자아가 일체화되어 참여하는 것을 의미한다.

이처럼 시인의 '밥시'에서 '밥'은 자아와 타자 사이의 지극한 사랑의 연대관계를 확인하는 매개이면서, 새로운 생명을 창조하기 위한 아름다운 자아희생과 그 희생을 통한 탐욕적 욕망 버리기에서 생명이 충만된 세계와 일체화되려는 소망적 사고의 매개인 것이다. 따라서 '밥'은 시인에게 사랑과 생명과 희생의 시적 상관물로써 상징화되어 나타난다.

그러면 '밥시'에 이어지는 '몸시'에서의 '몸'은 '밥'과 어떠한 관련을 맺고 있는가. 시인에 의하면 밥은 곧 몸이다. 밥은 몸이 되기 위한 조건이면서, 몸은 밥이 되기 위한 조건이기 때문이다. 다만 밥이 몸에 비해 물질적 상상력에 좀더 의존된다면, 몸은 물질적인 것과 정신적인 것이 육화되면서 생명의식에 대한 자아 투시의 기능을 좀더 강화시켜 준다고 말할 수 있다.

정진규가 <밥시>에 이어 최근 강한 애착을 보이며 쓴 연작시 <몸시> 14)를 보기로 하자.

새들은 날고 싶은 것만이 아니다 날아가고 싶은 것만이 아니다 이 봄날
둥지를 따뜻이 가득 채운 몇 개의 새알들을 나는 본 적이 있다

---

14) 정진규는 시집 『별들의 바탕은 어둠이 마땅하다』에 14편의 <몸시>를 먼저 싣고 있으며, 시집 『몸시』에서 78편을 발표하고 있다. 이 모두를 합치면 <몸시>는 92편이 된다. 시인에 의하면 <몸시>는 모두 108편을 썼으나, 작품으로서는 미흡하다는 생각에서 16편을 시집에 올리지 않았다고 했다.

― <몸시·1>(별)에서

  '몸시'란 표제로 쓴 첫 작품인 위 시편에서 시인은 왜 갑자기 새의 비상과 새알을 말하고 있는 것일까? 당연히 새의 비상과 새알은 몸에 대한 시적 사유의 상징이다. 우리의 일상적 관념으로 새는 날아다니는 동물이기 때문에 새이다. 따라서 우리는 새가 날아다닌다는 사실만 중요하게 생각한다. 그런데 시인은 "새들은 날고 싶은 것만이 아니다 날아가고 싶은 것만이 아니다"라고 말하고 있다. '~것만이 아니다'라는 표현에서 새의 비상 자체가 중요하다고 인정하면서도, 그보다 더욱 중요한 것은 새의 존재에 대한 근원적 인식을 마련하는 일이라고 한다. "이 봄날 둥지를 따뜻이 가득 채운 몇 개의 새알"이란 구절을 주목해서 보자. 새는 새로 날기 이전에 새로 태어나는 과정, 즉 생명의 탄생 과정을 겪어야 한다. 시인이 강조하고자 하는 바는 이 당연한 사실 자체의 새로운 인식에 있다. 새란 존재의 탄생 과정에서 새알은 그 존재의 근원적 생명성을 간직한 '몸'인 것이다. 이처럼 시인이 <몸시>의 첫 시편에서 새의 비상과 새알의 관계를 투시하면서 존재의 근원적 생명성을 남달리 인식하고 있는 것은 결코 우연이라 말할 수 없으리라.

  어떤 존재이든 탄생의 고통과 아픔의 과정을 거침으로써 생명성을 간직한 '몸'이 되고 또한 성숙한다. 새도, 꽃도, 인간도, 말씀도, 항아리도, 삼라만상의 모든 존재가 그렇다. 배가 고프면 배고픔의 몸을 하고(<몸시·2>에서), 말씀도 "눈에 밟힌다"거나 "가슴이 아프다"거나 하듯이(<몸시·3>에서) 몸으로서의 생명에 대한 감각을 동반한다. 그리고 지천에 피는 진달래꽃도 몸으로 말하고 몸으로 들으면서 피어 있는 것(<몸시·14>에서)이다. 이처럼 몸은 고통을 동반한 탄생의 과정을 거쳐 존재의 생명성을 현현하는 것이다.

  그런데 정진규의 <몸시>에서 '몸'은 존재의 생명성을 현시하는 몸 자체로 형상화되기도 하지만, '몸'의 인식을 통해 자아의 일상을 깨닫고 반성하면서 모든 존재와 '한몸'으로 일체화되는 세계를 소망하는 쪽으로 노래된다. 물론 이러한 단계적 인식은 <몸시>에서 일정한 질서를 가지는 것은 아니지만, '몸'에 대한 시인의 사유적 특성을 짚어보기 위해 편의상 '몸'에 대한 사유의 단계를 설정해 볼 수 있다.

먼저 시인은 육신만을 '몸'으로 생각하는 오류를 벗기고자 한다.

> 내리막길일 뿐인 중년의 사내들이
> 겨드랑이 털을 드러낸 채
> 웃통을 벗어부친 채
> 오직 육체로, 육체만으로
> 낙원동 골목 안에서 보신탕을 먹고 있다
> 게걸스럽다 !
> 저 사내들이
> 이 시대의 몰락을 지울 수 있다고는
> 아무도 믿지 않는다
> 혁명을 저장하는 몸들이라고는
> 아무도 믿지 않는다.
>
> — <몸시·38>(몸)에서

시인의 표현대로 '내리막길일 뿐인 중년의 사내들'이 보신탕을 먹는 것은 오직 육체로, 육체만을 위한 것이다. 아니 육체의 게걸스런 탐욕만을 채울 뿐이다. 그들의 육체는 더 이상 '몸'이 아니다. 이 시대를 이끌 당당한 위풍이나 혁명의 저돌적 힘도 그들의 육체는 지니고 있지 못하다. 육체는 그저 인간의 탐욕적 이기심으로 남아 있는 것이다. 육체가 진정한 몸이 되기 위해서는 그러한 탐욕적 이기심을 버려야 한다. 시인에게 '몸'은 참다운 삶의 세계를 이루어 가는 지혜이며 생명이기 때문이다.

'몸'에 대한 시인의 다음 단계 사유는 자아의 일상을 깨닫고 반성하는 모습으로 나타난다. 이 단계에서 시인은 탐욕과 거짓으로 은폐된 '옷'과 '살'을 버리고 '맨몸'이 되고자 한다.

① 이 나이에 나로서는 아무래도 깨우침인데 그렇다고 굳은 堅果로 내밀

어서는 안되지, 누가 보아도 누구와도 정말 가리지 않고 잘 놀 줄 안다는
말을 들을 정도가 되어야 하는데 왜 자꾸 나는 깨우침을 말로만 하고 있는
가 화난 목소리로 가르치려 드는가 그래야 안심이 되는가 아직도 나는 버려
야 할 살이 많이 모자라는구나 아직도 나는 많이 놀아보아야 하겠구나

— <몸시·82>(몸)에서

② 그래, 내가 해야 할 일은 너희들을 가둔 지식의 甲殼을 벗기는 일이니
까, 삶은 꽃게 속살을 함께 맛있게 발라 먹는 일이니까, 그래, 너희들은 딱
정벌레가 아니야 지식의 딱정벌레들 거짓말쟁이들을 나는 싫어해, 그래, 로
맨티스트래도 좋아 나는, 너희들이 거기서 자유롭기만 하다면

— <몸시·67>(몸)에서

③ 軟柿 한 알이 매달려 있던 높이, 거기 땅으로 온 것은 제 무게를 제가
견딜 수 없었던 충만의 끝이었겠지만 하느님 가까이에 있는 몸은 스스로 빈
몸일 수 있을 때 비로소 몸일 수 있다는 걸 그가 깨달았기 때문이라는 생각
이 들었다

— <몸시·75>(몸)에서

위의 시편들은 모두 일상적 자아의 깨우침을 담고 있다. 먼저 ①은 시
인의 겸양적 표현을 담고 있지만, 말이 앞서고 화를 잘 내는 일상적 자
아에 대한 반성에서 '굳은 견과(堅果)'를 버림으로써 누구와도 가리지 않
고 잘 놀 수 있는 지혜를 깨닫고자 한다. 여기서 자아의 '굳은 견과'는
②의 '지식의 갑곡(甲殼)'이기도 하고, 스스로의 감정에 사로잡힌 욕망의
허울이기도 하다. 시인에게 이러한 '굳은 견과'는 단순히 쉽게 벗어버릴
자아의 외피가 아니다. 그것은 굳은 지식과 관념과 감정으로 응고된 마
음의 살이다. 시인은 이렇게 굳은 마음의 살까지 버려야 진정으로 '누구'
와도 잘 어울릴 수 있는 자아로 다시 태어날 수 있다고 생각한다. 이러
한 생각은 ②에서도 견지된다. "내가 해야 할 일은 너희들을 가둔 지식의
갑곡을 벗기는 일"이란 시적 자아의 사명감 인식은 비록 대학의 수강 학
생들을 대상으로 한 것이지만, 관념적 지식의 겉옷만을 화려하게 입고
있는 우리 인간의 보편적 자아에 대한 반성적 깨달음의 문제로 새겨진

다. ③의 시는 이러한 깨달음의 문제를 연시(軟柿)에 대한 우의(寓意)적 묘사를 통해 한 차원 더 고양시키고 있다. 인간의 욕망은 끝없이 상승하는 것이지만, 그 상승적 위치나 힘에 연연하기보다 오히려 그 욕망을 무화시켜 버릴 때 진정한 승화를 이룰 수 있음을 연시의 우의적 묘사로써 보여주고 있는 것이다. 여기서 '몸'에 대한 시적 자아의 깨달음은 헛된 욕망, 지식, 관념의 껍질과 살을 모두 버리는 '빈몸'이거나 '맨몸'의 상태를 지향한다.

'빈몸' 또는 '맨몸'은 거짓과 가식을 벗긴 순수의 상태이며, 무욕의 자아로 거듭나 있는 상태이다. 속이 가득 찬 상태는 더 이상 다른 무엇을 채울 수 없으며, 시간이 흐르면 부패하기 마련이다. 그러다 보면 거짓으로 화려한 외양을 입히거나 향기를 품어서 이를 감추려고 한다. 탐욕적 이기심으로 가득 한 속물의 우리 인간이 그렇다. "겉으론 당당하고 부티도 나고 그런 사람인데 여엉 날기름내가 나서 못견디겠다는 그런 꼴"(<몸시·34>에서)이다. 따라서 '빈몸'과 '맨몸'되기는 우리에게 가득 찬 속물적 탐욕심과 부패한 양심을 버리는 일이며, 이를 통해 다시 태어나는 일이다. 진실로 인간 본연의 순수한 생명이 숨쉬고 향기가 품어 나올 때가 세상의 탐욕적 때를 입지 않는 어린아이의 순진무구한 상태라면, 다음 시는 그러한 점을 인상깊게 보여준다.

> 순백의 은총 하나가 내 곁에 당도해 있다 그는 맨발로 걸어왔다 우리집엔 요즈음 天使 한 분이 와 계시다 우리 식구들은 그 아기 天使의 옹알이로 소리를 교감하는 聖家族이 되어 있다 아무 부족함이 없다 우리집의 말씀은 우리집의 構文은 날마다 <최초의 사물 앞에 최초로 서 있다> 그분께서 내게 그와 함께 걸음마를 가르치신다
>
> ― <몸시·78>(몸)에서

이 시의 화자인 '나'는 '아기 천사'로 불리는 어린 손자와 마주 하면서 '순백의 은총'과 '맨발'로 내 곁에 당도해 있다고 말하고 있다. 여기서 '순백의 은총'은 '맨발'과 동격을 이루며, 그러한 상태는 세상의 아무런

가식과 때를 입지 않는 맨몸의 상태인 것이다. 따라서 이 맨몸의 어린 손자는 그 자체로 '최초의 사물'로서 나에게 다가오고, 나와 가족은 그 순결한 생명이 갖는 은총의 기쁨을 함께 교감하게 되는 것이다. 시인은 이런 교감의 상태를 "내 소멸의 빈터에도 풀잎 하나 돋는구나 풀잎, 아기의 손을 쥐니 가득 조여오는 生動! 온몸이 개운했다"(<몸시·59>에서)라고도 노래했다. 이렇게 나와 아기 사이의 맨몸이 된 교감은 충만한 생동감의 생명의식인 것이다. 여기에 어떤 부족함도 있을 수 없다. 그런데 위의 시에서 '나'는 이러한 어린 손자와 교감하면서 "그분께서 내게 그와 함께 걸음마를 가르치신다"고 했다. 내가 손자의 걸음마를 가르치는 것이 아니라 나와 손자가 함께 걸음마를 배우는 것이다. 무욕의 자아로서 거듭 나고자 하는 자아의 소망적 사고가 손자와의 교감 속에 걸음마를 배우는 것으로 나타난 것이리라.

여기서 '빈몸' 또는 '맨몸'의 시적 사유는 이처럼 '한몸'되기로 나아간다. 이 '한몸'되기는 '빈몸'으로 세계에 자아를 맡기는 일이며, 그럼으로써 세계와 자아 사이의 내밀한 관계를 새롭게 구축하고 화해로운 교감의 세계를 만들게 된다.

> 등나무 덩쿨은 덩쿨 끝의 끝자리에서 매일 아침 문을 열고 있었다 첫번째 햇살에 입술을 대고 있었다 그렇게 뻗어가고 있었다 여름 내내 씩씩했다 맨발이란 생각이 들었다 길이 열리는 속도와 맨발이 뛰는 속도가 똑같았다 쫓아가는 게 아니었다 만들고 있었다 그 길 위에 나를 의탁했다 그는 나를 등에 업고서도 속도에 변화가 없었다 나를 그로 만들어버렸기 때문이라는 생각이 들었다
>
> — <몸시·83>(몸)에서

등나무는 생리적 조건상 다른 나무나 사물에 의존해서 자란다. 그런데 시인이 등나무를 통해 인식하는 것은 그런 의존적 기생성이 아니라 다른 존재와의 조화적 교감관계에서 오는 역동적 생명의식이다. 물론 이를 위한 우선적 조건은 '맨발'로서의 순수한 존재 전이를 이루어야 한다. 등나

무가 '맨발' 즉 '맨몸'일 때, 다른 존재와의 의존적 기생성을 탈피하고 '한몸'이 되는 조화적 관계와 생명의 역동성을 이룰 수 있기 때문이다. 위의 시에서 "길이 열리는 속도와 맨발이 뛰는 속도가 똑같았다 쫓아가는 게 아니었다 만들고 있었다"의 구절이 이런 상태를 암시한다. 이제 등나무는 "나를 그로 만들어버"린 일체감의 조화적 관계를 구축한다. 이런 관계에서 등나무가 '나'를 의존해 있는 것이 아니라 오히려 내가 등나무에 의탁하고 있는 역전도 가능하게 된다.

　'한몸'되기는 이렇게 존재 사이의 분별을 무화시키고 하나됨의 조화를 이루는 것이다.

> 八色鳥의 八色은 따로따로 놀지 않는다 이음새가 절묘하다 서로 끌고 당겨서 一色을 빚어낸다
>
> — <몸시·72>(몸)에서

이처럼 팔색이 이음새가 절묘한 일색의 조화를 이루는 것이 '한몸'되기이다. 그러나 이 경우 일색의 조화를 이룬 팔색은 서로를 배척하거나 부정하지 않는다. 각각의 존재를 상호 인정하면서도 서로 '끌고 당겨서' 조화로운 색조를 빚어내는 것이다. 이는 마치 "이슬은/하늘에서 내려온 맨발/풀잎은/영혼의 깃털/고맙다/서로 편히 앉아 쉬고 있다/허락하고 있다"(<몸시·17>에서)처럼 이슬과 풀잎이 서로의 공존적 관계를 허용하며 일체의 조화를 보여주는 것과 같다. 그러나 이 '한몸'되기가 결코 간단치 않음을 시인은 스스로의 삶 속에서 다음과 같이 반성적으로 되새기고 있다.

> 나는 십 년이 넘게
> 도봉산 화계사 절 밑 마을에서 살고 있다
> 새들과 말하고 싶지만
> 나는 십 년이 넘게
> 한 마디도 나누지 못했다
> 성자 거지 프란치스코가

새들과 이야기할 수 있었던 것은
그가 살아 죽어서, 죽어서 살아!
새가 될 수 있었기 때문이다
한몸이 되었기 때문이다
나도 그럴 수 있을까
살아 죽어서, 죽어서 살아!
뜨락의 작은 나무 하나도 나뭇가지도
한 마리 새를
평안히 앉힐 수 있는
몸으로,
열심히 몸으로!
움직이고 있다

— <몸시·52>(몸)에서

　시인은 성 프란치스코가 새와 이야기를 나눌 수 있었던 것은 그가 '살아 죽어서, 죽어서 살아' 스스로 새가 되고 새와 한몸이 될 수 있었기 때문이라고 했다. 여기서 중요한 것은 '살아 죽어서, 죽어서 살아'의 경지를 먼저 터득하는 일이다. 이는 삶과 죽음 사이의 분별을 넘어서는, 생에 대한 모든 집착과 미련을 버림으로써 이룰 수 있는 생의 달관과 초극의 경지이다. 이런 경지에서 자아와 세계는 서로 생명을 교감하는 대화를 나누고 한몸이 될 수 있다. 그런데 사실 시인의 '한몸'되기는 생의 깨달음을 통한 염원에 그칠 수밖에 없다. '나'는 새들과 말하고 싶지만 십 년이 넘게 한 마디 대화도 나누지 못했다는 고백은 차라리 시인의 인간적 고뇌와 그 한계를 매우 진솔하게 보여주는 것이기 때문이다. 그러나 뜨락의 작은 나무가 새들을 평안히 앉히기 위해 열심히 몸으로 움직이는 것처럼, 시인의 '한몸'되기를 소망하는 실천적 고투의 노력은 인간의 탐욕적 이기심으로 오염되고 타락한 세계를 구원하는 정화수가 되리라는 것을 믿는다. 따라서 그의 '몸시'는 무욕의 세계를 지향하는 따뜻한 사랑의 상징이며 생명의 노래인 것이다. ▷《시와 사상》 제7호(1995년 겨울호).

민중의 한과 그 신명풀이

— 송수권의 시

　김동환의 <국경의 밤>(1925) 이래로 지속된 일련의 서사시 전통은 새삼 그 가능성에 대한 논쟁이 필요 없을 정도로 다양한 모색을 통해 한국 시단에 자리잡았다. 송수권의 동학서사시 <새야새야 파랑새야>(1987) 역시 일련의 서사시 전통과 맥을 이으면서, 서사시의 새로운 방향 모색에 기여하고 있는 작품이다. 동학농민혁명을 소재로 한 이 서사시는 물론 소재에서 특이성을 내포하고 있는 것은 아니다. 신동엽의 <금강>(1967), 양성우의 <만석보>(1981), 장효문의 <전봉준>(1982) 등에서 동학농민혁명은 여러 차례 주목되는 서사시의 소재로 떠올려졌다. 문제는 동일한 소재일지라도 이를 얽고 풀어 가는 시인의 시의식과 창작 방법에서 어떻게 새로움에 대한 독자의 기대에 부응하고 있느냐이다.

　문학은 일단 새로움에 대한 도전의 여부에 따라 자리가 매김된다. 서사시가 기본적으로 역사적 사실과 연관·대응되는 서사적 구조를 지닌다고 할 때, 시로서의 새로움은 소재상의 역사적 사실에 대한 시인의 해석 관점과 이를 서사적 구조로 얽어 가는 시인의 형상화 능력에 있다. <새야새야 파랑새야>에서 맛보는 새로움도 바로 이 두 가지 점에 기초하고 있다. 시인은 동학농민혁명이란 역사적 사실을 단순히 되새기기 위해서 시를 쓰지 않았다. 시인에게 동학혁명은 과거사이면서 현재사이고, 현재사이면서 미래사였다. 시인의 말대로 동학사는 숱하게 부침했던 우리의 역사에서 강력한 '신'을 꿈꿀 수 있는 계기가 되었다. 그 신은 이스라엘의 유태신이나 인도의 힌두신처럼 모든 고난을 짊어지고, 가난하고 박해받는 영혼들을 어떤 정신적 경험의 세계로 인도하는 '우리'의 신이다. 동학사에서 시인은 이러한 신내림을 받으면서, 강력한 신이 만들어 내는 노래를 쓰고자 했다.

〈새야새야 파랑새야〉의 구성은 크게 뒤풀이와 본풀이 부분으로 이루어져 있다. 뒤풀이는 〈줄포마을 사람들〉 이하 5편의 서정시 부분인데, 옛날 할아버지의 이력이 시인의 현재적 경험으로 이어지면서 본풀이의 준비를 마련하는 구실을 한다. 따라서 뒤풀이 부분은 한편으로 제각기 독립된 서정시이지만, 다른 한편으로 본풀이의 신명을 준비하는 서사(序辭) 단계의 연속된 서사시로 보아도 무리는 없다. 우선 신명을 이끄는 신내림은 이적(異蹟)을 경험하면서부터 비롯된다.

> 고향에 가 그 큰사랑 옆 그때 심었다는 대추나무 그루터기에서
> 무슨 異蹟처럼 대추나무 새 순이 한 뼘 가웃은 실히 됨직하게
> 자라 오르고 있지 않겠는가. 나는 다시 내 눈에 연한 대추물이 듣기면서
> 바람아 불어라 대추야 떨어져라 바람아 불어라 대추야 떨어져라
> 내 볼에 어느새 대추씨 같은 눈물까지 모이면서 이 할아버지의
> 一代記를 묻어 버릴 것이 아니라 이 눈물로라도 어린 싹을 키우겠다는
> 아 그 말 아닌가.
>
> — 〈큰사랑 옆〉

'대추'는 동학 접주로 칼을 물고 죽었다는 할아버지의 비극적 삶을 직접적으로 상징하면서, 나아가 당대 민중의 전체 수난사를 포괄한다. "…할아버지의/일에 관한 것이라면 모조리 그 아픈 기억을 잊으려고/마루청 밑 구르는 나막신까지를 끌어내어 죄다 불사르고" 했지만, 비극의 생명은 다시 새순을 뻗는 이적을 보인다. 할아버지의 비극적 일대기, 나아가 당대 민중의 수난사 그것은 오히려 시적 자아에게 신내림의 계기적 힘으로 작용하면서, 어떤 사명감을 부여하는 언어로 남겨진다.

> 아 이 독약보다 무서운 울음 앞에
> 오늘 나는 다 망해버린 낯짝을 쳐들고 와서
> 아버지 논의 질서를 바로 세우며
> 둥둥 떠 다니는 뒷모를 꽂는다.
>   — <뒷모>

　자아에게 부여된 사명, 남겨진 유업(遺業)은 할아버지대의 당대적 삶에서부터, 아버지대, 그리고 자신의 현재적 삶에 이르기까지 삶의 질서를 세우는 일이다. 거짓된 삶과 올바른 삶, 착취와 부정의 삶과 핍박과 굴욕의 삶 사이의 질서, 이 질서를 세우기 위해서는 할아버지대의 삶과 역사의 현장으로 거슬러 올라가지 않으면 안 된다.

　본풀이는 바로 할아버지대의 삶과 역사의 현장에서 시작된다. 이러한 할아버지대의 삶과 역사의 현장은 "허칠복 김팔복 박판돌 최돌이……/널판지에 새겨진 私童의 이름들/볼기짝을 헤집으면 불인두 놓아/누가 맴매하고 간 흔적"이면서, "상투 풀고 물장구 치고 입에 붓 물고/허벅지에 난초 치고/치마독에 뺑돌이 치는 천하잡놈"의 세계이기도 하다. 이 시의 서술적 주체인 '나'는 이러한 모순된 삶의 세계를 직시하면서, 더 이상 혼돈스런 민족사의 비극이 지속되는 것을 거부한다. 그러면서 민족사의 비극 가운데서 정당한 가치와 질서를 회복하고자 하는 강력한 극복의 힘이 민중의 편에 있음을 발견한다. 여기서 역사적 인물인 전봉준(全琫準)과 가상적 인물인 최바우(崔)는 민중의 저력을 대변하는 영웅적 인물로서, 그리고 민주의 기치를 올리는 민족적 영웅으로 내세워진다. '나'는 이 두 영웅적 인물의 의로운 행적과 비극적 종말에 깊은 애정을 보이며 그들의 이야기를 풀어갔다.

　본풀이의 제1부는 동학 창시의 역사적 소명을 풀이하면서 시작된다. 여기서 <달구노래>, <성주풀이>, <명당풀이>, <상여소리>와 같은 일련의 민요가 작품의 틈틈이 개입되면서 동학 창시의 민중적 염원이 한층 현실감 있게 그려진다. 이는 이들 민요가 민중의 고난을 풀어 가는 한의 노래이면서 한편 민중의 이상적 염원을 담은 의식의 노래라는 점에서 민중 종교로서의 동학과 자연스럽게 연결되기 때문이다. 시인은 이렇게 역사적 사실에 대한 새로운 인식을 민요적 가락에 담아 형상화하고자 의도했다. 본풀이 제2부에서의 <정읍사>, 그리고 본풀이의 전편에서 중요한 시적 긴장을 이루는 <파랑새요>도 시인의 면밀한 의도에 의해서 선택된 민요라는 점에서 마찬가지이다. 이들 민요는 서사의 전체 구도 속에서 서정적 긴장을 표출하고 있다.

동학 창시의 본풀이 첫째 마당은 곧이어 전봉준의 영웅적 활약상으로 넘어간다. 시인은 전봉준이 백산(白山)에서 기포(起抱)하여 전주성을 치고 물러날 때까지의 행적을 사실적으로 풀어가면서, 여기에 중요한 역사적 의미를 부여한다. 그 한 가지는 외세의 침입에 대한 주체적 역사 회복의 의지이며, 다른 한 가지는 양반관료들의 착취와 문란에 대해 실력으로 맞서는 민중들의 자존과 저항의지이다. 여기서 특히 강조점이 주어진 의미는 민중들의 자존과 저항의지인데, 이 시의 서술자는 철저히 민중의 입장이 되어 거기에 걸 맞는 민중의 목소리로 이를 풀어간다.

> 아 억눌리고 짓밟혔던 가슴
> 우리는 상놈이다
> 馬項里 장터 쇠전머리 윷판막으로
> 꾸역꾸역 모여든 우리는 장꾼이다
> 배만 부르면 웬수 없는 상놈이다
> 안핵사의 쇠집게에 혀를 뽑혀도
> 우리말은 天道에 길이 남으리라
> 부셔라 부셔라 보자
> 오늘은 신나는 분탕질이다
> 패랭이 쓴 것들을 계하에 꿇리고
> 양반 개고기 먹는 법을 새로 알으켜 주리라
> 치도고니 나서 결리는 데는 개똥물이 좋은 법을
> 우리가 알으켜 주리라
> 부셔라 신나는 분탕질이다

"신나는 분탕질" 그것은 양반관료들의 학정과 비리에 시달린 민중들의 한풀이이기도 하다. "아 억눌리고 짓밟혔던 가슴" "부셔라 부셔라 보자"고 했듯이, 민중들의 한풀이는 일정한 자제의 선을 넘어서고 있다. 먹고 산다는 본능적인 욕구마저 인내의 한계를 벗어났을 때, 한풀이의 힘이 파괴적으로 나아간 것이다. 그러나 이들의 한풀이를 비난할 수 없다. 이들의 한풀이는 탐학으로 얼룩진 양반의 역사에 대한 정당한 저항이며 이들에 대한 마땅한 징계의 성격을 갖기 때문이다. 전봉준이 전주성까지 나아가 싸운 모든 일은 이러한 민중들의 한풀이로 구성되어 있다. 그런데 경군(京軍)과의 협약에 의해서 전봉준은 전주성을 철병해야만 했다. 시인은 이를 두고 한 맺힌 마음의 마지막 한 자리를 비워두는 일이라 했다.

> 우리가 우리를 살릴 수 있는 길
> 그렇구나!
> 비워두자 한 컵 빈 물로
> 이땅의 서러운 이름들과 풀꽃들의 울음으로
> 이제는 한 컵 빈 물로
> 이 城을 비워 두고 가자
> 그것만이 너와 내가 살 수 있는 길
> 이땅에 죽은 넋들아 혼령들아
> 이제 드릴 것은 한 컵 빈 물밖에 없으니
> 우리는 비워두고 가자
> 그리하여 황등빗돌에는
> 가장 소중한 이름을 새기고 가자

본풀이의 제1부인 첫째 마당은 이렇게 한 맺힌 마음의 마지막 한 자리를 비워두는 일로 맺어진다. 그러나 한 맺힌 마음으로 일어섰다가, 한 맺힌 마음을 다 풀지 못하는 것 자체가 또한 한을 더하는 일이다. 전봉준의 비장한 슬픔이 여기서 다시 남게 된다. 성을 비워 두는 일, 한 컵 빈 물을 남겨 두는 일, 한 맺힌 마음의 한 자리를 비우는 일, 이 모든 일은 다시 채워져야 하기 때문이다.

본풀이 제2부인 둘째 마당은 최바우(崔乭)의 한풀이 노래이다. 최바우는 신동엽의 <금강>에 등장하는 '신하늬'와 같은 가상적 인물로 비극적 삶을 살아갔던 당대 민중의 한 전형을 보이는 인물이다. 둘째 마당에는 또한 최바우의 지어미인 달래가 등장해서, 최바우의 비극적 삶의 농도를 더욱 진하게 전달한다. 여기에 백제시대의 민요였던 <정읍사>가 처음, 중간, 말미에 개입되어 최바우와 달래 사이의 이별의 정한을 증폭시키는 구실을 한다. 전봉준의 동학군으로 참가한 최바우는 생사도 알 수 없이 돌아오지 않자, 달래는 <정읍사>의 여인이 되어 기다리다 지쳐, 실성하고, "달맞이 꽃처럼 밤이슬이 되고", 결국 지아비를 찾아 헤매다 비수로 최후를 마감하는 비극의 여인이 된다. 시인은 이렇게 최바우와 달래의 비극적 삶의 여정을 통해 당대 민중의 한스런 삶의 전형을 제시하고자 했다. 그러면서 본풀이 첫째 마당에서 못다 푼 한의 매듭은 필연적으로 다시 풀어져야 함을 둘째 마당 최바우와 달래의 비극적 삶에서 찾았다. 그것은 한풀이의 마지막 한자리가 전봉준만의 슬픔으로 남은 것이 아니라, 민중 모두의 비극으로 남았기 때문이다.

본풀이 제3부인 셋째 마당은 다시 전봉준이 중심이 된 한풀이 마당이다. 이는 또한 동학농민전쟁의 본격적 풀이 마당이기도 한데, 일제의 국가 유린에 대한 주체적 역사 회복의 의지가 서사의 주축을 이룬다. 양반 관료의 탐학에 대한 한풀이가 첫째 마당에서 전개되다가, 둘째 마당에서 전체 민중의 한풀이로 확산되면서 한 매듭을 지었다면, 셋째 마당은 한국사의 근원적 모순에 대한 민족의식의 풀이 마당이 되는 셈이다.

우리는 어디서 길을 잃은 것일까
하찮은 여진족 앞에서 六鎭을 쌓고
을지내와 니탕개가 혼건족이
우리의 옛땅을 일으켜
대륙을 석권하고
여섯 차례의 침입으로 우리의 제왕은

조그만 섬에 갇혀
노예로 타락하던 시대는
어느 때부터였을까

꾀 많은 신라의 여우가
늙은 대륙의 사자를 불러들여
고구려가 대륙의 물거품으로 스러지고
백제땅에 소정방의 비가 서고
사대주의의 역사를 개관하던
그 때부터였을까

공주성 싸움에서 패배한 전봉준의 입을 통해 시인은 한국사의 근원적인 모순이 외세 의존의 사대주의에서 비롯되었다고 보면서, 신라 이후 민족의 자주적 역량이 부족했음을 신랄히 비판하고 있다. 그러므로 신라가 외세에 의존하여 한때 대륙을 석권했던 고구려를 멸하고 삼국을 통일했던 점도 못마땅할 수밖에 없다. 이에 시인은 전봉준의 입을 빌려 이 땅에서의 바람직한 역사 전개의 힘이 동학의 천도(天道)에 있음을 강조한다. "이땅의 주인은 반드시 천도를 물려 받은/우리가 아니면 안되는/그날은 꼭 오리라"라는 구절에서 미래 이 땅의 민족, 민주의 의지가 천도에서 말미암을 것이라 예견하고 있다. 그러나 천도의 정신이 평등으로 실현되기에는 "땅은 노쇠했고 역사는 너무 늙었다/하늘의 運度도 너무 기울었다"고 판단한 전봉준은 새로운 천도의 실행이 평등이 아니라, 구원의 해원(解寃)풀이에 있다고 했다.

이제 너의 시대는 해원의 시대고
그것이 탯줄을 건 너의 신앙이다
이 말 알아 듣겠느냐?

인용한 부분은 뒷풀이의 <큰사랑 옆>의 마지막 구절 "一代記를 묻어 버릴 것이 아니라 이 눈물로라도 어린 싹을 키우겠다는/아 그 말 아닌가"

를 다시 떠올리게 한다. 여기서 눈물로라도 어린 싹을 키우는 일이 다름 아닌 해원의 신앙 곧 천도를 세우는 일임이 드러난다. 그러나 공주성의 패배로 전봉준이 참수되자, 천도의 해원풀이는 더 이상 진행될 수 없다. 할아버지, 아버지대의 한 맺힌 삶의 풀이도 여기서 끝난다. 이제 천도의 힘을 물려받은 새로운 인물 출현을 기다릴 수밖에 없다.

본풀이 제4부는 새로운 인물의 출현에 대한 일종의 기복의식(祈福儀 式) 장면과 같다. 한풀이가 끝나고 구원의 기복의식이 새 생명에 대한 세 례로 이어진 것이다. 시인은 이 새 생명에 '우리'의 주체의식과 '민주'의 정신을 불어넣음으로써 미래의 성스러운 삶을 기약한다. <새야새야 파랑 새야>가 사실 단순한 한풀이로만 일관했다면, 동학서사시로서 문단에 주 는 의미는 훨씬 약화되었을 것이다. 시인은 한풀이의 매듭을 풀어가되, 뚜렷한 역사의식과 문학의식을 민중의 가락(민요)에 담아 단계적으로 신 중히 풀어갔다. 물론 더러 흥분된 어조로 인해 시의 긴장감이 약화되는 부분이 있기는 하지만, 전체적으로 보아 뒤풀이, 본풀이의 강조점이 단계 별로 적절히 조화를 이루어간 셈이다. 시인의 계속되는 시편에 기대를 건다. ▷《문학과 비평》 제3호(1987. 9).

순수와의 만남과 그 고뇌

─ 이문걸의 시

　『즉흥환상곡』(문학세계사, 1989. 6)은 이문걸 시인의 세번째 시집이다. 그러니까 이 시집은 『內部로 흔들리는 꽃』(1979), 『겨울의 언어』(1981) 이후 만 8년만에 상재된 것으로 시인의 중년기에 해당하는 시적 이력을 한눈에 보여주고 있다. 만 8년이면 짧지 않은 기간인데, 이 시집을 통해 실로 오랜만에 시인이 궁구했던 시작의 좌표와 삶에 대한 역정을 새삼 확인할 수 있다.

　시집은 <新思母曲>, <原型心像>, <戲詩>, <새에 관한 樂章>, <乙淑鳥> 등의 연작시를 포함한 총 61편의 작품을 싣고 있으며, 편의상 5부로 구성되어 있다. 세부적인 구성에서 각별한 의미를 찾기는 어려우나, 작품의 편제상 연작시를 후반부에 두어 특정 대상에 대한 시인의 집중적인 관심사를 읽어 보게 했다.

　시집에 수록된 이문걸의 시에서 가장 특징적인 시의 제재를 찾는다면, 그것은 자연이다. <가을 연습곡>, <素心蘭 곁에서>, <하나의 나뭇잎이>, <와이키키 해변>, <山窓>, <새의 뮤즈>, <乙淑鳥> 등의 제목이 환기하듯, 이문걸 시인은 일상의 자연에서 시적 비젼과 이미지를 구한다. 그만큼 이문걸의 시는 대부분 자연시라 불러도 좋을 만하다. 자연은 시인 스스로 고백했듯이 “기쁘기도 하고 슬프기도 한 온갖 상념을 즐거움으로 여과시킬 수 있는 지혜”를 구하는 원천이자, “영원으로 통하는 무한공간”의 자유를 실현시키는 시의 매개적 상관물이 된다. 자연이 이문걸의 시에서 각별한 의미를 갖는 것은 이처럼 현세의 내적 갈등이나 반자연적 구속에서 벗어나 스스로 초연해지는 즐거움과 삶의 아름다운 비경을 확보해 주기 때문이다.

> 마음을 비우며 거듭되는
> 순수와의 만남
> 마른 이파리에 묻은
> 빛의 흔적처럼
> 가을에 생각하는 내 죽음의
> 가장 깊은 뜻은
> 바람 속에 풍화되는
> 시간의 무게
>
> 아름다움이여
> 맑음이여
> 그리고 깨끗함
>   — <시간의 무게>

　이문걸 시인에게 자연과의 만남은 곧 순수와의 만남이다. 청마의 경우처럼 자연은 비정함이나 허무의 존재가 결코 아니다. 오히려 그 정반대다. 이문걸 시인에게 자연은 어떠한 인위적 사고도 거부한 자리에 진정한 의미를 가진다. "마음을 비우고" 자연의 순리에 따라 인간적 운명을 맡길 때, 비로소 내밀한 뜻을 깨닫게 된다. 자연 즉 순수의 공간에 동화된 인간의 운명은 현실적 삶을 초월한다. "죽음의 가장 깊은 뜻"이 '아름다움', '맑음', 그리고 '깨끗함'으로 시인에게 인식되는 것은 바로 자연의 초시간적 영역에 죽음이 자리하고 있기 때문이다. 이처럼 이문걸 시인의 자연을 통한 순수지향은 삶에 대한 동양적 달관과 관조의 자세를 느끼게도 한다.

떠남과 만남이 무어랴
솔바람에 섞여 한 세월 지나고 말면
색바랜 종이빛이거나 회색 빗물
萬象이란 뜬구름
시간의 존재 안에서는
부귀도 영화도 다 부질없는 장식
　　　　　　　　— <陵上의 새>

넓어서 좋을 것도 없고
좁아도 내마음은
언제나 광장
작은 보금자리를 지키며
때론 깊은 명상에 잠긴다

정치도, 경제도 없는
平和境
어쩌다 일상 중에서 생긴
메마른 성대를 고르고
다시 마음 한 가운데로 들면
한 송이 달맞이꽃인양
환해지는 방
　　　　　　　　— <書室>

　이문걸 시인은 인간이 진정으로 추구하는 삶의 가치란 유한의 현상적 시간과 공간이 아니라 영원의 절대시간과 공간에서 구해진다고 파악한다. 유한의 현상적 시간과 공간에서 삶의 가치는 인위적으로 이미 주어진 것이며, 그것은 오히려 삶 자체를 구속하는 것으로 본다. "사랑하고 미워하고 생각하는/운동속의 모든 시간은 공허하다"(<原型心像·1>)고 했듯이 현상적 시간 속의 일체 존재는 '그로테스크'하고 무의미하다. 시인이 꿈꾸고 열망하는 가치는 시공을 초월해 있기에 '떠남과 만남', '부귀와 영화'의 속세적 가치는 뜬구름이거나 부질없는 장식일 따름이다. 이는 현실적 삶의 초월이며 자연적 질서의 초연함에 복귀하는 것이다. 시인은 이러한 현실적 삶에의 초월과 초연함으로부터 "정치도, 경제도 없는/平和境"을 상상한다. 물론 "정치도, 경제도 없는/平和境"이란 시인의 상상 속에서만 가능하다. 현실적 삶에의 지나친 부정의식과 초연함이 이러한 문맥을 형성했다고도 생각되나, 정치와 경제의 비정과 모순 그리고 불합리성이 안티테제로서 문맥의 속뜻을 나타낸다고 파악하는 편이 더욱 적절하다. 이는 이문걸 시에 일관된 순수에의 지향이 현실적 삶의 극단적 부정보다는 결벽증에 가까우리 만큼 삶과 사물의 본질 추구에 열정을 바치고 있기 때문이다.

이문걸의 시에서 삶과 사물의 본질은 원형적 심상으로 형상화된다. 이 원형적 심상은 기본적으로 '아름다움'과 '맑음', 그리고 '깨끗함'의 정서를 환기하는 대상에서 구해진다.

> 눈감으면/白玉같이 시린/목덜미(<素心蘭 곁에서>)
> 白玉무늬 그윽한 香/내 마음 닿을 길 없는/그 피안의 손끝에서/끝내는/중용의 원으로 整形하고마는/純美한 정적의 一瞬(<백자 항아리>)
> 당신의 사랑으로 빚은/순결한 말 한마디(<開花 이미지>)

인용한 시의 대목에서 보듯이, 시인은 섬세한 미적 감각으로 일상의 소박한 소재들을 이미지화 한다. "白玉같이 시린/목덜미"의 素心蘭, "白玉무늬 그윽한 香"의 백자 항아리, "사랑으로 빚은/순결한 말 한마디"의 開花의 이미지들은 그 자체 '아름다움'과 '맑음'과 '깨끗함'의 정서를 환기하면서, 이문걸 시인의 순수지향을 대변하는 원형적 이미지들이다. 시인의 이러한 순수지향의 원형적 이미지들은 현실적 삶에의 허무감에서 오는 "내 삶의 무중력한 상태"(<하나의 나뭇잎이>)를 스스로 확인하고 극복하기 위한 고뇌의 결과이다. 독자에 따라 이러한 시인의 고뇌가 일종의 기만적 아집으로도 보이겠지만, 그러나 그것이 시인이 일관되게 추구했던 독자적 미의식과 이에 따른 존재 형상화의 값진 몫임을 부인할 수 없다.

이문걸 시인의 순수지향이 원형적 심상으로 형상화된다면, 이 원형적 심상이 마련되는 자리가 과거 유년기의 회상공간임을 유의하게 된다. 시인의 유년기적 회상공간은 그의 아니마(anima: 여성심리)와 아니무스(animus: 남성심리)가 잠재된 무의식의 영역이며, 시인의 상상력과 시적 감수성이 발산되는 영원의 샘이기도 하다.

> 기억 속 아니마여
> 너는 내 소꿉놀이 단짝
>
> 소시적
> 식은땀에 젖던
> 상여골의 추억
>
> 몽상의 저쪽에서
> 안개처럼 현신하는 아니무스
>
> 너는
> 내 먼 조상 중의 한 사람
> ― <原型心像·2>

　유년기의 회상공간 속에서 떠올려지는 아니마와 아니무스의 심상들은 "몽상의 저쪽"에서 소박하면서도 동화적인 분위기를 이룬다. 결코 현란한 아름다움이 아니라, "방심상태의 순수"(<슬로우 비디오>)로 맑고, 청아하고, 싱그러운 시각적, 청각적, 미각적 이미지들이 공감각을 이룬다. 이문걸의 시는 이러한 이미지들로 구축되는 존재 탐구의 시들이다. 따라서 그의 시는 모든 상상의 자유를 통해 독자들에게 부담없이 심미적 향수감에 젖게 한다. 그만큼 그의 시는 특정의 사회적 의미를 거부하는 대신 다양한 서정적 분위기와 미적 향수를 느끼게 한다. 유년기의 회상공간은 이러한 미적 향수를 자아내는 시의 원형적 공간이다.

> 씹으면 씹을수록
> 더욱 잘게 흔들려 오는

> 어린 시절의 향수
> 먼 산 메아리같이 자꾸
> 감겨드는 아름다운 꿈속 이야기
>   — <小邑의 기억>

　"어린 시절의 향수"로 채워진 유년기의 경험세계는 시인이 세속적 삶을 초월하는 공간이기도 하다. 이러한 유년기의 공간은 "기억의 가장 깊은 곳"(<즉흥환상곡>)에 자리하면서, 시인에게 언제나 메아리처럼 반향하면서 현재적 삶의 의미를 설레임으로 되돌아보게 한다. 유년기의 경험세계에 대한 설레임은 과거적 삶에 대한 한편의 아쉬움이다. 그러나 시인은 아쉬움에 절망하기보다 현재적 삶에 새로운 희망과 존재의 자각으로 변화시킨다. "세월은 가도/뿌리의 실존은 영원한 것"(<天馬塚>)이다.

　시인의 이러한 항상성에 대한 인식은 유년기의 회상공간 중에서도 어머니에 대한 기억을 가장 큰 부분으로 떠올리게 된다.

> 어머니 어머니 어머니의 신발장 속에 잠든 어머니의 세월을 열면 생전의 모습 그대로 더운 말씀 몇 마디가 나직히 들려오고 있었네.
>   — <新思母曲·1>

　"신발장 속에 잠든 어머니의 세월"은 "어린 소견에도 가엾고 민망하던 울 어머니"(<新思母曲·2>)의 세월이지만, 그러한 세월은 시인에게 과거적 의미로만 남지 않는다. 어머니의 삶이 시인의 현재적 삶의 중압감으로 느껴지면서, 시인의 어머니에 대한 기억은 영원한 아니마로서 잠재의식을 형성한다. 곧 어머니는 시인의 현재적 삶을 확인하는 자기존재의 뿌리인 것이다. 그래서 어머니는 '생성의 신 창조의 신'이며 "나를 태우고/그래서 하나요 둘 셋/백이요 천에/다시 하나로 이어지는/마법의 원소"(<原型心像·3>)와도 같이 영원한 존재의 근거를 마련하는 것이다.

　이문걸의 시에서 회상의 유년기와 어머니에 대한 기억이 시간적 축의 원형심상을 형성한다면, 그의 시에 빈번히 등장하는 새의 심상은 공간적 축에 해당하는 원형심상이라 할 수 있다.

> 새의 명상 안에서는
> 한줌 고통도 희열로 여과되는
> 끈적끈적한 삶의 순환
>
> — <새에 관한 樂章·1>

> 봄 여름 가을 겨울
> 철따라 가고 오는 새들은
> 바람과 물의 상승작용으로 비롯되는
> 생명의 原型
>
> — <새에 관한 樂章·4>

새는 "생명의 原型"이며, 삶의 아름다움을 교감하게 하는 신비한 존재로서 구현된다. 새의 명상 그것은 자연의 섭리에 따르는 삶의 희열을 꿈꾸는 것이며, 새의 비상 그것은 일상적 삶에의 초월을 의미한다. 시인은 이러한 새의 오브제를 통해 세속에 물들지 않는 삶의 현상학을 마련하는 것이다.

'을숙도'의 시적 공간은 이러한 삶의 현상학이 시인의 각별한 감수성으로 구축되는 원초적 공간이다. 을숙도에서 새는 지상의 모든 자연적 존재—바람, 구름, 노을, 강변, 모래, 갈대—와 일체를 이루며 교감한다. 여기서 '민감한 본성'으로 살아가는 새들은 자연의 섭리와 사랑을 스스로 배우고 헤아리는 것이다(<乙淑鳥·8>). 시인은 이렇게 살아있는 아름다움이 자연의 섭리와 사랑을 겸허하게 받아들이는 일임을 새들의 내밀한 소리와 몸짓을 통해 확인한다.

> 수다스런 개개비 內外는 진종일 목이 달아 번갈아 가며 노래를 부른다. 그러나 이 시간쯤의 을숙도의 하늘은 천국으로 가는 지상의 가장 아름다운 계단이다. 까치 노을에 무지개 빛깔로 흩날리는 새털 구름장 그것도 강물에 구름다발이 장미송이로 비쳐들면 새들도 잠시 시장기를 벗어나 다 함께 음색 좋은 코러스를 시작한다.

— <乙淑鳥·6>

을숙도에서 모든 존재는 병치적 아름다움으로 오버랩된다. '까치 노을', '새털 구름장', '강물', 새들의 노래소리는 개별적 존재의 의미를 초월한 합일의 존재이다. 이러한 모든 존재의 합일적 공간에서 '을숙도의 하늘'은 마침내 "천국으로 가는 지상의 가장 아름다운 계단"이 된다. 여기서 을숙도는 마치 구약성서에 나오는 에덴동산과도 같다. 종교적 성스러움과 지순의 아름다움만이 이곳에 자리한다. 그만큼 을숙도는 이문걸 시인의 반문명적 시각이 투영된, 순수에의 자연동경이 표상된 서정적 공간이다. 그러므로 이 서정적 공간에서 모든 존재는 현존적 의미를 가지기에 앞서 이의 초월적 미래나 과거의 의미를 가진다. 이는 삶의 항상성을 언제나 삶의 현존성보다 우위에 두고 있는 시인의 신념이 시의 관념으로 전달되기 때문이다.

이문걸의 시에서 삶의 현존성과 삶의 항상성이 아이러니로 표현되기도 한다. 여기서 삶의 현존성이 존재의 현상적 리얼리티를 지향한다면, 삶의 항상성은 존재의 이면에 감추어진 시적 진실을 추구한다. 일련의 연작 <戲詩>는 이러한 삶의 아이러니와 존재의 희화된 세계를 흥미롭게 보여주는 작품이다.

꽃은
이화작용으로
잎을 연다
그래서 과학적이다.
아니다 오히려
문학적이다.
그것은 생생한
떨림의 순간이다
아니다
신비의 극치다
아니다 허깨비다

그러나
꽃같은 여자는
더욱 환상적이다.
— <戲詩·1>

'꽃'의 개화는 과학적 진실과 문학적 진실이 아이러니로 교차하는 순간이다. 그러나 어느 한편의 진실이 다른 진실을 부정할 수 없다. 시의 화자는 '아니다'란 부정어의 반복을 통해 존재의 본질은 결국 실체이기보다 '허깨비'와 같은 환상적 진실임을 말한다.

이와 같은 희화적 방식으로 <戲詩·2>에서는 사랑의 '감미로움'과 '아찔함'을 대비시키고, <戲詩·3>에서는 '여자를 믿는 남자'와 '남자를 사랑하는 여자'의 바보스러움을 견주어 상호 모순된 진실을 아이러닉하게 묘사했다.

이러한 존재의 아이러니는 곧 삶의 아이러니이다. 시인이 인식한 삶의 현존성은 "인생도 쇠똥처럼 속절없이 타락할 수 있고 잘하면 구린내가 등천하는 세상"(<戲詩·4>)이며, 또한 "눈 감고 시늉 잘하는 사람을 天才라"부르는 요지경의 세상이다(<戲詩·5>).

그러나 "증오도 사랑이 되고 배신도 때로는 믿음"이 될 수 있다는 역설은 삶의 현존성에 대한 인간적 고뇌를 요청한다(<戲詩·4>). 여기서 인간적 고뇌란 이문걸 시인의 경우 모든 존재의 본질과 그 지순한 삶에의 사랑과 동경에 편승하여 언제나 역설적 진실로만 나타난다. 따라서 그의 시에는 현존적 삶의 모순이 구체성 있는 리얼리티로서 드러나지 않는다. 비록 반문명의식이나 반사회의식을 의식적으로 드러내고자 한 작품에서조차도 삶의 리얼리티는 다만 암시적으로 묘사되거나 희화적 진술로써 나타날 뿐이다.

이런 점에서 이문걸의 시는 심상의 시이며 의미의 시가 아니다. 따라서 그의 시는 삶의 문제에 대한 구체적 감동을 강요하지는 않는다. 그 대신 그의 시는 섬세한 미적 감수성에 기초하여 사물의 다양한 심상을 엮어내면서, 그 심상의 연결고리에 삶의 문제를 조심스럽게 감추어 두고 있다. 여기에 시인은 삶의 내밀한 아름다움과 초월에의 동경을 형상화하고자 했다. 이는 이문걸 시인이 일관되게 추구해온 시적 좌표임을 이 시집을 통해 새삼 확인하게 된다. 그러나 이 순수에의 시적 열망이 이룬 결과에 인간의 실존적 삶과 역사가 한층 더 구체성 있게 접목되기를 기대해 본다. ▷《겨레문학》 제1호(1989. 9).

오늘·우리·사랑의 함수관계
— 강영환의 시

오늘날 우리에게 사랑한다는 의미는
무엇일까
우리나라 각지 망초꽃이 핀다
산복도로 길옆에 나와 이웃하여
작은 사랑이 핀다

시인 강영환의 네 번째 시집인 『이웃속으로』(열린시, 1989. 9)에서 맨 뒷 자리에 놓인 시 <망초꽃 사랑>의 일절이다. 이 짧은 서정시편의 일절에서 시인은 우리에게 익숙한 질문 하나를 던지고 있다. "오늘날 우리에게 사랑한다는 의미는 무엇일까". 이 질문은 겉으로 단순한 듯이 보이지만, '오늘', '우리', '사랑'의 함수관계가 강영환 시의 핵심적 테제를 이룬다는 점에서 시적 진실로의 의미 심장함을 내포하고 있다. 따라서 이 질문은 일상적 담화의 차원을 넘어서서, 이 시대의 바람직한 삶과 인간의 참다운 존재 의의에 관한 시인의 깊은 고뇌와 형상적 사유를 동반하고 있는 것이다.

그렇다면 강영환의 시에서 '오늘', '우리', '사랑'의 함수관계는 구체적으로 어떻게 드러나는가? 이에 우리는 그의 시를 찬찬히 읽으며 음미해 볼 필요가 있다.

틈이 없는 곳에서는 사랑도
돈도 없는 줄은 나도 안다

　　　　　　— <빈틈·1>에서

토요일 오후 그대는 틈을 요구하지만
나는 빈틈이 없다
아침부터 저녁까지 또는
월요일부터 다시 월요일에 이르기까지
틈이 없는 시간에는
눈물처럼 빛나는 기계가 돌아 간다
내 틈은 누군가가 훔쳐 가 버렸다
어느 깊은 숲속 레저타운에서 지금쯤
나와 내 이웃들의 틈을 펼쳐 놓고
맛있게 먹어 치우고 있을게다

　　　　　　— <빈틈·2>에서

　여기서 오늘은 일상의 삶이 반복되는 시간인 동시에 경험적 현실로서
의 삶의 현장을 지칭한다. 시인의 표현대로 하자면, 오늘은 "사람 사는
시대"인 한편 "사람과 사람 사이"(<벼랑>에서)에 가로놓인 삶의 모순과
불합리성이 노정되는 경험적 현실의 공간이다. <빈틈·1>과 <빈틈·2>는
이런 맥락에서 오늘의 의미를 새삼 되새기게 하는 작품이다. 이 작품에
서 오늘은 '틈이 있는 사람' 편과 '틈이 없는 사람' 편에서 서로 대조되
는 의미를 가진다. 틈이 있는 사람들에겐 사랑과 돈과 여유와 쾌락을 만
끽할 수 있는 오늘이지만, 틈이 없는 사람들에겐 사랑 대신 노동이, 쾌락
대신 가난의 고통이 오늘을 채우고 있을 따름이다. 그런데 이 시의 화자
는 틈이 없는 삶의 편에 서서 '나와 내 이웃'의 틈을 앗아간 비특정의
'누군가'를 비판한다. 이 비특정의 '누군가'는 "내 살아 온 지난날의 가치
관을/일거에 무너뜨린" 죄과장(<슬픔은 달래어지지 않는다>)일 수도 있
고, 현상할 수 없는 어둠의 실체 (<겨울도시에서 띄우는 편지·48>)일 수
도 있다. '누군가'는 이렇게 실체가 모호한 채 '나와 내 이웃'과는 근본적

으로 다른 삶의 방식으로 오늘을 살아간다.

> 두 눈을 부릅뜨고 안개는
> 골목을 빠져 나간다
> 벌건 대낮에도 문을 열면 안개다
> 희미한 발아래에다 수천길 낭떠러지를 감춘
> 소리없는 캄캄한 안개다
> 내 착한 이웃들이
> 한발 헛디뎌 방향도 없이 떨어지고 있을 때
> 안개는 저희끼리 견고한 기둥을 세운다
> — <적·1>에서

　안개는 암담한 현실의 상징이자, 그러한 현실을 조장하는 '누군가'의 가려진 실체이기도 하다. 그래서 '내 착한 이웃들'에겐 공포와 두려움의 대상인 적이 된다. 시인은 그러나 이러한 현실의 표적에 직접적인 분노를 발산하거나 투쟁적 선동을 하지 않는다. 시인은 오히려 현실의 비정함과 모순을 차분한 목소리로 드러내면서, 이를 극복할 수 있는 삶의 진정한 방식이 무엇인가를 우리들(독자) 모두에게 되묻고 있다. 강영환의 시가 관념적 유희에 빠지지 않고, 독자들에게 한층 강한 호소력으로 와닿고 공감대의 폭을 넓게 가질 수 있는 이유가 여기에 있다.

　강영환의 시에서 '오늘'이 경험적 현실에 대한 구체적 인식의 장이 된다면, '우리'는 오늘을 살아가는 인식의 주체가 된다. 그런데 문제는 '우리'로 대변되는 '나와 이웃', 그리고 그들의 삶에 맞닿은 시인의 시각이다.

> 그대 아름다운 발을 껴안고
> 저벅저벅 소리를 내면서 말하고 싶다
> 내 구두는 손잡고 춤추고 싶고
> 대합실을 울리며 당당하게 걷고 싶다
> 그러나 지금 내 구두는 배가 고프다
> 한짝은 삐뚜름하게 놓여 있고

> 다른 한짝은 반쯤 엎어진 채 위태롭다
> 아주 오랜 옛날부터 아니 그래 정말로
> 내가 태어나기 전부터 배가 고팠다
> 그래서 내 구두는
> 여지껏 나를 기다리고 있다
> — <내 구두는>에서

나와 이웃의 관계는 이 작품에서 나와 구두와의 관계와 같다. '나'의 존재가 발에 구두가 신겨질 때 비로소 확인되듯이, '구두'의 존재는 나를 만남으로써 진정한 의의를 가진다. 그 만큼 나와 구두는 상호 공존적 관계이다. 여기서 '구두'가 숙명적으로 '위태로움'과 '배고픔'이란 삶의 악조건을 감내해야 하는 소외된 계층으로서의 민중을 표상한다면, '나'는 개체로서의 존재이기 이전에 그들과 아픔을 함께 하는 공동체의 일원이다. 시집 『이웃속으로』는 그 표제가 암시하듯, 거의 모든 작품이 이처럼 나와 이웃의 공존적 관계를 기초로 이웃의 고통이 곧 나의 고통임을 인식하고, 나아가 이웃과 고통을 함께 함으로써 미래의 바람직한 삶을 열고자 고뇌하는 목소리로 가득 차 있다.

> 내 홀로 젖어 이웃을 그리워하고
> 젖지 않는 곳으로 젖지 않는 곳은
> 어디에 있을까 내 사랑은
> 비가 내리는 것을 알고 있을까
> 비바람 몰아쳐 날개를 적셔도
> 날아 오르는 것이 즐거운 새들을
> 보았을까 내 사랑하는 이웃은
> — <이웃사랑>에서

"비바람 몰아쳐 날개를 적셔도" 이에 좌절하지 않고 하늘을 비상하는 새들의 날개짓, 그것은 삶의 고난을 극복하고 삶의 자유를 희구하는 인간의 몸부림 그것이다. 여기서 '나'는 자신이 어떻게 있으며, 또 이웃을 위해 어떻게 해야 할 것인가를 자각하는 현존적 인간이다. 시인은 이렇게 현존적 인간으로서의 자각이 현실의 고난과 장벽을 극복하고 이웃과의 유대를 함께 하는 길이 공존의 길임을 믿는다. 물론 일시적으로 현존적 자각은 실체를 알 수 없는 어둠에의 장벽과 "단단한 권위"(<유리창의 이쪽>)에 막혀 좌절되기도 하지만, 언젠가는 "물거품 속에서 되살아나는 빛"(<물거품>)처럼 이 시대를 밝힐 것이라 생각한다.

> 그러나 언젠가 일어서서
> 더 큰 몸짓으로 내가 너를 부르듯
> 나를 불러 이 땅 위에 이웃 함께
> 견고한 이름으로 설 것이다
> 황인종의 피 나눠 줄 것이다.
>   — <황인종의 피>에서

시인은 이웃 곧 민중의 저력이 어떤 권위와 압박에도 결코 좌절되지 않고 역사를 이끄는 주체의 원동력이 된다는 점을 깊이 인식하고 있다. 그러나 그는 현실과 역사의 급격한 변혁보다는 점진적이고 발전적인 변화를 희구한다. 이 점에서 시인의 현실인식은 혁신적이기보다는 분명 보수적이다. 물론 그렇다고 현실에 안주하고, 기회주의적으로 현실에 뛰어드는 그런 보수주의자가 아니다. '나와 이웃' 즉 우리에의 고집스러운 집착, 그리고 일관된 공존적 삶에의 동참의식이 이를 충분히 반증한다. 그런데 시인의 현실인식은 왜곡될 여지가 있는 '보수적'이란 말 대신에 '인간적'이란 용어로 푸는 것이 더욱 적절하다.

현실에 대한 시인 강영환의 인간적 시점 그것은 그의 시에서 '사랑'이란 말로 구체화된다. 물론 이 '사랑'은 속물적이고 상투적인 사랑과 근본적으로 다르다.

> 사랑이여, 그것은 뜨거운 나의 살이다
> 풀숲을 헤치는 바람같은 그대 손길에도
> 터억 맞히는 숨을 어쩔 수 없나니
> 아픔없이는 그대와 나눌 수 없는 사랑

— <겨울도시에서 띄우는 편지·43>에서

　이 작품에서 보듯, 사랑은 나의 뜨거운 살이며, 단단한 뼈이며, 차가운 영혼이다. 그리고 그것은 아픔과 절망 없이는 함께 할 수 없는 사랑이다. 따라서 사랑의 진정한 의미는 자신의 모든 것을 바쳐서 이웃의 아픔과 절망을 함께 하는 참된 공존과 동류의식으로 승화된다. 그렇다고 시인은 이 사랑을 무슨 거창한 이름으로 말하지 않는다. 내 이웃에게 "따뜻한 국물과 밥을 챙겨 주고/한사발의 냉수로 목을 축여/내 쉬던 숲그늘 아래서 쉬게 해"(<혼적·39-2>) 주는 그런 마음의 사랑이다. 그리고 외로운 이웃에게 "가벼운 눈웃음", "가벼운 손짓"(<혼적·39-3>) 하나라도 할 수 있는 그런 조그만 사랑이다. 말하자면 강영환의 시에 나타나는 사랑은 가식이나 편견이 없는 인간의 가장 진실된 사랑이며, 인간이 인간답게 살아가기 위한 최소한의 조건이다. 따라서 그것은 속물적이고 인정이 메마른 이 시대의 삶에 대한 일종의 역설이며 비판의 작은 몸짓이기도 하다. 여기서 시인이 던진 "오늘날 우리에게 사랑한다는 의미는 무엇일까"란 물음의 해답이 비로소 구해진다. 시인은 삶의 모순과 불합리성이 노정되는 이 시대의 경험적 현실(오늘)에 나와 이웃(우리)이 인간답게 살아가기 위한 최소한의 조건(사랑)을 차분하면서도 감동적인 목소리로 노래했던 것이다. ▷ ≪겨레문학≫ 제2호(1989. 12).

불확정시대의 어두운 자아와 존재론적 진실
— 채성병과 송유미의 시

I

현대는 흔히 불확정시대로 그 성격이 규정된다. 현대 사회가 다양해지고 복잡해진 만큼, 삶의 양식과 가치 추구의 방식도 다양해지고 복잡해졌다. 따라서 세상에는 제각기 옳다고 주장되는 삶의 방식과 가치가 홍수처럼 난무하고, 서로의 주장을 지탱하는 이데올로기들이 심각한 갈등과 대립을 연출하고 있다. 이런 와중에서 어떠한 이데올로기도 인간을 삶의 질곡에서부터 해방시켜 주지 못한다는 압박감에, 인간은 이제 그 어떤 이데올로기에도 안주하지 못하는 불안정한 존재로 고뇌하게 된다.

불확정시대의 인간들은 이렇게 삶의 진정한 가치와 뚜렷한 이정표를 찾지 못하고 방황하고 부유하는 군상들로 한 특징을 이룬다. 시인 채성병[1]은 이런 불확정시대의 인간군상들이 가지는 불안정한 내면심리를 날카롭게 투시하면서, 그 본질적 고뇌의 근거를 진단하고 있다.

> 삐그덕거리는 의자에 앉아서
> 두 시간이고 세 시간이고 삐그덕거리다 보니

---

[1] 채성병 시집, 『검은 소에 관한 기억』(민음사, 1990. 12).

오늘 어쩌면 망가질 것 같고
내일이나 모레는 분명히 망가질 것 같은
삐그덕거리는 의자가 기어이 불온해진다.
                    ─ <삐그덕거리는 의자에>에서

　인간은 자기 삶의 방향성을 잃고 자기정체성을 상실할 때 불안해지고
당황하기 마련이다. 위의 작품에서 삐그덕거리는 의자에 앉은 시적 자아
의 불안심리는 바로 그런 것이다. 시적 자아의 불안심리 때문에 안락의
자는 본래의 효용성을 상실하고 오히려 시적 자아에게 삶의 방향성을 잃
게 하는 불안의 도구로 각인되며, 심지어 불온의 대상이 된다. 자신의 삶
을 떠받치는 어떠한 삶의 지주도 이 시의 자아는 지니고 있지 않는 것이
다. 이렇게 삶의 방향성과 지주를 상실한 상황에서 어떠한 존재도 결코
온전하게 보일 리 없다. 세상은 모순과 의혹으로 가득 차 있고, 시계(視
界)에 드는 모든 존재 역시 고통스럽고 초라해 보인다.

　　① 누가 숲에게 고통의 기억을 주었습니까
　　　 새들이 하나 둘 자리를 뜰 때마다
　　　 숲의 노래, 숲의 기운은 사라지고
　　　 숲은 그렇게 조금씩 야위어 갔습니다
　　　　　　　　　─ <움직이는 숲>에서

　　② 숲은 아직 제 자리를 찾지 못합니다
　　　 어디에도 마음 둘 곳 편치 않으며
　　　 고통의 흔적 또한 넉넉치 못합니다
　　　　　　　　　─ <고통의 숲>에서

　　③ 산을 잃어버린 지 이미 오래다
　　　 지나치는 산도 산은 산이지만
　　　 흙을 잃어버린 지 이미 오래다
　　　 스쳐가는 흙도 흙은 흙이지만
　　　　　　　　　─ <무인도>에서

> ④ 가끔은 한 치 앞을 보지 못할 때가 있다
> 그의 작은 눈이 죄였다
> — <두더지>에서

①~④의 작품에서 보듯, 숲과 무인도와 두더지 그 어느 하나 온전한 모습으로 표상되지 않고 있다. 그들은 고통의 흔적과 죄의 형상으로 남아 있을 따름이며, 본래적 가치와 위치를 상실하고 있는 것이다. 그렇다면 이런 군상들로 가득 찬 세상은 온통 혼돈과 요지경일 수밖에 없다.

> ① 얼마나 짙은 안개가
> 우리 집 둘레를 감싸고 있는지
> 문을 열면 혼돈이었다
> — <문>에서

> ② 이놈의 집은 밑도 끝도 없는
> 위 아래가 완전히 터진 집이로군
>
> 공중에 떠 버린
> 다만 층계가 있는 집이로군
> — <층계가 있는 집>에서

"문을 열면 혼돈"인 세상, "밑도 끝도 없는" "공중에 떠 버린" 요지경의 집은 그 자체 현실의 막막한 상황을 대변하지만, 한편으로 세상살이에 대한 어떤 확신도 믿음도 없는 시적 자아의 불안정한 내면심리를 반영한다. 채성병은 그의 시집 <자서>에서 "어느 날 갑자기 세상이 낯설어질 때가 있다. 갑자기 사는 게 어색해 질 때가 있다"고 했듯이, 세상에 대한 낯설음과 어색함이 그의 시편 도처에 깔려 있다. 이처럼 채성병의 시에는 세상살이의 뚜렷한 신념과 확신을 잃고 자기 존재의 정체성마저 상실한 시적 자아들이 그려져 있다.

> 모든 것은 여전히 안녕치 못하다

구원따윈 기다리는 것에 이제 신물이 났어
희망연습도 매일 하다 보니
어디까지가 희망이고 절망인지
— <뻐꾸기 둥지 위로 날아간 새>에서

　이렇게 시적 자아는 세상살이에 대한 확신이 없기 때문에, "마음대로 되는 일이란 세상에 없지"(<처음에 그것은>에서)라고 절망적 자학에 빠지기도 하고, "반쯤은 취해서 사는 삶"(<내일을 위해서>에서)으로 가수면의 몽롱한 정신상태에 빠져 일상의 삶에서 세속적 위안을 구하고자 한다. 그러나 그 위안은 가치상실의 혼돈된 세계에서 현실을 도피하는 일시적 위안일 뿐 진정한 삶의 즐거움이 아니다. 그것은 "멀쩡한 기쁨의 뒤통수만 치"(<뻐꾸기 둥지 위로 날아간 새>)는 일인 것이다. 그러나 그렇다고 삶의 어떤 희망도 구원도 쉽사리 주어지지 않는다. 세상은 끝없는 시간의 흐름에 변화무상하면서도 혼돈스럽기만 하고, 인간은 시간적 한계성 속에서 언제나 절망적 강박관념에 사로잡혀 있다.

검은 소가 검은 소를 부른다
까닭 모를 분노가 검은 소를 찌른다
구원 같은 것 그따위 말들에 홀려
또 하나의 우상이 쓰러진다
서서히 나는 미쳐 버릴 것이다
— <검은 소 2>에서

　'검은 소'는 자아의 강박관념에 따른 무의식의 어두운 그림자(shadow)이다. '검은 소'는 '검은 기억의 아득한 저편'(<검은 소 1>에서)에 있으면서, 자아에게 죽음의식과 죄의식의 강박관념을 일으키게 하고 마침내 자아를 폐쇄된 삶의 울타리에 몰아 넣어 서서히 미치게 만든다. 채성병의 시에 자주 등장하는 ○, □, △, ×의 기호는 어느 것도 삶의 완전성을 보장하지 못하는, 자아의 불확정적인 세계인식의 표징이자, 삶의 강박관념으로 연결된 자아의 어둡고 모난 내면의식의 투영인 것이다.

채성병의 시들은 이렇게 세상에 대한 확신과 자기 존재의 정체성을 상실한 채 방황하는 시적 자아의 내면적 갈등을 시니컬한 어조에 담아 그려 보여줌으로써 불확정한 시대의 삶의 무기력함과 허망함을 우리에게 일깨워주고 있다. 물론 그의 시는 삶에 대한 불신과 미망만으로 점철되어 있지 않다. 삶에 대한 불신과 미망은 혼돈의 세상 자체에도 원인이 있지만, 근본적으로 "내 경직된 사고방식"(<문 2>)에 문제가 있음을 진단하면서 "세상은 기울게도 보이고 가득하게도 보이"는(<바이올렛처럼>에서) 것임을 자각하고 있다. 채성병의 시는 이런 세상보기의 지각과 함께 '희망', '믿음' 또는 '행복'이란 말들을 조심스레 던져 놓는다.

> ① 詩를 왜 쓰느냐고 다시 묻거든
>   아직은 우리 모두에게 희망이 있기 때문이다
>   ……(중략)
>   왜 詩를 쓰느냐고 그래도 묻거든
>   살아 온 날들과 살아야 할 날들의 믿음이 있기 때문이다
>   — <詩>에서

> ② 쨍쨍 우는 가을 햇빛 비치면
>   가을 햇빛으로나 따라
>   삼천리 방방곡곡 뜻이 되련다
>   뜻 있는 곳에 뜻이 되련다
>   — <햇빛사냥>에서

①에서 시인은 시를 쓰는 이유가 혼돈된 세상살이 가운데도 최소한의 희망과 믿음이 있기 때문이라 했다. 그리고 ②에서 "뜻이 있는 곳에 뜻이 되련다"처럼 자아의 의지 표명이 신념에 찬 어조로 나타나 있다. 그런데 문제는 이 '믿음'과 '희망'과 '뜻'이 그의 시에서 대부분 자아의 단호한 의지로 표명되지 못하고, 어떤 가정적 조건 속에 놓이거나, 시인 특유의 머뭇거리는 말투와 냉소적 어투에 확신을 유보한 채 표명된다는 점이다.

① 나는 지금 세상이 온전하다고 믿지 않는다
　개 같은 놈들은 개가 되리라고 믿지 않는다
　그래도 희망을 갖는 건 그야 물론 지구는 돌고 있으니까
　　　　　　　　　　— <희망 3>에서

② 희망이란 놈 혼내주고 싶다
　슬며시 나타났다 슬며시 사라져
　느닷없이 사람을 갈증나게 하는 놈
　　　　　　　　　　— <희망 5>에서

③ 그거 참 이상하다
　나는 불행하다의 불행이란 이름을 지우고
　다시 행복이라고 고쳐 쓰면
　나는 행복하다가 된다
　우리가 알게 모르게 행복은 있어 왔던 것
　　　　　　　　　　— <행복>에서

　①에서 온전하지 못한 세상에도 희망을 갖는 것이 자아의 적극적인 의지로 성취되는 것이 아니라, 지구의 변전과 같은 세상 변화에 대한 막연한 기대에 의한 것이다. 그러니 ②에서 처럼 "느닷없이 사람을 갈증나게 하는 놈/당황하게 하는 놈"일 따름이며, 삶에 관한 분명한 기대 지평이 아닌 단지 일시성의 수상한(?) 실체에 지나지 않는다. ③의 시적 진술에 표명된 '행복'도 이 점에서 마찬가지이다. 불행과 행복의 차이란 생각의 얄팍한 차이일 뿐, 행복의 의미가 삶의 진정한 가치를 대변하지 못하고 있다. 그에 의하면 행복이란 "여편네 궁둥이 두드리듯"(<행복>) 하는 일상의 안일과 세속적 일락 가운데 "알게 모르게 있어 왔던 것"에 제한된다.

　채성병의 시는 이처럼 절망과 불행의 대극적 삶의 기대지평으로 희망과 행복이란 좌표를 설정해 보지만, 이에 대한 분명한 확신과 가치인식을 하지 못한 채 오히려 망설이고 당황해 하는 소시민적 인간상을 보여준다. 따라서 그의 시에 설정된 자아는 삶의 뚜렷한 지평을 상실한 채

혼돈과 미망으로 점철된 세상살이에서 절망의 어두운 강박관념에 시달리면서 일상의 퇴행적 삶 속으로 침잠해 버린다. 그의 시는 결국 이렇게 혼돈된 세상에 무기력한 자아를 그려 보여줌으로써 현대의 불확정적인 삶의 단면들을 들추고 풍자해 내고자 했던 것이리라.

II

채성병의 시가 세상살이의 불신으로 자기정체성마저 상실한 채 무기력하게 살아가는 인간 존재의 초상을 그리고자 했다면, 송유미의 시2)는 그런 세상살이에 소외된 모든 존재를 따뜻한 애정의 손길로 감싸며 세상살이의 진정한 의미를 표상하고자 했다. 그것은 삶의 불신이나 허망함이 아니라 삶에 대한 사랑이며 생명의 존귀함이다.

그런데 이 삶에 대한 사랑과 생명의 존귀함은 결코 선험적으로 자각되는 것이 아니다. 절망해 본 자만이 기쁨을 알듯이, 삶의 허망함과 고독감에 몸서리치는 열병을 앓고서야 비로소 삶의 애정과 생존의 귀함을 체현하게 되는 것이다.

> 그 누구도 내가 되어 살아가지 못하고
> 그 누구도 내가 되어 말해주지 못하는 세상의 사랑이
> 왜 이처럼 까닭없는 슬픔이 되어
> 외로움 출렁이는 캄캄한 바다 하나를 만드는가
> 그 어느 것도 내 것이 될 수 없는 이 안타까움 속에서
> 얼마나 많은 밤을 태우고
> 얼마나 많은 고독의 물결을 밀어내야
> 사랑하는 자신을 만나 마음껏 울 수 있는 것인가, 언제…
> — <섬·3>에서

---

2) 송유미 시집, 『그대 사는 마을의 불빛은』(심상사, 1990. 12).

외로운 존재의 표상인 '섬'이 스스로 이 시의 화자가 되어 말하는 '사랑하는 자신'과의 만남, 그것은 존재의 자기 확인이며 동시에 '그 누구도 내가' 되는 동일성의 인식이다. 이는 그러나 오랜 시간 수많은 슬픔과 외로움과 안타까움의 고통을 감내하고서만 비로소 찾아지는 것이다. 여기서 삶의 허망함이 마침내 삶에 대한 애정과 확신으로 바뀌는 것이다.

> 말을 잃고 살아가도 사랑만은 세월에 닳아도 변치 않는 옥구슬처럼 지니고 살았지 봉선화 곱게 짓이겨 손톱에 감고 그 빛깔 하나로 스무살 처녀의 가슴으로 님을 사랑하였지 별빛도 물 속에 잠이 든 밤이면 반짇고리 열어 그대의 헤진 버선을 기우면 말 못하는 슬픔도 잊을 수 있었지 촛불켜 태양을 맞을 수 있는 내일이 나에게 있다면 이 무거운 죄조차 깊이 앓아서 사랑하리라

> — <백치아다다>

스스로의 삶에 대한 진정한 사랑과 그 믿음은 명리는 좇는 세속적 삶에의 애착과는 근본적으로 다르다. "맑고 투명한 내 영혼의 소리"(<대나무의 일기>)처럼 그것은 마음의 순수한 열정으로 분출되어야 영원하고 진정한 의미를 갖는다. 송유미의 시에 투영된 사랑은 이런 의미에서 세속적 사랑을 초월해 있으며, 인간의 가장 원형질적인 사랑의 진실을 전달한다. <백치 아다다>에서 아다다의 사랑은 "세월에 닳아도 변치 않는 옥구슬처럼" 지순하고 영원한 것이기에, 아다다는 그 어떤 슬픔도 감내하며 의기에 찬 삶을 살아갈 수 있는 것이다.

그런데 송유미의 시에 나타난 이런 사랑의 주제는 여러 층위의 시적 자아와 어우러지면서 다양한 의미론적 파장을 이룬다. 그것은 첫째 역사적, 설화적 자아와 만날 때 충절 또는 애국심으로 고양되기도 하고, 둘째 현실의 소외된 자아와 만날 때는 삶의 미래적 소망으로 연결되기도 하며, 셋째 이슬, 섬, 풀꽃과 같은 자연적 존재의 자아와 만날 때는 실존적 자기확인의 몸부림으로 형상화되기도 한다. 먼저 역사적, 설화적 자아의 목소리에 실려 전달되는 사랑의 주제를 음미해 보자.

① 개화당 동지들 뿔뿔이 흩어져 섬처럼 외로와도 그 섬들은 점점 가슴 비비며 모여든다. 조선의 가슴에 그리움으로 밝혀질 불씨 하나 저 깊은 아궁이에서 숨어 타오르고, 어쩌랴 더 나아갈 수 없는 길에 들어선 나는, 우주의 별빛조차 지울 수 있는 것 같은 오만함, 그것이 나를 가두는 창살이 되어 아메리카 넓은 땅도 감옥만 같다. 수없이 태평양을 건너가는 서린 발목에는 족쇄달린 그리움이 찰랑 찰랑 소리내어 끌려갔다. 척박한 땅에 한글을 일구어 내던 독립신문, 날이면 날마다 누우런 얼굴들이 개나리로 피어나고 지천산골을 내달리던 조국어의 행진이여

— <독립신문을 만들며>에서

② 무엇일까 나로 하여금 세상의 명리를 이별하게 하고 바람소리에 우주를 느끼게 하는 이 은밀하고 부드러운 자연의 신비는 마음을 비우고 시간도 비우고 좌정하는 시간이면 理의 본체를 느끼게 하는 이 氣의 오묘한 시원 속으로 나는 걸어 들러간다 결국 나의 사랑은 이 넓고 무한한 우주 속에서 샘물처럼 넘치는 생명을 이끌어 가는 끈을 잡는 일이 아닌가 하고

양진암에서 을사사화의 물결을 보내고, 뜨락의 난마저 묵향에 배어 한줄 글씨를 써 보일 때 꿈속까지 기웃대다 가는 님의 발걸음이 내마음을 더욱 북쪽으로 가게 하고 님을 사랑하는 일은 꼭 가까이서 배알하는 것이 아닌 먼 곳에서도 가까이 느끼는 그 마음 여밀 줄 아는 사랑이 아닌지요

— <도산십이곡 중 제 6곡>에서

③ 나라 사랑위해 백의 종군하는 나의 마음을 그대는 알아주지 못하더라도 저 삼척에 계신 우리 군주는 알아주시겠지. 호롱불 밝히고 사서삼경을 읽으며 마음의 어둠을 지우는 이 못난 선비의 절개를 님이여, 당신은 아시리라.

— <아리랑별곡 · 8>에서

④ 나의 죽음은 영원한 삶의 연장이여야지
　죽음을 사루워 나라를 지키는 이 애틋한 충정의 마음 또한 어진
　백성은 모르리라
　수 억번 밀려드는 파도에도 굴하지 않는 이 오만함에
　바다 밖의 작은 사람들은 겁을 먹고

> 잠시도 그대들의 가난과 평안을 벗을 수 없는
> 왕관을 쓴 짐의 고독을 모르리라
> ― <왕의 고독>에서

①~④의 작품은 한결같이 역사적 인물의 인유적 상상력에 기초해 있으면서, 그러한 기초 위에 역사적 자아가 직접 시의 화자가 되어 화제를 건네는 형식으로 이루어져 있다. 물론 이들 화제는 모두 지순하고 때로 숭고하기까지 한 사랑의 문제이다. ①에서 함축적 1인칭의 화자는 다름 아닌 갑신정변의 실패로 역사적 비운의 망명길에 오른 서재필이며, 그의 안타까운 목소리에 실려 전달되는 그리움 또는 아쉬움의 미련은 "척박한 땅에 한글을 일구어" 내려던 조선개화의 순수한 열정으로 새겨진다. ②에서 세상의 명리를 이별하고 자연의 오묘한 시원에 잠긴 화자는 "넓고 무한한 우주 속에서 샘물처럼 넘치는 생명"의 신비한 이법을 체득하면서 더욱 경건해지고, 이런 경건한 마음의 자세에서 님을 향한 지순한 사랑 즉 충절을 보이고자 한다. ③에서 <아리랑 별곡·8> 역시 나라 사랑 위해 백의종군하는 선비의 고결한 충절을 노래하고자 있으며, ④의 작품에서도 "죽음을 사루어 나라를 지키는 이 애틋한 충정의 마음"은 분단현실의 극복이란 현실적 맥락과도 연결되어 새로운 의미로 형상화되어 나타난다. 그런데 송유미의 작품에 나타나는 이들 사랑의 숭엄한 주제들은 그 사랑의 주체가 대부분 과거 역사의 저편에 존재했던 비운의 인물들이란 측면에서 현실적 실재감을 약하게 지닌다고 말할 수도 있다. 그러나 이런 역사주의로의 외향적 시각에는 내향적 자기성찰의 한계를 극복하고 역사와 현실의 만남을 통한 자기동일성의 확보를 위한 시인의 진지한 노력이 깃들어 있다고 생각된다.

이미 언급했듯이, 시인은 자기동일성 자각의 한 방향을 현실의 소외된 계층이 갖는 실존적 삶의 조건으로도 돌린다.

> ① 가난한 벽돌공의 삶이지만
> 　알맞게 배합되어 찍혀 나오는 벽돌의 생김새를 바라보면서

> 한치의 오차도 없이 이루어질 그대들 꿈의 건축을 생각하는
> 것이다.
> 노란 얼굴의 아내를 바라보면서
> 어깨가 저리도록 벽돌을 찍고 있지만
> 나는 그 무엇으로 한없이 깊어버린 수심을 끌어올릴 수 있을
> 것인가
>   ― <꿈을 찍는 벽돌>에서

> ② 남의 인생만 찍다가 가버리는 내 슬픈 생의 구분이
>   바람에 감겨지고
>   ― <사진사>에서

> ③ 이곳은 늘 쓸쓸하고 어두운 커텐이 드리워져 계절도 잊게 하는데
>   동생들의 남은 겨울은 안티푸라민 없이도 따뜻한 겨울이 될까
>   트고 째진 손등만큼 아픈 가슴은 겨울 바람속에서 더 저려오겠지
>   ― <89년 종덕원의 겨울>에서

> ④ 문틈으로 행복들은 빠져 나가고
>   대문으로는 가난이 가득 들어설― 즈음
>   오직 하나의 햇빛을 놓치지 않으려고
>   두 눈을 비비며
>   바다 보고 고요한 정적을 짜올리고 있었다
>   ― <뜨개질하며>에서

　①~④의 작품에 나타난 시적 자아들은 벽돌공, 사진사, 고아, 삯바느질하는 여인으로 한결같이 가난과 외로움에 찌든 삶을 살아가는 인간군상들이며 현실에서 소외된 자아들이다. 송유미의 이런 소외계층에 대한 묘사는 나름대로 현실 모순의 세태에 대한 저항으로 생각되지만, 더욱 근본적인 것은 이들 소외계층들의 모순된 실존을 드러내 보여줌으로써 주체적 생존과 인간적 사랑의 진정한 의미를 감동적으로 일깨우고자 한 것으로 보인다. 따라서 시인의 본질적 관심은 가난과 소외의 현상 그 자체가 아니라, 이러한 삶의 질곡으로부터 그들을 벗어나게 하는 인간적

사랑과 행복을 어떻게 심어줄 수 있을까 하는 심각한 고민에 있다. 이런 점에서 송유미의 시는 비판과 풍자의 양식이 아니라 화해와 조화의 인간적 정조를 추구하는 전형적 서정양식의 시이다. 그래서 그녀의 시는 가난과 소외의 부정적 인간현실을 담아내면서도 현실대결의 비판적 자세로 나아가지 않고, 화해의 인간정서를 고양시키는, 친근하고 부드러운 서정의 세계를 형상화하고자 했다. 이 점이 송유미 시에서 파악되는 특징적 세계 형상화의 방식이다. 그런데 이러한 세계인식의 서정적 고양은 현실의 심각성을 자칫 부드러운 서정의 목소리와 분위기의 배면에 숨겨버릴 우려도 안고 있는 것이다. 다음 단계의 시작과정에서 시인 송유미가 이 점을 더욱 깊게 사려한다면, 우리는 부드러운 서정과 빛나는 지성이 조화롭게 반영된 송유미의 더욱 감동적인 시를 읽을 수 있지 않을까 기대해 본다. ▷ ≪오늘의 문예비평≫ 제2호(1991년 여름호).

절망의 수림과 사랑의 뿌리
— 엄원태와 나희덕의 시

I. 절망에서 길찾기 —엄원태의 시

엄원태의 시는 대부분 죽음 또는 소멸의 절망적 순간을 노래하고 있다. 그만큼 그의 시는 어둡고, 쓸쓸하고, 고통스럽고, 두렵기조차 한 분위기를 연출하면서, 죽음 또는 소멸의 순간이 가지는 심연의 의미를 끈질기게 캐고 있다. 여기서 우리는 그가 왜 하필이면 죽음과 소멸의 절망적 상황을 그토록 열정적으로 집착하며 노래하고 있는지 의문을 제기하게 된다. 이는 물론 시인의 삶과 현실에 대한 경험론적 인식과 주관의 문제에 깊이 연관되어 있다. 시집 『침엽수림에서』(민음사, 1991)의 자서(自序)를 대신하는 글에서 시인은 다음과 같이 쓰고 있다.

> 욕망을 끊어내는 삶, 병에 발묶인 일상을 통하여, 먼 곳에 아득하기만 하던 어떤 실체가 절실하게 내 쪽으로 다가와 주었다. 나는 그 뒤섞인 고통과 절망을 있는 힘을 다해 붙잡았다. 그러자 그것은 나를 어떤 어둡고 아름다운 곳으로 끌고 가기 시작했다.

위에서 "욕망을 끊어내는 삶, 병에 발묶인 일상"이란 시인의 자전적 경험을 반영하고 있는 듯하다. 시인은 이러한 고통과 절망의 뼈저린 경험을 통해 죽음과 소멸의 시적 오브제를 떠올렸으리라. 그렇다면 "먼 곳에 아득하기만 하던 어떤 실체" 또는 "어떤 어둡고 아름다운 곳"에 대한 시인의 절실한 깨달음이란 도대체 무엇인가? 시인에게 그것은 현세를 초월한 어떤 피안의 세계에 놓인 동경의 이데아가 결코 아니다. 그것은 오히려 현실과 삶의 근저에 닿아 있는 존재론적 진실의 문제이다. 여기서 시인이 죽음과 소멸의 세계를 심각하게 대면코자 하는, 시적 사유의 본의와 그 역설적 미학을 파악할 수 있는 단서를 발견할 수 있다.

먼저 시인 엄원태에게 있어서 죽음은 철저한 자기인식 영역 안에서 내면화되어 나타난다. 말하자면 그가 목도하고 겪는 어떠한 죽음도 언제나 '내 것'으로 되는 동일성의 인식으로 자리잡고, 자아에게 끊임없는 갈등과 자괴(自愧)의 몸부림으로 각인되어 영상화되는 것이다. 이러한 죽음의 자기동일성 인식에 무엇보다 중요한 계기를 이루는 것이 아버지의 죽음이다.

> 어느날, 아버지께서 안고 가신 절망만큼
> 깊은 어둠이, 내 여생에 서늘히 드리워지는 것을
> 보았다, 나는 엎드려 발버둥치며 큰 소리로 울었다
> 어머닌 태야, 너 왜 이러니, 왜 이러니, 하시면서
> 우셨다, 얼마를 울었을까, 어두워 늦은 저녁을 먹고 나자
> 절망은 완전히 내 것이 되어 있었다
> — <죽음의 집의 기독>에서

뇌출혈로 인한 아버지의 돌연한 죽음(<뇌출혈>), 그것은 시인에게 자신을 지금까지 지탱시켜 준 버팀목이 일시에 무너져 내리는 일과 같았다. 아득한 절망과 깊은 어둠이 시인을 엄습하고, 이제는 그것이 완전히 '내 것'이 된 채로 있었다. 죽음은 과거도 미래도 아닌 현재적인 것으로 시인의 의식 속에 내면화되는 것이다. 이렇게 타인의 죽음이 '내 것'으로 내면화되었을 때, 인간은 자신의 죽음까지도 담담하게 예비할 수 있는 것이다.

> 내 죽음에 적어도 나는 결코
> 놀라지 않을 것이다, 내 것이
> 아닌 한, 언제나 그것은
> 아득한, 경악이거나
> 베어내는 애석함일 테지만, 죽음은
> 도대체 왜 그 모양인가?
> 혼자 입고 가는 內衣처럼 무표정한?
>
> — <놀라운 죽음, 침엽수림에서>에서

위에서처럼, 시적 자아인 '나'는 죽음을 어떤 경악이나 애석함이 아니라, 숙명적인 것으로 담담하게 받아들인다. 이는 죽음에의 초월이 아니다. 죽음을 비켜가지 않고 정면으로 대면해서 그 심연의 의미를 깨닫고, 자신의 삶의 나날을 냉정하게 돌이켜 반성하기 위한 것이다.

> 갑자기 나는 너무 무서웠다. 헛살아 온 시간이
> 들이닥쳤다, 침엽수림은 아직 타닥, 타닥,
> 불타는 소리를 바람에 실어 보내고, 창 밖을
> 내다보지도 못한 채, 自愧에 웅크리며
> 뒹굴었다, 내 속의 불 지피는 것 있어,
> 울부짖었다, 숲은 메마른 뼈들로 불타고 있었으므로
> 울음은 어딘가에 파묻힌다.
>
> — <놀라운 죽음, 침엽수림에서>에서

이 시에서 '나'는 죽음의 의식을 통해 자아의 깊은 내면을 성찰한다. 이 때 '나'는 지나간 삶의 나날들이 비로소 두려움과 슬픔, 그리고 자괴(自愧)의 몸부림으로 뒤섞여 있었음을 깨닫는다. 그리고 그의 주위에는 방향을 분간하기 어려운 거대한 '침엽수림'의 불안스럽고 혼돈된 세계가 둘러싸 있음도 발견한다. 물론 이 '침엽수림'의 불안스럽고 혼돈된 세계는 다름 아닌 현실이다. 신화비평적 관점에서 죽음의식은 입사(入社)의 과정으로, 자아는 이 과정을 거침으로써 내면적 확대와 현실인식의 심화를 얻게 된다. 이처럼 이 시의 '나'는 죽음의식의 내면적 동화를 거쳐 자신의 삶과 현실에 대한 엄정한 인식을 마련하게 되는 것이다.

> 이것은
> 現實인가 玄室인가, 고요 속에 시간만이
> 켜켜이 쌓이고, 아름답던 언어의 부장품들
> 시간에 스며들어, 형체 없이 사그라져 버릴, 무거운 침묵을
> 지켜볼 것이다, 그것은 아마도 지친 잠깐의 휴식이거나
> 적막의, 산책을 나간 사이일지도 모르므로
> — <잠겨진 문>에서

앞서 불안과 혼돈의 거대한 침엽수림으로 상징되었던 현실은 여기서 '玄室'로 인지된다. 이 '玄室'은 자아에게 가장 고통스러운, 그리고 그만큼 인내를 요구하는 실존적 상황이며 시간이다. 그렇다고 이를 피할 수도 없다. 이 '玄室'인 현실은 그에게 운명적으로 다가왔고, 스스로 대면하여 감내하는 길밖에 다른 도리가 없었다. 이는 현실과의 운명적 만남이며 선택의 길이기도 하다.

> 이 길 피해 가지 않겠다,
> 생각건대, 세상의 길 어느 하나 부서져 가지 않는 것 있는가
> 賢者께서 처음과 끝이 한 찰나에 묶여 있음을 가르쳤지만
> 그 찰나에, 십자가에 걸려 죽음을 기다리는 죄수처럼
> 쓰라린 회한과 고통의 순간들과, 벌어진 상처에,
> 형벌인 말의 고름과 피에,
> 입맞추며 흐느끼고 싶은 것이다
> — <강, 깊어지는>에서

시인은 "쓰라린 회한과 고통의 순간들"로 점철된 세상살이의 길을 "이 길 피해 가지 않겠다"고 단호한 어조로 표명하며, 대승적 자기희생과 사랑의 철학을 세우고자 한다. 이로써 어두운 폐허의 절망적 현실에서 길 찾기의 고통스런 작업이 시인에게 부여되는 것이다. 시인 엄원태의 존재 의미가 여기에 있으며, 또한 그의 시 쓰기의 운명이 여기서 시작되는 것

이다. 시 <詩人>에서 "그는 보다 더 어두운 폐허로 숙명적인 듯, 천천히 걸어 들어간다"고 노래한 것도 바로 이러한 시 쓰기의 운명을 대상화한 것이다. 시인은 이제 이 '어두운 폐허'의 현실을 시적 현실의 세계로 형상화하여, 그 폐허 속에서 건져 올린 "형벌인 말의 고름과 피"로 자신의 시의 미학을 수립하고자 하는 것이다.

엄원태의 시는 대부분 폐허의 세계를 그리고 있다. 고난의 삶과 죽음도, 그리고 모든 존재의 현존과 소멸도 이 폐허의 세계에 자리하고 있다. 아버지의 죽음, 시인 기형도의 죽음, 상심한 옛 애인들, 버려진 자동차, 말라 죽은 나무, 윤화를 당한 고양이, 뒤꿈치에 운명을 끌고 다니는 여자 등…… 이 모든 존재의 외로운 영혼들이 그가 부조한 폐허의 시세계 속에서 각인되고 있다. 물론 이들은 항상 같은 방식으로 표상되지 않는다. 때로는 절망과 고통의 분신으로, 때로는 아름다운 현존으로 시인에게 대상화된다.

① 나무들은, 누렇게 뜬 잎을 버리지도 못한 채
　허공에 매달려 있다, 형벌의 팔들을 가까스로 들고
　나무는 왜 죽어서도 쓰러지지 않는가,
　피가 말라, 여윈 껍질만 비틀린 채
　제 몸 하나 눕힐 자유마저 없이!
　　　　　　　 — <나무는 왜 죽어서도 쓰러지지 않는가>에서

② 얼마전, 그곳을 지나며 짐짓 그것을
　보지 않았다, 그러나 으스러진 머리, 터져나온 내장,
　압착된 육신이 남긴, 검은 핏자국은 얼마간
　사람들의 뇌수에 어떤 刻印으로 되살아날 것이다
　그것은 이미 정경의 한 부분이 되어 있었지만, 황막한

　오늘 다시 거기서, 이미 몇 점 말라붙은 가죽과
　거뭇거뭇한 자국으로만 남은, 죽음의 한 흔적을 보았다
　스쳐지나며, 길의 막막함과, 뛰어들던 결정적인 한 순간의
　어둠을 떠올려본다, 잘자라, 잘 가, 나지막히

뱉는다, 이미 지상에 육신을 흩뿌려, 지웠으므로
　　　　　　　　　　　　　— <髞葬>에서

①에서 나무의 이미지는 절망과 고통의 형상으로 새겨진다. 허공에 매달린 형벌의 팔, 피가 말라 여윈 껍질만 비틀린 채 서 있는 나무의 모습은 극한의 고통으로 절규하고 있는 생의 마지막 모습이다. 그것은 죽음의 시간에도 최소한의 자유와 안식조차 얻지 못한 채 황막한 현실에서 절규하는 것이다. 이러한 죽음에의 비관적 묘사는 ②의 작품에서도 마찬가지이다. "으스러진 머리, 터져나온 내장/압착된 육신이 남긴, 검은 핏자국"으로 남은 죽은 고양이의 흔적은 전율스럽고 섬뜩한 느낌마저 들게 한다. 생애의 마지막 몸부림이 황폐한 세계의 한 흔적으로만 사람들의 뇌리에 각인되고, 그것도 결국 흔적조차 지워져버리는 허망함으로 끝난다. 죽음은 이렇게 육신의 황폐함이며, 어떠한 위안도 안식도 없이 기억의 저편으로 묻히고 마는 허무의 순간이다. 이처럼 ①과 ②의 작품은 죽음이 갖는 비정한 의미를 죽음에 대한 시인의 냉정한 투시를 통해 드러내고 있다.

그런데 죽음이란 항상 비정하기만 한 것은 아니다. 죽음의 순간은 가장 겸허한 시간일 수도 있고, '세상의 정갈한 平和'이거나 '눈부신 현존'일 수도 있다. 다음 시들을 보자.

　　　① 세상에 정갈한 平和 하나
　　　　 이 저녁의 어스름에서 묻히니
　　　　 어둠에 묻힌 세상 잠든 것들은
　　　　 남빛 하늘 아래 아름답다
　　　　　　　　　　　　— <감춰진 풍경>에서

　　　② 천천히, 그리고 조금씩, 부서져 가는 그 모습은
　　　　 홀로 아름답지 않은가, 눈부신 현존이 아닌가,
　　　　　　　　　　　　— <버려진 자동차>에서

③ 석양은 폐허까지도 무심히 물들이고 있는데,
  그 寂滅이 부서지듯 아름답다.
  　　　　　　　　— <다시 황혼, 아름다운 몰락>에서

④ 사람들이 쓰다 버린 물건들은 아름답습니다

  그것에 우리의 눈길이 주어졌으며,

  그것의 고요한 소리, 귀에 익었기 때문일테지만
  　　　　　　　　　— <廢家>에서

　죽음은 곧 소멸의 순간이다. 모든 존재는 시간의 흐름 속에 운명적으로 소멸을 겪게 되고, 그 소멸의 순간은 "잠깐의 휴식이거나/적막의, 산책을 나갈 사이"(<잠겨진 문>에서)처럼 삶의 연속성 위에 나타나는 가장 평화로운 시간일 수도 있다. 그래서 소멸은 ①에서처럼 세상의 이면에 감추어진 '정갈한 平和'이기도 하며, ②와 같이 '눈부신 현존'의 아름다운 정경으로도 묘사된다. 여기서 시인의 소멸에 대한 역설의 미학이 성립된다. 그리고 우리는 시인의 이러한 소멸의 역설적 미학에서 소멸의 대상에 대한 그의 섬세한 시적 통찰과 낭만적 인정의 태도도 함께 발견한다. ④에서 소멸의 아름다움에 '우리의 눈길'이 주어지고, "귀에 익었기 때문"이라고 표명된 것도 바로 이와 같은 대상 긍정의 인정 어린 태도 때문이리라.

　시인 엄원태는 죽음과 소멸의 대상이 갖는 속성에 따라 비정할 정도의 객관주의적 성찰에 의한 절망과 고통의 미학을 보여주기도 했으며, 때로는 낭만적 비전을 통해 아름다운 영상의 미학을 그리기도 했다. 그런데 시인의 이러한 시적 사유의 특징은 대부분 자전적 체험의 테두리 내에서 이루어진 일상적 경험의 통찰과 연결되는 것이었다. 그의 시적 사유가 죽음과 소멸의 이면에 감추어진 현실의 황폐함과 불모성을 비판적으로 성찰하는 데까지 좀더 확대·심화된다면, 그의 시적 성취는 더욱 견고해지리라 믿는다. 물론 <침엽수림에서>도 이러한 노력의 성과를 얼마간 볼 수 있다. <버려진 자동차>, <新開發地區에서>, <황혼에, 울다>, <Road Warrior> 등의 작품이 그것이다. 시인은 이들 작품에서 산업사회의 문명화와 기계화의 그늘에 가려진 삶의 황폐한 환경들을 흥미롭게 그리며 풍자하고 있다. 말하자면 산업사회의 외관에 감추어진 인간 또는 사물의 본연적 생명의식의 상실에 시인은 심각한 시선을 던지고 있는 것이다. 그러나 아직 이들 작품이 개념화와 추상화의 색채를 충분히 벗지 못하고 있는 점도 지적되어야 하겠다. 그의 삶과 죽음, 현존과 소멸에 대한 끈질긴 시적 추구가 자전적 경험에의 집착으로부터 좀더 벗어나 사회, 문화적 문맥에로의 비판적 시각을 확대하기를 희망해 본다. 그의 '절망에서 길 찾기'가 다음 단계에 어떻게 진전된 시야를 확보하며 나아가게 될 것인지 주시하고자 한다.

Ⅱ. 사랑과 생명의 시학 —나희덕의 시

나희덕의 시는 마음의 너그러움과 따뜻함을 보여준다. 이를 모성적 본능 또는 사랑이라고 말할 수 있다. 그런데 이 모성적 본능과 사랑은 단순히 낭만적 서정주의의 차원으로만 해석할 수 없는 심각성을 내포하고 있다. 그것은 다름 아닌 삶과 현실의 모순과 불합리성에 대한 비판의식이다. 시인 나희덕은 여기서 특히 자신이 몸담았던 교육현장의 체험을 바탕으로 오늘날 교육이 지향해야 할 인간적 사랑의 문제를 강조하고 있다. 그러나 이러한 교육현실의 시적 성찰이 어떤 원망이나 야유의 절망적 목소리로 나타나지 않고, 너그럽고 따뜻한 사랑과 때로는 자책의 심정과 연민이 깃든 목소리로 감싸지고 있다. 그리고 거기에는 끈끈한 생명력 같은 것이 베여 있다. 이 점이 시인의 섬세한 시적 감수성을 기초로 하여 나타나는 시적 매력이자 미덕이라 할 수 있다.

시집 『뿌리에게』(창작과 비평사, 1991)의 표제이기도 하면서, 이 시집의 서시 격으로 맨 첫머리에 실려 있는 시 <뿌리에게>는 시인 나희덕의 시 전반에서 작용하고 있는 시적 감수성의 원형을 가장 분명하게 보여주는 대표적 작품이라 생각된다. 시 <뿌리에게>를 보자.

깊은 곳에서 네가 나의 뿌리였을 때
나는 막 갈구어진 연한 흙이어서
너를 잘 기억할 수 있다
네 숨결 처음 대이던 그 자리에 더운 김이 오르고
밝은 피 뽑아 네게 흘려보내며 즐거움에 떨던
아 나의 사랑을

먼 우물 앞에서도 목마르던 나의 뿌리여
나를 뚫고 오르럼,
눈부셔 잘 부스러지는 살이니
내 밝은 피에 즐겁게 발 적시며 뻗어가려무나

척추를 휘어잡고 더 넓게 뻗으면
그때마다 나는 착한 그릇이 되어 너를 감싸고,
불꽃 같은 바람이 가슴을 두드려 세워도
네 뻗어가는 끝을 하냥 축복하는 나는
어리석고도 은밀한 기쁨을 가졌어라

네가 타고 내려올수록
단단해지는 나의 살을 보아라
이제 거무스레 늙었으니
슬픔만 한 두릅 꿰어 있는 껍데기의
마지막 잔을 마셔다오

깊은 곳에서 네가 나의 뿌리였을 때
네 가슴에 끓어오르던 벌레들,
그러나 지금은 하나의 빈 그릇,
너의 푸른 줄기 솟아 햇살에 반짝이면
나는 어느 산비탈 연한 흙으로 일구어지고 있을테니
— <뿌리에게>의 전문

이 시는 흙과 뿌리의 비유적 상상력을 통해 자아의 너그럽고 따뜻한 희생적 사랑과 그 사랑에 힘입어 미래의 희망을 향해 힘차게 뻗어 가는 생명력을 나타내고 있다. 첫 연에서 "깊은 곳에서 네가 나의 뿌리였을 때/나는 막 갈구어진 연한 흙이어서/너를 잘 기억할 수 있다"란 구절은 이러한 사랑과 생명의 원초적이며 본원적 관계를 보여주는 부분이다. 대지는 흔히 모성의 원리를 나타내는 원형이라 지적되듯이, '나=막 갈구어진 연한 흙'의 동일성 인식은 모성의 본능적 부드러움과 포용력에 대한 인식이다. 여기에 나−흙, 너−뿌리의 상관적 자리매김은 모성적 사랑과 어린 생명 사이에 연결고리를 형성하고 있음을 보여준다. 따라서 '너−뿌리'는 '나'의 '밝은 피'와 '살'에 마음껏 자리를 뻗어도, 나는 결코 가슴 아파하지 않고 오히려 '은밀한 기쁨'으로 뿌리를 감싸는 '착한 그릇'이 되며, 뿌리의 줄기찬 생명력을 축복해 준다. 시인은 이렇게 무한한 가능성으로 나아가는 생명에 대한 신념과 애착을 희생적 사랑을 통해 표현하고자 했다.

나희덕의 시를 받치고 있는 이 모성적 본능과 사랑은 주로 연약하고 소외된 존재에게로 투사된다. 그리하여 연약하고 소외된 존재의 편이 되어 그들을 감싸고, 그들의 삶에 드리워진 어둠에 함께 젖어 고민하며, 또한 그들의 희망이 되고자 한다.

> ① 함께 섞어갈수록/바람은 더 높은 곳에서 우리를 흔들고/이윽고 잠자던 홀씨들 일어나/우리 몸에 뚫렸던 상처마다 버섯이 피어난다/황홀한 음지의 꽃이여
>
> — <음지의 꽃>에서

> ② 내 쓰다듬는 손길 위로/만물은 녹아내려/고통의 강물이 흐르는데,/한눈에 읽고/빠르게 알아차리는 그대들/낮에도 어긋나는 시선으로 마주서는/더이상 놀라며 눈뜰 수 없는/매끝한 그대들의 어둠보다/나는 더 어두워진다
> — <소경의 노래>에서

> ③ 우리는 들에서 떠났네 그래서 언덕 밑, 다리와 성벽 그늘에 이부자리

를 폈네 토굴 속 어둠을 밝히어 놓은 등잔, 그 흔들리는 불빛 아래 쪼그리
고 앉아 숙제하고 있는 아이들의 눈빛, 아이들은 뿌리 내리지 못한 사람들
의 마지막 뿌리라네

— <우리는 들에서 떠났네>에서

위의 시에서 보듯, 시적 대상으로 떠올려진 버섯, 소경, 아이들은 어둠
과 음지에 있는 연약하고 소외된 존재들이다. ①에서 '음지의 꽃'인 버섯
은 고통 속에 썩어 가는 나무의 절망이 아니라 오히려 새로운 생명을 이
루는 희망으로 그려져 있다. 그래서 버섯은 '황홀한' 탄생으로 표상된다.
자기희생의 극화를 통한 생명에의 구경(究竟)적 의식을 이 작품은 형상화
하고 있는 것이다. ②의 시는 소외된 존재인 소경의 고통스러운 삶을 노
래하고 있는 작품이다. 여기서 시의 퍼소나인 소경의 어두운 삶은 '너'가
아니라 '나'의 삶으로 노래되는 동일성의 인식을 발견할 수 있다. 이렇게
소외된 존재와의 동일성 인식은 ③에서도 같은 문맥을 형성하며, 시인의
본원적 뿌리의식과 연결되고 있다. 이 뿌리의식은 다름 아닌 모성본능의
포용력으로 감싸있는 생명에의 구경적 의식이다.

시인의 이 뿌리의식은 시적 대상을 달리함에 따라 약간의 상이한 내포
적 의미를 형성한다. 우선 그것은 시적 자아 스스로 삶의 태도와 신념을
확인하는 것으로 나타난다. 이를테면,

나의 살을 아끼지 말고 살아야겠다고, 내 안에 자라는 이 푸른 것들이 우
거지는 그날까지 기둥만은 뽑히지 않겠노라고

— <서약서 2>에서

한 것처럼, "기둥만은 뽑히지 않겠노라"는 뿌리의식은 자아의 희생적 삶
의 태도와 신념을 확고하게 보여주는 것이다. 시인의 이러한 자아성찰은
구체적으로 "이 어둡고 할 일 많은 곳에서/師表의 역할을 제대로 하지
못했다"(<辭表>에서)는 아쉬움 섞인 반성으로부터 "단 하루라도 올곧게
사는 모습 보여 줘야지"(<태교>에서)라는 자기다짐으로 나타난다.

　시인의 뿌리의식은 이러한 자아성찰의 자세에서 나아가 보다 거시적 현실에 대한 성찰의 자세로 확대된다. 말하자면 시인의 뿌리의식이 교육현실이나 정치현실과 같이 보다 거대한 사회구조 속에 놓이는 것이다. 이때 시인에게 특히 오늘날의 교육현실은 진정한 인간적 신뢰와 믿음을 상실하고 삶의 실천적 가치를 등한시하고 있는 것으로 비춰진다.

　　　① 지금쯤 보충수업에 지쳐
　　　　진밥처럼 풀이 죽은 아이들,
　　　　희고 고운 얼굴들이 형광 등에 빛 바래고
　　　　조용히 밥그릇에 담겨
　　　　귀가시간을 기다리는 아이들,
　　　　…… (중략) ……
　　　　한 그릇의 밥을 푸면서
　　　　한 알도 흘리지 말아야 하는 것이 교사,
　　　　더러는 발밑에 떨어진 것도 주워담아
　　　　제 입에 넣고 맛있게 씹을 일이다
　　　　　　　　　　－ <한 그릇의 밥>에서

　　　② 한달간의 가출로
　　　　자퇴서를 쓰고 돌아섰던 너,
　　　　노동자들과 함께 보내던 날들이 그립다던
　　　　너에게 이제 편지를 쓴다

　　　　너는 그릇에 넘치는 물,
　　　　화분 위로 끓어오르는 뿌리 굵은 나무,
　　　　그리하여 팍팍한 땅에 심겨지고자 하는 나무,
　　　　그러나 네가 돌아오려는 이곳은
　　　　넓지도 기름지지도 않은 땅이란다
　　　　　　　　　　－ <학교로 돌아오려는 제자에게>에서

　①의 시는 입시 위주의 획일적 교육에 찌들려 삶의 생기를 잃고 있는 아이들을 그리며, '발 밑에 떨어진' 한 알의 밥도 주워 담아야 하는 교육

자로서의 진정한 사명감을 나타내고 있다. 이는 곧 인간적 가능성을 입시 위주의 획일적 지식교육의 결과로만 평가하려는 교육현실의 모순을 비정코자 한 것이다. ②의 작품 역시 같은 맥락의 척박한 교육현실을 비판하고 있다. 한 달간의 가출 뒤에 다시는 배움터로 돌아올 수 없게 된 한 아이의 일이 "넓지도 기름지지도 않은 땅"의 척박한 교육현실과 "끓어오르는 뿌리"로서의 인간적 성숙의 가능성 사이의 상관적 비유를 통해 안타깝게 호소되고 있는 것이다. 시인의 뿌리의식이 이렇게 인간적 교육부재의 척박한 현실과 만나는 데서 한층 심각한 의미의 파장을 이루고 있는 것이다.

시인의 이러한 뿌리의식은 또 다른 여러 사회현실과 만나는 데서 주체적 현실비판의 의식으로 고양된다. 그것은 <햄 한 덩어리>, <태풍의 눈>, <헤이그에서 제네바까지> 등의 작품에서 보듯, 수입시장 개방 압력에 대한 농촌현실의 심각성을 나타내기도 하며, <국어사전을 찾으며>, <그리운 잭슨>, <그대를 어디에 묻으랴>, <울산바위>와 같은 작품에서처럼 통일과 민주화를 지향하는 열의로 고양되기도 한다.

> ① 한치의 양보도 없이 달려오는 바람을 보라
> 정작 태풍이 할퀴고 가는 곳은
> 더 버릴 것도 찢겨질 것도 없는 땅,
> 빚으로 담을 쌓아가는 농가이거나
> 일년 내내 땀흘려도
> 백만원도 채 못 거두는 들판이었다
> — <태풍의 눈>에서

> ② 녹슨 철로에 묶인 늙은 철마처럼
> 아버지는 오늘도 임진각에 가셨다 돌아오는데
> 네가 박힌 뿌리는 얼마나 깊은지,
> 어제 그 거대한 뿌리를 들어
> 오래 침묵하던 길을 떠나야지 않느냐.
> — <울산바위>에서

이들 작품에 이르면, 시인의 모성적 본능과 사랑에 기초한 '뿌리'의 의식이 자신의 내면적 성찰로부터 출발하여 연약하고 소외된 존재에 대한 자기동일성의 인식으로 이어지며, 척박하고 모순된 현실에서의 상대적 불합리성을 성찰하는 데까지 확대되어 나타난다. 여기서 시인의 뿌리의식이 기본적으로 주체적 삶의 자유와 생명의 존엄성에 대한 깊은 신뢰에 뿌리내려져 있음을 확인하게 된다. 시인 나희덕의 넓고도 따뜻한 사랑과 깊고도 단단한 뿌리의식이 다음 단계에 어떻게 어우러져서 '날카로운' 서정의 미학을 보여줄 것인지 기대하는 바 크다. ▷《오늘의 문예비평》제4호(1991. 겨울호).

오염된 현실 속의 진실찾기와 풍자
— 이상개와 신진의 시

I

　이상개 시인(1941~)과 신진 시인(1949~)은 모두 부산에 거주하는 중
견시인으로 이번에 각각 네번째 시집1)과 세 번째 시집2)을 간행했다. 시
인이 시집을 펴낸 일 자체야 자연스러운 일이지만, 이번에 간행된 두 시
인의 시집은 각별한 의미를 지니는 것으로 볼 수 있다. 그 동안 두 시인
의 꾸준한 시작활동의 결과를 한눈에 보면서, 시집의 전편에 펼쳐진 시
인 특유의 시세계를 통해 인생살이에 대한 시인의 진지한 태도를 감지할
수 있기 때문이다. 오늘날 시인은 많지만, 꾸준히 자신의 시세계를 펼쳐
가고 있는 시인은 그렇게 많지 않은 것이 현실이다. 젊은 시인 중에는
세상의 경박한 글쓰기 풍조에 휩쓸려 자신의 참다운 시세계를 갖지 못한
시인이 다수이고, 중년 이상의 시인 중에는 일상에 매몰되어 시를 잊고
있거나 어쩌다 시를 쓰면서 허명만을 붙들고 있는 시인들이 많다. 이런
가운데 이들 두 시인은 일상의 바쁜 틈새 속에서도 시심을 잃지 않고 자
신의 시세계를 꾸준히 심화시키면서 세상살이의 진정한 모습에 대한 고

---

1) 이상개 시집,『떠다니는 말뚝』(빛남, 1994. 5).
2) 신진 시집,『江』(시와 시학사, 1994. 4).

뇌의 흔적을 새기고자 한 것 자체가 중견에 값하는 시인의 몫을 나름대로 성취하고 있는 셈이다.

이상개 시인의 네번째 시집인 『떠다니는 말뚝』에 실린 시편들과 신진 시인의 세번째 시집인 『江』에 실린 시편들은 그 시적 발상에서 공통점을 많이 가지고 있다. 우선 이들 두 시인의 작품들은 오염된 현실 또는 위선의 현실에 대한 비판과 혐오의 정신을 바탕에 깔고 있다. 따라서 이들 두 시인의 시세계는 다분히 문명비판적이거나 현실풍자적이다. 이상개 시인의 <독도>와 <多島海> 연작시, 그리고 신진 시인의 <강> 연작시 등이 이러한 예의 대표적 작품들이다. 그런데 이들의 시는 현실의 비판과 풍자 그 자체에 목적이 있는 것은 아니다. 궁극적으로 순수세계와 인간 본연의 세계에 대한 회복의 열망을 표현하고 있는 것이 이들의 작품이다. 이는 근본적으로 시인의 세계인식이 인간적 애정과 휴머니즘에 기초하고 있기 때문이기도 하다.

그런데도 두 시인의 시세계에 대한 정서적 반응은 사뭇 다르다는 생각을 하게 된다. 이는 물론 시적 대상에 대한 시인의 개성적 인식과 이에 따른 언어적 형상화의 차이에서 온다. 이상개 시인이 인간적 애정으로 대상을 감싸면서 그 본질을 들여다보고자 한다면, 신진 시인은 대상을 뒤집어 보거나 해체하면서 그 본질을 들어내고자 한다. 이에 따라 이상개 시인의 시작품은 다분히 서정적인 언어의 문체로 이루어져 있으며, 신진 시인의 시작품은 아이러니와 역설을 동반한 풍자적 언어의 문체로 이루어져 있다. 이런 점에서 이상개 시인의 시가 따뜻한 인정의 시라고 한다면, 신진 시인의 시는 차가운 지성의 시라고 말할 수 있다.

II

이상개 시인은 처녀시집 『永遠한 平行』(1970)에 수록된 시집 표제의 작품에서 "우리에겐/永遠한 平行으로 다스리는 刑罰이란/세월을 누빌 사랑의 물살이 친다"고 했다. 여기서 '영원한 평행'이란 삶의 현실에 대한 시인의 비극적 인식이 반영된 것이다. 말하자면 나와 너 사이의 분리된 인식, 그리고 사는 자와 죽는 자, 즐거운 자와 고통스러운 자 사이의 모순된 삶의 인식, 이러한 이원론적 삶의 인식이 '영원한 평행'의 어구에 함의되어 있다. 시인은 이러한 '영원한 평행'의 삶이 곧 고통스러운 삶의 형벌에 다름 아니며, 이는 오직 '사랑'의 정신적 매개에 의해서만 극복할 수 있다고 노래했다. 사실 사랑이란 인간의 가장 순수한 영혼의 교섭에 의해 이루어진다. 따라서 나와 너, 자아와 세계, 현실과 이상, 형식과 내용 등의 분별은 사랑의 정신적 매개에 의해서 조화와 합일의 경지로 나아갈 수 있다. 이상개 시인의 시적 탐색은 바로 이러한 조화와 합일의 경지로 나아가는 데 있었다. 그는 일찍이 이를 '맛'과 '멋'의 조화란 독특한 용어로 표현한 바 있다. 그렇다면 제2시집 『만남을 위하여』(1985) 이후 제3시집 『흐르는 마음 하나』(1990), 제4시집 『떠다니는 말뚝』(1994)에 이르기까지 시인의 시적 탐색은 그의 표현대로 '맛'과 '멋'의 조화를 나름대로 추구한 것이리라.

그런데 이상개 시인은 이번 시집의 자서에서 시의 세계란 맛과 멋의 조화를 이루어야 한다는 평소 지론에 "요즘 들어서는 詩心天心이라는 말을 덧붙였다"고 했다. 사실 모든 모순되고 분리된 것들 사이의 조화를 이루는 경지란 인간의 의지를 초월한 경지이다. 인간의 의지적 작용으로 추구될 수 있는 세계란 분명 한계가 있기 마련이다. 세상에는 인간의 뜻대로 이루어질 수 없는 일이 너무도 많기 때문이다. 그런데 시인은 무한하고 자유로운 상상력을 통해 인간의 현실적 한계를 초월하고자 한다. 여기서 시인의 무한하고 자유로운 상상력은 인간의 의지적 능력을 초월한 천부적인 창조력이며, 그것이 곧 시인의 시심이라는 생각을 갖게 된다. 이상개 시인이 '시심천심'이라고 한 것도 이런 생각의 일단을 보인 것이리라. 이런 점에서 이상개 시인은 일단 낭만주의자라고 말할 수 있다. 그런데 과거 낭만주의자들이 피안의 초현실적 세계에서 영원한 이데아를 꿈꾸었던 것과는 다르다. 그는 어디까지나 현실세계 속에서 순수한 본질의 세계를 발견하고자 한다. 그것이 이 시집에서 <독도>, <다도해>, <무인도>와 같은 '섬'의 세계이거나, <봉림행>의 연작시들에 묘사된 유년기의 추억이 간직된 '고향'의 세계이다. 물론 이들 섬의 세계와 고향의 세계는 현상적으로는 현실세계와 시간적으로 또는 공간적으로 격차를 지니고 있다. 그렇지만 이들 세계는 언제나 현실세계와의 연관 속에 존재하면서 인간의 실존적 의미를 되묻고 있는 공간이란 점에서 어떤 피안의 공간이거나 과거 퇴행적 공간은 아니다.

　　그러면 이런 점들을 작품을 통해 구체적으로 파악해 보자.

> 남지나해서 올라온 난류와
> 베링해에서 내려온 한류가
> 만나서 껴안고 뒹구는 그 곳,
> 푸른 비밀과 건강한 通情으로
> 다스려지는 먼 동해 한가운데
> 사생아처럼 태어나서
> 홀로 울음을 삼키는 섬.
> 수천만년의 세월을
> 물결 속에 풀어 놓으며
> 외로움을, 씹고 또 씹으면
> 달디 단 꿀맛으로
> 안개처럼 퍼지느니.
> 아름다운 절망의 푸른 끝에 서서
> 독도여, 너의 질기고도 긴 외로움을
> 오늘에사 비로소 훔쳐 보았다.
> 　　　　　　　　— <독도·1>의 전문

　　이 시에서 '독도'는 "질기고도 긴 외로움"의 화신이다. 그런데 이 외로움은 스스로를 지탱시키는 실존의 견고한 힘이다. "외로움을, 씹고 또 씹으면/달디 단 꿀맛"이라고 했듯이, 고통과 절망의 세월을 수없이 겪으면서 마침내 그 고통과 절망마저도 '꿀맛'처럼 감내할 수 있을 때 비로소 실존의 내면적 극복이 가능하게 된다. "질기고도 긴 외로움"이란 바로 이러한 실존의 내면적 극복을 통해 성취되는 자기 단련의 정신이다.
따라서 이는 현실세계로부터 소외된 단독자로서의 단순한 고독감이나 애
상적 정서가 아니다. 오히려 세상의 명리나 허명에 휩쓸리지 않고 스스
로를 굳건히 지키는 견고한 실존의 정신인 것이다. 독도가 이와 같이 인
간 실존의 굳건한 표상인 것은 다음의 작품들에서도 예외가 아니다.

> ① 화산재의 뼈대로 단단히 무장을 한 채
> 나의 가슴 깊숙이 뛰어오는 섬.
> 아,
> 망설임이란 한낱 패물같은 것
> 오로지 곧은 신념만이
> 희망을 길러낸다고
> 똑똑히 보여주고 있는
> 독도.
>
>   — <독도·2>의 일절

> ② 밤마다
> 저 깊은 블랙 홀로 잘도 빠져 나가는
> 그 잘난 놈들의 꼴이 보기 싫어서
> 오히려 유형(流刑)의 길은 편안하도다.
> 외로움의 푸른 물감을
> 바다에 풀고 있는 섬.
>
>   — <독도에 와서>의 일절

> ③ 태풍도 지진도 온갖 虛名도
> 물거품처럼 스러지는 평온 앞에서
>
> 오, 그대는 이 땅의 유일한 種馬로 남아 있고
> 우리는 한결같이 돌대가리로 남아 있구나.
>
>   — <독도 정상에서>의 일절

    이 일련의 독도 연작시에서 시인은 바람직한 세계 전망을 '독도'란 공
간에서 찾고 있다. 그것은 독도가 ①에서 처럼 세파에 흔들리지 않은

'곧은 신념'의 세계이거나, ②와 ③에서처럼 세상살이의 어떤 풍파에도 휩쓸리지 않고 의연하게 자신을 지키는 '평온'의 세계에 대한 표상이기 때문이다. 인간이란 사실 힘없고 연약한 존재이다. 외부의 강압적인 힘이 밀려 들면, 그 힘에 의해 신념과 의지가 꺾이기 일쑤이다. 그러면서 인간은 세상의 헛된 명리를 좇는 우둔함도 지니고 있다. 시인은 현실세계가 이러한 인간들로 가득 차 있다고 본다. "우리는 한결같이 돌대가리로 남아 있구나"란 자조 섞인 푸념은 바로 이러한 시인의 세계인식을 보여주는 것이다. '독도'가 표상하는 세계는 이러한 세계인식을 초극하는 세계이다. 그것은 "天地며 日月星辰은 모두/한 이불 속에" 있는 우주적 조화의 공간이면서, "태풍도 지진도 온갖 虛名도/물거품처럼 스러지는 평온"의 세계이다. 여기서 인간의 어떤 위선이나 가식도 있을 수 없으며, 어떤 강압적 폭력도 소용될 수 없다. 이런 점에서 독도는 순수세계의 상징적 공간으로 시인의 조화로운 세계에 대한 신념이 투사되어 있는 실존공간인 셈이다.

시인은 독도가 현실세계 속에서 존재하는 조화로운 순수세계의 원형으로 보았다. 말하자면 독도는 시인의 시집 표제처럼 오염된 현실을 버티고 지탱하는 순수한 신념의 '말뚝'이라고 할 수 있다. 그런데 시인도 말했듯이, 말뚝은 제 자리에 박혀 있어야 제 구실을 한다. 만일 말뚝이 제 자리에 있지 못하고 '떠다닌다면' 문제가 아닐 수 없다. 여기에는 두 가지 측면에서 문제의 진단이 필요하다. 한 가지는 말뚝이 견고하지 못하기 때문일 수 있고, 다른 한 가지는 견고한 말뚝조차 지탱할 수 없을 정도의 외부적 힘이 가해졌기 때문일 수 있다. 시인의 진단은 전자보다 후자의 경우에 초점을 맞추고 있다. 시인의 시에서 독도만은 견고한 신념의 말뚝으로 자리잡고 있지만, 다른 '섬'의 세계는 더 이상 조화로운 순수세계의 표상적 기능을 하지 못하고 있다. 다음의 시들을 보자.

① 섬이 날아간다 철새처럼./갯내를 풍기는 몸뚱이/향수를 처바르고/대처로 몰려간다./절대절명의 순간도/명분도 아랑곳 없이/더 크고 더 당당하게/지

폐의 날개를 달고/기세좋게 날아가는/이카로스.
— (<날아가는 섬>의 전문)

② 수만마리의 괭이갈매기들이/투명한 햇살을 물어날라다/푸른 물이랑을 일구며/섬을 낳고 길렀다.//영악한 인간들이 몰려와서/욕심을 빨아널기는 커녕/알들을 마구 훔쳐갔다.//多島海//뿌리 빠진 섬들만 둥둥 떠다니고/노을 속에 떨어지는/갈매기 울음소리/기름내만 진하게 풍겨왔다.
— (<多島海·2>에서)

①과 ②의 작품에서 섬은 모두 파괴되고 훼손되는 세계의 표상이다. ①에서 섬은 그리이스 신화에 나오는 이카로스에 비유되어 있다. 이카로스는 밀랍으로 만든 날개를 달고 미궁을 벗어나지만, 너무 높이 날아갔기 때문에 날개가 태양의 열에 녹아버려 바다에 떨어져 죽었다. 이 시에서 "향수를 처바르고", "지폐의 날개를 달고" 대처로 몰려가는 섬사람들의 비극은 바로 이러한 이카로스의 비극에 다름 아닌 것이다. 허영과 금전에의 유혹에 빠진 섬사람들의 삶이란 결국 본분을 망각한 '떠다니는' 삶으로 파탄의 비극적 결과를 맞이할 수밖에 없고, 그들의 삶의 터전이었던 섬도 더 이상 본래적 삶의 자리가 되지 못하는 결과를 빚게 된다. 여기서 순수한 세계의 표상인 섬이 파괴되는 근본 원인은 바로 인간 자신인 것이다. ②의 시 또한 인간에 의해 섬이 파괴되는 또 다른 모습을 보여주는 작품이다. 말하자면 섬은 "영악한 인간들이 몰려"오기 전에는 조화롭고 순수한 세계 그 자체였다. 제1연에서 괭이갈매기, 햇살, 물이랑이 서로 어울린 세계가 그렇다. 그런데 이 작품을 비롯하여 <多島海·1>, <태풍의 눈>, <태풍경보> 등의 작품에서 시인은 이러한 세계가 인간의 이기적 욕망과 문명에 의해 이미 심각하게 파괴되고 오염되고 있음을 우려의 목소리로 고발하고 있다. 여기에 시인의 문명비판적 입장이 개입되어 있음은 물론이다.

그런데 시인의 문명비판적 입장은 환경문제와 같은 국부적인 차원에 한정되어 있지 않다. 조화롭고 순수한 세계의 표상인 '섬'의 오염과 파

괴는 인간현실의 전체적 국면에 대한 오염과 파괴를 의미하는 것으로 확
대되기 때문이다. 시인은 '섬'의 오염과 파괴의 현실이 곧 삶의 정직성
과 인정이 상실되어 있는 혼탁한 인간현실에 다름 아닌 것으로 보았다.
시인의 이러한 문명비판적 입장은 한편 '고향'의 세계인식을 통해서도
피력되고 있다. 여기서 '섬'이 시인의 비판적 세계인식의 공시적인 축을
형성한다면, '고향'은 비극적 세계인식의 통시적인 축을 형성한다고 말
할 수 있다. 다음의 한 작품을 보자.

> 원형을 잃은 채 살아가는 인심은 고약하다
> 상실과 존재의 가치를 판단할 기준이 없다.
> 원칙을 무시한 보상금도 늑장 부리고
> 눈치빠른 경기만이 요지경 속을 헤멘다.
> 형과 아우들이 조금씩 몸을 사리고
> 이웃과 이웃이 눈치를 보면서
> 눈 높이 만큼 블록담을 쌓는다.
> 큰 손과 투기꾼이 기습해 오고
> 그들의 마약 밀매자 같은 눈빛들은
> 강제집행의 딱지만큼 냉담했다.
> 제 살을 꼬집어 가면서
> 눈치껏 요령껏
> 이해득실의 올가미를 사방에 깔고 있다.
> 드디어 실명의 비운도
> 방황하는 한 시대의 흐름 속에 묻히고
> 봉림산 솔바람 아카시아 향기 산꿩소리……
> 공해방지시설이 가동되어도
> 마냥 찌들어만 갔다.
> 바람부는 날이면 뼈마디도 시려오고
> 고향은 풍지박산될 날도 머지 않았다
> — <봉림행·3>에서

　　이 시에서 시인의 고향인 봉림동은 과거 창원군에 속해 있었는데, 일
시 마산시로 편입되었다가 현재는 창원시로 편입된 마을이다. 이에 따라

시인의 표현대로 봉림동은 "방황하는 한 시대의 흐름" 속에서 많은 변화를 겪어야 했다. 그런데 이 변화란 시인의 안목에서 긍정적이기보다 부정적인 의미로 새겨지는 것이었다. 여기서 과거의 봉림동과 현재의 봉림동 사이에 날카로운 대조가 생기게 된다. 시인에게 과거의 봉림동 즉 유년기의 고향은 삶의 진정한 가치가 내재된 원형공간이었다. "봉림산 솔바람 아카시아 향기 산꿩소리"가 서로 어우러지는 자연과 조화된 공간, 가족과 이웃 사이의 후덕한 인심과 인정이 베여 있는 공간이 바로 시인에게 각인된 유년기의 고향이기 때문이다. 그런데 이러한 유년기의 고향은 과거의 기억 속에서만 되살아날 뿐 더 이상 현재 속에서 찾아볼 수 없다. 과거에서 현재에 이르는 동안 고향은 도시건설의 미명 속에서 부동산 투기의 온상이 되어 원형을 잃은 채 "이해득실의 올가미"에 갇혀 인심과 인정마저 저버린 삭막한 폐허의 고장이 되었기 때문이다. 이제 시인에게 현재의 고향은 고약한 인심과 눈치가 판을 치는 '요지경'의 세상이 되었으며, 그 파괴적인 모습은 사하라사막의 전쟁터에 비유(<봉림행·1>에서) 될 정도로 비극적인 공간으로 인식되었다.

시인의 비극적 세계인식은 단순히 고향 마을에 한정되는 것이 아니다. 사실 그에게 '고향'이나 '섬'의 세계는 현실세계의 축도에 지나지 않는다. 시인의 관점에서 인간현실의 비극상은 세상살이의 곳곳에 감추어져 있는 것으로 인식된다. 다음의 시들을 보자.

① 언제부턴가/동방의 작은 불빛들이/크게 흔들리면서/지각변동이 일었다./땅값이 들먹거릴 때마다 땅이 솟았다./차지고 기름졌던 땅은 잡풀이 돋아나고/야박한 인심만 무성하게 자랐다. (<東方例外之國>에서)

② 정직한 사람들만 억울하다./그걸 믿는 사람들만 바보다./이런 선량한 사람들을/무더기로 깔고 다진 기반 위에서/문어발이 활개친다./검은 힘들이 혼외정사를 벌이고/잘 먹고 잘 싸고 잘 놀아난다.(<실습>에서)

③ 찢어진 벽보는/때로는 가슴을 섬뜩하게 한다./감출 게 없을수록 작아서 좋고/감출 게 많을수록 커야 좋은 벽보여./세상에 정체를 밝힐 바엔/왜 현상

범의 벽보는 작아야 하고/후보자의 벽보는 커야 하는가? (<지금 이 시간·25
－벽보>에서)

①은 언어유희로 된 제목에서 짐작할 수 있듯이, 선량한 인심이 상실
된 현실을 풍자하고 있는 작품이다. 인심이 좋고 후해서 ‘동방예의지국’
으로 불렸던 이 땅이 지금은 야박한 인심만이 판을 치는 곳으로 전락되
어 ‘동방예외지국’이 되었다는 것이다. ②의 시 역시 삶의 진정한 가치
가 전도된 현실을 비판하고 있는 작품이다. “정직하고 성실한 사람이 잘
산다”는 가르침이 오히려 ‘선량한 사람’을 ‘억울한 바보’로 만들게 되는
모순, 그것은 교육 자체의 모순이기보다는 정직성을 상실한 인간현실의
근본적 모순인 것이다. 시인은 이러한 삶의 근본적 모순이 현실의 도처
에 깔려 있다고 진단한다. ③의 시는 시인의 이러한 현실진단의 연장선
에서 읽혀지는 한 작품이다. 전체적으로 역설과 의문법으로 구성된 이
작품에서 시인은 양심의 문제를 기준으로 뒤바뀐 현실에 대한 불만을 표
현하고 있다. 이는 “왜 현상범의 벽보는 작아야 하고/후보자의 벽보는 커
야 하는가?”라는 소박한 의문에 단순히 한정되어 있는 것은 아니다. 현상
범보다 ‘감출 것’이 더욱 많은 후보자의 벽보가 현상범의 벽보보다 더욱
큰 모순의 현실, 이는 세상 전체의 양심불량과 위선의 한 단면을 보여주
는 것이기 때문이다.

그렇다면 시인은 이러한 양심불량과 위선의 현실을 어떻게 극복하고자
하는가? 여기에서 그의 시편 곳곳에 등장하는 ‘그리움’이란 시어를 주목
할 필요가 있다. 그리움이란 사실 과거에 대한 회고의 정이다. 말하자면
과거의 것에 대한 애착을 통해 현실에의 불만족을 보상하고자 하는 심리
가 ‘그리움’의 정서로 투영되어 나타나는 것이다. 이런 점에서 시인의
현실극복 의지란 다분히 복고적이며 소극적이라 말할 수 있다. 다음 시
<화분 하나>를 보자.

　　　내, 흔들리는 옥상 방문 앞에는
　　　풀포기 하나 없는 화분이 하나

고향 흙을 떠다가 채워 놓았지
돌멩이도 한 두개 심어 놓았지
아침 저녁 물이라도 뿌릴라치면
봉림산이 슬그머니 힘주어 앉고
대구바다 연꽃들 비 속에 웃지
들찔레꽃, 된장국 냄새 코 끝 가렵고
뻐꾸기, 참새, 까치, 산꿩 날으는 소리
사이좋게 자나가던 형제 소나기
부모형제 이웃 친구 그리운 이름들이
잘도 잘도 자라서 내 마음 쓸어주곤
삭막한 도시 풍정에 질겁하고 달아난다
타향살이 삼십여년 떠도는 신세
국보급 청자 백자 다 제껴두고
내 가슴 달래주는 화분이 하나
누가 보면 싱거울 화분이 하나.

이 시에서 '화분 하나'는 시인의 과거에 대한 향수 즉 그리움의 대상물이자 삶의 정체성을 회복하기 위한 매개물이다. 시인의 퍼소나(persona, 탈)이기도 한 시적 자아는 "삭막한 도시 풍정"과 "타향살이 삼십여 년 떠도는 신세"로 인하여 삶의 정체성을 갖지 못함으로써 심각한 정신적 혼돈과 방황을 경험하고 있다. 시적 자아는 이에서 벗어나고자 '화분 하나'를 마련한다. 그런데 이 화분은 "누가 보면 싱거울 화분"이지만, 고향의 흙과 돌멩이로 채워졌다는 점에서 시적 자아에게 남다른 의미를 가진다. 자아에게 이 화분은 과거 고향의 모든 그리운 것들에 대한 향수를 달래면서 스스로 삶의 정체성을 확인할 수 있는 매개물이기 때문이다. 따라서 자아는 '화분 하나'를 통해 고향의 자연정취와 가족, 이웃, 친구들에 대한 애정을 새삼 돌이키며 타향살이의 고독감과 도시생활의 삭막함에서 벗어나고자 한다.

이처럼 이상개 시인에게 '그리움'의 정서는 인간의 자기정체성을 확인하고 인간의 본연적인 삶을 회복하기 위한 가장 순수한 인간적인 감정이다. 따라서 시인은 '화분 하나'를 통해 그리움의 정서를 회복함으로써

인간과 인간, 인간과 사물 사이의 자연스러운 조화와 연대감을 확인하게
된다. 그런데 이 그리움의 정서가 내재하는 세계는 비인간적 현실이나
물질적 가치의 세계와는 상반된다. 영혼의 순수한 세계, 서정적인 조화의
세계 속에서 그리움의 정서가 환기되는 것이다. 이는 <첫눈>, <눈 내리는
아침>, <우리가 눈물처럼 반짝인다면>, <그리움이 또 다른 그리움에게>,
<해바라기> 등의 작품에서 볼 수 있듯이, 눈, 이슬, 해바라기 등 순수 표
상의 자연이나 눈물과 같은 인간의 순수한 감정의 바탕 위에서 그리움의
정서가 환기되면서 인간을 포함한 모든 사물의 조화로운 만남을 이루는
것이다.

　이상개 시인의 시에서 표상된 '그리움'은 사실 단순한 감상주의의
산물이 아니다. 그것은 오히려 삶의 건강성을 회복하는 감정의 질이다.
그래서 시인은 "젊음만이 껴안을 수 있는 바다의/힘차고 튼튼한 그리
움"(<젊음만이 바다를 껴안는다>에서)이라고 했으며, 벌판의 벼 포기를
보며 "튼튼한 그리움의 낟알로 열리고자 한다./오로지 건강한 웃음으로
영글고자 한다."(<벌판에 서서>에서)고 노래했다. 이처럼 그리움이란 삶
의 고통과 고난을 극복한 자리에서 미래의 건강한 삶을 소망하는 정신적
힘으로 작용한다. 이런 점에서 그리움은 인간적 신뢰에 바탕을 둔 사랑
의 감정으로 승화되어 나타난다.

> 그대여 지순한 그리움에다
> 나의 튼튼한 그리움을 두배로 하여
> 완전한 결합으로 얻은 그 힘 또한
> 물같은 사랑,
> 사랑이거니.
>
> 　　　— <물같은 사랑>에서

　여기서 그리움은 '나'와 '그대' 사이의 완전한 결합을 이루는 사랑의
원천이다. 이 경우 그리움은 '지순한' '튼튼한'이란 수식어구가 붙어 있
듯이, 진솔한 마음과 인간적 신뢰에 의해 움터나는 것이다. 그리고 이러

한 그리움은 단순히 남녀관계에 한정되지 않는다. 그것은 가족, 이웃, 친구 등에 대한 인정과 우의로 확대되면서 더 나아가서는 민족과 역사에 대한 애정으로 승화되어 표출된다. 이번 시집에 실려 있는 <독도의 비-안용복 장군에게>, <섬이 전하는 말 -한산도를 지나며>, <新鄭瓜停>, <皇龍寺는 어디 있나>, <부디 통일을 이루게 하소서>, <슈퍼 게르만 -코리아에게>, <배달겨레 -게르만에게> 등의 시편이 특히 후자의 민족과 역사에 대한 시인의 각별한 관심을 보여준다.

이상개 시인의 시를 전체적으로 본다면, 위선과 허영이 판을 치는 모순된 현실 속에서 무엇보다 인간 본연의 마음가짐을 찾아 건강한 삶을 회복하기를 염원하고 있다고 말할 수 있다. 여기서 인간 본연의 마음가짐이란 인간적 신뢰에 기초한 후덕한 인심과 인정의 문제로 궁극적으로는 인간과 인간, 인간과 사물 사이의 조화와 합일의 세계를 추구하는 것이었다. 시인은 이러한 마음가짐의 세계인식을 '독도'와 과거 유년기의 '고향'을 통해 표상하고자 했다. 그런데 '독도'나 '고향'의 세계와는 상반된 현실세계의 비인간성을 들추어내면서도 이와 정면으로 대결하는 방향으로 나아가지 않았다. 이는 시인의 시정신이 현실대결의 비판정신보다는 다분히 현실을 관조하며 초월하고자 하는 서정정신을 더욱 중시했기 때문이다. 따라서 그의 시는 비판의 시학이 아닌 사랑의 시학에 기초해 있다고 말할 수 있다. 이러한 사랑의 시학은 바로 그의 시편 곳곳에서 찾을 수 있는 '그리움'이란 시어를 통해 확장되면서 시의 견고한 정서적 틀을 만들고 있는 것이다.

Ⅲ

신진 시인의 시집 『江』에는 16편의 강 연작시가 실려 있다. 이들 시는 전체 4부로 구성된 시집에서 제1부에 모아져 있는데, 그만큼 강 연작시가 시집에서 지니는 비중이 크고 시인에게 각별한 의미를 지닌 것임을 알 수 있다. 먼저 시집의 자서에서 시인이 밝힌 강의 시적 의미를 되새겨 보자.

> 강은 차츰 내 눈을 뜨게 했다. 오염된 물밑의 강, 혹은 체험 속의 강, 아니 미지의 강, 강은 내 시야를 다시 열어 주었다. 오염된 사람됨, 그 너머의 사람됨, 미지의 사람됨, 살아있는 사람됨을 다시 더듬게 되었다.

위 시인의 발언에 의하면 강은 자아의 세계인식의 통로이다. 강을 통해 세계를 보는 시인의 시야가 열리고 '사람됨'의 세계를 다시 더듬게 되었다는 것은 강이 단순한 자연현상을 넘어서 시인의 세계인식을 새롭게 하는 상징적 통로로 기능한다는 뜻이다. 이런 점에서 강은 자아와 세계의 내면적 교섭을 이루는 의식의 흐름과 파장을 보여준다고 말할 수 있다. 그런데 시인은 왜 강과 '사람됨'의 문제를 이처럼 동일시해서 인식하고자 했는가? 여기서 강에 대한 인식의 기저를 따져 볼 필요가 있다. 강은 굳이 원형비평가들의 해석에 의존하지 않더라도, 강은 곧 물이며, 물은 모든 생명의 근원이면서 또한 파괴와 죽음의 공간이 된다. 그리고 강은 시간의 흐름에 따른 제반 현상의 변화를 대신한다. 이런 점에서 강은 세계인식의 거울이며 창이다. 시인은 이러한 강의 투시를 통해 특히 '사람됨'의 세계를 진단하고 그 모순을 날카롭게 풍자하는 한편 진정한 '사람됨'의 세계를 찾고자 한다. 사실 '사람됨'의 세계란 인간의 마음가짐과 태도에 달린 것인데, 강의 현상 역시 근본적으로 '사람됨'의 결과를 가식없이 보여준다는 것이 시인의 분명한 인식 지평이다.

그러면 그의 강 연작시들을 보자. 이들 작품은 우선 각기 다른 소재로 엮어져 있지만, 그 시적 소재들이 헤어지는 사랑, 이사, 물고기 회, 땅파기, 새끼들, 빨래 등 일상의 평범한 인간사들이란 점에서 공통성을 보이고 있다. 물론 이러한 현상은 비단 강 연작시에서만 나타나는 것은 아니다. 그의 시집 전편에서 읽을 수 있는 시적 소재의 일상성이 시적 탐구의 한 특징을 드러낸다고 말할 수 있다. 그렇다면 강 연작시를 비롯한 시인의 시들이 '사람됨'의 세계에 대한 어떤 철학적이고 심층적인 인식을 보여주리라는 기대는 가질 필요가 없다. 그의 시들은 시집의 자서에서 말한 바처럼, '사람됨'의 문제를 "이념에 의한, 논리에 의한, 제도에 의한 해석과 규정"에 얽매이지 않고 평범한 일상사의 범주 속에서 시적 상상력을 통해 나름대로 자유롭게 드러내고자 했다. 그의 시는 이런 점에서 소재의 일상성을 통해 친밀감을 느끼게 한다. 그러나 그의 시는 평이하기보다는 까다롭게 읽혀지는 작품들이다. 이는 시적 소재의 평이함에도 불구하고 시적 상상력이 펼치는 표현의 지적 탄력성이 독서의 신중성을 요구하기 때문이다. 강 연작시 역시 이러한 제반 사항을 공유하고 있다. 다만 이들 시가 여타 시들과 다른 점이 있다면, '강'이란 특정한 오브제를 통해 '사람됨'의 의미를 다양한 변주로 엮어내고 있다는 점이다.

> ① 한 번도 사랑한다 말하지 않은 이의 사랑하는 마음은 얼마나 아름다운가?
> 한 마디 말없이 사랑하다가 헤어지자는 말 한 마디 없이 송두리째 헤어지는 사랑은 얼마나 아름다운가?
> 비명없이
> 찢어지기
> 강은 그렇습니다.
> — <강·헤어지는 사랑> 전문

> ② 갖지 않고 주고 살기/손이 허전타./속 다 털고 내놓기/두렵지 않을 수 없다./증오 없이 사랑하기/쉬운 일이 아니다./강은/속 다 보이고 산다./내장 속의 장구벌레, 물방개며 피라미떼/혈관 속의 기름떼마저 빤히 내보인다.
> — <강·보이고 산다> 일절

위의 두 시편은 강의 이미지를 '사람됨'의 문제와 관련하여 긍정적으로 새기고 있는 작품이다. ①에서 강은 구차한 변명 없이 사랑하고 헤어지는 '사람됨'의 아름다움에 비유됨으로써 '묵묵하고 변함없는 사랑'이란 주제를 구현하는 상대적 이미지로 나타난다. 그리고 ②에서 "강은/속다 보이고 산다"는 중심적 의미단위의 구절을 통해 강의 투명성을 바탕으로 한 '사람됨'의 진솔한 마음가짐을 강조하고 있다. 이처럼 강 연작시는 강을 '사람됨'의 진정한 표상으로 보는 시인의 남다른 애착을 보여준다.

그런데 시인의 강에 대한 관심은 강과 '사람됨'의 세계가 갖는 인과관계의 현재적 국면에 한층 집중되고 있다. 즉, '사람됨'의 파괴가 강의 황폐화로 이어지고, 강의 황폐화는 다시 생태계와 '사람됨'의 세계에 대한 파괴로 이어지는 인과관계의 불행한 국면을 시인은 매우 심각하게 인식하고 있는 것이다. 여기서 강은 본래의 긍정적 이미지를 상실하고 죽음과 폐허의 공간적 표상이 된다.

　① 매장기를 놓친 포니·원으로 서며 가며 직장을 다니는 동안 나는 손발이 저리는 어지럼을 타게 되었다. 성인병, 갱년기장애라고들 하지만 사천만의 땟국이다 몰아오는 낙동강 하류, 샛강 한 자락에 등 기대 살다보면 아이들도 혈관이 자연 그를 닮는지 잠 속에서도 발버둥을 친다.

　　　　　　　　　　　　　　　　　　　　 ― <강·이사> 중에서

　② 재화는 위로 위로 올라가고/분뇨는 아래로 아래로 흐른다./교집합, 차집합으로 노래하던 새들은/목 쉰 나팔 하나 뿐, 종·목·과를 잃었다./위로 흐는 재화는 상류를 막고/아래로 흐른 분뇨가 하류를 막으면서/물의 시체가 널리기 시작했다./주검의 골짜기 물의 묘지에/발 헛디딘 반달이/살려다오, 살려다오./개헤엄을 치고 있다.

　　　　　　　　　　　　　　　　　　　　 ― <강·반달> 전문

　③ 물고기가 죽어 있다./죽음이 낯설어서/쓰레기밭 분뇨덩이에 낯을 가리고 있다./팔뚝만한 주검의 머리카락이 보인다./겹겹이/젖은 비닐에 코를 막은 채/싸늘하게 쏘아보는 플라스틱 눈빛이여./학의 다리 길어도 벗어나지 못하리./어젯밤 꾸억꾸억 딸꾹질 소리/시나브로 명치 끝을 찔러대더니/―희망소비자가격 230원/어느 놈이 그에게 라면 상표를 붙이고 갔나?

　　　　　　　　　　　　　　　　　　 ― <강·희망소비자가격> 전문

위의 시들은 공통적으로 문명비판적 입장을 담고 있다. 그러면서 ①은 강과 관련한 시인의 개인사적 문제에 비추어 강의 오염이 빚는 정신적, 육체적 고통을 그리고 있다. "사천만의 땟국을 다 몰아오는 낙동강 하류, 샛강 한 자락에 등 기대 살다보면 아이들도 혈관이 자연 그를 닮는지 잠 속에서도 발버둥을 친다"고 했듯이, 강의 생명력 파괴는 곧 인간의 생명력 훼손으로 이어지는 불행의 사슬임을 적시하고 있는 것이다. ②와 ③의 시는 인간에 의해 저질러진 강의 환경파괴와 오염의 심각성을 직접적으로 고발하고 있는 작품이다. 물은 자연스럽게 흐름으로써 스스로 생명의 활기를 가지며 다른 생명체의 활기도 가꾼다. 그런데 ②에서 "위로 흐른 재화는 상류를 막고/아래로 흐른 분뇨가 하류를 막으면서/물의 시체가 널리기 시작했다.", "발 헛디딘 반달이/살려다오, 살려다오/개헤엄을 치고 있다."는 경고성 묘사에서 인간의 문명이기적 욕망과 무관심에 의해 빚어진 물의 죽음, 그리고 생태계의 변화 및 파괴로 이어진 비극적 환경에 대한 경각심을 불러일으키게 한다. 이 점은 ③의 시에서도 마찬가지이다. 다만 시 ③은 오폐수와 폐비닐, 플라스틱에 갇혀 죽어간 물고기의 한 주검을 통해 특히 상업주의의 환경에 대한 무관심과 무대책으로 인한 생태계의 파괴를 분노 섞인 어조로 고발하고 있다. 이는 이 시의 끝 구절 "-희망소비자가격 230원/어느 놈이 그에게 라면 상표를 붙이고 갔나?"라는 표현에서 두드러진다. 여기서 물고기의 비극적 죽음은 상업주의의 환경에 대한 무관심과 대책 없는 환경파괴에 의해 방조된 죽음인 것이다.

이상에서 살핀 강 연작시들은 시인의 자연환경에 대한 각별한 관심을 나타내면서 궁극적으로 자연의 건강한 생명력의 회복을 통해 '사람됨'의 진정한 세계를 추구하고 있는 것이다. 여기서 '사람됨'의 진정한 세계란 자연과 인간의 조화로운 관계의 세계로 자연의 생명력과 인간의 양심이 회복되는 세계이다. 따라서 그의 시에서 자연과 인간, 생명력과 양심의 문제는 서로 동일시되거나 불가분의 관계를 맺고 있는 것으로 나타난다.

그런데 시인은 인간의 양심 문제를 결코 윤리적 차원에 구속시키려 하지 않는다. 그에게 양심이란 인간의 본래적 마음의 순수상태로 어떤 타성적인 윤리나 관습에 구애됨이 없는 상태이다. 물론 그렇다고 이런 상태가 윤리적 무방비 상태를 의미하지 않는다. "양심은 짓밟히면서/짓밟히지도/양심은 왜 저를 감출 줄도 모른다 하나?"(<양심>에서)라고 했다. 말하자면 양심은 인간의 진솔한 마음에 의해서 받쳐지는 정신의 자유로운 상태이다. 그래서 양심은 짓밟혀 감추어지는 것이 아니라 짓밟힘을 박차고 일어서는 인간의 진솔한 생명력과 같은 것이다. 이처럼 양심은 어떤 상황에도 구속받거나 구애됨이 없어야 한다. 그런데 시인은 일상의 인간은 여러 타성적인 윤리, 관습, 제도, 이론, 이념 등에 의해서 구속받고 있다고 진단한다. 시인의 관점에 의하면 일상의 가장 평범한 인간사인 사랑, 이별, 행복 등도 그렇다. 따라서 그는 일상의 모든 타성적인 사유와 행동을 '정신의 자유로움'을 통해 뒤집어 생각하면서 자기정체성을 찾고 회복하고자 한다.

> 밥숟갈에서 돌을 씹으면
> 돌 없는 밥 생각이 난다.
>
> 신발을 벗으면
> 신발을 신고 싶은 생각이 난다.
>
> 시계를 보면
> 목욕이 하고 싶다.
>
> 그리운 이를 만나면
> 급한 볼일로 자리를 뜬다.
>
> 생각할 때마다 생각이 난다.
> 다른 생각이 난다.
>
> 아아 눈을 감으면
> 눈을 감은 세상이 보인다.
>
> — <다른 생각>의 전문

　이 시의 자아는 일상의 타성에 얽매이기를 거부하면서 뒤집어서 생각하고 행동하고자 한다. 신발을 벗으면 신고 싶은 생각이 나고, 그리운 이를 만나면 급한 볼일로 자리를 뜨는 이율배반적 사유와 행동을 하고자 한다. 이러한 이율배반적 사유와 행동은 일상의 타성적 현실에 대한 반항아적 심리를 보여준다. 그러나 이것은 반항을 위한 반항이기보다는 정신과 행동의 자유로움을 추구하는 인간 본연의 심리이다. 타성에 젖은 현실, 그래서 인간은 일상의 윤리와 관습에 얽매여 자기정체성을 상실한다. 이 시의 자아는 이러한 자기정체성의 상실을 초래하는 일상에 반항하며 벗어나기를 원한다. 그래서 현실에 얽매이지 않는 '눈을 감은 세상'에서의 자유로운 사유와 행동을 꿈꾼다. 이것은 또한 일상과 현실에의 초탈이기도 하다.

먼지를 털면
몸이 가벼워진다.
휘파람 불면
헤어진 이름이 가벼워진다.
하늘은 아름답다. 그는 아무것도 갖지 않았다.
가진 것 없는 날은
주말의 만원열차가 가볍게 나에게 온다.
비명없는 다북쑥 무덤에 기대 앉으면
그의 생전 모습만큼이나
나는 얼마나 자유로운가.
긴 긴 터널을 지나
출찰구에 승차권을 던지고 오는
친구여, 너 소매 없는 저고리를 입었구나.
시계를 끄르면
이건 무슨 혁명의 가벼움이냐.
김햇벌 개구리, 일시에
포올짝 뛴다.
얹힌 것 죄 토해내고
꺼얼 껄 웃다.

— <輕空法> 전문

인간이 일상에 얽매인다는 것은 그것 자체가 삶의 고통이며 굴레일 수 있다. 따라서 일상의 '얽매임'을 떨쳐버린다는 것은 삶의 고통과 굴레를 벗어나는 초탈의 기쁨과 정신적 가벼움을 경험하는 것이다. 이 시의 자아는 이렇게 일상의 얽매임으로부터 벗어난 자유로움을 "먼지를 털면/몸이 가벼워진다"고 했다. 우리 인간은 사실 일상의 수많은 인연, 약속, 관습, 규범 등의 무거운 '먼지'를 짐 지고 있지 않은가. 이런 '먼지'를 오랜만에 털고 느끼는 정신적 자유와 육체적 가벼움은 말하자면 "아무 것도 갖지 않은" 상태의 홀가분함일 것이며, "얹힌 것 죄 토해내고" 웃는 탈속에의 기쁨일 것이다.

그러나 인간은 숙명적으로 삶의 고통과 굴레를 벗어날 수 없다. 하이데거의 말처럼, 인간은 '시간 내 존재'이며 '세계 내 존재'가 아닌가. 그래서 인간은 시간의 완전한 자유와 세계로부터의 초탈을 꿈꾸지만, 그것은 언제나 소망이며 이상이다. 인간 존재의 근본적 모순과 아이러니가 바로 여기에 있는 것이다.

> ① 아, 불예측성의 시계는 없나?/내 조모의 인생처럼 헝클어진 시계/구천동 물이 되어 빠지고 흐르고/넘어지는 시계는 없나?/어느 외진 숲 그늘에서/세월 가리고 쉬다가/순식간에 강 거슬러 오르는 시간의 척추./연월 모르게 잠자고 사랑하고/배반하고 달아나는/목숨마저도 내놓고 가기도 하는/시계./「출근시간인데 출근 안해요?」/여기 또 아내시계가 운다.
>
> — <시계>에서

> ② 나는 가고 싶다./사랑이 없는 곳으로/조용히 가슴을 열어/무너지는 어둠의 하얀 돛을 보고 싶다./아픔이 아픔으로 확실하게 살아남고/마취제도 지혈제도 칫과의도 이름이 없는/未明의 땅/단지 그 곳에 가고 싶다./사랑니여 안녕/만나는 시간에 마지막 인사를 하는 그 변덕의 땅에서/스스로 내 가슴 헤쳐내리며/목소리로 빨갛게 춤추고 싶다./무작정 춤추고 싶다.
>
> — <사랑니를 뽑고>에서

시 ①에서 자아는 일상의 시간을 초월하고자 소망한다. "불예측성의 시계", "순식간에 강 거슬러 오르는 시간의 척추", "연월 모르게 잠자고 사랑하고/배반하고 달아나는/목숨마저도 내놓고 가기도 하는/시계", 그러나 이 초월적 시간에의 소망은 가능성을 묻는 의문법의 표현에서 이미 한계가 노정되어 있는 것이다. 이 의문에 대한 해답은 이 시의 마지막 두 구절에서 불행히도 부정적으로 나타난다. 일상의 시간을 초월하고자 꿈꾸면서도 일상의 시간에 갇혀 있는 자아의 한계가 "「출근시간인데 출근 안해요?」/여기 또 아내시계가 운다"고 하는 일적 현실에의 반응에서 분명해지는 것이다.

일상에의 초월적 소망은 시 ②에서도 이어진다. "가고 싶다", "보고 싶다", "춤추고 싶다"는 소망적 표현으로 구성된 이 시에서 자아는 사랑의 고통이 없는 '未明의 땅'을 소원한다. 그러나 소망은 어디까지나 소망일 따름이다. 고통 속에서 사랑하고, 그리고 언젠가 이별하는 아픔을 맛보아야 하는 삶의 굴레에서 인간은 숙명적으로 벗어날 수 없기 때문이다. 현실과 이상, 존재와 소망 사이의 갈등과 모순이 여기서 노정된다면, 그 한가운데 인간적 진실이 숨어 있는 것이다.

신진 시인의 시적 고뇌는 바로 이러한 인간적 진실을 탐구하는 데 있다. 이 인간적 진실은 무엇보다 타성적 관념에 얽매인 인간의 가식과 위선을 벗겨냄으로써 찾아지는 것이다. 그가 '정신의 자유로움'을 통해 일상의 타성적 현실을 뒤집어서 생각하고, 일상적 현실과 소망적 현실 사이에서 갈등했던 까닭도 이런 인간적 진실의 문제에 의문을 던졌기 때문이다. 따라서 그의 시들은 일상의 세계를 벗겨서 뒤집어보고, 일상의 굳은 사고에 도전한다. 미치도록 사랑하면서도 사랑에 침을 뱉고(<사랑이 미치도록>에서), 사랑하는 마음을 긍정하면서도 이별을 슬퍼하지 않는다거나 미련 없는 이별을 '맑은 선물'로 찬미하며(<애인아, 내 슬픔은>과 <좋은 날>에서), 어둠을 두렵게 여기면서도 어둠 속에서 '용기의 물결'을 보고자(<어둠 보기>에서) 하는 것들이 그렇다. 이처럼 인간적 진실에 대한 시적 탐구는 가식과 위선의 얽매임으로부터 가벼워지고 솔직해지는 것이다. 이는 어쩌면 시인이 그린 자화상에서 가장 진솔하게 성찰되고 있는 것이리라.

누구누구는
서툰 논리 감추려고
말 더듬는 더듬이 교수
서툰 감정 감추려
글 다듬는 뻴개 시인
썩는 놈 뺨 한번 못때리는 대학교수에
도피를 이탈로 초탈하는 시인이다.
돈 벌 궁리하면서
제 부랄 만지는 재미 하나로
큰 방 하나 종일 뭉개는 가장.
누구누구는
누구누구 제일 싫어한다는 最强適者를
제 아들에 바라는 아비여우다.
몇 마디 묵은 말글로
긍지 다는 민주투사
수재의연금, 복지회비, 자선냄비 눈 돌리고
불우노인, 불우이웃, 청소년가장에도 베풀지 않은
어허, 험. 인도주의자.
짚는 쪽쪽 얻는 쪽쪽
면치레 바쁘게 봉창질하는
누구누구는
나다.

— <누구누구는> 전문

이 시는 일상의 그릇된 타성에 젖어 진실을 외면하고 비겁하게 살아가는 인간상에 대한 냉철한 자아성찰과 자기비판의 시이다. '누구누구'의 타자로 시작된 이 시의 자아는 위선으로 진실을 감추려는 이중적 인간상을 드러낸다. 실제로는 서툰 논리의 교수이고, 서툰 감정의 시인인데, 말을 다듬고 글을 다듬어서 교수와 시인 행세를 그럴듯하게 한다. 그리고 용기없는 지성에 현실도피를 일삼고, 돈 벌 궁리는 하면서 베푸는 마음은 없으며, 능력은 없으면서 그럴듯한 감투에 체면이나 중시하는 타락한 위선의 인간상을 보여준다. 그런데 이런 타자로서의 자아가 결과적으로 "누구누구는/나다"라는 솔직한 자기성찰에 이름으로써 혐오스런 자신에 대한 반성과 비판을 보여준다. 물론 이 시는 시인의 자기겸양의 언어적 표현으로 이루어져 있다. 따라서 문맥의 액면대로 시인의 자화상을 그린다는 것은 위험한 발상이다. 그러나 '누구누구'는 오늘날을 비겁하게 살아가는 우리 자신일 수 있다. 차라리 시인은 현대의 우리들 인간의 자화상을 자신의 것으로 겸허하게 반성하면서 인간적 진실에 접근해 갈 수 있는 것이다. 시인의 냉철한 자아성찰과 자기비판의 이유가 바로 여기에 있다.

신진 시인의 인간적 진실에 대한 비판적 성찰은 또한 시의 문체적 특징으로 인해 매우 개성적인 양상으로 나타난다. 대부분의 작품에서 공통적으로 드러나는 열거와 반복의 문체, 그리고 아이러니와 역설을 동반한 익살적인 문투와 상황의 반전에 이르는 표현 등이 시의 풍자와 비판의 효과를 배가시키고 있다. 예를 들어 다음 한 작품을 보자.

ⓐ 모처럼 편히 공중에 떠서
ⓑ 무게없이 잠 좀 자려고 하면
ⓒ 서경원이 임수경이 나를 끌어 내리고
ⓓ 일로삼김 좌경주사 노투구사 추를 단다.
ⓔ 짐승은 원래 옷을 입고 나지만
ⓕ 사람은 맨살로 홀가분히 나느니
ⓖ 신문으로 얼굴 덮고 잔껍질을 벗노라면
ⓗ 내가 목 벤
ⓘ 토종닭 여덟마리 모가지가 끄덕끄덕
ⓙ 에라, 솟는 핏심으로 깃털되어 뜰 일이다.
ⓚ 한 치 더 떠 맨바람 맞고
ⓛ 맨살 비 맞으며 천둥을 타고
ⓜ 오공식 발상 혁명적 투쟁
ⓝ 나도 발상하고 투쟁하러 잠 좀 자자.
ⓞ 짐승은 죽을 때 홀가분히 떠나고
ⓟ 사람은 죽을 때 세 겹 네 겹 입고 가느니

ⓠ 올 때 그러하듯 벗고 감이 수월하리.
ⓡ 가죽도 이름도 벗어 던지고
ⓢ 모처럼 편히 공중에 떠서
ⓣ 무게없이 잠 좀 자려 하는데
ⓤ 전화가 온다.
ⓥ 「난국타개 위해 시국선언합시다」
— <모처럼 편히 공중에 떠서>의 전문(* ⓐ～ⓥ의 기호는 필자)

이 시는 불안한 세태 속에서 이러지도 저러지도 못하고 방황하며 갈등하는 자아의 허약성을 풍자하고 있는 작품이다. 그런데 이 시의 풍자적 효과를 문체상의 언어적 표현을 통해 매우 흥미롭게 접하게 된다. 먼저 이 시에서 ⓐ, ⓑ 두 시행의 "모처럼 편히 공중에 떠서/무게없이 잠 좀 자려고 하면"이란 표현은 일종의 역설이다. 공중에 떠서 편히 잠을 잔다는 것 자체가 모순어법으로 이루어진 역설로 불안 속에서 잠을 청하는 시적 자아의 갈등을 효과적으로 드러낸다. 그리고 이 ⓐ, ⓑ 행과 ⓢ, ⓣ 행, ⓔ, ⓕ 행과 ⓞ, ⓟ 행은 반복 또는 대립적 반복인 병치의 시상전개를 보이는데, 여기서 시적 자아의 갈등적 심리의 반복에 의한 불안한 내면심리가 한층 고조되어 나타난다. 그러면서 ⓓ, ⓘ, ⓜ, ⓝ의 시행에서 보듯, 시류적 속어를 채용한 익살적 표현은 세태에 이끌려 진지하지 못한 자아의 모습을 효과적으로 반영한다. 여기다 ⓤ, ⓥ의 마지막 시행에서 상황의 반전적 표현이 이루어짐으로써 전체적으로 시적 자아가 놓인 상황의 아이러니에 대한 풍자를 매우 공감 있게 받아들일 수 있는 것이다. 신진 시인의 시가 인간적 진실을 투시하고 상황의 모순을 날카로운 풍자하는 지성의 시가 될 수 있는 이유가 여기서 찾아진다. ▷≪지평의 문학≫ 제3호(1994년 하반기).

존재 탐구의 역설과 새로운 언어질서의 미학
— 채호기와 송찬호의 시

I

채호기와 송찬호는 서로 불과 2살 터울인 30대 후반의 젊다면 젊은 시인이다. 이들은 각각 1988년과 1987년에 등단했으며, 1994년 말 문학과지성사에서 두번째 시집인 『슬픈 게이』(1994. 12)와 『10년 동안의 빈의자』(1994. 11)를 펴냈다. 말하자면 비슷한 시기의 인생살이와 시작경력을 가진 이들 시인이 공교롭게도 두번째 시집을 거의 같은 시기에 펴낸 것이다. 이런 사실에서 우리는 두 가지 점을 생각해볼 수 있다. 우선 두 시인이 30대 후반으로 구세대와 신세대 사이의 접점에 위치하고 있다는 점이다. 이렇게 세대상의 경계인으로서 이들이 펼치는 시세계는 세계경험과 인식에서 어떤 변별성을 가지면서 동시에 둘 사이의 공통적 사유의특성도 찾을 수 있지 않을까 하는 기대를 갖게 한다. 그리고 이들이 펴낸 시집이 등단 이후 7, 8년의 시작경험을 누적시킨 결과 간행된 두번째시집이란 점이다. 이제 이들은 더 이상 신인이 아니다. 첫번째 시집을 거쳐 자기 나름의 개성적인 목소리를 가지면서 시적 탐구의 뚜렷한 골격을세우고 있는 단계에 이르렀다고 생각하기 때문이다. 채호기와 송찬호의시는 이러한 기대지평을 분명히 확보하고 있다.

먼저 시인 채호기는 '삶'이나 '죽음' 같은 인간의 실존적 문제를, 이미 기성시인의 시에서 수없이 보아 왔던 어쩌면 진부하다고 할 수 있는 주제를 집요하게 파고든다. 그런데도 그의 시는 진부하지 않다. 기존의 어떤 시와도 다른 의미망을 형성하고 있기 때문이다. 이를테면 '삶'이나 '죽음'의 문제라 해도 그것은 결코 일상적 관념으로 변별되지 않는다. 오히려 일상적 관념의 경계를 무너뜨리면서 그 경계상에서 혼류되고 있는 새롭고 특이한 의미를 포착하고자 한다. 이런 점에서 그의 시는 신구의 변별적 세계관의 틈새에서 이음새 구실을 하면서 완충과 충격의 이중 작용을 소화해 낸다.

송찬호의 시는 채호기와 같이 시적 의미의 탐색 차원이 아니라 언어의 수사적 차원에서 이루어지는 새로운 언어미학을 보여준다. 그의 시에서 언어는 실재적 대상이나 관습적 의미에 따라 조율되지 않는다. 그 모두가 공백화된 곳에서 돌발적 충돌과 결합이 이루어지면서 새로운 언어질서를 탄생시키고 있다. 시학적 용어로 말하자면, 그의 시는 비동일성의 원리에 의한 절대적 심상의 시이며 병치은유(diaphor)의 시이다. 그리고 김춘수가 타성적 관념에 오염된 언어에 대해 그 '허무'를 인식하는 자리에서 '무의미시'가 소생된다고 말한 것처럼, 송찬호의 시도 그러한 무의미시의 언어미학을 분명 탐구하고 있다. 이런 점에서 송찬호의 시는 낯선 언어의 충격을 독자에게 준다. 그런데 어떤 종류의 시이든, 시인이 언어를 선택하고 배열·결합하여 한편의 시를 구성하는 일 자체는 시인 특유의 시적 세계관에 따라 이루어지는 것이다. 송찬호의 시가 분명 독해하기에 까다로운 언어미학을 보여주고 있지만, 그 언어미학의 새로운 언어질서 속에 시인 특유의 세계인식을 은밀히 감추고 있을 따름이다. 송찬호 시의 묘미가 바로 여기에 있다고 한다면, 우리는 그 새로운 언어질서의 배면을 투시할 수 있는 독서력을 갖추어야 하는 것이다.

Ⅱ

채호기의 『슬픈 게이』에 실려 있는 작품들은 대부분 의미상의 이중적 변주를 형성하고 있다. 시집의 표제가 유별나게 '게이'를 대상으로 하고 있는 것에서도 이 점은 시사된다. '게이'는 남성과 여성의 이중성을 지닌 존재이면서 그 양쪽으로부터 비정상적 모순의 관계에 놓여 있기 때문이다. 그러기에 '게이'는 비극적 운명의 '슬픈' 존재일 수밖에 없다. 시인은 그럼에도 '게이'와 같이 이중의 모순적 관계와 비극적 운명을 지닌 시적 대상을 통념에 따른 타자로서 결코 보지 않는다. 오히려 그것을 자기화해 버림으로써 모순적 관계의 분열과 대립을 해소시키고자 한다.

> 너의 몸이 지상에서 사라져버린 날.
> 내 눈이 바라보는 이 지상의 모든 것
> 네 몸이니, 아 !
>
> 이미, 네 몸안에 깊이 들어와 있었단 말인가.
> 죽어버린 고목에서 싱싱해지는 버섯처럼
> 썩어가는 살점에서 화려해지는 곰팡이처럼.
>
> 너의 몸이 지상에서 사라져버린 날.
> 널 못 보는 내 눈도 사라졌으니
> 너처럼 캄캄한 세상을
> 눈 없는 몸으로 더듬으며 살아가야지.
>
> 너의 죽음을 내 남은 삶처럼
> 너의 많은 삶을 내 죽음처럼.
>   — <너처럼 캄캄한 세상을>에서

이 시에서 '너'는 일단 지상에서 사라져버린 죽음의 존재이며 이승 밖의 존재이다. 그렇다면 '너'는 지상의 남은 존재인 '나'와는 분명 분리

되어 있다. 그러나 '나'와 분리된 것은 단지 '너'의 육신일 뿐이며 육신을 초월한 강인한 생명의 정신은 여전히 지상에 살아 남아 있다. 여기까지 육신과 혼(정신)을 분리해서 사고하는 동양적 생사관이 작용하고 있다고 말할 수 있다. 그런데 이 시는 여기에 멈추지 않는다. "너의 죽음을 내 남은 삶처럼/너의 남은 삶을 내 죽음처럼"이란 종결어구로부터 소급 확장되는 나와 너, 삶과 죽음, 이승과 저승, 육신과 정신의 관계는 일상적 통념의 분별적 사고로서는 풀릴 수 없기 때문이다. 이는 '이미'란 부사어에 의해 환기되는 것이지만, '너'의 육신과 정신이 곧 '나'의 그것과 일체화됨으로써 삶과 죽음, 이승과 저승의 구별은 물론 어떤 분열과 대립도 존재하지 않는다. "나에서부터 너의 삶은 시작되고/너에게로 빛나는 生들을 쏘아올리는/내 몸은 네 삶의 그루터기이니……"(<내몸은 네 삶의 그루터기>에서)에서처럼 '나'는 '너'와 일체가 되면서 '나'의 몸 안에서 '너'를 재생시킨다. 시인의 정신적 투시는 바로 이 지점, 나와 너, 삶과 죽음, 이승과 저승의 벽이 허물어진 이 교착점을 연결하면서 인간실존의 새로운 의미를 포착하고 있는 것이다.

사실 인간은 고립무원한 존재가 아니라 사회적 존재로서 '나' 아닌 수많은 인간과의 관계 속에서 살아간다. 그러나 그 수많은 존재의 인간이 모두 '나'에게 특수한 의미를 부여하는 것은 아니다. 따라서 인간은 몇몇의 한정된 인간들과 특수한 관계를 맺으며 또한 그것을 계속 유지시키고자 한다. 그것은 가족관계일 수도 있고, 연인이나 친구관계일 수도 있고, 사제관계나 도제관계일 수도 있다. 물론 그 이상의 국가나 민족관계일 수도 있다. 그런데 이러한 특수관계를 맺고 있는 쌍방에서 어느 한쪽이 일방 소멸되거나 소외당할 때 다른 한쪽은 심각한 정신적 갈등을 겪기 마련이며 심하면 자신의 존재의미마저도 상실하게 된다. 채호기의 시도 분명 이러한 타자와의 특수한 인간관계에 기초하여 인간 존재의 근원적 의미를 묻고 또한 캐고 있다.

무엇이 너를 숨겼니?

갈라터진 내 몸의 상처 사이로
보이니? 너의 모습
없는 내 눈들아 !

두 눈이 없어도 세상은,
세상 한켠에 또 너는 있을지니
막막한 어둠이여
지금 이곳이 까마득한 벼랑이 아니길
     — <너는 내 눈동자를 갖고 어디로 갔니>에서

내 두 눈을 퍼내고
그곳에 너를 묻네.

남은 내 생애
눈멀어
휘어져 날아
떨어지는 곳 어디?
      — <너의 죽음은 나였으니>에서

널 볼 수 없는 난 소경.
거리는 빠르게 움직이고, 환한 저녁에
목련 피어 더욱 밝은데
네가 보이지 않는 것이 난 두렵네.
      — <두 눈>에서

　위의 시들은 '나'와 특수한 관계를 맺고 있었던 '너'의 죽음을 계기적 사건으로 담고 있다. 그런데 한결같이 '너'의 죽음에 의한 충격으로 '나'는 두 눈을 상실하고 소경이 된다. 물론 이 소경은 정신적인 것이다. '너'의 죽음에 의한 '나'의 존재의미 상실, 그 심각한 정신적 고통과 암담함의 상황을 소경의식으로 표현한 것이리라. 그리고 여기에는 '너'의 죽음에 대한 '나'의 자책감도 포함되어 있다. 이는 굳이 외디프스의 신화를 기억하지 않더라도 죄의식에 대한 자책감으로 스스로 소경이 된 많은 이야기를 연상시킨다. 소경은 앞을 볼 수 없다. 어둠만이 있고, '너'

를 볼 수도 없으며 어떤 것에도 확신을 가질 수 없다. 삶의 미래도 불확실하다. 그래서 시의 화자인 '나'는 불안하고 두렵다. 이는 위의 시에서 물음표로 구성된 여러 담화구문들과 "까마득한 벼랑"이나 "두렵네"와 같은 구절에서 구체적으로 입증되는 셈이다.

그런데 그렇다고 '나'는 불안과 공포의 심경으로 살아갈 수만은 없다. 소경의 경우 일반적으로 시각은 상실했지만 대신 촉각과 후각 등 다른 감각이 더욱 발달되어 있는 법이다. "너를 볼 수 없는 두 눈 대신/길고 긴 혓바닥이, 무슨 상처인 양/가슴의 억만 솜털을 傷心의 억만 주름을/핥고 핥으며 더듬어"(<두 눈>에서) 갈 수 있다. 이뿐만이 아니다. '나'는 소경이 됨으로써 오히려 어둠의 세계에 있는 '너'와 일체가 될 수 있고, '너'의 죽음을 '나'의 삶으로 되돌릴 수 있다. 이것은 물론 시인의 역설이다.

> 나의 남은 삶 위에 그대를 펼치리.
> 그대의 남은 삶을 연장하도록
> 그대가 되어
> 내 나머지 삶은 없는 것으로 하리.
> 실패할 때마다 내 몸의 한 부분을 잘라버리며
> 불구로 이 세상 모든 삶들을 浮浪하리.
>
> — <浮浪>에서

뜻하지 않은 사건으로 이승의 삶을 다하지 못하고 죽은 자에게는 한이 맺히는 법이다. 이렇게 맺힌 한은 원한이 되지 않도록 이승의 누군가가 풀어 주어야 한다. 여기서 이 누군가는 죽은 자와 가장 가까운 지기(知己) 사이의 산 자이다. 위의 시는 우리의 이러한 민간신앙적 사유를 보여주고 있는 작품으로 볼 수 있다. 그런데 '나'의 남은 삶을 '그대'의 못다한 삶으로 대신 살아가고자 하는 해원(解怨)의 다짐은 민간신앙적 사유를 초월해 있다. "내 나머지 삶은 없는 것으로 하리./실패할 때마다 내 몸의 한 부분을 잘라버리며/불구로 이 세상 모든 삶들을 浮浪하리."란

‘나’의 다짐은 범속한 인간을 초월한 비장한 결단이 없으면 불가능하다. ‘그대’의 맺힌 한을 풀기 위해 자신이 스스로 신체적 불구의 소경이 되는 것, 그리고 그 불구적 고통을 스스로 감내하면서 부랑의 삶을 살고자 하는 다짐에서 우리는 범속한 인간세계를 넘어선 비극적 화해의 정신을 만나게 되는 것이다. 어차피 ‘그대’의 못다 한 삶은 불구적 삶일 터인데, ‘그대’의 불구적 삶을 만나기 위해 스스로 불구적 고통의 삶을 감내한다는 것은 삶과 죽음, 이승과 저승의 경계를 초월할 뿐만 아니라 ‘나’와 ‘그대’ 사이의 분별도 거부하는 것이기 때문이다. 여기서 시인은 삶과 죽음에 대한 새로운 의미를 발견한다. “봄날이여 일어나라./새로운 것들이 곧/이 빈 시간들을 메우리라”(<죽은 자들의 시간>에서)에서 처럼 시인은 죽음의 시간을 새로운 삶으로 채울 수 있는 ‘빈 시간’으로 인식한다.

채호기의 시에서 죽음은 결코 삶의 마지막을 의미하는 것이 아니다. 그것은 이승에서의 미망(迷妄)을 끊임없이 일으키게 하는 어둠의 시간이긴 하지만, 그 어둠의 ‘빈 시간’에서 새로운 삶의 빛을 발견하고 새로운 삶을 체험하게 하는 시간이다.

> ① 검은 표면 위에 너울거리는 빛
> 쇳덩이의 검정 위에 번쩍이는 검은 쇠
> 흑백 사진의 반짝이는 표피
> 내부의 어둠으로부터 터져나와
> 번질거리는 검은 덩어리들 !
> — <어둠 속에서> 일절

> ② 꽃이 죽었어요
> 그 꽃이 없어진
> 텅 빈 자리
> 흉측한 흉터 같은 그 자리
> 망막에 지워지지 않는
> 그 꽃 안에서 나는
> 바깥의 어둡고 메마른
> 상처를 오래오래 내다보았어요.
> — <꽃의 죽음>에서

이들 시의 자아는 '내부의 어둠'이거나 '빈 자리'에 위치한다. 이 위치는 바로 죽음과 만나는 자리이다. 그런데 이 자리는 정지된 곳이 아니라 언제나 '바깥'을 향하면서 유동하는 곳이다. 이 곳에서 자아는 '바깥'의 빛과 '어둡고 메마른/상처'를 본다. 말하자면 자아는 죽음과 만나는 이 어둠의 빈자리에서 스스로를 내맡기면서 삶의 희망만이 아니라 고통의 체험도 되새긴다. 아니 이승과 저승의 모든 색색의 사물과 만난다. "파란색, 흰색, 검은색, 녹색, 갈색, 빨간색이 제각기 제 뜻대로 살아가지만 어디까지가 파란색이 살아온 시간이고 어디까지가 흰색이 띄어간 곳이고 어디까지가 검은색이 죽어갈 깊이고 어디까지가 녹색이 끼어 들 틈이고 어디까지가 갈색이 기어갈 높이며 어디까지가 빨간색이 흩뿌려질 공간인지 모른다"(<흐른다 2>에서)에서처럼, 자아는 모든 존재의 분별이 무화된 초월을 경험한다. 이는 "내 몸과 네 삶이 뿌옇게 섞이고 있는 거기 그 자리"(<그 자리, 그 삶>에서)에 있기 때문이다. 시인은 이 지점에 이르러 내가 본 것이 당신이 본 것이고, 내가 들은 것이 당신이 들은 것이며, "나는 더 이상 없으며 당신도 이미 없습니다"란 역설을 발견하게 된다. 여기에 시인이 삶과 죽음의 주제를 이처럼 집요하게 탐색한 까닭이 있으리라.

채호기의 시집에서 우리는 또 다른 흥미로운 시적 대상과 만나게 된다. 그것은 이 시집의 표제 작품이기도 한 <슬픈 게이>와 일련의 '게이' 연작시편, 그리고 <오 내 사랑 에이즈>의 연작시편들에서이다. 우선 이들 시편에서 '게이'와 '에이즈'는 통상적 관념으로 보면, 금기 영역의 모순된 인간상과 병리적 현상을 지칭하는 것이다. 그런데도 시인은 왜 이 특별한 대상을 시적 대상으로 삼아 노래했을까? 이 의문의 단서는 이미 보아왔던 시편들에서 감지될 수 있다. 나와 너, 삶과 죽음, 이승과 저승의 경계, 그 틈새에서 인간 실존의 새로운 의미를 발견하고자 했던 시인은 '게이'의 존재야말로 인간 실존의 새로운 의미를 발견할 수 있는 구체적 대상으로 생각했기 때문이다. 따라서 '게이'는 표면적으로 남성과 여성의 의미가 무화된 존재이지만, "네가 되어 너의 삶을 살아가는" '나'의

화신으로, 모든 존재의 무화를 거친 새로운 삶의 인간표상으로 다가오는
것이다.

> 너의 주검이
> 일어서 걸어온다──주검 없고
> 새소리처럼 솟구치는 높은 음의
> 부산한 너의 뾰족구두 소리.
> 풀잎에, 나뭇잎에 맺힌 아침을 털며
> 걸어온다. 나에게로.
> 없는 내가 너를 본다.
> 너무도 생생하게
> 나는 없고
> 추억의 네가 아닌
> 바로 지금! 네가
> 삶의 싱싱함으로
> 살아온다.
>
> ― <슬픈 게이>에서

'게이'는 남성으로서 여성을 대리하여 살아가는 존재이다. 여기서 남
성이 '나'라면 여성은 '너'이다. 따라서 '게이'는 남성인 '나'의 몸에서
여성인 '너'를 환생시킨 것이다. 이제 '나'는 더 이상 존재하지 않는다.
"추억의 네가 아닌/바로 지금! 네가/삶의 싱싱함으로/살아"왔기 때문이
다. 그러나 '게이'의 현실적 삶은 결코 화려할 수는 없다. 거울을 보며
남성을 여성으로 아무리 치장한다고 해도 완전한 여성으로 될 수 없듯
이, 결국은 "덜컹거리는 몸에 실려/나의 일생을 떠메고 가는/잘못 입은
너의/몸의/쓸쓸한 뒷모습"(<게이 4>에서)으로 남게 된다.

> 나의 슬픔을 아시겠어요?
> 입김에 아련해지는 사랑한 당신.
> 트럼펫의 가느단 육체 속으로
> 하늘하늘 걸어 들어오는,
> 나를 옷처럼 입고 있는 당신,

당신을 떠나 내게로 돌아오는 당신, 마침내
저녁의 붉고 누추한 거리로 나서면, 거기
정신병동 노란 감시등 같은 내 지난 삶이
앰뷸런스 급한 경고등처럼 위태롭게 깜박이는
지금 내 삶을 쓸쓸하게
　　　　　　　　　　　— <게이 2>에서

　'나'와 '너'가 완전히 일체가 된다는 것은 사실 이상이고 환상이다. 현실은 "나를 옷처럼 입고 있는 당신"일 뿐이다. 따라서 그 삶도 불안하고 위태롭다. 언젠가 정체가 드러날지 모르며, 설사 드러나지 않는다 하더라도 정신병자 정도로 취급할지도 모른다. 게이의 슬픔과 쓸쓸함, 그리고 삶의 험난한 여정도 바로 여기에서 말미암는다. 그러나 여기서 좌절할 수는 없다. 게이는 분명 남성도 여성도 아닌 새로운 제3의 삶을 살아간다. "지금까지 한번도 없었던 것, 알 수 없는 것이/내 몸의 어떤 부분에서 탄생하고,/환생하고 있다는 것" 바로 이 제3의 삶의 환생, 비록 그것이 환상일지라도 차라리 아무도 모르는 순결을 지니고 있다고 믿는다. 시인은 이러한 제3의 삶이 기존의 어떤 체제와 규범도 무너뜨리는 무서운 힘을 가지고 있다고 생각한다. <오 내 사랑 에이즈 2>의 일절을 보자.

죽음을 아는 몸은 순결하다
그러나 죽음을 모르는 몸은
닳고 더러워진다
(오, 한 몸을 위해 산산이 폭발하는 한 몸이여!
오오, 자기 생을 방패로 항거하는 피여! 세포여!)

혁명이 세상을 바꿀 수 없는 시대에
에이즈 바이러스는 몸을 뒤바꿔버린다
그 누구도 할 수 없었던,
유전자 구조를 해체시켜버리는
몸을 담금질하는, 오 에이즈 바이러스여

세상이 규범 속에 있을 때 너는
그 누구의 것도 아닌 새로운
낯선 체제의 몸 속에 있다

"혁명도 세상을 바꿀 수 없는 시대에" 에이즈 바이러스는 유전자 구조를 해체시켜 몸을 뒤바꿔버린다. 여기서 제3의 삶, 그것은 게이로서의 삶이지만 게이에게 따르는 죽음의 운명을 예고하는 삶이기도 하다. 그러나 "죽음을 아는 몸은 순결하다"고 했다. 인간은 죽음의 숙명을 지닌 존재이다. 이 죽음의 숙명을 거부하고 발버둥치며 살아가는 삶, 그것은 "닳고 더러워진" 혼탁한 삶일 뿐이다. 혁명도 세상을 바꿀 수 없는 시대에 어떤 규범과 제도도 이 혼탁한 현실을 근원적으로 바꿀 수 없다고 시인은 생각한다. 차라리 죽음의 숙명을 받아들이면서 세상의 규범 밖에서 아무도 모르게 '한 몸'을 위해 '한 몸'을 희생하는 삶이 순결하고 아름답다고 보는 것이다.

이상에서 처럼 채호기의 시는 분별적 사고와 일상적 관념을 거부한다. 삶과 죽음, 나와 너, 이승과 저승의 분별적 사고의 공백지대에서 제3의 새로운 삶의 의미를 포착하고자 한다. 이는 우리 시대에 시인이 보여주는 새로운 인간 실존의 의미일런지 모른다. 온갖 규범과 타성적 사고의 메너리즘에 젖어 사는 오늘날의 우리에게 채호기의 시는 일면 당혹스럽기도 한 문화적 충격을 안겨주는 동시에 삶의 의미에 대한 새로운 각성을 불러일으키게도 하는 것이다. 여기에 채호기 시인의 시적 탐색의 깊이가 있다면, 그 깊이 만큼 넓이를 가지는 관념의 육화와 사물화가 요구된다고 생각하는 것은 시인에 대한 앞으로의 기대가 크기 때문이다.

III

송찬호의 시는, 앞서 언급했듯이, 채호기의 시와는 달리 언어적 수사의 차원에서 새로운 언어미학를 형성하고 있다. 따라서 송찬호의 시에서 갖는 관심은 단연 어떠한 언어적 수사의 방법을 통해 새로운 언어미학을 획득하고 있는가 관한 것이면서, 동시에 그 언어미학을 받치고 있는 시적 세계인식의 특징이 무엇인가에 관한 것이다. 이를 위해 우선 다음 시 <지팡이> 일절을 보자.

> 그의 지팡이는 물렁물렁하였다
> 질긴 동물의 내장으로 만든 것처럼,
> 힘겹게 그는 그 지팡이를 삼켰다
> 벌어진 입 속으로
> 어두운 우물 같은,
> 그 지팡이가 보였다
>
> 그의 지팡이는 짧았다
> 그는 그 지팡이처럼 짧은
> 몇 개의 질문을 갖고 살았으니,
> 어느 해 큰 홍수에
> 제물로
> 그 지팡이를 던져보았으리라
> 그것으로 마른 땅을 두드려
> 땅 밑 항아리 같은 샘물을 찾았으리라

　지팡이를 대상화한 이 시는 독자를 매우 당혹스럽게 한다. 미메시스(mimesis)적 차원의 지팡이에 대한 통념은 쉽게 부러지지 않도록 단단하면서 긴 나무를 잘라 만든 것인데, 이 시는 이러한 미메시스적 차원의 어떠한 접근도 허용하지 않기 때문이다. 즉 "지팡이는 물렁물렁하였다", "지팡이는 짧았다"란 각 연의 첫 구절은 물론 "어두운 우물 같은/ 그 지팡이", "그 지팡이처럼 짧은/몇 개의 질문"같은 비유구문은 아무리 따져도 쉽게 그 의미를 파악하기 어렵다. 그러나 그렇다고 이 시가 지팡이에 대한 통념을 완전히 부정하고 있다고 생각하지 않는다. 지팡이와 연관된 술어구문들을 보자. "물렁물렁하다, 짧다, 만들다, 삼키다, 보이다, 갖고 살다, 던져 보다, 두드리다, 찾다” 등이다. 여기서 “물렁물렁하다, 짧다”
는 “단단하다, 길다”와는 모순되는 반대개념을 나타내지만, 전자는 일단
후자를 전제한 다음 성립되는 표현이다. 그리고 “보이다, 갖고 살다, 던
져 보다, 두드리다, 찾다” 등은 지팡이에 대한 통념적 인식과 모두 연관
되는 것이다. 다만 “삼키다”는 지팡이와 선뜻 연결되기 어려운데, 지팡이
가 나이 또는 연륜의 의미를 나타낸다면 “(나이)를 먹다”란 표현을 우회
적으로 표현한 완곡어법으로 볼 수 있다. 그렇다면 이런 점을 전제로 위
의 시를 다시 독해해 본다면 전혀 불가해한 것이라고 잘라 말할 수는 없
다.

　이 단계에서 독자에게 당혹감을 주는 언어적 수사는 나름대로의 질서
와 의미를 표상하고 있는 것으로 파악된다. 말하자면 이리저리 부대끼며
힘들게 살아왔던 ‘그’의 짧은 인생역정, 그러면서 인생에 대해 회의에
찬 사색을 통해 마른 땅에서 샘물을 찾듯 뜻 있는 일의 성취를 애썼던
‘그’의 삶을 위와 같이 표현한 것으로 해석할 수도 있다. 그러나 이것은
해석의 한 가능성을 보여주는 것일 따름이며, 필자의 독단을 넘어서 분
명한 객관성을 지닌다고 말할 수 없다. ‘지팡이’의 의미는 시인 개인의
상상력에 의한 강한 상징성을 띠고 있는 만큼 여전히 불투명하기 때문이
다. 사실 시인이 특정한 의미를 염두에 두면서 의도적으로 이 시를 썼다
고 생각하지 않는다. 오히려 시인은 언어의 일상적 관념을 초월해서 언
어와 언어가 상호 충돌하며 빚어내는 신선한 충격의 언어미학에 한층 깊
은 관심을 가지고 있다는 생각을 하게 된다. 따라서 시인은 이 작품에서
적어도 모순어법과 완곡어법, 그리고 비동일성의 원리에 따르는 비교구
문의 심상을 즐겨 사용하면서 독특한 언어질서와 미학을 탐색하고 있다
는 사실을 확인하게 된다.

> ① 누가 밟았기에 계단이 저렇게 꺾였을까, 악마가?
> 　꺾였다 다시 일어나는 저 완강한 악마의 계단들
> 　난 계단과 싸운다
> 　　……(중략)……

내 부재가 그토록 무거웠던가, 저 몸서리쳐지는, 부재의 꼭대기,
난 죽어 있으므로 그 계단을 일으켜세워 보여줄 수 있기까지 하다
                              — <얼음의 문장 1>에서

② 그는 불붙는 계단과 싸우고 있었다
  소리를 지르며 계단이 괴물처럼 일어섰다 쓰러졌다
  장미가 발생했다, 장미의 가시로 불길을 막아내며
      ……(중략)……
  부재를 높이 떠메고 그들은 그곳을 향하여 나아갔다
  그들의 몸이 수의로 천천히 젖어 들어갔다 다른 해안이었다
                              — <얼음의 문장 2>에서

③ 그토록 싸웠던 계단에서 그는 모습을 감췄다
  그는 자기의 몸을 꺾어 몸 속에 집어넣었다 그렇다,
  몸 속에 처박힌 계단을 통하여 그는 내부의 사원으로 사라져갔다
      ……(중략)……
  단순하였다 다른 세계에서 바람이 불어온다 이제 그 흔한 물 위의
  사원들은 머뭇거리지 않고 흘러가리라 여기 그의 죽어 있음을 아무
도 치우지 못하리라
                              — <얼음의 문장 3>에서

  위에 인용된 연작시는 "나는 계단을 일으켜 세우기 위해 싸우다 —나
는 죽다— 그가 계단과 싸우다 — 그가 싸웠던 계단에서 모습을 감추다"
란 연쇄적 사건의 고리로 구성되어 있다. 그러나 이런 사건의 연쇄성에
도 불구하고 나와 그가 왜 계단과 싸우는지, 그리고 하필 왜 다름 아닌
계단과 싸우는지 알기가 어렵다. 이러한 난해성은 시의 제목에서부터 드
러나고, 그 제목은 다시 작품의 문맥과 논리적 연결성을 맺고 있지 않다
는 점에서 한층 가중된다. 그럼에도 우리는 이들 작품에 대한 어떤 해석
을 기대한다. 역시 추리에 의한 해석의 한 가능성이지만, 이들 작품은 제
목에서 암시되는 바 시인의 글쓰기 행위 자체를 표현한 것으로 볼 수 있
다.
  제목부터 보자. '얼음의 문장'에서 얼음과 문장은 표면적으로 서로 비

동일성의 비유관계를 가지지만, '얼음'이 '투명성, 매끄러움, 순수함' 등의 의미소를 가진다면 '문장'은 이 의미소에 의해 한정되는 것으로 볼 수 있다. 그렇다면 ①의 "누가 밟았기에 계단이 저렇게 꺾였을까, 악마가?"란 구절에서 '계단'은 제목의 '얼음'이 갖는 의미소와는 대립되는 의미소를 가진 표현은 아닌가? '계단'은 '얼음'과는 달리 '불투명성, 꺾임, 불순함'의 의미소를 가질 수 있기 때문이다. 따라서 '누가 밟아서 꺾인 계단'과 "저 완강한 악마의 계단들"은 상투적 관념에 의해 오염되고 왜곡된 언어적 현실을 암시하는 것으로 해석되며, 이에 "난 계단과 싸운다"는 것은 그러한 언어적 현실과 대립하여 언어의 순수성을 회복하기 위한 고투에 찬 글쓰기의 행위를 말하는 것으로 보인다.

그런데 이 시의 마지막 구절 "난 죽어 있으므로 그 계단을 일으켜 세워 보여줄 수 있기까지 하다"란 구절은 무슨 뜻인가? 이미 관습화되고 통념에 의해 굳어진 언어, 즉 완강한 계단과 싸우기 위해서는 '나'의 부재 즉 죽음으로서는 불가능하다. 그러나 ②, ③의 시에서 '나'의 부재가 '그'의 싸움으로 연결되면서 이 점은 어느 정도 해명된다. '나'는 주관적 자아라면 '그'는 객관적 자아이다. 시인은 이런 주관적 자아를 버릴 때 진정으로 순결성을 획득하고 '악마의 계단'인 굳고 왜곡된 문장과 싸울 수 있다고 믿는다. 그런데 '그'도 결국 죽는다. 여기서 상징주의 시인 말라르메(Mallarmé)가 현실과 감성으로 위폐된 인간성을 버릴 때 교응의 세계에 들어갈 수 있다고 한 말을 기억하게 된다. 말하자면 주정적(主情的) 자아와 이성적 자아를 버려야만 상징의 순수한 절대세계에 이를 수 있다는 것이다. 그렇다면 '나'의 죽음과 '그'의 죽음은 주정적 자아와 이성적 자아의 소멸에 다름 아닌 것으로 해석 가능하리라. 시인은 이렇게 주정적 자아와 이성적 자아의 소멸로부터 관습과 타성으로 중독된 언어를 구원하고 드디어 순수한 언어들의 만남이 이루는 세계 즉 새로운 언어미학의 공간인 '다른 해안'의 '사원'에 들어갈 수 있는 것이다.

　　새들은 가장 높은 곳에서 자신의 몸을 해체한다

　　오오, 차가움의 심장을 빼앗기지 않으려 얼음으로 결박당한 나뭇가지들이
　여 얼음의 불에 휩싸인 채 새들은 나뭇가지를 떠난다
　　새들은 날마다 얼음의 성채까지 날아간다 매일 조금씩 얼음의 성채를 부
　재의 자리로 옮겨놓는다
　　　　　　　　　　　　　　— <얼음의 문장 4>에서

　위의 시에서 '새'는 시인의 상상적 자유의 화신이며, 이 상상적 자유
의 화신에 의해 가꾸어진 순수한 언어의 초월적 영혼을 상징한다. 이
'새'가 자신의 몸을 해체하며 '얼음의 불'에 휩싸인 채 '얼음의 성채'까
지 날아간다. 그리고 다시 '얼음의 성채'를 부재의 자리로 옮겨 놓는다.
이제 시인은 자유로운 상상으로 순수하고 투명한 언어의 빛과 무늬 즉
'얼음의 성채'를 발견하고 이를 다시 해체하는 일을 맡게 된다. 말하자
면 시인은 오염되고 훼손된 언어와 부단히 싸우면서 언어의 순수성과 자
유를 회복하기 위한 고투에 찬 임무를 부여받은 것이다. '얼음의 성채'
는 더 이상 다른 것에 의해 결박당하거나 자신도 더 이상 굳은 채로 존
재할 필요가 없다. "아름다워라, 그의 눈 속 물방울"(<얼음의 문장 5>에
서)이라고 찬미한 것처럼 얼음은 말 그대로 아름답고 투명한 물방울로
자유롭게 해체되어야 하기 때문이다. 이러한 언어의 순수성 회복과 언어
의 자유를 위한 해체 작업, 그것은 시인의 사명인 동시에 시인 송찬호가
가고자 하는 시의 길인 셈이다.

　　난 이 도시에서 오랫동안 소금을 캐왔다 거친 밤마다 교회와 성교하고
　　이제 무덤보다 교회가 더욱 많으니 내가 하는 일은
　　바람 속에 물고기 뼈나 묻어주거나 죽은 벌레의 날개를 떼어주는 일
　　노새야, 내 마음속에 처박힌 수레바퀴를 끌어내다오
　　너희 늙은 산파들, 그대들의 악기를 울려 타락한 물방울들을 튕겨내다오
　　　　　　　　　　　　　　— <소금도시>에서

　시인이 순수한 언어를 찾는 작업을 한다면, 그것은 이 시에서처럼 '소
금'을 캐는 작업에 다름 아니다. '소금'이란 따지고 보면 '얼음'과 같은

물의 결정체이다. 그러면 '악마의 계단'에서 '얼음의 문장'을 발견하는 작업은 곧 삭막한 도시공간에서 '소금'을 캐는 일에 견주어질 수 있다. 그리고 이러한 시인의 일은 거룩하고 성스러운 작업이다. 다소 희화된 표현이지만 이는 "거친 밤마다 교회와 성교"하는 작업인 셈이다. '교회'는 정신적 구원의 성스럽고 엄숙한 공간이기 때문이다. 그런데 무덤보다 교회가 더 많다고 했다. 교회는 더럽혀진 인간의 영혼을 순수하게 하고 더럽혀진 인간세계를 구원하고자 하지만, 현실은 그만큼 힘과 권능을 상실하고 있다. 어쩌면 언어의 순수성을 구원하고자 하는 시인의 시 작업도 이와 마찬가지리라. 거대한 인간세계를 혁명할 수도 없고, 한 인간의 영혼마저 순수하게 하는 데에도 이미 언어는 권능을 상실하고 있다.

그렇다. 시인이 소금의 언어를 캐는 작업은 어쩌면 "바람 속에 물고기 뼈나 묻어주거나 죽은 벌레의 날개를 떼어주는 일"에 지나지 못할 것이다. 시인의 고뇌가 여기에 있다. 그럼에도 시인은 언어로 시를 쓸 수밖에 없다. '타락한 물방울'을 튀겨 내고 '순수한 물방울'을 대신 채우기 위해서. 아니 언어로 현실의 혁명은 이루지 못하지만, 언어의 순수한 빛깔과 무늬를 만나기 위해서, 이 소박한 언어의 순수미학을 세우기 위해서 시인 송찬호는 계속 시를 쓰는 것이다. ▷≪시와 사상≫ 제5호(1995년 여름호).

비극적 세계인식과 욕망의 해부

─ 박청호의 시

Ⅰ. 득죄(得罪)의 신화, 그 비극적 세계인식

시인 박청호는 그의 처녀시집인 『치명적인 것들』(문학과 지성사, 1995.
5)의 자서에서 다음과 같이 쓰고 있다.

> 부디 용서하소서
> 추악한 죄 덩어리
> 나여.

기독교의 신앙적 관점에서 보면 인간은 금단의 죄를 짓고 낙원에서 추
방된, 원죄의식을 가진 존재이다. 물론 시인도 여기서 예외일 수는 없다.
그렇다면 위의 진술은 원죄의식에 입각한 한 인간의 평범한 신앙적 고백
에 지나지 않는다. 그런데 시인은 왜 자신의 이 짧막한 신앙적 진술을
시집의 자서에 올려놓은 것일까? 다소 엉뚱한 질문같지만, 박청호의 시
는 이 의문에 대한 해답을 구하는 독서로부터 내밀한 의미의 파장을 느
낄 수 있다는 생각을 하게 된다. 그렇다고 시인의 시가 기독교적 신앙심
이 표명된 신앙시로서의 성격을 갖는다는 뜻은 결코 아니다. 실상 그의
시는 신앙적이기보다는 오히려 신성모독적인 언술로 독자를 당혹케 하면

서 고정관념의 신앙적 테두리를 벗어 나 있다. 그럼에도 시인의 시 한편 한편을 읽을 때마다 위의 신앙적 언술이 묵시의 언어로 반향하고 있는 이유는 무엇일까? 여기에 시인 박청호의 신앙심을 넘어선 한 인간과 시 인으로서의 자기존재에 대한 성찰과 세계인식이 내재되어 있다.

박청호의 시는 "추악한 죄덩어리/나"의 인식으로부터 출발한다. 이는 시인이기에 앞서 원죄의식의 인간으로서 숙명적으로 시를 쓰고 또 쓸 수 밖에 없는 박청호의 자기존재에 대한 근원적 인식이다. 박청호는 이러한 자기존재의 근원적 인식으로부터 스스로의 신화를 만든다.

> 물은 수천 갈래의 길을 두고 나를 유혹하였다
> 어디로 가야 할 것인가
> 선택이란 가능한 것인가?
> 실재하는 모든 것 천국과 지옥도
> 나를 매혹시키지 못했다
> 완벽하게 미처 떠도는 영혼 덩어리.
> 이 지루한 전쟁이 끝나더라도
> 고향에 돌아가서는 안된다
> 불을 엎고 선한 사람들 한가운데 뛰어들다니 !
> 나는 신화가 되기로 마음먹는다
> 전몰용사의 기념비에서 보듯이 누군가
> 쾌락의 죽음을 허락해줄지도 모를 일이다
> 이제는 누군가 정말 내 삶을 대신했으면……
> ……그를 위해 순교하고 싶다.
>   — <미친 배> 부분

시인에게 시의 길은 선택에 의한 것이라기보다 운명적인 것이다. "완 벽하게 미쳐 떠도는 영혼 덩어리"의 시혼에 매혹된 시인은 어쩌면 위의 시구에서처럼 '불'의 언어를 지고 사람들 한가운데 뛰어드는 자일지 모 른다. 여기서 '불'의 언어 그것은 기독교에서 성령의 말씀으로 들리기도 하지만, 시인은 성령의 말씀 대신 인간의 운명적 원죄에 대한 고해의 짐 을 지고 화형의 순교를 하는 자일 수 있다. 이것이 운명적으로 돌을 짊어진 프로메테우스처럼 '불'을 짊어진 시인의 득죄한 신화이다.

박청호 시인의 이러한 운명적 자기존재의 신화는 자신을 둘러싼 세계에 대한 인식으로 확장되기도 하면서 좀더 가깝게는 자아탄생의 혈연적 가계신화로 좁혀들기도 한다. 전자의 경우, 우리는 시인의 신화적 상상력이 '꿈'의 몽상을 통한 초시간적 비상 속에서 '특이한' 원형심상의 세계를 이루고 있음을 알게 된다. 그리고 후자의 경우, 자아탄생과 존재에 대한 생의 비밀이 심층심리의 무의식적 욕망의 기제와 반응하면서 역시 '특이한' 가계신화를 구성하고 있음을 보게 된다. 여기서 특이하다고 한 것은 시 텍스트의 그물을 짜고 있는 언어의 문맥과 이미지들이 고정관념에 따른 의미화의 욕망을 배반하면서 매우 난해한, 그러면서 새로운 의미 집중의 얼개를 형성하고 있기 때문이다. 시인의 시적 상상력이 남다르다면 바로 이런 이유에서이다.

그러면 먼저 전자의 경우부터 보기로 하자. 시인의 시를 읽다 보면 여러 작품에서 반복적으로 사용되고 있는 이미지를 만나게 된다. 그 한 가지가 '숲'의 이미지이며, 다른 한 가지가 '우물'의 이미지이다. 이들 두 이미지는 시인의 시에서 거듭 반복되고 있는 만큼 당연히 시적 사유와 상상력의 중심을 이룬다고 말할 수 있다. 그런데 박청호의 시에서 숲과 우물은 대체로 일상적 시공을 초월한 꿈의 몽상과 연결되어 나타난다. 숲과 우물에 대한 우리의 일상적 사유는 여기서부터 무너지며 조심스럽게 시 텍스트의 문맥을 따라 숲과 우물의 이미지를 재구성할 수밖에 없다.

숲으로 들어갔다
처녀 같은 나무들이 서 있었다
공기가 차고 숨이 막혔다
꿈에서 본 숲과는 달라 보였다
아마 그런 숲을 다시 만나지 못할지도 모른다
시간은 그저 흘러갔다
나는 이러한 변화가 두려웠다

　　　　같이 숲에 든 사람들이 생각에 취해 있다
　　　　물고기를 씹어먹었으면
　　　　새들을 머릿속에 묻어버렸으면
　　　　바람의 머리칼에 목매달았으면
　　　　시간은 그저 흘러가는 것만은 아닌지도 모른다
　　　　사람들은 쉽게 숲을 빠져나갔고
　　　　순결한 나무들은 처형당했다
　　　　다시는 숲을 발견할 수 없으리라
　　　　꿈도, 잠도, 생시도 숲을 재생시키려는 생각이 없다
　　　　시간은 다시 또 흘러갔다
　　　　　　　　　　　　　　　— <꿈에 본 도시> 전문

　위 <꿈에 본 도시>의 중심 이미지는 역시 숲이다. 그러니까 도시에 대한 몽상이 숲의 이미지로 변용되어 나타나면서 우리를 뜻밖의 그러면서 새로운 상징의 세계에 발을 들여놓게 한다. 그것은 이 시에서 만나는 숲이 도시의 실제에 대한 어떤 잔상과도 쉽게 연결될 수 없도록 숲에 대한 신화적 사유의 공간을 펼치고 있기 때문이다. 숲은 신화적 사유체계 안에서 탈속의 공간으로 신성한 정령이 깃든 영적 신비의 세계로 나타난다. 이 시에서도 "처녀 같은 나무들이 서 있었다/공기가 차고 숨이 막혔다/꿈에서 본 숲과는 달라 보였다"고 한 것처럼, 숲은 순결성을 상징하는 '처녀 같은 나무', 숨이 막힐 정도의 신선한 공기로 내밀한 신비의 공간을 형성한다. 그러나 숲은 시간의 흐름에 따라 두려운 변화를 겪는다. "순결한 나무들은 처형당했다", 따라서 물고기, 새, 바람의 정령들도 사라지고 숲은 재생불가능한 불모의 공간으로 남게 된다. 박청호의 시에서 숲은 바로 이 지점에서 신성성과 신비감을 심하게 훼손 당한 채 두렵고 불안한 득죄의 공간이 된다.

　시인은 꿈의 초시간적 소급을 통해 도시를 보았다. 그곳은 물론 태초에 정령이 살아 숨쉬는 숲의 신화적 공간이었다. 그러나 꿈은 현실이 아니다. 시간이 흐르면서 꿈은 망상으로 남고, 더 이상 순결하지도 행복하지도 않은 숲과 마주치게 된 것이다. 그곳이 지금 인간이 불안하게 살아

가는 득죄의 공간인 도시라면, 숲은 단지 신화적 상상의 외피만 입고 있
었을 따름이다. 여기서 숲은 도시에 대한 시인의 문명비판적 사유가 신
화적 상상력을 통해 변용되어 있다고 말할 수 있다.

　이러한 시적 변용은 계속되어 나타난다.

　　　　사람들과 함께 도착했을 때 숲은
　　　　슬픔에 겨워 진저리를 치고 있었다
　　　　숲은 자기가 싸놓은 똥오줌에
　　　　대책없이 젖어들고 있었던 것이다

　　　　그 속에는 핏덩어리 새 새끼와
　　　　잠든 요정, 미처 돌아가지 못한
　　　　달빛 몇 무더기와 흙더미 우물과
　　　　풀의 어린 씨앗들이 웃고 있었다

　　　　　……(중략)……

　　　　눈물이 다시 내 몸 속으로 빨려들면서
　　　　새까만 진주로 변해버렸다
　　　　사람들이 진주을 캐려고 나를 겁탈하였다
　　　　그러나 그들은 알지 못했다
　　　　어찌하여 숲의 핵심이 자살을 꿈꾸었는지를.

　　　　숲은 이제 완벽한 물의 집 속에 갇혔다
　　　　만약 이 어마어마한 사실을 발설한다면
　　　　물고기의 밥이 될지도 모른다
　　　　검은 해저에서 지금 막 걸어나와
　　　　아가리를 쫙 벌린 생면부지의 기형아 !
　　　　착한 사람들은 질겁을 할 것이다
　　　　흐흐.

　　　　　　　　　　— <물의 숲>

　이 시에서도 숲은 본래의 신성성을 심하게 훼손당한 채 모습을 나타낸

다. 숲은 어느덧 "슬픔에 겨워 진저리를 치고" 있는, "자기가 싸 놓은 똥오줌에/대책없이 젖어들고" 있는 불결하고 두려운 공간이 되었다. 그러나 그 내밀한 깊이에서는 "핏덩어리 새 새끼와 잠든 요정/달빛/우물/풀의 어린 씨앗"이 아직도 살아 숨쉬며 간직되고 있다. 숲이 간직한 이 내밀한 비밀은 사실 "황금빛 음악처럼" 아름답지만, 그것을 결코 펼쳐 보이려 하지 않는다. 따라서 인간들 역시 숲의 비밀을 알지 못한다. 단지 시적 자아인 '나'만이 그 비밀을 알고 간직하고 있을 따름이다. "눈물이 다시 내 몸 속으로 빨려들면서" 나는 숲의 비밀을 새까만 진주로 간직하고 있는 것이다. 그러나 그 결과는 겁탈의 형벌로 가해진다. 이는 어쩌면 세계의 내밀한 비밀을 '몸 속'의 정갈한 언어로 간직한 시인의 고통스런 형벌일지 모른다. 물론 시인의 사명은 이 형벌의 고통을 감내하면서 흑진주의 정갈한 언어를 끊임없이 만들어 내어야 하는 것이리라.

그런데 "숲은 이제 완벽한 물의 집 속에 갇혔다". 여기서 물은 더 이상 순결하고 깨끗한 정화의 물이 아니다. 숲의 슬픔에 겨운 눈물과 똥오줌에 절은 검고 더러운 물이다. 이제 이 불결하고 더러운 '물의 집' 속에 갇힌 숲, 그래서 자살을 꿈꿀 수밖에 없을 정도의 비극적인 득죄의 공간이 된다. "검은 해저에서 지금 막 걸어나와/아가리를 쫙 벌린 생면부지의 기형아", 이는 신성하고 순결한 숲의 파괴로 득죄의 인간이 겪어야 할 운명적 비극인 것이다.

숲은 이제 오염되고 훼손되었다. 따라서 스스로 다스릴 신성한 계율도 소용없이 사라졌다. 말하자면 "숲은 완전한 무정부 상태"(<흰>에서)로 변했으며, 사악함이 내재한 화형의 유형지가 되었다.

> 아차, 새들에 의해 숲이 몽땅 타버린다면, 이미
> 가지 무성했던 나무들의 잿더미로부터
> 솟구치는 불의 발톱
> 꿈에서는 하늘 없는 새벽이 온다
> 푸르고 흰 불꽃을 토하면서
> 숲이 한 페이지씩 넘어간다

　　잠의 눈이 숲을 읽어 입술은 숲을 재구성한다
　　과거란 늘 죽음 앞에 맨 처음 가 닿는 것
　　아이들이 검은 발로 숲 전체를 짓밟았어
　　사내가 수천 년의 베틀 속에 찬물을 퍼부었고
　　여자의 젖가슴에서 사악한 어린 정령들이
　　터져나왔어 왕창, 大바겐세일처럼

— <흰> 부분

　숲 속의 새들이란 본래 숲의 신비와 아름다움을 노래하는 존재이다. 그러나 이미 무정부 상태의 유형지가 된 숲에서는 새들도 본래의 존재 권능을 갖지 못한다. "아차, 새들에 의해 숲이 몽땅 타버린다면"이란 가정적 조건의 구절이 이를 암시한다. 이는 물론 가해자와 피해자가 뒤바뀐 모순적 진술로 이루어져 있지만, 새들도 그만큼 신성을 잃고 숲의 가해자가 될 수 있는 모순이 야기될 수 있다. 인간이 스스로 삶의 터전을 훼손하듯이 말이다. 그런데 시인의 몽상은 이 숲의 비극적 현장에 잠입한다. 그리고 숲의 비극 속에서 '푸르고 흰' 불꽃을 토하는 숲을 본다. '푸르고 흰' 불꽃, 그것은 숲의 내면 깊이 감추어졌던 순결성의 신비한 불꽃이며, 사악함에 의한 '붉고 검은' 숲의 비극과 대조된다. 시인은 "잠의 눈이 숲을 읽어 입술은 숲을 재구성한다"라고 했다. 여기서 '잠의 눈'은 다름 아닌 시인의 날카로운 시적 투시력이자 몽상의 힘을 암시하는 것으로 읽힌다. 시인은 잠의 눈을 통해 숲의 '흰' 순결한 내면적 신비와 그러나 '검은' 사악함의 비극을 알아차리며, '입술'의 언어를 통해 그 숲의 비밀을 재구성할 수 있는 것이다.

　시 <또 흰,>에서 숲은 시적 자아와 완전히 동일화된 '나의 숲'으로 나타나며, 숲의 '흰' 순결성을 회복하고자 하는 열망이 한층 비극적인 정황 속에 새겨지고 있다.

　　그러나 그 숲에서도 숙청이 진행되었다
　　한번의 죽음으로 직성이 풀리지 않는

> 부관참시 !
> 장군에 의해 대규모 벌목이 강행되었다
> 순결한 나무들이 피를 뿌리며 쓰러졌다
> 아, 뼛속에도 따뜻한
> 나무들은 처녀 같았다
> 정복당하면서도 꿋꿋한
> 허리가 잘려나간 뒤로는 다시
> 밑을 가리지 않았다 당당했다
> 나는 벌목 허가를 얻지 못했으므로
> 나의 눈물은 비합법적이었으므로
> 장군은 날 추방하겠다고 엄포를 쾅쾅, 쾅
>
>   — <또 흰,> 부분

　숲의 비극은 '장군'으로 암시된 합법성을 가장한 힘의 논리에 의해 계속된다. 숙청과 벌목으로 순결성을 강탈당하는 숲의 비극, 그러나 숲은 순결성의 처절한 파괴에도 당당함을 잃지 않았다. 그런데 여기에 '나'는 비합법성을 이유로 눈물조차 마음대로 흘리지 못하는 비겁한 존재로 물러나고 만다. '나'의 비합법성, 그리고 비겁성은 세계의 횡포에 대한 자아의 왜소함과 무기력함을 보여주는 것이다. 사실 이 시는 알레고리적 성격을 강하게 지닌 작품이다. 위의 인용된 시 구절에 이어지는 분단된 조국의 인식이 이를 뒷받침한다. 말하자면 숲은 현상적 숲 자체로서가 아니라 역사현실의 현장적 의미로서 다시 읽혀지게 한다. 이미 앞의 시들에서 숲은 득죄의 신화적 공간이면서 오염되고 파괴된 생의 현실을 환유하는 것으로 나타났지만, <또 흰,>에서는 분단현실에 대한 역사적 성찰의 공간으로 상징화되어 있는 것이다.

　박청호의 시에서 숲이 신화적 공간에서부터 점차 그 순결의 신성성과 신비성이 파괴되어 득죄의 공간으로 변화되어 갔듯이, 우물도 이와 같은 변화의 비극성을 보여주는 공간으로 나타난다.

> 그녀가 보여준 지붕뿐인 몸 없는 집과

> 그늘 있는 뜰이었을 빈터 위에 드러난
> 나무 뿌리와 처녀 같은 우물
> "다행이야 아직 살아 있어"
> 우물 속에는 달이 잠들어 있다
> 어쩌면 추억보다 신화에 가까운 시간
> 슬프고 흰 얼굴을 담가두었으리라
> — <집 없는 꿈> 부분

신화비평적 사유에서 우물은 그 함몰성과 물의 생성력 때문에 여성성의 자궁을 상징하며 탄생과 재생의 신성한 공간이 되기도 한다. 그리고 한편 우물은 그 어둡고 내밀한 깊이 때문에 죽음의 공간이 되기도 한다. 박청호의 시에서도 우물은 이러한 이중의 상징체계를 모두 보여준다. 물론 위의 시 <집 없는 꿈>에서는 우물은 전자의 여성성의 상징과 보다 깊이 연결되어 있다. '그녀', '처녀 같은'의 어구가 우물의 여성성을 분명히 드러내기도 하지만, "우물 속에는 달이 잠들어 있다"는 표현에서 여성 생명의 순환성과 수태성(受胎性)을 지닌 달이 우물에 내재함으로써 자연스럽게 여성 상징성이 부각된다. 그러나 시인의 시에서 우물의 여성적 순결성이나 신비한 생명력은 "신화에 가까운 시간"에서만 의미를 가질 뿐, 현실세계 속에서는 황량한 불모의 공간이거나 생명력이 고갈된 죽음의 공간으로 나타난다.

> ① 내가 기르던 물고기들이 다 떠나고
> 나는 우물에 빠져 죽었다
> 천년의 가뭄 끝
> 흙더미 속에서 물고기 화석들이
> 깨어나 펄떡펄떡 걸어다녔다
> 물고기 비늘이 뚝뚝 떨어져
> 내 몸뚱아리마저 황금으로 빛났다
> 나는 그렇게 오래도록 죽어 있기가 지겨워졌다
> 물고기처럼 껌벅, 눈을 떴을 때
> 세상은 이미 내 살던 고향은 아니었다

> 누군가 우물 뚜껑을 열고 오줌을 싼다
> 진저리를 친다, 그리스도의 재림이 임박했다?
> 밖을 향해 열릴 수 있는 가능한 모든 구멍들이 물기를 흡수하면서
> 나의 두개골은 진정한 보석이 된다
>
> — <천년의 우물 속> 부분

> ② 우물에 넣어두었던 달을 도둑맞는
> 사건이 발생했다
> 양수기로 물을 다 퍼내고
> 후레쉬를 비췄다 달이 웅크렸던
> 자리 화석처럼 우물 벽에
> 도장 찍혀 있고
> 토끼들이 울고 있었다
> ……(중략)……
> 아무것도 바랄 것이 없었는데 갑자기
> 주인이 재림해서 집 한 채를
> 물려줄 것 같다 어서
> 우물을 짊어지고 여기서 떠나요
> 그녀가 자꾸 나를 세상의 밖으로
> 밀어낸다
>
> — <그 집에 살던 도둑> 부분

①에서처럼, 우물은 물고기도 다 떠나고 '나'도 빠져 죽는 죽음의 불모공간이다. 그리고 설사 내가 눈을 뜬다 해도 그곳은 이미 '고향'이 아니다. 여기서 고향이 자기존재의 근원적 행복과 연결된 동경의 공간이라면, 우물은 생명력이 고갈된 불행의 비극적 공간으로 더 이상 고향이 될 수 없다. ②에서 우물의 달을 도둑맞는 사건도 우물에 대한 동일한 인식의 문맥을 갖는다. 달을 도둑맞는다는 것은 곧 우물이 여성의 수태성과 생명력을 상실하는 일이기 때문이다. 우물은 달을 도둑맞음으로써 단지 신비스러웠던 신화적 잔상이나 흔적만을 남길 뿐 황량한 비극의 공간으로 자리잡는다. 우물 속에 물고기의 화석들이 비늘이 떨어진 채 남겨져 있다거나, 달을 잃은 토끼만이 황량하게 남아 울고 있는 모습은 우물의

신화적 잔상이나 흔적들이면서 세계 황폐화의 비극을 보여주는 것이다.

　시인은 우물의 불모성과 황폐성을 통해 종말론적 세계인식을 갖는다. 시 <헛, 꿈>에서 우물 속에 살던 용도 승천하지 못하고 죽어버렸으며, 설사 용케 살아있다 해도 용은 용의 권능을 상실한 채 쾌락만 즐기는 가짜 용에 불과한 것으로 나타나며, 시 <우물이 내게 말하는 것을 들었다>에서도 우물은 '사이비 달'끼리 쟁탈전이 벌어지는 암투와 음모의 살벌한 공간으로 나타난다. 이처럼 우물은 용의 탄생을 이루는 신성한 권능과 힘도, 그리고 달의 풍요롭고 순결한 생명력도 상실하고, 그 대신 쾌락, 암투, 불순한 욕망 등이 자리잡고 있는 두렵고 암담한 공간이 되어 버렸다. 말하자면 우물은 종말로 치닫는 비극의 공간으로 변질되어 버린 것이다. "그리스도의 재림이 임박했다?". 이러한 종말론적 회의는 시인의 신앙적 사유와 연결된 것이기도 하겠지만, 그만큼 세계의 비극성이 치유 불가능한 지경에 이르렀음을 경고하고 있는 것이다. 여기에 시적 자아인 '나'도 어쩔 수 없다. "주인이 재림해서 집 한 채를/물려줄 것 같다 어서/우물을 짊어지고 여기서 떠나요/그녀가 자꾸 나를 세상의 밖으로/밀어낸다"고 한 것처럼, 나는 오직 그리스도의 재림을 통한 구원만 기다릴 뿐이다.

> 어머니가 우셨다
> 얼마 전 우물에 빠진 어머니를 건져올렸기 때문에
> 뱃속에 물고기들이 우글거리는 것이라며
> 나를 마구 비난했다
> 어머니가 늙어가는 모습을 보면서
> 내가 어머니를 이 땅에 태어나게 한
> 것인지도 모른다는 끔찍한 생각을 했다
> 그렇다면 내 자식이 나를 낳으려고 어딘가에서
> 잉태되고 있을 것이다
> 　　　　　　　　　　　― <귀향> 부분

　이 시에서 우물은 특이하게 자아의 탄생과 결부되어 있다. 앞에서 우물은 여성의 수태공간으로서 자궁을 상징하며 탄생과 재생의 공간이 된다고 했다. 이 시의 시적 사유도 우물의 이와 같은 신화소에 대한 사유를 바탕으로 형성되었다고 일단 말할 수 있다. 그러나 이 시에서 우물과 연관된 탄생의 의미는 심하게 굴절되어 있다. 어머니→나→나의 자식이란 생명탄생의 순환원리가 나의 자식→나→어머니로 완전히 전도되어 있기 때문이다. 이러한 전도현상은 시의 제목인 '귀향'이 암시하듯이, 시적 자아의 귀향본능 즉 모태회귀의 퇴행적 욕망을 반영한다. 그런데 이 모태회귀의 퇴행적 욕망은 어머니가 우물에 빠졌다 건져 올려진 사건을 모티브로 촉발되어 나타난다. 흔히 신화 속의 주인공들은 죽음의 시련을 거쳐 재생하는 통과제의의 과정을 겪는다. 이 시의 어머니는 비록 신화적 인물은 아니지만 재생의 통과제의의 과정을 겪는다는 공통점을 보인다. 어머니는 우물에 빠졌다 건져 올려짐으로써 "뱃속에 물고기들이 우글거리는", 즉 우물의 생명력을 다시 회복하게 되는 것이다. 그런데 어머니의 생명력 회복은 어머니의 의지에 의한 것이 아니라, '나'의 건져 올린 행위에 의해서 이루어진 것이다. 이를테면 나에 의해 어머니의 재생이 가능하게 된 것이다. 여기서 나와 어머니 사이의 존재인식에 '치명적' 전도현상이 일어난다.

그런데 이러한 탄생의 전도된 인식은 충격적이지만 새삼스러운 것이 아니다. 시인은 숲과 우물의 시편을 통해 그 숲과 우물의 신화소가 지닌 본래의 의미를 계속 뒤집고 해체하면서 비극적 세계의 모습을 드러내고자 했다. 결국 모태회귀의 욕망과 어울린 자아탄생의 전도된 인식도 이러한 신화소에 대한 해체적 인식이 연장되면서 비극적 세계인식의 또 다른 국면을 보여주는 것이다.

Ⅱ. '치명적' 오류의 현실과 욕망의 해부

시인 박청호는 숲과 우물의 신화소가 지닌 생명성과 신성성을 해체하면서 그 비극성을 집중 탐구했다. 이는 다름 아닌 우리를 둘러싼 세계가 인간 득죄의 자기파괴적 광포성으로부터 종말론적 비극을 직면할 수밖에 없다는 점을 특유의 시적 투시력을 통해 우리 앞에 드러내고자 한 때문이다. 이런 이유로 시인은 인간과 세계의 치부를 낱낱이 파헤치고자 한다. 따라서 그가 투시하는 어떤 대상도 거짓 욕망의 가면을 벗지 않을 수 없다. 심지어 자기 자신까지도 섬뜩한 메스를 가하며 욕망의 치부를 해부하고자 한다.

> 길들여진 사랑과
> 매혹하는 관능
> 사이,
> 일상과 도피는 '꼬옥' 맞물려 있어야 한다
> 그러므로 반쯤 걸려 있는 것은 외설스럽다
> 누가 보면 욕한다
> 삶이여.
>
> 갑자기 진지해진다
> — <지옥에서 보낸 한철 3> 부분

> 인생을 왕창 소비했다
> 그러므로 내 삶은 미덕으로 가득 찼다
> 낭비도
> 허비도 아니지만
> 시간과 존재를 통째로
>
> 세상과는 상관없이
> 나만은 내가 어쩔 수밖에.
> 그런데도 신은 하늘의 영광을 내놓으라시고
> — <인생, 뭐 배울 거라도> 부분

> 벼락부자 아버지를 허락하지 않은 신께 감사드리자
> 새로 사귄 잘빠진 여자와
> 미치도록 보고 싶은 파리로 떠나기 위해
> 아버지를 살해했을지도 모르니까

> 감각적 쾌락은 양심의 윤리와 함께 고통한다
>   — <치명적인 것들 —아버지를 죽이다> 부분

위의 시들에서처럼, '나'의 인생에는 진지함이 없다. 아니 진지함이 없는 것이 아니라 그 진지함이 진정한 진지함이 되지 못한다. 사랑과 관능, 일상과 도피가 분리되지 않는 외설, 인생과 시간을 소비한 삶, 감각적 쾌락을 위한 아버지의 살해 욕망, 이런 것들이 인생의 진지함과 미덕, 하늘의 영광, 양심의 윤리와 동일시되는 '치명적' 오류의 현실을 보여준다. 그런데 시인은 이러한 '치명적' 오류의 현실을 굳이 부정하며 덮어버리려 하지 않는다. 오히려 그 자체로 외피를 벗기고 알몸을 드러내 놓게 한다. 이것은 물론 시인의 '탈이데올로기적'인 세계풍자의 회화적 방법이다. 거짓 진지함을 진지함으로 공격하지 않고, 거짓 사랑을 진정한 사랑으로 부정하지 않는다. 진지하다는 것, 진정하다는 것, 그것이 어쩌면 진부한 이데올로기로 치장된 것일 수도 있기 때문이다. 따라서 시인은 인간의 치부를 알몸으로 벗긴 채 딴청을 부린다.

> 이제부턴 인생을 홍수처럼 소모하는 방법만을 궁구할테야
> 잉크 떨어지면 전화해
> 펜촉 빨아줄께
> 네가 계속 비폭력 무저항인 척하며 선전포고 터뜨릴 때
> 나는 끝끝내 딴청 피웠다
> 침묵했다
> 헛상상을 했다
> 왜 아버지들은 자기 맘에 드는
> 놈에게만 딸을 주려고 할까
> 그럴 바에야 지가 한번 더
> 장가가지, 딸하고.
> 진짜 딴 데 정신을 팔았다
> 우리 시대의 사랑이란 시의 주제에 대해서는
> 생각조차 하기 싫었다
>   — <탈이데올로기적 사랑> 부분

시와 사랑, 그리고 인생을 이야기하면서 계속 딴청과 헛상상을 하는 시적 자아인 '나'의 태도는 진지함에 대한 도피적 태도일 수 있다. 그러나 이 생각을 뒤집으면 스스로의 위선과 욕망의 치부를 벗기는 지극히 용감하고 도전적인 태도일 수도 있다. 박청호의 시를 읽으면서 야릇한 재미를 느낀다면, 그것은 이러한 현상 풍자의 도전적 태도와 희화적 문체 때문이기도 하리라.

박청호의 시에서 '치명적' 현실의 풍자는 아버지와 연관된 일련의 시편에서 자아의 위선적인 욕망의 해부를 통해 극명하게 드러난다.

① 아버지를 쳐없애야 하는데…… 대개들 이렇게 말하고 싶겠지

　　……(중략)……
　　뭔가 참신한 일을 구상해야 할텐데 아버지가 날
　　검사하기 전에 아버지를 처단하는 무슨
　　좋은 수가 없을까 아버지가 즐겨 보시던
　　드라마에 아버지를 출연시키는 방법
　　……(중략)……

　　아버지는 영원히 죽었다(아니면 남의 집 TV 속에 살아계시든지 말든지)
　　그분의 집과 나는 영원히 남고,

　　좀 무섭다.
　　　　　　　　　　　　　　　　　　— <아버지는 휴가중>

② 아버지 TV 보고 계신다
　　TV와 아버지는 서로 마주보고 계신다
　　아버지와 TV는 커뮤니케이토피아를 건설했다
　　TV는 아버지를 초대 왕으로 책봉했고
　　아버지는 TV에게 온 국민을 통치하는 섭정을 의뢰했다
　　……(중략)……
　　TV가 살아있는 한

          아버지도 존재하신다
                        ― <아버지의 자리>

    ③ 나는 아버지의 TV 속에서만 다시 태어난다
       그래서 아버지는 TV 밖에서 얼쩡거리는 날 보면
       저런 사람같지도 않은 놈, 하고 욕했는지도 모른다
       아버지는 TV 속에서 아버지의 추억을 완성하는
       귀여운 아들만을 사랑하셨다
       그 어느 도처에도 나는 근거 없는 존재였다
                        ― <운명은 결정론자> 부분

    위의 시편들에서 '나'는 아버지와 정신적으로 심각하게 분리되어 있
다. 시 ①에서처럼 나는 아버지를 없애려는 욕망을 갖기도 하며, 시 ③에
서처럼 아버지가 존재하는 한 나는 '근거 없는 존재'로 인식되기도 한
다. 그리고 설사 내가 존재한다 해도 '아버지의 대리용품'(<휴가는 끝났
다>에서)에 지나지 않는다. 가부장제 사회에서 아버지는 절대적인 권위와
권능을 가진 존재이다. 이러한 아버지의 존재에 나는 정면으로 맞서지
못하면서, 심리적으로 짓눌린 부권에 대한 억압기제에 따라 스스로를 왜
소화시켜 버린다. 아버지가 있는 한 나는 아무런 존재의미를 갖지 못하
고 아버지의 대리용품에 지나지 않는다는 생각은 그만큼 부권에 대한 억
압적 심리기제를 반영하는 것이다. 아버지를 없애야겠다는 부친살해의
욕망도 여기서 비롯된다. 물론 이러한 부권에 대한 억압적 심리기제와
부친살해의 욕망은 저 외디푸스의 신화에서부터 되풀이되어 온 인간의
원형적 심층심리이기도 하다.
    그러나 박청호의 시에서 나는 아버지를 없애지도 못하고, 아버지의 권
위로부터도 벗어나지 못한다. 그렇다면 내가 아버지를 내쫓거나 없애려
는 욕망은 무엇인가. 이는 쉽게 말해 아버지 대신 내가 아버지의 권위와
권능을 가지고 싶은 욕망이며, 아버지를 모방하려는 남성자아의 근원적
욕망이기도 하다. 그런데 이 욕망은 '거대한' 힘에 의해 좌절되고 만다.
박청호의 시에서 이 '거대한' 힘의 표상은 독특하게 TV란 대중매체로

등장된다. 시 ②에서처럼, 아버지는 TV와 '커뮤니케이토피아'를 구축하고, TV를 통해 부권의 힘을 계속 유지시킨다. 그래서 "TV가 살아있는 한 /아버지도 존재하신다"고 한 것처럼, TV의 대중매체가 가진 거대한 힘은 아버지의 절대적 권위와 동일시된다. 이는 부권을 회복하고자 하는 나의 입장에서 TV는 또 다른 아버지로서 권능을 갖는 것이다. 여기서 시인이 굳이 또 하나의 아버지로서 TV를 등장시킨 이유를 생각하게 된다. 시인의 시적 성찰의 표적은 아버지가 아니라 사실 또 하나의 아버지인 TV이다. 우리 시대 TV의 대중매체는 모든 인간의 의식과 생활세계를 지배할 정도의 거대한 힘을 갖는다. 여기에 TV를 통해 전달되는 모든 정보가 인간의 의식과 생활을 공식화시키며 복제되도록 한다. 말하자면 TV는 부권의 또 다른 식민시대를 만드는 것이다. 시인이 아버지와 날카롭게 대결하면서 진정한 부권을 회복하고자 한 욕망의 근저에는 이러한 왜곡된 부권의 식민시대를 '치명적' 현실로 간주하고 비판하고자 한 이유가 숨어 있다.

박청호의 시를 읽으면서 우리는 이중적 문체의 기법 속에 '치명적' 현실의 오류를 날카롭게 들추어내는 비판정신이 숨어 있다는 것을 알게 된다. 여기서 이중적 문체의 한 가지는 신화적 상상력이 동원된 상징의 문체이며, 다른 한 가지는 인간의 헛된 욕망을 벗기려는 그러면서 다분히 현실적 문맥을 가진 희화적 문체이다. 시인의 시에서 이 두 문체의 특성은 각각 비장과 골계의 독특한 미학을 형성하고 있지만, 그 양립성 사이에서 시인이 진정 추구하는 문체의 미학이 무엇인지 우리는 의문을 갖게 된다. 박청호 시인의 다음 작업에서 이 의문은 자연스럽게 풀리겠지만, 시인의 독자적 문체미학이 한층 굳건히 구축되기를 기대하는 마음에서 사소한 미련을 가져보는 것이다. ▷《시와 사상》 제6호(1995년 가을호).

현대시의 지형도, 그 시적 통찰의 인간학
— 김준오의 시론

I

　문학이 표정을 지니고 있다면, 그것은 근본적으로 인간의 의식과 삶에 관련해서이다. 사실 문학을 인간의 의식이나 삶과 관련지어 이해하고 해석하는 태도는 매우 오래된 고전적인 태도이다. 인간이 있기 때문에 문학이 존재한다는 근본 명제에 충실한다면, 이 고전적 태도를 누구도 부인하기 어렵다. 이런 고전적인 태도는 문학을 어디까지나 인간학의 넓은 범주(철학, 사회학, 심리학, 역사학 등의 범주도 포함된다) 속에서 파악하고자 한다. 이 경우 문학은 곧 교양이었고 인격이었다. 저 조선조의 문학은 말할 필요도 없고 애국계몽기의 문학도 교양과 인격을 중시하기는 마찬가지였으며, 오늘날에 있어서도 문학에 관한 이런 고전적 관점은 많은 사람들에게 여전히 유용하게 작용하고 있다.

　20세기에 들어와서 인간학으로서의 문학은 문학의 독자성을 주장하는 형식주의의 관점에 의해 한때 비판받기도 했다. 그렇지만, 형식주의의 극복을 위한 새로운 비평의 모색은 다시 인간학으로서의 문학을 긍정함으로써 출발되었다. 물론 이 경우 문학은 인간학의 종속적인 위치에서 파악되는 것이 결코 아니다. 문학의 독자성을 긍정하면서도 문학이 인간의

의식과 삶의 제문제와 어떠한 상호관련성을 지니는지 해명하고 해석하고
자 하는 입장이 오늘날 문학비평의 입장이다. 여기서 문학과 인간학은
서로 대등한 위치에서 제휴하고 화합한다. 인간학으로서의 문학에 대한
현대적 입장이 고전적 입장과 다르다면 바로 이점에서이다.

　김준오의 문학비평 입장 역시 인간학으로서의 문학을 긍정하는 현대적
관점에 기초하고 있다. 이러한 입장은 멀리 『시론』(1982)에서부터 출발된
다. 시의 장르적 본질이 서정성에 있음을 주목하면서, 철학이나 사회심리
학에서 자주 사용되어온 동일성(identity)이란 용어를 빌어 서정성을 해명
하고자 했을 때, 이미 인간학으로서의 시학을 정립하려는 입장이 개재되
어 있었다. 『시론』의 편차가 언어, 리듬, 이미지, 비유, 상징 등으로 이루
어져 있다고 해서, 이를 형식주의적 관점에 의거한 시학으로만 보는 것
은 겉만 보고 말한 편견에 지나지 않는다. 단지 시에 대한 개론서를 엮
는다는 고려가 편차에 작용했을 뿐이다. 속(내용)을 자세히 들여다보면 항
상 시에서 자아와 세계 사이의 관계에 주목하고, 그 관계 해석의 철학적
(특히 실존철학에 입각한) 또는 사회심리학적 인식을 강조하고 있다는 점을
쉽게 알 수 있다. 그는 이 책에서 동일성에 입각한 시학의 이론적 골격
을 세우는 한편 고전시가에서 현대시에 이르는 폭넓은 영역을 조망하면
서 그 지속과 변화를 읽어내고자 했다. 여기에 수정과 증보에 의해 거듭
판을 내면서 인간학으로서의 시학을 한층 공고히 세우려는 지속적 노력
을 담아내고자 한 것은 물론이다.

　최근에 김준오는 시의 사회·문화적 제국면과의 상호관련성을 각별히
주목한 일련의 시 비평서를 내놓았다. 『도시시와 해체시』(1992), 그리고
『현대시의 환유성과 메타성』(1997)이 그것이다. 우선 이들 비평서는 『시
론』에서 정립한 이론적 프레임인 동일성의 시학을 실제비평에 유효하게
적용시키는 한편 현대 사회와 문화의 변화 양상에 상응하는 현대시의 문
제적 국면을 뚜렷이 부각시키고 있다는 점에서 여간 예사롭지 않다. 즉
『도시시와 해체시』에서는 80년대 시를 두고 자본주의에 오염된 현대인의
모순성과 탈중심주의에 의한 일상성의 회복과 발견, 그리고 비판적 모방

으로서의 패러디에 의한 문명비판과 그 해체주의적 성격을 명징하게 읽어내고자 했다. 그리고『현대시의 환유성과 메타성』에서는 80년대 시와 변별되는 90년대 시의 '관계가치'를 반서정에 따른 현대사회의 혼돈과 무질서의 징후를 보여주는 시의 환유성과 자기반영성으로서의 메타성으로 집약하여 그 실존적 형태의 명쾌한 분석과 함께 새로운 가능성을 전망하고자 했다. 말하자면 두 비평서는 각각 80년대 시와 90년대 시가 놓인 사회·문화적 맥락과 그 상호관련성을 시 문맥의 이면으로부터 찬찬히 읽어내면서 현대시의 뚜렷한 표정을 담아내는 지형도를 그리고자 했다고 하겠다.

이 글에서 특별히 갖는 관심은 90년대 시의 지형도를 그린『현대시의 환유성과 메타성』에 있다. 김준오가 그려 보인 90년대 우리 시의 지형도가 구체적으로 어떠한 시적 통찰을 근간으로 하고 있는지, 그것은 얼마나 믿음직스러운지, 그리고 현대시의 지형도를 통해 미래의 시는 어떻게 전망할 수 있는지 등에 관한 물음이 자연스럽게 제기된다. 지금은 역사의 저편에 사라진 90년대, 세기말의 혼돈 속에 새로운 세기를 준비하기 위해 다양한 몸부림을 쳤던 90년대 우리 시의 모습은 곧 우리 인간이 처한 모습과 별로 다르지 않으리라. 단지 시는 우리 인간보다 좀더 인상적인 표정을 지으며 우리를 다시 들여다보게 하고 반성하게 하는 것임을 김준오의 시론은 90년대 시의 지형도를 통해 다시 한번 상기시키고 있다.

Ⅱ

『현대시의 환유성과 메타성』은 크게 3부로 구성되어 있다. 이 비평서의 머리말에 따른다면, 1부는 90년대 시의 쟁점을 통시적으로 살펴본 부분이고, 2부는 현대시의 새로운 가능성을 환유시와 메타시로 특별히 강조해서 다루는 작품론의 부분이다. 그리고 마지막 3부는 90년대의 사회·역사적 조건에서 새롭게 부각되는 현대시의 양상을 살피되, 일상시에서 발전한 표층시와 새로운 서사체로서의 서술시를 특별히 주목해서 논의하고 있는 부분이다. 이러한 3부의 구성을 90년대 현대시의 지형도를 그리는 것에 비유한다면, 1부는 오랜 역사 속에 지형이 깎이거나 다시 생겨나서 달라진 모습을 두루 살펴서 전체적 지형을 조감하는 부분이며, 2부는 특히 두드러진 지형의 모습을 그 밑바탕에서부터 찬찬히 살펴서 그렇게 된 연유를 따져 보고 결과에 대한 예측을 하는 부분이라고 말할 수 있다. 그리고 3부는 지형도의 세부를 완성하면서, 선과 색의 두드러진 부분을 따라 산과 길과 강의 모습을 눈에 뚜렷이 드러내게 한 부분이라 할 수 있다.

그러면 이러한 90년대 현대시의 지형도는 어떤 모습인가. 먼저 현대시 지형의 역사를 살펴서 80년대와 변별되는 90년대 시의 지형적 특징을 부조시킨 1부를 보자. 김준오는 여기서 80년대의 유물론적 경향과 대립의 현실원칙을 극복하기 위한 현대시의 자기반성적 징후로 정신주의적 경향이 90년대에 크게 대두되고 있다는 사실을 꼽는다. 이 점을 <현대시와 선(禪)사상>에서 선시화 경향으로 집약시켜 논의한다. 그는 이 선시화의 경향이 대립·갈등보다 통합을 지향하는 동양적 사유 또는 세계관에 입각해 있기 때문에 인간과 세계의 본질에 대한 근원적 깨달음을 동반하는 유심론적 특징을 갖는다고 보았다. 그리고 이 유심론적 특징을 가진 선시화의 경향은 "서정시 본래의 모습으로의 '복귀'라는 또 하나의 의미를 띤다"(15쪽)는 것이다. 사실 60년대 이후 현대시가 본래의 서정양식에서 이탈해 가는 현상이 점차 심화되면서 최근의 실험적 해체시에까지 이른 것이다. 이에 선시화의 경향은 분명 서정시 본래의 정신과 형식을 바로잡는 "존재의 바로잡기"인 셈이다. 80년대 후반을 지나면서부터 이러한 선시화의 경향은 뚜렷해졌다. 특히 박희진, 황동규, 조정권, 김지하 등에 의해 선적 사유가 때로는 자연관조의 본래 모습으로, 때로는 직관적 통찰력에 의한 시적 미학의 원리로, 때로는 일상적 삶 속에서의 무심을 얻는 역설의 경지로, 또 때로는 생명원리의 근원적 깨달음을 얻는 쪽으로 다양하게 전개되고 있음을 김준오는 폭넓게 조망하고 있다. 그런데 이 선시화의 경향이 서정성의 회복을 통한 80년대 시의 반성적 의미를 띠고 있는 점을 인정하면서도, 보수적 반동성과 현실도피의 신비주의적 경향으로 나아갈 수 있는 허점이 있음을 냉정하게 지적한다. 그러면서 이의 극복을 위한 교훈으로 "만해시에서 읽을 수 있는 선의 역사화와 미당시와 90년대 일부 시에서 추구된 선의 일상화"(38쪽)를 특별히 강조하고 있다. 여기서 김준오는 시적 개성에 의한 다양성을 일단 존중하면서도, 시가 인간의 삶으로부터 분리되고 있는 현상에 대하여 일정한 경계심을 펴고 있음을 알 수 있다. 그가 보는 시의 바람직성은 각 단계의 "특수한 사회역사적 문맥에서 특수한 의의를 획득하는 것"(38쪽)에 있다. 이런 점에서 김준오의 시학은 적어도 역사주의적 태도가 강조되는 인간학으로서의 시학임을 다시 한번 확인하게 된다. 그러나 그가 강조한 '특수한 사회역사적 문맥'이란 그 자체의 사회·역사적 무게로만 가늠되는 것은 아니며, 어디까지나 그것이 시적 문맥에서 미학적 승화를 얻었을 때 인정될 수 있다.

그런데 김준오는 80년대 이후 시는 인간 욕망의 예술적 형식화를 함축하는 승화의 원리보다는 억압의 현실원칙에 도전하는 드러냄과 방기의 탈승화의 원리가 더욱 위세를 떨치고 있다고 진단한다(<승화와 탈승화>). 여기서 탈승화는 프로이드의 승화이론에 대응하는 것으로 쾌락원칙에 지배되어 "세계의 감추어진 추악함과 무질서는 물론 자신의 내면의 온갖 추악함과 모순을 스스로 폭로"(91쪽)하려는 심리기제이다. 이에 김준오는 김소월의 아이러니에 의한 정한과 한용운, 윤동주, 심훈의 시에 표상된 자기희생의 인간상, 김영랑의 후기시에 나타난 비가적 세계관, 그리고 이육사, 유치환 시에서의 자학적 매저키즘의 충동은 모두 민족의 보편적 정서나 역사적 의미로 승화된 우리 시의 긍정적 문법임을 확인한다. 그러나 30년대 이상의 시에서부터 촉발된 탈승화의 시는 60년대 김수영의 '반시'에 의한 요설화를 거치고, 70년대의 오규원의 시, 80년대의 황지우, 이윤택, 김영승, 마광수, 김신용 등의 해체시와 도시시, 그리고 최승자,

김혜순 등의 페미니즘시에 이르면서, 시적 위세를 승화에서 탈승화로 대치시키면서 나름의 일정한 계보를 형성하고 있음을 파악한다. 김준오는 이들 시의 탈승화 현상이 현대사회의 불확실성과 전망의 부재 및 혼란에 의해 야기되는 자연스러운 현대시의 현상임을 인정하고, 또한 그것이 현대사회의 병리현상을 자연스럽게 비판하는 기능을 수행하고 있음도 긍정한다. 그러나 이들 시를 해석하고 비평하는 시선은 그렇게 부드럽지 못하다. 탈승화의 시가 현대사회의 병리현상과 인간상의 황폐화로부터 태어난 태생 자체가 위악적이고 불안을 야기하는 것으로 생각할 수 있다. 따라서 탈승화의 시는 이성과 합리주의의 정신이 무너진 현대사회의 불행을 드러내면서 가치부재의 허무주의와 퇴폐주의로 우리 사회를 물들게 하는 위협이 된다고 본다. 그만큼 탈승화의 시는 반사회적이고 반인간적이 되기 쉽다. 김준오는 이러한 반사회적이고 반인간적인 탈승화를 반인문주의적 탈승화로 집약하면서 엄정하게 비판하고 경고한다.

> 탈승화는 세계관의 변화로서 도전적으로 유효하기도 하고 새로운 시의 가능성의 촉매로서 시학적으로도 유효하다. 그러나 서정적 자아를 프로이트적 의미의 반사회적 原我(이드)로 전락시킨 현대시들의 反인문주의적 탈승화는 이런 유효성들과 전혀 무관한 것이다. 이것은 매우 제한된 현상에 지나지 않지만 현대시사가 입은 불행과 수치는 매우 크다. (110-111쪽)

김준오에 의하면 탈승화의 시는 또한 반서정주의 시의 중요한 목록이기도 하다. 현대시가 승화에서 탈승화로 점차 변모되어 간다고 했을 때, 서정성의 상실 내지 약화가 가속화되어 감을 달리 나타내고, 그 결과는 시의 위기의식을 초래하게 된다. 이제 현대시는 새삼 서정성의 회복을 목표로 하는 자기반성이 필요하다고 김준오는 말한다. 그런데 이를 얼핏 들으면, 서정성의 회복이 전근대적 서정시의 세계로 회귀하고자 하는 복고주의 내지 도피주의를 드러내는 것이 아닌가 하는 혐의를 가질 수 있다. 당연히 김준오는 이런 혐의를 부정한다. '서정'은 그에게서 세계파악의 색인이며 시의 가장 중요하고도 본질적인 요소로 인식한다. 그는 이러한 '서정'에 대해 오히려 우리의 고착된 인식을 통박하고 '서정성'에 대한 혼란스런 인식을 정리한다. 그에 의하면, 서정은 고정된 의미를 지니는 정태적 개념이 아니다. 서정은 새로운 서정 즉 신서정으로 전개되는 동적 개념의 보통명사라는 것이 그의 입장이다(115쪽, 127쪽). 이러한 그의 주장은 타당하다. 서정성은 문학사의 단계에 따라 상대적으로 정의되거나 강조되어 온 것이 사실이며, 문학의 큰 갈래와 작은 갈래의 구분에서도 상대적인 차이를 가지기 때문이다. 이를테면 낭만주의시대에는 개성론의 서정시가, 모더니즘시대에는 몰개성론의 서정시가 달리 강조되면서, 어떤 시기에는 이들 서정시가 맞서기도 해왔다.

김준오는 서정이 동적 개념인 만큼 인간학의 문제와 연결되어 있음을 분명히 한다(127쪽). 왜냐하면 서정은 자아의 세계인식 방법이면서 또한 세계관을 나타내기 때문이다. 현대시의 신서정과 이와 맞서는 반서정의 시들은 이런 점에서 다음과 같이 구분되고 또한 사적인 계열을 이루는 것으로 파악된다.

> 신서정— 60년대 ≪현대시≫동인들의 모더니즘의 시, 무의미시 또는 비대상시(김춘수와 이승훈의 시), 70년대 자연시(목월시), 민중시(정희승, 이성부, 김명인 등의 시), 80년대 후반 이후의 도시시(기형도, 장정일의 시), 일상시(황동규, 오규원의 시), 선시(정신주의시), 고백시(최승자, 김혜순 등의 여성시) 등
>
> 반서정— 20년대의 진술시(카프시), 30년대의 자아분열시(이상 시), 60년대의 반시(김수영의 시), 70년대 이후의 풍자시, 노동시, 정치시, 80년대 이후의 도시시와 해체시 등

그런데 이상의 구분에서 김준오는 신서정과 반서정 계열의 시가 문학사적 또는 문화사적 단계에서 각자의 의의가 있음을 충분히 수긍한다. 이를테면 신서정의 시들이 전통 서정시를 재발견하고 새롭게 시적 깊이를 획득함으로써 현대시의 지나친 지성화와 요설화, 그리고 거기에 따른 언어폭력을 반성하는 계기를 마련했다는 것이다. 그러나 소비문화의 논

리에 의해 자기기만적 서정을 범람시킨 가짜 서정시들은 시의 위기를 가져오는 심각한 사회현상이며, 이는 관습화된 반서정주의, 서정의 상투성과 황폐함, 그리고 신서정의 남용과 함께 현대시의 자기반성의 목록들임을 분명히 했다.(127쪽) 시의 문제는 곧 인간학의 문제라는 김준오의 시학적 기반이 다시 한번 확인되는 대목이다.

그의 <패러디·패스티시·키취>의 논의도 이러한 시의 인간학적 시점이 기본으로 깔리면서 신세대를 중심으로 펼쳐진 포스트모더니즘의 새로운 시적 경향을 변별하고 비평한 것이다. 여기서 그는 포스트모더니즘의 핵심미학을 패러디(parody)로 보는 허천(L. Hutcheon)과 패스티시(pastiche)로 보는 제임슨(F. Jameson)의 견해를 비교하여 소개하면서, 패스티시보다 긍정적 미학을 보이는 패러디에 공감하는 입장을 보인다. 이는 패러디가 자기반영과 자기반성의 이중성을 핵심으로 하는 포스트모더니즘의 미학을 충실히 보여주는 반면, 패스티시는 후기 산업사회에서 주체가 소멸되고 개인적 스타일의 창조가 불가능한 상황에서 단지 원전의 조립과 모방의 기법만을 나타내기 때문이다.(135쪽) 따라서 패스티시는 혼성모방이고 중성모방이기에, 이를 신봉한 문학은 필경 표절시비를 낳을 수밖에 없다. 이것은 문학의 불행한 문제적 국면이다. 이런 불행은 키취(kitsch)에서 한층 더 심화된다. 포스트모더니즘의 대중적 미학을 표상하는 키취는 그 파급효과를 위해 원전을 "날조한다".(136쪽) 그런 만큼 키취는 '자기기만의 예술'(137쪽)이며 "잘 포장된 불량식품"(149쪽)과 같다. 그러나 키취는 현대성의 분명한 한 양상이며, 문명화 내지 산업화과정에서 피할수 없는 실존적 상황임을 인식할 수밖에 없다고 김준오는 말한다. 그러나 키취는 상업주의와 결탁된 기만적 향유방식을 이용하여 악화가 양화를 구축하듯 진짜 서정시 대신 가짜 서정시가 횡행하게 하는 현실을 조장한다는 점을 무엇보다 우려하고 있다.

현대시에서 대중문화의 수용은 키취처럼 부정적 양상을 띠기만 하는 것은 아니다. 그것은 대중문화에 대한 재인식은 물론 대중문화의 수용이 현대시 자체의 변화를 수반하는 요인이 되기 때문이다. 이런 점에서 대중문화의 수용은 현대시에서 문제적 양상이 되며 반성적 몫이 된다는 것이 김준오의 견해이다. <대중문화의 탈승화>는 바로 이런 점을 폭넓게 검토하고 비평한 글이다. 여기서 대중매체를 패러디한 함민복, 하재봉, 박남철, 황지우 등의 해체시는 놀라운 실험적 전위성을 보여주기도 하며, 반면 키취 등에 의한 대중예술의 탈승화 태도는 개인의 황폐화라는 문제적 인간상을 부조시키기도 한다. 유하와 김수경의 시는 이런 의미에서 반성적이다. 이들 시는 더구나 개인의 황폐화뿐만 아니라 언어의 타락현상을 동반하는 현대시의 황폐화도 불러일으킨다고 김준오는 지적한다 (167쪽). 그러나 대중문화의 수용은 시적 승화를 보여주는 예외적인 경우도 많다는 사실을 동시에 거론하고 있다. 이세룡의 영화시, 박용제의 연극시, 김용범의 음악서정시 등이 이에 속하는데, 이들 시는 문화의 반영(문화시)으로서 현대시가 당면한 미학적 문제를 풀어주는 현대시의 새로운 가능성을 보여준다는 것이다.

　이러한 현대시의 가능성은 비평서의 2부에서 한층 면밀하게 검토된다. 김준오는 <인칭의 의미론>에서, 최근 이승훈의 시를 대상으로 이인칭과 삼인칭이 일인칭을 대신하면서 자아탐구의 중요한 시 유형이 되고 있는 이른바 시론시 또는 시인론시를 보여주고 있음에 주목한다. 그에 따르면, 이런 시론시 또는 시인론시는 현대시의 자기반영성을 드러내는 메타시의 전형적인 예로서, 메타시가 특이하게 자아탐구의 기능을 하는 현대시의 문제적 유형으로 설정된다. 그러면 왜 그런 현상이 나타나는가. 김준오는 이에 대한 대답을 위해 라깡의 용어를 빌어온다. ‘나’는 타자이며, 그 타자는 “나-너-그”로 미끄러지면서 그 어느 것도 ‘나’로 확정되지 않는 타자들이라는 해체주의적 인식론에 이승훈의 시가 입각해 있다(176쪽)는 것이다. 이러한 해석은 적절하고 설득력이 있다. 이승훈의 시는 분명 시의 새로운 문법과 화법을 제시하는 현대시의 새로움으로 와 닿는다. 그런데 이승훈의 이러한 새로움은 자신의 시 내부에서도 확인된다는 점이 또한 강조된다. 과거 그의 시가 시적 대상을 철저히 은폐시키는 절대적 이미지로 강한 익명성과 추상성을 띠는 것에 비해, 이 새로운 메타시는 심각한 사회적 갈등이나 역사적 내용은 없지만 자전적 체험의 일상적 삶을 제재로 하여 인간화된 서정을 구유하고 있다는 점에서 놀라운 시적 변화를 이룩했다는 것이다. 김준오가 이승훈의 시를 두고 시의 인칭에 특별히 관심을 둔 또 다른 이유도 여기에 있다.

현대시의 자기반영성은 오규원의 시에서도 특징적이다(<현대시의 자기반영성과 환유 원리>). 이승훈의 메타시가 인식론적 자기반영의 방법으로 나타났다면, 오규원의 시는 방법론적 자기반영의 인식으로 나타나는 해체시의 특성을 보여준다. 김준오는 이러한 오규원 시의 방법론적 인식을 반은유의 환유원리와 관찰자 시점의 현상주의로 요약해서 말한다(192쪽). 야콥슨에 의하면, 반은유의 환유원리는 언어의 배열원리이며 산문에 우세한 서술원리이다. 이런 점에서 오규원의 시에 환유원리를 채택한 것 자체가 비판과 분석의 산문원리인 아이러니를 특징으로 하는 반서정주의를 이루며, 장르해체의 현상을 띠게 된다는 점을 김준오는 지적한다. 그리고 환유의 원리가 지배된 오규원의 근작시들이 관찰자 시점을 채용하며 주관을 철저히 배제하는 현상의 서술로 이루어진다는 점도 주목한다. 김준오는 이를 관념적 의미 대신 감각적 지각의 효과를 새롭게 하기 위한 환유원리의 실험으로 진단한다. 그리고 반서정주의의 환유원리가 객관화의 현상주의가 아닌 패러디에 의한 풍자의 시적 태도로 나타난 시가 박상배의 잠언시와 시론시라고(<패러디시와 희극적 거리>) 해명한다.

한편 김준오는 현대문학의 메타성이 시와 소설은 물론 비평에서도 특징적 현상으로 나타나는 사실을 흥미롭게 제시하면서 새로운 비평의 가능성 모색으로 연결시키고 있다(<메타비평>). 그는 현대의 비평이 먼저 기존 비평원리들의 '조합'에서 탄생되는 특징을 보인다고 지적한다. 이처럼 메타비평은 기존비평에 대한 자기반영성과 상호텍스트성을 갖는다. 또한 현대의 새로운 비평은 '메타비판'으로 불릴 만큼 기존비평에 대한 '비판'의 원리로 형성된다는 점을 주목한다. 이는 메타비평의 자기반성적 측면이다. 여기서 비평적 담론의 특권화가 해체되고 탈신비화가 유도된다. 뿐만 아니라 비평의 예술화도 도모된다. 비평의 텍스트도 문학처럼 글읽기의 상상적 즐거움을 주는 창조적 비평이어야 한다는 것이다. 김준오는 이런 창조적 비평의 역사를 바르트에서 찾는 한편, 우리의 경우 고전비평의 시화로부터 김현, 황현산, 정과리, 특히 90년대 신예비평가들의 비평에 이어지고 있음을 말한다. 이러한 지적은 사실 현대비평의 중요한 반성점을 제공하는 것으로 보인다. 지나치게 이론화되고 현학적이 되는 현대비평, 특히 강단비평이 극복해야 할 과제가 여기서 시사될 수 있기 때문이다. 이런 점에서 메타비평은 현대비평의 새로운 가능성을 보여준다.

비평서의 3부는 1부와 2부에서 거론한 현대시의 쟁점을 다시 정리하고, 그 논의 대상을 좀더 확장하고 있는 부분이다. 그러면서 특히 <일상시에서 표층시에로>의 논의는 일상시의 연장선상에 놓인 표층시의 특성을 흥미롭게 지적하고 있다. 그것은 표층시가 일상적 대상의 미시적, 즉물적, 우연적 관찰을 특징으로 하는 것으로, 탈중심주의시대의 불확실성을 인식소로 한 해체주의적 세계관을 반영한 것으로 보고 있는 점이다 (274-6쪽). 그리고 서술시가 현대시사 속에서 끊임없이 지속되면서 90년대 현대시의 새로운 가능성으로 부각되고 있다는 점도 눈여겨보아야 할 현대시 비평의 적절한 진단 대목이다.

Ⅲ

김준오의 비평이 우리에게 남기는 교훈은 참으로 많다. 우선 현대시를 보는 그의 안목이 넓고도 깊다. 그는 어떠한 시의 쟁점이라도 거시적인 통찰과 미시적인 관찰을 조화롭게 취하면서 쟁점의 원인과 결과, 그리고 긍정과 부정의 국면들을 합리적으로 판단하고 진단한다. 90년대 시의 지형도를 그린 『현대시의 환유성과 메타성』은 특히 이점에서 주목되고 믿음직스럽다.

그리고 입론에서부터 지적했듯이, 그의 시학은 시의 현상적 미학을 쫓지 않고 시의 존재론적 본질을 파악하고자 하는 시각을 인간학의 시학으로 정립하고자 했다. 한 비평가가 독자적인 비평의 이론을 정립한다는 것 자체도 크게 배울 점인데, 그의 인간학으로서의 시학은 이론적 단단함은 물론 시 이해의 든든함도 함께 도모된다는 점이 여간 부럽지 않다.

김준오 비평의 또한 장점은 문학을 보는 시각이 젊다는 점이다. 그는 사실 올해로 회갑을 맞이한 구세대에 속하는 학자이고 비평가이다(그러나 안타깝게도 김준오 교수는 1999년 4월에 아까운 생을 마감하고 말았다. 삼가 고인의 명복을 빈다). 그와 같은 연배의 구세대는 대부분 포스터모더니즘이니 해체주의니 하는 신세대 중심의 문학적 풍조를 달갑게 생각하지도 않거니와 외면하거나 부정하기가 예사이다. 그러나 그는 예외적 학자이고 비평가이다. 오히려 포스터모더니즘과 해체주의의 중심에 서서 그 실존의 문학적 현상을 이해하고 합리적 판단의 기준에서 적극 우리문학의 자양분으로 흡수하고자 한다. 문학을 이해하는 이러한 그의 젊음은 물론 열정적이고 지속적인 비평적 성찰의 노력에 의해 자연스럽게 드러나는 것이리라.

김준오의 비평에 기대와 신뢰가 큰 만큼 아쉬운 점이 없는 것은 아니다. 그의 문학비평이 여전히 현학적이고 어렵다고 느끼는 독자가 많다. 현대의 시학을 두루 꿰고 있는 학자로서 또는 강단비평가로서 다양한 문학적 지식과 이론을 체계화하면서 이를 적용하는 문학적 논의의 관습이 오랫동안 체질화된 결과이다. 그러나 현대비평의 한 가능성으로 창조적 비평을 언급했듯이, 좀더 많은 독자들이 김준오 시학의 즐거움을 한층 쉽게 느끼고 맛볼 수 있도록 비평의 스타일도 한번쯤 변화시켜 보는 노력이 필요하지 않을까 생각해 본다. ▷《시와 반시》제22호(1997년 겨울호).

◇ 부록: 번역

패러디 서설

〈해설〉

번역의 대본이 된 글은 Joseph A. Dane, *Parody*(Univ. of Oklahoma Press : Norman and London, 1988)의 서론(Introduction)인 3~13쪽이다. 데인(Joseph A. Dane)의 이 책은 패러디에 관한 최근의 주목할 만한 저서로서, 패러디의 역사를 풍부한 사례를 통해 폭넓게 검토하면서 이를 체계적으로 정리하고, 패러디 논의의 바람직한 방향을 찾고자 했다.

데인은 따라서 패러디를 최근의 문학현상으로만 보는 허천(L. Hutcheon)과 같은 관점을 비판한다. 패러디는 오랜 역사를 가진 문학기법으로 존재해 왔으며, 그것은 경우에 따라 폭넓은 문학현상으로 나타나기도 했다는 것이다. 물론 그렇다고 해서 허천이 패러디를 비평의 문학형식으로 본 관점까지 부정하는 것은 아니다. 패러디는 기존 텍스트의 모방적 진술이지만, 그것은 문학적 기능과 비평적 기능을 반드시 가진다는 점을 강조하고 있다. 이런 점을 러시아 형식주의자들로부터 바흐찐(Mikhail Bakhtin), 최근의 허천에 이르기까지의 패러디 정의 등을 검토하면서 한층 명확히 하고 있다.

그런데 데인은 패러디에 관하여 미리 내린 정의를 전제로 하거나 선입관을 가지고 패러디를 논의하는 태도는 바람직하지 않다고 본다. 패러디의 논의는 패러디 현상의 구체적 실례를 통해 이루어져야 올바른 이해에 이를 수 있다는 것이다. 이런 점에서 데인은 패러디 이론가가 아니라 패러디에 관한 문학현상을 철저히 역사주의적 관점에서 연구하고자 하는 문학연구가이다. 데인의 이러한 입장은 시류에 편승하여 당대 문학의 좁은 안목 속에서 패러디의 문학현상을 설명해 내려는 과욕에 중요한 반성점을 제공한다. 아울러 한국문학을 대상으로 한 패러디의 논의도 서구문학의 추수현상으로서의 패러디가 아니라, 우리 문학의 주체적 관점에서 본 패러디를 문학사와 문화사의 상호 관련 속에서 실제적이고 구체적으로 해명되어야 한다는 점을 강력하게 시사하고 있다고 하겠다. (역자)

패러디 서설

오 슬프고도 애닮도다
인간은 태어나서 죽고 말지니,
우리 또한 곧 죽지 않을 수 없네
하여 우리는 이미 죽은 것이나 다름없이 살아갈지어다…
　　　　　　　　　　　　　－ 에즈라 파운드

(O woe, woe
 People are born and die,
 We also shall be dead pretty soon
 Therefore let us act as if we were dead already…
　　　　　　　　　－ EZRA POUND)

　이 책의 제목에서 보듯이, 제목을 패러디로 했기 때문에, 대부분의 독자들은 서두 인용시를 패러디로 읽으려 할 것이다. 말하자면 이 시의 독서는 당연히 이들 시행을 비문학적이고 보잘것없는 표현으로 비하되었던 것으로부터 구원하고자 할 것이다. 냉소적 텍스트, 진부한 텍스트, 서투른 텍스트, 이 모든 것이 '패러디'로 명명될 때 변화되는 것이다. 이들 텍스트는 문학에서 쉽게 인지될 수 있는 유형 즉, 장르유형(예를 들면, 서정적 문학)이나 가치평가적 유형(예를 들면 '저급한' 문학)으로 유용한 역할을 하게 되는 것이다.

　그러나 패러디로 보는 독서가 텍스트를 살릴 수 있는 것과 같이, 또한 그만큼 텍스트의 흥미로운 양상들 중 상당 부분을 저해할 수도 있는 것이다. 위 시의 인용구절이 패러디의 비판적 모델을 어떻게 따르고 혹은 어떻게 벗어났는지 하는 문제는 이 작품의 작가(에즈라 파운드)와 비판의 대상이 되는 작가(하우스만), 그리고 패러디된 형태에 대한 두 시인의 태도(하우스만도 파운드와 마찬가지로 그리이스 합창곡을 패러디함)와 연관된 기본적 질문보다는 훨씬 덜 흥미로운 것이다. 우리는 한 특별한 아마추어 고전주의자와 한 특별한 전문적 고전주의자 사이의 대조를 보고 있다. 그런데 패러디는 이러한 대조에 의한 결과들 중 한 가지이지만, 패러디 이론은 이 점을 적절하게 설명하는 수단이 결코 되지 못한다.

　패러디는 비평적 개념이면서 때로 이 개념이 적용되는 문학을 뜻하기도 한다. 따라서 이른바 패러디는 문학적 기능과 비평적 기능이란 이중성을 가지는데, 필자가 더욱 관심을 갖는 사항은 패러디의 비평적 기능이다. 문학은 패러디의 용어와 연관될 때 어떻게 변화되는가? 여기서 사용된 것처럼, '패러디'란 어휘는 일정한 텍스트의 성질과 텍스트의 일정한 독법을 설명하는 비평적 함축어이다. 따라서 필자가 사용하는 '패러디'의 어휘는 항상 전통적으로 패러디로 생각해 온 것을 포함한다.

　다른 장르들처럼 패러디는 이에 포함되는 정전(正典, *canon*)를 가진다. 이를테면 아리스토파네스(Aristophanes)의 극작품들, 모방 서사시 <개구리와 쥐들의 전쟁>(*Battle of frogs and mice*), 모방 찬송가, 중세의 신성한 패러디들, 니콜라스 브왈로(Nicolas Boileau)의 <성가대>(*Le Lutrin*), <돈키호테>(*Don Quixote*), <트리스트람 샌디>(*Tristram Shandy*), 막스 비어봄 (Max Beerbohm)의 <크리스마스 화환>(*A Christmas Garland*), 그리고 몽티 피손(Monty Python)과 우디 알렌(Woody Allen)의 영화들이 그것이다. 그런데 패러디에 포함되는 것으로 가정할 수 있는 이들 중 어떤 것도 단순한 패러디의 연습은 아니지만, 그렇다고 패러디라고 분명하게 불려졌던 것은 아무 것도 없었다는 점이다. 그런데 필자는 이들 작품들이 패러디들이며, 그렇지 않다면 예시한 패러디들이 비평적 의문을 분명히 일으킨다는 점을 주장하는 데에서 논의를 시작하고자 한다. 여기서 패러디에 관한 비평적 의문들은 "루시앙(Lucian)[1]의 역할은 당시의 문화계*literary culture*에서 어떠한 것이었나? 소설을 본질적으로 패러디라고 재정의하는 목적은 무엇인가?"하는 것들이다. 그런데 "패러디"의 용어가 한 가지 규범적 작품과 연관된 의문들에 대한 대답이 또 다른 규범적 작품에 대하여 제기되는 의문들에 대한 대답을 비슷하게 이끌어 낼 것이라는 것을 암시하는 것은 아니다. 그러한 한 가지 규준이 암시하는 것은 우리가 패러디로 알고 있는 장르, 기법, 현상을 창출하는 작품들과 작가들이라는 것이다.[2]

그와 같은 용법이 함축하고 있는 한계는 간단하다. 이하의 논의에서도 필자는 패러디의 규준에 더 이상 무엇을 보태려 하지는 않겠다. 즉 필자는 어떤 특정한 작품을 패러디로서 재정의하려 하지 않겠다는 것이다. 필자의 목적은 패러디에 관한 새로운 정의를 내리려는 것이 아니라, 오히려 패러디에 관한 전통적 정의에 내포된 뜻을 검토하고, 패러디가 어떻게 정의되었든 패러디란 말이 문학을 얼마나 잘 다루도록 하는지를 신중하게 숙고하고자 하는 것이다.

패러디에 관한 기본적인 정의에서부터 출발해 보자. 패러디란 한 문학 텍스트에 나타난 또 다른 문학 텍스트의 모방적 진술로, 대상 텍스트에 대한 비평을 담고 있다. 또한 이따금 인용되는 폴 리만(Paul Lehmann)의 다음과 같은 정의가 있는데, 이는 다음 장에서 상세한 검토를 할 것이지만, 필자는 우선 여기서 이를 쉽게 풀이해 보고자 한다.

> 나는 여기서 잘 알려진 작품의 전체나 부분을 형태적으로 모방하거나 혹은 이차적으로 외양, 태도와 관습, 그리고 사건과 인물을 모방한 문학작품만을 패러디에 속하는 것으로 이해한다. 이러한 모방은 겉보기에는 차이가 없지만, 사실상 의식적인 그리고 쉽게 인지할 수 있는 유머로 변형된 것이다.

---

1) 2세기 그리스의 풍자 작가.
2) 패러디가 무엇인가 하는 문제는 작품의 개별적 실체와 작가의 인
   식에 따라 다양한 대답이 있을 수 있다

이러한 기본적 정의로부터, 패러디의 보다 많은 특징들이 도출될 수 있다. 즉 그것은 그 대상에 기생적인 것이므로 형태적으로는 설명될 수 없다. 그러면서 그것은 자기반영적 문학*meta-literary* 장르로 문학비평의 한 형태가 된다. 이러한 언술은 이론적인 차원에서 좀처럼 진지하게 적극 검토되지 않았다. 그러나 과연 이러한 언술이 특정한 문학작품에 적용될 때 사실로서 혹은 유용한 것으로 인정될 수 있을까? 그리고 문학적 문맥과 관련하여 그렇게 면밀하게 정의되어야만 하는 장르의 보편적 특징들이 있을까? 필자는 입론의 관점에 따라 다음 장에서 그와 같은 정의들과 함께 유사한 정의들을 사용할 것이다. '패러디'의 정의들과 이와 연관된 용어들('트라버시티'*travesity*, '뷰레스끄'*buresque*, '센토'*cento*, '패스티시'*pastiche*)은 역사를 가진다. 이러한 역사적 용어는 우리가 전통적으로 패러디로 간주하고 있는 문학의 관점을 여전히 혼란스럽게 하는 것이다. 이러한 용어들은 비평적 어휘나 요소들의 항목들이지만, 그렇다고 해서 사전 편찬자와 문학 연구가에게 유용한 범주들로서 반드시 문학에서 각각 상응하는 현상을 가진다고 생각하지 않아야 한다.

따라서 이 책은 한 가지 중요한 관점에서 패러디에 관한 최근의 논의와 다르다. 필자는 패러디로 부를 수 있는 텍스트들이 무엇인지, 그리고 우리가 생각하는 공식화된 비평적 진술(예를 들면 이상의 어휘목록들)이 패러디의 역사에 관련된다는 것에 관한 합의를 가지고 있다고 생각한다. 이들 자체가 필자가 아래에서 연구하고자 선택한 텍스트들이다. 필자는 이 이상으로 우리가 패러디의 '본질'이나 '특질'을 알고 있다거나 또는 그와 같은 가설적 본질의 기술이 바람직한 것이라고 생각하지 않는다. 필자는 패러디에 관하여 연구하면서 패러디 장르*parodic genre*, 하위장르*subgenre*, 혹은 그 기법의 보편성에 관한 주장에 대하여 매우 회의적이 되었다. 그러한 주장이 기초한 근거는 너무 쉽게 다루어질 수 있다. 한 전기비평가는 프루스트(Proust)의 초기 작품들 중 패러디 작품인 <르무완느 사건>(*L'Affair Lemoine*)을 예로 들면서 패러디를 프로운동경기*progymnasmata*나 탐구연습의 한 형태로 논의할 수 있었다.

여기서 패러디는 시인의 교육의 한 단계로서 문학의 초기 형태가 된다. 괴테(Goethe)가 패러디를 ‘고상한’*noble* 문학작품에 대한 치기 어린 비평으로 생각했던 것도 이와 유사하다(창작과 진실 제2권 제3장). 한 조이스(James Joyce) 연구가가 다음과 같이 반대하는 것도 당연했다. <피네간의 경야(經夜)>(*Finnegans Wake*)는 <젊은 예술가의 초상>보다 훨씬 패러딕하다는 것이다. 따라서 패러디는 문학의 후기 형태인 것이다. 이 두 번째 전기비평가는 이를 뒷받침하기 위해 문학사가들과 철학가들의 말을 인용할 수 있었다.

이와 같은 비평적 주장들은 종종 역사적 속임수에 지나지 않는다. 이의 근거란 단지 비평가가 근거라고 확정하는 것일 뿐이다. 비평가가 패러디라고 당연히 느끼는 아리스토파네스의 시행은 에우리피데스 작품의 부분에 들어있는 것일 수 있으며, 따라서 패러디와 그 근거로 제공될 수 있는 것이다. 따라서 이 책은 패러디의 정의를 잘 알려진 패러디 작품들에 적용하고자 하는 것이 아니라, 오히려 우리 자신의 패러디 담론에 관하여 연구하고자 하는 것이다. 사실상 패러디와 그 대상(*원전)이 두 가지의 서로 다른 장르로 구분될 수 있는 것인가, 그리고 그러한 주장이 의미하는 것이 무엇인가? 패러디는 수준 이하를 포함하는 것이 사실인가? 패러디는 ‘현대적’인 현상이라 하는 것이 사실인가? 그리고 더욱 중요한 것은 문학비평이 왜 그와 같은 의문들을 가져야 하는가?

패러디에 관한 다양한 주장들을 접하면서 우리는 지금까지 지속되어 온 비평적 신화학을 알아야 한다. 20세기 동안 패러디에 관한 중요한 재평가가 이루어져 왔음에도 불구하고, 이러한 재평가는 비평적 재평가일 따름이며, 장르 그 자체의 갑작스런 증가현상을 반영하는 것은 아니라고 필자는 생각한다. 패러디는 언제나 대중적인 것이 되어 왔으며, 패러디(혹은 뷰레스끄와 같은 어떤 패러디 형태)가 현대적이라는 생각은 역시 과거에도 지속되어 온 생각인 것이다. 17세기와 18세기의 사전 편찬자들은 선조들이 뷰레스끄만을 써 왔다는 점을 부정했다. 뷰레스끄(이탈리아어의 어원을 가진 단어)는 현대적인 것이면서 통상적으로 쇠퇴하는 어떤 것이라고 언급해야만 했다. 그러나 이러한 신화는 패러디 장르의 지속적인 증가현상에 의해 부정될 수 있다. 20세기 패러디에 초점을 맞춘 린다 허천(Linda Hutcheon)의 저서는 패러디를 설명하기 위한 패러디 신화학의 중요한 부분을 이루는 것임에 틀림없다.

허천(사전 편찬자와도 같은)이 텍스트 생산의 한 사실로 설명하는 패러디의 두드러진 현대성 즉 정확히 20세기의 패러디에 특권을 부여하는 능력은 곧 사라질 것이며 어떤 경우는 돌이킬 수 없을 것이다. 이 점은 다른 부수적인 장르에 있어서도 마찬가지일 것이다. 특히 패러디와 같이 때로 일시적인 대상과 상황에 의존하고 있는 것들도 마찬가지이다. 그러나 아무리 대단한 학문도, 엄격한 의미에서, 광고에 잘 호응하는 청중을 미래에도 당시와 꼭 같이 만들어낼 수 없다. 광고의 목적은 청중으로 하여금 상품을 구매하도록 하는 즉 능력 있는 반응인 것이다. 더 이상 그러한 상품이 존재하지 않을 때, 설사 텍스트의 기록이나 혹은 설명이 보존되어 있다고 해도 그러한 상품생산을 약속할 수 있는 텍스트는 없다.

재정의와 재평가

패러디 작품들의 수집은 오랜 전통을 가지고 있다. 패러디에 관한 많은 기초연구들도 이러한 전통과 직접적인 관련을 맺고 이루어져 왔다. 1세기 전에 센토*Cento*에 관한 옥타브 딜르삐에르(Octave Delepierre)의 사전적 작업은 수많은 작품선집과 명시선집들의 전통 속에서 매우 많은 것을 인용하고 있다. 패러디에 관한 또 다른 연구들은 패러디의 특별한 하위 장르에 연구를 제한시킴으로써 이러한 전통을 따라 왔다. 이를테면 피스(Arthur Stanley Pease)의 모방적 찬미*mock encomium*에 관한 연구, 일보넨(Eero Ilvonen)과 리히만(Lehmann)의 중세의 종교적 패러디*sacred parody*에 관한 연구 등이 그것들이다. 패러디를 다루는 이러한 전통적인 방법은 변화되고 있는데, 때때로 비비평적 평가의 수사학이 되고 있다. 이는 몇

십년 전에는 가장 좋은 검토 방법으로 특별히 불려졌던 것이다. 프레드 하우스홀더(Fred W. Householder)에 의한 그리이스 패러디에 관한 논문은 집중적인 어휘 해설을 하고 있으며, 햄펠(Wido Hempel), 카레(Wolfgang Karrer), 그리고 로즈(Magaret A. Rose)의 훌륭한 연구들은 패러디의 비평적 언어에 관심을 가진 만큼 그 언어가 설명하려고 하는 패러디에 관심을 갖는다.

패러디의 재평가에 있어서 가장 중요한 작업은 러시아 형식주의자들과 그와 연관된 바흐찐(Mikhail Bakhtin)의 작업이었다. 형식주의자들에 의해 주창된 핵심개념들 중 한가지는 "문학성"*literiness*이다. "문학성"은 대부분의 형식주의자들에게 있어서 문학적 언어와 일상언어를 구별하는 것이다. 그것은 문학성 자체를 반영하는 언어이며, 혹은 야콥슨의 경우 그것은 언어의 "시적" 기능인 것이다. 따라서 패러디는 가장 순수한 "문학적" 장르의 한 가지가 된다. 슈클로프스키(Victor šklovskj)의 경우, 스턴의 <트리스트람 샌디>와 같이 문학사에서 중요한 작품들은 패러디로 되어 있다고 보며, 티니아노프(Jurij Tynjanov)의 경우, 도스토예프스키의 소설작품들이 패러디 작품들로서 재정의된다. 문학적 혁명은 그 자체 문학의 자기반영성과 패러디의 문제이며, 패러디의 파괴적 힘은 그것의 건설적 힘과 동등하다는 것이다. 티니아노프는 "전쟁"처럼 문학적 진보는 낡은 것의 파괴로부터 새로운 구조의 건축을 이루는 것이라고 본다.

패러디에 관한 바흐찐의 연구는 의심할 바 없이 금세기에 이루어진 가장 중요하고도 영향력 있는 업적이다. 그것은 패러디의 본질에 관한 뛰어난 지적 성찰을 보여줌으로써 동시에 그러한 지적 통찰로부터 패러디에 대하여 놀라운 오해를 보여주는 듯한 것에서 두드러진 특징을 갖는다. 도스토예프스키와 라블레에 관한 바흐찐의 연구는 오랫동안 유용한 것이 되어 왔으나, 패러디에 관한 두 가지의 중요한 초기 논문들은 최근에 와서야 영어로 번역되어 유용하게 이용될 수 있었다. 바흐찐은 "문학성"을 부정적인 의미에서 정의함으로써 형식주의자들의 원칙과 다른 점을 보였다. 바흐찐에 의하면, 문학성이란 패러디로 제시되는 엘리트의

"존경스런" 혹은 "공식적인" 개인방언이다. 패러디는 그 자체로 바흐찐이 "다어성(多語性, *polyglossia*)" 혹은 "이어성(異語性, *heteroglossia*)"이라 부르는 것의 표현인 셈인데, 이는 단일한 텍스트에서 이루어지는 다성적 언어*multiple languages*들의 갈등상을 말하는 것이다.

전통적으로 패러디는 부조화 혹은 갈등에 기초한 것으로 정의한다. 문체와 주체 즉 형식과 고정된 의미의 부조화를 재정의한다. 갈등은 사유의 형식과 표현의 형식 사이에 있는 것이 아니라 오히려 표현 형식들 자체에 개재되어 있는 문제이다. 이러한 표현형식들 중에서 한 가지 두드러진 것이 패러디의 "비공식적"*unofficial* 언어는 "공식적"*official* 언어와 대립한다는 것이다. 이러한 갈등은 결정적인 것인데, 바흐찐은 현대문학에서 패러디는 별로 중요하지 않는 형식이라고까지 말할 정도이다(필자가 생각하건대 아이러니가 아닌 것은 아니지만). 왜냐하면 우리는 누구도 부정할 수 없는 "민주화된"*decocratized* 언어를 정확히 말하고 있기 때문이다. 바흐찐에 의하면, "다어성"은 단순한 언어적 갈등상이 아니다. 그것은 정치적 사회적인 것이다. 따라서 라블레에 관한 그의 후기 작업은 문학에 관한 연구가 사회제도에 관한 연구와 상응하고 있다는 것을 보여준다. 패러디의 파괴적인 힘은 사회제도에 대항하는 기능을 하는데, 이는 다양한 언어적 기록들에 의해 나타난다.

바흐찐은 아리스토파네스, 패트로니우스(Petronius), 바로(Varro) 등의 여러 고전작가들로부터 안출되는 장르는 반드시 재정의되어야 한다고 했다. 패트로니우스의 <*Satyricon*>은 완전한 것이 못되고, 바로의 경우는 단편들로만 존재하며, 그리고 메니퍼스*menippus*는 루시앙(Lucian)을 통해서 처음으로 알려졌다. 그래서 바흐찐이 말한 장르는 아무런 정전의 예들을 갖지 않고, 단지 아리스토파네스의 희곡들과 현대 소설과 같은 변형된 예들만 갖는 것이다. 메니퍼어적 풍자의 개념은 다른 학자들에 의해서도 유사하게 사용된 바 있는데, 노드럽 프라이(Northrop Frye)는 부르통(Burton)의 <우울의 해부>가 최초의 예라고 했고, 또 다른 학자는 초오서(Chaucer)의 작품들이 최초의 예라고 했다. 이처럼 정의되지도 않았고 정의될 수도 없는 장르의 특성이 그것에 대한 정의의 한 부분인 것이다.

바흐찐의 용어 정의(예를 들면, "다어성", "이어성"과 같은 여러 다양한 용어들에 관한)가 모호하면서도 융통성이 있다면, 그리고 문학사에서 나타나는 장르의 설명이 문학사의 실상과 반드시 일치하지 않는다면, 이는 그 자체 그가 설명하고자 하는 장르적 상황의 징후인 것이다. 바흐찐에게 공식적 언어와 장르만이 정의될 수 있을 따름이며, 그가 말한 장르(그것이 "패러디"이든 혹은 "대화적"이든 간에)는 고전적 시학의 언어 즉 우리 모두가 사용하는 언어로 아무리 확대해서 말하고자 해도 억지로 규정되지 않는다.

티니아노프, 슈클로프스키, 그리고 바흐찐의 노력은 문학적 패러디에 관한 연구를 변화시켜 왔다. 우리가 패러디를 문학적 문맥(슈클로프스키와 티니아노프의 경우처럼)에서 이해하든지 혹은 사회적 문맥(바흐찐의 경우처럼)에서 이해하든지, 어떤 경우이든 패러디가 문학사에서 중심적인 위치로 이동해 왔다는 것이다. 패러디는 그 자체 다툼을 하는 가운데서도 스스로를 반영하는 문학적 체계이다. 패러디는 문학적 "호기심과 기이성"의 일종인 주변적 문학장르라기보다는 문학적 체계의 진정한 역동성을 표현해 온 중심적인 장르인 것이다.

문학적 패러디에 관한 관심이 최근 증대되고 있는 또 다른 이유는 비평과의 밀접한 관련 때문이다. 많은 비평가들은 패러디의 비평적 양상이 본질적 기능인가에 관하여 계속 논쟁을 해왔다. 문학비평은 점차 전문화되면서 그 자체의 자율적 분야로서 혹은 학문으로서 상승되어 왔다. 이러한 변화 속에서 이와 밀접한 유사성을 갖는 문학장르들도 동시에 부상되어 왔다. 비평과 문학 사이의 구별을 부정하는 것은 최근 비평의 일반적 주제가 되어 왔다. 따라서 패러디는 비평적 형식의 한 가지로 간주되는 것이다. 패러디스트가 곧 비평가가 되듯이, 최근의 비평가들은 자칭 시인이 되거나 때때로 자칭 패러디스트가 된다. 패러디스트와 그들을 정의해야 할 비평가들이 갑자기 꼭 같은 일을 하고 있는 것이다.

패러디의 정의들과 패러디에 관한 여러 이론들은 패러디의 역사를 위한 가설을 세우는데 유용한 도구들로 간주되어야 한다. 이들 각각은 특정한 텍스트들과 그것들의 특정한 문학적, 문화적 문맥과 결부되었을 때 허망해질 수 있다. 패러디의 비평이론은 그 이론을 지지하는 증거를 감추기 위한 전략적 역할을 한다. 패러디에 관한 새로운 이론이 제기되기를 요구해 왔던 비평가들과 이론가들은 때때로 위장된 형식 속에서 낡은 패러디 이론의 가정과 이데올로기를 촉진시켜 왔다. 이러한 가정은 다음 장의 논의의 핵심이 된다.

패로디와 풍자

패러디는 형식적으로 기생적인 본성을 가지기 때문에 다른 장르들처럼 누리는 어느 정도의 자율성을 거의 갖지 못한다. 패러디는 원전이나 혹은 그 대상 장르에 의존해 왔다고 간주될 뿐만 아니라 다른 공식적 장르의 한 변종으로서 가장 중요한 풍자성을 지니고 있는 것으로 간주된다. 1세기 전에 딜르삐에르(Delepierre)는 패러디가 커리커츄어*caricature*, 그로테스크*grotesque*, 뷰레스끄*burlesque*로서 여러 가지(봉건적, 성직자적, 전제군주적, 그리고 대중적인) 폭정에 대항하기 위한 풍자의 방법으로써 개발된 다양한 "무기"로서 설명했다. 길버트 하이에트(Gilbert Highet) 역시 패러디를 풍자의 하위장르로 분류하면서, 풍자의 세 가지 중요한 형태 중 한 가지라고 했다. <애네이드>(*Aeneid*) 6에서 앤키스(Anchise)의 언술 패러디인 포우프(Pope)의 <던시아드>(*Dunciad*) 3장 101-7은 풍자적 글쓰기 즉 패러디의 두 번째 중요한 패턴을 보여주는 좋은 예이다. 즉 그는 "패러디라는 어휘는 일반적으로 영어에서 문체의 채택이나 안출을 의미하지 않고 문체상의 메너리즘이나 혹은 틀에 박힌 사유방법 중 한 가지나 아니면 그 둘 다를 풍자하거나 조소하기 위한 문체의 과장적 모방을 의미한다"는 것이다.

패러디는 또한 조형예술들에서 발전되어 왔다. 이는 우리가 패러디를 설명하기 위해 사용하는 그로테스크, 커리커츄어, 패스티쉬와 같은 용어에서 명백하게 나타난다. 이러한 생각은 패러디에 관한 합당한 응답이다. 이러한 예술양식들은 각각 규범적인 미학이나 혹은 규범적인 예술이론에 도전하는 것이다. 데니스(Denis) 성당의 그로테스크풍은 미학에 관한 당대적 감각을 휘저어 놓는 것이었던 만큼 곧 일반화되었다. 이는 베르나르 성당(St. Bernard)이 입증한다. 풍자 또한 도전적인 것이다. 그것은 현상을 파괴하거나 혹은 확인할 수도 있다. 이들 중 어떤 경우에 그것은 우리의 사회적 행위를 통해 바로 그 습관을 쟁점화시키는 역할을 한다. 우리는 그와 같은 장르들에 직면했을 때 우리들의 규율과 그러한 규율들의 습관적 반응이 가진 안정성을 잃게 된다.

그러한 장르들과 패러디의 융합은 이렇게 청중에게 그 영향을 표현하는 것이다. 패러디는 조형적인 의미보다는 언어학적 의미에 초점을 맞출 때 그로테스크와 커리커츄어와 구별될 수 있었다. 그리고 꼭 같은 의미에서 패러디는 풍자와 구별될 수 있었다. 그리고 여러 차례의 임의적인 비평적 정의에 의해서 패러디는 그것의 문학적 변종들이나 하위장르(뷰레스끄, 트라버스티, 패스티시)들과도 구별될 수 있었다. 그러나 패러디와 이러한 문학적, 예술적 변종들의 관계는 여전히 지속되고 있다. 그로테스크는 예술적 주제의 근엄한 한계에 대한 우리의 일상적 지각에 도전한다. 그것은 단순히 그 내용(비록 그 내용이 그로테스크의 효과를 잘 나타내는 데 기여하더라도) 때문만이 아니라 바로 예술적 경계와 규칙들을 가시화 한다는 점 때문에 방해스러운 것이 되고 있다. 이로써 그로테스크는 예술작품으로서 이해될 수 있는 것이 된다. 이러한 도전은 패러디에 의해서 이루어지는 도전과 동일한 것이며, 따라서 패러디는 어휘적 언명에 의해서 이들 관련 장르들과 구별될 수 없다.

패러디의 실현 가능성은 위협받고 있다. 시작 풍토와 마찬가지로 학문 사회에서도 패러디는 좋은 평판을 받고 있지 않다. 우리는 패러디를 논의하면서 패러디가 문학의 한 형식이며, 패러디 텍스트들은 원전과 대결하고 있고, 패러디는 비평의 한 형식이라고 가정한다. 그러나 이러한 전제는 패러디로 생각되는 작품들을 검토하면서 도전을 받게 된다. 패러디에 의해 제기되는 더욱 더 큰 위협은 비평가와 독자의 관계에 개입되어 있다. 모든 독자들은 그들이 어떤 텍스트든지 패러디로 읽을 수 있는 능력을 가지고 있다는 점을 알고 있다. 그런데 대부분의 비평가와 학자들은 그러한 힘은 억제되어야만 한다고 생각한다. 왜냐하면 독자로서(소비자의 한 사람으로서) 우리의 역할에도 불구하고, 우리의 이론에서 독자들이 이론적인 힘을 사실상 가지고 있다고 기꺼이 인정한다면, 우리는 문학적이면서도 비평적인 이론생산의 모든 통제력을 상실하고 만다.

패러디는 또 다른 측면에서 마찬가지로 위협받고 있다. 특히 우리가 역사적 패러디들을 검토할 때 그러하다. 패러디를 공부한 사람은 누구나 이용할 수 있는 자료가 풍부하다는 것을 알고 있다. 우리는 패러디 작품을 찾고자 할 때 언제든지 그것을 쉽게 찾을 수 있다. 그리고 만일 우리가 그러한 작품을 찾을 수 없다고 한다면 얼마든지 그것을 만들어 보일 수도 있다. 아마도 궤변의 측면에서 실수를 하는 편이 더 나을(전문적일) 것이다. 우리는 항상 다른 학자가 설명할 수 있는 패러디의 일정한 선을 잃어버릴지도 모른다. 그러나 우리는 스스로 이 위치에 있게 되는 한계는 무엇인가? 패러디가 문학비평에서 의미 있는 용어가 되기 위해서는 비패러디적인 작품들이 당연히 있거나 혹은 적어도 작품의 단편들에서 그러한 것이 있어야 한다.

패러디의 역사나 혹은 개관에 연관된 의문은 다음과 같은 것들이다. 패러디란 무엇인가? 패러디가 무엇을 하는가? 어떤 시기에 패러디가 발견되는가? 필자는 이러한 의문들을 무시할 수 없음에도 불구하고, 우선적으로 관심을 갖는 사항은 이들 외의 다른 것이다. 우리가 패러디에 관해서 가지고 있는 비평적 가정들이 얼마나 타당한가? 우리가 학자이건 이론가이건 혹은 비평가이건 간에 우리는 우리가 가진 관심에 따라 논의를 시작한다. 그것은 전기(파운드와 하우스만의 경우처럼)가 될 수도 있고, 고고학(그리이스의 극문학의 경우처럼)이 될 수도 있고, 문학이론, 혹은 정치학이 될 수도 있다. 관심사에 따른 이러한 논의의 각각은 이데올로기를 내포하는데, 그것은 용인될 수도 있고 그렇지 않을 수도 있다.

"패러디"란 단어의 선택과 그것의 보조적 정의들과 설명들은 문학사가들에게 있어서는 정치적인 태도의 선언만큼이나 관심거리가 된다. 패러디에 관한 우리의 비평적 언어는 17세기와 18세기 동안에 크게 발달되어 왔다. 이로써 패러디의 역사는 불연속적인 것이 되고, 17세기 이후에야 (매우 엄격한 의미에서) "자의식적" 혹은 "의도적"인 패러디를 말할 수 있게 되었다. 패러디스트로 생각되는 대부분(아리스토파네스, 루시앙, 라블레, 초오서)은 패러디에 관한 우리의 비평적 언어를 참고하지 않고서도 논의를 하면서 토론을 해 왔다. 그러나 모든 것은 패러디의 언어 내에서 수용되어 온 것이다. 제1장에서 제6장까지에서 필자는 아리스토파네스, 루시앙, 그리고 라블레의 작품들을 검토하면서 이들 텍스트가 패로디에 관한 우리의 일반화된 지식을 더욱 강화시켜주는지 혹은 방해하는지를 알아보고자 한다. 제7장에서 제11장까지는 직접적으로 패러디의 용어를 검토하면서 다음과 같은 의문에 대답을 구하고자 한다. 그것은 패러디 용어의 기원은 무엇이며, 고전적인 작품들에서 패러디의 용어가 어떤 방식에 의해 확립되었는가? 하는 것이다.

찾아보기

【ㄴ】

<나는 실소> 130
<나무리벌 노래> 94
<나뭇군> 137
<나의 적은 새야> 90
<나의 寢室로> 91, 106
<나팔서정> 302
나희덕 367
<난봉가> 72
<날아가는 섬> 380
<낡은 집> 191, 192, 199
<南江曲> 237
남궁벽(南宮壁) 96, 114
남도잡가 122
<남의 나라 땅> 94
남이장군(南怡將軍) 70
납·월북작가 177
낭만주의 10, 43, 56, 85, 141, 438
『內部로 흔들리는 꽃』 332
<내몸은 네 삶의 그루터기> 401
<내일을 위해서> 351
<너는 내 눈동자를 갖고 어디로
　갔니> 402
<너의 것> 77
<너의 죽음은 나였으니> 402
<너처럼 캄캄한 세상을> 400
<넝쿨타령> 125
네르발(Gérard de Nerval) 44
<노래를 지으시려는 이에게> 111
<노령(露領) 노래> 132
노발리스(Novalis) 45, 48, 51, 102
노자영(盧子泳) 92, 150, 152

논개(論介) 227, 243, 249, 252, 254,
　256, 257, 261, 262
<논개 사랑의 백일홍> 239
<논개에게> 243, 250, 262
<論介의 愛人이 되야서 그의 廟에>
　243, 246, 262
<놀라운 죽음, 침엽수림에서> 362
<놀량> 121
농민시 139
<농부가> 123, 134
<농부아들의 탄식> 180
<누구누구는> 395
<누나> 180
<눈감고 간다> 221
<눈 내리는 아침> 385
<눈> 140
<陵上의 새> 334
『님의 沈默』 243

【ㄷ】

<多島海·1> 380
<多島海·2> 380
<다른 생각> 391
<다리 위에서> 194
<다시 또 가는가> 182
<다시 황혼, 아름다운 몰락> 366
<단심가>(丹心歌) 69
단편 서사시 134, 141, 169, 173, 175
<달 있는 제사> 194
<달구노래> 326
달인(達人) 28, 31, 49, 55
달자(達者) 17

【ㅅ】

□ 저자 약력

박 경 수

부산대학 사범대학 국어교육과 졸업
한국학대학원 졸업(문학석사)
부산대 대학원 졸업(문학박사)
한국정신문화연구원 연구원, 아주대,
부산대 강사 역임
뉴질랜드 와이카토대학교 교환교수(98.9~99.8)
현: 부산외국어대학교 국어국문학과 교수
저서 :『한국 근대문학의 정신사론』(삼지원, 1993)
　　　『한국 근대 민요시 연구』(한국문화사, 1988)
　　　『한국 민요의 유형과 성격』(국학자료원, 1988)
공저 :『민중문학의 실상과 이해』(정문연, 1990)
　　　『한국 근대문학의 쟁점 I 』(정문연, 1991)
　　　『한국 근대문학의 쟁점 II』(정문연, 1992)
　　　『한국 민요・무가유형분류집』(정문연, 1992)
　　　『한국문학개론』(삼지원, 1996)
　　　『한국 현대시와 패러디』(현대미학사, 1997)
　　　『한국 서술시의 시학』(태학사, 1998)
　　　『일제 강점기 재일 한국인의 문학의식과
　　　 문학활동 연구』(부산대출판부, 1998)
편저:『안서김억전집』(한국문화사, 1987)

한국 현대시의 정체성 탐구

인쇄일 초판 1쇄   2000년 06월 20일
       2쇄   2015년 07월 10일
발행일 초판 1쇄   2000년 06월 30일
       2쇄   2015년 07월 20일

지은이 박 경 수
발행인 정 찬 용
발행처 국학자료원
등록일 1987.12.21, 제17-270호

서울시 강동구 암사동 463-25 2층
Tel : 442-4623~4 Fax : 442-4625
www. kookhak.co.kr
E- mail : kookhak2001@hanmail.net
ISBN 978-89-820-6508-8
가 격 22,000원

*저자와의 협의 하에 인지는 생략합니다.